2016 신춘문예 당선소설집

2016 신춘문예 당선소설집

사단법인 **한국소설가협회**

차례 ···

신춘문예 소설의 힘

백시종(한국소설가협회 이사장)

우리 문학인들이 맞는 새해 새아침의 관심은 뭐니뭐니해도 신춘문예 새 얼굴들입니다.

올해는 어떤 신선한 이름이 신문 지면을 장식할 것인가, 주인공으로 등장한 새 작가의 패기는 얼마나 당당한가, 요즘 젊은이들이 고뇌하는 화두는 무엇인가, 연대기적 문제점을 얼마나 깊이 통찰하고 있는가 등 등 새삼스럽게 점검하고 확인하고, 비교할 대목이 많습니다.

문학의 위기라고 해서 더 그러합니다. 결코 순탄하리라고 장담할 수 없는, 아니 순탄은커녕 사막 모래바람보다 더 혹독한 폭풍이 불어닥치 리라고 예보된 악천후를 진즉 인지했으면서도, 그 험난한 작가의 길로 선뜻 자원한 젊은이…….

신춘문예 당선이 곧바로 직업과 연결되던 황금시대가 이미 지나간 황 량한 벌판임에도 불구하고, 흡사 새벽을 밝히는 샛별인 양 찬란하게 떠 올라준, 그 아름다운 집념…….

황량한 허허벌판에 먼저 와 있는 우리가 그들에게 해줄 수 있는 것은 무엇일까요.

비록 벼랑 끝에 서 있기는 해도 소설의 힘이 아직 쇠락하지 않았다는 사실을 상기 시키는 일이 우선이 아닌가 싶습니다.

역사의 저편에 묻혀 있는 날조와 음모를 파헤쳐 진실이 무엇인지 확인하는 유일한 도구는 정치적인 힘도, 재력도, 학문도 아닙니다. 어두운 시대를 살며 얻은 구속과 소외의 상처를 아물게 하는 인간성 회복에 있어서도 소설이 치유책이라는 사실을 부인할 사람은 없습니다.

그렇습니다. 모두 다 나 몰라라 외면해도, 누군가 박해를 가해도, 그래서 운신할 수 없는 최악의 상황이 온다고 해도, 진실에 눈감지 않는다는 신념으로 묵묵히 뚜벅뚜벅 걷기로 작심한 사람들⋯⋯.

결코 화려할 수 없는 그 어두운 터널을 동행해야 하는 우리는 그들의 손을 잡아주고, 어깨를 두들겨줘야 합니다.

그런 의미에서 2016년 샛별들의 첫 항해가 그 어느 해보다 순탄할 수 있도록 먼저 격려의 박수를 보내야겠습니다. 그들은 의례적인 박수가 아니라 진정성 있는 뜨거운 갈채를 받아 마땅하므로.

강원일보 이청

충남 서천 출생.
고려대 대학원 졸업.

바늘에 가는 실을 꿰어 손바닥에 세모나 네모, 별 모양의 무늬를 만들어내면 그녀는 자신이 왠지 멋있어지는 것 같았다. 때때로 그녀는 허벅지나 배에도 살금살금 바늘땀을 떠보았다. 자신의 몸을 천 삼아 단추를 붙이고 수를 놓는 것이 재미있기만 했다. 그것도 시시하면 손가락 마디 끝에 바늘을 고정시켜 붙이고 자신의 몸을 긁었다. 짜릿한 쾌감. 상처는 새로운 무늬를 만들어냈다.

강원일보

단추

이청

이곳의 이름은 〈단추, 카페〉다. 그러나 단추도, 커피나 음료도 팔지 않는다. 〈단추, 카페〉에서 파는 것은 단추를 이용해 리메이크한 물건들이다. 당신이 새로 구입한 옷을 처음 입고 나온 날. 같은 옷을 입은 사람 둘을 만났다고 치자. 만약 다른 사람이 당신과 같은 옷을 입어서 당신의 기분이 나빠졌다면. 당신은 단추의 고객이 될 소지를 갖춘 사람이다. 흔한 폴로 티셔츠조차 〈단추, 카페〉를 거치면 세상에서 단 하나뿐인 당신만의 티셔츠로 변신하게 된다. 당신을 당신만의 존재로 인정하고 만들어주는 곳. 그곳의 이름이 〈단추, 카페〉다.

그녀의 이름은 단추. 카페의 주인이다. 〈단추, 카페〉에 필요한 것은 단추와 바늘, 실뿐이다. 그녀는 지금 스물하나, 젊은 처녀의 유두가 놓일 지점에 폭신한 딸기 모양 단추를 달고 있다. 하얀 스웨터 위에 빨간 색의 두 딸기가 유독 도드라져 보인다. 가닥 가닥의 초록 줄기들은 배꼽 주변에서 시작된다. 도톰한 초록색의 줄기를 타고 올라가 결국은. 가슴에 붙은 딸기를 만져보고 싶도록. 그 딸기를 따고 싶도록. 그런 충동이 일어나도록. 그녀는 세심히 스웨터를 수선하고 있다. 이 옷의 주인아가

씨는 이제 싱싱한 딸기 두 개를 가슴에 달고. 어서 그 향기 나는 과일을 덥석 베어 물고 싶어 안달하는 남자를 만나게 될 것이다.

두 평 남짓한 작은 가게 안에는 이십 센티 폭의 선반들이 세 벽을 두르고 있고, 가장 안쪽에 카운터로 쓰는 나무 데스크와 의자가 짝을 맞추어 나란히 들어가 있다. 해부학 실습실에 사람의 눈알이나 간과 같은 것, 아니면 쭈글쭈글한 뇌나 태아 같은 것 등이 담긴 유리병이 나란히 놓여 있듯이, 〈단추, 카페〉의 선반에도 유리병들이 나란히 놓여 있다. 그 유리병들은 그녀가 재활용 쓰레기장에서 모아온 것들이다. 커피가 들어 있던 병, 잼이 들어 있던 병, 소주가 들어 있던 병, 고급 사탕이 들어 있던 병, 무엇이 들어 있었는지 알 수 없는 병…… 각각의 병들은 모두 모양과 색깔이 다르다.

그 유리병 하나하나에는 단추가 만든 마분지 택(tag)이 붙어 있다. 택 위에는 주사위 모양으로 몇 개의 점이 찍혀 있다. 그것은 그녀만이 아는 고유한 분류 기호. 단추의 유리병 속에는 여러 가지 질감과 색을 가진 크고 작은 단추들이 들어 있다. 그 가운데에는 사람의 손톱이나 발톱을 모아놓은 병, 이(齒)를 모아놓은 병, 잘 손질된 뼛조각이 들어 있는 병 따위도 섞여 있다. 그녀는 그런 괴기한 느낌이 나는 단추를 좋아한다. 사람들은 잘 눈치채지 못하지만. 그녀의 작업에는 토끼의 뼈나 염소의 뿔과 같은 것. 살아 있었으나 지금은 죽은, 삶의 흔적만 간직한 재료도 자주 사용된다.

〈단추, 카페〉에 모이는 사람들은 단추나 털실이 보여주는 아기자기함이나 알록달록함에 반해 긴장을 쉽게 푼다. 그러고는 성급하게 그 포근하고 따뜻한 이미지를 서로 나누고자 한다. 그러나 카페의 주인은 정해진 강좌 시간에만 단정한 태도로 그들을 대할 뿐. 그들 속으로 섞여들지 않는다. 〈단추, 카페〉를 찾는 여자들은 결혼 생활의 희와 비를 토하는 것만이 시간의 무료를 이겨낼 유일한 방법인 것처럼 시어머니와 남편의 욕으로 시작해 자식 자랑으로 마무리하는 멘트를 거침없이 쏟아놓았다.

카페의 주인은 그러한 이야기들을 좋아하지 않는다. 그래서 대화에 끼어드는 일도 드물다. 하지만 결혼 생활의 끝장이나 막장들은 저마다의 드라마가 되어. 너덜너덜한 누더기의 모습으로. 가게의 이곳저곳을 누볐다.

카페의 주인. 단추는 그녀들의 이야기에 자신이 같이 누벼지지 않도록, 귀를 닫고 음악에 집중해보려 한다. 하지만 오늘은 그것도 잘되지 않는다. 음악도 때로는 소음이다. 이럴 때 그녀는 누군가에게 느닷없이 문자메시지를 보낸다. '핑!' 수신인은 알 수 없다. '핑? 누구?'라거나 '미친 X'와 같은 답이 돌아오면 그는. 그녀의 우주 밖에 존재하는 사람이다. 그러나 누군가가 '퐁!' 하고 답장을 보내오면 그는. 그녀와 같은 우주 안에 존재하는 사람이다. 그녀는 그렇게 믿었다. 그 답 메시지를 보낸 사람은 자신과 얽혀 있는 누군가라고. 그리고 자신과 같은 우주 안에 있는 상대라면 그가 누구든. 그 무엇이든. 그와 함께 할 수 있다고.

단추. 그녀의 나이는 마흔둘. 세탁소를 하던 아버지가 별생각 없이 지어준 이름 덕분에 운명을 따르게 되었다. 얼굴은 예쁘지 않다. 여드름 자국이 숭숭한 피부다. 따로 정돈하지 않아도 가지런한 눈썹과 넓고 두터운 눈두덩이 복스러운 인상을 주기는 한다. 그렇더라도, 그녀는 예쁘지 않다. 그러나 얼굴과 달리 그녀의 몸은 육감적이다. 조그만 움직임에도 그녀의 젖가슴은 연두부 흔들리듯 부들부들 흔들린다. 통통한 다리는 가윗날 두 개가 차캉차캉 부딪치는 것처럼 균형 있게 움직이고 그 다리를 따라 탱탱한 엉덩이도 올라갔다 내려갔다 한다. 게다가 그녀는 늘 몸매가 잘 드러나는 옷만 입는다. 색깔은 늘 블랙이다. 블랙의 레깅스에 짧은 팬츠 또는 스커트. 윗옷 또한 늘 타이트한 스타일을 선호한다. 짧은 커트머리도 그녀의 몸을 돋보이게 하는 데 일조한다.

그녀가 자신의 손님들과 이야기를 잘 나누지 않는 데는 이유가 하나 더 있다. 목소리 때문이다. 당신이 그녀의 목소리를 처음 듣는다면. 당신은 품! 하고 웃어버릴 가능성이 높다. 그녀의 목소리는 그녀의 얼굴과 몸 그 어느 것에도 어울리지 않는. 그래서 아주 낯설게 느껴지는. 너무 앳된 소리다. 무표정한 얼굴과 그 목소리의 부조화는 타인에게 그녀를 아주 특별하게 그리고 효과적으로 각인시키는 매력이다. 괴이한 그리고 묘한. 남자인지 여자인지는 모르겠으나 분명히 미성숙한 아이의 목소리. 만화영화에서 주인공의 애완동물 목소리를 전문으로 담당하는 성우의 톤을 상상한다면. 조금 가깝다. 어쨌든 그녀는 자주, 자신의 목소리를 부끄러워했다.

단추는 그녀가 엄마의 뱃속에 있을 때부터 갖가지 색의 실타래가 벽에 꽂혀 있는 풍경 속에서 자랐다. 가족은, 세탁소와 수선을 겸하는 곳. 집이라기보다는 가게의 일부라고 불러야 옳을 구조를 지닌 곳. '은하세탁소'에서 살았다. 거기에서 그들은 살기 위해 빨래를 하는 것인지, 빨래를 하기 위해 사는 것인지 구별하지 않고 살았다. 단추의 아버지는 너무 말이 없었고. 엄마는 너무 말이 많았다. 단추는 그들 사이를 잇는 유일한 끈이었다. 그녀는 부모의 말 없음과 말 많음 사이를 왕래하며 때로는 느슨하게 때로는 팽팽하게 자신을 조율하며 자랐다.

단추, 단추를 달 때는 단단하게 꿰매야 한다. 매듭은 보이지 않게 마무리하고. 실기둥이 너무 두꺼우면 단추 채울 때 빡빡해서 안 된다. 엄마는 잔소리와 넋두리와 온갖 푸념을 겸해가며 단추에게 바느질을 가르쳤다. 바느질은 여자라면 누구나 다. 어느 정도는. 할 줄 알아야 한다는 굳은 신념을 가진 사람이었다. 조신하게, 말끔하게. 그것이 단추, 엄마의 모토이자 좌우명이었다. 단추는 여고생이 되고부터 재봉틀을 다루었다. 가내에서 전수받은 솜씨만으로 웬만한 바지 기장이나 허리 수선을 할 수 있게 되자, 엄마는 말만 하고 바느질은 단추가 알아서 하는 일이 조금씩 늘어났다.
그러나 단추는 엄마와 같이 조신하고 말끔한 것을 좋아하지 않았다. 그녀는 엄마처럼 하얀색 무명실로 있는 듯 없는 듯 단추를 다는 것은 너

13

무 심심하고 재미없다고 생각했다. 그녀는 와이셔츠의 하얀 단추를 파란색이나 초록색 실을 써 색다르게 다는 것을 더 좋아했다. 난데없이 원색의 실로 단추가 꿰매진 와이셔츠를 받은 동네 아주머니들은 질색을 하며 이게 뭐 하는 짓이냐고. 단추의 엄마를 몰아세웠다. 세탁소로 되돌려 보내진 그녀만의 셔츠는 그녀를 슬프게 했다. 엄마는 저것한테 맡긴 내 잘못이라며. 단추에게 욕을, 욕을 늘어놓고는. 하얀 무명 실로 다시, 조로록. 조신하고, 말끔하게. 셔츠의 단추들을 달았다. 단추, 그녀는 어쩌면 그저 하얀색으로만 이루어진 단추를 견뎌내기 힘들었는지도 모른다.

단추의 초등학교 1학년 가을. 막 여덟 살이 된 때였다. 단추와 같은 동네에 한쪽 눈을 실명한 남자애가 살았는데, 그 아이는 검은 눈동자 없이 하얀 색만 남은 눈 때문에 동네 아이들에게 공포의 대상이었다. 어느 날 그가 그의 커다란 손으로 등교하던 단추의 코와 입을 막고 뒷골목으로 끌고 들어갔다. 끌려가는 동안 단추의 발뒤꿈치가 바닥에 턱, 턱, 턱 하고 가끔 닿았다. 그가 한구석에 멈춰 서자 그녀는 놀란 눈으로 그의 허연 눈을 바라보았다. 그는 조용히, 단추의 입에 자신의 입술을 갖다 대었다. 그러고는 획 돌아서 뛰어가버렸다. 그녀도 있는 힘을 다해 뛰었다. 자신이 어디로 가는지는 알 수 없었다. 달리기를 멈추고 나니. 그제야 무섭고 두려운 생각이 나서 울음이 터졌다. 그 이후에 그 아이를 다시 만나지 못했다. 하지만 흰색 눈동자의 기억은 끈질기게 남아 사라지지 않았다. 단추는 흰색을 비롯한 모든 밋밋한 것들을 보면 그 흰 눈동자가 생각나 거북함을 느꼈다. 그 거부감은 차차 '은하세탁소' 밖으로 난 작은 문을 두드리는 단추의 몸부림으로 나타났다. 하지만 그 문은 너무 자주 그리고 너무 크게 쾅! 하고 닫혀버리곤 했다. 그럴 때마다 그녀는 닫힌 문을 원망하며 도망치듯 자신 안으로 숨어 버렸다. 문 안쪽에서 그녀는 내내 잠을 잤다. 오래오래 자고 나면 자위행위가 하고 싶어졌다. 문을 단단히 잠그고 그녀는 자위와 자해 사이의 퍼포먼스를 행했다.

어린 시절 그녀는 친구들에게 손바닥의 두꺼운 피부를 옷감 삼아 바늘로 땀을 떠 보여주기를 좋아했다. 손바닥의 두꺼운 피부에는 바늘을 아무리 찔러 넣어도 아프지 않았다. 피도 나지 않았다. 친구들은 그녀의 놀이에 대해 징그럽다고도 했고. 신기하다고도 했다. 바늘과 실로 몸의 일부에 모양을 내는 것. 그것은 그녀를 특별하게 만들었다. 아이들이 어떻게 받아들이든, 그녀 자신은 그 행위에 큰 의미 부여를 했다. 바늘에 가는 실을 꿰어 손바닥에 세모나 네모, 별 모양의 무늬를 만들어내면 그녀는 자신이 왠지 멋있어지는 것 같았다. 때때로 그녀는 허벅지나 배에도 살금살금 바늘땀을 떠보았다. 자신의 몸을 천 삼아 단추를 붙이고 수를 놓는 것이 재미있기만 했다. 그것도 시시하면 손가락 마디 끝에 바늘을 고정시켜 붙이고 자신의 몸을 긁었다. 짜릿한 쾌감. 상처는 새로운 무늬를 만들어냈다.

남들처럼 대학에 가지도 못하고 취직도 하지 못한 채 좁고 낡은 방에 방치되었을 때. 그녀는 스스로를 학대하지 않고 살 수 있는 삶이란 게 대체 어떤 것인지 알 수 없었다. 부모는 그녀가 진학을 하는 것보다 취업해 집안 살림에 도움이 되길 바랐고, 그녀는 취업보다는 우선, 대학생이 되고 싶었다. 그래서 '은하세탁소' 밖으로 나가고 싶었다. 하지만 해가 뜨고 지는 것처럼 매일이 반복되는 '은하세탁소' 안에서 자신의 요구가 받아들여지지 않을 것은 너무 자명했다. 우울한 생각을 하는 것조차 귀찮아지면 그녀는 크고 검은 비닐봉지를 머리에 썼다. 그리고는 꼭꼭 오므려 공기가 통하지 않게 만들었다. 그러면 오로지 자신의 숨소리만이 세상을 채웠다. 숨을 쉴 때마다 코와 입 근처의 비닐이 조금, 펄럭거렸다. 그 소리마저도 듣기 싫어 숨을 참는다. 하나. 둘. 셋. 넷…… 서른아홉까지밖에 세지 못했는데. 숨이 막힌다. 어쩔 수 없이 팍, 하고 숨을 내뱉는다. 땀이 난다. 그것은 아직 살아 있다는 뜻이고 다시 이 고통이 반복되어야 한다는 뜻이기도 했다.

스무 살의 백수로 살던 여름 어느 날. 낙서를 하고 있었다. 글자는 없고 그림뿐이었는데 수십 겹의 지그재그이거나 달팽이집처럼 돌고 도는 원이거나 한없이 이어지는 세모 안의 세모 안의 세모와 같은 것들이었다. 현기증 나는 반복이 지겨워. 무심코 손에 잡힌 테니스공을 벽을 향해 던졌다. 던져졌다가 다시 튕겨 돌아왔다가. 벽과 방바닥을 가로지르며, 탕, 탕, 탕, 탕, 탕. 공 튀는 소리가 울렸다. 마음 같아서는 테니스공이 아니라 단추 자신의 머리를 뽑아내어 벽을 향해 집어 던져 터뜨리고 싶었다. 영원히 되돌릴 수 없게. 머릿속에 있는 골이 터져 홍건한 액체와 흐물흐물한 단백질 덩어리들이 흘러넘치고 거기에 구더기가 들끓었으면 좋겠다고. 무슨 일이든지 화끈하게 한 번 벌어졌으면 좋겠다고 생각했지만, 고요했다. 똑딱똑딱 초침 소리를 제외하고는.

그녀의 안에는 남들은 모르는 시계가 살고 있었다. 아침 5시와 저녁 7시의 시계. 그 시계는 그녀의 아버지가 아침마다 동네를 돌며 세탁물을 수거하기 위해 그리고 세탁되거나 수선된 옷들을 가져다주기 위해 맞추어놓은 시계와 일치했다. 그 시간이 되면 그녀 안의 시계가 똑딱똑딱 소리를 내며 살아난다. 그리고는 그녀에게 어서 나가라고. 나가서 새롭게 태어나야 할 것들을 찾고 자신 안의 낡은 것들을 어딘가로 내보내라고 부추긴다. 그녀는 그 시계를 거부할 수 없다. 빨간 구두를 신으면 춤을 멈출 수 없는 것처럼. 시계의 똑딱거림이 멈출 때까지는. 설령 제자리를 맴돌더라도 나가 움직여야 하는 것이다.

남자를 알기 전. 단추는 지루한 일상을 견디지 못해 어쩔 줄 몰랐다. 당최 엄마에게 욕을 먹는 것 말고는. 할 일이 아무것도 없었다. 그녀가 사람을 만나는 데 두려움을 버린 것은 자신만의 방법으로 그 사람이 자신과 연결된 사람인지 아닌지 테스트할 수 있다는 믿음이 생기고 나서부터였다. 같은 우주에 사는 사람이라는 확신이 들면. 그녀는 누구하고나 함께 지냈다. 그게 젊은 사람이든 늙은 사람이든 잘생겼든 못생겼든 가리지 않았다. 그곳이 시골이든 도시든, 낮이든 밤이든 아무런 조건도 필요하지 않았다. 그들과 함께 할 때. 그녀, 단추는 상대가 어떤 소리를 낼 수 있는 사람인지 즉각 알아차리고 곧 연주에 돌입하는 탁월한 연주자가 되었다. 그녀는 그런 마술 같은 관계가 신비하고 즐거웠다.

그녀는 지금까지 열한 번 임신 중절 수술을 했다. 탯줄로 연결되는 관계. 자신의 몸 안에 줄을 만들어 기생하는 생물을 그녀는 용납하지도 견디지도 못했다. 그녀는 임신 사실을 알게 될 때마다 매번 가위로 탯줄을 싹둑 자르고 매듭을 짓는 꿈을 꾸었다. 그러고는 그 꿈이 깨기 전에 서둘러 중절 수술을 하기 위해 병원으로 달려갔다. 단추는 매듭지어지지 않은 실이 뱃속에 담겨 있다는 것이 너무 무서웠다. 그럼에도 그녀는 여전히 자신과 같은 우주 속에 있는 사람들을 찾고 또 만났다. 한 치의 망설임도 없이, 그녀는 우연의 길을 따라갔다. 때로는 그녀 안의 시계가 그 낯선 길을 재촉하기도 했다.

'은하세탁소'에는 천과 실과 단추가 널려 있었다. 단추는 홈패션 리폼 전문가라는 타이틀을 걸고 인터넷을 이용해 작은 소품을 만들 수 있는 'DIY Kit' 패키지 판매를 시작했다. 그녀의 'DIY Kit'은 단순하고 귀여워 바로바로 품절이 되는 인기 품목이 되었다. 리폼 이벤트에 몇 차례 당선되어 이름이 알려지자, 문화센터 강습 의뢰도 들어왔다. 처음에 그녀는 여러 사람 앞에서 목소리를 낸다는 것이 부담스러웠는데. 의외로. 사람들 앞에 서기만 하면 달변으로 변신하곤 했다. 인터넷 판매와 문화센터 강습으로, 꽤 많은 돈이 모였다. 그녀는 작은 도시의 작은 아파트 상가에 보증금 없이 작은 셋방 가게를 얻었다. 〈단추, 카페〉라고 간판을 만들어 붙였다.

그녀는 단순한 식탁보 하나도 새로운 것으로 보이도록 만들었다. 때로는 거친 억새를 엮어 동남아풍으로 때로는 도일리(doily)를 이용해 공주풍으로 그도 아니면 이런저런 패치를 붙여 서양식 조각보 형식으로. 그녀는 부서지고 낡은 것에 그 나름대로의 질서를 부여하는 재능이 있었다. 한가한 시간에 모이는 주부들은 그녀의 바느질이 독특해서 좋다며 지리멸렬한 자신의 집도 그와 같은 참신한 물건들로 채워 변화를 주고 싶다고. 어떡하면 되느냐고 물었다. 자신에게 비법을 묻는 사람들에게 그녀는 자신이 가장 원하지 않는 색을 선택해 그것을 자신이 가장 좋아하는 옷에 어떤 식으로든 매치해보라고 권해본다. 하지만 기대는 없다. 한가함을 즐기는 주부들은 대체로. 모험을 좋아하지 않기에.

언니, 커피도 안 팔면서 왜 가게 이름을 카페라고 지은 거야? 커피도 팔면 좋을 거 같애. 좀 싸게 팔면 여기 수업 듣는 사람들 많이들 마실 텐데. 가게 이름도 카페잖아. 같이 팔아봐. 아뇨. 됐어요. 여긴 그냥 바느질을 하는 곳일 뿐예요. 저는 커피도 다른 음식도 잘 만들 줄 몰라요. 원하시면 정수기가 안쪽에 있으니 간단히 믹스 커피 타서 드세요. 누가 정수기 있는 거 몰라서 물어? 커피도 안 팔면서 가게 이름을 왜 카페라고 지었는지가 궁금한 거지. 그냥 편히 쉬었다 가듯, 배우고 가시라는 뜻이에요. 별거 없어요. 근데, 있잖아. 언니 목소리는 언제 들어도 너무 신기해. 꼭 우리 애하고 말하는 것 같다니까. 호호.

첫 번째 시간이죠. 제가 여러분께 처음으로 말씀드리고 싶은 것은 단추는 단순히 옷의 부자재로 쓰이는 물건이 아니라는 겁니다. 단추는 그 재료와 종류가 다양한 것 이상으로 그 기능도 다양한 물건이에요. 단추는 무언가를 붙여주는 기능을 넘어 무언가를 아름답게 만들 수 있는, 그 자체로 황홀한 미적 도구라고, 저는 생각해요. 그렇기 때문에 단추를 옷이나 천에만 붙일 수 있다는 편견을 먼저 버리셨으면 좋겠어요. 가방이요? 네 물론 가방에도 단추를 붙이죠. 하지만 상식을 깨는 생각은 아니네요. 가방이나 신발 아니면 귀고리나 목걸이 같은 장식성이 강한 물건들에 단추를 붙여온 것은 오래되었어요. 그보다, 제가 상식을 깨는 다른 예를 좀 들어볼까요? 단추는 그릇에도, 가구에도 가전제품이나 자동차 심지어는 사람의 몸에도 붙일 수 있어요. 극단적인 예를 좀 섞긴 했지만 그만큼 단추의 활용도가 높다는 말씀을 드리는 거예요. 단추란 그야말로 다기능적이고 다활용적인 물건이죠. 오늘 여러분은 초급 첫 번째 작품으로 싸개 단추를 이용한 머리끈을 만들 건데요. 길거리 지나다니면서 가끔 옷과 머리끈의 천을 통일한 사람들 보면 좀 답답하다 싶으면서도 어떻게 맞췄나 하는 생각 드신 적 있죠? 싸개 천을 이용하면 옷뿐 아니라 신발이나 가방, 아니면 커튼이라든지 이불과도 같은 무늬로 단추를 만들 수 있어요. 통일감을 줄 수 있다는 장점이 있죠. 오늘 제가 준비한 천은 가장 일반적으로 쓰이는 체크와 하트 무늬 그리고 잔꽃 무늬가 있는 리넨(linen)이에요. 싸개 단추를 만들려면 기계가 필요한데요. 오늘은 일단 제 것을 쓰기로 해요. 혹시 싸개 단추를 좀 더 많이 만들고 싶은 생각이 있는 분은 기계를 하나 장만하셔도 좋겠죠? 하지만 수강하시는 동안은 제 싸개단추 제작 기계를 늘 사용하실 수 있도록 비치해놓을 테니 마음껏 쓰세요. 자, 그럼 시작해볼까요?

저녁 강의가 끝나고 난 뒤. 그녀는 가게 안의 조명을 모두 끄고 데스크 위의 컴퓨터 화면만 파랗게 남겨두었다. 그러고는 기다리던 전화를 받는다. 단추는 지금 전화기 저편의 상대에게 특별한 요구를 하고 있다. 자 옷을 벗어요. 아니, 팬티는 벗지 않아요. 어둠 속에서 그녀는 조용하고 느릿하게 낮의 일상을 정리한다. 됐나요? 좋아요. 그럼 이번엔 차렷 자세를 해보세요. 트렁크 팬티를 입었나요? 삼각팬티를 입었나요? 삼각이군요. 좋아요. 이제 손이 팬티를 통과하도록 해보세요. 네. 차렷 자세를 하는데 손이 팬티를 통과하게요. 천들을 차곡차곡 개 제자리에 넣고. 주문한 포장 재료들도 정리함에 보기 좋게 치워놓는다. 그런 후에는 손바닥을 펴세요. 쫙 하고 펴요. 됐나요. 그럼 그 손바닥이 앞을 향하도록 하고 팔꿈치를 몸에 좀 더 밀착시키세요. 네 허리에요. 그리고 무릎을 붙여요. 가능하면 몸에 틈이 없도록 하세요. 팔과 다리를 몸에 꿰매 붙였다고 생각하고 모두 몸에 꼭꼭 붙여요. 이번에는 퀼트 반 회원들이 빌려 쓰고 남겨둔 골무들을 유리병에 모아 담는다. 퀼팅에는 역시 스테인리스 링 골무가 가장 편하다. 그녀는 쨍그랑 소리가 나게 마지막 골무를 넣고 유리병의 뚜껑을 닫는다. 당신의 몸은 일직선이 되었어요. 숫자 1

처럼 보이네요. 완벽한 인체로군요. 아름다워요. 자, 긴장하세요. 나무 같은 당신의 몸이 제 앞에 서 있군요. 당신은 이제 눈을 감아요. 나는 당신에게 다가가요. 아니요. 자세가 흐트러져서는 안 돼요. 좋아요. 먼저 당신의 속눈썹에 키스하겠어요. 부드러운 눈썹이네요. 다음은 당신의 귓바퀴예요. 작고 예쁜 귀군요. 귓바퀴를 타고 내 혀가 움직여요. 간지러워도 자세는 유지하세요. 당신의 머리카락을 만져요. 손가락으로 머리카락을 빗어 내려요. 그리고 당신의 입에 키스해요. 아니, 아직 입을 벌리지는 말아요. 내가 세 번 뽀뽀하고 내 혀로 똑똑 당신의 입술에 노크를 하면 그때 입술을 열어주세요. 좋아요. 똑똑. 우리의 혀가 만나요. 얽히고 또 얽혀 다시 풀어낼 수 없을 것처럼 혀들이 트위스트를 시도하네요. 대자 바늘 하나가 마우스 옆에 놓여 있다. 이불을 꿰맬 때 쓰는 10센티 바늘이다. 낮 수업 중 누군가 신기하다며 꺼내 보고는 제자리에 다시 넣지 못해 책상 위에 급하게 올려 두고 간 것이다. 어때요? 흥분되나요? 당신은 차렷만 하고 있으면 돼요. 난 당신의 쇄골을 지나 당신의 작고 검은 젖꼭지를 애무할 거예요. 조금 딱딱하군요. 내 혀가 부드럽게 당신의 젖꼭지를 달래요. 그리고 당신의 등으로 돌아가 당신의 척추 뼈 하나하나를 만져요. 손이 피부를 뚫고 들어가 뼈 하나하나를 연결하듯 천천히. 그리고 다시 당신 앞으로 돌아와 무릎을 꿇고 앉았어요. 당신의 배꼽은 아주 깊네요. 그 깊은 우물에 키스해요. 손으로는 뻣뻣하게 선 당신의 물건을 만지고 있어요. 팬티 밖에서 당신의 물건을 입에 물었어요. 말을 하면서 그녀는 대바늘을 혀로 핥아 본다. 차가운 감촉. 너무 커서 입이 아프네요. 어때요. 좋아요? 벌써요? 그녀는 손에 들고 있던 바늘에 혀끝을 살짝 찔리고 만다. 오늘은 너무 이른데요? 통화 시간이 10분도 되지 않았어요. 알았어요. 차렷 자세가 당신을 긴장하게 만들어서 그런가 봐요. 다음에 또 전화할게요. 잘 자요. 끊을게요.

전화 저 편의 남자는 그녀의 목소리에 흥분한다. 그는 그녀의 '핑!'에 2초 만에 '퐁!' 하고 답을 해왔다. 그녀는 그날 저녁 신사동에 있는 그의 사무실로 찾아가 그를 만났다. 남자는 그녀를 보자마자 누구인지 묻지도 않고 명함을 건넸다. 그녀는 명함을 가지고 있지 않아, 옷에 붙어 있던 단추 중 제일 큰 것 하나를 뜯어 그의 손에 쥐여주었다. 그게 끝이었다. 며칠 후 남자가 그녀에게 전화를 했다. 그리고 폰섹스를 원한다고 말했다. 그녀는 흔쾌히 응낙했다. 그는 아내와 관계하지 못한 지 오래되었다고. 자신이 불능이라고만 생각했는데. 단추의 목소리가 몹시 흥분을 일으킨다며. 하지만 불륜을 저지르고 싶지는 않다며. 가끔 폰섹스를 해줄 수 있는지 조심스럽게 물어왔다. 그녀는 폰섹스보다 더한 것도 할 수 있다고 단호하게 말해주었다.

〈단추, 카페〉에서 밖을 내다보면 건너편 자리에 늘 한 남자가 서 있다. 그 남자는 지금도 그녀를 보고 있다. 그녀는 조개껍데기로 만들어진 단추를 꺼낸다. 단추를 눈에 대고 작은 구멍으로 그를 본다. 남자는 여전히 그녀를 주시하고 있다. 그녀는 남자를 향해 조개의 빛을 반사시킨다. 그 빛으로 남자를 태워 죽일 것 같이. 그 남자는 그 상가에서 유일하게 벌이가 괜찮은, 마트의 주인이다. 남자와 그의 아내는 늘 의욕이 없는 몸짓으로 면장갑을 끼고 물건들 위에 앉은 먼지를 털어낸다. 매번 사는 게 너무 재미없다는 표정으로 거스름돈을 내주면서 사는 사람들.
〈단추, 카페〉의 주인은 단추 구멍으로 보기를 좋아한다. 모든 단추에는 구멍이 있다. 단추의 재료가 무엇이든. 무슨 색깔이든. 하나이든 두 개이든 아니면 네 개이든. 그 어떤 단추도 구멍 없이 고정될 수는 없기 때문이다. 구멍이 없으면 그것은 단추가 아니다. 그녀는 단추에 난 작은 구멍을 통해 세상을 바라본다. 구멍이 너무 작아서 세상이 잘 보이지는 않았지만 그것만큼 흥미롭게 세상을 볼 수 있는 방법이 달리 생각나지 않았다. 그녀의 작은 구멍에 자주 비치는 남자는 저편에서 늘 기다리고 있었다는 듯 축 늘어진 어깨를 겨우 지탱하며. 그녀를 마주 바라본다.
가게에 새로운 사람들이 찾아왔다가 단골이 되었다가 사라져버리고 다시 새로운 사람들이 빈자리를 채우기를 계속하는 것처럼 그녀의 남자들도 바뀌고 머물렀다 다시 바뀌는 순환이 계속되었다. 그녀는 그들과 한 몸이 되었다가 두 몸이 되었다가 세 몸이 되었다가 다시 한 몸이 되었다가를 계속했다. 그녀는 자신의 사랑이 재활용이라고 느꼈다. 어쩌면 그녀의 생 자체가 재활용인지도 모른다고도 생각했다. 상처받은 눈빛으로 위무를 갈구하는 사람들을 보면 단추, 그녀는 그들을 좀 더 빛나게 만들어주고 싶다고 느꼈다. 상처는 어차피 흔적을 남기지 않을 수 없으므로, 그 흔적이라도 아름답게 만들어주고 싶었다.

마트 주인 남자를 만나기 전 그녀는 편의점 앞에서 맥주를 마시고 있었다. 남자는 슬그머니 그녀의 앞자리에 앉았다. 마트의 문이 잠기고. 남자의 아내가 집으로 먼저 돌아간 늦은 밤이었다. 그녀는 남자에게 한잔 하겠냐고 물었다. 그는 소리는 내지 않고 고개만 위아래로 끄덕였다. 편의점 유리벽 안쪽을 향해 그녀는 캔을 들어 보이며 손가락 두 개를 펴 보인다. 편의점 주인이 맥주 캔 두 개를 들고 나온다. 편의점 앞의 파라솔 밑에서 남자는 그녀의 가슴골에서 시선을 떼지 못한다. 그녀는 맥주 캔을 남자에게 건네며 일부러 상체를 앞으로 숙여 그녀의 가슴이 그의 눈에 더 잘 보이도록 한다. 남자는 맥주를 받을 생각도 못하고 속옷을 입지 않아 둥그렇게 처진 그녀의 붉은 젖꼭지를 똑바로 바라보았다. 그녀는 그의 시선과 편의점 주인의 시선이 동시에 머무는. 자신의 몸을 일으켰다. 지갑에서 돈을 꺼내 편의점 주인에게 주자 그가 아쉬운 표정으로, 가게 안으로 들어간다. 남자와 그녀는 맥주를 다 마실 때까지 아무런 말도 하지 않았다. 깡통이 비워지자, 그녀는 인사도 없이 일어나 걷기 시작했다. 남자가 거리를 두고 그녀를 줄레줄레 따라왔다. 그녀가 집까지 따라온 남자를 무시하고 현관문을 닫으려 하자, 남자의 앙상한 팔이 삽시간에, 애절하게, 문틈으로 들어온다. 그녀는 남자의 여윈 팔을 문 안으로 힘껏 끌어당겼다.

어두운 집. 불도 켜지 않고 그녀는 침대로 가 남자의 옷을 벗기고 자신의 옷도 모두 벗어버렸다. 남자를 뉘고 나서 그녀는 침대 협탁 서랍에서 새로 사둔 골무를 꺼내 손에 끼운다. 쇠로 된 골무는 메탈 음악을 좋아하는 젊은이들의 반지처럼도 보인다. 그것은 밋밋하지 않다. 바늘귀 크기의 작은 골이 딸기 씨 박히듯 촘촘히 패어 있다. 그녀는 골무를 양쪽 손가락 열 개에 모두 끼우고. 남자를 애무한다. 강하게 남자의 피부를 자극한다. 남자는 조금 놀란다. 하지만 그녀가 남자의 손을 자신의 젖가슴에 대어주자 남자는 가슴의 부피와 촉감에 빠져 곧 그녀의 손길에 서서히 자신의 몸을 맡긴다. 그녀가 쇠로 무장된 손으로 남자의 성기를 잡고 오럴 섹스를 시작한다. 남자의 두 손이 자신의 머리카락을 쥐었다. 그녀의 머리카락을 쥐었다. 이불을 움켜쥐었다. 자리를 찾지 못하고 사방을 헤맨다. 그녀는 조금씩 더 강도를 높여 남자의 몸 곳곳에 골무의 무늬가 찍히도록 누르고 찍고 긁는다. 피부는 고통을 감지하는 센서다. 그러나 신중하게 피부를 다루면. 설사 바늘이 뚫고 들어온대도 고통스럽지 않다는 것을. 그녀는 이미 손바닥 바느질을 통해 알고 있었다. 그녀는 고통스럽지 않은 상처로 남자를 이전과는 다른 즐거운 곳으로 이끈다. 어찌할 줄을 모르고 버둥거리는 남자의 몸 위로 단추가 올라탄다. 남자가 헉. 소리를 삼킨다. 그녀는 지금부터 시작이라는 듯 검지를 입에 대고 쉿~. 그녀의 풍만한 엉덩이가 리드미컬하게 움직이자 남자는 사경을 헤매듯 눈빛을 게게 푼다. 그녀는 남자의 몸을 타고 앉아 템포 조절을 한다. 남자는 아무런 저항도 하지 못한다. 그는 자신이 할 수 있는 일을 하나도 찾을 수 없다. 그녀의 이 움직임이 멈추지 않기를. 그리고 어서 멈추기를. 바랄 수 있을 뿐이다. 그녀는 남자의 몸을 바늘 삼아 자신의 단추 구멍에 통과시키는 행위를 정성스레 반복한다. 두 몸이 그렇게 하여 고정될 수 있을 것처럼. 남자가 결국 비명을 지르며 일어났다. 그녀는 일어나 앉은 남자의 어깨를 잡고 속도를 높인다. 몇 초 뒤. 남자의 몸에 있던 모든 기운이 빠지고. 남자는 쓰러져버렸다. 그녀는 쓰러진 남자의 몸에 마지막으로 콕콕콕. 쇠로 된 골무의 무늬를 찍는다.

그녀의 이름은 단추. 카페의 주인이다. 〈단추, 카페〉에 필요한 것은 단추와 바늘, 실뿐이다. 그녀는 지금 니트 드레스를 수선 중이다. 고가의 명품 브랜드 제품이다. 아마도 이 옷의 주인은 자신만의 퀄리티를 보편적인 기성품에서 찾기 싫어하는 부류일 것이다. 어떤 옷이든 돈에 크게 구애받지 않고 구매할 수 있는 경제력을 지닌 사람. 그렇다고 브랜드 가치만을 믿고 살기는 싫은, 자존심이 센 사람일 것이다. 이 드레스에 어울릴 만한 단추를 골라본다. 블랙의 의상에 골드 단추가 일정한 간격으로 달려있는 이 옷을 어떻게 하면 주인에게 어울릴 새로운 느낌으로 되살릴 수 있을까. 주인의 욕망을 충족시키려면 강렬한 붉은색을 쓰는 것도 좋을 것이다. 그러나 〈단추, 카페〉에서 그 옷은 이미 가격과 상관없이 얌전히, 또 다른 상처를 기다리는 물건일 뿐이다. 밋밋하고 단순한 느낌에 변화를 주기 위해 골드 버튼들을 떼어내고 진주 단추를 프리 패턴으로 단다. 이 옷의 주인은 진주가 주는 화려함과 슬픈 의미를 덧쓰고 비밀스러운 이야기를 숨긴 여자가 되어 자신의 아름다움을 과시할 것이다. 수선을 마무리하기 전. 그녀는 드레스의 옆 지퍼를 뜯어내고 2.5센티 간격으로 여밈 단추를 단다. 그 단추로 인해 옷의 주인은 언제든 더 쉽게 자신을 열 수 있을 것이다. 그러고는 곧 단단한 껍질 속에 숨어 존재를 위장하는 진주보다 이 열리기 위해 존재하는 숨은 단추들을 더 사랑하게 될 것이다. 후두둑 빗소리를 내며 열리는 나란한 단추들을.

어린 것들은 작고 약하다는 이유만으로 아름답다. 초록의 여린 잎이 줄기에서 돋아날 때마다 〈단추, 카페〉 주인의 몸에도 소름이 돋았다. 그것은 더 이상 어떻게도 손댈 수 없는 가치를 지닌 것이다. 그런 식의 아름다움에 단추의 손길 따위는 필요치 않았다. 그래서 그녀는 그런 아름다움을 혐오했다. 그녀는 가게 한 편에 놓인 나무의 줄기를 따라 연두색의 작은 잎들이 새로 돋아날 때마다 그것을 똑똑 부러뜨렸다. 그러고는 실로 단추 열매를 달았다. 채도가 높은 원색의 단추들이 나무에 대롱대롱 열매로 열렸다. 〈단추, 카페〉의 물건들은 그렇게 생명이 없는 것과 있는 것 사이를 오갔다. 산 것이 죽고. 죽은 것이 살아나고. 산 것이 죽었다가 다시 또 살아난다.

　따로 모아둔 〈단추, 카페〉의 삭아 부서지거나 조각난 단추들을 합해 놓으니 15L 철제 양동이 하나가 가득 찬다. 단추가 가득 담긴 양철통에 손을 넣어본다. 차가운 단추의 알알이 손에서 미끄러진다. 단추들을 하나하나 집어내며 그동안 만난 얼굴들을 떠올려본다. 많은 사람들을 만난 것 같은데 겨우 마흔두 개. 단추의 나이에 멈춰 더 이상 기억나지 않는다. 그동안 만난 수강생만도 수백 명은 될 것 같은데. 모두 눈, 코, 입이 사라진 하얀 얼굴들이다. 단추를 골라 새로운 얼굴을 만들어 본다. 눈이 너무 크거나, 입이 너무 작은 얼굴들. 그러나 〈단추, 카페〉에서는 그런 얼굴들을 환영한다. 모나고 뒤틀린 것들도 그 나름대로의 자리가 있는 곳이니까.

　깊은 밤. 단추가 단추 한 양동이를 들고 동네의 낡은 놀이터를 찾아간다. 신발 속으로 모래가 들어가 맨발의 발바닥이 까끌까끌하다. 충전식 글루건(glue gun)을 점검하고, 어둠을 응시한다. 단추를 한 움큼 주머니에 넣고 먼저 정글짐의 맨 꼭대기로 올라간다. 정글짐의 맨 윗면에 글루를 쏘고 나서 오톨도톨 촉감이 강한 단추들을 붙이기 시작한다. 다음은 미끄럼틀이다. 맨 위의 계단에 부서지지 않는 종류의 단추들을 다닥다닥 붙여둔다. 뱅글뱅글 돌아가는 지구의의 중심에도 햇빛에 반짝반짝 빛날 유리 단추들을 잔뜩 붙인다. 마지막으로 그네에는 줄이 매달린 봉에 붙이기로 한다. 그네가 흔들려 내려왔다 올라가기를 몇 번이나 계속해야 했다. 흔들리는 그네를 타고 부들부들 떨며 단추를 붙이려 하면 어느새 글루가 말라버려, 쏘고 붙이고 쏘고 다시 붙이고 쏘고 또 붙이기를 반복했다. 그네 봉을 남은 단추로 덕지덕지 채우고 나니, 허리가 끊어질 것처럼 아파왔다. 그렇지만 정글짐의 맨 꼭대기까지 올라간 아이들만 만질 수 있는 단추, 미끄럼틀 계단을 끝까지 올라간 아이들이 밟게 될 단추, 돌고 또 돌아도 중심만큼은 그대로 빛날 단추, 그리고 하늘 끝까지 올라갈 듯 다리를 구르며 그네를 타는 아이의 시선에 부딪힐 단추를 생각하니, 꽤 멋진 단추, 놀이터를 만든 것 같다.

　미명. 〈단추, 카페〉의 주인은 놀이터 가장자리에 놓인 벤치에 앉아 있다. 조금 남은 글루를 이용해 모래가 잔뜩 들어간 뾰족 구두의 굽에 굴곡 없는 메탈 단추를 하나씩 붙인다. 눈을 감고 얼마가 흘렀을까. 2분? 3분? 단추가 단단히 붙자, 빈 양동이를 든 그녀가 일어나 걷기 시작한다. 새발뜨기의 지그재그 동선이다. 시멘트 바닥에 부딪치는 메탈 단추의 경쾌한 소리가 놀이터 주변의 새벽을 울린다. 딱 딱 딱 딱 딱 딱 딱 딱 딱 딱 딱 딱 딱 딱 딱

당선소감 : 이청

바느질하듯 한 자 한 자 쓰다 보니
빛나는 순간이

　무엇이 될지 모르는 잡동사니를 한가득 끌어안고 산다.

　이름도 없이 그냥 무엇들로 처박혀 있는 것들을 왜 버리지 못하냐고, 두고 보라고 지금 쓰지 않는 것은 앞으로도 절대로 쓸 일이 없을 거라고, 버리고 줄여 가벼워지리라고 한다. 그런데 왠지 그럴 수가 없다. 그것들과 더불어 다시는 꺼내지 않고 오랜 시간이 지나 빛바랜 누더기로 버려질지 모르는 어떤 시간들을 품고 있어서다.

　0.1밀리리터의 바느질 땀을 뜨듯 한 글자 한 글자를 적어 가며 그런 시간의 의미를 새기다 보면 그 안에서 반짝 빛나는 순간을 만나기도 한다. 그것으로 만족한다. 내 안의 작은 우주, 보리와 그런 작은 시간들을 나누고 싶다. 이토록 영리한 삶에 서툰 나를 지켜준 부모님과 가족에게 고마움을 전한다.

　서종택 선생님과 은사님들께 공을 돌린다. 소설의 길을 열어주신 심사위원 선생님들께도 감사 인사를 올린다. 그리고 무엇보다 아무도 시키지 않은 일을 하느라 애쓴 나의 밤들에 토닥토닥 위로와 격려를 건넬 수 있어서 기쁘다.

27

갇힌 세상 살아가는 현대인 신선하게 포착

올해는 〈단추〉, 〈숨은 그림찾기〉, 〈돼지〉, 〈스파티 필름스〉 이상 네 편의 소실이 최종 심사 대상이 되었다.

이 중에서 〈단추〉와 〈숨은 그림찾기〉가 우리의 눈길을 끌었다. 〈숨은 그림찾기〉는 찾기의 달인 남자가 화장하기를 좋아하는 여자와 만나면서 자기의 단점만을 찾아내는 취향 때문에 결국은 깨지고 만다는 홍미로운 줄거리를 가지고 있다. 그러나 단조로운 구성과 설명적인 서술 방식이 단점으로 지적되었다.

〈단추〉는 갇힌 세계를 살아가는 우리 현대인들의 세상 바라보는 시각을 독특하고 신선하게 포착하고 있다.

단추 카페의 주인이자 소설의 주인공인 단추의 삶과 '단추'라는 사물의 알레고리가 서로 잘 어우러지면서, 팍팍한 인생살이에서 출구를 찾으려는 나름의 노력이 짜임새 있게 그려져 설득력을 높이고 있다.

당선자에게 축하를 보내며 더욱 정진하기를 기대한다.

경상일보 박윤선

1970년 대구 출생.
1992년 울산대학교 섬유디자인과 졸업.
2012년 서울 디지털대학교 문예창작학과 졸업.
현재 경남 통영시 거주.

다시 자판 소리가 들려왔다. 피해 아동이 목격자분 차 앞을 지나갈 때 간격은 어느 정도였습니까? 간격…… 여자는 기억 속에 담겨 있는 아이의 행적을 더듬기 시작했다. 불현듯, 한 장면이 여자의 뇌리에 선명하게 떠올랐다. 손등을 볼록하게 모으고, 두 개의 손가락을 세워서, 소나타의 보닛 위를 누비던 조막만 한 손.

경상일보

손

박유선

 여자의 시선이 차창 너머 허공으로 날았다. 공중에 뜬 아이는 몸도 가벼운 데다 무력해서 거리에 선 사람들이 고개를 꺾어 들 만큼 큰 호(弧)를 그린 다음에야 지상에 떨어졌다. 여자는 아이의 몸이 바닥에 부딪치는 소리를 들었고 같은 표정을 짓는 사람들을 보았다. 잠시 멈췄던 숨을 되돌려놓느라 고개를 숙인 여자의 뇌리에 짧은 섬광이 스쳐갔다. 어느 때부턴가 줄곧 반복되고 있는 현상…… 딱히 집어서 설명할 수 없을 정도로 흐릿하지만 잊을 만하면 찾아오는 느낌. 지난날의 어느 틈엔가 똑같은 일을 겪었던 것 같은 기시감이었다. 여자는 이번에도 일어난 적이 없었던 기억이라고 결론을 내렸다. 팔목에 돋아난 소름은 가라앉을 줄 몰랐다.

 사건을 맡았다는 조사관에게선 옅은 담배 냄새가 났다. 앞머리와 이마의 경계가 뚜렷하지 않아 쉰은 족히 넘어 보이는 얼굴이었다. 눈 밑의 그늘은 장시간의 업무로 쌓인 피로를 짐작케 했다. 그냥 본 대로만 얘기해주면 되는 겁니다. 조사관은 일상적인 일이라는 듯 가볍게 말을 시작했다. 목격자는 진술만 끝나면 보내주니까요. 살다 보면 별의별 일 다

겪는 법 아닙니까? 커피라도 한 잔 뽑아줄까요? 여자는 배가 고팠다. 생각해보니 아침을 먹지도 못했고 시간은 벌써 정오를 향해 가고 있었다. 이십여 분 후에는 집으로 돌아와 있을 거라 생각했기 때문에 어수선한 식탁도 그대로 두고 나온 참이었다. 하지만 여자는 커피 말고 밥, 이라고 말하는 대신 고개를 저었다.

경비교통과의 창가에는 손때가 들어 거뭇거뭇한 철제 책상이 기역 자로 배열되어 있었다. 책상 사이에는 녹색의 칸막이가 가로 혹은 세로로, 원래 그 자리에서 나고 성장한 나무처럼 서 있었다. 가림막으로 나뉜 공간에는 각기 다른 기류가 흘렀는데 여자는 그 이유가 자리하고 있는 사람들의 차이에 따른 것이라고 생각했다. 비어 있는 공간에는 그만큼 평온한 공기가 고른 숨을 쉬듯 깔려 있었던 까닭이다. 여자는 조심스럽게 주위를 돌아보다가 반대편 창가 쪽에서 베이지색 트렌치코트 자락을 늘어뜨린 남자를 발견했다. 등을 돌리고 앉은 남자의 자세는 몹시 불편해 보였는데 등받이가 달린 빈 의자가 곁에 놓여 있었음에도 일인용 원목 스툴을 택해 앉은 탓이었다. 앞으로 비스듬히 뻗어 나와 있는 긴 목과 구부정한 등허리까지, 남자는 마치 억지로 앉은 자세를 취한 거북이 같은 모습이었다.

자판 소리가 멈춘 것은 그때였다. 이름요, 아줌마. 이름. 조사관의 찡그린 표정으로 보아 이미 몇 번의 재촉이 지나간 듯했다. 주민등록번호요. 여자가 대답했다. 주민등록번호…… 칠육공사, 아니, 칠육공삼…… 이…… 번호가 끝내 떠오르지 않자 여자는 조사관의 얼굴을 멍하니 쳐다보았다. 혀를 끌끌 찬 조사관이 검지로 회색 에나멜 토트백을 가리켰다. 곧이어 여자의 손에 자주색 장지갑이 나타나고 책상 위로 넘어온 조사관의 손이 신분증을 낚아채갔다. 딸려 나온 영수증 하나가 여자의 발치를 향해 뒤엿뒤엿 떨어졌다.

자, 그러니까 오늘 오전 아홉 시경, 문청초등학교 앞 이차선 도로를 운전하고 계셨다. 맞지요? 네. 그런데 도로를 건너던 아이가 흰색 아반테에게 치이는 것을 목격하셨단 거죠? 여자는 망설였다. 사고가 나는 순간? 사고가 일어난 후를 봤다고 해야 하는 것이 아닐까? 조사관이 고개를 들었다. 여자는 자신을 둘러싸고 있는 공기의 흐름이 점차 빨라지고 있음을 감지했다. 그럼, 목격자분의 승용차는 어느 차선을 주행 중이었습니까? 서 있었어요, 옆 차선에. 자판을 두드리던 소리가 멈췄다. 한결 낮아진 음성으로 조사관이 그 이유를 물었다. 아이가 길을 건너고 있었으니까요. 조사관이 한 손을 들어 듬성듬성한 자신의 머릿속을 헤집었다. 목격자분, 말씀 잘 하셔야 합니다. 여자는 본능적으로 고개를 끄덕였다. 그러면서도 상대가 자신에게 바라는 것이 무엇인지 헷갈렸다. 아까는 본 대로만 이야기하면 된다더니. 그럼, 피해자가 어디쯤 걸어가고 있을 때 사고가 일어났습니까? 그게, 저는, 그 아이가 제 차 앞에 있을 때만 봐서요. 리드미컬하게 울리던 자판 소리가 다시 멈추자 여자의 양 어깨는 오목하게 움츠러들었다. 여자는 자꾸만 주눅이 드는 자신의 태도가 싫었다. 선수를 친다면 이 위압적인 상황이 달라질 수도 있을까. 늦어서요. 아들이 유치원에 다니는데…… 색연필을 빼먹고 갔어요. 그거 갖다주려고…… 사고가 일어났을 때는, 시계를 보고 있었어요. 아홉 시…… 십일 분, 정확합니다.

조사관의 손가락은 움직이지 않았다. 여자가 다섯까지 세었다가 다시 열을 세었지만 요지부동이었다. 묻지도 않은 말을 여자가 덧붙였다. 학교 앞이잖아요. 어린이 보호구역이라 별 신경을 쓰지 않았어요. 여자의 얼굴을 바라보던 조사관이 느린 어조로 동의했다. 맞습니다. 어린이 보호구역이지요. 다시 자판 소리가 들려왔다. 피해 아동이 목격자분 차 앞을 지나갈 때 간격은 어느 정도였습니까? 간격…… 여자는 기억 속에 담겨 있는 아이의 행적을 더듬기 시작했다. 불현듯, 한 장면이 여자의 뇌리에 선명하게 떠올랐다. 손등을 볼록하게 모으고, 두 개의 손가락을 세워서, 소나타의 보닛 위를 누비던 조막만 한 손.

여자가 아이를 처음 발견한 것은 내리막 경사도를 막 탔을 즈음이었다. 검정, 노란색이 줄줄이 박힌 점퍼와 파란 가방은 먼 거리에서도 쉽게 눈에 띄었다. 이미 등교 시간이 지나서 다른 아이들의 모습은 보이지 않았다. 아이는 눈길이 닿을 만한 곳에 횡단보도를 두고도 일반 도로가에 서 있었다. 지나는 차량을 따라 연신 고개를 돌리던 아이가 달려오는 여자의 은색 소나타를 발견했다. 아이는 오로지 그녀만을 기다려왔던 것처럼 시선을 움직이지 않았다. 반면 여자는 망설였는데, 차를 멈추는 것이 귀찮았다기보다 또다시 습관적으로 남을 생각하는 자신이 싫어서였다.

평소에도 여자는 스스로 불편을 감수하는 일이 많았다. 줄을 설 때도 자신보다 늦게 도착한 사람에게 물러나주기 일쑤였다. 어떤 이는 고마움을 표했지만 모두 그렇지는 않았다. 하지만 당연한 듯 받아들이는 사람들의 태도에도 여자는 후회하지 않았는데, 그러한 선의를 베푸는 것이 왠지 마음의 평안을 가져다주기 때문이었다. 어쩌다 그러한 자신에게 염증이 이는 날도 있었다. 그럴 때면 여자도 독한 마음을 먹고 버릇을 고쳐보려고 했다. 그러나 정작 타인을 외면하려는 순간이면 여자의 머리에는 돌연 붉은 신호등이 번뜩이는 것이었다. 당연히 가야 할 목적지를 놓치게 된다거나 약속 시간에 늦게 되는 일을 겪을 수밖에 없었다.

은색 소나타는 서서히 속도를 늦추어 아이 앞에 멈춰 섰다. 그럴 줄 알았다는 듯 도로에 내려선 아이는 소나타 앞 범퍼에 바짝 붙은 채 걸었다. 그러다 소나타 쪽으로 고개를 돌렸고 보닛에 앉은 먼지를 뚫어지게 보았다. 걸음을 멈춘 아이가 손가락으로 보닛 위를 슬쩍 건드렸다. 끝이 올라간 짧은 직선 하나가 허연 불순물 위에 나타났다. 그때부터, 아이의 손가락이 종횡무진 소나타의 보닛 위를 훑기 시작했다. 굽실굽실한 문양이 마음에 들었는지 설핏 미소까지 지었다. 여자의 손이 브레이크 페달을 밟고 있는 오른다리로 미끄러져 내려왔다. 주먹을 쥐고 신경질적으로 허벅지를 두드려대었다. 차량용 시계를 쳐다보는 여자의 미간 사이가 점점 깊어지고 있었다.

댄스곡을 연주하는 것처럼 경쾌한 자판 소리가 반대편에서 들려왔다. 몸통을 알 수 없는 꼬리말이 자판 음 틈틈이 끼어들었다. 갔습니까, 라던가 했습니까, 같은 말들이. 트렌치코트 차림의 남자를 취조하고 있는 조사관이었다. 남자의 대답은 들리지 않았다. 불안정한 숨소리만 여자의 귀에 또렷이 들려왔다. 여자는 텅 빈 공간에 남자와 자신, 단 둘만이 갇혀 있는 착각이 들었다.

여자의 몽롱한 정신을 깨우기라도 할 것처럼 조사관이 책상을 탁탁 두드렸다. 여자는 좀 전의 질문을 떠올린 다음 기어 들어가는 목소리로 대답했다. 가까웠어요. 가까웠어요? 어느 정도? 조사관이 물었고, 여자는 잠시 뜸을 들였다 마지못해 답을 했다. 잘 모르겠네요. 제가 앉은 키가 작아서 범퍼 앞이 잘 안보이거든요. 잠시 여자를 쳐다보던 조사관이 맞은편을 향해 소리를 질렀다. 어이, 사망한 아이 말야. 신장이 어떻게 되지? 하지만 조사관의 우렁찬 목소리에도 사람들은 아랑곳하지 않았는데, 교통조사과 내 사람들의 관심은 온통 벽면에 부착된 TV 화면에 향해 있기 때문이었다.

방영되고 있는 프로그램은 아들이 즐겨 보아서 여자도 곧잘 보게 되는 코미디 프로그램이었다. 지하철 안이 배경인 듯했고 두 사람이 말다툼을 하고 있었다. 곁에는 한 아이가 기다란 풍선을 입에 물고 있었다. 낯익은 여자 코미디언은 불량스러워 보이는 행색의 출연자에게 격앙된 목소리로 따지고 들었다. 길쭉한 그 무엇이 자신의 엉덩이를 지속적으로 건드렸다며 하소연했다. 말다툼 중에도 남자 출연자 옆에는 예의 그 꼬마가 길고 탱탱한 풍선에 제 볼을 부풀려 바람을 넣고 있었다. 풍선의 위치는 정확히 사내의 사타구니 높이였다. 프로그램이 진행되는 동안 경비교통과 내 사람들에게서 간간이 웃음이 흘러나왔다. 야, 저거 억울하겠네. 누군가 그렇게 말을 했고, 저게 바로 미필적 고의 아냐. 체크무늬 점퍼의 조사관이 말을 받았다. 먼저 말을 던진 사람이 아니, 저게 어떻게 미필적 고의입니까? 누명을 쓴 거지, 라고 재차 묻자 체크무늬가, 저놈 말고 꼬마 말야, 꼬마가 미필적 고의를 저지른 거라고, 했다. 미필적 고의? 여자가 중얼거렸다. 어느새 함께 TV를 보고 있던 담당 조사관이 여자를 흘깃 보았다. 사건에 영향을 미칠 줄 알면서도 실수를 하는 행동입니다. 순 과실이 아니란 말이죠. 여자가 감사의 뜻으로 고개를 숙였다. 화면 속의 꼬마는 풍선을 부는 행동에만 몰입하고 있었다. 여자가 보기에 꼬마는 자신의 행동이 어떤 결과를 초래했는지에 대해서는 관심조차 없는 것 같았다.

피해자 신원 나왔습니다.

조사관의 뒤편으로 다가와 보고를 한 여경은 남색의 제복을 입고 있었다. 앞섶의 금색 단추와 어깨에 달린 견장이 어우러져 완벽한 조화를 이룬 모습이었다. 여경은 자신을 주시하는 여자의 시선을 모른 척하며 서류를 내밀었다. 하필이면 창으로 스며든 햇살이 제복의 금빛 견장에 정면으로 닿았다. 반사된 빛은 곧장 여자의 눈언저리로 날아와 희롱하듯 어른거렸다. 여자는 눈을 끔벅이며 그들이 뱉어놓은 아반테나 시속 백이십 킬로, 면허취소란 단어를 들었다. 트렌치코트 남자에 대한 사고 전적을 보고하는 것 같았다. 마주 앉은 사람을 배려하지 않고 함부로 말을 뱉는 그들의 무신경함에 여자의 기분이 언짢아졌다. 블라인드 좀 내려주세요. 한층 높아진 여자의 목소리에서 진한 짜증이 배어나왔다.

트렌치코트의 남자는 제복의 등장에도 아무런 미동을 하지 않았다. 자신과는 상관없는 일인 양손에 든 종이컵만 뚫어져라 보았다. 하지만 여경의 보고가 시작되자 서서히 고개를 든 남자가 무어라 말을 꺼내며 끼어들었다. 참다못한 체크무늬 조사관이 한마디를 했고 남자의 시도는 일단락되었다. 그때부터였다. 남자의 눈동자가 초점을 잃어버린 듯 쉴 새 없이 움직이기 시작한 것은. 금방이라도 깨질 듯 텅 빈 유리알 같은 눈동자는 경비교통과 내 어느 곳에도 정착하지 못하고 떠돌아다녔다. 우연이었을까. 그 모습이 여자의 눈에 낯설지 않았다. 여자는 남자의 눈빛을 어디서 보았는지 생각해내려 애썼다. 혹시 몇 번 건너 아는 사람은 아닐까. 그러다, 익숙한 섬광이 또다시 눈앞에 번뜩였고 그 찰나의 시간 사이에 잊어버리고 있던 얼굴 하나가 떠올랐다. 밥을 먹다가도 말을 하다가도 어린 여자를 바라보곤 했던 얼굴. 푸르고 어둑한 낯빛으로 손바닥을 열어 보이던…… 아버지.

여자는 이번엔 밀려오는 기억을 막아보려 필사적으로 노력했다. 풀려 버린 고리 하나. 그 시작을 내버려두면 여태껏 지탱해왔던 방어벽이 무너져 내릴 것만 같았다. 하지만 기억의 파편은 또 다른 기억들을 줄줄이 끌고 와 여자에게로 쏟아내었고 여자는 무방비상태로 그 봇물을 맞을 수밖에 없었다.

그날은 월요일이었고 여자가 아홉 살 되던 해의 가을이었다. 온 집 안을 울리는 현관문 소리에 여자는 쥐고 있던 연필을 놓치고 말았다. 달깍. 부러진 연필 심지가 방바닥을 도르르 굴러 책상 밑으로 들어갔다. 현관에는 여자의 아버지가 신발도 벗지 않은 채 두 손을 펼쳐 보이며 서 있었다. 품에 안기라는 것인지, 더 이상 가까이 오지 말라는 뜻인지 알 수 없어 여자는 당황스러웠다. 그런 탓에, 붉은 액체가 말라붙은 아버지의 손을 내려다보기만 했다. 못 살 거야. 아버지의 입에서 익숙한 소주 냄새가 풍겨 나와 집 안 구석구석으로 스며들었다. 아버지는 여자의 어머니가 가져다준 수건으로 손을 닦아내면서도 다른 말이 없었다. 한참 만에야 아버지는 세발자전거를 탄 아이에 대한 이야기를 꺼냈다. 아이는 차도 한복판에 있었다고 했다. 오토바이는 도로 밖으로 튀어나가 바퀴 하나가 빠지고 몸체가 부서졌다. 아버지는 못 살 거야, 라는 말을 후렴구처럼 반복했다.

여자의 아버지는 평소 살갑게 가족을 챙기는 사람은 아니었다. 자동차 부속을 생산하는 하청업체의 팀장으로써 가족에게 꼬박꼬박 월급을 가져다주는 것으로 가장의 임무를 다했노라고 생각하는 사람이었다. 늦은 귀가는 자연스러운 일상이었고 여자를 비롯한 가족은 가끔씩 그가 오토바이 핸들에 달고 오는 붕어빵이나 호떡만으로 그의 역할에 충분히 만족하고 있었다. 어느 날 갑자기 일어난 불행만 아니었다면, 훗날 여자가 의식적으로 아버지를 지우려 애쓰는 일은 없었을 터였다.

여자의 아버지가 신발을 벗고 거실에 올라서려던 순간, 초인종 소리가 울렸다. 현관문 밖에는 경찰복 차림의 두 남자가 서 있었다. 여자의 아버지는 그들과 함께 문밖을 나섰고 그 해가 다가도록 집으로 돌아오지 않았다.

　목격자분, 집중 좀 하세요.

　조사관의 표정에는 미뤄지고 있는 업무에 대한 불만이 잔뜩 묻어 있
었다. 안 그래도 골치 아픈 케이스인데 말야. 여자는 조사관의 말을 곱
씹었다. 골치 아픈 케이스…… 반복되는 자판 소리에 여자의 신경이 예
민해졌다. 탁, 어째서 그런 행동을 했습니까…… 탁, 그다음은 무슨 일
이 일어났습니까…… 탁, 탁, 탁…… 조사관은 내리깐 목소리로 취조를
계속했다. 아이를 발견했을 때의 상태는요? 가해자가 어떤 조치를 취했
습니까?

　아반테는 삼십여 미터 앞에 정차해 있었다. 흐릿한 연기가 새벽녘 해
무처럼 피어올랐다가 아침 햇볕에 사그라지는 것처럼 흩어졌다. 도로
위에 그려진 스키드 마크는 금세 찍어놓은 낙인처럼 생생했다. 공중에
서 내리꽂히고 있는 아이는 파란 가방에 매달린 인형이나 액세서리 같
았다. 칼끝 같은 사람들의 비명에도 인체가 부서지는 소리는 묻히지 않
고 울렸다. 여자는 그 모든 상황을 목격했다.

　텅 비어 있던 거리는 단 몇 분 만에 구경꾼들로 메워졌다. 사람들의
탄식에선 당혹스러움과 함께 묘한 안도감이 붙어 나왔다. 소나타에서
내린 여자가 아반테 옆을 지나칠 때, 베이지색 트렌치코트를 입은 남자
가 운전석 문을 열고 튀어나왔다. 남자는 내려서자마자 뛰었다. 최선을
다하는 듯했지만 한눈에 보기에도 위태위태했다. 결국 몇 발짝 더 가지
못하고 남자가 멈추었다. 양손을 무릎에 짚은 채 몰아쉬는 남자의 호흡
을 따라 위아래로 코트 자락이 흔들렸다.

　실제로는 연한 담청색이었던 아이의 가방은 아이와 한 몸인 것처럼
걸려 있었다. 상체는 기형적으로 뒤틀려 있었고 안구는 반쯤 눈꺼풀을
벗어나 있었다. 벌어진 두개골에서 쏟아진 뇌수와 혈액은 부채꼴을 그
리며 차도를 잠식해 나갔다. 비릿한 냄새에 여자의 뱃속에서 욕지기가
올라왔다. 손을 들어 입을 막는데 눈앞에 작은 원이 중심을 향해 돌았

다. 다리가 꺾이자 차도의 요철이 무릎에 박혀 들었다. 여자는 양손을 바닥에 짚어 나머지 몸까지 무너지지 않도록 지탱했다. 숨을 고르는 중에 손바닥에 축축한 습기가 느껴졌다. 두 손이 붉게 물든 것을 확인한 여자가 어쩔 줄을 몰라 하자 둘러싸고 있던 사람 중의 누군가 휴대용 티슈를 건넸다. 혹시, 아이…… 엄마예요? 구경꾼이 물었고 여자는 아니라는 뜻으로 고개를 저었다가 멈춘 다음 다시 내저었다.

　남자는 차도에서 줄곧 서성이기만 했다. 어떻게 행동해야 할지를 본인도 판단할 수 없는 것 같았다. 진정하세요. 여자는 그에겐지 자신에겐지 모를 말을 했던 것을 기억해냈다. 요란한 경적 소리가 차도 끝에서 들려왔다. 여자와 남자의 차가 도로를 가로막고 있어서 예닐곱 대의 차량이 줄지어 대기하고 있었다. 사태를 해결하기 위해 발걸음을 떼는 여자의 팔을 누군가 붙잡았다. 여봐요, 그냥 가면 어떡해. 설명을 하고 싶었던 여자는 목소리의 주인공을 찾아 둘러보았으나 아무도 알은척을 하지 않았다. 그것이 어떤 신호였던 것일까? 촘촘하게 늘어선 사람들 사이에 삐뚜름한 균열이 일어났다. 늙수그레한 노파가 사람들 틈을 비집고 걸어 나오고 있었다. 허방한 발걸음이 트렌치코트를 입은 남자의 동작과도 비슷해 보였다. 노파는 구경꾼들의 어깨와 팔을 밀치면서 앞으로 나섰다. 불시에 무례를 겪은 구경꾼들은 욕이라도 할 작정으로 뒤돌아보았다가 노파의 표정을 보고는 입을 다물었다. 노파의 늘어진 눈매와 입가에는 지금껏 살아온 세월이 한순간에 공중분해된 것에 대한 회한이 고스란히 드러나 있었다. 여자는 노파가 자신을 향해 다가오고 있다고 확신했다.

　일정한 높낮이의 사이렌 소리가 거리에 울렸다. 여자는 제일 먼저 도착한 경찰차를 향해 부리나케 다가갔다. 경찰차의 문을 열고 뒷좌석에 앉은 여자를 운전자는 휘둥그레진 눈으로 돌아보았다. 목격자예요. 작지만 또렷한 목소리로 여자가 말했다.

　쿠당탕……

느닷없는 소리에 수런거리던 사람들의 음성이 일시에 멈췄다. 태풍에 뿌리째 뽑혀 나간 나무처럼 칸막이가 쓰러져 있었다. 나뉘어 있던 서로 다른 질감의 공기가 드러누운 칸막이를 넘어 조급하게 섞여들었다. 조사관이 여자의 뒤쪽을 주시한 채, 경계를 갖추는 사냥개처럼 일어섰다. 여자가 돌아섰을 때, 트렌치코트의 남자는 여자의 두어 걸음 앞에 도착해 있었고 그 뒤를 체크무늬 차림의 조사관이 허겁지겁 쫓아오고 있었다. 남자는 단시간에 백 미터 거리를 완주한 사람처럼 거친 숨을 내쉬었다. 한참을 머뭇거리던 남자가 마침내, 그렇잖아요…… 아줌마, 라고 말하고는 이내 고개를 숙였다. 두 경찰이 동시에 허허로운 숨을 후, 쉬었다. 하지만 안심한 것도 잠시, 한 손을 들어 올린 남자가 과장된 몸짓으로 허공을 휘젓기 시작했다. 애가 무척, 작았잖아요? 그쪽 차 앞에서 그냥 불쑥 튀어나왔는데 나더러 어쩌라구. 거기 오늘 첨 가본 길이란 말입니다…… 아, 어쩌다 내가 이런 일에 엮인 거지?

여자도 남자의 말에 동의할 수밖에 없었다. 어떡하다 이런 일에 엮였을까. 집을 나섰다가, 굳이 슬리퍼를 바꿔 신으러 돌아간 이유가 무엇이었을까. 아니면 칠층이나 구층 사람들이 승강기를 삼 분쯤 더 잡고 있을 수는 없었을까. 그러면 학교 앞에 당도했을 때 아홉 시 십삼 분이나 십오 분쯤 되었을 테고, 아이는 벌써 차도를 건너갔거나 적어도 옆 차선에 지나가는 차량 따위는 없었을지도 모르는데. 남자는 말을 내뱉는 동안에도 여자를 관찰하고 있었다. 여자는 남자가 입을 열 때마다 드러나는 혓바닥의 백태만 쳐다보았다. 대여섯 시간은 찌들어 있었던 숙취가, 고기 찌꺼기 냄새와 더불어 여자에게로 덮쳐왔다. 뒤로 한 발짝 물러선 여자를 따라 남자가 바짝 다가섰다. 아니, 나만 책임 있는 겁니까? 그렇잖아요. 그쪽이 아이를 건너게 하지 않았으면 이런 일이 왜 생겨요? 양심적으로 그런 생각 안 들어요?

트렌치코트의 위협에 엉뚱하게도 여자의 뱃속이 반응을 보였다. 꾸르륵. 점점 더 허기가 심해지고 있었다. 아직 준비물을 가져다주지도 못했는데…… 여자는 유치원에 다니고 있는 귀여운 아들을 생각했다. 성실하게 일하고 있을 남편과 그리고 남은 우리의 인생…… 여자에겐 지켜내야 할 것들이 있었다. 경찰서를 나서면 우선 요기를 할 음식점부터 찾으리라, 여자는 결심했다. 그런 다음 유치원 미술 수업에 늦지 않게 색연필을 가져다줄 거야.

자신도 모르게 여자의 입에서 새된 목소리가 터져 나왔다. 양심적이요? 무슨 말씀을 그렇게 하세요? 모르시나본데 거기, 어린이 보호구역이잖아요. 당연히 아이에게 배려해야지요. 여자가 허리에 손을 얹었다. 고개까지 치켜들었지만 남자는 오히려 주목하고 있는 사람들의 반응에 고무된 표정이었다. 여자는 동조해줄 사람이 필요하다는 것을 깨달았다. 경비교통과 내에서 제대로 영향력을 끼칠 수 있는 자, 같은 상황을 여러 번 겪어서 무엇이 효과적인 답인지 알고 있는 사람. 여자는 고개를 돌려 담당 조사관을 응시했다. 다섯을 세며 기다렸지만 그는 보탬이 되어줄 생각은 없는 듯 팔짱을 풀지 않았다.

의기양양해진 트렌치코트가 여자의 코앞까지 제 얼굴을 들이대었다. 여자는 풀려버린 다리를 대신해 곁에 놓인 의자의 등받이를 잡았다. 다시 고개를 들었을 때, 담당 조사관의 얼굴이 저만치 앞에 보였다. 그 순간, 굳어 있는 조사관의 표정 뒤에 스쳐 지나가는 무언가를 여자가 포착했다. 조사관의 의사와는 하등 상관없는 일이었다. 아무리 감추려 들어도 들킬 수밖에 없는 불가항력 같은 거였으니까. 여자는 머리에 떠오른 단어를 입속으로 음미했다. 미필적 고의. 조금 전만 해도 경멸해마지 않던 줄을 여자는 힘껏 부여잡았다.

정면으로 남자의 시선을 마주한 여자가 냅다 소리를 지르기 시작했다. 들자 하니 당신, 예전에도 사람을 쳤다면서? 무려 백이십 킬로로 달리다가. 놀란 숨을 들이쉬는 소리가 사람들에게서 들려왔다. 여자는 다리에 힘을 주고 한층 더 큰 소리로 말을 이어나갔다. 이제 보니까 당신, 아주우 상습범 아니야?

남자의 눈자위에 서늘한 그늘이 퍼져나가는 것을 여자는 지켜보았다. 동시에 여자를 담당하고 있는 조사관의 볼에도 지저분한 홍조가 번졌다. 헛기침을 두어 번 뱉고 난 담당 조사관이 한 발짝 앞으로 나섰다. 가해자분, 여기서 이러신다고 본인에게 좋을 것 하나도 없습니다. 자리로 돌아가세요. 남자는 그 짧은 몇 분 사이 최소한 한 뼘은 쪼그라든 듯 보였다. 체크무늬 점퍼를 입은 조사관과 트렌치코트를 입은 남자는 나란히 걸어 제자리로 돌아갔다.

여자는 머리를 꼿꼿이 들었다. 계속된 질문에도 한 치의 망설임 없이 대답했다. 담당 조사관은 이따금 한쪽 입술꼬리를 비틀어 올리며 못마땅한 표정을 지었다. 마침내 기본 조사가 끝나고 조사관은 다시 연락이 갈 것이라는 말을 빼놓지 않고 여자에게 전했다. 알겠습니다. 대답을 한 여자가 되도록 소리를 내지 않게 주의하며 의자를 뺐다. 가벼운 목례를 하고 앞만 바라보며 출구 쪽으로 걸어갔다.

어엇!

여자가 출입문 앞에 거의 다다랐을 때, 다급한 외침이 벽걸이 TV 아래 정수기 앞에서 들려왔다. 소리가 난 곳에는 작은 폭포 같은 물줄기가 희부연 햇살을 가르며 쏟아지고 있었다. 당황스러운 기색의 젊은 경찰이 품에 안은 생수통의 방향을 재빨리 돌렸지만 물은 이미 반 이상 엎질러진 상태였다. 공교롭게도 물웅덩이는 트렌치코트의 남자를 향해 퍼져 나갔다. 남자는 구두가 젖는 것도 상관하지 않고 창밖만 내다보았다. 오그라든 목이 한층 더 옷깃 속으로 숨어들어 표정조차 가늠할 수 없었다. 사람들의 시선과 아우성이 제각각으로 흩어지는 가운데 여자는 조용히 출입문을 닫았다.

석 달여 동안 여자는 바쁜 나날을 보냈다. 잊을 만하면 가해자 측에서 연락을 해오거나 집으로 찾아왔다. 여자는 침착하게 대응했고 어느 식으로든 상대방의 언성이 높아질라 치면 상대해주지 않았다. 그들은 그럴듯한 정황을 내세우며 회유와 설득을 거듭했다. 생각을 해보세요, 얼마나 억울한 일인지. 따지고 보면 잘못한 점이 하나도 없다고요. 하지만 여자가 현장에서 겪은 일을 조목조목 전하고 나면 그들은 금세 풀이 죽었다. 그러곤 남자의 아들이라는 갓난쟁이의 사진을 여자의 눈앞에 들이밀었다. 시대가 달라도 가족을 구제하기 위한 레퍼토리는 똑같아서, 예전 여자의 집에 모여든 삼촌과 고모들이 취한 방법과도 다르지 않았다. 여자의 친척들은 경찰서를 드나들 때마다 한 뭉텅이의 현찰과 함께 여자의 가족사진을 가지고 나갔다. 그 정성 덕분이었는지 날이 풀리기 전에 여자의 아버지는 집으로 돌아올 수 있었다.

피해자 측에선 아무 연락이 없었다. 두어 번, 말을 하지 않는 전화만 걸려왔을 뿐이었다. 처음 그러한 전화를 받았을 때, 여자는 가슴 언저리에 아슬아슬하게 매달려 있던 돌덩이 하나가 뚝 떨어지는 기분을 느꼈다. 그리고 곧, 앞이 보이지 않는 사람처럼 비척대며 걸어오던 노파를 떠올리는 것이었다. 사실 여부를 확인할 수도 없는 이야기를 머릿속에 만들어내며 노파와 아이, 아이와 노파의 관계를 맞춰보곤 했다.

오전 여덟 시 오십 분. 여자는 아들의 손을 잡고 유치원 통학버스를 태우러 나갔다. 쓰레기 처리장에 들러 들고 간 쓰레기봉투를 던져 넣는 것도 여전했다. 버스 좌석에 앉은 아들의 눈을 마주쳐주고 버스의 꽁무니가 사라질 때까지 자리에 서서 바라보는 일상도 계속되었다. 다만 오후 세 시 이십 분쯤, 유치원 버스가 도착하는 시간에 아파트 앞으로 마중을 나가는 일과는 달라진 점이었다. 아파트 정문 앞이 아니라 도로의 맞은편에 정차하는 하교운행경로 때문이었다. 이미 그 전부터 지속되어온 일이었지만 그 위험성을 새삼 깨달은 여자는 유치원에 버스의 운행경로를 바꾸어줄 것을 요구했다. 유치원 측에선 동승한 교사가 길을 건너는 아이들의 안전을 일일이 확인하고 있다며 양해를 구했다.

여자는 유치원 버스에서 내리는 아들의 손을 꼭 잡은 채 파란 신호등이 들어와도 곧바로 횡단보도를 건너지 말라고 일렀다. 이렇게, 이렇게, 지나가는 차가 없는지 보고 건너야 돼. 좌우로 고개를 돌리는 시범은 여자의 아버지가 며칠이 멀다 하고 여자에게 일러주었던 동작이었다. 여자의 아버지는 길을 건널 때의 요령뿐 아니라 모퉁이를 돌아설 때의 안전한 위치, 마주 오는 자전거를 피하는 방법도 알려주었다. 나중엔 반복되는 레퍼토리를 외우다시피 한 여자가 아버지의 말에 뒤이어 끝을 낼 정도였다.

　오후 일곱 시 십 분, 저녁 식탁에 앉은 여자가 아기 코끼리가 그려진 멜라민 컵에 개봉한 우유팩을 조심스럽게 기울였다. 어린 아들은 포크에 꽂힌 토스트를 씹느라 조그만 입을 오물거리고 있었다. 갑자기 울린 휴대폰 벨소리가 여자의 시간을 방해했다. 여자의 귓속으로 근엄하고 낮은 목소리가 흘러들어왔다. 아, 접니다. 담당 조사관. 기억하시죠? 문청초등학교 교통사고. 팔짱을 끼거나 머리를 어수선하게 긁던 조사관의 모습이 떠올랐다. 네, 잘 지내셨어요? 아들을 재워야 할 시간이 다가오고 있었다. 무슨 일이시죠? 조사관은 헛기침을 한 뒤 말을 꺼냈다. 다른 게 아니고, 사고 현장이 찍힌 CCTV 화면이 증거자료로 제출되었는데 말이죠. 소나타는 워낙 거리가 떨어져 있어서 처음엔 몰랐는데…… 조사관의 말꼬리가 수상쩍게 늘어졌다. 여자는 저도 모르게 꿀꺽 침을 삼켰다. 피해자가 지나갈 때 말입니다. 혹시 손짓을 하셨었나요? 그러니까, 아이더러 빨리 지나가라고 손을 흔드셨냔 말입니다.

　하얀 우유가 식탁 위에 쏟아졌다. 엄마, 쏟았어. 어린 아들이 내지르는 소리에 여자가 벌떡 일어났다. 싱크대 위에 아무렇게나 나뒹굴던 행주를 집은 여자가 급하게 식탁 위를 훔쳤다. 건너편의 당사자는 말없이 사태가 진정되기를 기다려 주고 있었다. 여자는 행주를 개수대에 던진 뒤 멜라민 컵에 우유를 다시 채웠다. 그런 적 없는데요. 여자는 다른 손으로 휴대폰을 바꿔 쥐었다. 멀리서 찍혔다면서요? 얼굴을 만지거나 그랬겠죠. 손짓을 한 적은 없어요, 절대로. 조사관이 응답했다. 그러시군요. 여자는 짧은 숨을 들이마진 후, 건조한 목소리로 의사를 전달했다. 지금 바빠서요. 이만 끊어도 될까요?

　통화를 마친 후, 여자는 식탁 의자에 앉아 채 비우지 못한 자신의 밥그릇을 바라보았다. 이상하게도 식욕이 끊어져버려 숟가락을 들고 싶지 않았다. 남은 음식물을 모아 개수대 안에 털어 넣고 연필 자국이 무성한 앉은뱅이책상을 꺼내왔다. 오늘 아들이 해야 할 숙제는 '다리'와 '다람쥐'

란 단어를 여덟 칸짜리 공책에 열 줄을 쓰기였다. 다……리. 여자는 한 단어씩을 쓸 때마다 되풀이해 읽는 아들의 중지를 잡아 연필교정기의 홈에 끼워주었다. 다섯 번째 'ㅏ'에서부터 글자가 삐뚤빼뚤해지기 시작했다. 힘을 모으려고 동그랗게 그러쥔 아들의 손을 바라보던 여자는 순간 등허리 아래에서부터 열기가 오르는 것을 느꼈다. 여자는 숨을 고르다가 그것도 여의치 않자 벌떡 일어나 주방으로 걸어갔다. 냉장고에서 물병을 꺼내어 연거푸 두 컵 분량의 물을 들이켰다. 안방으로 건너가 화장대 서랍 속을 뒤졌다. 약병 안에 남아 있던 신경안정제 세 알을 꺼내어 한꺼번에 삼켰다.

열 시가 가까워지자 여자는 펭귄 캐릭터가 지그재그로 놓인 잠옷을 아들에게 갈아입혔다. 작은 몸뚱이를 가볍게 안은 다음 볼에다 입을 맞추었다. 그러면서, 어쩌면 어린아이의 몸이란 것은 이렇게 따뜻하고 포근할까, 생각했다. 아이 방을 나서자 쏟아지듯 약기운이 돌았다. 눈꺼풀이 금방이라도 마주 붙을 듯 무거웠다. 저녁 설거지를 마치지 못한 여자는 금세 일어날 요량으로 옷을 입은 그대로 소파에 드러누웠다. 모로 누운 시선을 따라 돌아간 TV 화면에는 아들이 즐겨 보아서 여자도 보게 되는 코미디 프로그램이 재방영하고 있었다. 여자의 팔과 다리가 내려앉으며 혼란스러운 머리까지 꺼질 듯 소파 아래로 가라앉았다.

꿈을 꾸었다. 아니, 꿈이 아닌지도 몰랐다. 여자는 도로 한복판에 서 있었다. 지나다니는 차도 행인도 보이지 않아 유령만이 사는 도시처럼 느껴졌다. 갑자기 어디선가 들어본 것 같은, 급하게 차량이 멈추는 소리가 울렸다. 고개를 들었다. 푸른 하늘을 배경으로 담청색 가방이 여자의 시야에 들어왔다. 가방에 제 몸을 맡긴 아이는 무지개처럼 완만한 곡선을 그리며 날고 있었다. 여자가 뛰었다. 최선을 다해 팔을 흔들고 다리를 움직였다. 아이가 바닥에 닿기 전에…… 늦지 않게…… 그러나 어쩐 일인지, 몇 걸음 가기도 전에 발이 길바닥에 붙어 떨어지지 않았다. 주먹만 한 납덩이가 다리마다 하나씩 붙어 있는 것 같았다. 뛰어가는 것을 포기한 여자가 울음인지 외침인지 모를 고함을 질렀다. 애야, 나는 몰랐어…… 하지만 여자의 목소리는 미로처럼 복잡한 골목 사이로 흔적 없이 사라질 뿐이었다. 이렇게 될 줄 정말…… 몰랐어……

　아이의 몸이 끝없이 추락하고 있었다.

우연찮게 들어온 고리가 인생 바꿔……
온전히 살아남는 소설 쓸 것

꿈을 꾸었습니다. 손위 친척이 여러 개의 촛불이 꽂힌 케이크를 들고 등장했습니다. 생일이 아닌 터라 어리둥절했지만 기분은 좋았습니다. 축하한다는 말에 활짝 웃었던 기억이 납니다.

당선 통보를 받고 가장 먼저 떠오른 기억은 길 위에서 보낸 시간들이었습니다. 소설을 배우기 위해 장거리 버스를 타고 다녔던 길, 바닷가를 따라 도서관으로 걸어가던 길, 막힌 구상을 풀려고 무작정 헤맸던 골목길…….

아직도 소설의 어떤 의미가 저를 그렇게 몰아댔는지는 알 수가 없습니다. 우연찮게 들어온 고리 하나가 제 인생을 바꿔놓았고 지금껏 그 열정에 사로잡혀 있습니다. 나란 사람을 어디에 데려다 놓을지, 어떤 모습으로 변화시킬지 계속 따라가 보려 합니다. 미욱한 작품 뽑아주신 심사위원 선생님께 감사드립니다. 적지 않은 불편을 기꺼이 감수해준 가족에게 고마운 마음을 전합니다. 진정한 작가로서의 태도를 몸소 보여주시는 이순원 선생님, 감사합니다. 부끄럽지 않은 제자의 모습 보여드리겠습니다. 의견 나눠주신 소설교실 문우님들의 도움이 컸습니다. '200칸 이야기' 회원 여러분과도 기쁨 나누고 싶습니다. 자괴감으로 힘들어하던 시기에 위로를 보내주었던 문우님들도 잊지 않고 있습니다.

메모장에 오늘의 할 일을 적어봅니다. 전 달에 시작한 소설의 다음을 써 나갈 차례입니다. 내일의 할 일도 다르지 않습니다. 지금까지 그래왔던 것처럼 앞으로도 그럴 것입니다. 온전히 살아남는 소설을 쓰겠습니다.

심사평 : 이동하(소설가)

날카로운 시선·극적 상황 짚어내 서사하는 문장력이 섬세

본심에 올라온 열 편을 읽고 다음 네 작품에 주목했다. 〈목도리〉〈손〉 〈사월의 눈〉〈언터처블 내 인생〉.

외국인 노동자들의 작업 현장을 핍진하게 그려낸 〈목도리〉는 문장이 나 플롯이 아직은 덜 다듬어진 감이 있고, 한때는 치열한 노동 화가였으 나 지금은 승복을 입고 자연염색에 몰두해 있는 첫사랑 남자와의 재회 를 그린 〈사월의 눈〉은 나름 잘 다듬어진 대신 신선함이 떨어졌다. 결국 두 작품이 남았는데 두 편 다 글쓰기의 내공이 만만찮음을 느끼게 하고 아울러 신인다운 새로움도 보여주고 있어 이 중 하나를 버리기가 주저 되었다.

고심 끝에 〈언터처블 내 인생〉을 내려놓은 까닭은 '대머리'의 고민을 이야기하고 있는 이 작품이 활달한 상상력과 은근한 해학성에도 불구하 고 다소 가벼움이 느껴졌기 때문이다.

〈손〉은 나무랄 데가 별로 없는 수작이다. 특히 인물의 내면을 읽어내 는 날카로운 시선과 미묘한 극적 상황들을 한 올 얽힘 없이 짚어내어 서 사해 가는 문장력이 놀랍도록 섬세하다. 어디에 내놓아도 신춘 당선작 으로 빠지지 않는 소설일 성싶다. 기대되는 신인을 얻어 기쁘다.

경향신문 이채현

1992년 서울 출생.
현재 한국예술종합학교 서사창작학과 2학년 재학 중.

은석, 근데 버려진다는 거, 그거 대체 뭐야? 그 질문에 말문이 막혔다. 이 멍청한 깡통은 여전히 버려진다는 게 뭔지 모른다. 버려졌을 때 슬프지도, 주인을 원망하지도 않을 것이다. 안드로이드는 감정이라는 게 없으니까. 나는 차라리 안드로이드처럼 되고 싶었다. 버려진다는 것도, 혼자 남겨진다는 것도 모르고 싶었다.

경향신문

사랑 때문에 죽은 이는 아무도 없다[1]

이채현

할아버지가 내게 남겨준 유품은 이안 말고도 하나가 더 있었다. 2007년식 포터2. 태어난 지 사십 년이 다 되어가는 고물 트럭이다. 아직까지도 바퀴가 굴러간다는 게 신기할 지경이다. 내가 아홉 살이었을 때 할아버지는 이 트럭에 나를 태우고 거래처와 제조사를 여기저기 돌아다니곤했다. 할아버지가 일을 하는 동안 나는 트럭 조수석에 앉아 창밖을 내다보는 일밖엔 할 수 없었다. 할아버지는 그럴 때마다 봉지 라면을 하나씩내 손에 쥐어주었다. 내 입맛 따위는 고려하지 않은, 순전히 할아버지의취향이었다. 할아버지는 항상 그랬다. 자기가 좋아하는 걸 쥐어주고는자기는 잘해줬다고 생각하는 식이었다. 애도 아니고. 어째서 남의 입장에서 생각해보려는 노력은 하지 않는 걸까.

트럭은 늙은 개 같았다. 탁한 숨을 뱉어가며 터덜터덜 간신히 움직였다. 하지만 집에 남아 있는 차라곤 이것 하나뿐이어서 트럭을 타고 이동할 수밖에 없었다. 자동 항법 장치가 개발되고 나서 운전할 필요가 없어진 시대가 왔는데도 왜 할아버지가 디젤식 자동차를 고집했는지, 나는

---

1) 제목은 쉼보르스카의 시 〈사진첩〉에서 인용.

이해할 수가 없었다. 돈이 없었던 것은 물론 아니었다. 할아버지의 '이안'은 정말 말 그대로 불티나게 팔렸으니까. 이안은 독거노인용 말상대 안드로이드가 상용화된 지 꽤 시간이 지난 후에 나온 후발 주자에 속했지만 상대적으로 싼 가격과 사람과 가장 흡사한 외모 때문에 인기가 높았다. 어깨 바로 위에서 떨어지는 검은 단발머리는 마틸다를 연상시켰다. 나는 아홉시 뉴스에서 이안의 어깨에 팔을 두르고 나오는 할아버지를 보면서 취향이 꽤 악취미라고 생각했다. 망할 노인네, 죽은 자기 딸 어릴 때랑 똑같은 얼굴을 만들면 어쩌자는 거야. 그것도 여성형도 아니고 남성형 안드로이드를. 덕분에 난 이안을 볼 때마다 그 얼굴에 조금씩 남아 있는 엄마의 흔적을 어쩔 수 없이 함께 볼 수밖에 없었다.

임대 아파트에서 캐리어 몇 개를 끌고 나와 트럭에 실었다. 몇 년 째 관리조차 받지 못한 아파트는 여기저기 창문이 깨져 있었다. 내가 살던 사층 베란다 창문도 마찬가지였다. 화단은 이미 시든 지 오래였다. 나는 아파트를 한 번 둘러보고 나서 이안에게 차 키를 넘겼다.

네가 운전해. 나 운전 못해.

이안은 고개를 갸웃거렸다. 하지만 은석, 나도 그런 거 할 줄 모르는데……? 말꼬리를 흐리는 이안에게 막무가내로 차 키를 쥐여준 뒤 나는 조수석에 올라탔다. 이안은 멍청히 제자리에 서 있었다.

야, 깡통! 안 타고 뭐해?

내가 소리치자 이안은 마지못해 운전석의 문을 열고 올라탔다. 그리고 자리에 앉아 내 얼굴만 멀뚱히 쳐다보고 있었다. 깡통 티 내는 것도 아니고. 머리가 지끈거렸다. 정말이지 차는 질색이었다. 나는 이안의 손에서 차 키를 뺏어서 구멍에 꽂았다. 차 키를 돌려 시동을 걸자 포터가 힘겹게 비명을 내질렀다. 백미러에 걸린 사진이 함께 덜덜 떨렸다. 나는 손가락으로 이안의 눈썹 위쪽을 툭툭 쳤다.

매뉴얼에 없으면 검색이라도 해봐. 깡통이 그 정도도 할 줄 몰라?

이안은 잠깐 허공을 멍하니 쳐다보더니 고개를 끄덕였다. 이제 할 수 있겠냐고 묻자 이안은 또 고개를 주억거렸다. 걱정 마, 다 외웠으니까.

내가 의심을 떨치지 못하고 계속 바라보자 이안은 한 번 씩 웃더니 클러치를 밟았다가 떼고 액셀을 밟았다. 포터가 덜덜거리면서 움직이기 시작했다.

은석, 운전 못한다더니 시동은 걸 줄 아네. 근데 왜 운전 안 해? 은석이 운전하는 것도 한 번 보고 싶은데. 진짜 근사할 거 같아.

단순히 기술적으로 할 줄 아냐고 묻는다면 운전을 할 줄은 알았다. 운전면허증도 있었다. 적성검사 기간에 갱신을 하지 않아 지금은 아마 취소되었겠지만. 나는 이안의 말을 못 들은 척 눈을 감고 창문에 머리를 댔다. 이안이 쓸데없는 말을 하는 바람에 쓸데없는 기억이 떠올랐다. 최대한 떠올리지 않으려 노력하며 잠을 청했다. 근데 은석아 우리 어디로 가? 끈덕지게 물어오는 이안의 말에 나는 잠시 생각하다가 노인네의 집으로 가자고 했다.

한참 운전을 하던 이안이 한 손으로 내 어깨를 톡톡 쳤다. 나는 한쪽 눈만 간신히 뜨고서 이안을 쳐다보았다. 이안은 백미러에 매달려 대롱 대롱거리는 사진을 가리키며 물었다. 이거 누구야? 나랑 똑같이 생겼다.

깡통, 제발 입 좀 닥쳐. 쓸데없는 거 자꾸 물으면 버리고 간다.

그러자 이안이 물었다. 은석, 버려진다는 건 뭐야? 그 질문에 말문이 막혔다. 이 멍청한 깡통은 버려진다는 게 뭔지도 모른다. 나는 대답하지 않았다. 이안은 내가 이런 식으로 굴 때마다 어떤 반응을 해야 하는지 헷갈리는 모양이었다. 원래가 독거노인 말상대용으로 개발된 것이었으니까. 텔레비전에서 본 이안의 광고가 떠올랐다. 마른 장작개비처럼 생긴 노인이 이안의 무릎에 얼굴을 베고 누워 있는데 이안이 노래를 부르는 장면이 지나갔다. 그나마 이안이 남성형인 게 다행이었다. 안 그럼 롤리타가 따로 없었을 거다. 노인네가 자기 딸을 롤리타로 만들고 싶지는 않았던 모양이지. 인간의 가장 가까운, 다정하고 친절한 우리의 친구는 개뿔. 그래봤자 냄새나는 늙은이들한테 아양이나 떠는 주제에. 나는 앞이나 보라고 손을 내저었다. 어색한 침묵이 내려앉았다. 도로 눈을 감았다. 작은 침묵 뒤에 이안이 조그맣게 속삭였다.

은석, 노래를 불러줄까? 사람은 자장가를 들으면 더 편하게 잘 수 있다던데.

나는 시끄럽다고 손바닥으로 이안의 주둥이를 탁 쳤다. 깡통 소리가 날 줄 알았는데 그런 소리는 나지 않았다. 이안이 과장된 제스처로 한 손을 들어 입을 감쌌다. 까고 있네. 아픔을 느끼지도 않으면서. 깡통 주제에 아주 인간 흉내를 내는 데 도가 텄다. 노인네는 매일 이안의 자장가를 들으며 잠이 들었나? 그래봤자 노인네는 죽었고 나는 그 빌어먹을 영감탱이가 아닌데. 이안은 너무 하다느니 매정하다느니 엄살을 떨더니 내가 무시하자 자기 멋대로 노래를 부르기 시작했다.

엄마는 한때 아주 유명했던 아이돌이었다. 남자고 여자고 할 거 없이 수많은 팬들을 거느렸고 엄마가 발표하는 노래마다 음원 차트를 휩쓸었다고 한다. 그러다가 스물세 살에, 데뷔한지 오 년 만에 돌연 은퇴를 선언했다. 지금이야 정자 은행에서 기증받아 혼자 애를 낳는 여자들이 많아졌다고 해도 남편 없이 애를 임신한 것이 당시에는 꽤 큰 스캔들이어서, 그것 때문에 더 이상 무대에서 노래할 수 없게 됐다. 애 아빠가 누구냐는 추측 기사가 쏟아져 나왔고 의견이 분분했는데 엄마는 거기에 대해선 대답하지 않았고 단 한 마디만 남겼다고 했다. 사랑 때문이라고. 그리고 조용한 해변 가에 내려가 나를 키웠다. 할아버지와 같이 살게 된 게 그때부터였다.

지금도 엄마의 노래를 기억하는 사람이 있을까. 이미 한참 유행이 지나간 히트송을. 이안이 지금 그걸 부르고 있었다. 엄마의 노래를. 빌어먹을 노인네. 도대체 매뉴얼을 어떻게 한 거야. 여태 잘 참아왔는데. 똑 닮은 얼굴로, 똑같은 목소리로, 똑같은 노래를 부르는 것은 견딜 수가 없었다. 나는 이안에게 당장 차를 세우라고 명령했다. 이안은 털털털 소리가 나는 포터를 간신히 갓길에 주차했다.

야, 깡통. 너 한 번만 더 그 노래 부르면 진짜 버리고 갈 테니까 그렇게 알아.

왜?

짜증나니까. 듣기 싫으니까.

이안이 시무룩해진 얼굴로 고개를 끄덕였다. 은석이 싫어하는 건 안해. 기계 주제에 잘도 가식적인 표정을 지어낸다. 그런데 순간 그 연갈색 눈망울이 엄마의 눈과 겹쳐 보였다. 엄마는 눈물이 많은 사람이었다. 할아버지는 그게 다 눈물점 때문이라고 했다. 눈물점 때문에 느이 엄마 팔자가 기구해졌다고. 엄마는 슬픈 영화를 보다가도 울었고 팬들이 준 선물이 새로 올 때마다 울었다. 그렇지만 깡통 따위가 눈물을 흘릴 수 있을 리가 없었다.

그때 유리창 위로 빗방울이 하나씩 떨어지기 시작했다. 오랜 가뭄 끝의 단비였다. 이안이 말했다. 비 온다! 은석아, 봐봐. 우리 창문 좀 열까? 나는 비가 너무 좋은데, 비 맞으면 시스템이 망가지니까 아버지가 레인코트를 만들어주셨어. 이안이 또 종알종알 떠들어대기 시작했다. 방금 전 울 것 같았던 얼굴은 온데간데없었다. 하지만 나는 비가 싫었다. 비가 오면 사고 때 다친 허리가 욱신거렸으니까.

이안이 처음 나를 찾아왔던 날도 비가 내렸다. 그날 이안은 파란색 레인코트를 입고 현관 앞에 서 있었다. 이안이 나를 돌아보던 순간 나는 죽었던 엄마가 살아 돌아온 줄 알았다. 뒷걸음질 치다가 들고 있던 봉투를 놓쳤다. 벌어진 봉투에서 귤이 몇 알 굴러 나와 이안의 발치에 가 닿았다. 그 자리에서 당장 도망치고 싶었지만 발이 묶인 것처럼 움직이질 않았다. 애꿎은 입술만 잘근잘근 물어뜯었다. 나는 시간이 조금 지난 뒤에야 그게 이안이라는 걸 눈치챘다. 이안의 눈 밑에는 엄마의 눈물점이 없었다. 노인네가 눈물점까지 똑같이 만들고 싶지 않았던 모양이었다. 그러자 갑자기 그 얼굴이 낯설게 느껴졌다. 그게 참 이상한 일이었다.

이안은 할아버지가 죽었다고 했다. 죽는다는 게 뭔지도 모르는 주제에. 그런 말을 하는 이안의 태도는 침착했다. 그때까지 나는 할아버지가 최초의 이안을 직접 키우고 있었단 사실조차 모르고 있었다. 어떻게 그럴 수가 있지? 이미 죽은 사람을 되살려내겠다는 생각 자체부터가 글러먹은 거였다. 지긋지긋한 노인네. 덕분에 나는 도처에 깔린 엄마 얼굴들을 마주해야 했다. 그게 얼마나 끔찍한 일인지 노인네가 알기나 알까. 현관 앞에 서 있던 이안을 지나치며 말했다.

그 노인네가 죽든 말든 그게 나랑 무슨 상관이야?

이안은 황급히 내 팔을 붙잡았다. 나는 함부로 만지지 말라고 말하며 뿌리쳤다. 이안이 말했다. 유언이 있었어. 나는 코웃음을 쳤다. 유언, 뭐. 이제 와서 무슨 할 말이 있다고. 이안을 만들어낸 노인네와 대판 싸우고 나서 집을 나온 지 십 년이 다 되어갔다. 그러니 내가 들을 말은 없었다. 현관 손잡이를 잡자 이안이 말했다. 아버지가 유산을 남겼어. 이안의 레인코트에서 파란색 빗방울이 뚝뚝 떨어졌다.

생명이 시작되는 곳에, 두고 왔다고 했어.

개뼉다귀 같은 소리다. 생명이 시작되는 곳? 노망난 노인네의 헛소리에 지나지 않는다고 생각했다. 유산이 필요하지 않았다면 이안을 따라나서는 짓은 하지 않았을 거다. 하필이면 나는 며칠 전에 해고를 당했다. 그것도 안드로이드 때문에. 시 당국에서는 더 이상 도서관 사서는 필요 없다고 했다. 모든 것이 전자 시스템으로 이루어질 거고, 사서의 역할은 이제 안드로이드가 대신하기로 했다고. 하긴 책들도 이제 운명을 다 하고 전자책으로 대체되고 있는 시대에 사서가 살아남겠다는 건 웃기는 일이었다. 그렇게 서면 몇 줄로 아주 쉽게 모가지가 날아갔다. 한 마디로 돈이 필요했다는 이야기다. 앞으로 먹고살 길이 막막했다. 십 년 가까이 도서관에서만 일한 내가 할 줄 아는 일이라곤 대출과 신간 서적 정리가 전부였다.

이안은 다시 떠들어대기 시작했다. 조잘조잘 참새 부리 같은 입술이 쉴 새 없이 움직였다. 은석. 아버지 집에 가려면 이제 작은 사막 하나를 지나가야 돼. 몇 년 전부터 계속된 가뭄 때문에 사막으로 변한 곳이라 은석은 모를 수도 있겠다. 원래는 나무가 정말 많았었는데…… 이런 기후에 사막이라니 진짜 안 믿기지?

그리고 나는 이제 이안의 입을 다물게 하는 방법을 알았다. 조용히 하라고 이안의 가슴께를 무심코 툭 한 번 쳤다가 알게 됐다. 이안은 심장이 있어야 할 위치를 누르면 싸구려 곰 인형처럼 한마디 말을 반복해서 했다. 아이 러브 유! 알 럽 유! 그러면 화들짝 놀라면서 이안은 입을 다물었다. 도대체 이건 무슨 취향이냐. 사람도 아니고 그렇다고 인형도 아니고. 인공지능의 프로세스에 의해서 나오는 말이 아닌 모양이었다. 다른 어떤 말을 하다가도 마찬가지였다. 나 역시 그 말을 듣기 곤혹스러웠지만 그것만큼 이안의 주둥이를 효과적으로 차단하는 방법은 없었기에 자주 써먹게 되었다. 이번에도 나는 이안의 가슴을 툭 쳤다.

　아이 러브 유!

　이안은 딸꾹질이라도 한 것처럼 입을 틀어막았다.

　한동안 조용한 상태가 이어졌다. 그게 좋아서 콧노래를 간간히 흥얼거릴 정도로 기분이 좋았다. 자동차 바퀴가 모래 구덩이에 빠지지만 않았어도 이 기분은 계속 유지되었을 것이다. 차가 기우뚱하더니 주저앉아버렸다. 이 늙은, 개 같은 차. 처음에 이안은 차에서 내려 구덩이에 빠진 바퀴를 들어 올려보려고 낑낑거렸다. 함께 좀 들었으면 하는 눈으로 내 쪽을 쳐다봤지만 나는 차에서 내리지 않았다. 사막의 햇볕은 따가웠다. 차에서 내리면 금세 땀이 한가득 쏟아질 것만 같았다. 이안은 땀이 안 난다지만 나는 아니었다. 안 그래도 못 씻어서 찝찝한데 거기다 땀까지 더하고 싶지는 않았다.

　해가 저물어 가고 있었다. 사막의 밤은 추웠다. 나는 다시 한 번 시동을 걸어보았다. 드드드, 드드, 하는 소리만 날 뿐 차는 이제 시동마저 걸리지 않았다. 이안을 찾아보려 차 문을 열고 밖으로 나왔다. 이안이 멀리서 걸어오고 있었다. 아무것도 건지지 못한 모양이었다. 이안이 미안하다고 했다. 은석, 주변에 아무것도 없어. 모래바람이 불었다. 순식간에 기온이 떨어지는 것이 느껴졌다. 우리는 차 안으로 들어갔다. 안은 그나마 좀 따뜻했다. 그래도 춥긴 추워서 나는 최대한 몸을 웅크리고 있었다. 이빨이 딱딱 부딪힐 정도로 몸이 떨리는 건 어쩔 수 없었다. 옆에서 이안이 손을 내밀었다. 나는 그 손을 쳐냈다.

이런 때라고 친한 척하지 마. 너 같은 건 유산을 찾기만 하면 바로 버릴 거니까.

이안은 내가 뿌리친 손을 쳐다보곤 내게 물었다. 은석, 근데 버려진다는 거, 그거 대체 뭐야? 그 질문에 말문이 막혔다. 이 멍청한 깡통은 여전히 버려진다는 게 뭔지 모른다. 버려졌을 때 슬프지도, 주인을 원망하지도 않을 것이다. 안드로이드는 감정이라는 게 없으니까. 나는 차라리 안드로이드처럼 되고 싶었다. 버려진다는 것도, 혼자 남겨진다는 것도 모르고 싶었다. 이안이 다시 물었다.

은석이 가르쳐주지 않으니까 사전에 검색해봤어. 검색 결과에 1번은 가지거나 지니고 있을 필요가 없는 물건이 내던져지거나 쏟아지다, 2번은 직접 깊은 관계가 있는 사람과의 사이가 끊어지고 돌봄을 받지 못하다. 이렇게 나오던데 나는 1번이야, 아니면 2번이야?

1번이야. 넌 깡통이니까. 사람이 아니라고. 버려지는 건 네가 필요 없어졌다는 거야.

그거 슬픈 거야?

아니. 물건이 슬픈 게 어디 있어. 그냥 버려지는 거야.

나는 사람의 감정을 훈련 받았는데, 슬픔이라는 감정은 너무 복잡해서 그것만은 이해할 수가 없었어. 하지만 아버지가 보여준 적이 있어. 슬픈 사람들의 얼굴. 찡그리고 울고 있는, 그런 얼굴을 하고 있으면 옆에서 꼭 안아줘야 된다고 했어.

이안이 다시 손을 내밀었다. 모른 척하려고 했는데 손발이 꽁꽁 얼어붙어 이제 아리기까지 했다. 나는 마지못해 그 손을 잡았다. 이안의 몸에는 열선이 깔려 있어서 온도 조절이 가능했다. 꼭 난로를 손에 대고 있는 것 같은 기분이 들었다.

따뜻해서 그런지 잠깐 선잠이 들었다. 눈을 떴더니 해가 밝아오고 있는 게 보였다. 사막의 낮이 오고 있었다. 언제 가까이 왔는지 이안이 바로 옆에 다가와 나를 끌어안고 있었다. 나는 이안의 몸을 밀쳐냈다. 이제 빠르게 더워질 것이다. 온기 같은 건 필요 없었다. 이안에게 출발하라고 명령했다. 차 키를 돌렸는데 이젠 시동마저 걸리지 않았다. 나는 다시 깡통을 불렀다. 그러자 이안이 눈을 뜨고 바싹 고개를 들이밀고 내가 말하기를 기다렸다.

자동차 배터리가 나간 거 같아. 주변에 도시가 있나 좀 알아보고 와.

지도에는 분명 이 부근에 작은 도시가 하나 있다고 나와 있었다. 그런데 이안이 꿈쩍도 하고 있지 않았다.

깡통, 왜 그래?

이안은 곤란하다는 얼굴로 말했다. 배터리가 다 돼가. 아마 한두 시간밖에 못 버틸 거야.

깡통 티 내는 것도 아니고. 순간적으로 짜증이 났다. 나는 그제야 이안의 배터리를 충전한 지 일주일이 다 되어간다는 사실을 기억해냈다. 구형 안드로이드는 기계 효율이 그다지 좋지 못했다. 충전기를 가져오긴 했는데 전기를 연결할 만한 것이 없어서 소용이 없었다. 자동차에 연결하는 방법도 있었지만 자동차마저 배터리가 나가는 바람에 그럴 수도 없었다. 그러고 보니 이안이 지난밤에 열선을 틀어두고 잤다는 게 생각났다. 내가 쳐다보자 이안은 점점 느려지는 말투로 대꾸했다. 괜찮아, 은석. 전원이 꺼져도 충전하면 다시 돌아올 테니까. 나는 그런 것을 걱정하는 게 아니었다. 이안이 없으면 내가 감수해야 될 불편을 셈해보는 중이었다. 우선 이 더운 날씨에 내가 직접 돌아다녀야 한다는 게 가장 큰 문제였다.

이안의 몸이 자동차 시트에 축 늘어져 있었다. 이럴 때마다 새삼스럽게 이안이 안드로이드라는 사실이 피부에 와 닿았다. 알고 있었던 것을 재확인하는 것뿐인데 낯선 기분이 들었다. 이안의 얼굴은 너무나 평온했고 마치 잠에 빠져드는 것 같았다. 나는 이안의 이름을 불렀다. 그러자 이안이 간신히 눈을 뜨고 나를 바라보았다. 이안이 말했다.

은석, 노래를, 불러, 줄까?

배터리가 꺼져가는 상황에서 잘도 그런 말이 나온다. 멍청한 깡통. 매뉴얼이 아니면 할 수 있는 게 뭐란 말이야. 이안은 지난번 그 노래가 아니라고 말했다. 나는 대꾸하지 않았다. 그러자 허락이라고 생각했는지 이안이 노래를 부르기 시작했다. 어린 애들한테나 불러줄 법한 자장가였다.

이안은 눈을 깜빡였다. 그럴 때마다 숱 많은 속눈썹이 파르르 떨렸다. 노래가 점점 늘어졌다. 나는 손을 뻗어 이안의 눈을 감겨주었다. 이안은 금세 잠에 빠져들었다. 삐, 하고 이안의 프로세서가 중지되는 소리가 들렸다. 이게 진짜 죽음이 아니란 것 정도는 나도 알았다. 그런데도 무서웠다. 엄마. 교통사고였다. 눈이 아주 많이 내린 날이었고, 타이어가 도는 순간 나는 반사적으로 내가 살 수 있는 쪽으로 핸들을 돌렸다. 마주 오던 승용차가 조수석 쪽을 들이받았다. 스키드 마크를 그리면서 낸 끔찍한 소음 이후에 모든 것이 공백이었다. 마지막으로 본 엄마는 자고 있는 얼굴이었다. 다시는 깨어나지 못할 영원한 잠.

눈을 감은 이안의 얼굴이 평온했다. 이안은 충전을 하면 다시 살아날 것이다. 엄마는 다시 일어나지 못했는데 이안은 일어날 것이다. 똑같은 얼굴을 하고서. 엄마도 죽고 이젠 노인네마저 죽었는데도, 자꾸 죽음이 뭔지 모르겠다.

나는 시동이 꺼진 포터를 잠깐 쳐다보았다. 사방에는 모래뿐이었다. 바짝 마른 나무 몇 그루가 듬성듬성 이어져 있었다. 차 키를 뽑았다. 백미러에 걸린 사진이 내 움직임에 따라 흔들렸다. 나는 이안의 마른 나뭇가지 같은 몸을 안아 올렸다. 깡통이라 무게 같은 건 없을 줄 알았는데 두 손 가득 묵직한 게 들어찼다. 차 문을 열고 내리자 모래바람이 불었다.

이안을 업고 안드로이드 스토어를 찾아 들어가자마자 입구에 걸린 플래카드가 눈에 들어왔다.

리콜 행사! 늦기 전에 구형 안드로이드를 다른 제품과 교환하세요.

그것은 이안이었다. 이안은 온갖 안드로이드와 가전제품 사이에 얌전하게 앉아 있었다. 이안의 아래에는 세탁기가 있었고, 옆에는 냉장고가 있었고 뒤에는 텔레비전이 진열되어 있었다. 굽슬굽슬한 금발에 파란 눈을 가진 안드로이드들이 웃는 얼굴로 지나가는 사람들에게 인사를 했다. 안녕하세요, 리콜 행사 중입니다. 구형 안드로이드 대신 저를 데려가세요. 그 안드로이드 사이에서 이안은 초라해 보였다. 매장 앞에 가만히 서 있자 직원이 다가왔다.

구형 안드로이드 리콜 하시려고요?

여자가 내 등에 업힌 이안을 쳐다보면서 말했다. 나는 가만히 직원의 얼굴을 쳐다보다가 물었다. 이안이 왜 리콜 되고 있는 거죠? 직원이 웃으며 대답했다. 물론, 기계적 결함 때문이죠. 고객님, 더 좋은 모델도 많이 나와 있어요. 최근에 이 구형 안드로이드 때문에 자살하는 사건이 일어났다는 거 모르셨어요? 한두 건이 아니래요. 아니, 무슨 기계 때문에 자살을 하고 그런데요? 그게 말이 돼요? 아무래도 실제 사람을 모델로 만든 거라, 사람들이 자주 인간으로 착각하는 모양이더라고요. 이건 기계일 뿐인데, 그렇죠? 아무튼 정부에서 일괄적으로 폐기처리 하라는 명령이 떨어졌어요. 나는 직원의 말을 들으며 고개를 끄덕였다.

폐기처리 되면 어떻게 되는 거죠?

뭐, 부품을 하나하나 분해해서 다시 다른 기계 부속품으로 사용하겠죠, 아마.

그럼…… 폐기를 안 하겠다면요?

글쎄요, 그거 안 하면 안 된다고 그러긴 하던데…… 그냥 이참에 새 거로 교환하시는 게 어떠세요?

직원이 지치지도 않고 신형 안드로이드를 들이밀었다. 나는 됐다고 말하고 뒤돌아섰다. 폐기는 내가 막을 수 있는 일이 아니었다. 그래도 지금은 아니었다. 아직 유산을 찾지도 못했다. 노인네의 유산을 찾기 위해서는 이안이 필요했다.

돌 하나가 툭 튀어와 세탁기 위에 있던 이안을 맞췄다. 그 이안이 바닥으로 굴러 떨어졌다. 내 뒤에 있던 직원이 놀라서 소리쳤다. 너네 지금 뭐하는 거야! 저게 얼마짜린 줄이나 알아? 동네 꼬마 애들이었다. 그 애들이 내 등 뒤의 이안을 향해 돌을 던지기 시작했다. 이 악마! 썩 꺼져 버려! 사람들이 가장 사랑했던 안드로이드를 이젠 악마라고 부르고 있었다. 왜소한 체구를 가진 꼬마가 무리 중의 맨 앞에서 소리쳤다. 너 때문에 우리 할아버지가 죽었어. 맨날 너 따위랑 얘기하더니, 결국 자기 혼자 죽어버렸다고. 나랑 엄마는 어쩌라고, 자기 혼자…… 곧 울먹거리는 목소리로 변했다. 그 애들은 계속해서 돌을 던졌다. 잘못 날아온 돌이 내 팔을 맞고 떨어졌다. 팔이 욱신거렸다. 나는 그 애들을 지나쳐서 뛰기 시작했다.

스토어에서 자동차 배터리를 사서 포터로 다시 돌아왔을 때는 이미 해가 져가고 있었다. 나는 이안을 조수석에 놓고 배터리를 갈았다. 이걸 사느라 칩을 쓰는 바람에 마이너스가 또 쌓였다. 배터리를 갈아놓고 나는 운전석의 손잡이를 잡았다. 사막이니까 괜찮다고 혼잣말을 했다. 딱 이번뿐이라고. 그리고 운전석에 올라타 키를 꽂고 시동을 걸었다. 드드드, 하고 힘없는 소리를 내더니 이윽고 시동이 걸렸다. 이를 악물었다. 있는 힘껏 클러치를 밟았다가 떼고 액셀을 밟았다. 너무 세게 밟아서 포터가 반동을 이기지 못하고 휘청거렸다. 구덩이에서 바퀴가 빠져나왔다. 백미러에 매달린 사진도 함께 흔들렸다. 내 몸의 떨림 같은 건 그래서 대수롭지 않게 느껴졌다.

포터는 잘 굴러갔다. 소름이 끼칠 정도로 조용했다. 이상하게 허전한 기분이 들었다. 옆에서 종알종알 떠들던 게 시체처럼 누워 있어서 그런 건가. 짜증이 나는 것 같기도 하고 갑갑한 것 같기도 했다. 노래라도 들을까 해서 한 번도 틀어본 적이 없던 자동차 라디오에 손을 댔다. 지지직거리는 소리만 날 뿐 라디오에서는 아무 소리도 나오지 않았다. 필요할 땐 꼭 이런 식이지. 나는 신경질적으로 라디오를 껐다. 노인네의 집까지 얼마 남지 않았다. 액셀을 더 세게 밟았다. 엔진 소리가 조금 더 커지기를 바라면서.

나는 이안을 들어 품에 안고 차 문을 열었다. 코끝에 소금내가 확 끼쳤다. 통나무집에서 내려다보면 엄마 손을 잡고 걷던 모래사장이 보였다. 노인네의 집은 내가 떠났을 때와 별반 다르지 않았다. 거미줄이 여기저기 쳐져 있는 것만 빼면 십여 년 전 모습과 똑같았다. 노인네는 엄마가 죽은 이후 집의 어떤 것에도 손대지 않았다. 통나무로 지어진 이층집. 이층에 있는 다락방이 한눈에 보였다.

문은 잠겨 있었다. 혹시나 해서 도어락에 손가락을 갖다 대자 띠릭 소리가 나면서 문이 열렸다. 문을 열고 들어가자 익숙한 거실 풍경이 보였다. 집 안에 있던 온갖 로봇들이 순식간에 현관 앞에 모여들었다. 거미 모양을 하고 있는 청소로봇이 내 발등 위에 올라왔다. 나는 발을 털어내며 집 안으로 들어갔다. 로봇들이 모세의 기적처럼 양쪽으로 갈라져 길을 만들었다. 노인네의 연구실로 향하는 길이었다. 가지가지 한다. 왜, 폭죽이라도 터뜨리시지. 노인네 손바닥에서 놀아나는 기분이었지만 그 길로 걸었다.

연구실의 문을 열자 보인 건 온갖 기계 부품들과 널브러진 책들, 그리고 마호가니 책상 위에 올려져있는 작은 종이 뭉치들이었다. 나는 책상 위에 일단 이안을 내려놓았다. 종이 뭉치를 들어 펼치자 노인네가 적어놓은 글씨가 눈에 들어왔다.

[생명은 심장에서 시작된다]

또 개뼉다귀 같은 소리를 지껄여놓았다. 나는 종이를 도로 구겨 던졌다. 나머지 다른 종이는 전부 빈 종이였다. 쓸모없는 영감탱이. 연구실을 한번 둘러보았다. 한쪽 구석에 걸려 있던 거울에 내 모습이 비쳤다. 덥수룩한 머리에 지친 표정을 한, 이제 막 삼십대에 접어든 남자가 서 있었다. 오래 면도를 하지 않아 수염이 지저분하게 나 있었다. 조금씩 늘어가기 시작한 흰머리도 드문드문 눈에 띄었다. 거울 속에는 책상 위에 누워 있는 이안의 모습이 함께 보였다.

나는 책상 위에 반듯하게 누워 있는 이안을 내려다봤다. 이안의 얼굴은 십 년 전에도 그대로였다. 아마 십 년 후에도 그럴 것이다. 바닥에 굴러다니는 기계 부품들 사이에 이안의 충전기가 보였다. 충전기를 가져온 다음 이안을 뒤집었다. 등에 충전기를 꽂자 전기가 들어가면서 이안의 몸이 한 번 살짝 들썩였다. 나는 이안을 일으켜 세웠다. 이안의 눈꺼풀이 파르르 떨리더니 이내 눈을 떴다. 그리고 말했다.

은석, 오랜만이야.

목소리에서 온기가 느껴졌다. 나는 그렇게 말하는 이를 알았던 적이 없다. 이안은 나를 보고 웃었다. 안드로이드치고 어색하지 않게. 나는 무심코 그 얼굴을 보다가 이제 더 이상 그 얼굴을 볼 때마다 엄마를 떠올리지는 않는다는 걸 깨달았다. 이안은 그냥 이안이었다. 나는 이안에게 말했다. 이안이 나를 찾아왔을 때부터 줄곧 묻고 싶었던 것을.

할아버지는 어떻게 죽었어?

이안은 고개를 옆으로 기울였다. 경찰이 왔었어. 그 사람들은 아버지가 자살했다고 했어. 아버지는…… 이 앞의 바다에서 발견됐어. 글쎄, 나는 죽는다는 게 뭔지 모르겠지만. 은석, 그건 슬픈 일이야?

나는 아무 말도 할 수 없었다. 이안이 말했다.

슬픈 일이구나.

내가 언제 그랬어.

은석은 항상 울 것 같으면 입술을 깨물고 콧잔등을 찡그리고 있으니까. 이렇게.

이안이 우스꽝스럽게 얼굴을 찌푸렸다. 입술에서 피 맛이 났다. 웃기지 마. 노인네가 죽어서 슬펐던 적은 단 한 번도 없었어. 죽은 건 죽은 거고. 그게 자연사든, 자살이든 그건 중요한 게 아니야. 사실상 죽음이란, 어떤 사람이 영원히 떠나서 다시는 볼 수 없게 되는 것에 불과하다. 그러니까 노인네도 이제 다시 볼 수 없게 됐다는 것뿐. 죽지 않았을 때도 죽은 것이나 다름없었다. 나는 그게 뭐 대수냐고 이안에게 말했다. 입술을 물어뜯던 것을 그만두었다. 그러자 눈이 따끔거렸다.

은석은 이상해.

뭐가.

한 번도 얼굴하고 같은 감정을 말한 적이 없어.

쓸데없는 소리, 지껄이지 말랬지. 이안이 내게 손을 뻗었다. 어깨에 닿는 손이 따뜻했다. 온기에 중독될 것 같았다. 나는 흠칫 놀라 뒤로 물러섰다. 이안이 물었다.

아버지를 사랑했어?

사랑이라니, 웃겼다. 깡통 주제에 사랑을 말한다는 게 우스웠다. 슬픔도 사랑도 아무것도 모르는 주제에. 이안이 이어서 말했다. 아버지는 나한테 매일 사랑한다고 말해달라고 했어. 나는 그게 뭔지 모르는데.

사랑 같은 건 없어. 나는 그따위 것이 없어도 잘 지내게끔 나를 훈련해왔다. 내가 그렇게 말하자 이안이 내 얼굴을 똑바로 쳐다보고 물었다. 근데 왜 그런 얼굴이야? 아무 말도 할 수 없었다. 입 안에서 피 맛이 났다. 그때 거실에서 전화가 울렸다. 나는 이안을 두고 도망치듯 거실로 나왔다. 수화기를 들자 낯선 여자의 목소리가 들렸다.

윤 박사님 댁 맞습니까?

내가 그렇다고 대답하자 여자는 내 대답은 상관없었다는 듯 말을 이었다. 끔찍하게 사무적인 목소리였다. 꼭 안드로이드가 말하는 것 같았다. 안드로이드 관리부서입니다. 이안 IN0001이 아직 회수가 안 되었는데, 계속 안 한다면 강제적으로 회수할 수밖에 없습니다. 이게 사안이 사안이라. 이미 몇 번이나 공문을 보낸 걸로 아는데요.

내 물건을 강제로 가져가겠다는 건가요?

강제라고 해도 어쩔 수 없습니다. 개인의 자유보다 우선시되는 가치는 있는 법이죠. 정부에서 사람을 죽게 만드는 안드로이드를 방치할 수는 없는 노릇이니까요.

용건만 전달하고 뚝 끊어져버린 수화기를 들고 있는데 이안이 언제 따라 나왔는지 뒤에서 물었다. 은석, 무슨 일이야? 나는 아무 일도 아니라고 얼버무리고 소파에 누웠다. 이안이 쪼르르 뒤따라와 말을 걸었다. 밥은 먹고 자야지.

그 말에 나는 일어나 부엌 냉장고에서 파인애플 통조림 하나를 가져왔다. 할아버지가 즐겨 먹던 것이었다. 예상대로 냉장고에는 생수병과 통조림만 즐비했다. 나는 다시 소파에 앉아 통조림을 따고 아주 천천히 파인애플을 먹었다. 내가 그러는 동안 이안은 말을 걸기를 포기하고 소파에 등을 대고 앉았다. 나는 이안의 조그마한 뒤통수를 바라보았다. 머리카락이 닿을 듯 말 듯 움직이며 내 손가락을 간질였다. 문득 그 뒤통수를 만져보고 싶어졌다. 손을 뻗으려다가 손가락에 묻어있는 끈적끈적한 국물 때문에 관두었다. 파인애플은 입이 아릴 정도로 달았고, 이안을 위해 내가 할 수 있는 일이라곤 고작 그들이 이안을 데려가기 전에 내 손으로 폐기하는 것뿐이었다. 이안이 고개를 돌려 나를 보고 물었다.

은석, 자장가 불러줄까?

나는 가만히 있자 이안이 노래를 부르기 시작했다. 이안은 라디오와 다를 바가 없었다. 이안은 라디오다. 라디오일 뿐이야. 입술을 깨물었다. 그건 어쩐지 조금 서글픈 일이었다.

집 안을 쑥대밭으로 만들고 난 뒤에야 나는 노인네가 말한 유산 따위는 없었다는 걸 깨달았다. 속는 셈치고 여기까지 온 거였지만 역시나였다. 이안은 다락방에서 내려오던 나에게 물었다. 뭐 좀 찾았어? 나는 고개를 저었다. 노인네가 수집하던 골동품과 로봇 부품, 그리고 굴러다니면서 뭉친 먼지들 외엔 아무것도 없었다. 나는 한숨을 쉬곤 소파에 드러누웠다. 앞으로 뭘 해먹고 살아야 할지 막막했다. 노인네의 로봇 부품이라도 갖다 팔아야 되나 싶었다.

이안이 곁에 다가와 앉았다. 내가 물었다. 노인네가 다른 말은 안 했어? 생명 어쩌고 헛소리 말고. 이안은 고개를 저었다. 그것뿐이었어. 몸에서 힘이 쭉 빠져나가는 기분이었다. 밤새 집을 들쑤시고 다녔더니 벌써 창문으로 동이 터오는 것이 보였다. 무언가 먹어야 한다는 생각은 들었지만 그러고 싶지 않았다. 나는 이안에게 말했다.

할아버지는 왜 자살을 했을까.

이안을 산 다른 노인네들은 대체 왜 자살을 했을까. 멍하니 해가 떠오르는 것을 보고 있는데 이안이 내 머리를 쓰다듬었다. 나는 가만히 머리를 맡긴 채로 내버려두었다. 이안의 손가락 사이로 사르륵 사르륵 흘어지는 머리카락을 보고 있었다. 이안이 말했다.

아마도, 슬펐기 때문 아닐까.

뭐가.

글쎄, 그건 나도 모르겠어. 아버지는 밤마다 혼자 콧물을 훌쩍였어. 그래서 내가 매일 안아줬는데도, 그런데도 훌쩍임이 멈추질 않았어.

이상하네.

노인네는 슬프다거나 기쁘다거나 하는 감정을 얼굴에 드러내는 법이 없었다. 적어도 내가 기억하기로는. 늘 고집불통인 얼굴에, 이유 없이 기분이 나빠지는 날엔 주변 사람들에게 신경질을 냈다. 나는 노인네의 연구실 근처엔 얼씬도 하지 않았다. 괜히 얼쩡거리다가 한 번 잘못 걸리는 날에는 하루 종일 시끄러운 잔소리를 들어야 했다. 이안은 내 말을 어떻게 이해한 건지, 딴소리를 했다.

그치? 꼭 안아주면 괜찮아질 거라고 했으면서, 아버지는 한 번도 괜찮아진 적이 없었어.

머리카락을 만지던 손이 허공에서 멈췄다. 나는 이안을 쳐다보았다. 이안이 물었다.

내 잘못이야?

아무런 말도 할 수 없었다. 침묵이 길게 이어지는 사이에 비가 내리기 시작했다. 가뭄이 끝나고 나서는 꽤 자주 비가 내렸다. 천장 어딘가에 구멍이 났는지 빗방울이 마룻바닥으로 똑똑 떨어졌다. 한두 군데가 아니었다. 나는 이안을 불렀다.

지붕에 물 샌다. 좀 막아야겠는데.

이안이 불쌍한 척 눈썹을 늘어뜨렸다. 나는 이안에게 레인코트를 던져주었다. 얼른, 나갔다 와. 이안은 마지못해 레인코트를 주워 입었다. 나는 우산을 들고 이안과 함께 집을 나섰다. 이안이 뒷마당에서 찾아낸 사다리를 타고 지붕에 올라갔다. 나는 아래에서 이안이 나무판자로 구멍을 막는 것을 보고 서 있었다. 이안은 한참 낑낑대면서 새는 곳을 찾더니 판자를 댔다. 이제 다 됐다고 사다리에 발을 디디는 순간, 이안이 발을 헛디뎌 미끄러졌다. 나도 모르게 몸이 움직인 건 한순간이었다.

눈을 떴더니 보이는 건 이안의 얼굴이었다. 몸을 일으키려고 하는데 팔이 욱신거렸다. 이안이 말했다.

움직이지 마, 은석. 넘어지면서 팔을 다쳤어. 부러진 건 아닌 거 같은데……

그 말에 도로 누웠다. 주먹을 쥐었다 폈다 하는데 이안이 물었다. 고요한 얼굴이었다. 늘 이런저런 표정으로 풍부한 얼굴이었는데.

은석, 왜 그랬어?

뭐가.

왜 날 받쳐줬어?

아무 말도 할 수 없었다. 나도 왜 그랬는지 몰랐으니까. 이안이 이어서 말했다.

그래서는 안 돼.

왜?

은석이 나 때문에 다쳐서는 안 돼.

그쯤은 나도 알고 있어. 이안이 심심할 때 틀어놓는 라디오에 불과하다는 것쯤은. 입술을 깨물었다. 하지만 다시 똑같은 상황이 와도 나는 그렇게 할 거였다. 이유 같은 건 필요 없었다. 그냥 그렇게 하고 싶었으니까. 내가 그렇게 말하자 이안이 말했다.

은석 말대로 나는 그냥 기계일 뿐이니까. 착각하면 안 돼.

이안이 손을 내밀었다. 인간이 만든 것 중에 가장 아름다운 기계가 나를 보고 웃었다. 그 손을 잡았다. 따뜻했다. 그제야 사람들이 왜 자살했는지 알 것 같았다. 아무리 소중하게 생각해도 보답 받지 못하는 마음, 이걸 견딜 수 없었던 거다. 이안의 손을 잡아당겨 품에 안았다. 내 얼굴이 안 보이게. 평소엔 비교적 자제가 잘 되는 편인데 가끔씩 계기가 생기면 별거 아닌 일로도 이놈의 정신머리가 주체가 안 됐다. 화병을 부르는 못된 성질머리라고, 어릴 때부터 엄마한테 늘상 듣는 잔소리가 그랬더랬다. 이안이 말했다.

은석, 있잖아. 내가 아버지한테 받은 명령은 하나밖에 없어. 은석을 소중히 여길 것. 이건 다른 모든 이안에는 없는, 나만 받은 명령이야. 그래서 아버지는 내가 특별하다고 했어.

뭐래는 거야. 깡통이. 나는 내가 이안을 어떻게 할 수 없다는 것을 깨달았다. 이안이 따뜻할수록, 다정할수록 나는 슬퍼졌다. 나는 떠나야 한다고 생각했다. 그들이 이안을 데리러 오기 전에. 내일 아침 일찍 떠나자고 하자 이안이 중얼거렸다. 은석이 나 때문에 다쳐선 안 돼. 나는 못 들은 척 이안에게 엄마의 노래를 자장가로 불러달라고 했다. 그러자 이안이 조곤조곤 노래를 부르기 시작했다.

눈을 감았다 떴을 때 품 안에는 약간의 온기 말고는 아무것도 남아 있지 않았다. 나는 제일 먼저 다락방을 살피고 그다음에 부엌, 거실을 살폈다. 베란다까지 둘러보고 나서야 나는 이안이 사라졌다는 사실을 깨달았다. 현관문을 열고 밖으로 나오자 빗방울이 얼굴을 적셨다. 이안의 레인코트가 흙바닥에 떨어져 있었다. 나는 이안을 포터 옆에서 발견했다. 이안은 바닥에 무릎을 꿇고 얌전하게 앉아 있었다. 빗방울이 이안의 살갗을 두드리고 있었다. 이안의 숱 많은 속눈썹에도 비가 떨어졌다. 그러자 이안은 꼭 울고 있는 것처럼 보였다.

이안을 이해할 수가 없었다. 더 이상 움직이지 않는 이안을 안아 들었다. 삐, 하고 이안의 프로세서가 중지되는 소리가 들렸다. 나는 더 이상 아무 말도 하지 않는 이안을 쳐다보다가 이안의 가슴 부근을 쳤다. 아이 러브 유! 이 목소리는 이안의 생명과 상관없이 유지되는 모양이었다. 몇 번 더 두드리자 계속해서 이안이 사랑한다고 소리쳤다. 할아버지가, 나를 사랑한다고 말하고 있었다. 심장 부근에서 조각 하나가 떨어져 나왔다. 진흙탕 위에 떨어진 그것을 주워들었다. 조그마한 칩이었다. 한 번에 알아볼 수 있었다. 그렇게나 찾아 헤매던 할아버지의 유산이었다. 이 작은 칩 안에 그동안 이안으로 벌어들인 재산이 전부 들어 있을 터였다. 이상하게도 전혀 기쁘지가 않았다.

　나는 포터를 뒤로한 채 돌아섰다. 집으로 돌아와 이안의 몸을 소파 위에 내려놓고 나서 파인애플 통조림을 먹었다. 아주 오랫동안. 주머니에 넣어두었던 칩을 손에 쥐고 한참 동안 이안의 얼굴을 보았다. 잠이 든 이안은 마치 텅 비어 있는 것 같았다. 떠나야 한다고 생각했다. 나는 칩을 다시 이안의 심장에 끼워 넣었다. 이렇게 하면 이안의 심장에서 칩을 꺼내기 전까진 사용할 수 없다는 것쯤은 알고 있었다. 칩이 들어가면서 이안의 봄이 미약하게 늘썩였다. 이안을 일으켜 세웠다. 물기 어린 눈꺼풀이 파르르 떨리더니 이내 눈을 떴다. 그리고 말했다.

　안녕하세요? 만나서 반갑습니다. 제 이름은 이안입니다.

　모든 메모리가 날아간 이안이 나를 보고 웃었다. 나를 소중히 여긴다던 기계는 이제 없었다.

　당신의 이름은 무엇인가요?

　빌어먹을, 깡통. 두 손에 얼굴을 파묻자 빗소리가 귓가를 두드리기 시작했다.

당선소감 : 이채현

할아버지를 지키지 못한 미안함이
글이 되어

할아버지에게 미안한 마음이 오래 남아 있었다.

비가 내리던 날이었다. 날씨 때문에 열두 시가 다 되도록 창밖이 어둑어둑해서 늦잠을 잤다. 휴대폰에 부재중 전화가 세 통 들어와 있었다. 발신자는 모두 아빠. 외할아버지가 돌아가셨다는 소식을 들었다.

빈소가 학교 근처에 마련되었다고 해서 검은 옷으로 갈아입고 바로 지하철을 탔다. 엄마는 초췌한 얼굴로 손님들을 맞고 있었다. 장례식장 안에 슬퍼 보이는 사람은 아무도 없었다. 웃고 떠드는 사이에 나는 곧 내일모레가 시험이라는 것을 떠올렸다. 나를 발견한 엄마는 내게 시험공부나 하라고, 기숙사로 돌아가라고 말했다.

나는 망설였다. 정말 그래도 괜찮은 걸까. 고민하다가 결국 발걸음을 돌렸다. 나는 할아버지의 임종도, 빈소도, 발인도 지키지 못했다. 돌아오는 버스에서 내내 역겨운 기분이 들었다. 돌이켜보면 할아버지와 그렇게 살가운 사이는 아니었는데도. 그때 처음으로 이 기분을 글자로 옮겨보고 싶다는 생각을 했다.

고마운 분들이 많습니다.

내 주 아버지, 내가 어떤 선택을 하든 지지해준 부모님, 그리고 소연이, 영선이. 가족들 늘 고맙습니다. 황지우 선생님, 김경욱 선생님, 권희철 선생님 감사합니다. 은지, 은혜, 지혜, 재은, 별, 상아 언니, 나보다 더 기뻐해준 동기들 서율, 솔지, 건희, 의진, 민규, 원미, 그리고 선후배들.

같이 소설 쓰는 기쁨을 알게 해주신 천운영 선생님, 신춘문예 내라고 독려해주신 한인준 조교님, 기회를 주신 경향신문사와 작은 가능성을 보고 길을 열어주신 이혜경 선생님, 방현석 선생님께도 깊이 고개 숙여 감사드립니다.

인간에 기대어 살기 힘든 세상에
보여준 상상력

펜 하나로 온 세상과 맞서나가야 하는 길에 입문하려는 응모자들은 각기 자신이 맡고자 하는 전선이 어디인지를 나름대로 보여주었다.

출구 없는 현실 앞에서 파괴당하거나 스스로를 파괴하는 사람들의 이야기가 가장 많았다. 어떤 배려도 받지 못하고 누구에게도 기억되지 못한 채 소멸되어가는 사람들의 사연은 가슴을 아프게 했다. 그러나 어떤 작품도 우리가 현실에서 이미 실감하고 있는 것보다 더 절실하지 못했다. 소설의 특권은 논픽션과 달리 허구를 동원하여 불완전한 실감을 완전한 실감으로, 불완전한 감동을 완전한 감동으로 만드는 것에 있음에도 그렇지 못했다.

다음으로는 안드로이드, 뱀파이어, 디스와 같은 유사인간을 통해 익숙한 주제를 새로운 방식으로 펼쳐 보이려고 시도한 이야기가 많았다. 지하세계의 생명체 '디스'의 공격을 다룬 〈케르베로스의 영역〉은 초반에서 보여주던 현실의 은유가 후반으로 가면서 점점 희미해졌다. 〈한밤, 라디오〉는 뱀파이어를 자처하는 여성이 심야 라디오 프로그램에 출연해 진행자와 나누는 대화로만 이루어진 독특한 작품이다. 주간에는 로펌에서 일하고 야간에는 바에서 서빙을 하는 직장 여성으로 설정한 뱀파이어 '윤희'는 많은 이야기를 끌어낼 수 있는 캐릭터다. 그럼에도 표면적 설정에 그침으로써 서사가 제자리걸음을 했다. 〈사랑 때문에 죽은 이는 아무도 없다〉는 독거노인용 말상대 안드로이드와 인간이 함께하는 여행소설의 형식을 갖추고 있다. 인간을 닮은 로봇 이야기는 이미 제법 사용이 된 소재다. 이 작품에서 돋보이는 점은 안드로이드를 등장시킨 설정, 그 자체가 아니라 차가운 안드로이드로 온기가 있는 이야기를 만든 작가의 솜씨였다. 그것은 단순한 감성만이 아니라 인간이 인간에 기대며 살아가기 어려운 세상에 대한 상상력이 뒷받침되었기에 가능했을 것이다.

광남일보 권행백

962년 정읍 출생(본명 권용주). 경희대 한의과대학 졸, 한의학 박사.
2013 한국출판문화산업진흥원 우수저작 당선(과학철학에세이집《이기적유전자사용매뉴얼》)
2014 재외동포문학상(단편소설 〈모래욕조〉)
2015 한국소설 신인상(단편소설 〈샤이레이디〉)
2015 한겨레손바닥문학상우수작모음집(단편소설 〈잭팟〉)
2016 불교신문 신춘문예 당선(단편소설 〈륜향(輪香)〉)

선글라스에 얼룩덜룩한 군복의 사내가 언덕 위에서 축사를 바라보고 있었다. 지휘봉을 쥔 것으로 보아 명령하는 자인 듯했다. 가까이서 보니 사람의 몸통에 황소의 머리였다. 안쪽으로 휜 두 개의 뿔이 갈아놓은 듯 날카로웠다. 인육을 즐겨 먹었다는 그리스 신화 속의 난폭한 괴물을 멀찌감치 숨기듯 그려놓은 이유를 알 것도 같았다.

광남일보

미노타우로스 사냥꾼

권행백

그가 안 보이는 게 오히려 이상했다. 박은 소들을 겨누던 가늠자에서 눈을 떼고 어깨를 돌렸다.

"형님, 강씨 못 보셨수?"

이장이 시큰둥하게 고개를 저었다. 대단한 구경거리라도 되는 양, 소, 돼지가 죽어나가는 농장마다 찾아다니며 지켜보던 강이었다. 오늘이 이장네 마무리 작업 날인데…….

작년 여름 마을에 들어온 강은 어수선한 첫겨울을 보내고 있다. 살처분이 몰고 온 분위기 탓이다. 박은 이장과 담장 하나 사이로 이웃이었고, 강 또한 박의 집 바로 옆에 거처를 잡았다. 이천읍내에 산다는 그의 딸이 혼자 된 아버지를 가까이서 돌봐드릴 요량으로 구한 집이었다. 거기는 노부부가 아들을 따라 서울로 합치는 바람에 비어 있었는데, 때마침 찾아온 강의 딸이 헐값에 세를 얻었다. 외풍이 심한 벽이며 낡은 지붕들은 강이 고쳐서 사는 조건이었다.

"새벽부터 어디 멀리 갔나? 경운기를 빌려달라더니…….."

"농사짓는 사람도 아닌데 그걸 뭐에 쓰려고요?"

"그 속을 내가 알겠나, 자네가 알겠나."

"……."

"또 아픈 거 아녀? 대충 일 끝내고 건너가봐."

"같이 가봅시다."

"난 좀 쉴라네, 피곤하고 심란해서……."

이장의 양쪽 흰자위에 실핏줄이 도드라져 보였다. 밤새 눈을 붙이지 못했는지 푸석한 얼굴이었다. 궂은일로 잔뼈가 굵은 그도 연일 이어지는 작업에 지친 것 같았다. 오늘따라 박의 눈엔, 쉰셋인 자신보다 세 살 위인 이장이 열 살은 더 먹어 보인다.

"그나마 형님은 다행인줄 아쇼. 아랫마을은 겨우 절반 건졌다는데."

이장이 눈꼬리에 주름을 잡았다.

"거기야 균이 발견되었으니 어쩔 수 없는 노릇이지만……."

꼬리를 감추는 말끝에 불평과 원망이 묻어 있었다. 그는 노인들뿐인 이 마을에서 십 년 넘게 청년회장직을 맡아보다가 등 떠밀려 이장이 되었다. 벌써 3년이 지난 일이니, 박이 이천읍내의 동물병원을 폐업하던 봄이었다. 그때도 겨우내 구제역 살처분에 동원되던 끝에 수의사 노릇을 청산했다. 차마 못할 짓 같아서였다.

소들이 서로의 틈새를 비집고 들이받았다. 우리 안이 더 좁아 보였다. 목표물이 자꾸만 박의 시선을 비켜갔다. 이번에도 노란 날개가 달린 주삿바늘이 우사 안쪽 벽에 맞고 소똥 위로 떨어졌다. 밖에서 털털거리는 기계음이 점점 커지다가 잠잠해지더니 기침 소리가 마당을 건너왔다. 강이 돌아온 모양이었다. 잠시 후, 눈살을 찌푸리는 그가 시야에 들어왔다. 축사 출입문 옆, 담장 대신 줄지어 세워둔 장독대 뒤는 그가 아침마다 햇볕바라기를 하는 자리다. 핏기 없는 얼굴로 밭은기침을 할 때마다 왼손에 쥔 연필이 흔들린다. 장독뚜껑에 올려놓은 스케치북 위에서 강의 손놀림이 바쁘다. 박은 이내 얼굴을 돌려 가늠자에 다시 시선을 꽂았다. 강이 무엇을 그리는지 짐작이야 하지만 관심을 둘 겨를이 없다. 화가가 늘 하는 일이려니…….

인력들이 돈사로 몰려간 뒤로 비명 소리가 끊이지 않는다. 오십 미터 이상 떨어진 거리에서도 몽둥이와 삽날로 돼지를 패대는 소리가 들린다. 이쪽에서도 눈치 빠른 황소가 눈알을 뙤록이며 앞발을 들어올렸다. 돈사 앞 배추밭을 파서 비닐막을 깔아놓은 구덩이는 하늘을 향해 아가리를 쩍 벌리고 있었다. 집채 하나가 들어갈 깊이였다. 포클레인 삽날에 찍혀 떨어진 것들을 흔적도 없이 삼켜버릴 구멍밑이 아스라했다. 네발 달린 짐승은 한 번 미끄러지면 그걸로 끝이다. 줄을 세워 몰아가지만 눈치 빠른 몇은 대열을 이탈한다. 주로 나이 든 놈들이다. 매질의 대상은 그놈들일 것이다. 돼지는 피하지방층이 두꺼워 주사를 놓는데 애를 먹는다. 주사약 값을 아끼고 층층이 쌓아 흙을 뿌려가며 산 채로 묻어버릴 좋은 핑계다. 묵은 분뇨 냄새가 콧속을 후비듯 파고들었다. 박은 문득 피 냄새를 맡은 것 같았다. 메스꺼웠다. 그는 머리를 흔들어 묵은 기억을 털어냈다. 키 낮은 철문 위에 팔꿈치를 올려 조준하던 박은 총신을 내리고 허리를 폈다. 어차피 마취총으로 해결될 문제는 아니었다. 답답한 마음에 해보는 것일 뿐, 오백 마리도 넘는 소들에게 한 방에 9천 원씩이나 하는 주사용 총알을 쓸 예산도 없었다. 살처분 명령에 손을 놓아버린 축사 꼴이 파장한 장터다. 돈사 앞 채소밭에서 시커먼 비닐조각들이 떠나지 못한 철새처럼 푸드득거린다. 찬 바람에 반쯤 찢겨나간 비닐하우스가 그 옆에서 맥없이 몸을 뒤튼다.

"박 원장! 그만두소!"

몇 발짝 떨어져 지켜보던 이장이 다가왔다. 차마 제 손으로는 못하겠다던 그였다. 그의 미간에 깊은 주름이 잡혀 있었다.

"휴우……."

이장의 벌어진 앞니 사이로 진한 니코틴 냄새가 빠져나왔다. 담뱃값 인상 때 끊었다더니, 어지간히 속이 타는 모양이었다. 그도 그럴 것이, 구제역이 발견된 곳으로부터 반경 오백 미터 안쪽이라는 이유만으로 이장은 멀쩡한 소들을 죽여야 하는 처지였다. 이른바 예방 조치였다. 아직 감염되지 않았으니 시세대로 보상해준다는 국가시책도 그의 미간을 펴

주진 못했다. 하마터면 강이 몰고 나갔던 경운기도 매몰(埋沒)리스트에 오를 뻔했다. 균이 발견되면 농장에 있는 물건은 쇠못 하나까지도 파묻어야하니까. 부농의 꿈이 눈앞에서 사라지고 있었다. 축사를 지을 때 진 농협 빚은 아직 절반도 갚지 못한 상태였다.

"일이나 합시다. 피한다고 될 일도 아니고."

박의 재촉에 이장이 마지못해 우사 안으로 발을 담갔다. 날뛰던 소들이 온순해졌다. 멀리 도망치던 놈들도 그에게 머리를 들이밀었다. 먹이를 받아먹던 습관이었다.

"진작 잡아줄 것이지."

박의 대거리에 이장은 말없이 코뚜레를 잡은 손에 힘을 줬다. 박이 꼬리를 들어 올렸다. 항문 근처의 얇은 피부에서 정맥을 찾아 주삿바늘을 찔러 넣었다. 근육이완제였다. 소들이 무릎을 꺾기까지는 일 분이 채 걸리지 않았다. 바늘이 가죽을 뚫고 들어갈 때마다 이장이 얼굴을 외로 꼬았다. 그의 입가에 허옇게 버캐가 끼어 있었다. 박은 마취제를 생략한 채 염화석시닐콜린을 주사했다. 마음이 편치 않았다. 그건 안락사가 아니니까. 소가 저항할 수 없게 만들 뿐. 그렇게 하면 운반이 쉽긴 해도 의식 있는 상태에서 심장마비로 죽어가는 것이라 고통이 뇌에 그대로 전달된다. 가뜩이나 미간을 세우는 이장에게 그런 설명까지는 하지 않았다. 그걸 알려주더라도 마취제를 구입해서 이중으로 작업을 할 여유가 있을 리 없다. 이번에도 둔탁한 소리가 들렸다. 시멘트 바닥에 암소가 머리부터 박으며 큰 덩치를 부려놓는다. 이장은 고개를 돌려 지붕 밑 열린 틈으로 시선을 옮겼다. 그의 눈길을 따라가던 박의 시야에 멀찌감치 마을의 초입을 지나는 움직임이 들어왔다. 검정색 승용차 세 대가 정자나무 곁을 꺾어 돌아 언덕 위 골프장으로 향하고 있었다.

"아침부터 세월 좋구면."

이장이 혼잣말처럼 운을 뗐다.

"누군지 몰라서 그래요?"

"그 인간들을 내가 알아 뭐하게."

이장이 그걸 모를 리 없을 터, 박은 슬그머니 대화의 꼬리를 삼켰다. 화요일 아침이면 어김없이 나타난다는 그의 신분은 캐디의 입을 통해 알게 됐지만 박은 그를 가까이서 본 적이 없다. 성수기에도 그는 언제나 앞뒤로 한 팀씩을 비워두고 라운딩을 했다. 경호상의 이유였다. 이장은 턱을 옆으로 돌리며 구시렁거렸다. 그래도 그 이가 다스릴 때가 경제가 성장되어 살기가 좋았다는 둥, 무슨 교육대를 만들어 깡패들을 혼내줬다는 둥……. 부지런히 연필을 움직이던 강이 스케치북을 탁 접었다. 이장의 목소리를 듣기라도 한 듯 그가 혀를 털었다. 실향민 집안인 이장과 남쪽에서 올라왔다는 강은 자주 언쟁을 한다. 지난 화요일 오후에도 강은 퉤 소리가 나게 가래를 돋우어 뱉었다. 더러운 놈! 그의 검지 끝이 골프장에서 빠져나오는 검은 세단을 향해있었다.

"자네도 다니지 않나?"

갑자기 생각이 났다는 듯 이장이 박에게 눈을 맞췄다. 좁은 바닥에서 소문이 그의 귀를 비켜갈 리 없었다. 박은 얼굴을 돌려 헛기침을 하며 주사기에 다시 약을 넣었다.

지역 유지들과 어울려 치던 골프는 박에게도 중독성이 있었다. 동물병원을 정리한 뒤로 그린피는 근처에서 송아지 출산이나 도우며 벌어볼 셈이었다. 그런데도 살처분 작업만은 피하고 싶었다. 일단 작업이 시작되면 공수의(公獸醫)나 동물을 다룰 줄 모르는 외부 인력들만으로는 어림없는 일이었다. 아무튼 소나기는 피하고 보는 게 상책이었다. 박은 슬그머니 마을을 빠져나가 따뜻한 태국쯤에서 겨울을 나고 돌아올 궁리를 하고 있었다. 앞마당 매화가 봉오리를 열기 시작하면서 박의 걱정이 사그라들던 참에 뜬금없이 꽃샘추위가 구제역을 몰고 올 줄이야. 뒤통수를 얻어맞은 기분이었다. 내 소들은 자네가 꼭 처리해줘야겠어. 허리를 꺾는 보건소장의 신신당부도 거절했던 박의 발목을 이번엔 삼십년 지기인 이장이 잡았다. 처음엔 외지인을 소 닭 보듯 하던 이장이었다. 그가 태도를 바꾼 것은 박이 수의학과를 졸업했다는 사실을 알고부터였다. 편리한 현실 앞에서 사사로운 감정은 사그라지게 마련이었다.

갑자기 송아지가 울기 시작했다. 주사를 맞고도 삼 분 가까이 버티던 어미가 쓰러졌다. 길어야 일 분인 다른 소에 비해 젖을 물린 암소는 시간이 많이 걸렸다. 빨던 젖꼭지가 입에서 빠져나가자 송아지는 쓰러진 어미의 복부에 주둥이를 다시 묻었다. 어쩔 도리가 없었다. 그렇다고 송아지부터 죽였다간 결사적으로 달려드는 어미 소에게 무슨 봉변을 당할지 모르니까.

"후우, 나도 죽어서 좋은 데 가긴 다 틀렸어."

말없이 소의 눈을 가리며 머리를 붙잡던 이장의 탄식이었다. 자식 앞에 용빼는 재주 없긴 짐승이나 사람이나 별반 다를 것도 없었다. 딸자식을 돌보느라 눈을 편히 못 감은 아버지와, 남편의 심기를 살피며 노심초사하던 어머니가 박의 가슴언저리를 묵직하게 누르고 들어왔다. 그 일만 아니었어도……

그 당시 고3이었던 박은 도청사수대에 자원했다. 교련복을 입고 카빈 소총을 어깨에 걸고 있는 자신이 독립투사보다도 더 자랑스러웠다. 도청 건물 안에서 백오십 명의 인원이 무장한 채로 농성을 했다. 닷새를 버텨내자 음식이 떨어지고 부상자들에게 필요한 약품도 없었다. 밖에서 들리는 총소리와 군부의 무력진압 경고방송이 공포감을 증폭시켰다. 때마침 지도급 대학생들이 긴급회의 결과를 발표했다. 버틸 상황이 못 되니 떠날 사람은 떠나도 좋다는 취지였다. 먼저 나간 자들은 이 도시를 탈출하여 우리의 참상을 외부에 알려라. 박은 빠져나갈 명분을 놓치지 않았다. 동지들을 두고 떠나는 죄책감이 한결 누그러졌다. 그날 절반 이상이 바리케이드 밖으로 나왔다. 박도 잠시의 갈등을 뒤로하고 밤길을 헤쳐 집으로 향했다. 가족에 대한 걱정이 우선이었다. 대문을 두드려도 반응이 없자 담장을 넘었다. 밤늦게 친구들과 어울리다 입에서 술내가 날 때쯤이면 아버지의 눈을 피하느라 익숙해진 행동이었다. 어둠속에서 바람을 타는 총소리와 대로변의 긴장이 그림자처럼 마당으로 따라 들어왔다. 거실을 통해 그의 방까지 들어가는데도 인기척이 없었다. 잠시 후 안방에서 무슨 소리가 난 것 같았다. 고양이 소리 같기도 하고 신음 소리 같기도 했다. 그 순간, 예리한 면도날이 허리께를 베고 지나가는 느낌이 들었다. 문을 열어젖힌 안방에 부모가 있었다. 뒤로 맞댄 두 개의 식탁 의자에 부부가 등을 대고 앉은 모습이었다. 등받이엔 손목을, 의자의 앞다리엔 발목을 이삿짐에나 붙이는 녹색 테이프로 묶어놓은 상태였다. 입에도 테이프가 붙어 있었다. 지친 듯 숨을 고르는 부모로부터 들은 이야기는 충격이었다. 가슴속에 품었던 의협심과 사명감이 한순간에 녹아내렸다. 세상도 변했는데 우리 같이 나눠 먹고 삽시다. 대로변에서 한 블록 떨어진 골목 안쪽의 마당 깊은 단독주택에 느닷없이 들어온 그들의 일성이었다. 동네 총각들 같기도 해서 물 좀 마시자는 요구에 어머니가 대문을 열어준 뒤였다. 총을 들고 복면을 썼지만 그저 시위대의 모습이려니, 아버지는 장하다는 말도 잊지 않았다. 마당에 들어와 강도로 돌변한 그들이 서랍과 장롱을 뒤졌다. 돈이 될 만한 것들은 쓸어 담듯 들고 나갔단다. 주먹을 쥔 민주시민들과 라디오에서 나오는 폭도들이 박의 머릿속에서 시계추처럼 움직이다 서로 엉켜들었다. 가슴에서 흙탕물이 일었다.

시위 대열에 끼어들었다는 대학생 누이가 귀가한 것은 그로부터 이틀이 지난 뒤였다. 골목까지 쫓아온 군인들에게 끌려가는 걸 보았다는 이웃이 있었다. 누이의 티셔츠는 가슴 아래로 찢겨있었고 베이지색 면바지에는 핏자국이 묻어 있었다. 그녀는 어기적거리며 힘든 걸음을 옮겼다. 부어오른 뺨엔 혁대로 맞은 듯한 두 줄이 선명했다. 분노와 허탈이 교대로 박의 가슴을 훑고 지나갔다. 애국심이 있던 자리엔 넋을 놓아버린 누이가 들어와 앉았고 그녀를 기약 없이 돌봐야 하는 현실만이 부려놓은 짐짝처럼 가족 앞에 놓여 있었다. 누이는 잠을 자지 못했고 스스로를 방 안에 가두더니 이윽고 정신병원을 들락거리기 시작했다. 박의 가족은 고향을 떠나 연고가 없는 경기도 이천 땅에 자리를 잡았다. 그게 벌써 삼십 년도 더 지난 일이다. 누이는 갇혀있던 병원의 화장실 천장 수도관에 자신을 매달았다. 오십이 넘도록 짝을 만나지 못한 딸자식 걱정을 술로 달래던 아버지가 세상을 하직한 직후였다.

"이봐 강형! 몸 생각 좀 해야지. 그만 들어가."

그가 못들은 척 미동도 없었다. 삼월로 들어섰지만 이틀 전 내린 눈이 그의 앞마당에 피어난 매화를 덮고 있었다. 반쯤 녹은 눈의 반질반질한 표면에 아침볕이 반사됐다. 그 틈으로 빨간 꽃잎이 핏방울처럼 도드라졌다.

"추워, 그만 들어가."

박이 다가가 강의 어깨를 재우쳐 흔들자 그가 속삭이듯 말을 이었다.

"사다가 불려 나온 거야."

그러니까 꿈속으로 날아온 꽃향기에 홀려 홑겹 티셔츠 한 장을 입은 채로 뛰어나왔다는 거였다. 아래는 덜렁 팬티뿐, 찬 바람에 언 다리가 보랏빛이었다. 종아리의 상처가 보였다. 강의 눈가에 물기가 배어 있었다.

"오늘은 이걸 그려야겠어."

강이 배시시 웃었다. 막 쪼개놓은 차돌의 단면 같았던 첫인상은 더 이상 찾아볼 수 없었다.

박과 갑장인 강에게는 처음부터 특별한 구석이 있었다. 강은 박이 미처 예상하지도 못한 한마디로 화제를 마무리 짓곤 했다. 파란 불꽃이 이글거리는 눈빛이었다. 무릎이 튀어나온 하늘색 추리닝 바지에 어수룩한 말투와는 결이 다른 힘이 있었다. 그것은 보이지 않는 깊이에서 끌어올리는 카리스마 같은 거였다. 거무튀튀한 피부와 사각턱은 깊이 파인 입가 주름과 조화를 이뤄 그를 고집스런 사내로 보이게 했다. 그는 오른쪽 팔다리를 제대로 쓰지 못해 왼손으로 지팡이를 짚고 몇 보를 걸은 다음 허리를 뒤로 자주 꺾었다. 살집 없는 몸에 키가 껑충한 강은 애주가였다. 그는 아침부터 불콰한 얼굴로 술내를 풍기곤 했다. 몇 잔에도 갈지자걸음을 보였지만 그렇다고 술주정을 한 적은 없었다. 누룩을 제 손으로 빚어 술을 담그는 솜씨도 일품인데다 술독을 여는 날엔 사람들을 불러 모으는 넉넉한 품도 있었다. 그가 옆집에 들어오고 한 달이 조금 못

되었을 때였다. 집들이라는 걸 했다. 외톨이로 사는 데 익숙해졌다는 그도 토박이들끼리 뭉치는 농촌에서 버티자면 통과의례를 피하긴 힘든 노릇이었을 터. 낡아빠진 집에 생기가 돌고 있었다. 벽지를 바꾸듯 여기저기 벽에 그림을 그려놓기도 하고 마당에는 폐가 나빠지기 전에 만들었다는 조각품도 두어 군데 자리를 잡았다. 미켈란젤로의 피에타처럼 생긴 석상이 먼저 박의 눈에 띄었다. 중장비로 끌어내려 앞마당 매화나무 아래에 내려놓을 때부터 눈여겨보았던 물건이었다. 마리아의 품에 안겨 있어야 할 예수가 없었다. 비어 있는 품안에 누구나 안길 수 있도록 만든 작품이었다.

"나는 머리보다 몸뚱이를 믿는 인간이라서……."

강이 툭, 한마디를 던졌다. '눈으로만 보세요.'라는 조각전 경고문에 익숙한 박이 잠시 망설일 때였다.

"아름다움은 감각의 세계에만 존재하지요."

만져보고 보듬고 싶은 그리움이 몸으로 육화되었을 거라는 강의 부연 설명이 오랫동안 박의 귓바퀴를 이명증처럼 맴돌았다.

"이제 망치질은 안합니다."

돌가루를 마셔야하는 조각 작업을 그만둔 뒤로 강은 회화에 집중하는 것 같았다. 그가 툇마루에 내놓은 그림들도 이상하긴 마찬가지였다. 여자의 음부만을 확대하여 원색으로 화려하게 묘사한 작품들이 여럿이었다. 소음순은 싱싱한 꽃잎처럼 촉촉했고 그 시원의 깊이에서 당장이라도 윙 하고 꿀벌이 날아오를 것 같았다. 젖가슴도 하나만을 따로 떼어내 곧 벌어질 꽃봉오리처럼 그려놓았다. 박의 호기심을 눈치챘다는 듯 그가 말을 이었다.

"전체를 조망하다 보니 부분의 아름다움도 새싹처럼 돋아나더군요."

알쏭달쏭했지만 넓은 눈을 가지라는 뜻 같긴 했다.

"나는 옳고 그름을 기준으로 세상을 보지 않아요. 그저 아름다운 것과 추한 것이 있을 뿐."

그의 세상 보는 눈이 남다른 것 같긴 했지만 미술에 문외한인 박에게는 먼 나라 이야기였다. 파장 분위기에서 강이 박의 어깨를 잡았다. 예닐곱 둘러앉았던 노인들이 돌아간 직후였다.

"담도 없고 몇 걸음이면 갈 텐데 서두를 필요가 있겠소."

그의 눈길이 장님처럼 아득했다. 그를 두고나오기엔 묘한 죄책감 같은 것이 박을 사로잡았다. 강이 이 마을에 첫발을 담그던 날, 그의 딸이 얼굴에 홍조를 띠며 어렵게 꺼내던 부탁이 있었다.

"폐암으로 투병 중이세요. 아직까지는 항암 치료를 잘 이겨내고 있지만……. 진통제와 수면제가 없으면 견디지 못해요. 오래전에 얻은 골병으로……. 무슨 일이 생기거든 전화 좀……."

연락처를 적어주던 그녀는 내친김에 한 가지 부탁을 더 했다.

"시간 날 때마다 아버지랑 읍내 목욕탕에 다녀오시면 안 될까요?"

돌이 갓 지난 아기를 업고 군내버스를 타고 들어온 그녀가 화장기 없는 얼굴을 주억거리며 꺼낸 말이었다. 자가용을 굴릴 형편은 못되는 듯했다. 그녀가 내민 손에는 만 원짜리 몇 장이 들려 있었지만 박은 넣어두라고 했다.

일순배가 더 돌고, 취기에 사투리가 섞여들었다.

"함경도 출신들이 여러 집인갑소잉."

이장네를 두고 하는 말이었다.

"그거야 뭐…… 나야 그런 데 별로 신경을 안 쓰고 살다 보니……."

하루에도 몇 번씩 얼굴들을 마주치는 마을에서 행여 패가 나뉠까 걱정스러웠다. 박이 머뭇거리자 강이 턱을 올리며 재우쳐 물었다.

"혹시 고향이……."

상대의 의중을 떠보는 듯 말끝을 반음쯤 살짝 내렸다올리는 박의 남도식 어투가 반가웠던 모양이었다. 허를 찔린 기분이었다. 갑자기 가슴이 먹먹해지며 답답한 느낌이 밀려왔다. 첫날 나눈 인사로 서로 이름과 나이 정도는 알고 있었지만 그 이상 개인사를 섞을 생각은 없던 터였다. 고삐 풀린 강의 억양이 박의 귓속을 후벼댔다. 박은 눈을 내리깔았다. 강의 오른쪽 종아리 뒤 함몰된 상처가 박의 눈을 찔렀다. 작고 단단한 물체가 앞쪽을 향해 사선으로 뚫고 지나간 자국, 항문처럼 거뭇하게 주름져 들어간 구멍이었다. 순간, 피융 하는 소리를 들은 것도 같았다. 박은 머리를 흔들었다. 기억을 떼어내는 게 쉽지 않았다. 그가 평생토록 진통제를 먹으며 지팡이를 짚고 다니는 이유가 짐작되었다. 강이 헛기침을 하며 꺼내던 말을 도로 집어넣었다. 잠시 침묵이 흘렀다.

"읍내에 좋은 목욕탕이 들어섰더라고. 아침물이 깨끗하겠지."

얼결에 박의 입에서 나온 반말이었다. 박은 던지듯 약속을 잡으며 주섬주섬 신발을 꿰었다.

이른 아침부터 강이 매화에 코를 대고 킁킁거린 지 족히 한 시간은 되었다.

"이러다 얼어 죽으면 아름다움이 다 무슨 소용인가."

"박형, 나는 개처럼 살다 갈라네. 개는 어제 짖어댄 것을 후회하지 않고 내일 먹을 것을 걱정 안하지. 이제 때가 되지 않았나."

"허허, 별 쓸데없는 소리를 듣겠구먼."

박은 그를 부축해 방 안으로 들어갔다. 그리던 그림이 벽에 비스듬히 세워져 있었다. 그를 눕히고 커튼을 열어젖히자 그림속의 윤곽이 눈에 들어왔다. 그는 살처분 당하는 소를 그리는 중이었다. 선글라스에 얼룩덜룩한 군복의 사내가 언덕 위에서 축사를 바라보고 있었다. 지휘봉을 쥔 것으로 보아 명령하는 자인 듯했다. 가까이서 보니 사람의 몸통에 황소의 머리였다. 안쪽으로 휜 두 개의 뿔이 갈아놓은 듯 날카로웠다. 인육을 즐겨 먹었다는 그리스 신화 속의 난폭한 괴물을 멀찌감치 숨기듯 그려놓은 이유를 알 것도 같았다. 사내가 들고 있는 지휘봉의 끝은 구덩이를 향해있었다. 그쪽으로 줄지어 끌려가는 돼지들의 얼굴은 사람이었다. 불현듯 TV 화면에서 자주 보았던 영상들이 해파리처럼 떠올라 반투명으로 그림을 덮었다. 박의 망막에서 오래된 그림자가 걸어 나왔다. 팬티 한 장만 걸친 채 포승줄에 엮여 끌려 나오던 사람들이 있었다. 백주에 대로에서 내리찍던 발길질과 곤봉. 폭도로 불리던 그들의 겁먹은 눈. 사명감 뒤로 두려움을 숨겼을 뿐, 다가오는 적에게 총 한 방 쏘지 못할 순한 눈동자들이었다. 민주주의가 피를 먹고 자란다는 이야기도 그들과는 무관한 구호였다. 박은 얼굴을 찌푸렸다. 그림 아래쪽에서 등을 보인 남자가 자신일 터, 주사기를 들고 있는 걸로 보아 틀림없었다. 죽어가는 순간에도 송아지에게 젖을 물리는 암소의 얼굴 부분엔 섬세한 붓질 자국이 있었다. 암소의 눈에서 떨어지는 눈물 위로 빛이 동그랗게 반사되었다.

"이런 걸 왜 그리나, 자넨 아름다운 것만 그린다면서."

"잘 보라고, 소를 붙삽고 있는 사내와 저 어미 소의 표정이 닮지 않았나. 그들은 지금 같은 마음일 걸세. 내 눈에는 그게 아름다워."

소의 얼굴을 껴안고 물기 어린 눈으로 먼 산을 바라보는 이는 이장이었다. 의외였다. 통성명을 한 뒤부터 강과 줄곧 옥신각신하는 이장인데……. 아침에 같은 수탉의 알람을 듣는 것 말고는 닮은 점이라곤 없어 보이는 두 사람, 문득 그들의 틈을 좁혀놓은 엉뚱한 사건이 뇌의 주름 사이에서 빠져나와 그림 속으로 빨려 들어갔다.

강이 집수리를 대충 끝내고 가을도 깊어졌지만 마을 노인들은 여전히 강을 데면데면하게 대했다. 노인정을 들락거리던 강이 드디어 고스톱 판에 끼어들었다. 이장의 늙은 아버지와 말을 튼 효과였다. 점당 백 원짜리를 치던 노인들의 주머니에 돈이 떨어지자 강의 머릿속에서 치기가 번뜩였나 보았다. 강은 지폐를 그려서 노인들에게 선물했다. 노인들도 강의 그림이라는 걸 모르지 않았지만 신기해하며 진짜 화폐처럼 자신들의 쌈짓돈에 섞어 판을 돌렸다. 그중엔 누런 오만 원권도 있었는데 강은 이장의 아버지에게 한 장을 따로 드렸다. 돈 그림들이 너덜너덜해질 때쯤, 팔십 넘은 나이에도 목에서 쳇소리가 나는 이장의 아버지가 면사무소 앞 장터나들이를 했다. 그의 손엔 강의 그림이 들려 있었다. 어스름해진 파장의 좌판에 앉아 거나하게 막걸리를 마시고 거슬러 받은 잔돈으로 그는 택시까지 불러 타고 마을로 돌아왔다. 다음 날 아침, 이장이 경찰서로부터 호출을 받았다. 대폿집 여자의 신고로 경로를 추적한 형사는 강을 쉽게 찾아냈다. 지폐위조 혐의였다. 애초에 위조를 할 생각이었으면 싸구려 칼라 복사기라도 동원했겠지만 그는 미세한 선까지 모두 손으로 그려가며 색칠도 했으니 말 그대로 회화 작품을 만든 셈이었다. A4 용지를 오려 양면으로 한 장을 완성하는데 이틀씩 공을 들였지만 자세히 들여다보면 손그림이라는 걸 누구나 알 수 있었다. 더구나 신사임당의 인자한 얼굴이 들어갈 자리에 그는 닭이나 쥐를 그려 넣기도 했다. 한 다리만 건너면 호형호제하는 지역사회에서 노인의 실수는 슬그머니 유야무야 되었다. 술집 주인에게 곱빼기로 배상을 하는 조건이었다. 위조지폐를 직접 유통시킨 것도 아니라서 강 역시도 혐의를 벗었다. 하지만 조사과정에서 곤혹스런 과거가 그를 괴롭혔다. 국가전복을 기도하다 복역했다는 그는 정권이 여러 차례 바뀌었음에도 여전히 자유롭지 못한 것 같았다. 그가 풀려나온 날 이장이 술자리를 만들었다.

"아버지 때문에 고생하셨는데……."

이장이 쑥스러운 웃음을 던졌다. 깎지 못한 턱수염에 흰털이 반쯤 섞이고 눈곱이 낀 모습이었지만 강의 표정은 밝았다. 강이 큰 키를 세워 침을 튀기며 열을 올렸다. 자신의 새로운 실험이 성공했다는 것이었다.

"진정 아름다운 건 우리의 믿음이지요. 화폐란 그 믿음을 먹고 사는 생물입니다. 사회적 신뢰를 잃는 순간 휴지조각이 되는 거요."

그의 주먹이 허공에서 망치질을 했다. 그리고 보면 적어도 노인정 안에서는 강의 그림이 구성원간의 합의와 신뢰를 바탕으로 화폐 역할을 톡톡히 한 셈이었다. 그 뜻을 아는지 모르는지 노인들은 여전히 구제역과 떨어지는 소값을 걱정하며 술잔을 돌렸다.

며칠 뒤, 이장이 읍내 목욕탕에 따라왔다. 세 남자는 서로의 등을 밀었다. 옳고 그름의 분별이 사라진 욕탕에서 강의 불거진 갈비뼈와 앙상한 어깨만이 눈에 밟혔다. 탈의실로 나오자마자 강이 쓰러졌다. 멈추지 않는 기침에 그가 가슴을 움켜쥐며 몸부림쳤다. 거무죽죽한 피가 입에서 쏠려나왔다. 앰뷸런스를 불러 위기는 넘겼으나 박과 이장은 마주 보며 고개를 좌우로 저었다.

박은 자리에 강을 눕히고 이불을 덮어주며 아랫목에 손을 넣었다. 바닥에 온기가 남아있었다. 핏기가 돌아온 강의 얼굴을 일별하고 방문을 뒤로 닫았다. 문득, 중요한 물건을 잃어버린 느낌이었다. 세상엔 오로지 미추(美醜)가 있을 뿐이라……. 결국, 미를 발견하여 오늘 그것을 사랑하다 사라지면 되는 것이었다. 그러니 매화 향기에 눈물을 흘리는 강에게는 권력을 향한 탐욕과 생명을 짓밟는 잔인함이 추하게 보일 만도 했다. 눈이 순한 구성원들의 합의와 신뢰를 짓이겨버린 자, 이제는 유유히 골프장으로 들어가는 그 인간을 향해 침을 뱉는 심정을 알 것도 같았다. 해장국이 간절했다. 허허로운 속이 숙취 탓만은 아닌 듯싶었다. 몇 달 전만 해도 하루의 왕진일정을 빼곡히 수첩에 적어 넣던 아침이었다. 요즘은 새 생명을 위해 수의사를 불러주는 전화는 없다. 농가마다 어떻게 죽일까를 궁리할 뿐. 수입이 줄자 아내는 억눌러왔던 불만을 터뜨리기 시작했다.

"재산만 나눠주면 나는 집 나가서 혼자 살래요."

그도 그럴 것이, 시누이 뒤치다꺼리가 끝난 뒤에도 중풍으로 거동이 힘들어진 시어머니가 며느리의 손길을 기다리고 있었다. 지칠 만도 했다. 며칠 전부터는 어머니가 아내를 죽은 딸의 이름으로 부르곤 했다. 이번엔 치매였다. 가슴이 덜컹 내려앉았다. 외동딸도 대학을 졸업하자마자 집을 나갔다. 딸은 취직을 하더니 사귀던 남자와 동거를 시작했다. 아비의 반대는 소용없었다. 다 큰 자식이 제 갈 길을 가는 것일 뿐, 뭐라 말릴 계제도 아니었다. 아내는 오히려 병객이 줄을 잇는 집구석에 자식을 붙잡아두려는 이유가 뭐냐고 따지고 들었다. 문득 묵직한 외로움이 젖은 외투처럼 박의 어깨를 둘러쌌다. 세상에 눈을 감고 돈맛을 즐기며 소시민으로 살아온 죗값인가……. 잊고 지내던 부채감이 명치를 찌르고 들어왔다.

구덩이의 흙을 뚫고나오는 비명이 멈춘 지 보름쯤, 헐레벌떡 달려온 이장이 박의 손부터 잡아끌었다. 입맛 없는 아침밥을 뜨던 참이었다.

"가보면 알아."

읍내 병실에 누워 있는 강의 몰골은 처참했다. 오른쪽 눈은 심하게 부어오르고 멍이 들어 광대뼈 아래까지 먹빛이었다. 그가 왼쪽 눈으로 힘겹게 웃고 있었다.

"그 인간이 추해서 두고 볼 수가 없었어."

말이 새는 느낌이 들었다. 강이 입을 벌렸을 때 그의 앞니가 부러진 것을 비로소 알았다.

"빨대로 물 마시기 좋겠지?"

강의 농담에 박은 웃을 수 없었다. 병원에 따라온 경찰서 지구대 소장은 양측이 서로 없던 일로 합의했으니 돌아가겠다고 했다. 박과 이장은 그를 붙잡고 전날 벌어진 자초지종을 들었다. 대낮부터 취기에 젖어 있던 강이 이장의 경운기를 몰고 나간 것은 해가 기운을 잃고 누렇게 바랠 때쯤이었다. 경운기가 길어진 그림자를 매연처럼 끌며 시멘트 포장도로로 들어섰다. 골프장 정문을 바라보고 이백여 미터 쯤, 경운기를 세워놓고 길을 막았다. 싣고 간 소똥을 길 위에 뿌려놓고 강은 길섶 농수로에 숨었다. 봄볕의 온기가 쑥내 묻은 바람결에 스며 있었다. 이윽고 골프장을 빠져나온 검은 승용차 석대가 경운기 앞에 멈춰 섰다. 주변에 사람이 보이지 않자 어깨 벌어진 사내들이 승용차에서 하나둘 내렸다. 코를 쥔 사내들이 기웃거리며 주위를 살폈다. 지루했는지 가운데 승용차의 뒷문을 열고 늙은 사내가 나왔다. 그때였다.

"에라 이 더러운 놈!"

강이 절룩거리며 달려들었다. 왼손에 지팡이가 들려 있었다. 휘청, 강이 중심을 잃고 넘어졌다. 오른다리가 허방을 디딘 탓이었다. 기어갔다. 손을 뻗으면 지팡이 끝이 목표물에 닿을 것도 같았다. 뒤차에서 나온 젊은 사내가 강의 등을 차서 바닥에 쓰러뜨렸다. 그는 고꾸라진 강의 목덜미를 구둣발로 밟았다. 강의 얼굴이 소똥에 처박혔다. 끄응, 신음 소리를 들은 사내는 구두 밑창을 강의 어깨에 문질러 닦았다. 그 사이 또 다른 사내가 앞차의 트렁크를 열어 골프채를 꺼내 휘둘렀다.

"싱겁게 끝난 테러 사건이죠 뭐. 하마터면 골치 좀 아플 뻔했는데……
피해자가 처벌을 원치 않으니 다행이죠."

병원을 나가던 지구대 소장이 멋쩍은 표정으로 말했다. 그들의 폭력
은 정당방위였고 목숨만 붙어 있는 강이 가해자였다.

이틀 후, 강을 집으로 옮긴 것은 그의 고집 때문이었다. 지금 퇴원하면
안 된다는 의사의 지시는 소용이 없었다. 그는 딸의 전화번호를 누르는
박에게도 손사래를 쳤다. 산소호흡장치를 코밑에 붙이고 돌아온 강의 몸
에 열이 심했다. 밭은기침과 각혈을 반복하는 그의 눈에서 초점이 사라
지고 있었다. 바로 눕지도 못했다. 골프채로 맞은 뒷머리의 함몰상처가
깊었다. 핏기 빠진 얼굴에 피멍든 눈으로 그가 다시 빙긋이 웃었다.

"어차피 갈 때가 됐는데 뭘."

그렇잖아도 병원을 나올 때 처방전을 내밀며 의사가 박에게 해준 말
이 있었다. 며칠 넘기지 못할 거라는. 혀를 차던 이장이 슬그머니 방문
을 열고 나갔다. 고개를 가슴에 묻은 박은 긴 숨을 토해냈다. 강이 자다
깨다를 반복하며 밤새 뒤척였다. 삼십오 년 전으로 돌아가 꿈을 꾸는지
도 몰랐다. 밤이 길었다. 이불에서 빠져나온 강의 종아리가 박의 시야를
비집고 들어왔다. 근육이 말라버린 그곳은 고서(古書)의 표지처럼 부스
러질 듯 허연 각질로 덮여 있었다. 박은 자라처럼 목을 움츠렸다. 그리
고는 팔을 엇갈려 양어깨의 소름을 쓰다듬어 내렸다. 해묵은 부채감의
뿌리가 강의 다리에 닿아 있었다. 박은 두 손으로 강의 발목을 잡아 슬
그머니 이불속으로 밀어 넣었다. 강의 눈 주위로 부어오른 피부가 금방
이라도 찢어질 듯 얇았다. 투명해진 강의 피부 아래로 스르르, 다른 얼
굴이 끼어들었다. 박 자신이었다. 진저리를 쳤다. 그날 도청을 빠져나오
지 않았더라면…….

새벽이 파랗게 창문을 타고 넘어왔다. 누워 있던 강이 손을 뻗어 윗목
에 세워둔 항아리를 가리켰다. 술병이었다. 박은 강의 허리에 베개를 받
쳐 상체를 일으켜 세웠다. 통증이 몰려드는 모양이었다. 찡그리는 것으

로 보아 진통제도 그를 외면하는 듯했다. 아름다움의 상징이던 몸이 안으로 가시 돋친 갑옷이 되어 그를 옭아매고 있었다. 항암 치료로 듬성듬성 빠진 반백의 머리칼이 축축했다. 온몸에 식은땀이었다. 박은 코발트 빛 대나무 문양이 새겨진 백자의 긴 목을 쥐었다.

"그래, 건배하세, 더 늦기 전에……."

안주는 없었다.

"박형, 목욕탕……, 정말 고마웠어."

반쯤 뜬 강의 눈에 물기가 고여 있었다. 이번에도 강이 입꼬리로만 웃었다.

"그거 갖고 있지? 소에게 놓아주던……."

침묵이 똬리를 틀었다. 박은 대답 없이 술을 따랐다. 온종일 비워둔 위벽에서 찌르르한 자극이 느껴졌다. 다른 때 같으면 환자에게 술을 권하지 않았을 것이나 말릴 이유가 딱히 떠오르지 않았다. 양은 사발에 두 잔씩을 거푸 주고받았다. 석잔 째, 강의 목울대가 다시 오르내리는가 싶더니 잔을 잡은 손이 아래로 툭 떨어졌다. 방바닥에 술이 흐르고 그의 호흡이 가팔라졌다. 양끝으로 먹빛을 먹은 형광등의 흐릿한 불빛이 엎질러진 액체 위로 내려앉았다. 깔아놓은 요의 귀퉁이가 누릿하게 젖어들었다. 박은 옆으로 쓰러진 강의 어깨 위로 이불을 끌어올렸다.

긴장과 피로가 덤벼들었다. 박은 벽에 등을 기대고 눈을 감았다. 멀리서 들리던 아우성이 점점 가까워진다. 송아지 울음소리. 젖을 물리던 암소가 박을 향해 돌진해온다. 다리를 떨며 버티던 암소가 입에 거품을 물고 노려본다. 자세히 보니 사람의 얼굴이다. 누이였다. 그녀의 젖은 눈동자에 핏발이 서 있다. 누군가 그녀의 심장을 향해 총을 겨누고 있다. 군복 입은 사내다. 뿔 달린 머리를 끄덕이며 그가 비릿한 웃음을 흘린다. 방문이 열린다. 누가 들어오는 것 같다. 지폐위조 혐의로 조사를 받고 나온 뒤 열변을 토하던 강이다. 상처 없는 얼굴에 수염을 길렀다. 티를 버리고 옥에 집중하소. 그가 속삭인다. 숨을 쉴 땐 호(呼)가 먼저야, 흡(吸)이 아니고. 가진 자의 눈엔 아름다움이 보이지 않는 법, 모두 비워서 참을 수 없을 만큼 가벼운 존재가 되면 비로소 자신을 오브제로 던지는 거지. 행동은 그럴 때 나오는 거야. 강을 똑바로 바라볼 수 없었다. 멀쩡하게 살아있다는 이유만으로도 부끄럽기에 충분했다. 날 보내줘 제발. 우리 둘 중 하나는 가야해. 강이 귓속에 숨결을 불어넣듯 속삭인다. 박은 소스라치듯 어깨를 끌어올리며 눈을 떴다.

강은 악몽을 꾸는지 감은 눈을 자주 찡그렸다. 신음 소리가 방바닥에 깔렸다. 그가 쥐어짜듯 몸을 비틀었다. 그의 혼이 감각의 통로를 빠져나오는 게 쉽지 않아 보였다. 지루하게 가다 서기를 반복하던 시간이 박의 가슴속으로 들어와 끝동만 남은 심지 위의 불꽃처럼 파닥거렸다. 박은 눈꺼풀을 힘껏 밀어 올렸다. 피멍든 강의 얼굴을 뚫을 듯 지켜보았다. 박은 얼핏, 무슨 소리를 들은 것 같았다. 불어난 계곡의 물길 아래로 구르는 바위, 그것이 쪼개지는 소리 같기도 하고 깊은 땅속 어느 구덩이에서 지표를 뚫고 나오는 함성으로 들리기도 했다. 아니, 차라리 거룩한 명령이겠지 싶었다. 심장이 쫓기듯 발길질을 해댔다. 좀처럼 가라앉지 않았다. 앓는 소리에 털을 바짝 세워 웅크리던 긴장이 이윽고 좁은 방 안을 털고 나섰다. 눈 밑이 달아오르고 두 손바닥이 축축했다. 박은 어금니를 깨물었다. 마당으로 나가 승용차에서 휴대용 약품 상자를 꺼내 되돌아왔다. 강의 코밑에 붙어 있던 호스가 보이지 않았다. 푸르스름한 얼굴이었다. 토막토막 뱉어내는 기침 섞인 숨소리가 가래 사이를 빠져나와 방 안을 가득 채우고 있었다. 박은 강의 손을 감싸 쥐었다. 화가의 손이 거칠다는 생각을 했다. 가죽만 남은 팔뚝을 물끄러미 바라보다 마침내 주사기를 집어 들었다. 마취제였다.

"잠깐이면 돼, 문턱 하나만 넘으면……."

박의 목소리가 겨우 목구멍을 넘었다. 무슨 말인가를 더 하려다 울컥, 말꼬리를 잘라 뱃속으로 밀어 넣었다. 강에게 해줄 수 있는 일이 이것뿐이라는 생각 때문이었다. 바늘이 정맥을 타고 비스듬히 길을 찾았다. 강의 손끝이 가늘게 떨렸다. 강이 미간에 잠시 주름을 잡는 듯했으나 눈을 뜨진 않았다. 박은 주사기 손잡이에 엄지를 얹어 힘을 주었다. 콧날이

시더니 이내 목구멍이 매캐해졌다. 잠시 후 지혈하던 솜을 떼어내고 그 자리에 주삿바늘을 다시 꽂았다. 이번에는 근육이완제였다. 호흡과 심장박동이 멈출 차례였다. 이윽고 기침이 멎더니 숨소리가 잦아들었다. 강의 얼굴은 오히려 평화로웠다. 거추장스런 허물을 벗어던지고 한껏 가벼워진 강이 미추의 구별이 없는 곳으로 날아오르고 있었다.

강의 머리맡에서 박이 재배(再拜)를 올린 것은 한 시간이 더 지난 후였다. 창문 밖이 환해졌다.

사냥소식을 기다리다

대학입시에 떨어지고 추레한 시절이었다. 끔찍했던 그날 이후, 노량진에서 학원을 같이 다니던 친구들 몇이 보이지 않았다. 가족 걱정에 고향으로 급히 돌아간 그들이 영영 돌아오지 못했다. 허망했던 기억은 35년이 지난 지금도 내 가슴속에서 자주 흙탕물을 일으킨다. 이번에 광남일보에서 뽑아준 소설은 고향 동무들에게 바치는 나만의 헌사였다.

혹자는 또 그 이야기냐고 할지 모른다. 하지만 가해자들은 여전히 권력의 중심에서 부귀영화를 누리며, 부끄러운 줄도 모른다. 시민정신의 부담으로부터 벗어나려는 군중은 피해자를 가해자와 같은 도마에 올려놓고 난도질한다. 지역감정이라는 죄목은 굽어진 칼날이 된 지 오래다.

문학은 은유로 포장되지만 정의감마저 은유 속에 묻어버릴 수는 없다. 부릅뜬 눈으로 옳지 않음을 지적하는 일, 소설의 사명이라 믿는다. 하여, 이 작품이 갖는 의미의 진앙지는 전라도 땅이어야 했다. 광남일보의 문을 두드린 이유다. 아직도 해결되지 못한 식민지의 잔재와 4.3, 그리고 광주는 영원히 꺼지지 않는 화두여야 한다. 인류가 아우슈비츠를 잊으면 나치의 광기는 되살아날 것이다. 문학이 기억을 잃으면 미래도 잃게 된다. 살처분이라는 명목으로 죄 없는 목숨들을 산 채로 묻을 때 나는 오월의 그날을 떠올렸다. 나는 면도날로 심장을 조금씩 베어내는 기분으로 이번 응모작을 써내려갔다. 내게 이 작품은 그래서 더욱 각별하다.

내 소망을 들어준 광남일보에 뭐라 고마움을 표해야 할지 모르겠다. 이렇게 감격스런 크리스마스이브는 처음이다. 이틀 전 마침 서울의 다른 신문사로부터 당선연락을 받은 터였다. 하지만 내겐 미노타우로스 사냥꾼으로 응모했던 남쪽의 사냥소식이 얼마나 간절했는지 모른다. 밀린 방학숙제를 마친 기분이다. 마시지 않아도 취한다. 작가가 좋을 글을 쓰자면 좋은 소재에 주목해야 한다. 가장 좋은 소재는 익숙한 소재다. 주춤거리지 않는 글이 거기서 나오므로. 그런 익숙함이 오롯이 배어 있는 곳이 고향이다. 좋은 글은 그러므로 고향이야기일 확률이 높다. 단순한 진리를 가르쳐주신 조동선 선생님께 감사의 큰절을 올린다. 이제부터라도 고향 이야기를 더 많이 쓰고 싶다.

2015년의 끝을 잡고.

방향성 잃지 않고 뚝심 있게 밀고 나가

험한 세상에서 살아가기가 녹록치 않을 텐데, 참으로 많은 분들께서 고투의 흔적이 역력한 금쪽같은 작품들을 응모해주셔서 무엇보다 감사했다.

비정한 세상에서 인간의 윤리적 의무와 생의 가치와 의미를 성찰하기를 게을리 하지 않고 펜으로 치열하게 응대한 작품들은 문학이란 무엇인가라는 본질적인 질문을 다시 한 번 넌지시 일깨워주었다.

폭력과 거짓이 난무하는 시대의 야만성에 집중포화를 맞은 탓인지 많은 작품들에서 죽음이 빈번하게 표현되고 있었다. 실존의 절멸인 죽음은 주로 자살의 형식으로 표현되었는데, 등장인물들의 죽음은 당면한 문제와 고통에 대해 너무 손쉬운 해결책으로 제시된 측면이 강했다.

다른 한편으로는 지긋한 나이대의 응모자들의 작품들은 불행한 현재를 보상받기 위한 '좋았던' 과거를 회고하는 내용이 주를 이루었다. 감상의 과도함이 서사의 완결성을 해치거나 인식의 팽팽한 긴장감을 느슨하게 풀어헤쳐버린 결과로 이끌었다.

본심에는 〈두 개의 그림자〉, 〈즐거운 일기〉, 〈미노타우로스 사냥꾼〉이 올라왔다.

〈두 개의 그림자〉는 사람에게서 죽음의 그림자를 보는 능력을 가진 의사를 주인공으로 삼아서 삶과 죽음의 본질에 대해 진지하고 섬뜩한 질문을 던진 작품이었다. 주제는 강렬하고, 디테일은 섬세했지만 결말은 안이하게 처리되어 아쉬움을 남겼다.

〈즐거운 일기〉는 끝내 성숙한 어른이 되지 못한 채 이른 죽음을 맞이한 엄마를 회고하는 조숙한 장녀의 시점에서 게접스러운 삶의 세목들을 냉정하게 들여다본 작품이었다. 환멸과 슬픔을 잘 교직했던 능숙함을 마지막 문장까지 고집스럽게 밀고 나갔으면 좀 더 완성도가 높은 작품이 되지 않았을까 싶었다. 끝으로 당선작으로 밀어올린 작품은 〈미노타우로스 사냥꾼〉이었다.

미노타우로스는 황소 머리에 인간의 몸을 한 신화 속 괴물이다. 이 작품은 구제역에 걸린 소들의 살처분에 동원된 인물들을 전면에 등장시키면서 역사의 학살대에 놓였던 도시와 학살자, 끝내 처단하지 못한 과오를 문학적인 수사와 표현을 적절하게 구사하면서 글에 팽팽한 긴장감을 부여했다. 주제의 선명성과 탁월한 논증력과 명쾌하고 생생한 표현력이 소설의 방향성을 잃지 않고 뚝심 있게 밀고 가는 장점이 돋보였다. 새로운 길에 선 당선자에게 문운이 늘 함께하길 기원한다.

광주일보 김해숙

1976년 전북 고창 출생.
광주대학교 문예창작학과 석사 수료.

남자와 아들은 좁은 공방에 옹송그리고 앉아 누룩을 빚고, 발로 밟았었다. 누룩 틀 안에 담긴 작은 발 때문에 남자 눈이 흐려졌다. 남자는 울컥거리는 마음을 누르고 누룩을 채웠다. 아들은 그 틀에 올라갔다. 심란한 남자 마음과 달리 아들은 소풍을 가는 것처럼 들떠 있었다. 어떻게든 아내와 아들을 잡아보려 했지만 더 이상 아내는 남자를 믿지 않았다. 누룩을 띄우는 25도와 30도의 일정한 온도처럼 아내는 미지근한 상태로 남자를 대했다.

광주일보

누룩을 깎다

김해숙

    남자가 항아리 뚜껑을 열고 베보자기를 푼다. 항아리 속에는 밥알이 둥둥 떠 있다. 남자는 항아리 안의 물을 퍼 솥에 넣고 걸쭉해질 때까지 끓인다. 돌복숭아 줄기와 뿌리를 넣고 오전 내내 만든 단술이다. 남자는 단술을 큰 밥그릇에 떠 꿀을 넣는다. 어릴 적 비쩍 마른 남자에게 아버지가 해주었던 단술이 떠오른다. 남자는 바닥에 누워 있는 아들을 흔든다. 아들은 남자 손이 닿자 이마를 찡그린다. 남자는 그런 아들을 못 본 체한다. 멱살이라도 잡고 싶지만 이십 년 만에 재회한 터라 참고 있다.

    "마셔라, 단술이다."

    "신경 쓰지 마세요."

    "이틀 동안 아무것도 먹지 않았잖아?"

    "그냥 두라고요."

    "이거 마시고 가라."

    "안 간다고, 안 간다고. 안 들려요?"

    "가. 이제 와서 나랑 살 이유가 있어?"

    "살 거라고, 그냥 꽉 눌러 살 거라고요!"

    남자가 입을 닫는다. 아들의 험한 말을 들을 때마다 한쪽 가슴이 먹먹

하다. 아들은 처음, 오랜만에 만난 남자를 낯설어했다. 하지만 일주일이 지나자 점점 변했다. 종일 방 안에 누워 먹지 않고, 잠도 자지 않았다. 남자가 타박을 하거나 말을 걸면 시위하는 사람처럼 목에 핏대를 세워 날카롭게 짖었다.

아들이 온 뒤로 남자는 마음이 편치 않다. 서울에 살던 아들이 갑자기 시골 공방을 찾아온 것도, 며칠 삭힌 밥알처럼 힘이 하나도 없으면서 톡 쏘아대는 것도 싫다. 아들은 이제 밥도 먹지 않는다. 손도 대지 않은 음식을 치우는 것도 내키지 않는다. 밥 대신 단술을 먹이려 해도 먹지 않고 하루 종일 남자의 행동을 주시한다. 남자는 감시당하는 것 같아 불쾌하지만 약초를 우려낸 찌꺼기를 발로 짓이기며 화를 삭인다. 아들은 경계하고 낯설어하는 눈빛에서 점점 살기로 변해간다. 투명한 갈색 눈동자와 양쪽으로 가늘게 찢어진 매의 눈이다. 남자는 시간이 갈수록 아들과 지내는 게 고단하다.

"그러니까, 그러니까……."

남자가 말을 잇지 못한다. 화이트보드에 '酒'를 써놓고 술의 어원에 대해 설명을 하려던 참이었다. 덩치가 큰 아들이 불쑥 들어와 강의실 제일 앞 자리에 앉는다. 아들은 정면에 시선이 고정된 사람처럼 남자만 뚫어져라 쳐다본다. 그 모습에 남자는 할 말을 잃는다. 농업기술센터 과장의 부탁이 아니었다면 남자는 굳이 봄 학기 강좌를 열지 않았을 것이다. 과장은 손을 비비 꼬며 지원금이며 혜택, 실적 따위의 말을 내뱉었다. 남자는 곧 출시될 술이 농업기술센터의 지원을 받은 터라 거절하지 못했다. 그래서 군민을 대상으로 일주일에 두 번씩 전통주에 대한 강의를 하게 되었다. 남자가 어물거리자 개강 첫날이라 농업기술센터 소장이 인사하러 왔다며 소개 시간을 달라고 한다. 남자는 그제야 술의 어원을 읊조리며 자리를 비킨다. 남자 목소리는 소장의 인사와 박수 소리에 묻힌다.

오전 수업이 끝났다. 남자는 오전 내내 술의 정의와 어원, 밑술을 담

그는 여덟 가지 재료와 누룩의 종류를 순서 없이 지껄였다. 문헌을 찾아 정리한 책자가 있었다. 그 책만 봐도 순서가 헷갈리지 않았을 것이다. 하지만 남자는 아들을 본 순간 술독에 푹 가라앉은 지게미가 됐다. 남자는 차를 마시자는 수강생의 말도 무시하고 곧장 휴게실로 걸어간다. 얼굴이 화끈거린다. 아들이 그 뒤를 따른다. 남자가 흐느적거리며 방향 감각을 잃은 것처럼 걷는 반면 아들은 곧은 일자로 걷는다. 남자는 입술을 꽉 깨물고 큰 소리가 새어나가지 않도록 아들을 다그친다.

"도대체 왜 그러냐?"

"뭘요? 난 여기서 살 거라고요."

"이미 넌 네 아버지랑 살잖아?"

"당신도 내 아버지잖아? 아니 아버지였잖아요!"

"너랑 이러고 싶지 않다. 돌아가."

남자가 돌, 아, 가, 라는 말에 잔뜩 힘을 준다. 반복되는 입씨름에 지친다.

둘은 쉬는 시간 내내 침묵한다. 쉬는 시간이 끝나자 아들이 먼저 휴게실 문을 열고 나선다. 남자가 어쩔 수 없이 뒤를 따른다. 아들 뒤통수가 군데군데 비어 있다. 남자는 문득 그 머리를 쓰다듬어주고 싶은 생각이 든다. 손을 뻗었다 다시 내린다. 아들의 반응을 예측할 수 없어 피한다. 가만히 두 손을 그러쥔다.

통밀을 분쇄기에 넣자 수강생들이 그 앞으로 몰린다. 몇몇은 남자의 행동 하나하나에 카메라를 들이댄다. 실습하라고 지시해도 사진을 찍는 탓에 몇 번씩 수업이 중단된다. 남자는 분쇄된 밀을 체로 쳐 밀가루를 제거하고 밀기울만 취한다. 빨간 고무통에 그것을 담고 살짝 물을 뿌린다. 밀기울과 물의 비율이 팔 대 이라고 알려준다. 남자는 하던 일을 멈추고 밀기울이 손바닥에 엉켜붙지 않도록 바슬바슬하게 반죽하라고 이른다. 남자가 먼저 시범을 보이자 웅성거리며 조별로 실습에 들어간다. 다섯 명씩 4개 조다. 남자는 반죽이 다 되자 누룩 틀에 베보자기를 올려놓고 반죽을 채운다. 베보자기 끝을 오므려 감자 갑자기 아들이 일어선다. 아들은 누룩 틀을 바닥에 내려놓고 발뒤꿈치로 꾹꾹 눌러 밟는다.

102

그 모습을 보자 오래전 아들 모습이 떠오른다.

　남자와 아들은 좁은 공방에 옹송그리고 앉아 누룩을 빚고, 발로 밟았었다. 누룩 틀 안에 담긴 작은 발 때문에 남자 눈이 흐려졌다. 남자는 울컥거리는 마음을 누르고 누룩을 채웠다. 아들은 그 틀에 올라갔다. 심란한 남자 마음과 달리 아들은 소풍을 가는 것처럼 들떠 있었다. 어떻게든 아내와 아들을 잡아보려 했지만 더 이상 아내는 남자를 믿지 않았다. 누룩을 띄우는 25도와 30도의 일정한 온도처럼 아내는 미지근한 상태로 남자를 대했다. 그런 아내가 아들을 데리고 집을 나가겠다고 했다. 남자는 누룩을 빚는 순간에도 아내와 아들을 잡아야 한다는 생각뿐이었다.

　"누룩은 모든 술을 빚을 때 다 필요해. 누룩에 따라 술의 맛과 향이 달라진단다. 되도록 단단히 디더라."

　"저, 내일 서울 간대요."

　"……."

　"이제 안 올 거래요."

　"……."

　"진짜 안 올 거래요. 엄마가 그랬어요."

　"누룩이 발효되면 좋은 균들이 커서 술을 만들지. 그래서 난 술을 빚는 게 아니라 키운다고 생각한단다. 잘 커줘서 고맙다."

　"아빠 몸에 두드러기가 났어요. 두드러기도 키우는 거예요?"

　아들 말에 남자가 당황한다. 양쪽 팔목과 목, 얼굴이 가렵다. 남자는 눈에 띄는 곳마다 '절분초' 생즙을 발랐다. 생즙을 바른 곳에 두드러기가 나면 아내는 집을 나가겠다고 해도 다시 주저앉았다. 남자는 그럴 때면 두드러기가 난 쪽을 더 긁어 피가 맺히게 했다. 남자는 이번에도 아내의 환심을 사기 위해 생즙을 발랐고, 온몸에 두드러기를 키웠다. 그러나 아내는 더 이상 남자에게 오지 않았다. '절분초 뿌리를 말려 차로 마시면 통증을 잡아주지만 생즙은 몸에 그냥 바르면 독이 퍼진다'라는 사실을 알고 난 후였다. 남자는 약용약주를 만들기 위해 약초를 연구하다 유럽에서 거지들이 환심을 사기 위해 절분초를 발랐던 걸 알게 돼 따라 했다. 아들은 남자의 대답을 기다리지 않고 고물고물한 손으로 베보자기를 벗겨 내고 누룩을 고석 위에 늘어놓았다. 남자는 그 위에 다시 고석을 덮고 아들이 발로 밟은 누룩들을 켜켜이 쌓았다.

남자는 마음이 약했던 아내를 어떻게든 잡아보려 했지만 끝내는 떠나보내야 했었다. 그런데 지금은 아내 대신 아들이 남자 곁에 머물려고 한다. 부의주처럼 아내와 아들이 둥둥 떠오른다. 남자가 고개를 가로젓는다.

남자가 이불 속으로 온도계를 집어넣는다. 30도. 이불을 걷어내자 검은 봉지가 덩그러니 놓여 있다. 봉지를 열자 쑥 향과 알코올 냄새가 진동한다. 축축하게 젖은 누룩은 백곡균이 피었다. 가운데 쪽은 백색이 더 짙어 메밀밭으로 보인다. 남자가 누룩 끝을 오른쪽 검지로 콕 찔러본다. 아직 겉은 말랑하지만 안은 조금 단단하다. 남자는 봉지를 완전히 벗겨 창문틀에 올려놓고 수분을 말린다. 다 마르자 누룩을 봉지에 싸 다시 온돌 매트 안에 넣는다. 수업 시간에 빚은 누룩이다. 곰팡이가 어떻게 피는지 살피라고 나눠줬는데 아들은 가지고 와서 황토방에 그냥 내던져 두었다. 남자는 아들 대신 누룩을 띄웠다. 아들 얼굴에 흑곡균이 피어 있다.

"얼굴빛이 왜 그리 검냐?"

"신경 쓰지 마세요."

"봄볕이 좋다."

"……."

"서른이면, 서른이라…… 뭐라도 해야 하지 않니?"

"귀찮아요. 신경 쓰지 마세요. 왜요? 제가 귀찮으세요? 그런 거예요?"

"그게 아니라……."

"씨발, 이제 와서 왜 아버지 행세예요?"

남자가 참지 못하고 아들 뺨을 후려친다. 손바닥에 아들이 내뿜는 분노가 그대로 전달된다. 손이 녹아버릴 것 같다. 아들 얼굴에 남자 손이 그대로 찍혔다. 고개를 반쯤 돌린 아들은 움직이지 않는다. 놀란 남자가

어깨를 잡자 아들이 저지한다. 잡힌 손목이 금방이라도 부러질 듯 위태
롭다. 아들에게서 온갖 누룩꽃이 한꺼번에 피어오른다. 곰팡이꽃으로
가려진 아들 얼굴이 사라진다, 일그러진다. 남자는 심하게 일그러진 아
들의 얼굴을 보고 제정신이 돌아온다.

아들이 무겁게 입을 연다.

"원망 안하세요?"

"뭘 말이냐?"

"어머니요."

"……."

"원망 안 하시냐고요?"

"……."

"또 입을 다무시군요. 말을 하세요. 말을!"

아들이 매몰차게 황토방을 나선다. 남자는 아들의 뒷모습을 물끄러미
바라본다. 욕을 들었을 때보다 얼굴이 더 화끈거린다. 남자를 베보자기
안에 넣고 눌러 짜는 것처럼 숨이 막힌다.

남자는 허전한 마음에 이제 막 익기 시작한 술 항아리의 베보자기를
벗겨낸다. 항아리에서 토도독 소리가 난다. 술을 잘 빚기 위해서는 효모
가 하는 말을 들어야 한다. 효모에 의해 발생되는 이산화탄소로 발효 상
태를 알 수 있다. 뚜껑을 열어보니 죽으로 빚은 밑술 항아리다. 밑술 재
료에 따라 항아리 안은 발효되는 소리도 달라진다. 술을 빚을 때면 밑술
에서 나는 항아리 소리가 정말 듣기 좋았다. 토도독 소리도 나고 고두밥
으로 빚은 밑술에서는 소나기 소리도 들린다. 때로는 할 말이 있어도 꾹
꾹 참아대던 아내의 한숨 소리가 들릴 때도 있다. 남자는 술이 익으면서
내는 소리에 취할 때도 있다.

남자는 아내를 한 번도 원망해본 적이 없다. 그냥 자신의 무능함이 아
내를 지치게 했고, 빼앗기듯 아내를 놓쳤다. 아내는 마치 남자가 곰팡이
라도 된 것처럼 질색하고 남자의 아이를 데리고 가버렸다. 아내는 남자
가 술을 빚을 때마다 누룩곰팡이가 좋은 효모라도 해도 믿지 않았다. 곰

팡이는 흰색, 노란색, 검은색 이외에도 빨간색, 파란색, 초록색 곰팡이 등 종류도 다양하고, 서로 갖고 있는 능력도 조금씩 다르다. 남자는 아내에게 좋은 곰팡이를 얻는 것이 좋은 술을 얻는 비법이라 누구이 말해 줘도 아내는 듣지 않았다. 아내는 누룩꽃이 하얗게 피어도 소리를 질렀고, 잡균이 번식해 검은 곰팡이가 피면 아예 황토방에 들어오지 않았다.

아내는 남자에게 누룩을 띄우는 온도 같은 존재였다. 남자는 그런 아내를 품을 때마다 아내에게서 나오는 젖산균을 다 죽이는 느낌이었다. 아내는 남자의 친구를 사랑했지만, 그의 결벽증으로 인해 잠시 남자에게 왔다. 남자는 어떻게든 자신이 좋아했던 여자를 놓치고 싶지 않았다. 아내의 겉은 미지근해도 마음은 얼음장 같았다. 남자는 그런 아내를 모른 척했지만 순간순간 차갑게 느껴지면 아내를 폭력으로 제압하며 아내의 틈을 비집고 들어갔었다.

남자가 기술센터의 지원을 받아 만든 '쾌담주'가 내년에 출시된다. 남자는 홍화, 구기자, 절분초 등 이 지역에서 나는 약초로 청주를 만들 예정이다. 술 이름도 남자의 이름을 따서 지었다. 이미 남자가 사는 군에 여덟 가지 약초로 만든 '팔목주'나 당귀와 산다화 등 향이 독특한 한약재를 넣어 빚은 '진고색주'를 만든 사람도 있다. 하지만 그들은 집안 대대로 내려오는 재료와 비법을 공개하기 꺼려했기 때문에 시판용으로 나오지 않는다. 자꾸만 기술센터에서 특별한 비법을 찾으라고 하는 게 걸리긴 하지만 그래도 한편으로는 설레기도 한다. 남자는 공방에 진열된 술병을 하나하나 쓰다듬는다.

마을 입구에 검은색 자동차가 들어선다. 남자는 마당에 나와 자동차가 멈춘 곳을 쳐다본다. 자동차가 멈추고 오랜 시간이 지나자 여자가 내린다. 여자는 공방 입구에 세워진 나무 간판을 손바닥으로 쓸어내린다. 옆에 있는 강아지를 물끄러미 쳐다본다. 여자는 고개를 숙인 뒤 천천히 남자에게 걸어온다.

아내다.

남자의 기억 속에 존재하는 아내는 절분초의 근생엽처럼 얼굴이 둥글었고, 팔다리는 가느다랗고 길쭉했다. 지금 남자 앞에 가까이 있는 아내의 얼굴은 맵쌀을 분쇄한 것처럼 희멀겋다. 게다가 남자와 살았을 때보다 온기를 더 잃어버린 듯하다. 아내가 머리부터 발끝까지 남자를 훑는다. 아내는 무심한 듯 아무 말도 하지 않지만 눈빛은 재빠르다. 어색한 침묵이 흐른다. 남자는 작업복 바지에 묻은 밀가루 얼룩을 검지로 문지른다. 아내가 말을 건다. 말은 남자에게 하지만 시선은 아들이 있는 황토방에 가 있다.

"돌려보내."

목소리는 미지근한 온도, 그대로다.

"데려가."

"돌려보내. 제발……."

"가라고 해도 안 가. 당신이 데려 가. 이제 와 서로 엉키는 거 나도 싫어."

"밀어내. 당신이……."

남자는 대답 대신 아내의 눈빛을 살핀다. 아내는 입을 닫고 말없이 먼 산을 바라보며 한숨을 내쉰다, 일부러 어깨가 흔들릴 정도로 큰 소리를 낸다. 한숨 소리에 어울리지 않는 오기가 붙은 얼굴에 기가 질린다. 아내 모습에서 아들의 얼굴과 언제나 거들먹거리며 휘청휘청 걸었던 아내의 남편이 겹쳐진다. 셋의 얼굴이 합해지자 큰 키에 단단한 체구, 회색빛 쥐를 닮은 눈빛이 남자를 보고 있다. 남자는 몸을 긁기 시작한다. 작업복 사이로 드러난 팔목과 다리, 얼굴이 가렵다. 남자는 짧게 깎인 손톱으로 여기저기 긁는다. 아내가 콧방귀를 뀐다.

"아직도 그런 짓을 하고 있는 거야?"

"그런 거 아냐."

"제발, 언제까지 날 속일 셈이야? 예전에 한 것도 모자라 이십 년이 지난 이 시점에서도 그런 짓이냐고?"

"그런 거 아니라고. 난 그저 가려워서 긁는 거라고."

"왜 또 해보시지. 예전처럼 날 속이려고 절분초 생즙을 발라보시라고."

"……."

"내가 미쳤었어. 그런 당신을 잠시라도 믿었던 게 후회스러워. 거짓인 줄 뻔히 알면서도 그 상처만 보면 발길을 돌렸지."

남자는 할 말이 없다. 그때는 어떻게든 아내를 붙잡고 싶었다. 남자는 아내를 사랑했다. 친구의 여자였던 아내를…… 남자는 친구의 여자를 빼앗은 흔한 사람이다. 그러나 남자는 삼킨 말이 많다. 사랑이라는 게, 윤리라는 게 말처럼 쉽지 않다. 처음에는 죄책감이 들었다. 시간이 지나자 희한한 상황은 금방 익숙해졌다. 그것을 긁어내거나 깎아낼 수 없었다. 남자는 반죽을 단단하게 뭉쳐 누룩 틀에 집어넣듯 자신을 다독이며 살았다. 헛된 욕망일지라도 남자는 그런 것들을 개의치 않았다. 다만 아내가 남자에게 왔을 때 완전히 소유할 수 없었던 게 후회스러웠다. 남자는 술을 빚고, 술이 키워지는 동안 아들을 키울 수 없었던 시간들도 잊었다. 아내가 떠나버린 마당에 아무리 핏줄이라 해도 남에게 키, 워, 지, 기 때문에 남자의 아들이 될 수 없다고 생각했다. 남자는 솟구쳐 오르는 화를 주체할 수 없다.

"제발, 데려가. 가버리라고!"

"자기 자식하나 책임지지 못하는데 이 많은 술을 빚어서 뭐해? 아, 맞다. 당신은 술을 키운다고 했지? 그래 당신 자식은 잘 키웠나?"

"키우지 못하게 한 건 당신이야."

"키울 수 없게 만든 건 당신이야."

남자는 아들처럼 아내도 후려치고 싶다. 실컷 두들겨 패서 입을 다물게 하고 내쫓고 싶다. 남자는 목울대로 침을 삼키며 침묵한다. 일이 커지거나 아들이 끼어들면 복잡해질 수 있기 때문이다. 남자는 마당에 아내를 그대로 둔 채 대문을 나선다. 공방과 연결된 황토방에서 아들은 소란스런 아내와 남자의 소리를 들었을 것이다. 남자가 힐끔거리며 황토방을 살피지만 인기척이 없다. 아들은 대자로 누워 남자와 아내가 하는 실랑이를 가만히 듣고 있는지 아니면 둘에게 침묵시위를 하는 건지 알 수 없다. 남자는 좋은 일을 앞두고 갑자기 찾아온 두 사람을 짓이기고 싶다.

　아들은 황토방으로 들어선 아내를 아는 체하지 않는다. 대신 누룩 봉지에 얼굴을 대고 쑥 향과 곰삭은 젓갈 같은 누룩 냄새를 맡는다. 이틀에 한 번씩 봉지를 열어 두세 시간 정도 수분을 말리고 다시 밀봉해 온돌 매트에 올려놓기를 벌써 세 번째 하고 있다. 떡 누룩에 잡균이 핀 곰팡이가 잔뜩 자랐다. 남자는 봉지를 낚아채 누룩을 만져본다. 밀봉했던 터라 약간 수분기가 있지만 이틀 전보다 더 단단하다. 남자는 물기가 완전히 마를 때까지 법제한 다음 다시 이불을 덮는다.
　술을 빚는 과정은 모든 게 반복이고, 기다림이다.
　밑술을 만들고 그 밑술에 고두밥을 넣어 치대 덧술을 만들고, 또 덧술에 고두밥을 넣어 다시 삼양주나 사양주를 만들 때까지. 술을 빚는 과정은 반복되는 것처럼 보이지만 한 번 손이 닿을 때마다 달라진다. 그중에서 가장 중요한 것은 누룩의 품질이다. 누룩에 따라 맛과 향 그리고 알코올 농도가 달라진다. 아들은 보통 이십 일 정도 말려야 하는 누룩을 검은 봉지로 밀봉하고 수분을 말려 십 일 정도로 단축한 걸 모른다. 정석대로 배워야 하지만 수업이 끝날 때까지 누룩 빚는 방법이나 누룩에 번식하는 곡균이나 공기 중에 있던 효모균, 유산균 등이 함께 번식하는 것을 보고, 각자 만든 누룩을 평가하려면 속도를 내야 한다. 아들은 그저 술 빚는 과정이 간단하다고 생각하는 것 같다. 남자는 아들에게 누룩 곰팡이가 피고 술이 익는 시간을 기다리는 지루함과 반복에서 오는 무력함도 이겨내야 한다는 것을 어떻게 설명해야 할지 난감하다.
　아내는 봉지 안에 든 쑥대처럼 축축한 눈으로 아들을 본다. 눈동자에서도 한숨 소리가 날 것 같다. 아내는 아들이 반응을 보이지 않자 이불을 걷고 봉지에 있는 누룩을 바닥에 던진다.
　"이딴 거 왜 만들어? 넌 이런 게 중요하니?"
　"모르면 가만히 계세요."

"몰라? 내가 뭘 몰라? 여기서 뭐 볼 게 있다고 이 난리야?"

"못마땅하면 그냥 가시면 되잖아요."

"가라고? 네가 여기 있는데 가라고?"

"어머니는 여기를 싫어하시잖아요."

"……."

"저는 아버지랑 살 거예요. 절 책임질 사람은 아버지잖아요."

"버린 사람이 이제 와서 키울 거 같아?"

이번에는 아들이 입을 다문다. 남자는 아내 말에 화가 난다. 아들을 버린 게 아니라 빼앗겼다. 오염된 밑술처럼 막을 치고 남자를 밀어냈던 아내이다. 밑술이 오염되면 산패하거나 막이 생기는데 그 막을 걷어내도 술이 실패할 확률이 크다. 남자 입에서 거품이 인다.

"헛소리하지 말고 둘 다 가."

"당신 아들이 안 간다고 하잖아. 아들, 나도 안 갈 거야. 결정해라."

아들은 답이 없다. 방바닥에 대자로 누워 들러붙는다. 아내는 눈을 흘겨 아들과 남자를 번갈아 본다. 아내는 재킷을 벗고 원피스의 소매를 걷어 올린다. 그런 다음 황토벽에 등을 기대고 입을 꽉 다문 채 쌍꺼풀 없는 눈을 깜박거린다. 흐트러짐 없는 꼿꼿한 자세는 비정해 보인다. 아들이 신트림을 하다 헛구역질을 한다. 아내의 이마가 찡그려진다. 눈에 잔뜩 힘을 주고 아들을 노려본다. 남자는 둘 틈에 끼어 오도카니 앉아 한숨만 내쉰다. 둘을 감당하기 벅차다, 고단하다, 귀찮다. 남자는 더 이상 참지 못하고 황토방을 나온다. 등 뒤에서 누가 오래 버티나 해보자, 라는 말이 들린다. 밖으로 나오자 찬 바람이 훅 스친다. 가슴에도 바람이 분다.

아내는 황토방을 나와 마당, 농업기술센터까지 줄곧 남자와 아들을 따라다닌다. 셋은 죽 늘어서 걷는다. 센터에 도착하자 수강생 몇이 셋을 번갈아 힐끗거린다. 남자가 강의하는 동안 아내는 아들 옆에 앉아 자신을 쳐다보는 수강생들에게 고개를 숙여 인사한다. 남자는 수강생들이 수군거리지 않게 미리 잠시 다니러 온 손님이라고 소개한다. 첫 강의 때보다 말이 뒤섞인다. 하필이면 수강생들끼리 술 빚는 도구를 가지고 싸워 강의실 분위기도 삭막하다.

오늘은 밑술을 이용한 덧술을 빚는다. 지난 시간에 죽으로 빚은 밑술에 찹쌀 고두밥을 섞어 덧술을 만들 예정이다. 덧술을 치대는 아들 팔뚝에 힘이 들어간다. 같은 조원들이 아들의 모습을 구경하고 서 있다. 누룩을 빚고, 단양주를 만들고, 죽으로 빚은 밑술을 만들 때까지 아들은 멀찍이 떨어져 구경만 했다. 누룩을 밟을 때 잠깐 호기심을 보였었다. 그런 아들이 술을 빚겠다고 팔을 걷었다. 남자는 다른 조들의 밑술 상태와 고두밥을 확인하며 치댈 시간을 정해준다. 그러다 틈틈이 아들을 훔쳐본다. 밥알이 으깨지지 않도록 살짝 눌러야 탱글탱글해지면서 물과 섞이는데 아들은 쌀을 씻듯 거칠게 누른다. 아내가 나선다. 아내 역시 거칠다. 아들은 아내 손이 닿자 손을 뺀다. 조장이 덧술을 빚는 과정을 찍으려 하자 아내가 카메라 쪽을 보며 환하게 웃는다. 남자가 고개를 돌린다. 이양주가 다 되자 자리를 정돈한다.

남자는 아내 모습이 낯설다.

술이 다 되자 지난번에 빚은 누룩을 평가한다. 네 개 조가 같은 양의 밀기울과 물을 사용해 빚었지만 다 달랐다. 남자는 1조부터 4조까지 일일이 돌아다니며 누룩을 검사한다. 백곡균과 황곡균이 핀 누룩이 제일 좋다고 하자 여기저기서 탄성이 쏟아진다. 남자는 황곡균이 가장 많이 피고 누룩의 직경이 얇은 것 하나를 골라 반으로 쪼갠다. 속은 겉처럼 황곡균이 피었지만 가운데 부분이 썩었다. 남자가 엄지로 그 부분을 긁어내자 손톱에 물기가 묻어난다.

"이 부분만 도려내면 쓸 수 있어요."

"진짜예요?"

"햇볕에 바짝 말려야 안 썩어요. 누룩은 썩은 부분, 즉 잘못된 부분만 도려내면 다 쓸 수 있어요."

수강생들은 의심쩍어하면서도 안심하는 눈치다. 아내가 끼어든다. 혼잣말 같지만 강의실 사람들이 다 들을 수 있을 만큼 큰 소리다.

"이거 다 못 써요. 썩은 걸 어떻게 써. 더럽게."

순간 강의실에 적막이 감돈다. 남자의 얼굴이 굳어지면서 붉어진다. 아들은 도망치듯 강의실을 빠져나간다. 예전의 아내는 남의 눈치를 보거나 쉽사리 의사 표현도 하지 않았다. 떨어져 사는 동안 변해버린, 아니 남자가 보지 못했던 아내 모습일 수도 있다. 남자는 누룩을 도려내듯 아내를 긁어내고 싶다. 남자는 아내 목소리보다 더 큰 소리로 말한다.

"쓸 수 있습니다!"

수강생들이 흩어진다. 구시렁거리는 소리가 들린다. 남자는 공방에 있는 술 항아리 뚜껑을 열고 술이 들려주는 소리를 듣고 싶다. 아내의 투박한 말투가 쏟아진다. 이산화탄소가 밖으로 빠져 나가지 못하고 술 덧 부피를 팽창시켜 항아리가 넘치는 것처럼 남자도 끓어오른다.

아들 대신 남자가 덧술 항아리를 든다. 그 뒤를 아내와 아들이 따라 걷는다. 셋은 다시 황토방으로 돌아간다. 아내가 온돌매트를 켠다. 그 위에 책을 하나 올려놓고 술항아리를 놓은 후 아내가 묻는다.

"온도가 몇 도야?"

"……."

남자는 대답하지 않는다. 대신 황토방에 장작을 더 넣을 셈이다. 굳이 온돌매트를 틀지 않아도 된다. 남자는 이제부터 본격적으로 술을 빚기 위해 방에 불을 지펴 미지근하게 만들 참이었다. 따뜻한 방바닥에 온돌매트를 켠다면 온도가 높아 항아리가 넘칠지도 모른다.

"30도라고 했잖아요."

아들이 조심스레 말한다. 아내와 닮았다.

아내는 온도를 조절한 다음 항아리를 이불로 감싼다. 이제 술이 익으면서 점점 온도가 올라갈 것이다. 남자는 공방으로 간다. 아내가 뒤따른다. 아내는 공방에 진열된 술병들을 훑는다. 전통주 연구회 회원들과 일년 가까이 백 가지가 넘는 술을 담갔다. 아내는 절분초로 담근 술 앞에서 고개를 갸웃거린다.

"절분초? 그 꽃 아냐? 아예 사람을 죽이려고 아주 작정을 했구나."

남자는 대꾸하지 않는다. 대신 숙성실로 들어가 숙성이 끝난 술항아리를 꺼낸다. 술을 부어 베보자기에 담고 아내의 목을 조르듯 힘껏 누른다. 누룩을 치대던 아들 팔뚝처럼 힘이 들어간다.

"독으로 술을 빚는다고? 당신이 만든 술에도 이 풀을 넣은 거야?"

아내 얼굴이 붉다. 숨도 거칠다. 남자도 얼굴이 붉어진다. 숨도 거칠어진다. 남자는 참지 못하고 끝내 소리친다. 머릿속이 하얗다.

"약초야, 약초라고!"

"약? 독이야. 그런 거짓말로 날 붙잡았잖아. 알면서도 모르는 척, 아니 일부러 날 속였잖아."

"그건, 그러니까…… 그건 사랑이야."

"비겁하고 옹졸해. 이제 더 많은 사람들을 속일 작정이구나."

비겁하고 옹졸해. 남자는 아내의 말을 따라한다.

남자는 아들이 온 이유를 알지 못한다. 묻지 않았다. 돌아가지 않겠다고 하는 말도 참아내며 들끓는 마음을 애써 눌렀다. 남자는 이제 그게 아들을 위한 일인지 아니면 아버지로서 모른 척하는 건지 의문이 든다. 남자는 누룩 틀에 들어갈 만큼 작은 발을 가진 아들과 그때처럼 다정하게 말을 나누지 못한다. 예전처럼 될 수 없다는 사실을 잘 알지만 지금은 다시 돌아간다 해도 자신이 없다. 아내와도 마찬가지다. 한때는 아내를 속여서라도 붙잡으려 했지만 냉담하게 거리를 두는 아내의 변하지 않은 모습에 남자 또한 거리를 두고 싶다.

아들은 다시 황토방에 누워 누룩처럼 굳어간다. 그러다가 갑자기 일어나 걷잡을 수 없이 원망의 말을 퍼부은 다음 다시 생각에 잠겼다가를 반복한다. 자신을 파괴하는 행동에 남자와 아내는 아들을 말릴 수 없다. 아내는 피로한 듯 남자와 아들의 눈치를 본다. 남자는 실소한다. 혼자 있을 때는 몰랐는데 둘이 오고 나서 셋이 된 후, 항상 둘의 눈치를 보게된다. 남자는 아들과 아내, 아들은 아내와 남자, 아내는 아들과 남자. 황토방을 들어서면 셋이 만들어낸 괴이한 분위기 때문에 술에서도 산패된 맛이 날 것 같다. 남자는 답답한 마음에 밖으로 나온다. 언짢은 기분을 내색하지 않으려 하지만 쉽지 않다.

남자는 공방 난간에 놓인 항아리 뚜껑을 연다. 작년 여름에 빚은 누룩을 거의 다 썼다. 항아리에 남은 건 흩임 누룩과 떡 누룩 조금뿐이다. 남자는 이미 손질해 둔 누룩을 꺼내 다시 꼼꼼히 살핀다. 그러다 황토방으로 가서 아들의 누룩을 가져온다. 반복된 작업이 끝나면 마지막은 햇볕에 바짝 말려야 하는데 아들은 그걸 잊고 한쪽 구석에 두었다. 아들 몫으로 띄운 누룩도 황곡균이 피었지만 꼭짓점 부위가 썩었다. 남자는 썩은 부분을 나무칼 끝으로 찌른다. 나무칼을 잡은 손에 힘이 들어간다. 여러 번 찔러도 나오는 건 작은 알갱이뿐이다. 단단하게 굳은 누룩을 떼어내는 일이 쉽지 않다. 여러 번 찌르자 겨우 한 부분이 떨어져 나간다.

누룩을 절구에 넣는다. 나무칼로는 속을 볼 수 없기 때문이다. 남자는 절구공이를 들고 힘차게 누룩을 찧는다. 분가루가 날리면서 누룩이 반으로 쪼개진다. 누룩 속이 까맣다. 남자는 한 덩이를 꺼내 엄지로 긁어낸다. 남자의 손길에 따라 고랑처럼 텅 빈다. 남자는 나무칼로 썩은 부분을 깎아낸다. 겉껍질이 깎여나가자 누룩은 하얗다. 처음부터 그랬던 것처럼. 남자의 머릿속은 복잡하다. 지난번 강의실에서 아내가 했던 말도 부정하고 싶고, 술을 제조하는 과정에서 기술센터에서 자꾸 요구하는 게 많아지는 것도 신경 쓰인다. 남자 머릿속도 누룩처럼 불안하고 잘못된 것은 깎아내고 싶다.

기술센터 과장은 출시될 술에 독성분을 살짝 넣자고 한다. 남자가 머뭇거리자 먼저 제안해 왔다. 과장은 실실 웃으며 말했다. 1970년 맥주가 소비되기 시작하면서 막걸리 시장이 죽자 유명한 양조장에서 특별 비법을 가지고 막걸리를 만들었는데 최고의 맛이었다고. 그 뒤로 막걸리 사업이 쇠퇴해 주조장이 문을 닫았을 때, 그제야 사장은 몇몇 친한 사람들에게만 비법을 알려주었는데 그게 청산가리였다고. 과장은 그게 사실이 아니더라도 사람을 홀릴 수 있도록 우리도 절분초의 생즙을 넣든지 아니면 양을 늘리든지 해서 최고의 맛을 만들라고 한다.

남자는 누룩을 깎으며 고민한다. 이미 절분초에 독성분이 들어 있다. 하지만 그건 잘 말려서 사용할 때는 문제가 되지 않는다. 약초를 달인 물에 술을 담그면 은은한 향과 달콤한 맛 때문에 사람들이 많이 찾는다. 수많은 막걸리 중에 남자가 만든 쾌담주가 과연 군의 사업과 남자에게 경제적인 도움을 줄 수 있을지 은근히 걱정된다. 그렇다고 아주 미세한 양이지만 무조건 기술센터 과장의 말만 듣고 청산가리를 넣을 수 없는 문제다. 남자는 차라리 사람들을 속일 거라면 썩은 누룩을 깎지 않고 그대로 두고 나중에 쓴맛이나 술이 부풀어 오르지 않을 때 '술약'을 넣는 게 최선이라고 생각한다. 남자는 초조하다. 남자가 일일이 손으로 빚은 거라면 재료가 어떤 게 들어갔는지 알 수 있지만 주조장에서 나온 것은 알 수 없다. 이미 특허를 내는 과정에서 재료를 공개했지만 기술센터에서는 더 많은 이익금을 내기 위해 주조장과 은밀히 만나고 있는 듯하다. 남자는 자신이 만든 술이지만 자신이 책임질 수 없는 상황에 애매한 누룩만 더 깎아댄다.

남자가 농업기술센터 과장이 했던 것처럼 손을 비비 꼬며 출시될 술을 취소해달라고 한다. 소장은 잔뜩 찡그리며 번질거리는 이마를 쓸어내린다. 벌써 한 시간째 같은 말을 되풀이하고 있지만 뚜렷한 해결 방법이 없다. 소장은 서류를 들이대며 이미 지원된 금액이나 주조장 계약서로 대답을 대신한다. 남자는 서류상 금액이 자신이 생각했던 것보다 훨씬 많은 것에 놀란다.

"취소하는 이유가 뭡니까?"

"그러니까, 그러니까요……."

"이렇게 책임을 못 지시면 우리는 어떻게 합니까? 이미 다 공개하기로 했잖아요."

"지원 받은 금액은 제가 전부 변상을 하겠습니다."

"그러니까 왜 그러시냐고요. 이제 와서. 술이 나오면 이쪽 지역에 팔릴 거고 그러면 돈도 벌고 선생님 이름도 알려질 텐데."

"그러니까, 저는 그냥 제 술을 빚고 싶습니다."

"요즘 그렇게 해서 어디 돈을 벌 수 있습디까? 아시면서 괜히 그러지 마세요."

남자는 대답도 얻지 못하고 농업기술센터를 나온다. 꽃샘추위 때문에 바람이 차다.

황토방과 공방에는 아들과 아내가 있다. 남자는 느릿하게 집으로 향한다.

남자가 누룩 항아리에서 향온곡을 꺼낸다. 녹두로 빚은 누룩이다. 지난번에 깎아놨는데 금세 다시 한쪽이 썩었다. 남자는 나무칼을 가지고 누룩을 깎기 시작한다. 밀기울은 하급 술을 담글 때 쓰지만 향온곡은 고급술을 빚을 때 사용한다. 남자는 누룩을 돌려가며 썩은 부분이 보이지 않을 때까지 깎아 절구에 넣고 분쇄한다. 분쇄된 향온곡을 저울에 올려놓고 육백 그램을 맞춘다.

남자가 찹쌀가루 다섯 되를 갈아 물에 풀고 죽을 쑨다. 나무 주걱으로 밑바닥이 눌러 붙지 않게 한다. 죽이 다 되자 식을 때까지 주걱으로 뒤적거린다. 향온곡을 죽에 넣자 녹두 향이 올라온다. 남자는 죽과 누룩을 정성스럽게 치댄다. 남자는 쾌담주를 다시 만들기로 한다. 주조장에서 나온 술과 비교하려면 몇 번이고 다시 만들어야 한다. 누룩 냄새도 없애고 은은한 약재 향과 효능이 우러나도록 빚을 것이다.

남자는 누룩을 치대면서 자신이 이제껏 해온 것들이 과연 옳았는지 의문이 든다. 누룩을 치대는 손길이 점점 거칠어진다. 아들이 공방으로 들어선다. 남자 손에 힘이 들어간다. 남자는 아들에게 들릴 듯 말 듯한 목소리로 중얼거린다.

"누룩은 모든 술의 근원이다. 누룩처럼 너도 처음부터 잘못된 거야. 깎을 수만 있다면······."

아들과 아내가 남자가 있는 곳으로 걸어온다. 남자 손에 힘이 들어간다. 남자는 두 사람의 얼굴을 마주 보지 못하고 고개를 숙인다.

당선소감 : 김해숙

집을 짓듯, 오래 읽힐 글집을 짓고 싶다

어느 날 문득, 정말 어느 날 문득 땅을 밟으며 살고 싶다는 생각을 했습니다. 배터리 게이지에 갇힌 느낌과 단조로운 삶에서 오는 권태 때문이었습니다. 그래서 도시를 벗어난 시골에 작은 집을 지었습니다.

가을장마 때문에 공사가 미뤄져 미완성인 채 이사를 했습니다. 진흙과 흙탕물 때문에 자동차 바퀴며 신발에 노란 얼룩이 묻었습니다. 정리되지 않은 짐은 구석구석 쌓였었고, 난방도 들어오지 않았습니다. 여기저기 공사하는 소리 때문에 머리가 아파 집 주변이 난민촌처럼 느껴졌습니다.

집에 대해 고민하다 어쩌면 소설도 집을 짓는 것과 같다는 생각을 했습니다.

소설 속의 주인공들, 그 주인공들과 엮여 나가는 사람들과 사건들…… 그 재료로 집을 짓듯 틈새를 메워 나가면 어느새 한 편의 집이 지어집니다. 그 집은 미숙하기도 하고 때로는 너무 멋을 부린 탓에 겉만 화려합니다. 저는 그럴 때마다 울음을 삼키며 자연을 닮은 집을 짓기 위해 다시 더딘 발걸음을 내딛습니다.

부족하지만 제게 힘이 되어주신 광주일보에게 감사드립니다. 다시 시작하는 길목에서 묵묵히 지켜봐주시던 광주대 문예창작학과 교수님들과 지인들께도 감사드립니다.

습작을 할 때마다 예민해지는 제 자신을 다독이며 살았습니다. 이제 앞으로 더 잘하라는 축복을 받았기에 재능 탓을 하지 않겠습니다. 제 자신에 대한 확신이 없어서 방황하던 일도 하지 않겠습니다. 묵묵히 노력한 자에게 언젠가는 대가가 온다는 것을 믿고 백 년 살 집을 지었듯 이제 백 년 읽힐 글집을 짓고 싶습니다.

사람살이의 진실 성찰한 안목 돋보여

본심에 오른 10편의 작품들은 몇 가지 점에서 특이한 현상을 보였다. 외국어 혼용의 제목과 인물, 공간이 압도적으로 많았다. 가속화된 고령화 사회의 현상들로 삶의 마지막 여정을 다룬 작품들도 여전히 강세였다. 이러한 흐름은 세계를 품은 통찰과 감각의 발현이라기보다 기발한 아이디어 차원에 머물렀고, 고령화 현실의 소재들은 결말이 쉽게 간과되는 에피소드 수준을 넘어서지 못했다.

신인에게는 문장의 기본기와 새로움이 요구된다. 문장과 새로움은 사회적인 맥락, 나아가 세계사적인 흐름 속에 작동된다. 소재를 선택하는 감각과 장악력, 서사 언어를 구사하는 감각과 필력, 이를 효과적으로 이끌어 미학적 감수성과 주제 관찰력을 충족시킨 작품은 박정웅의 〈해를 보러가는 동안〉과 김해숙의 〈누룩을 깎다〉였다. 〈해를 보러가는 동안〉은 신춘문예에서 흔치 않은 미세한 결(結)과 의식의 흐름을 보여주었다. 그러나 해가 뜨고도 계속되는 주인공의 사념이 결말을 지지부진하게 만들면서 긴장과 균형을 와해시키는 아쉬움을 남겼다.

〈누룩을 깎다〉는 술 빚는 과정을 통해 해체되었던 한 가족의 관계를 다루고 있다. 작가는 한때 가족이었던 이들의 친숙하면서도 예외적인 일상을 한 장의 사진처럼, 한 편의 영화처럼 작동시키고 있다. 몇 문장에서 친절한 설명이 노출되어 거슬렸으나, 사람살이(관계)의 진실을 성찰해낸 안목과 가족의 초상을 삼각형의 미학으로 창출해낸 솜씨가 돋보였다.

〈해를 보러가는 동안〉의 새로운 의식의 흐름과 〈누룩을 깎다〉의 인간적 연륜을 놓고 고심 끝에 후자를 수상작으로 결정했다. 전자의 작품을 가까운 미래에 더 읽어보고 싶다는 말로 아쉬움과 기대감을 전하며, 수상자에게 축하를, 모든 응모자들에게 격려의 마음을 전한다.

국제신문 강이라

본명 강영미.
1974년 강원도 철원에서 태어나 울산에서 자라고 지금도 살고 있음.
방송대 국어국문학과 졸업.
제24회 신라문학대상 소설 부문 당선(2012년).

어릴 적 수챗구멍 바깥으로 삐죽이 나온 꼬리를 고무줄인 줄 알고 잡아당기다 까무러치게 놀란 뒤로 수진은 쥐 소리만 들어도 기겁을 했다. 그 쥐가 저기, 욕실에 있었다. 욕조 가득한 물 위로 노랑 바가지를 타고 표류하고 있었다. 바가지는 조금이라도 움직이면 뒤집힐지도 몰랐다. 어쩌다 그렇게 됐는지 도무지 알 수 없었다.

국제신문

쥐

강이라

벌써 몇 분째였다. 수진은 욕실 앞에 엎어져 있었다. 무릎을 꿇고 두 손으로 뒤통수를 감싸고 머리는 바닥에 처박은 채였다. 꺽꺽, 마른 울음이 목구멍을 할퀴며 넘어왔다. 바짝 바짝 침이 말랐다. 풀썩 꺾인 무릎으로 타박의 고통이 밀물처럼 몰려들었다. 욕실용 슬리퍼가 발가락 끝에 아슬아슬하게 매달려 있었다. 전 세입자가 버리고 간 누런 아이보리색 슬리퍼의 지압용 돌기마다 거무스름한 물때가 잔뜩 끼어 있었다. 나머지 한 짝은 보이지 않았다. 목이 잔뜩 늘어난 양말이 발바닥까지 밀려 내려가 있었다. 허옇게 튼 뒤꿈치가 앙상하게 도드라졌다. 발목이 선뜩했다. 냉기가 온몸으로 번져올랐다.

그것은 쥐였다. 사과 씨처럼 작고 까만 눈을 가진 잿빛 털의 새끼 쥐였다. 그렇다고 큰 귀가 사랑스러운 미키, 미니 마우스는 아니었다. 어수룩한 톰을 괴롭히는 앙큼한 제리도 아니었다. 해묵은 기름기가 켜켜이 앉은 중화반점 환기통을 요리조리 쑤시고 다니며 살모넬라균을 옮기고 몸통을 채 보기도 전에 긴 꼬리의 흔적만 남기고 날쌔게 내빼버리는, 이름 그대로 시궁쥐였다. 어릴 적 수챗구멍 바깥으로 삐죽이 나온 꼬리를 고무줄인 줄 알고 잡아당기다 까무러치게 놀란 뒤로 수진은 쥐 소리만 들어도 기겁을 했다. 그 쥐가 저기, 욕실에 있었다. 욕조 가득한 물 위로 노랑 바가지를 타고 표류하고 있었다. 바가지는 조금이라도 움직이면 뒤집힐지도 몰랐다. 어쩌다 그렇게 됐는지 도무지 알 수 없었다.

수진은 바닥을 밀어내며 상체를 일으켰다. 쏟아져 내린 머리카락 사이로 작은 실핀 하나가 덜렁거렸다. 나이 들어 보이는 긴 얼굴이 싫어 늘 내리는 앞머리지만 집에서는 그러모아 바투 핀을 꽂았다. 뻗친 앞머리를 손으로 잡아 내리며 코끝에 기우뚱하게 매달린 안경을 추켜올렸다. 이내 눈앞이 우윳빛으로 부예졌다. 엎어지며 손등 위로 얼굴을 뭉갠 탓이었다. 얼룩진 렌즈 너머로 오후의 잔 볕이 먼지처럼 부유했다.
쾅쾅쾅.
"401호!"
쾅쾅.
"401호!"
카랑카랑한 목소리가 웃풍을 따라 문틈을 비집고 들어왔다. 고기압의 북풍처럼 냉랭한 소리였다. 아줌마가 401호, 401호 하고 부를 때마다 수진은 마치 자신의 방 번호가 죄수 번호라도 되는 것처럼 움찔거렸다.
"401호 거기 있어? 거기 있지? 열어, 문."
녹슨 철문이 덜컹거렸다. 마구잡이로 문을 흔들어대고 있었다. 문짝을 통째로 뜯어낼 기세였다. 썩은 이마냥 옥탑방이 사방으로 흔들렸다. 올여름까지만 해도 수진은 같은 건물의 2층 원룸에 살고 있었다. 리모델링을 한 지 얼마 되지 않은 원룸은 깨끗하고 넓었다. 볕도 잘 들고 웃풍도 없었다. 하지만 일을 쉬게 되면서 비싼 월세를 도저히 감당할 수 없었다. 결국 월세가 15만 원이 더 싼 지금의 옥탑방으로 옮길 수밖에 없었다. 팔 개월 전의 일이었다.
주인아줌마는 1층에서 건강원을 운영하고 있었다. 매일같이 배와 양파를 달이는 들큰한 냄새와 흑염소의 누린내가 뒤섞여 바람을 타고 옥상까지 올라왔다. 그때마다 수진은 건물 전체가 덜 말린 한 마리 생선처럼 느껴졌다. 비가 오는 날이면 수진은 늘 자신의 몸에 코를 대고 킁킁거리며 냄새를 맡곤 했다.

"쥐, 쥐가요……."

"모라고? 쥐?"

"욕실에, 아니 욕조에, 그러니까 바가지에……."

"뭐래니? 도대체 쥐가 뭐? 답답해 죽겠네. 열어, 당장!"

일어서려다 수진은 그대로 주저앉고 말았다. 오른발 뒤꿈치부터 찌르르 다리가 저려왔다. 왼발을 목발처럼 딛고 오른발을 질질 끌며 몇 발짝 떼자마자 다시 문이 덜컹거렸다. 바닥을 긁어대는 쇳소리와 함께 문이 삐거덕거렸다. 아귀가 맞지 않아 뒤틀린 문짝은 서너 번을 더 흔들리고 나서야 훨쩍 열렸다.

"왜 이러니, 문? 별게 다 신경을 건드리네."

아줌마의 신경질적인 발길질에 문짝이 뭇매를 맞았다.

"작년엔 안 이랬다. 고쳐놓고 나가."

확인 사살하듯 아줌마는 정확한 손가락질로 문 아래쪽을 가리켰다. 그러고는 팔짱을 끼고 서서는 다분히 못마땅한 눈빛으로 수진을 바라봤다.

"그게요…… 쥐가, 이상하게도……."

"어딨어, 쥐?"

수진이 대답도 하기 전에 아줌마는 신발을 신은 그대로 방으로 들어섰다. 철문만이 실내와 실외의 경계를 지을 뿐 현관과 방의 경계는 애매했다. 대학 졸업 선물로 엄마가 사준 낡은 정장 구두 한 켤레와 세 줄 슬리퍼, 뒤축이 반쯤은 무너져 내린 운동화 두 짝이 놓인 자리가 그대로 현관이었다. 방을 옮긴 첫날 신발을 밖에 벗어뒀다가 비에 젖어 낭패를 본 뒤로는 문 안쪽에 욕실용 발판을 깔고 현관 대신으로 사용하였다. 아줌마는 성큼성큼 욕실 쪽으로 걸음을 옮겼다. 두세 걸음이 전부지만 딛는 자리마다 신발 도장이 꾹꾹 찍혔다. 며칠 전 내린 눈이 신발 밑창에 묽은 종이풀처럼 엉겨 붙어 있었다.

"꼴랑 300뿐인 보증금에. 고것마저 방세로 알뜰히 까먹고 있는데. 쥐까지 잡아 달라 하고. 아이고야. 염치없다. 그치?"

방 안을 휘 둘러보던 아줌마가 억지 동의를 구하듯 수진을 말끄러미 쳐다봤다. 수진은 땡 감을 씹어 삼킨 듯 입이 떫었다.

"어라. 안 열리잖아. 잠긴 거야?"

아줌마가 이번엔 욕실 손잡이를 흔들어댔다. 누렇고 동그란 욕실 손잡이를 아무리 좌우로 돌리고 앞뒤로 당기고 밀어도 욕실문은 꿈쩍도 하지 않았다. 방 안이 텅텅 울렸다. 수진이 돌려봐도 마찬가지였다. 잠근 기억은 없었다. 놀라 뛰쳐나오며 그만 잠금 버튼을 누른 모양이었다.

"왜 이러니 정말? 401호야. 401호야."

아줌마는 분을 꾹꾹 눌러 담아 냉기 가득한 얼굴로 수진을 향해 분연히 돌아섰다. 앙다문 입술 끝으로 억지웃음이 진물처럼 흘렀다.

"좋아 좋아. 괜찮아. 잡으면 돼. 그 전에 방을 빼든가 방세를 내든가. 오케이?"

그럼 씻는 거는요, 라고 묻고 싶었지만 수진은 꿀꺽 말을 삼켰다.

"그럼, 쥐는요? 오도 가도 못하고 물 한가운데 둥둥 ……."

아줌마 얼굴이 수진의 코앞으로 쑥 들어왔다. 수진은 엉거주춤 엉덩이를 뒤로 빼고 고개를 치켜들었다. 빛이 스미지 못한 천장 구석으로 실핏줄처럼 뻗어나간 거미줄이 보였다.

"지금 쥐새끼 걱정할 때가 아니지."

아줌마는 문턱에 신발 뒤축을 툭툭 쳐댔다. 이제야 털다니. 오고 간 발자국들이 수진의 눈앞에서 어지럽게 돌았다. 아줌마가 가자미눈으로 정장 차림의 수진을 위아래로 훑었다.

"401호. 오늘 면접 봤어?"

시선은 삐딱했고 말투는 못마땅했다.

"세밑에도 면접 보는 데가 있다니? 그런 회사 안 봐도 비디오야. 맨날 면접만 보면 뭐한다니. 공부도 잘했다며? 어쨌든, 401호야. 취업이든 월세든 성의를 보이자. 응?"

혀를 끌끌, 두 손은 탈탈. 아줌마의 제스처는 퍼포먼스에 가까웠다. 고개까지 절레절레 흔들며 좁은 옥상을 한 바퀴 돌고 나서야 아줌마는 계단참으로 사라졌다. 수진은 발등에 발바닥을 포갰다. 냉기 위로 미지 근한 온기가 포개졌다. 스커트 아래로 살구색 스타킹이 느슨했다. 본연 의 탄성을 잃은 지 이미 오래였다. 왼쪽 뒤꿈치는 스타킹 밖으로 작은 구멍까지 만들고 있었다. 다행히 구멍은 아직 구두 안에 숨어 있었다. 코가 더 나가지 않도록 딱풀을 발라주면 그럭저럭 두세 번은 더 신을 수 있었다. 남색 재킷의 소매는 이미 날깃날깃하다. 두 번이나 시접을 올 려 수선을 한 탓에 소매 단은 더 이상의 여유가 없었다. 재킷의 팔꿈치 는 혹처럼 튀어나왔고 스커트의 골반 부위는 반질거렸다. 졸업을 앞두 고 처음으로 지원한 대기업 인턴십에 합격했을 때 엄마가 사준 정장이 었다. 엄마는 비상금을 털어 수진에게 정장 세 벌을 사 입혔다. 인턴은 정규직 전환이 가능한 계약직일 뿐이라고 수진이 알기 쉽게 말해줬지 만 엄마는 무심히 흘려들었다. 수진 또한 사회생활을 갓 시작한 새내기 로서 그 어느 때보다 자신감에 차 있었기 때문에 지레 엄마의 기대를 꺾 고 싶지 않았다. 수진은 천천히 옷을 벗었다. 낡은 정장이 허물이 되어 바닥으로 떨어졌다. 수진은 재킷과 스커트를 옷걸이에 반듯하게 걸고는 페브리즈를 꼼꼼히 뿌렸다.

옥탑방은 특이한 구조로 방보다 욕실이 더 컸다. 마치 욕실부터 만들 고 남는 자리에 방을 욱여넣은 모양새였다. 욕실에는 세탁기도 들어가 고 선반형 거울이 달린 세면대도 들어가고 옥탑방에 전혀 어울리지 않 는 욕조까지 너끈히 들어갔다. 바랜 핑크빛의 욕조는 쓸데없이 깊고 넓 었다. 수진이 두 발 뻗고 누워도 충분할 정도의 사이즈였다. 계절이 바 뀔 때 이불 빨래용으로 한 번 썼을 뿐 욕조 안에는 세제와 변기 솔 그리 고 롤 화장지같이 치우기 애매한 자질구레한 것들로 가득했다.

이틀 전이었다. 옥상 출입이 거의 없던 주인아저씨가 오후 늦게 올라 와서는 얼른 수도밸브부터 열라고 닦달했다. 올겨울 들어 가장 큰 추위가 온다는 뉴스를 봤으니 수도관이 통째로 얼어붙기 전에 물부터 쫄쫄 흘리라는 것이었다. 윗집 처자에 대한 걱정과 배려라기 보단 동파 사고의 번거로운 수고를 미리 방지하기 위함이었다. 옥상이 얼면 1층까지 골치 아파진단 말도 빼먹지 않았다.

그냥 흘려버리기는 아까워 욕조를 비우고 물을 틀었다. 동파보다 물세가 더 걱정이었다. 반나절이 지나 욕조 가득 물이 차오르자마자 수진은 얼른 밸브를 잠가버렸다. 수도가 언다 한들 욕조물로 버티다 보면 저절로 녹을 것이었다.

쥐, 쥐가 거기에 있었다. 밀실과도 같은 욕조 한가운데에 바가지를 뗏목처럼 타고 있었다. 몇 번째인지 셀 수도 없는 면접을 끝내고 돌아온 참이었다. 눈 안 가득 가는 핏발이 섰다. 거의 잡아 뜯듯이 렌즈를 빼내자 시큰거리는 통통이 밀려왔다. 소매를 대충 걷어 올리고 욕실로 들어섰다. 욕실에는 이미 겨울 최고의 한파가 와 있었다. 날숨을 따라 허연 콧김이 나왔다. 따가운 눈을 번갈아 감았다 뜨며 거울 앞에서 머리를 묶는데 등 뒤로 시선이 느껴졌다. 미간을 잔뜩 좁히며 거울 가까이 얼굴을 가져갔다. 대충 뭉쳐 던진 양말 같기도 하고 갈색 때타월 같기도 했다. 수진은 선반장을 더듬어 안경을 찾았다. 안경을 추켜올리며 고개를 돌렸다. 대뇌가 상황을 인지하는 데 필요한 몇 초가 흐른 뒤 수진은 비명을 지르며 뛰쳐나왔다. 그것은 몸집이 아주 작고 재색의 긴 꼬리를 가진 쥐, 한 마리였다.

착신음이 떨어지고 한참이 지났다. 끊으려는데 딸깍 수신음이 들렸다.

"늦게 받네? …… 내 번호 안 떠?"

"그냥…… 보고 있었어."

저편에서 길고 연한 한숨이 무선을 타고 넘어왔다.

"…… 왜?"

"언제부턴가 네 번호만 뜨면 심장이 두근거려. 빚쟁이도 아닌데 왜 이런다니."

"더하겠지…… 빚쟁이보다……."

수진은 엄지손톱으로 나머지 네 손톱 밑을 꼭꼭 찔렀다. 긴장하거나 곤란할 때마다 나오는 버릇이었다.

"잘 있다가도 가끔 눈물이 쏟아져. 아빠는 나보고 갱년기라더라."

"갱년기는 무슨, 아빠는?"

"몰라. 어떻게 돌아가는지 이제 난 묻지도 않는다. 이번에도 말아 먹으면 그냥 오지 산골에 들어가 칡뿌리나 캐 먹고 살든가……."

엄마의 말끝으로 가느다란 흐느낌이 섞여 들었다. 작년에 폐경을 겪고 난 후로 부쩍 몸과 마음이 약해지고 신경이 예민해져 있었다.

"우리 첫째가, 우리 집 기둥이…… 왜 이리 안 풀리는지 모르겠어, 엄마는……. 인턴인지 뭔지 한다고 1년 동안 밤낮없이 뛰어다녔는데도. 안 쓸 거면 뽑지나 말든가."

"요새 계약직이 다 글치 뭐……."

"거긴 그렇다 쳐도. 지난번은? 금융 인턴이라고 뽑아놓고는. 열심히 하면 된다고 했잖아. 근데, 근데 결국 어떻게 됐어? 보험만 열 몇 개 빼 갔잖아. 점수에 반영한다고 해서 우리 식구 앞으로 든 것만 해도 몇 갠데. 그것뿐이야? 이모네며 작은 집이며, 한 다리 건너 친구까지……. 차마 또 잘렸다고 말을 못해."

숨길 수 없는 한숨과 탄식과 흐느낌이 뒤섞여 들렸다.

"또 운다. 우리 엄마……."

"자랑스런 우리 딸이었는데……. 공부도 잘해서 다 잘될 줄 알았는데……."

수진은 매운 코끝을 손가락으로 지그시 눌렀다. 맑은 콧물이 흘렀다. 부러 목소리를 높였다.

"올해도 내일이 마지막이네. 연말인데 집에도 못 가고. 죄송해요."

"그래…… 와봐야, 온들……."

엄마의 말끝이 흐려졌다. 수진은 인사를 하는 둥 마는 둥 전화를 끊었다. 진짜 빚쟁이가 된 듯 당장 어딘가로 숨어들고 싶었다. 수챗구멍이라도 좋으니 좁은 틈으로 비집고 들어가 꼬리까지 말아 넣고는 그저 반나절만 숨어 있고 싶었다. 아무도 찾지 못하게. 수진은 폰을 내려다보았다. 정작 하고 싶은 말은 하나도 하지 못했다. 밀린 월세며, 낡다 못해 닳아버린 정장이며, 뒤축이 꺾여버린 구두에 대해서도 아무 말도 못했다. 그리고 쥐는 어떻게 잡는지에 대해서도……. 목구멍까지 그득그득 차오른 말들이 명치로 쓸려 내려가 그대로 체기가 되었다. 수진은 먹먹한 가슴을 쓸어 내렸다.

골목의 새벽은 소리로부터 온다. 멈칫거리며 골목을 훑는 쓰레기 수거차의 후진 멜로디 위로 배달용 오토바이의 달음박질 소리가 화음처럼 겹쳐든다. 소리는 밤을 거둬 간다. 날이 밝아오면 가로등은 홀로 멸할 것이다. 수진은 유리문 너머 골목 끝을 내다보았다. 새벽의 첫 배달 트럭이 올 시간이었다. 마감 30분 전인 수진에게는 마지막 입고였다. 아직 온기가 남아있는 삼각 김밥과 햄버거, 뽀송뽀송한 식빵의 결이 부드러운 샌드위치, 고슬고슬한 밥과 색색의 반찬들이 신선한 도시락들까지. 단 하루의 유통기한을 가진 먹거리들이 실려 올 것이다. 수진은 유통기한이 지난, 그래서 이제 곧 버려질 삼각 김밥을 한입 베어 물었다. 차가운 밥알들이 씹히기도 전에 그대로 입안에서 흩어졌다. 렌지에 살짝 돌렸으면 좋았을 걸. 입꼬리로 묻어나는 참치 마요 소스를 손등으로 닦아내며 수진은 입고 전표를 들여다보았다. 날짜가 지난 빵, 김밥, 샌드위치는 아르바이트생의 몫이다. 먹어도 좋고 가져가도 좋다. 점장의 아량이라기보다는 편의점의 오랜 암묵적인 관습에 가까웠다. 유통기한이 지나버린 것들을 꾸역꾸역 먹고 있으면 자신조차도 제 기한을 놓친 샌드위치가 된 거 같았다. 겉은 멀쩡하고 맛도 그대로지만 더 이상의 상품 가치는 없는 폐기 직전의 샌드위치.

정말 뭐든 하나요? 그럼요. 뒷조사는 빼고요. 흥신소는 아니니까요. 가격은 어떻게 하는데요? 일에 따라 달라요. 뭔데요? 그게…… 쥐가 있어요. 밤 12시가 넘은 시간에도 '해주세요 심부름센터'는 열려 있었다. 20분에 2만 원이요. 추가비용 있습니다. 너무 비싸……. 펩시를 채워 넣던 손에서 폰이 미끄러졌다. 앞치마 위로 떨어진 폰을 간신히 무릎으로 받아내 다시 귀에 갖다 대자 멀어지는 소리가 들렸다. 그럼 직접 잡으시든가.

쥐를 잡을 수 있는 여러 가지 방법을 생각해본다. 연극 '쥐덫'이 떠올랐다. 크리스티가 영국 여왕의 생일 축하 선물로 쓴, 눈으로 고립된 산장에서 일어나는 살인 사건을 다룬 희곡으로 그와 처음으로 봤던 연극이었다. 그날, 혜화동에도 연극 속 배경처럼 눈이 많이 내렸다. 둘은 손을 잡고 눈길을 걸어 가까운 서점으로 가 동명의 소설을 골랐다. 그리고 서로에게 해문출판사와 황금가지의 '쥐덫'을 선물했다. 벌써 몇 년 전의 일이었다. 수진은 책꽂이 구석에 꽂혀 있는 붉은 글씨의 '쥐덫'을 떠올리다가 머리통을 흔들며 도구로서의 쥐덫으로 생각을 돌렸다. 쥐덫은 쥐를 잡는 가장 보편적인 방법이다. 욕실 문 앞에 쥐덫을 놓은 뒤 문을 열고 쥐가 걸려들길 기다린다. 하지만 이미 쥐는 쥐덫에 걸려 있지 않은가. 노랑 바가지 안에서 무게중심의 추를 잡고 간신히 버티고 있을 쥐에게 얼른 뛰어나와 쥐덫 안으로 발 한쪽을 들이밀라고 할 수는 없다.

쥐 끈끈이는 소용이 있을지도 모른다. 긴 소매 옷과 빨간색 고무장갑으로 중무장을 한 후 철물점에서 구한 끈끈이를 양손 엄지와 검지로 살짝 집어 든다. 그러곤 조심스럽게 욕조로 다가가 바가지 위로 끈끈이를 덮은 뒤 가운데를 꾹 누른다. 그러면 쥐의 머리나 등, 못해도 꼬리는 달라붙을 것이다. 빈 바가지로 쥐의 생포를 확인한다. 그다음엔…… 그다음엔, 어쩌지.

사촌 오빠는 쥐를 보고도 수진처럼 놀라지 않았다. 수챗구멍 밖으로 나온 쥐꼬리를 한참이나 흥미롭게 지켜본 뒤 수진을 향해 검지와 중지를 펼쳐 들더니 두 손가락으로 싹둑싹둑 흉내를 냈다. 영문도 모른 채 수진은 냉큼 달려가서 반짇고리에서 가위를 꺼내왔다. 무겁고 투박한 옛날 가위였다. 사촌 오빠는 양손으로 가위를 V 자로 벌린 채 수진을 향해 씩 웃더니 그것을 단번에 싹둑 잘랐다. 동시에 수진은 새된 비명을 질렀다. 마치 제 꼬리가 잘려나간 듯 꼬리뼈가 화끈거렸다. 수진은 뒷걸음질 쳐 벽 모서리에 몸을 바짝 붙였다. 눈자위가 뜨거워졌다. 사촌 오빠는 한 손을 치켜들었다. 전리품인 양 오빠의 손끝에서 쥐꼬리가 덜렁거렸다. 수진은 눈을 질끈 감았다. 움켜쥔 손 안에서 손톱이 살을 파고들었다. 그날 밤 수진은 악몽을 꾸었다. 짙은 재색 비늘로 덮인 그것이 점점 길어지고 누꺼워지더니 마치 뱀 같이 바닥을 기기 시작한다. S 자로 유영하듯 수진의 발치로 느릿느릿 다가오던 그것은 어느 순간 어린 수진의 발목을 휘감는다. 털어내려 발버둥 칠수록 그것은 발목을 더더욱 깊이 옥죄어온다. 물먹은 채찍처럼…….

우리 회사에 적합한 인재가 아닙니다. 다음 기회에 일할 수 있기를 바랍니다, 이미 인원 보충이 끝났습니다, 다음 공고를 기다려주세요와 같은 많은 거절의 멘트들이 문자와 전화로 며칠에 한 번씩 날아들었다. 미안하다, 아쉽다, 아깝다 등등의 다양한 멘트로 둘러댔지만 결론은 불합격이었고 탈락이었다. 아예 연락도 없는 회사도 많았다. 연락을 주겠다는 기한을 훌쩍 넘겼다는 게 무슨 의미인지 알면서도 수진은 매번 몇 번을 망설이다 확인 전화를 했다. 기어들어가는 목소리로 아직 연락이 없어서요라고 말하면 담당자에 따라 반응은 달랐다. 너무너무 미안한 목소리로 어쩌죠라고 말하며 되레 수진을 더 미안하게 만들기도 하는 사람이 있는 반면에 연락 없으면 대충 눈치채셔야죠라며 대놓고 퉁을 주는 사람도 있었다. 이러나저러나 무안하기는 마찬가지였다. 수진은 액정의 문자를 지우듯 문질렀다. 문자가 사라진 액정 위로 초췌한 얼굴이 비쳤다.

"또."

곱슬머리가 카운터를 툭툭 치며 수진을 향해 돌아섰다. 아침 파트인 곱슬머리는 두 달 뒤 입대를 앞두고 있는 휴학생이었다. 밤 파트인 수진과는 석 달째 아침 8시마다 교대를 하면서 제법 친해져 있었다. 훈련소 들어갈 때까지 실컷 기르겠다던 반곱슬머리가 귀밑을 한참 넘어가 있었다. 쌀뜨물같이 멀건 얼굴에 외까풀의 눈과 작은 코가 쉽게 흐려지는 인상이었다. 돈 모아서 노르웨이로 떠날 거예요. 거기서 선박 기술을 배울 거구요. 내 배를 만드는 게 꿈이거든요. 인상과는 달리 말은 야무졌다. 곱슬머리는 다짐을 되새기며 고개까지 주억댔다. 수진은 작은 범선 한 척을 상상했다. 하얀 돛의 범선이 느리게 피오르드로 향한다. 타이가를 빠져나온 북해의 바람이 돛을 가볍게 부풀린다. 피오르드 깊숙이 미끄러지는 범선의 이물에 앉아 수진은 숲과 바다의 소실점을 바라본다. 노르웨이니까, 하루키를 읽고 비틀즈를 들어도 좋겠단 생각을 했다. 나중에 놀러와요. 게스트 하우스도 할 거니까. 꿈과 이상의 갭이 적은 곱슬머리가 조금은 부러웠다.

"삑. 에러입니다."

곱슬머리가 바코드를 찍듯 수진의 이마에 스캐너를 갖다 댔다.

수진은 몸을 부르르 털며 도리질을 했다. 잡념들이 후드득 떨어져나갔다.

"미안 미안. 왜, 왜?"

"또 모자르다구요."

"아, 얼마나?"

곱슬머리는 손가락 하나, 두 개를 차례로 펴 보였다.

"밤새 고생하고 돈은 빵꾸나고. 슬프다."

"자꾸 왜 그러지……."

"그러지 말고 낮으로 옮겨요. 지쳐요, 밤은."

수진은 앞치마 밑으로 손을 넣어 바지 주머니를 뒤졌다. 꾸깃꾸깃한 종이 몇 장이 잡혔다. 구겨진 영수증 속에 천 원짜리 두 장이 섞여 있었다. 곱슬머리가 구겨진 천 원짜리 두 장을 집어 가더니 수진의 손바닥

위로 동전 4개를 톡 떨어뜨렸다. 정산이 맞지 않아 적게는 몇 백 원, 많게는 오천 원에 가까운 돈을 메꿔 넣은 적이 가끔 있었다. 받은 현금을 숫자로 잘못 입력하면서 생기는 실수였다. 아는지 모르는지 거스름돈이 많다며 돌려주는 손님은 거의 없었다.

수진은 앞치마를 벗어 곱슬머리에게 넘기고는 카운터 아래의 에코백을 꺼내 들었다. 화장품을 사고 받은 초록색 잎사귀가 그려진 천 가방이었다. 얄팍한 지갑을 열고 동전을 넣었다. 지갑에는 흔한 신용카드 한 장 없었다. 불필요한 지출을 줄이기 위해 일주일 단위로 직접 은행에 가 필요한 만큼 찾는 게 수진의 오랜 습관이었다. 이틀 전 교통 카드를 이만 원 어치 채우고 동네 마트에서 선도저하상품인 감자 한 봉지와 양배추 반 통을 사느라 잔돈을 다 썼다. 은행에 들려 잔고를 확인하고 며칠을 버틸 얼마의 생활비를 찾아야 했다.

온수기에 물을 채우는 곱슬머리에게 눈인사를 하고 편의점을 나왔다. 어둑한 아침이었다. 사위는 어두웠지만 날은 포근했다. 오후에 눈 소식이 있었다. 따뜻한 물에 샤워를 하고 긴 잠을 자고 싶었다. 푸석한 감자를 삶아 으깬 다음 마요네즈와 설탕을 조금 넣어 샐러드를 만들어 먹어야지. 에코백을 옮겨드는 순간 수진은 생각했다. 아, 따뜻한 물…… 욕실…… 그리고 쥐. 수진은 다시금 쥐를 생각하지 않을 수 없었다. 노르웨이에도 쥐가 있을까. 묻고 싶었지만 곱슬머리는 이미 냉장실 뒤편에 들어가 있었다.

가득한 눈구름을 비집고 미지근한 아침볕이 인도 위로 늘어졌다. 볕자리의 눈들은 군데군데 녹아내렸지만 대부분의 길은 한파에 얇은 빙판을 만들고 있었다. 더듬듯 걸어가 세 번째 정류장 앞에서 일일 정보지를 꺼내 돌아서는데 몸이 휘청거렸다. 허우적거리다 간신히 허공을 붙잡아 제대로 서고 나니 식은땀이 흘렀다.

정류장으로 버스 서너 대가 줄지어 들어왔다. 많은 사람들이 쏟아져 내렸다. 사람들은 빠르게 걷거나 달려서 빌딩 속으로 속속 사라졌다. 간혹 대열에서 빠져나와 푸드 트럭으로 달려가는 이들도 있지만 채 몇 분도 되지 않아 샌드위치를 입속에 구겨 넣고는 우물거리며 행렬 속으로 돌아왔다. 그러고는 미처 마시지 못한 커피를 성화처럼 들고는 사람들 사이를 이리저리 앞질러 나갔다. 빌딩가에 위치한 정류장은 출퇴근 시간이면 사람들로 혼잡했지만 곧 방사형으로 퍼져 각자의 위치로 떠나갔다. 바로 앞 기업 본사로, 왼쪽 두 번째 은행으로, 오른쪽 네 번째 증권회사로 아니면 횡단보도 건너 백화점으로. 슈트 차림에 서류가방을 들거나 제복 위에 코트를 걸치고서. 왼쪽 일곱 번째 건물에 수진이 다니던 회사가 있었다. 6개월 전까지 수진은 매일 아침 이 정류장을 지나 출근을 했다. 보통은 지각을 면하기 위해 허겁지겁 뛰었지만 아주 가끔은 테이크아웃 커피를 마시는 호사를 부리며 지날 때도 있었다. 인턴으로 1년을 다녔지만 정직 전환에는 실패했다. 오십 명이 넘는 동기들 중 아무도 정직원이 되지 못했다. 얼마 후 인턴십의 허와 실을 고발하는 시사고발 프로그램 속에서 수진은 낯익은 건물을 볼 수 있었다. 그리고 나이가 가장 많았던 남자 동기의 자살 소식도 함께 들었다.

수진은 정류장 유리에 비친 자신을 바라보았다. 늘어진 후드 티에 물 바랜 청바지, 지나치게 두툼해서 다소 둔해 보이는 파카 차림의 자신이 오늘따라 더 추레해 보였다. 사람들은 눈길이 전혀 미끄럽지 않은 듯 모두 씩씩하게 걸었다. 밑창이 닳지 않은 신발을 신어서일까. 힐을 신은 젊은 여자가 날렵한 움직임으로 수진의 앞을 지나쳤다. 빙판을 꼭꼭 쪼개며 흔들림 없이 걸어가는 여자의 뒷모습을 수진은 경이롭게 바라봤다. 저 정도의 경지에 이르려면 도대체 하이힐을 몇 년 신어야 할까. 여자에게 힐의 높이는 경력과 자신감의 높이일지도 모른다고 수진은 생각했다.

통장 잔고는 가벼웠고 은행 ATM기는 야속했다. 돈 몇 만 원 찾는 데출금 수수료까지 야무지게 떼였다. 사람들에 떠밀려 제일 가까운 타행 ATM 부스로 피신하듯 들어온 탓이었다. 두 블록 옆의 거래 은행으로 갈

걸 그랬다고 후회했지만 이미 늦었다. 수진은 유리문 너머의 분주한 사람들을 바라보며 핸드폰을 꺼냈다. 연락처를 훑었다. 마지막 통화가 언제였더라. 그동안 번호가 바뀌었을지도 모른다.

"야, 이수진."

다행히 번호는 그대로였다. 쥐꼬리를 높이 들고 득의양양하던 사촌오빠의 모습이 떠올랐다. 재작년 가을, 사촌 오빠의 결혼식에서 본 게 마지막이었다. 이모를 통해서 작년에 아들을 낳았고 얼마 전에 돌이 지났다는 소식은 전해 들었다. 왜 연락을 안했냐고 수진이 문자 사촌 오빠는 장인이 큰 수술을 받는 바람에 돌산치는 생략했다고 말했다. '먹고살기도 빡빡한데 돌잔치는 무슨. 민폐야.' 라고 말하며 사촌 오빠는 허허거렸다.

"오빠. 지금도 공항에서 일해?"

"그럼. 딸린 식구가 둘인데 열심히 벌어야지. 그런데 수진이 넌 해외 출장 안 다녀? 큰 회사는 나갈 일 많잖아."

사정을 들킨 것도 아닌데 얼굴이 먼저 벌게졌다. 엄마 말대로 친척들은 아직도 수진이 그 회사에 잘 다니는 걸로 알고 있는 모양이었다. 수진의 인턴 실적을 올려주기 위한 엄마의 강권에 못 이겨 이모가 오빠 이름으로 들어준 보험도 하나 있었다.

"나야 뭐……. 오빠는 어때? 공항서 일하면 좋겠다. 맨날 비행기도 보고."

수진은 얼른 말을 돌렸다.

"좋기는, 개뿔. 나, 비정규직이잖냐. 힘들어."

"아……."

사촌 오빠가 공항에 취업했다는 말에 당연히 수진은 정직원이라고 생각했었다. 대꾸할 말이 없었다.

"뭐, 비행기야 맨날 보긴 한다만. 보딩 브리지 알지?"

"보딩브리지? 다리?"

수진은 되물었다.

"그, 게이트하고 비행기 사이에 놓는 다리 말이야. 탑승교."

"아, 탑승교."

"내가 하는 일이 그거거든. 공항 일이란 게 거의 다 비정규직이라고 보면 돼. 조만간 정규직 전환 걸고 파업 들어간다는데 잘될지는 모르겠다."

내내 씩씩하던 사촌 오빠의 목소리가 반쯤 꺾여 있었다.

"아직 비행기를 타본 적이 없어 그런가. 내가 놓은 브리지를 건너 어디론가 떠나는 사람들을 보고 있으면 기분 참 묘해진다. 감히 다다를 수 없는 곳으로의 무지개다리 같아서⋯⋯. 공항엔 궁상이 없잖냐."

수진은 허공을 향해 고개를 끄덕였다.

"매일 수많은 브리지를 놓는데 말야. 정작, 내 인생 브리지는 참 쉽지가 않네. 수진이 너처럼 진즉에 공부 좀 할걸 그랬다. 넌 이런 거 잘 모르지?"

흐려지는 말끝으로 비행기 이착륙하는 소리가 거칠게 섞여 들었다.

"수진아. 비행기 들어온다. 가봐야겠어. 출장 갈 때 꼭 연락해."

그래 그래, 인사도 제대로 못하고 수진은 서둘러 전화를 끊었다. 제일 중요한 용건은 전하지도 못한 채였다.

'오빠. 계좌로 돈 조금 보낼게. 돌비 대신이야.'

메시지를 보내고 수진은 부스 밖으로 나왔다. 몇 분 사이에 길은 파장한 오일장처럼 한산했다. 오가는 사람들의 걸음은 충분히 느려져 있었고 푸드 트럭은 입간판을 실으며 뜰 채비를 하고 있었다. 수진은 두 블록 옆의 거래 은행 ATM 부스 쪽으로 걸음을 옮겼다. 수진은 아기 옷 한 벌의 적당한 값을 계산하다가 뒤늦게 놓친 질문 하나가 떠올랐다. 쥐를 잡아야 하는데⋯⋯. 그렇다고 다시 오빠에게 전화를 걸어 물어볼 수도 없는 노릇이었다.

막다른 골목의 고만고만한 높이의 주택 사이로 5층 고시원이 뿔처럼 솟아 있었다. 학원가나 고시촌에서 한참을 비켜나 위치한 덕에 이 근방

서 가장 저렴한 방이라고 그가 말했다. 거기다 임용고시 합격자가 나온 방이라고 소문이 나면서 나름 프리미엄까지 붙었다고 했다. 다행히 합격자가 고향 선배라 운 좋게 넘겨받았다며 올해는 시험 운이 좋을 거 같다고 입실하던 첫날 남자친구가 말했다. 하지만 그는 시험에서 떨어졌다. 어쩌면 운이 바닥난 방에 들어온 걸지도 모른다고 수진은 생각했지만 말하진 않았다. 말하는 순간 남아 있던 운마저 벽과 장판의 갈라진 틈으로 사라져버릴까 두려웠다. 잔존하는 운을 그러모아 그가 부디 수학 선생님이 되기를 바랐다. 우울한 청춘의 진혼곡은 이제 그만 들어도 좋았다.

방에선 퀴퀴한 냄새가 났다. 빨랫감은 잔뜩 쌓여 있었고 쓰레기통은 넘치기 직전이었다. 어쩌면 고인 시간의 냄새일지도 몰랐다. 창이 없는 이 방에선 시간과 날씨를 가늠할 수가 없었다. 옆방에 방해가 되기 때문에 초침이 있는 시계도 쓸 수가 없다고 했다. 2평도 채 못 되는 방은 싱글 침대와 책상만으로도 꽉 찼다. 산소포화도가 낮은 이 방에서 과연 얼마나 버틸 수 있을까. 수진은 방바닥과 의자에 제멋대로 걸쳐진 옷들을 주워 행거에 걸었다. 가운데가 푹 꺼져버린 베개에서 그의 고단함이 느껴졌다. 쓰레기통을 비우고 빨랫감은 한데 모아 비닐에 넣고 묶었다.

'나 왔다 가. 올해 마지막 날이야. 내년엔 같이 보내면 좋겠다. 우리의 고군분투 청년기에 건배를. 미리 해피 뉴 이어.'

수진은 포스트잇을 스탠드에 붙이고 가방에서 비닐봉지를 꺼냈다. 유통기한이 지난 샌드위치와 삼각 김밥이 서너 개 든 봉지를 문 안쪽 손잡이에 걸어두고는 방을 나갔다.

열쇠 구멍에는 억지로 쥐어짠 여드름 같은 상처만 잔뜩 남아 있었다. 수진이 든 드라이버의 끝도 마찬가지였다. 뾰족하고 매끄럽던 끝이 뭉툭해지고 뒤틀려 있었다. 빌려준 주인아줌마에게 또 한 소리 들을 게 분명했다. 어떻게든 열어야 했다. 십자드라이버도, 동전도 소용없었다. 아무리 돌리고 쑤셔 보아도 구멍 입구만 헤집을 뿐 열릴 기미는 보이지 않왔다. 발치로 드라이버를 던져버리고 수진은 앞머리에 꽂은 실핀을 하나 뽑았다. 빈집 털이범이 실핀을 이용해서 쉽게 문을 따는 걸 드라마에서 본 적이 있었다. 수진은 검정 실핀을 브이 자로 넓게 벌렸다. 그러고는 양 끝을 두 손으로 잡고는 실핀의 둥근 부분을 구멍 안으로 조심스럽게 들이밀었다. 덜그럭거리며 뭔가가 걸려들었다. 수진은 숨을 멈추고 오른쪽으로 핀을 천천히 돌렸다. 핀이 뒤틀리며 뭔가 돌아가는가 싶더니 이내 맥없이 풀려버렸다. 몇 번을 다시 해봐도 마찬가지였다. 실핀 두 개로 동시에 열쇠 구멍의 아래 위를 들쑤셔봐도 잠금쇠는 끄떡하지 않았다. 애꿎은 실핀만 검정 칠이 벗겨진 흉한 모습으로 쓰레기통에 버려졌다. 이제 남은 방법은 정말 하나밖에 없었다. 수진은 책꽂이를 뒤져서 플라스틱 파일 하나를 찾아냈다. 파일에는 작성하다 만 이력서 서너 장이 끼여 있었다.

반으로 접은 불투명 플라스틱 파일을 손잡이 안쪽으로 구기듯 억지로 밀어 넣었다. 헐거워진 문짝과 문틀사이로 반달모양의 잠금쇠가 보였다. 요즘의 문과 달리 옛날식 문은 조금만 애를 쓰면 생각보다 쉽게 열렸다. 어릴 적에 종종 문이 잠기면 아빠는 빳빳하고 얇은 플라스틱 책받침을 가져다가 잠금쇠 위쪽으로 쓱 밀어 넣었다. 그리곤 잠금쇠의 끝부분이 숨어 있는 문틀 쪽으로 힘 있게 한 번에 베어내듯 내리그었다. 그렇게 서너 번 많게는 대여섯 번 반복하다 보면 항복하듯 문은 스르르 열렸다. 어린 수진은 연신 박수를 쳐대며 아빠를 향해 엄지를 척 치켜세우곤 했다. 수진은 파일을 조심스럽게 내리그었다. 힘이 약했는지 잠금쇠에 이르기도 전에 파일이 미끄러져 나왔다. 다시 파일을 잠금쇠까지 끌어내린 뒤 순간적인 힘으로 내리쳤지만 역시나 쑥 빠져나왔다. 힘보단 요령의 문제라는 건 알았지만 해본 적이 없으니 요령이 뭔지를 몰랐다. 이번엔 처음부터 힘으로, 다음엔 끝까지 약하게, 이렇게 저렇게 해보아도 문은 꿈쩍도 하지 않았다. 수진은 허리에 양손을 걸치고는 대결하듯 문을 바라봤다. 쉬운 게 하나도 없어. 좀 쉽게 쉽게, 그렇게 안 되나. 수진은 자신을 향해 있던 모든 문들을 떠올렸다. 애초에 열린 문이 있었던

가. 도대체 지금까지 몇 개의 문을 열었고 앞으로 몇 개의 문을 더 열어야 한단 말인가. 수진은 마치 자신의 앞으로 수천수만 개의 욕실문이 도미노처럼 늘어서 있는 것만 같았다. 순간 화가 솟구쳤다. 에잇, 이까짓 문. 있는 힘껏 문짝을 향해 발을 내질렀다. 퍽.

그 후로 수진은 한동안 꼬리가 잘린 쥐가 궁금했다. 구불구불한 하수구 구멍은 잘 빠져나갔는지, 없어진 꼬리를 찾느라 제자리를 맴돌고 있는 건 아닌지 그러다 음습한 어느 구석에서 그대로 죽은 건 아닌지. 수진은 제 꼬리가 떨어져나간 듯 쓰라렸다. 평형을 유지하는 꼬리를 잃고 과연 그 쥐는 얼마나 오래 살아남았을까.

쥐는 바가지 너머로 빼꼼히 수진을 쳐다보았다. 처음 봤을 때보다 더 작아 보였다. 아기 주먹만 한 몸통에 귀와 눈이 붙어 있고 꼬리가 달려 있었다. 쥐는 전의를 상실한 듯 한껏 꼬리를 말아 몸을 웅크리고 있었다. 쥐와 수진, 서로가 두 손 들고 항복을 외치는 꼴이었다. 마음을 다잡듯 큰 숨을 몰아쉬고는 랩을 씌우듯 바가지 위로 수건을 살포시 덮었다. 뜨거운 냄비 손잡이를 잡은 듯 수진은 조심스럽게 바가지를 들어올렸다. 오금이 저리고 사타구니가 뻐근했다. 수진은 팔을 쭉 뻗어 바가지를 최대한 몸에서 멀리 떨어뜨린 채 욕실 밖으로 나갔다. 맘 같아선 그대로 멀리 던져버리고 싶었지만 오발탄처럼 엉뚱한 곳에 떨어지면 온 방을 헤집고 다녀야 하는 불상사가 생길 수 있었다. 수진은 도둑 걸음으로 밖으로 나갔다.

그새 자국눈이 내려서 옥상 바닥은 갓 세탁한 침대 시트처럼 하얗고 깨끗했다. 날은 포근했고 바람은 잔잔했다. 해거름을 따라 구름은 한층 더 내려와 있었다. 조금씩 눈발이 굵어지고 있었다. 물기를 잔뜩 머금은 눈이었다. 왼발을 뻗어 현관문을 닫았다. 여전히 문은 삐거덕거렸다. 수진은 엉덩이를 뒤로 쭉 뺀 엉거주춤한 자세로 바가지를 바닥에 내려놓았다. 눈송이 몇 개가 바가지 위로 떨어져 내렸다. 쥐는 아무런 미동도 없었다. 수진은 반대쪽 방향으로 수건을 반쯤 걷어냈다. 순간 훅 하고 튀어오를 것만 같았다. 뒷걸음질로 물러나 한참을 기다렸다. 손끝이 시렸다. 수진은 파카 주머니 속으로 손을 넣었다. 구부정한 허리를 펴고 긴 숨을 뱉었다. 하얀 입김이 공중으로 흩어졌다. 때 지난 크리스마스 캐럴이 멀리서 들려왔다. 수진은 저벅저벅 옥상 끝으로 걸어갔다. 난간에 몸을 기대고 발끝을 모아 세우고는 멀리 내다봤다. 골목을 돌아 일방통행로가 나 있고 그 끝으로 4차선이 뻗어 있었다. 모세혈관 같은 길을 따라 혈류처럼 눈발이 우르르 몰려가고 있었다. 종종걸음을 옮기는 사람들 뒤로 발자국이 그림자처럼 따라붙었다. 수진은 몸을 돌려 난간에 등을 기대고 작은 옥탑방을 바라보았다. 희미한 백열등 빛이 창밖으로 새어 나오고 있었다. 한 해의 마지막 날이었다. 미지근한 온기마저 그리운 저녁이었다. 수진이 어깨 위의 눈을 털며 바닥을 내려다봤을 때 눈 위로 가느다란 선이 길게 그어져 있었다. 내달린 흔적이었다. 그 선은 옥상 구석의 배수구까지 이어져 있었다.

우직하게 문학의 세계로 나아가고 싶어

좋은 꿈을 꾸었습니다. 첫눈도 내렸습니다. 그리고 당선 전화를 받았습니다.

《바가바드 기타》를 읽는 중이었고 제15장 5절에는 이렇게 씌어 있었습니다.

교만과 망상이 없고 집착과 허물이 극복되고 항시 자아에 대해 생각하며 욕망이 사라지고 고와 낙이라는 대립들로부터 벗어난 자들은 미혹됨 없이 저 불변하는 곳으로 간다.

쓰는 시간보다 길었던 망상과 집착, 욕망의 시간 속에 허덕이던 제가 부끄러워 가족에게도 선뜻 소식을 전하지 못하고 행간에 숨어 있을 교만과 허물을 걷어내느라 그 밤을 홀로 보냈습니다.

여느 날과 다름없이 바다가 내려다보이는 도서관의 노트북 43번 자리에 앉았습니다. 쓰던 소설을 잠시 미뤄두고 새 창을 열어 소감을 씁니다. 뜨겁고 충만하며 내밀하기까지 한 이 감정을 오래도록 기억하겠습니다. 그리고 누군가에게 위로가 되는 소설을 쓰겠습니다.

창작을 세상의 어떤 행위보다 귀히 여기시는 부모님의 넉넉한 시선이 아니었으면 누리지 못했을 기쁨입니다. 두 분께 진심으로 감사드립니다. 조언과 격려로 이끌어주신 박상우 선생님과 소행성 문우들 그리고 오랜 시간 함께해온 동리 문우들께도 감사드립니다.

마지막으로 부족한 작품을 뽑아주신 네 분 심사위원님과 국제신문사에 감사드립니다. 소설 앞에서 다시는 돌아서지 않겠습니다. 무엇에도 미혹됨 없이 우직한 걸음으로 불변하는 문학의 세계로 나아가겠습니다.

심사평 : 황국명(문학평론가) · 이순원(소설가)

쥐에 대한 상징과 이야기가 잘 버무러졌다

심사를 볼 때마다 어떤 소설이 잘 쓴 소설일까를 늘 다시 생각해보게 된다. 한 작품을 읽을 때가 아니라 여러 작품 가운데 한 작품을 골라낼 때 '잘 쓴 작품'의 기준이 달라지는 건 아니지만, 그래도 기본에 충실하고, 거기에 패기를 더한다면 더할 나위가 없을 것이다.

예심에서 올라온 10작품 가운데, 다시 최종적으로 골라낸 작품은 〈피크닉〉〈고리〉〈피서〉〈쥐〉였다. 여타 작품은 예심을 통과했다 하더라도 기본에 충실하지 못하다는 느낌이었다. 〈피크닉〉은 집과 터전을 잃고 온 가족이 승합차 한 대에 살림살이를 싣고 이 공원 저 공원, 혹은 또 다른 공공장소로 떠돌며 사는 이야기이다. 당연히 소설 속에 김 사장과 같은 존재가 나와야겠지만, 만남의 방식이 너무 상투적이고 예측 가능하다. 〈고리〉는 이야기를 좀 더 압축하고, 초점을 좀 더 분명히 할 필요가 있다. 이게 어떤 상황을 그려나가는 것인지를, 소설을 읽어나가는 동시에 정황이 보이게끔 쓴다면 좀 더 나은 작품이 되었을 것이다.

〈쥐〉는 벌집 같은 작은 옥탑방에 세 들어 있는 젊은 여성의 이야기다. 이따금 출몰하는 쥐를 두려워하며 쥐처럼 살아간다. 예전 꼬리 잘린 쥐에 대한 기억 역시 칙칙하다. 두 상징과 이야기가 잘 병치한다. 하나의 이야기를 잘 마무리하는 결말의 솜씨 역시 이 작가의 내공을 믿게 한다.

농민신문 한현정

1969년 경북 고령 출생.
경일대 경영학과, 경희사이버대 미디어문예창작학과 졸업.
2002년 대구매일신문 신춘문에 동시 부문 당선.

하늘은 작은 빛조차 허용하지 않을 듯 완벽한 암흑이었다. 하얀 눈으로 뒤덮인 들판은 태고의 신비로 둘러싸인 듯 절경이었지만 소의 내장처럼 끝도 없이 굽어지는 시골길은 아슬아슬 하다못해 두렵기만 했다. 핸들을 꼭 쥔 손에 땀이 차올랐다. 차창을 지나쳐가는 길가의 낮은 산들이 마치 죽어 있는 거대한 짐승처럼 고요했다.

농민신문

하얀 짐승

한현정

"이거 눈이 너무 많이 오는데요?"

하얀 방역복을 입은 이 주사가 빨갛게 코팅이 된 목장갑을 작은 석유 난로 옆으로 들이밀며 말했다. 그를 따라 들어온 차가운 바람이 한바탕 컨테이너 안에서 펄떡이다 이내 잠잠해졌다.

"아무래도 길이 끊긴 것 같지?"

난로 곁을 지키던 김 계장이 종이컵에 든 소주를 급히 비우고 이 주사에게 잔을 건넸다.

"저, 술 못하는 거 아시면서 자꾸."

"어허, 재미없게 왜 이래. 이거라도 마셔야 오늘밤을 날 것 아냐. 교대는 벌써 틀린 일이고. 술이나 먹자고."

11월 중순 안동에서 시작된 구제역은 걷잡을 수 없이 전국으로 퍼져 나갔다. 초동 대처가 미흡했던 탓에 이미 20만 두가 넘는 소와 돼지가 살처분되었다. 비상근무 명령이 떨어진 공무원들은 벌써 한 달도 넘게 방역과 살처분에 동원되고 있었다. 확산 속도가 조금 잦아들긴 했지만 언제 끝날지도 모를 재앙에 모두들 지쳐가고 있었다.

난로 위에 올려놓은 노가리에서 자잘한 연기가 피어올랐다. 2명씩 조를 이룬 방역 팀은 10시가 교대 시간이었다. 오늘따라 일찍 도착한 김 계장은 작정이라도 한 듯 오자마자 술타령이었고 대구에 살고 있는 송 주사는 눈을 핑계 삼아 아직 오지 않았다. 다들 오랫동안 보아온 동료이다 보니 서로 허물이 없기는 했지만 김 계장은 왠지 신경에 거슬렸다. 그는 10여 년 전 여기 공무원 사회로서는 드물게 이혼을 하고 자폐증을 앓고 있는 아들을 돌보며 살고 있었다.

"이 짓도 그만둘 때가 됐지. 더러워서 못해먹겠다니까. 이건 뭐 불나면 불 끄러 가야 하지, 홍수 나면 물 푸러 가야 하지, 이젠 소 새끼들까지 파묻으러 다녀야 하니. 머슴 노릇도 하루 이틀이지 원."

소주 한 병을 거뜬하게 해치운 김 계장이 또 다른 두꺼비를 잡아 익숙하게 모가지를 비틀었다.

"그저께는 덕곡1리 살처분 현장에 있었는데 정말 못 보겠더라고요. 송아지들까지 파묻고 이건 할 짓이 아니다 싶데요. 그 일을 마치고 집에 들어갈 때 네 살 먹은 딸내미가 아빠 하고 품속으로 뛰어드는데 아, 내가 큰 죄를 짓는구나 싶어서 간이 다 철렁합디다. 제길. 요즘은 꿈자리도 뒤숭숭하고."

이 주사가 소주 한 잔을 더 들이켰다. 그도 어지간히 스트레스를 받는 모양이었다. 업무상 어쩔 수 없는 일임에도 불구하고 방역 요원들 대부분이 심한 죄책감에 시달리고 있었다. 특히 가축의 뒷덜미에 근육이완제인 석시콜린을 찔러 넣는 것을 볼 때는 만감이 교차했다. 이 주사가 초소의 문을 열고 바깥을 내다보았다. 눈발은 여전한데 쌓이는 눈 때문인지 주변이 제법 환했다. 돌아갈 길이 막막한 것을 재차 확인하며 출근할 때 시어머니 품에서 발버둥을 치던 어린 딸의 모습을 떠올렸다.

"응 엄마, 무슨 일 있어요?"

"무슨 일 없으마 딸내미한테 전화도 몬하나?"

다짜고짜 시비조다. 칠십 노인의 목소리가 제법 카랑카랑하게 들렸던지 소주잔을 돌리던 김 계장이 힐끔 돌아보았다. 휴대폰을 들고 초소 밖으로 나왔다. 갑작스러운 한기 때문인지 노인의 목소리 때문인지 요의

가 심하게 느껴졌다.

"지금 어데고?"

"구제역 때문에 비상이야. 지금 오사리 들어가는 쪽 다리에서 야간근무 중이고."

"어데? 너그 오빠 죽은 그 다리 말이가?"

노인의 말에 울컥 가슴이 뜨거워졌다. 그리고 오줌보가 터질 듯 자극되었다.

"야야, 와 말이 없노?"

"엄마, 나 지금 바빠. 쓸데없는 소리 할 거면 끊어. 나중에 전화할게."

"그게 아이고 야야, 정근이가 좀 이상하다."

"뭐? 왜?"

"야가 며칠째 술만 퍼마시디만 죽는다고 저 난리다."

"……"

소변을 참느라 다리가 옹글렸다.

"내 말 듣나?"

"사, 상심이 커서 그렇겠죠. 내일 가 볼게요."

몸을 배배 꼬다 일방적으로 전화를 끊었다. 다리를 모으고 어두운 강둑을 종종걸음 쳤다. 살을 베어 낼 듯 매서운 바람이 휙휙 지나갔다. 전화벨이 다시 울렸지만 받지 않았다. 초소에서 그리 멀지 않은 어둠 속에서 허둥대며 바지를 끌어 내렸다. 배설의 안도감과 함께 허연 김이 비릿하게 피어올랐다. 전화벨이 갑자기 멈추었다.

그날도 나는 강가에 있었다. 열한 살의 미교도 물장구를 치며 수줍게 웃고 있었다. 햇볕에 그을려 등이 까맣다 못해 반질반질한 남자 아이들 대여섯은 하얀 팬티만 입고 쪽 그물로 물고기를 잡느라 시끌시끌했다. 미교와 나는 남자 아이들과는 조금 떨어진 모래밭에다 얌전하게 신발을 벗어 두고 물장난을 했다. 7월의 뜨거운 햇볕에 아이들의 웃음소리가 하얗게 증발되었다. 무릎에서 찰방거리는 맑은 물살이 간지러웠다.

하염없이 떠내려가는 강물을 두 손으로 움켜쥐어 보았지만 거뭇한 물고기들은 재빠르게 모래 바닥으로 몸을 감추었다. 강물에 몸을 담그고 드러누워 하늘을 보았다. 구름 한 점 없이 깨끗한 하늘이었다. 잠수도 할 줄 안다고 까불거리는 미교보다 헤엄이라면 자신 있었다. 둘은 내기라도 하듯 좀 더 깊은 곳으로 개헤엄을 쳤다. 뒤돌아보니 어찌된 영문인지 미교가 보이지 않았다. 순간, 강바닥에 발이 닿지 않는다는 것을 깨달았다. 겨우내 골재업자들이 모래를 채취하면서 생겨난 깊은 웅덩이가 죽음의 함정이 되어 있었다. 필사적으로 팔을 휘저었지만 도저히 벗어날 수 없었다. 사람 살려요. 은희가 물에 빠졌어요. 미교의 다급한 음성이 생의 건너편에서 들려오는 듯 아득하게 들렸다. 미교의 비명을 듣고 누군가 달려오고 있었다. 키가 크고 깡마른 몸매를 가진 남자 아이였다. 그는 검은 물속으로 가라앉고 있던 내 머리채를 붙잡아 생의 이쪽으로 힘껏 끌어당겼다. 본능적으로 이제 살았구나, 이 사람을 붙잡으면 내가 살 수가 있겠구나 싶었다. 그래서 악착같이 그의 목을 끌어안았다.

오줌을 누며 그 강을 바라보았다. 공해 때문일까 영하의 날씨에도 이제 강은 얼어붙지 않았다. 4대강 개발 사업으로 여기저기 파헤쳐진 강바닥의 포클레인 흔적이 을씨년스러웠다. 흰 눈발 사이로 낙동강 줄기가 숨을 죽이고 있었다. 매서운 바람이 긴 휘파람 소리를 내며 하얀 포말을 일으킬 뿐이었다. 급히 바지를 추켜올리고 방역복의 지퍼를 목까지 단단히 채워 올렸다. 야무지게 팔짱까지 꼈지만 강에서 불어오는 칼바람에 떠밀려 종종걸음을 칠 수밖에 없었다. 쫓기듯 초소의 문을 열고 들어서자 후끈한 실내 공기가 얼어붙은 얼굴을 간지럽혔다. 뿌연 안경 너머 취기로 꼬인 김 계장의 목소리가 빙글거렸다.

"어이, 여사님! 뭔 전화를 그렇게 오래하시나?"

대답 대신 난로로 다가가 언 몸을 녹였다.

"아까 군청에서 보건소 김 여사 이야기 들었다. 중환자실에 있다던데 원래 지병이 있었더냐? 서 여사보다 몇 살 어렸던가?"

김 여사, 미교는 고등학교를 졸업하고 간호조무사로 보건소에서 근무를 시작했다. 같은 마을에서 자라 국민학교도 같이 다닌 단짝 친구였다. 그녀가 중학교에 진학하면서 가족이 모두 읍내로 이사를 가긴 했지만 몇 년 후 여고에서 다시 만났다. 그녀의 아버지는 읍내에서 정육점을 했는데 그 덕분인지 형편이 좋아 보였다. 지역 유지들이 주는 향토 장학금을 받지 못했더라면 학교 같은 건 아예 꿈도 꾸지 못했을 내 처지에서는 늘 부러운 친구였다. 수다스러운 친구였지만 나와 함께 있으면 꽤 진지해졌다. 스물셋 꽃다운 나이에 농촌지도소에 다니는 남자와 눈이 맞아 연애결혼을 했고 벌써 장성한 아들이 둘이나 있었다. 어느 것 하나 빠짐없이 행복해 보이던 그녀가 쓰러졌단다. 어제 오전 관공서 직원들 사이에 퍼진 소문을 듣고 병원으로 달려갔으나 면회가 되지 않았다.

"며칠 전 개진면에 있는 농장에서 살처분 작업하고 와서 머리가 아프다며 쓰러졌다는데 꽤 심각한 모양이던데요?"

이 주사도 소식을 들은 모양이었다.

"어쩐지, 그날 김 여사 얼굴이 말이 아니더만 파리하니 힘도 없고."

김 계장이 씁쓸한 표정을 지으며 다시 소주잔을 기울였다. 노가리를 굽고 있기는 했지만 납덩이가 묵직하게 가슴을 짓누르는 듯했다. 농장에서 마지막으로 본 미교의 얼굴이 자꾸만 떠올랐다.

오빠는 공부를 잘했다. 그의 말 한마디면 남자 아이들이 일사분란하게 움직일 정도로 리더십도 있었다. 가난한 농사꾼에 내세울 것도 없는 살림이었지만 우리 집 장남은 뭘 해도 크게 될 놈이다 엄마의 자부심만큼은 대단했다. 그런 그가 죽었다. 그가 죽고 내가 살았다. 오빠가 익사한 후 엄마는 한동안 정신 줄을 놓고 살았다. 농부였던 아버지도 본업을 접고 술로 자식 잃은 슬픔을 달랬다. 그 모든 불행의 원인은 결국 나였다. 저것 때문에 내 아들이 죽었네. 쓰잘데기도 없는 가스나 때문에 금지옥엽 내 아들이 죽었네. 엄마의 통곡이 터질 때마다 나는 깜깜한 다락방에 숨어 귀를 틀어막았다. 밤마다 축 늘어진 오빠의 젖은 몸이 꿈에

나타났다. 사람 살려요, 은희가 물에 빠졌어요. 절박한 미교의 목소리가 들리고 오빠가 달려왔다. 그는 물에 빠진 나를 가만히 지켜보기만 할 때도 있었고 어떤 날은 내 목을 끌어안고 물속으로 가라앉기도 했다. 밤낮으로 가위에 눌려 비명을 질러대는 어린 영혼을 위로하는 사람은 아무도 없었다. 가족 모두가 자신이 받은 상처를 감당해내기에도 힘겨운 나날이었다. 정신없이 뜨거운 여름을 보내고 찬 바람이 돌 즈음 엄마는 겨우 정신을 차렸다. 새카맣게 기미가 끼고 몰라보게 수척해진 엄마가 죽은 오빠의 유품을 챙겨 언니와 나를 앞세우고 국민학교 쓰레기 소각장으로 갔다. 그곳에서 죽은 오빠의 옷과 신발을 태우고 그가 받은 상장과 상품으로 받은 공책이며 크레파스까지 불 속에 던져 넣었다. 새 크레파스가 아까웠던 언니가 불길이 막 닿은 그것을 부지깽이로 끄집어냈을 때 잿더미 속에서 마치 역정이라도 내 듯 매운 연기가 불컥 피어올랐다.

엄마는 아이 셋을 더 낳았다. 죽은 아이, 엄밀하게 말하면 아들을 보상 받을 요량이었을 것이다. 가난한 살림에 무슨 애들을 그렇게 많이 퍼지르느냐는 동네 여자들의 주제넘은 비아냥거림에도 아랑곳하지 않았다. 시시때때로 터지는 엄마의 악담과 분풀이를 견뎌야만 했던 나는 누구보다도 남동생이 태어나길 바랐다. 유독 내게만 나무토막 같은 엄마지만 사내아이가 태어나준다면 달라질지도 모른다고 여겼다. 엄마는 쓰잘데기 없는 딸을 둘이나 더 낳고 천신만고 끝에 아들을 얻었다. 그 아이가 막내 정근이었다.

"그 여자는 말이야. 사람들 많은 곳에 가는 걸 싫어했어. 사람들 속에 있으면 오줌이 마려워서 죽을 것만 같다나? 가끔씩 시장이라도 다녀오는 날이면 오줌을 질질 싸면서 오더라고. 어린애처럼."

김 계장이 말하는 그 여자는 아마도 이혼한 전 부인일 것이다.

"부모들 등살에 못 이겨 서둘러 결혼을 했지. 얼굴도 몇 번 안 보고 한 결혼이라 그냥 무덤덤했어. 여자가 강박증이 있어서 그렇지 처음엔 꽤 싹싹했다. 이왕에 아들까지 낳은 거 마음잡고 살아보고 싶었어. 그런데 그놈아가 그 모양이라. 점점 애 엄마 우울증이 심해지면서 사이가 영 틀어졌지. 어쨌든 살아볼라꼬 무던히 애도 써보고 그랬는데……."

김 계장의 눈가가 벌게지고 있었다. 빈 병이 늘어날수록 점점 수위가 높아지는 그의 횡설수설에 난감해지기 시작했다. 눈이 와서일까? 아니면 외진 곳에 고립된 상황이 주는 묘한 박탈감 때문이었을까? 그의 뜬금없는 무장해제가 당황스러우면서도 안쓰러웠다.

초소 안의 환경은 열악하기 짝이 없었다. 컨테이너로 만든 좁은 공간 안에 석유난로가 놓여 있고 그 옆으로 작은 책상과 의자 몇 개, 접을 수 있는 간이침대가 비품의 전부였다. 형편없이 취한 이 주사를 간이침대에 눕히고 담요를 덮어주었다. 초소 바닥에 뒹구는 술병과 쓰레기를 치우기 시작했다. 김 계장은 마지막 남은 술잔을 의지 삼으며 의자에 앉아 주억거렸다.

"김 계장님도 이제 좀 주무세요."

그의 어깨를 가볍게 흔들었다. 졸고 있는 줄 알았던 김 계장이 손을 뻗어 내 손목을 낚아챘다. 당황한 내 눈과 그의 눈이 마주쳤다. 회한의 눈이었다. 22년 전 버스 정류장에서 내 손을 꼭 잡아주던 수심에 가득 찬 눈이 떠올랐다. 불에 닿기라도 한 듯 손목을 뿌리치고 초소 문을 박차고 나왔다. 눈은 이미 멈춰 있었고 사방이 환했다. 길게 한숨을 내쉬었다. 뜨거운 입김이 허옇게 얼어붙었다. 차라리 술에 취해 초점을 잃은 눈이어야 했다. 농담과 허세로 위장하고 있던 그의 민얼굴을 본 듯해 마음이 불편했다. 오랫동안 방치되고 있는 묵은 애증의 세월이 이젠 지긋지긋했다. 초소로 돌아갈 수 없어 자동차로 향했다. 히터라도 켜고 밤을 견뎌볼 요량이었다. 자동차 문을 여는데 전화벨이 울렸다.

언니가 도망치듯 초등학교 동창에게 시집을 가버리고 채 1년도 되지 않아 아버지가 돌아가셨다. 간암이었다. 갑작스러운 일이라 모두들 경황이 없었다. 이상하게도 나는 아버지의 영정을 앞에 두고 내내 쏟아지는 졸음과 싸워야 했다. 기면증 환자처럼 반쯤 눈을 감고 문상객에게 절을 하고 울었다. 잠은 내 몸을 끌어당기던 시퍼런 강물이 되어 나를 허우적거리게 했다. 한동안 나타나지 않던 죽은 오빠의 영혼이 내 목을 끌어안고 물속으로 가라앉고 있을 때 날 선 엄마의 목소리가 들렸다.

"저, 저년이 지 오빠 잡아 묵은 것도 모자라 애비가 죽었는데도 잠만 처잔다이."

병원에 좀 더 있었더라면 살았을지도 모를 남편을 굳이 끌고 나온 엄마를 나무라는 집안 어른들의 탄식에 대한 반발이었을까? 아니면 엄마가 그 무엇보다 두려워하는 동네 여편네들의 수군거림에 대한 방패막이였을까? 어쨌든 엄마의 불호령에 가물거리던 내 의식은 가까스로 정신을 차렸다. 졸지에 과부가 된 엄마는 자식새끼들 줄줄이 두고 먼저 간 무책임한 아버지를 원망하며 장례식 내내 대성통곡했다.

뜨거운 한여름에도 가슴이 시린 나날이었다. 여고를 졸업하자마자 큰아버지의 도움으로 군청 민원실에서 직장생활을 시작했다. 커피 심부름에 간단한 서류 수발이 전부인 계약직이었지만 나름 직장생활에 재미가 붙었다. 늘 주눅이 들어 있던 내게도 청춘은 감출 수 없는 에너지로 들끓는 봄날의 아지랑이였다. 스물셋 꽃다운 나이에 첫 남자를 만났다. 넘치지도 부족하지도 않은 평범한 집안의 남자였다. 세심하게 배려해주는 자상함에 결혼까지 생각했다. 아들이 좋다 하니 그쪽 부모도 싫다는 내색이 없었다. 그러나 엄마는 특별한 이유도 없이 결혼을 반대했다. 결혼하기에는 내 나이가 너무 어리다고만 했다. 마지못해 상견례를 허락해놓고 당일에는 아예 자리를 깔고 누워 버렸다. 급체로 약속을 미뤄야겠다는 궁색한 변명을 해야 했다. 문병을 온 남자를 앞에 두고 엄마는 앓는 소리로 내가 결혼할 수 없는 이유를 설명했다.

"저 가스나가 그나마 벌어 보태서 이제 겨우 묵고 사는데 쟈가 시집가뿌리면 우리는 다 굶어 죽어야 되는 기라. 돈 들어갈 동생들이 줄줄인데 야들 아부지도 없이 내 혼자는 감당이 안 되는기라. 자꾸 허리도 아프고 다리를 질질 끌고 다니는데 인제는 남의 집 품도 못 팔 것고……."

남자는 모든 걸 감당하겠으니 결혼만 하게 해달라고 했다. 엄마는 남자의 말을 듣는 둥 마는 둥 하다 그러만 너그 마음대로 하라며 역정을 냈다. 버스 정류장까지 배웅을 나온 내 손을 잡으며 그는 걱정 말라고 했다. 날리는 눈발이 떠나는 버스 뒤에서 어지럽게 펄럭이다 흩어졌다. 그날 이후 남자는 점점 멀어져갔다. 우리 집 사정을 속속들이 알게 된 그쪽 부모도 반대하고 나선 것이다. 한동안 엄마에 대한 원망과 믿었던 남자의 배신에 절망하며 휘청거렸다. 지긋지긋한 부양의 의무와 피해의식은 또 다른 남자를 만나도 마찬가지였다. 제대로 피어 보지도 못한 내 청춘의 봄날이 목련처럼 떨어져 볼품없이 시들어갔다. 특별할 것도 없는 노처녀의 권태로운 일상이 반복되었고 서른 후반이 되자 사람들은 국수 언제 먹여줄 거냐고 묻지도 않았다. 심지어 동네 여편네들은 죽은 선근 오빠의 귀신이 씌어 시집을 못 간다느니 입방아를 찧어대는 모양이었다.

"여보, 놀라지 말고 들어……."

평소답지 않게 착 가라앉은 남편의 목소리가 심상치 않았다.

"……."

"저 정근이가…… 처남이 약을 먹었나봐."

"뭐? 무슨 소리야? 아까 엄마하고 통화할 때도 아무 말 없었는데."

아까 노인과 나누었던 시니컬한 통화가 떠올랐다.

"지금 병원 응급실로 옮겨 위세척 중인데 아직 의식이 없어."

"어, 어느 병원이야?"

"영생 병원"

"여보, 어떡하지? 우리…… 정근이……."

"침착해라 은희야. 전화 안 하려다 처남이 잘못되기라도 하면 당신이 나 원망할 것 같아서……. 지금 눈도 많이 오고 길이 미끄러우니까 일단, 당신은 움직이지 말고 그냥 있어봐. 지금 국도는 위험하니까 내일 길 뚫리면 나오든지 하라고. 무슨 말인지 알지? 처남도 발견하자마자 바로 병원으로 옮겼다니까 생명에는 지장이 없을 거야. 너무 걱정하지 말고. 응?"

전화가 끊겼다. 한동안 휴대폰을 떼지 못했다. 남편의 목소리와 시니컬한 친정 엄마의 목소리가 뒤섞여서 들려오는 것 같았다. 한참을 멍하게 운전석에 앉아 있었다. 떨리던 마음이 진정되자 이번엔 왈칵 눈물이 쏟아졌다. 텅 빈 축사로 향하던 동생의 야윈 등과 보상금이 나오면 다시 시작하겠다던 그의 갈라진 목소리가 오버랩되었다. 아까 엄마가 전화했을 때 알아챘어야 했다. 동생의 상심이 생각보다 크다는 것을 왜 짐작하지 못했을까? 비상근무로 바빠 며칠째 농장을 찾아보지 못한 것이 자꾸 마음에 걸렸다. 이러저러한 생각의 조각들이 굴러다니며 마음을 불편하게 했다. 무엇보다도 그 아이가 사경을 헤매고 있다는 사실이 조급해서 견딜 수가 없었다. 시동을 걸었다. 아무도 밟지 않은 하얀 눈길이 절벽인 양 겁이 났다.

그가 결혼한 후 한동안 나는 면사무소로만 떠돌았다. 어떻게든 그와 같은 곳에서 근무하는 것만은 피하고 싶었다. 그와의 연애는 알 만한 사람들은 이미 다 알고 있었다. 결혼까지 하려 했는데 좁은 동네에서 소문은 당연한 것이었다. 무엇보다도 그의 얼굴을 보는 것이 견딜 수 없이 불편했다. 직장을 그만둘까도 생각했다. 그러나 부양의 의무를 짊어진 내 입장에서 쉬운 일은 아니었다. 그가 미웠다. 엄마의 반대로 어그러져 버리긴 했지만 1년도 채 안 되어 다른 여자와 결혼해버린 그가 용납되지 않았다. 가끔 업무상 군청에라도 가면 그와 마주칠까봐 전전긍긍하고 있는 내 자신이 비참했다. 술래잡기를 하듯 그의 그림자를 밟지 않으려 애썼다. 내색할 수 없는 비밀을 공유한 듯 답답한 세월이 흘러갔다. 그사이 그에게는 아이가 태어났고 나는 몇 번의 연애와 이별을 더 겪었다. 유독 내게만은 어렵고 가혹한 결혼이라는 절차에 대해 슬슬 염증이 났다. 노처녀라는 타이틀이 따라붙을 즈음 그의 이혼 소식을 들었다. 다들 쉬쉬했지만 이혼이 드문 시골 공무원 사회에서는 큰 이슈였다. 나와는 상관없는 일, 그 따위 첫사랑의 기억쯤이야 무덤덤하게 퇴색된 줄 알았다. 그러나 다시 군청으로 돌아오게 되면서 몰라보게 추레해진 그의 모습이 상처 위에 말라붙은 피딱지처럼 신경을 자극했다. 구겨진 와이셔츠와 때에 절어 번들거리는 바지가 자꾸 눈에 들어왔다. 무심한 듯 바라보는 그의 눈빛도 부담스러웠고 의미 없이 던지는 농담도 귀에 거슬렸다. 심한 사투리와 점점 휑해지는 머리숱도 싫었다. 젊은 홀아비와 노처녀 사이에 흐르는 녹슨 연결고리를 은근히 끌어다 붙이려는 주변 사람들의 관심도 가끔 나를 히스테릭하게 만들었다. 이번에는 내가 그에게서 도망치고 싶었다.

정근이 대학을 졸업할 무렵 남편을 만났다. 농기계 수리를 하는 직업 탓인지 거뭇하게 기름에 전 그의 투박한 손이 인상 깊었다. 순박하지만 삶의 굴곡이 느껴지는 주름진 얼굴을 가진 남자였다. 잘난 형들의 뒷바라지를 위해 스스로 대학을 포기하고 돈부터 벌었다고 했다. 미교의 중학교 동창이었는데 허세스럽지 않은 진중함이 마음에 들었다. 형님들이 모두 서울에 있어 결혼을 하더라도 혼자 계신 어머니를 모시고 싶다 했다. 설레는 연애 감정보다는 말하지 않아도 알 것 같은 편안함이 좋았다. 단단한 벽처럼 느껴졌던 결혼의 절차들이 일사천리로 진행되는 것이 신기했다. 결혼식 날, 순백의 드레스를 입은 마흔 줄의 누이를 보고 정근은 늙은 신부라며 놀렸다. 남동생의 어설픈 농담에 곱게 눈을 흘기는 나도 해맑게 웃어넘기는 정근도 뭉근하게 저며오는 감정을 억누르며 눈물을 찔끔거렸다.

작년 겨울 이 지역 야산에 산불이 일어났다. 산 너머에서 시작된 작은 불은 친정이 있는 마을로 번져 넘어오면서 제법 큰 불이 되었다. 넓은 지역에 걸쳐 자라고 있던 아름드리 소나무와 잡목들을 태우며 무서울 정도로 빠르게 마을을 위협했다. 정근도 급히 축사에서 소들을 끌어내며 대피를 준비했다. 대학에서 경영학을 전공한 정근이 도시에 뿌리를 내리지 못하고 고향으로 돌아온다고 했을 때 서운한 생각부터 들었다. 결혼까지 미루며 사십이 넘도록 뒷바라지한 막둥이에게 누나로서 바란 것이 있다면 그저 평범한 직장인이 되어 안정된 삶을 살아주는 것뿐이었다. 그러나 시시한 지방대 출신이라는 꼬리표는 정근을 이 직장 저 직장으로 떠돌게 만들었고 결국 부초처럼 떠돌던 정근은 엄마와 나의 기대를 저버리고 도시 생활을 정리했다. 소를 키워보고 싶다고 했다. 오랫동안 심사숙고한 계획인 듯 어렵게 말을 꺼내는 정근에게 엄마는 조상 답을 담보로 농협에서 대출을 받아 주었다. 그러고도 부족한 돈은 내가 그동안 모아두었던 적금을 깨서 마련했다. 집 근처 작은 밭에 축사를 짓고 소를 사들인 동생이 나중에 잘되면 이자까지 꼭 갚는다며 자신감을 내비쳤다. 농장을 시작한 지 3년이 채 안 되었는데도 두수가 꽤 늘어났다. 워낙 관리를 철저하게 해서인지 가축의 등급도 좋은 편이었다. 마을 사람들이 산을 타고 넘어 오는 불길에 망연자실하고 있을 때도 정근은 침착했다. 여자들의 과보호 속에 자라 어쩌면 나약하지 않을까 염려스러운 동생이었는데 이젠 진짜 어른이다 싶었다. 소방 헬기가 뜨고 공무원을 포함한 많은 인력이 동원 되고 나서야 겨우 불길이 잡혔다. 생명을 건 필사적인 진화 작업 끝에 그야말로 불은 마을 코앞까지 와서 멈추었다. 부랴부랴 피난 짐을 쌌던 마을 사람들 모두 가슴을 쓸어내렸다. 불은 마을 뒷산을 황폐하게 만들었을 뿐만 아니라 숲을 터전 삼아 살던 야생동물들에게는 재앙이 되었다. 불길에서 살아남은 멧돼지나 고라니들은 먹이를 구하기 위해 수시로 마을로 내려왔다. 특히 멧돼지는 먹을 수 있는 모든 것을 먹어치웠다. 배추 뿌리에서부터 아직 수확하지 않은 농작물까지 입을 대지 않는 것이 없었다. 심각한 것은 멧돼지들이 무덤까지 파헤치는 것이었다. 무덤에 난 풀의 뿌리까지 먹어치우는 먹성 때문이라고 했다. 아버지의 봉분이 몇 번이나 무너져 있는 것을 본 어머니는 이 몰지각한 짐승들을 향해 온갖 저주를 퍼부어댔다.

하늘은 작은 빛조차 허용하지 않을 듯 완벽한 암흑이었다. 하얀 눈으로 뒤덮인 들판은 태고의 신비로 둘러싸인 듯 절경이었지만 소의 내장처럼 끝도 없이 굽어지는 시골길은 아슬아슬 하다못해 두렵기만 했다.

핸들을 꼭 쥔 손에 땀이 차올랐다. 차창을 지나쳐가는 길가의 낮은 산들이 마치 죽어 있는 거대한 짐승처럼 고요했다. 그 고요가 두려워 라디오를 켰다. 안도감을 주던 잠깐 동안의 음악이 끝나고 뉴스가 흘러나왔다. 자정 뉴스였다.

"전국에서 구제역 방역 활동에 나선 공무원들이 순직하거나 과로로 쓰러지는 사태가 잇따르고 있습니다. 경북 회천군 보건소에 근무하는 김 모 씨는 지난 5일 오후 과로로 쓰러져 병원으로 옮겨졌으나 결국 오늘 오후 9시경 숨을 거두었다고 합니다. 김 씨는 구제역이 발생한 이후 연일 야근과 새벽근무를 번갈아 해왔으며 지난 3일에는 살처분 현장에 동원되어…….¨

그때였다. 헤드라이트 불빛이 길 위를 점령한 시커먼 물체를 비추었다. 정체를 알 수 없는 짐승들. 본능적으로 브레이크를 밟았다. 금속성의 마찰음과 함께 마티즈가 눈길에 미끄러졌다. 길을 가로지르고 있던 놈들도 브레이크 소리에 놀라 멈추어 섰다. 멧돼지였다. 대여섯 마리는 되어 보였는데 어미인 듯 덩치 큰 놈 하나와 제법 자란 새끼들이었다. 그들은 불빛 속에 동상처럼 우뚝 서 있었다. 그들의 형형한 눈빛이 타오르는 듯 번뜩였다. 그 모습이 오싹할 정도로 위압적이었다. 조급한 마음에 헤드라이트를 껐다. 숨고 싶었다. 그러자 짐승들은 오히려 방향을 틀어 나를 향해 다가왔다. 녀석들의 거친 숨이 허연 입김이 되어 마구 피어올랐다.

"누나, 어떡하지? 얘네들이 좀 이상해. 아무래도 신고를 해야 될 것 같아."

정근의 전화를 받고 심장이 덜컥 내려앉았다. 비상근무 령을 받고 축사와 집근처를 철저히 소독하라고 일러둔 다음 날이기도 했다. 검역 담당 직원과 함께 농장으로 향했다. 아니라고 믿고 싶었지만 마음 한구석에 자리 잡는 무거운 불안은 어쩔 수가 없었다. 검역원이 소의 입을 벌려 세심하게 살폈다. 구제역에 걸린 소들은 입이나 코가 헐거나 콧물이 흐른다. 그리고 발굽이 썩어 궤양이 일어나며 서서히 죽어간다. 20두 남짓의 가축 가운데 새끼를 낳은 지 얼마 되지 않은 암소 한 마리가 의심이 갔다. 우선 가검물을 채취하고 다른 소들에게는 예방접종을 실시했다. 예감대로 결과는 양성이었고 신속하게 살처분하라는 통보가 떨어졌다. 지체 없이 가축에게 근육이완제인 석시콜린을 투여할 수 있는 수의사가 섭외되고 보조원으로 미교가 투입되었다. 뒷덜미에 석시콜린을 맞은 소들이 허옇게 눈을 뒤집고 사지를 떨기 시작했다. 그 와중에 태어난 지 일주일도 채 안 된 송아지가 사경을 헤매는 어미의 품으로 파고들었다. 어미 소는 심하게 다리를 떨면서도 악착같이 젖을 물렸다. 보는 이들 모두 눈시울이 뜨거워졌지만 살처분은 냉정하게 진행되었다. 젖을 빨던 새끼마저 죽어 나자빠지는 처참한 모습에 헛구역질이 났다. 그런 내 모습을 지켜보던 미교도 결국 울음을 터뜨렸다.

"괜찮아, 걱정 마. 어쩔 수 없는 거잖아."

창백한 그녀의 얼굴을 보며 오히려 위로했다.

"은희야, 미안하다. 내가 딱 그 짝이지? 백정 말이야."

그녀는 항상 내게 미안하다고 했다. 나 또한 그녀에게 말할 수 없이 미안했다. 우린 너무 어린 나이에 죽음을 알아버려서 그 슬픈 기억 때문에 서로에게 미안했다. 미교를 볼 때면 우리 가족의 불행 속에 그녀를 끌어들인 것 같아서 마음이 아팠다. 긴 세월이 흘렀음에도 불구하고 상처는 또 다른 죽음으로 덧나고 있었다.

김 백정, 미교의 아버지를 마을 사람들은 그렇게 불렀다. 짐승의 숨통을 끊고 껍질을 벗기고 내장을 가르고 살코기를 정확하게 등분하여 마을 사람들에게 나누는데 그만한 사람이 없었다. 죽은 짐승의 살점과 내장을 빠르게 해체하는 신기한 구경을 하며 마을 사람들은 마른침을 삼켰다. 동네 아이들도 어른들 틈에 끼어 숨을 죽였지만 김 백정의 딸인 미교는 한사코 그 자리를 피했다. 아버지의 직업이 부끄러워서만은 아니었을 것이다. 그녀에게 죽음이란 내가 그랬던 것처럼 도저히 이겨낼 수 없는 치명적인 공포가 아니었을까 싶다. 간호사로 25년을 일해온 그녀였지만 수백 두의 생목숨을 끊어놓으며 겪었을 엄청난 스트레스는 짐작이 가고도 남았다. 그날 그녀의 흔들리는 눈빛에서 충분히 아프다는 것을 읽을 수 있었다. 살처분이 끝나자 지체 없이 포클레인이 왔고 동생의 소들은 모두 농장 근처 구덩이에 매몰되었다. 정근은 출장 나온 김계장과 보상 문제를 상의하고 뒷정리를 위해 텅 빈 축사로 들어갔다. 묵묵히 일만 하는 동생의 야윈 등허리가 소처럼 굽어 보였다.

멧돼지들이 서서히 자동차를 향해 몰려들었다. 겁에 질려 헤드라이트를 켜고 급하게 엑셀을 밟았다. 뒷바퀴가 요란하게 헛돌다가 순간적으로 튀어나갔다. 앞을 가로막던 짐승 하나가 범퍼에 부딪혔는지 둔탁한 소리가 났고 곧이어 고막을 찢을 듯 요란한 비명이 밤공기를 갈랐다. 발작적으로 휴대폰이 울렸지만 받을 수 없었다. 최대한 눈길에 미끄러지지 않으려 애쓰며 속도를 냈다. 자동차 뒤를 짐승들이 따라 오고 있었다. 백미러로 보는 그들의 모습이 더 기괴했다. 코너를 돌다 아차 하는 순간 마티즈가 눈길에 미끄러져 공중을 날았다. 찰나의 정적 속에서 남편과 딸의 얼굴이 떠올랐다. 엄청난 충격과 함께 눈 덮인 땅바닥으로 자동차가 곤두박질쳤다. 그 와중에도 계속 울어대는 벨소리, 벨소리. 결국 정근이 잘못된 것일까? 다행이 정신을 잃지는 않았지만 팔목이 부러지기라도 했는지 통증이 심했다. 뒷바퀴가 비스듬히 둔덕에 걸쳐져 눈 덮인 들판 위로 헤드라이트 불빛이 쏟아졌다. 눈부신 설국. 아름다웠다. 그 하얀 세상 한가운데 마치 그것만이 존재하고 있는 듯 붉은 표지판과 선명한 노란 글씨가 부각되었다.

〈이곳은 가축전염병으로 인해 가축이 살 처분 매몰 된 장소로 임의 훼손 및 개발, 경작 등의 사용을 금합니다.〉

경고판을 읽는 순간 또 다른 공포가 엄습했다. 도망가고 싶었다. 사람 살려요, 은희가 물에 빠졌어요. 불빛이 닿지 않는 깊은 들판 어디에선가 절박한 미교의 목소리가 들려오는 듯했다. 다시 눈발이 흩날렸다. 세상을 매몰시켜 버리려는 듯 눈은 끝도 없이 쏟아져 내렸다. 매몰지 주변으로 거품을 문 짐승들이 짓무른 발굽을 절뚝거리며 하얗게 모여 들었다.

생명과 삶의 진실 외면 않는
뜨거운 심장으로 글 써갈 것

잔인한 시간이었다. 때론 도망치기도 했다. 그러나 본능적으로 비행해야 할 항로가 인식되어 있는 겨울 철새처럼 되돌아와야만 했다. 내 글쓰기는 이제 여기서부터 시작한다. 당선 통보와 함께 부여받은 소설가로서의 여정에 깊은 두려움을 느낀다. 먼 길을 돌아오는 동안 그나마 단련되었을 내 비루한 날개의 힘을 조심스럽게 점검해본다.

〈하얀 짐승〉은 의미 없이 죽어가는 하찮은 생명에 대한 안타까움에서 시작되었다. 그들의 잔혹한 죽음 뒤에 그것보다 더 고통스러운 인간의 삶이 있다. 생명과 삶의 진실을 외면하지 않는 뜨거운 심장으로 녹여낸 글을 쓰고 싶다.

하늘나라에 계신 김문기 선생님 고맙습니다. 이 순간, 뜨겁게 솟아오르는 울음을 삼킵니다. 이순원 선생님, 제 방황이 너무 길었습니다. 선생님 명성에 누가 되지 않는 제자로 끝까지 살아남겠습니다. 남편 서동덕 씨, 아들 상엽, 딸 지수. 별난 아내, 엄마 만나서 고생이 많아요. 사랑합니다.

농협 직원이었던 아버지 덕분에 《어린이동산》을 읽으며 자랐고, 요즘은 《전원생활》 애독자입니다. 농민신문사에 깊은 애정을 전합니다. 마지막으로 저를 소설가로 만들어주신 최인석 임철우 심사위원 선생님 고맙습니다. 좋은 책으로 은혜 갚겠습니다.

과장 없는 조용한 문장 특출……
작가의 침착한 태도 돋보여

예심을 통과해 심사위원들 앞에 이른 작품은 열 편, 마지막까지 책상에 남은 작품은 〈하우스〉〈태〉 그리고 〈하얀 짐승〉이었다.(열 편 가운데 '하우스'라는 제목을 단 작품이 둘이었는데, 이는 희귀한 일이었다. 하우스라는 말이 농촌에서 실용적인 이유로 많이 쓰인다는 점을 감안하더라도 마찬가지였다. 혼란을 피하기 위해 덧붙이자면 최종 예심에 오른 〈하우스〉의 공간적 배경은 꽃집이었다.)

〈태〉는 신인다운 패기가 돋보이는 작품이었다. 주제와 소재, 인물을 다루는 작가의 태도 역시 당돌했는데, 그것이 장점이면서 동시에 단점으로 작용했다. 도발적이었으나, 한두 군데 무리한 전개가 이어지다 보니 설득력이 현저히 떨어지고 말았다. 아쉬웠다. 무리하지 않고도 뜻하는 바를 전하는 길을 찾아낼 수 있다는 점을 당부하고자 한다.

〈하우스〉는 문장과 이야기, 인물을 다루는 솜씨가 가장 능란한 작품이었다. 흔히 말하는 신춘문예용 작품에 가장 가까웠다. 그러나 문장에 지나치게 멋을 부린 태가 보였고, 그런 문장들이 매끄럽게 다듬어진 작품의 결에 가시처럼 남겨졌다. 인물의 지병과 식물의 번식력에 관한 잦은 언급 또한 오래지 않아 그 신선함을 잃었다. 꽃잔디에 대한 묘사는 더러 훌륭했으나, 작가 스스로 거기에 매료된 나머지 다른 서사에는 신경을 쓰지 않은 게 아닌가 하는 생각도 들었다.

〈하얀 짐승〉은 구제역에 걸린 가축들을 살처분하는 일에 동원된 공무원들의 이야기였다. 과장스럽지 않고 조용한 문장이 인상적이었다. 작가의 태도는 일상적-현실적이지만 그 일상적 시선에 포착되는 현실은 때로 잔인하고 때로 참혹하며 때로 슬프다. 작가는 끝까지 침착한 태도를 유지하면서 이야기를 끌어가는데, 그 또한 작품의 성취라 할 만했다.

심사위원들은 어렵지 않게 〈하얀 짐승〉을 당선작으로 뽑을 수 있었다.

동아일보 이수경

1966년 대구 출생.

　그는 아내를 이해해야 한다고 생각했지만, 어쩌면 이해나 사랑 따위는, 추운 겨울밤, 먹지도 못할 닭똥집을 먹겠다고 고집을 피우는 일이나 다를 바가 없었다. 그가 할 수 있는 일은 몇 가지 남아 있지 않았다. 그는 철탑이나 고공으로 올라가는 사람들을 이해할 수 있을 것만 같았다. 지상에서의 선택이 끝났기 때문이었다.

동아일보

자연사박물관

이수경

크리스마스 날 아침, 그와 그의 아내는 아들과 딸을 차에 태우고 어느 도시에 있는 자연사박물관으로 떠났다. 박물관은 한 번도 가본 적이 없는 곳에 있었다. 새로 만들어진 도시였다. 시내를 지나 터널 공사 중인 산을 넘어야 했다. 운전은 아내가 했다. 아내는 운전에 서툴렀고 겁에 질려 있었다. 자동차는 시속 60킬로미터를 줄곧 유지하고 있었다. 아내는 아, 속도가 너무 빨라, 하고 중얼거렸다. 옆 차선으로 차들이 휙휙 지나갔다. 어떤 차는 경적을 울리며 신경질적으로 추월하기도 했다.

아내가 운전하는 차는 자주 비틀거렸다. 아들과 딸은 흔들리는 놀이기구를 타는 기분이라고 떠들어댔지만, 그는 불안하고 지루한 시간을 말없이 견디고 있었다.

작년 겨울, 그는 음주운전으로 면허를 취소당했고 많은 액수의 벌금을 내야 했다. 아내가 사준 중고차를 몰고 집으로 돌아가던 밤이었다. 번화가를 지나 2차선 도로로 꺾어지는 모퉁이에서 경찰이 그의 차를 잡았다. 경찰은 새로 생긴 카센터 건물 뒤에 숨어 있었다. 그는 만취 상태였다.

"쥐새끼 같은 놈들……."

그는 젊은 경찰을 노려보며 중얼거렸다.

경찰 중 한 명이 그의 팔을 잡아 경찰차에 태웠다. 창밖으로 불빛이 어지럽게 지나갔다. 잠시 후, 크고 단단한 손이 그의 어깨를 눌러 경찰서 의자에 앉혔다. 그는 휴대폰을 꺼내 아내에게 전화를 했다. 경찰서라고 말하자 아내의 목소리가 떨리기 시작했다. 그는 횡설수설하며 만취 상태의 음주운전에 대해 설명했다. 몇 시간쯤 조사를 받아야 하지만 걱정하지 말라고 여러 번 말했다.

"걱정 마, 이건 아무 일도 아니야, 절대로 걱정하지 마."

옆에 앉아 있던 경찰이 빨리 끊으라고 소리를 버럭 질렀다. 쥐새끼 같은 젊은 경찰은 아니었다. 젊은 경찰은 먹이를 물어와 둥지에 던지듯이 그를 경찰서에 집어넣고는 다시 밤거리로 사라졌다.

경찰이 소리를 지르자 그의 아내도, 누구야, 누가 당신한테 그러는 거야? 하며 함께 소리를 질렀다. 자신 때문에 흥분하고 있는 아내의 목소리를 듣자 그는 울컥, 감동적인 마음이 들었다.

아내는 경찰에게 조금도 밀리지 않았다.

"여기가 당신 집이야?"

"누구든 당신을 건드리기만 해봐."

경찰과 아내의 목소리가 그의 귓속을 엇갈리며 지나다녔다. 가슴이 울렁거리며 현기증이 났다. 그는 경찰서에 앉아 있는 자신이 낯설고 불안한 존재로 느껴졌다. 빨리 아내 곁으로 돌아가고 싶었다.

"괜찮아, 괜찮아……어서 거기서 나와."

아내의 목소리는 따뜻하고 침착했다. 순간, 아내가 대학 시절, 그리고 연애 시절의 그녀처럼 느껴졌다.

새벽 무렵에 그가 집으로 돌아갔을 때, 아내는 불을 환하게 켜둔 채 거실에 앉아 졸고 있었다. 그는 경찰서에서 들었던 감동적인 말을 떠올리며 아내의 다리를 베고 누웠다. 그대로 잠들면 지난밤의 긴장과 피로가 조용히 물러날 것 같았다. 그러나 아내는 신경질적으로 다리를 흔들어 그를 밀어냈다. 머리가 바닥에 쿵, 떨어졌다. 그는 집으로 돌아왔지만 그녀는 더 이상 다정한 애인이 아니었다. 그와 그녀의 따뜻한 우정과 사랑은 사라졌고, 그들을 기다리고 있던 것은 잃어버린 운전면허에 대한 대책과 벌금뿐이었다.

아내는 운전학원에 속성코스로 등록했다. 그녀는 문제집이 더러워질 때까지 주의를 기울여 공부했다. 시험 전날 밤에는 그에게 문제를 내보라고 했다. 그렇게까지 할 필요는 없다고 그가 말했지만, 반복하지 않으면 기억할 수 없을 것이라고 대답했다.

아내는 필기 시험에서 100점으로 합격했다. 점수를 부를 때 사람들이 박수를 쳤다고 말했다. 그녀는 코스에서 턱걸이로 합격했고 도로주행 시험에서 두 번 떨어진 후 세 번째 주행에서 마침내 면허증을 받았다.

"인생이 바뀔 것 같아."

처음으로 아내가 운전석에 앉고 그가 조수석에 앉아 도로로 나간 날, 그녀는 떨리는 목소리로 말했다. 그러나 아내는 속도를 제대로 내지 못했다. 그녀가 견뎌내는 속도는 고작 시속 40킬로미터였다. 차들이 달려드는 도로에서 40킬로미터로 달릴 수는 없는 노릇이었다.

"이건 세상에서 가장 어려운 일이야."

그녀는 진심으로 낙담하고 슬퍼했다.

그가 운전면허를 잃고 그녀가 속도를 내지 못하자 그들이 함께했던 일상과 사소한 즐거움은 대부분 정지되었다. 주말에 쇼핑센터를 돌며 시식 코너를 기웃거리거나 중고서점에서 필요 없는 책을 팔고 싼 값에 책을 사며 즐거워하던 일, 아이들을 데리고 동물원에 가는 것 같은 사소한 일도 꿈꿀 수 없었다. 아침마다 각자 버스를 타고 출근해야 했다. 그러기 위해서는 30분은 일찍 일어나야 했다. 속도를 잃자 그들은 무기력해졌다. 그는 그녀가 속도를 내지 못하는 것이 못마땅했고, 그녀는 그가 운전면허를 잃은 것이 짜증스러웠다.

어쩔 수 없이 차를 사용해야 하는 날에는 면허가 없는 그가 운전을 했고 면허증이 있는 아내가 조수석에 앉아 동행했다. 아내는 그의 비공식적인 면허증과도 같았고 그는 그들의 속도였다. 만일 사고가 나거나 검문이 있다면 곧바로 자리를 바꿔 앉아야 한다고 그가 말했다. 그 상황을 대비해 신속하게 자리를 바꾸는 연습을 해보자고 말한 것은 그녀였다.

이 사실이 누군가에게 알려진다면 망신을 당하거나 곤란한 처지에 놓이겠지만, 그것은 모두 지난 일이었다. 검문도 사고도 일어나지 않았던 크리스마스 날 아침, 늘 조수석에 앉던 아내는 운전석으로 자리를 바꿔 앉았다. 그녀는 의자를 당기고 안전벨트를 맸다. 이제 그녀 스스로 운전해야 했다. 아이들과 함께 마지막으로 박물관에 다녀온 후, 그는 한동안 집으로 돌아올 수 없을 것이었다. 차도 운전도 아내의 몫이 되었다.

크리스마스 치고는 날씨가 너무 따뜻했다. 눈 같은 것은 내리지 않았고 아무도 크리스마스에 눈이 내리기를 기다리는 것 같지도 않았다. 계절의 경계가 흐려지고 모두가 이상기후에 익숙해진 듯했다. 곧, 눈이라는 물질은 지상에 떨어지기도 전에 허공에서 사라지고, 사람들은 눈을 기다리지 않을뿐더러 눈이라는 말 자체를 잊게 될지도 몰랐다.

'참 좋지 않은 시대야.'

그는 코트를 벗어 뒷좌석에 던지며 중얼거렸다. 원시공동체, 노예, 봉건, 자본, 사회, 공산 같은 말들을 차례로 떠올렸고, 식민지, 노동계급, 독점자본 같은, 그와 그의 아내가 대학생이었을 때 함께 공부했던 단어들도 떠올려보았다. 말하자면 인간이 어떤 방식으로 살아가고 있느냐는 것인데, 그런 것을 떠올릴 때마다 뭔가 새로운 희망이 생기는 것 같기도 했고 반면, 잔혹해지며 진화하는 인간의 삶이 끔찍하기도 했다. 더구나 그가 다니는 회사의 노동조합은 만들어진 지 불과 몇 달 만에 추락하고 있었다. 해고와 누군가의 죽음과 가난과 슬픔이 한꺼번에 그들 곁을 지나갔다. 추락은 쉽게 왔고, 그가 할 수 있는 일은 몇 가지 남아 있지 않았다.

'어떻게 존재할 것인가. 또 다른 어떤 것이 존재할 수 있는 것인가. 삶이 너무 잔혹해. 그러나 잔혹의 끝에서 새로운 방식이 생겨나는 거지. 크리스마스에도 눈이 내리지 않는 것, 환경운동을 하는 것, 자연으로 돌아가는 것, 사막으로 가는 것, 애완동물을 키우는 것, 도를 닦는 것, 종교에 귀의하는 것, 이단을 만드는 것, 자살하는 것, 노동조합을 만드는 것, 그리고 지상을 버리고 어딘가로 올라가는 것……이 모든 것들은 잔혹의 끝인가, 어떤 시작인가.'

그가 두서없는 생각에 잠겨 있을 때, 차가 심하게 흔들렸다. 아내가 비명을 질렀다.

좁은 이차선 도로 반대쪽 차선에서 달려오던 덤프트럭이 그들의 차 옆으로 거칠게 지나갔다. 아내는 공포에 질려 핸들을 급하게 꺾고 있었다. 깎아놓은 산비탈 쪽으로 차가 처박힐 것 같았다. 놀란 아이들이 소리를 질렀다. 그는 핸들을 잡고 백미러를 보았다. 다행히 따라오는 차는 없었다.

"브레이크를 밟아, 천천히……."

그는 두려움으로 허둥대는 아내를 위해 침착하게 말했다.

그가 아내의 손 위에 손을 겹쳐 잡고 핸들을 돌리자, 아내는 브레이크를 밟았다. 그들의 중고차는 갓길에 무사히 세워졌다.

"죽는 줄 알았어."

아내는 몸을 부들부들 떨었다.

"아직은 안 죽어."

그는 담배를 물고 차에서 내렸다. 그늘진 갓길의 건너편에는 햇살이 노랗게 비추고 있었다. 어디선가 새소리가 들려왔다. 까마귀 소리였다. 까마귀는 우는 것이 아니라 짖는 것 같았다. 차 안은 조용했다. 아내는 10년 전에 입었던 검은 코트를 입고 있었다. 그가 벗어놓은 코트와 같은 것이었다. 결혼하던 해 겨울에 그들로서는 꽤 많은 돈을 지불하고 코트 두 벌을 샀다. 똑같은 코트를 입고 똑같이 걸어갈 것이라고 믿었던 시절이었다. 아침에 그는 그 코트를 입지 않으려고 했다. 그의 아내는 왜 안 입으려고 하는지 물었다. 그는 불편하다고 대답했다.

"너무 고와."

그 말 뒤에 그는, 나 같은 노동자가 입기엔 어쩐지, 라고 덧붙였다. 그래도 그녀는 입으라고 했고 그는 마지못해 입었다. 아내와 같은 코트를 입는 날이 돌아오지 않을지도 모른다고 생각했다. 코트는 그에게도 아내에게도 너무 헐렁했고 똑같은 코트였지만 다른 코트처럼 느껴졌다.

전에 아내는 그 코트에 갈색 부츠를 신었다. 승마용 부츠처럼 굽이 낮고 견고해 보이는 신발이었다. 그녀는 늘 같은 코트에 같은 신발을 신고 씩씩하게 걸었다. 을지로에서 싸구려 노트북을 산 것도 그 무렵이었다. 무겁고 검은 노트북이었다. 그녀는 노트북 안에 무언가를 잔뜩 썼다. 그는 아내가 쓰는 것이 연애소설일 것이라고 추측했다. 아내는 연애를 좋아했다. 그를 만나기 전에도 연애 경험이 많았다고 그에게 고백했다. 그의 고향으로 가는 중앙선 기차 안에서였다. 아내가 연애 경험이 많다고 고백했을 때, 그는 낯선 남자와 그녀가 알몸으로 엉켜 있는 모습을 떠올렸지만 다른 내색을 할 수는 없었다. 그도 아내에게 단 한 번의 연애 경험에 대해 이야기했다. 아내는 믿지 못하겠다는 듯 피식 웃었을 뿐 더이상 묻지 않았다.

아내가 아직도 연애를 좋아하는지는 알 수 없었다. 그는 차라리 포르노를 좋아하지 연애를 좋아하지는 않았다. 연애는 한 번이면 족하다는 것이 그의 입장이었다. 그는 이따금 아내가 잠든 시간에 포르노를 봤다. 아내는 그가 포르노를 보는 것을 싫어했다. 그는 포르노와 연애가 특별히 다른 것이 아니라고 생각했지만, 그녀는 포르노와 연애는 매우 다른 것이라고 생각했다. 그는 포르노에서 본 체위를 아내에게 시도해보고 싶었으나 실제로 해본 적은 없었다. 결혼 후 아내는 섹스를 좋아하지 않았다.

언젠가 아내가 말했다.

"말하자면 섹스를 하기 전까지가 연애지, 그다음은 포르노야."

"그럼 우리는 포르노구나?"

"피곤해……."

아내가 연애를 말하는 것인지 포르노를 말하는 것인지 피곤을 말하는 것인지 알 수 없었다.

그와 그의 아내는 오랫동안 함께 잠자지 않았다. 그러기 시작한 것은 아내 쪽이었다. 아내가 처음부터 그런 것은 아니었다. 연애 시절, 그들은 매우 감각적인 사랑을 나눴다. 아내의 내부는 깊고 따뜻했다. 빨아들일 듯 흥분하는 것은 언제나 아내 쪽이었다. 지금 섹스하지 않는 아내는 연애를 하고 있는 걸까, 아직도 연애소설을 쓰고 있는 걸까, 다만 피곤한 걸까.

아내는 운전석에 앉아 그늘진 산비탈을 바라보고 있었다. 피곤하고 불안한 모습이었지만 아직 연애하기에 충분히 아름다운 것 같기도 했다.

도로 쪽에 있던 햇빛이 그들이 있는 갓길 쪽으로 조금 옮겨왔다. 그는 담배 연기를 길게 뿜었다. 아내도 한때는 담배를 잘 피웠다. 폐활량이 좋았던 것인지 다른 사람의 담배보다 빨리 타들어갔다. 그녀의 술잔 옆에 놓인 재떨이에는 언제나 더 많은 담배꽁초들이 쌓이곤 했다.

담배를 잘 빨던 아내의 폐는 금방 나빠졌다. 그녀는 담배를 피우지 않는 대신 이따금 한밤중에 무언가를 먹고 싶어 했다. 어느 늦은 밤, 그녀는 그에게 닭똥집을 사다 달라고 말했다.

"여보, 닭똥집, 그거 맛있더라."

"무슨 그런 걸 먹는다고 그래?"

"전에 당신이 사와서 혼자 먹었던 것 말이야."

"그때는 안 먹었잖아."

"당신이 두 개를 남겼었어. 그걸 먹었거든."

"그래도 나는 닭똥집은 못 사온다. 밖이 너무 추워."

그가 못 사온다고 말하자 그녀는 견딜 수 없이 닭똥집을 먹고 싶어 했다. 세상에서 가장 맛있는 것을 찾아낸 사람처럼 '그것'을 사다 달라고 졸랐다. 그는 끝내 나가지 않았다. 밖은 추운 겨울밤이었다. 아내는 냉장고에 반쯤 남겨진 소주를 꺼내 한 잔을 마시더니 싱크대에 뒤돌아서서 그릇을 달그락거리며 씻기 시작했다. 그런 투정이 그는 더 이상 사랑스럽지 않았다. 귀찮아! 귀찮았다. 그녀는 그릇을 달그락거리다 못해 벽에 던져버리고 싶어 하는 것 같았다. 마지못해 그가 주섬주섬 바지를 챙겨 입고 있을 때 그녀는, "닭똥집 같은 거, 필요 없어!" 하고 말했다. 무척 슬픈 일을 당한 사람처럼 절망하는 표정이었다. 그 모습이 웃기기도 하고 슬프기도 했다. 아내는 왜 그렇게 사소한 사람이 되었을까. 어쩌자고 닭똥집 같은 것에 분노하고 슬퍼하게 되었을까. 어쩌면 아내에게 닭똥집 따위가 중요한 것은 아닐지도 몰랐다. 그가 남긴 것 두 개를 먹었다는 말은 사실이 아니었다. 아내는 닭똥집을 먹지 못한다. 그녀는 왜 추운 겨울밤에 먹지도 못할 것을 먹겠다고 고집을 부렸을까. 그 후로도 그녀는 닭똥집 얘기를 두고두고 오랫동안 했다. 닭똥집을 사다 주지 않는 그에 대한 이야기였다. 어쩌면 사랑에 관한 이야기였을지도 모른다.

그녀에게 닭똥집을 사다 주지 못한 그 겨울밤으로 돌아갈 수만 있다면!

그러나 아내는 이제 섹스도 안 하고 담배도 안 피우고 더 이상 추운 밤에 닭똥집 따위를 먹고 싶어 하지도 않는다.

머리 위에서 까마귀들이 다시 어지럽게 깍깍 짖어대기 시작했다.

소리로 존재를 알리는 것들, 지난여름에는 유난히 벌레들이 극성을 부렸다. 특히 매미가 그랬다. 이상기후로 인해 잘못 우화된 것일까, 하는 생각이 들 정도로 숫자가 불어났다. 여름내 그 소리가 귓가에 쟁쟁 울렸다. 매미 소리는 더 이상 한가로운 여름의 배경음악이 아니었다. 맹렬하고 위협적이기까지 했다. 나무를 흔들어보면 검은 벌레들이 우두둑 떨어질 것만 같았다. 어떤 것들은 집 안으로 들어와 날개를 털며 돌아다니다가 아침이 되면 문 뒤쪽이나 책상 밑에 뒤집힌 채 죽어 있었다.

알에서 부화한 매미는 3년에서 17년까지의 긴 시간 동안 유충 생활을 한다던? 15차례가량 허물을 벗고 성장한 끝에 비로소 매미로 우화한다고 했던? 겨우 한 달쯤 땅 위에서 울다 죽는 것들……. 한 달이나 3년, 17년 같이 시간을 통해서 이야기되는 것들의 몸은 '시간이라는 성분'으로 만들어진 것일지도 모른다. 손에서 말라 바스러지는 매미의 날개는 흩어지는 시간, 그 자체가 아닐까. 눈에 띄지 못한 매미의 주검은 어딘가에서 말라 부스러져갔을 것이다.

그는 아침마다 죽은 매미들을 집어 휴지통에 버리고 공장으로 갔다. 잠에서 깨어난 그의 아내는 휴지통 바닥에 버려진 매미들을 다시 목련 나무에 던져주고 우체국으로 출근했다. 그녀는 아침 아홉 시부터 오전 내내 걸려오는 전화를 받았다. 우체국의 비정규직인 택배 인바운드 상담 직원으로, 택배 주문을 받거나 민원을 상담하는 일이었다.

"그러니까 내가 아침에 와서 가져가라고 했잖아."

흥분한 남자가 반말로 지껄였다.

"고객님, 분명히 오후에 방문하는 것으로 기록되어 있습니다."

그녀는 침착하게 말했다.

"씨발, 정말 이런 식으로 할 거야?"

남자의 목소리는 혀가 튀어나올 듯 험악해졌다. 휴대폰이 울렸다. 그였다. 휴대폰 액정에 12:54분이 찍혀 있었다. 그녀는 그의 전화를 연결해 왼쪽 귀에 대고 남자의 전화를 오른쪽에 붙였다.

"고객님, 곧 다시 방문해서 조치하도록 하겠……."

그녀는 오른쪽 수화기에 대고 말했다.

"노조가 만들어졌어, 한 시간 전에."

그가 왼쪽에서 말했다.

"필요 없어!"

남자가 오른쪽에서 말했다.

"30년간 무노조였지. 회사에서 아주 놀란 눈치야."

그가 흥분된 목소리로 왼쪽에서 말했다.

"야, 너 누구야? 너 이름 대!"

남자가 말했다.

"곧 저쪽에서도 대응을 하겠지."

그가 말했다.

"이름을 대란 말이야, 씨발 년아! 모가지를 잘라버릴 거야."

유리창으로 쏟아져 들어오는 따가운 햇볕과 그의 목소리와 남자의 욕설, 그녀는 가슴이 울렁거렸다. 휴대폰 액정화면에 1:00가 찍혀 있었다.

그녀는 오른쪽 수화기를 내려놓고 왼쪽에 들고 있던 휴대폰을 껐다. 왼쪽이 남자였는지 오른쪽이 그였는지, 아니면 그 반대였는지 기억나지 않았다. 누가 어느 쪽이든 비슷한 위협처럼 느껴졌다. 그녀는 창구 밖으로 나가 미리 준비해 놓은 등기우편을 우편물 담당자에게 건네주었다. 또? 우편물 담당자가 물었다. 응, 또. 그녀가 대답했다. 그녀가 쓴 연애소설은 이번에도 어느 담당자의 손에서 버려질지도 몰랐다.

그날 저녁, 그녀는 등 푸른 생선과 제철이 지난 싸구려 과일을 사들고 집으로 돌아갔다. 생선을 굽고 있을 때, 낯선 남자들이 문을 두드렸다. 회사 측 노무 담당자였다. 그녀는 남편이 아직 돌아오지 않았다고 말했다. 남자들은 그를 찾아온 것이 아니라 그녀를 찾아온 것이라고 정중하게 대답했다. 회사는 절대로 노조를 용납하지 않을 것이니 불행한 사태가 생기기 전에 남편을 말려달라고 두 남자가 번갈아가며 이야기했다. 어느 틈에 다가온 것인지 떠돌이 개 한 마리가 그들이 가져온 과일상자 주변을 얼쩡거렸다. 남자들은 언짢은 표정을 지으며 안으로 들어가서 얘기하자고 말했다. 그녀가 마지못해 문 앞에서 비켜서자, 남자들은 어깨를 약간 구부리고 어둑해진 집 안으로 들어왔다.

그들은 노조의 불필요성과 그로 인해 예측되는 불행에 대해서 이야기하기 시작했다. 그들은 예의를 갖췄지만 웃지는 않았다. 두 남자가 서로 의견이 맞는다고 볼 수는 없었다. 통통하고 키가 작은 남자는 임무에 충실하려는 자세였고, 키가 크고 검은 테 안경을 쓴 남자는 어쩔 수 없이 고용된 자신의 처지가 부담스러운 듯 괴로운 표정을 짓곤 했다.

"아, 아이가 많이 컸군요. 저희도 어쩔 수 없이……."

검은 테 안경이 말했다.

"노조는 절대로 안 됩니다!"

통통한 남자가 검은 테 안경의 말을 가로챘다. 남자는 더 강경한 어투로 말하려고 노력했다. 그녀는 시간이 늦었다는 듯 시계를 보며 하품을 했다. 검은 테 안경을 쓴 남자가 가지고 온 복숭아 상자를 식탁 위에 올려놓았다. 아이들은 남자들과 그녀를 힐끗거리며 복숭아 주변을 왔다

갔다 했다.

"복숭아를 먹어도 되나요?"

아이가 귓속말로 물었다.

그녀는 눈을 흘기며 아이들을 돌려보냈다.

남자들이 돌아간 후 아이들은 저녁 내내 복숭아를 먹었다. 그녀가 구워놓은 등 푸른 생선은 푸른 등을 잃고 식탁 위에 그대로 남아 있었다. 복숭아를 먹은 아이들의 배가 볼록해졌다. 세상에 그렇게 탐스럽고 보드랍고 달콤한 과일이 있었다니, 마치 처음 본 과일처럼 그들이 가져온 복숭아의 빛깔과 모양은 아름다웠다. 그녀는 남자들이 다녀간 것과 아름다웠던 복숭아에 대해서 이야기해주고 싶었지만, 그날 밤 그는 돌아오지 않았고 복숭아의 존재도 알지 못했다.

매미들이 껍질만 남기고 모두 사라져갈 무렵, 그들이 말한 '불행한 사태'가 왔다. 회사는 노동조합을 용납하지 않았고, 그는 해고되었다. 정오가 지나면 매일 공장 앞마당에서 점심집회를 했고 밤에는 철야농성을 했다. 차가운 바람이 불기 시작했다. 공장 여자들 몇은 무릎 사이에 얼굴을 파묻으며 바람을 피하다가 하나둘씩 공장으로 들어갔고, 누군가는 회사 쪽에 설득 당했고, 몇몇은 그와 함께 해고되었다. 크리스마스가 다가올 때까지 그는 아내에게 한 푼도 가져다주지 못했다. 통장이 압류되었고 재판에 불려나갔다. 회사 측에서 보낸 '손해배상 청구서'가 날아들었다. 음주운전으로 내야 했던 벌금과는 비교도 되지 않는 큰돈이었다. 경찰서 의자에 앉아 '절대로 걱정하지 말라'고 했던 위로는 헛소리였을까. 그렇다 해도, 그는 아내가 어떤 경우라도 견딜 수 있을 것이라고 믿었다. 경찰서에 있던 그에게 따뜻한 위로를 하던 아내, 그를 위해 경찰에게 소리를 지르던 아내, 비록 운전을 할 수는 없지만 100점을 맞고 딴 면허증을 들고 조수석에 앉아주던 아내는 언제까지나 그를 위로하고 견뎌줄 것이었다.

"당신은 다른 여자들이랑 달라, 사랑해."

술에 취해 집으로 들어온 어느 날 밤, 그가 그녀에게 말했다.

"사랑 같은 거, 필요 없어!"

닭똥집 때문에 낙담하던 그날 밤처럼, 그녀가 그에게 말했다.

모든 것은 아내의 몫이었다. 그의 아내는 얼마쯤 모아두었던 적금과 보험을 깬 돈으로 카드 값을 막고 쌀을 샀다. 아이들의 피아노와 방문학습지 수업은 중단시켰다. 공과금이 밀리자 전기 공급을 중단하겠다는 통보를 받았다. 고작 우체국 비정규직 상담직원으로 그녀가 받는 급여 70만 원이 그들이 가질 수 있는 전부였다.

그녀는 똑같은 모양의 백금 결혼반지 두 개를 팔았다. 보석상 주인은 얼마간의 돈을 건네주고 그들의 반시를 서랍 깊숙이 넣었다. 거리로 나왔을 때, 참고 있던 눈물이 뚝 떨어졌다. 그와 그녀의 삶의 어떤 순간을 낯선 곳에 버려두고 떠나온 것만 같았다.

매운바람이 수그러들고 지나치게 따뜻한 날이 계속되던 어느 날, 딸의 머리에서 검은 벌레 한 마리가 떨어졌다. '머릿니'였다. 한동안 이 벌레가 아이들 사이에서 집단 번식했다. 머릿니는 아이들의 머리에서 머리로 옮겨 다녔고 빠르게 번졌다. 급기야 유치원과 학교에서는 대대적인 용의검사를 해야만 했다. 아이들의 머리카락에 벌레가 살지 못하게 하기 위해서는 매우 장기적인 관리가 필요했다. 아이들은 서로 누구누구에게서 옮은 거라고 말했지만, 누가 처음 머릿니를 퍼뜨렸는지 알 수 없었고, 누구의 머리에서 머리로 옮겨 다니는 것인지도 몰랐다. 자신이 처음 퍼뜨린 건지도 모를 가능성에 대해서는 애써 생각하지 않을 뿐이었다.

"요즘 같은 때 머릿니라니."

아내가 머릿니에 대해 이야기하자 그는 시큰둥하게 중얼거렸다.

"이상기후 때문이야, 겨울에도 날씨가 너무 따뜻하거든, 더구나……."

"더구나?"

"여자들이 다 일하러 나가."

"여자들 때문에?"

"가난한 동네라서 그래, 가난 말이야."

그녀의 말에 의하면 머릿니가 퍼지기 시작한 것은 이상기후와 가난한 동네의 여자들 때문이었다. 그렇다면 딸의 머릿속에 기어 다니는 머릿니는 그녀에게서 나온 것임이 분명했다. 그가 집으로 돌아오지 못하는 동안 늘 나란히 붙어서 잠자던 아내와 아들과 딸은 서로에게 머릿니를 전염시켰을 것이다.

셋은 알몸으로 목욕탕에 들어가서 머리에 약을 뿌렸다. 딸은 욕조에, 아들은 변기 위에, 아내는 바닥에서 설명서대로 약을 뿌린 채 10분 정도를 그대로 앉아 있었다. 그것을 보고 있던 그는, 모두 침팬지 우리로 보내야 해, 하고 농담을 했다. 아들과 딸은 깔깔거리며 웃었고 그의 아내는 웃는 것인지 찡그리는 것인지 알 수 없는 표정을 지었다.

"내일 아침 열 시에 동물원에서 만나자."

그가 동물원 이야기를 했을 때, 아이들은 정말 동물원 앞에서 만나야 할 것처럼 일찍 이불속으로 들어갔다. 다음 날 아침, 그들은 동물원 같은 것은 까마득히 잊었다.

'동물원으로 갈걸 그랬나? 그런데 벌레들은 모두 사라졌을까?'

그는 뒷좌석을 돌아보았다. 문득, 아이들의 머리카락 속을 들여다보고 싶은 충동을 느꼈다. 검은 벌레들이 여전히 아이들의 머릿속을 기어 다니는 것은 아닐까. 가난한 동네의 여자들이 퍼뜨려놓은 머릿니가 아내와 그 자신의 머리카락에도 수없이 많은 서캐를 까놓고, 알에서 깨어난 벌레들이 머릿속에서 바글거리며 기어 다니는 것은 아닐까.

그는 머릿니에 대해서 좀 더 신중하게 대처하지 못한 것이 후회스러웠다. 그러나 그 머릿니라는 것이……소멸시키기 어려운, 매우 장기적인 관리가 필요한 것이 아닌가. 더구나 지금과 같은 이상기후에는 누구도 예측할 수 없는 곳에서 빠르게 번식하는 징그러운 벌레들이 아닌가.

아내는 운전석을 당기고 다시 안전벨트를 맸다. 시끄럽게 울던 까마귀들이 다른 나무를 찾아간 것인지 주변은 적막했다. 그녀는 속도를 조금씩 올리기 시작했다. 핸들을 꽉 붙잡고 있던 손에 힘을 빼고 이따금 백미러를 통해 도로를 살피기도 했다. 트럭이 지나간 후에 그녀는 한결 과감하고 침착해보였다. 그들의 차는 조심스럽지만 부드럽게 달렸다. 뒷좌석에 앉아 있던 아이들은 잠들었고, 그는 조수석에 얌전히 앉아 간간히 길을 알려주곤 했다.

차는 터널 공사를 하고 있는 산을 빠져나와 박물관이 있는 신도시로 들어갔다. 대개 신도시라는 것이 사람들은 종적도 없이 사라지고 아파트와 잘 꾸민 정원과 산책길, 도로만 있는 가상의 도시처럼 여겨지게 마련이듯이, 그곳 역시 사람의 그림자를 찾기란 쉽지 않았다. 넓고 낯선 도로에서 차가 저절로 움직이고 있는 것 같았다. 번화가로 들어서자 백화점과 분수와 공원이 나타났다. 거리는 지나치게 조용했다. 사람들은 모두 거리를 빠져나가 동물원이나 스키장이나 패밀리 레스토랑 같은 곳에서 크리스마스 기분을 내고 있을지도 몰랐다.

박물관은 신도시의 번화가에 있었고 계단이 많았다. 미로 같았다. 계단을 오르락내리락 하다가 마침내 전시장을 찾아냈다. 미로 같은 계단을 여러 번 지나 옥상을 통해 어딘가로 들어가게 되어있었다. 나가는 길을 찾을 수나 있을까, 아내는 자주 뒤를 돌아보았다.

유물이나 죽은 동물의 껍질, 지구에 살다가 멸종되었거나 사라져가는 것들, 그리고 살아 있는 동물까지 전시된 종합자연사박물관이라는 설명이 붙어 있었지만, 일층과 이층은 모두 값비싼 스포츠용품 매장과 의류 매장이었다. 박물관을 위장한 대형 쇼핑센터라고 말하는 편이 나을 것 같았다. 입장료는 터무니없이 비쌌다. 아내는 들어가지 않고 밖에서 기다리겠다고 했다. 그가 어른 표 한 장과 아이들 표 두 장을 끊고 안으로 들어가는 검은 천을 들추자, 그녀는 잠깐만, 이라고 말하고는 어른 표 한 장을 더 끊었다.

아내가 먼저 들어갔고 아이들이 따라 들어갔다. 그는 아내와 아이들의 뒤를 따라 천천히 걸었다. 어두컴컴한 통로 양쪽에는 유리 안에 갇힌 동물들이 잠을 자거나 눈에 띄지 않을 만큼 조금씩 움직이고 있었다. 오랫동안 갇혀 있었던 탓에 움직이는 법을 잊어버린 것일까, 다만 꿈지럭거릴 뿐이었다.

"이건 동물원보다 심하군."

그는 그런 꼴이 마음에 들지 않았다.

"생쥐가 있어요, 귀여워요."

아들이 말했다.

"생쥐가 아니다, 뱀의 먹이야."

뱀이 똬리를 틀고 잠들어 있는 작은 유리 상자 안에서 생쥐는 두려움에 가득 찬 듯한 까만 눈동자를 이리저리 굴리고 있었다. 상자를 빠져나올 수 있을까. 혹, 뱀이 먼저 죽거나 어떤 전능한 손이 상자를 열고 생쥐를 들어 올리거나, 그렇다 해도 또 다른 뱀의 먹이가 되겠지만……

그는 계속해서 생쥐 앞에 서 있었다. 생쥐를 두고 떠날 수가 없었다.

아내가 일하는 택배 인바운드 상담 책상도 앞쪽과 옆쪽이 모두 투명한 유리로 막혀 있었다. 잘못된 택배 업무에 관한 항의와 욕설이 반복되었다. 전화를 끊어도 헛소리가 들리는 것 같았다. 이따금 업무와 상관없는 전화도 걸려왔다. 그의 전화도 그중 하나였다. 그녀는 습관적으로 수화기를 왼쪽에 붙였다.

"놀라지 마, 사무장의 아내가 죽었대."

그녀는 잘못 걸려온 전화일지도 모른다고 생각했다. 불현듯, 지난여름에 죽은 매미들이 떠올랐다. 휴대폰 액정에 1:00가 깜빡였다. 상담을 끝낼 시간이었다.

"듣고 있어?"

매미들은 얼마나 맹렬하게 울었던가. 오랜 시간 우화를 기다리다 잠깐 울고 죽은 것들……

노동조합 사무장은 그와 함께 해고된 사람이었다. 사무장의 아내는 법원에서 날아온 불길한 서류들을 들고 며칠째 집에 들어오지 않는 남편을 기다렸다고 했다. 찬물에 샤워를 했대. 여자는 샤워 도중에 죽었다. 심장마비였다네. 사무장이 집으로 돌아갔을 때 여자는 알몸으로 욕실에 쓰러져 있었고, 아이들은 아무것도 모르고 거실에 잠들어 있었더라고 그가 말했다. 병원 장례식장에는 키가 큰 사무장이 슬픔과 고통에 잠긴 표정으로 앉아 있었고, 어린 두 딸이 그의 곁을 서성거렸다. 그와 함께 해고된 조합원들이 죽은 매미들처럼 검은 옷을 입고 있었다. 그녀도 그들의 곁에서 밤을 샜다.

장례식이 끝난 후 아내는 달라졌다.

"승산은 있어?" 그녀는 차갑게 말했다. "지금은 싸우는 수밖에……." 그는 단호했다. "실패할 수도 있다는 거야?" 그녀는 두려웠다. "실패하길 바라는 거니?" 두려운 건 그도 마찬가지였다. "당장 다 그만둬!" 그만둘 수 없다는 것은 그녀도 잘 알고 있었다. "무슨 말이야?" 무슨 말인지 그가 모를 리 없었다. "사무장의 아내가 죽었잖아." "사고였어, 심장이 좋지 않았대." "나도 폐가 나빠, 죽을지도 몰라." "우리는 잘못한 것이 없어." "미안해, 함께 추락하기 싫어……."

그와 그의 아내는 늦은 밤까지 언성을 높이며 다투었다. 아내가 왜 그런 억지를 부리고 있는 걸까. 그런 말도 안 되는 소리를 하고 있다니, 놀라서 그렇겠지. 그는 아내를 이해해야 한다고 생각했지만, 어쩌면 이해나 사랑 따위는, 추운 겨울밤, 먹지도 못할 닭똥집을 먹겠다고 고집을 피우는 일이나 다를 바가 없었다. 그가 할 수 있는 일은 몇 가지 남아 있지 않았다. 그는 철탑이나 고공으로 올라가는 사람들을 이해할 수 있을 것만 같았다. 지상에서의 선택이 끝났기 때문이었다.

그는 아내에게 그의 계획을 이야기했다.

"여보, 그래도 걱정 마, 절대로 걱정하지 마."

아내의 눈동자가 터질 듯 붉게 물들었다. 그녀는 눈을 질끈 감고 잠시 심호흡을 하더니 못과 망치를 들고 방으로 들어갔다. 방문을 닫고 문에 못을 쾅쾅 박았다. 밤 열한 시가 조금 넘은 시간이었고, 밖에는 바람이 몹시 불었다. 낮에는 아주 추웠어. 저녁 무렵에 아내가 말했었다. 산위에는 눈이 많이 쌓였어. 그것도 아내의 말이었다. 그렇게 추운 날, 망치로 쾅쾅 못질하는 소리는 그와 그녀의 집을 벗어나 온 동네로 울려 퍼질 것이 뻔했다. 누군가 항의를 해온다면 그는, 미안하다고, 누군가 죽었다고, 아내도 두려울 거라고, 그리고 그녀의 남편은 곧 철탑을 기어올라 허공에 매달릴 거라고, 그래서 아내가 힘든 것이라고, 그러나 살다 보면 이런 일은 또 있지 않겠냐고, 당신들도 그렇지 않겠냐고, 조금만 참아 달라고 양해를 구할 생각이었다. 벌어진 문틈으로 찬 바람이 들어왔다. 그는 방 안을 들여다보았다. 아내는 어두운 창문 앞에 우두커니 서 있었다.

"아빠!"

아들이 그를 불렀다. 당장이라도 뱀이 잠에서 깨어나 생쥐를 통째로 삼킬 것 같았다. 아내는 코너를 돌아가 보이지 않았다. 아들이 그의 팔을 잡아당겼다. 그는 어쩔 수 없다는 듯, 아들의 작은 손을 잡고 주춤주춤 걸었다. 뱀이 어떻게 생쥐를 삼키는지 볼 수 없었다. 어둠에 갇힌 생쥐가 어쩐지 희극적이기도 했다. 희극의 끝은 간혹 비극적이기도 한 법이 아닌가. 그런데 비극의 끝에 희극이 있기는 한 걸까. 그러나 모든 끝에서 새로운 방식이 생겨나는 거지.

낯선 도시, 자연사박물관의 긴 통로를 따라 이미 사라졌거나 사라져 가고 있는, 거대한 공룡 모형과 독수리 박제와 부엉이 박제가 지나갔다. 알을 깨고 막 부화하는 순간 용암에 갇혀버린 어떤 생물체의 화석도 지나갔다. 코너를 돌자 검은 코트를 입은 아내가 어린 딸의 손을 잡고 어둠속을 천천히 걸어가고 있었다. 그가 먼 허공에서 정지된 채 매달려있는 동안 아내는 스스로 길을 찾고 속도를 올릴 수 있을까? 긴 통로의 끝에서 초록빛 유도등이 반짝였다. 밖으로 나가는 문이었다.

마지막 두 달, 중독된 듯 썼다

마지막 두 달은 중독된 듯 썼다. 고치고 고쳤지만 흡족하지 못했다. 시야는 좁고, 위선이 보이고, 문장은 자주 막혔다. 고백하건대, 좋은 소설이 무엇일까, 하는 생각보다 어떻게 하면 당선이 될 수 있을까, 하는 생각을 먼저 했다. 다시, 좋은 소설이 무엇인지 생각할 시간이 왔다. 공모도 축제도 끝났으므로, 이대로 됐다.'

당선 소식을 받기 한 시간 전 소셜네트워크서비스(SNS)에 올렸던 글입니다. 무언가 결심하는 중이었지요.

그 결심이란 단연, '좋은 소설'입니다. 작가로서는 그것이 전부겠지만 인간으로 느낄 유혹이나 근심이 왜 없을까요? 그러나 이 성취는 오직 '소설'로 이룬 것이므로 제가 할 수 있는 일은 소설을 쓰는 것뿐입니다. 운명이 조금은 바뀌었을지도 모르겠습니다. 심사위원님들께 감사드립니다. 그러나 다시 생각해도 변한 것은 없습니다.

소설 속의 그녀는 어렵게 딴 면허증을 쥐고 '운명이 바뀔 것 같다'고 말했지만 속도를 제대로 내지는 못했지요. 어쩌면 제 모습이 될지도 모르겠습니다.

그러나 여전히 묻고 있어요. '좋은 소설이 무엇일까.'

송기원 선생님, 겨우 한 발짝 걸었어요. 이순원 선생님, 제가 기쁨을 드렸을까요. 김종광 선생님, 마지막 두 달, 저의 힘이었습니다. 처음으로 노트북에 글을 쓸 수 있게 해준 유 군, 신경질을 견뎌준 가족, 사랑하는 아이들 주연과 준식, 에콰도르에 있는 수진과 그의 가족, 엄마와 아버지, 거친 소설을 읽어주신 김갑수 작가, 고마운 장정희 소설가, 그리고 광장이나 고공에 계셨을 그 누군가가 저와 함께했습니다. 모두 감사해요.

날것 그대로의 삶을 뭉클함으로 감싸 안아

자극적인 이야기와 미증유의 사건 사고가 폭발하는 시속에 비해 소설 속의 세상은 조용하게 내연(內燃)하고 있었다. 그에 비해 문체의 유행과 기성 작가를 모방한 듯한 스타일은 심사자의 눈에 도드라지게 띄었다.

〈술독〉은 흔한 도시의 부랑자, 노숙자를 보여준다. 그늘 속 인간상에 대한 묘사와 의식 추적이 의미가 없다 할 수는 없지만 새로운 진전을 이루지 못한 것이 아쉽다. 〈케이브 인〉은 어느 식당의 일상적인 풍경을 연극적으로 보여주는 작품이다. 속물적인 사람들의 모습을 개성적 터치로 드러내는데 '노부' 같은 어색한 호칭에서 작품이 제대로 걸러지지 않은 듯한 느낌을 주었다.

〈굿모닝〉은 이야기를 끌고 가는 입심이 대단하다. 문제가 된 것은 특정한 차의 브랜드가 정면에 등장하고 소설의 흐름도 거기에 기대고 있으며, 제목이 지향하는 상징성을 이야기가 획득하지 못한 것이다. 〈멘덴홀 빙하 숲의 부활〉은 설인(雪人)을 주인공으로 등장시켰음에도 어색하지 않을 정도의 개연성을 구축하는 데는 성공했다. 그러나 작품 말미의 문장처럼 다 읽고도 뚜렷하게 '잡히는 건 없었다'.

당선작 〈자연사박물관〉은 여러모로 균형이 잘 잡힌 작품이다. 소시민의 일상과 노동 현장의 살풍경한 모습, 노조 결성에 따른 핍박과 절망감이 어울리기 힘든 제재임에도 불구하고 무리 없이 녹아들었다. 날것 그대로의 지독한 삶을 때로는 가벼운 욕설과 농담, 뭉클함으로 감싸 안으며 소설은 한 걸음씩 나아간다. 이런 걸음은 등단 이후에도 계속될 것이라는 확신을 주었다.

당선자에게 아낌없는 축하를 보내며, 인연이 늦춰진 분들에게는 걸음을 멈추지 말기를 당부한다.

매일신문 최제이

본명: 최예지.
1989년 전북 전주 출생.
단국대학교 문예창작과 졸업.

그가 그리는 그림만큼이나 흐르듯 떨어지던 아빠의 몸, 아빠의 몸을 이루는 그 선들을 떠올릴 때마다 물감 냄새가 맡아졌다. 혹은 거꾸로, 어디서고 물감 냄새를 맡게라도 되면 서쪽으로 뚫린 창에서 지는 햇빛이 들이칠 때 진한 파랑을 띠고 음영이 지던 단단한 콧날과 굳게 다물린 입, 주름 잡힌 눈가, 완곡하되 고집 있게 벌어진 어깨, 퍼렇게 핏줄이 도드라진, 섬세하고 건강한 팔뚝 같은 것들이 붙박여 정지된 장면처럼 눈앞에 떠올랐다.

매일신문

아그리빠

최제이

굵고 긴 똥을 싸기 위해서는 모름지기 똥꼬가 아니라 아랫배에 힘을 주어야 한다. 발가락 끝이 속절없이 꼬부라졌다. 어제 저녁엔 상추 한 소쿠리를 혼자 비웠다. 밥도 한 말은 먹었다. 입 밖으로 신음성이 튀어 나왔다. 그러나 방귀만 몇 번 꾸다가 뒤를 닦았다. 피가 비쳤다.

"난 니가 똥간에 신방 차린 줄 알았다."

모르는 사람이 들으면 화장실에 애인 숨겨둔 줄 알겠다고, 거실에 누워 야구를 보던 아빠가 기어이 한 마딜 거들었다. 잔변감 때문에 아랫배가 꿉꿉했다.

"와, 아빠, 그거 참 쓰레기 같은 농담이다."

"교성이 엔간해야지."

아빠는 심드렁한 표정으로 입고 있던 고무줄 바지 안에 손을 쑥 밀어 넣었다. 배를 긁는 건지 아랫배보다 더 아래를 긁는 건지 한동안 바지 속에서 꼼틀대는 손이 바깥으로 나올 줄을 몰랐다. 부엌 바닥엔 아침나절에 차려둔 밥상이 그대로 있다. 내가 화장실에 틀어박혀 있는 동안 아빠는 부엌에 상을 물려두고 그림처럼 누워만 있었던 셈이다.

사실 밥투정을 않는 것만 해도 어딘가 싶었다. 밥그릇이며 반찬 그릇이 말끔했다. 달포 전쯤인가 하도 이거 해달라 저거 해달라, 얘는 짜고 재는 싱겁고 말이 많기에 상을 한 번 엎었는데, 엎고서는 바닥을 치면서 엉엉 울었는데 그게 아직 효과를 보고 있는 것 같았다. 설거지를 시작하자 아빠는 슬그머니 텔레비전 소리를 낮추어놓더니 화장실엘 들어갔다.

변비는 현대인의 질병인바, 사실 아빠는 현대인과는 거리가 멀었다. 평생 기가 막히게 잘 싸지르며 살았다는 게 인생의 몇 안 되는 자랑거리인 사람이었다. 아니나 다를까 설거지를 채 마치기도 전에 물 내려가는 소리가 들렸다. 벌컥 문이 열렸다. 아빠가 자리를 뜨기 전 그 모양 그대로 거실에 드러눕고 나서 삼 초 쯤 지나고 나자 집 안 전체에 똥냄새가 퍼졌다.

"아 화장실 문 쫌 닫고 다녀!"

"구수하고 좋은데 왜."

아빠의 똥냄새는 태변처럼 고소한 쌀 냄새도 아니고, 본인이 주장하는 바처럼 구수하지도 않았다. 아빠의 똥냄새는 맡은 사람의 화를 돋우는 그런 구린내였다.

"같은 걸 먹는데 왜 아빠똥만 이런 냄새가 나?"

야구를 보던 아빠가 허, 와 흐, 사이의 이상한 콧소리를 내며 웃었다.

"거 변 좀 못 봤다고 야박스럽게 허냐. 아빠를 질투하는 딸이 어딨간디?"

뽀득뽀득하게 마르기 시작하는 그릇들을 보자 심사가 더욱 팍팍해졌다. 온 집 안에 똥냄새가 난다는 건 집 안 전체에 보이지 않는 똥의 입자들이 떠돌아다닌다는 의미였다. 그 미세하고 젖은 똥가루들에게 식기나 이부자리 위를 가려가며 내려앉을 깜냥을 기대하긴 도무지 어려울 일이었으므로. 생각은 곧 보슬보슬한 감촉이 좋아 아껴가며 덮는 담요에 냄새가 밸 일에까지 미쳤다. 미칠 것 같았다.

이불 세 채를 한꺼번에 들어다 빨랫줄에 널었다. 창고 방에 굴러다니던 야구 배트를 찾아서 아빠 손에 쥐어주었다. 중계에 심취해 있던 아빠가 나를 멀뚱히 올려다보았다. 이걸로 뭘 어쩌느냐는 얼굴이었다. 야구가 좋지, 재밌지, 묻자 아빠는 암만, 좋지, 재밌지, 했다. 나는 히죽 웃었다.

"오랜만에 타격 훈련 하시라고."

"어서?"

"마당서. 이불 좀 털어줘요."

허이, 참, 딸이라고 하나 있는 게, 하며 한동안 군소릴 늘어놓던 아빠가 슬리퍼를 직직 끌고 나섰다. 텔레비전 볼륨을 한껏 높여놓은 듯 안타가 어쩌고 삼루가 어쩌고 하는 소리가 방문을 타넘었다. 그래도 안타 덕분에 신이 난 모양으로, 입담 좋은 해설자의 중계에 이불 터는 소리가 제법 성실히 섞여들었다.

창문을 열어젖히면서 진동하는 똥냄새의 연원을 가늠했다. 어쩌다 이렇게 쓰레기 같은 냄새가 되었을까, 에 관하여. 생애의 냄새가 총망라된 선반 따위가 이 세상에 존재한다면 아빠의 똥냄새는 단순히 인생의 모든 순간을 망라하는 것만으로는 부족했다. 오랜 기간 어딘가 구석진 데 처박혀 푹푹 썩었어야 가능할 성질의 것이었다. 나는 아빠의 인생을, 아니 아빠의 똥을 썩힌 것이 대체 무엇일지를 생각했다.

아빠의 똥냄새에 관한 이야기는 아마도 시골집 헛간에서부터 시작해야 할 것이다. 그 시절 촌에 살던 이들이 으레 그랬듯 그는 꼴 베는 소년이었다. 콩 줄기며 껍질이며를 불 땐 솥에 푹푹 삶아 여물을 대고 닭모이에 계란 껍질을 잘게 바숴 섞고, 그런 것들이 소년 시절 그에게 주어진 일거리였다. 내게 이 이야길 할 때, 잠깐 머뭇거리던 아빠는 그래도 우리 집안이 뼈가 굵은 양반집이니라, 하면서 떠세를 놓았다. 족보를 샀는지 친일을 했는지 당최 알 수 없는 일이었으나 어찌되었든지, 그가 마름 집 장남으로서 소를 몰고 다닐 무렵 할머니는 밭일에 열심이었고 할아버지는 읍내에서 소학교 교감을 지냈다.

할아버진 동네 유지라는 명성에 걸맞게 방석집으로 퇴근하는 날이 더 잦은 인사였다. 나로서는 분내 나는 처녀들 틈바구니에서 점잖이 웃으며 턱수염을 쓸었을 할아버지와 손녀가 들르는 날이면 **빳빳한** 만 원짜리 지폐를 준비해 자개장 깊은 곳에 찔러두는 수줍은 할아버지 사이를 어떻게 화해시켜야 할지 잘 모르겠지만, 아무튼 그랬다. 그래도 할머니에게 할아버지가 하늘 같은 지아비였듯, 그래서 여보나 아범이라 부르질 못하고 평생 나으리, 나으리, 했듯 아빠도 할아버질 아빠라 하진 못했고, 꼬박꼬박 네 아버지, 네 아버지, 했다.

나로서는 이처럼 유순했던 아빠가 그렇게 독한 똥냄새를 갖게 되었다는 사실이 믿기지가 않았다.

어느 날 그는 깨밭을 숨던 할머니 무르팍에 장래희망조사서를 들이밀었다. 여그에 뭘 적어야 될까요, 묻자 할머니는 이런 건 느이 아버지에게 물어야지, 했다. 할아버지는 그에게 거시기가 되어라 했다. 거시기, 라 하고 나선.

"사내가 법관을 허야 쓰지 않간."

장래희망조사서에 법관이라 적던 날, 아빠는 헛간과 영영 결별했다. 그에게 별달리 일으켜야 할 집안이 있다거나 앙심을 품어야 할 누군가가 있는 게 아니었는데도 그랬다. 그가 맡았던 소일거리들은 고스란히 할머니와 고모의 차지가 되고 이제 그를 기다리고 있는 것은 다락의 곰팡내, 책 먼지 냄새.

다락방에서 풍기는 공고한 냄새에 대해서는 나도 아는 바가 조금 있다. 겨우내 다락에 넣어둔 이불을 꺼냈을 때, 틈새에 끼인 채로 죽어 있던 쥐새끼들과 마당에 빨랫줄을 늘어뜨려 이불을 널던 것과 이불에 켜켜이 묻어 있던 묵은 먼지 탓에 눈 밑이 민달팽이처럼 부풀어 올랐던 것과 처마 밑에 오종종 심긴 채송화의 촌스러운 빛깔과 그날 밤 내가 보았던 것, 을 기억하고 있는 만큼.

거긴 집의 꼭대기면서 웅덩이 같다는 느낌을 주는 데였다. 다락에서 오래되어 잊힌 것들은 한데 고여 있다가 시간과 함께 조금씩 허물어졌다. 그건 바스러진다는 느낌에 가까워서, 그곳에서 풍기는 냄새 역시 끈덕지거나 질척하다기보다는 좀 더 묵직하고 안온하며 어딘가 산뜻한 데가 있었다. 낡았으나 도무지 남루하진 않은, 그런.

아빠는 거기서, 다락에 얹어둔 책상머리 앞에서 거시기가 되느라 육

법전서와 함께, 그 집의 대들보와 함께 조금씩 말라붙었다. 그가 거기서 자라는 동안에도 끊임없이 곰팡이는 슬고 달의 배가 부풀고 그는 어느새 시골 소년답잖게 희멀건 낯빛이며 팔뚝이며를 갖게 되었다. 가끔씩 잠을 이룰 수 없을 만큼 온 밤 내내 무릎이 쑤시는 날도 있었는데, 그는 그것이 성장통인지 한 자리에 종일토록 앉아만 있어선지 가늠할 수 없었다.

그의 인생이 다시금 전환을 맞이하게 된 것은 까마득하게 햇빛이 쨍했던 날의 일이었다. 갑작스레 심부름을 갈 일이 생겼다. 그날따라 그를 대신할 할머니도 고모도 읍내엘 가고 없던 터였다. 할머니나 고모가 없는데도 술상을 봐 오랬던 걸 보면, 아마 할아버진 동네 사람들에게 그를 자랑할 심사였을 성싶다. 아빠는 주둥이가 넘칠 만큼 푸지게 담긴 막걸리 주전자를 들고 어귀의 텃밭엘 향해 갔다.

날은 뜨시고 목은 타는데 술은 걸음마다 넘치니 그가 어쨌겠는지.

아빠가 텃밭 귀퉁이에 접어들 무렵, 할아버지와 동네 어른 몇은 이미 두렁 초입에 자리를 깔고 앉은 채였다. 그가 오는 것을 본 옆집 아지매가 식 웃으며 할아버지에게 말을 건넸다.

"아, 왜 도마도를 안 보내고."

"거 도마도는 내가 잊어부렀네."

농을 치며 웃는 할아버질 보고는 그는 안심이 되었다 했다. 첫술이 아니구나, 술이 떨어져서 부른 거로구나, 어르신들이 취했으니 좀 모자라도 괜찮겠구나, 생각했다. 하여 그는 마음을 탁 놓고, 출발할 때보다 한참은 가벼워진 술주전자를 주안상 곁에 내려두었다. 맞은 자리에 앉아 있던 아지매가 은근슬쩍 그의 허리를 장독 쓰다듬듯 만진 것은 그때였다. 장해서였는지 실해서였는지 하여튼 신주단지 문지르듯 했다.

"공부를 편안히 앉아가지고 해야지, 꼬치농사 첨짓는 사람인갑네."

할아버지가 껄껄 웃었다. 아빠는 영문도 모르고 따라서 웃었다.

"아이, 꼬치가 중허지 갸 허리가 중헌가."

훗날 아빠는 내 앞에서, 그게 왜 그리 야릇하면서 웃겼는지 모르겠다

194

고 술회했다. 어쨌거나 그때 그는 아지매 손길에 속절없이 힉, 힉, 웃다가 그대로 정신을 놓았다. 그리고 다음 날부터 동리엔 교감 집 장남한테 간질이 들었다고, 법 공부가 사람을 숱히 잡는다더니 그집 아들도 발작이 났다고 소문이 돌았다. 그는 그냥, 취했을 뿐이었는데.

그는 내게 이다음의 일과 그다음 일 사이에 있던 일에 대해선 한 번도 말해준 적이 없다.

그러니까 어떻게 법관 지망생이 미대 지망생으로 둔갑을 할 수 있었는가, 에 관해서는 말이다. 짐작컨대 할아버진 아빠에게 꼬치가 중허지 거시기가 중헌가, 했을 테고 그는 또 속없이 네 아버지, 네 아버지, 했을 테다. 그간 들인 노력이 아까워서라도 항변 한 번쯤 해볼 법한데도.

어쩌면 이날의 사건이 그에겐 모종의 행운이었는지 몰랐다. 내가 중학교에 막 입학했을 무렵, 나를 데리고 시골집엘 내려가던 아빠가 지나가듯 이렇게 말했다.

"야, 느이 할배가 억지로 뭘 시키거든 기냥 콱 드러누어 뻐려라."

그럼에도 아빠는 다락과의 작별만은 오래도록 미루었다. 유년 동안 꼬박 익숙해진 거기서, 책상이 있던 그 자리에 그는 이젤을 놓아두고 그림을 그렸다. 그는 적어도 할아버지에게 서울 소재 대학의 합격 증서를 안겨줄 정도로는 성실했다. 그래서 할아버지도, 분명 물감과 팔레트와 캔버스 따위의 화구들이 육법전서만큼 자랑스럽진 못했을 테지만, 자기의 가문이 예부터 시서화에 능한 선비 집안이었단 데서 아빠의 연원을 찾아 스스로를 위로했다.

그의 작품 중엔 유독 여자 그림이 많았다. 그는 일평생 여자를 그렸다, 고 해도 좋을 만큼 그렸다. 정물화나 소묘는 언제나 억지로, 겨우겨우 한다는 느낌이었다. 형태를 잡고 한숨 몇 번, 밑색을 깐 다음에 담배 몇 대, 그리고 하루나 이틀쯤 못 본 척 내버려 두는 식이었다. 그런 그림을 몇 장 완성하고 나선 그간의 원망을 풀듯 여자를 그렸다. 콩테를 써서 흐르듯이 그려내는 드로잉이 다수였으나 더러 시간이 여유로울 때는 수채나 유화를 썼다. 하여간에 언제나 여자를 그렸다. 머리색이나 골격,

이목구비 등 어디를 보나 서구적 미의 기준을 따른 듯한 그림들이었다. 그는 그런 것에 항상 지영, 진경, 선영, 형미 따위의 이름을 제목으로 붙였다.

내가 아빠의 그림에 관심을 갖기라도 하면 그는 입버릇처럼 이게 아니라고만 말했다. 예쁜데 왜요? 물으면, 이건 당신이 원하던 게 아니라는 대답이 돌아왔다. 한 번도 자신의 그림에 만족한 적이 없는 것 같았다. 만족하길 두려워하는 듯도 했다.

아빠는 아마도 살빛 때문에 그림을 그리기 시작했으리라. 볕에 그을린 아지매의 손등이든 영화관 간판에 그려진 헐벗은 여자의 궁둥이든, 논밭과 읍내 사무소를 가리지 않고 바지런히 다녔을 다방 레지들의 매끄런 허벅지였든, 어쨌든, 아빠는 허다한 살들에 감돌았을 황금과 분홍에 매혹된 듯했다.

"야아, 이 가시내 살빛 봐라. 낯낯허니 복성 같어."

아빠가 어린 나를 손짓으로 불렀다. 나는 갖고 놀던 마론인형을 화실 구석에 내팽개둔 채 그에게 달려갔다. 그는 어린 나에게 들고 있던 책의 한 페이지를 보여주었다. 거기에 그려진 다양한 포즈의 여자들에게는 뭐랄까, 똑같이 양것임에도 불구하고 바비나 제니로서는 도저히 따라갈 수 없을 것 같은 종류의, 풍요로움이 있었다.

"이것을 사람이 물감으로 그린 것이다. 대단치?"

나는 즉각 마론인형의 세계에 흥미를 잃어버렸다. 대신에 그가 수업엘 들어간 동안 서가를 기웃거리면서 시간을 보냈다. 살갗은 살색이 아니라는 것, 광원의 성질에 따라 저마다의 빛깔을 지니게 된다는 사실을, 나는 그곳에 빼곡했던 누드 책을 훔쳐보며 알았다. 희고, 살집이 두둑하고 굴곡이 확실한 여자들……. 그녀들의 벗은 몸을 손가락으로 쓰다듬어 내려갈 때 어린 내가 느꼈던, 몸의 중심에서부터 진한 물감이 퍼져나가는 듯했던, 이상야릇한 기분.

그가 도대체 무슨 뜻에서 어린 나에게 누드화집을 보여준 것인지는 모르겠다. 애당초 제 손으로는 미숫가루 하나 못 타 잡숫는 양반이 무슨 재주로 갓난쟁이를 길렀는지, 거기서부터 의문을 가져야 하는 것이겠으나.

전해들은 얘기로야, 아빠는 화실 앞에서 나를 주웠다. 배냇 속엔 아기의 이름 대신 내가 당신의 딸이란 내용의 메모 한 장이 있었다. 이틀 밤낮을 고심한 끝에 그는 화실 구석에 단칸방을 만들었다. 아기침대도 제작했다. 그때까지도 나는 이름이 없고, 다만 잘 먹는 아기였다. 그는 다시 한나절을 고심해 천지가 요동할 일을 감수하기로 결정을 봤다. 할아버지와 할머니에게 손주의 존재를 알리기로 했다.

"여직 여러서 말씀을 못드렸는디. 여그가 제 거시기요."

그는 마치 며느릿감을 선보이듯 말하며 강보에 싸인 나를 아랫목으로 들이밀었다. 손주는 사생아였고 아빠는 미혼부였으므로, 장가도 못 가고 홀애비가 되었으므로 할머니는 앓아누웠다. 할아버진 그저 껄껄 웃었다. 일가의 거시기가 장성하여 사내가 되었다는 느낌의 웃음이었으리라고 생각한다. 여러 말 없이 할아버지는 내 이름을 짓고 논 한 마지기를 팔아 아빠의 화실을 미술학원으로 바꾸었다.

이후로, 나는 오랫동안 화구들의 냄새를 맡으며 자랐다. 그곳에서 보았던 색색의 여체들, 거기서 받은 인상 모두를 물감 냄새가 대표하게 된 듯도 했다. 물감에서 맡아지는 냄새는 떠올리는 것만으로 사람을 달뜨게 하는 데가 있었다. 그럼에도 밝은 노랑이나 빨강 따위가 아니라 회색……이라는 느낌이었는데, 화실에 부려둔 사물들을 해 질 녘 어스름 속에서, 학원에 수강생이 들이닥치기 직전의 고요와…… 안도 어린 쓸쓸함 속에서, 길게 늘어진 그늘 속에서 바라볼 때 특히 그랬다. 석회, 조개나 굴과 같은 어패류의 껍질, 말라비틀어진 사과, 군데군데 목탄 가루로 얼룩진 석고상, 손을 대면 바스락거리는 과자 봉지, 북어나 오징어와 같은 건어물들. 영원히 침묵할 정물들. 물감 냄새는 회색이다.

아빠는 이제 스포츠 뉴스를 보고 있다. 그냥저냥 함께 앉아 텔레비전에 정신을 팔고 있다가, 저녁 준비를 해야겠단 생각에 자리를 털고 일어났다. 일주일에 한 번 정도는 공들인 요리를 해다 바칠 필요가 있겠다 싶어서였다. 안 그러면 또 무슨 헛소리로 복장을 뒤집을지.

전부터 그는 오징어순대가 먹고 싶다고 노래를 불렀다. 급기야 자기가 바다에서 잡아왔다면서, 오천 원쯤 주고 샀을 오징어 세 마릴 들고 귀가했다. 만들어놓은 반찬에 대고 하는 타박이 옵션으로 딸려 왔다. 그래서 밥상을 엎었다. 절반쯤 충동적인 행동이었다. 후회는 빠르게 찾아들었고 더럭 서러워졌다. 바닥을 치며 통곡을 하는데도 아빠에게서는 별다른 반응이 없었다. 무안해선지 울음은 금세 멎었다. 한동안 곁눈으로 그의 눈치를 살피다가, 한풀 꺾인 기세로 그게 도대체 얼마나 손이 많이 가는 음식인 줄 아느냐, 임신한 여자도 아니고 대체 왜 그러느냐 따졌다.

"내가 임신을 했는가 안 했는가 니가 어찌 아냐. 입덧할 때 못 먹은 건 평생 한으로 남는 건디."

"뭐?"

"동생을 하나 낳아줄래도 어디 손발이 맞아야지? 느작머리 없이 지 아부지 식사하는데 상을 엎고."

한동안 천장을 멀거니 올려다보던 아빠가 거실 바닥에 너부러진 소시지 하나를 손으로 집어먹었다. 그러더니 깨금발로 엎어진 찬이며 접시를 피해 화장실엘 갔다. 나는 그의 똥냄새를 맡으며 밥상을 치웠다. 치우면서 접시 몇 개가 깨졌다는 사실을 알았다. 불현듯 죄책감에 사로잡혔다. 소시지에 유리조각이 박혔으면, 하필 아빠가 그걸 삼켰으면 어떻게 하지 싶었다. 어쩌면 유리조각은 그의 뱃속에서 똥이 되어 나오기 전에 내장에 미세한 상처를 내거나, 혈관을 상하게 할지도 몰랐다. 힘이 들어가 팽팽해진 괄약근을 찢어놓기라도 하면? 싸는 게 낙인 사람인데.

화장실에서 나온 그에게 요즘 만나는 사람이 있느냐 물었다. 만나는 사람이 있어야 동생도 낳아 줄 것 아니냐고. 그는 실실 웃으며 이렇게 말했다.

"내가 화장실서 일 보다 닐 낳았다고 했지? 어느 날 저서도 애 놓는 소리가 들릴 것이다."

그의 대답에 어이가 없어진 나는, 미안하다고 말할 타이밍을 놓쳐버렸다.

어린 나는 명절날 육전을 부치다 말고 엄마가 누구인가를 물었다. 동태전을 부치던 할머니는 못들은 척했고 만두피를 밀던 할아버지는 아빠가 날 주웠다고 답했다. 배냇에 든 쪽지엔 아빠가 아빠라고만 적혀 있었다고. 그러므로 엄마가 누군지는 영영 알 수 없다고 했다. 곁에 누워서 전을 부치는 족족 주워 먹던 아빠가, 느닷없이 벌떡 일어나 애한테 쓸데없는 거짓말을 한다면서 성질을 냈다. 왜 애를 헷갈리게 하느냐고.

아무도 아무 말도 하지 않았다. 프라이팬에 두른 기름이 탁 튀었다. 아빠가 입은 바지의 무르팍에 둥근 얼룩이 졌다.

"야야, 아부지가 진실을 알려주마."

그는 기세등등하게, 의미심장하게 속삭였다. 그의 주장에 따르면 나는 그의 똥구멍에서 태어났다. 어느 날 하도 똥이 안 나와서 식은땀이 흐르고 입에서 헉, 소리가 절로 나올 만큼 힘을 주었는데, 하늘이 노래지고 딱 죽는구나 싶었는데, 이대로 질 수 없단 생각이 들어 온 동네가 떠나가도록 있는 힘껏 고함을 질렀다고 했다. 학, 합, 하! 그 순간 풍덩 소리와 함께 변기물에 떨어진 내가 울음을 터뜨렸다.

아빠가 할아버지에게 화를 낸 것을 본 일은 그날이 처음이자 마지막이어서, 어린 나는 그의 말이 사실이겠거니 했다.

냉동실 문을 열고 꽝꽝 얼어붙은 오징어를 꺼냈다. 양재기에 미지근한 물을 담아 포장째 담갔다. 해동되는 동안 순대 속을 만들면 좋을 것 같았다. 숙주나물과 부추, 당면 따위를 데쳐 잘게 다졌다. 두부 으깬 것에 오징어 다리를 채 썬 것, 양념을 넣어 한데 무치고 보니 그럴듯했다. 알알한 것을 유독 좋다 하니 청양고추도 다져 넣었다. 오징어 몸통에 손을 넣고 내장을 꺼냈다. 차고 물컹한 느낌에 소스라쳤다. 동사한 매머드 똥구멍 안쪽을 더듬는 느낌. 오징어 먹물을 순대 속에 섞으면 감칠맛이 돈다 해서 나름대로는 먹물주머니를 터뜨리지 않으려고 무진 애를 썼다. 찜통을 불에 얹을 즈음이 되자 시장기가 돌았는지 자리에서 일어난 아빠가 부엌을 기웃거렸다.

"뭐여?"

"오징어순대. 먹고 싶다며."

"어이구, 나는 새장가 갈 때나 먹어보나 했지."

"여자는 있고?"

반가움으로 해바라졌던 그의 얼굴이 금세 찌푸려졌다. 남세스럽게 별 걸 다 묻는다는 표정이었다.

"요새는 개인작을 통 안 하데? 주위에 여자가 말랐지? 그치?"

돌연 아빠는 앵돌아진 얼굴을 하곤 냉장고 문을 벌컥 열었다.

아직까지도 그림을 그릴 때의 아빠의 뒷모습과 옆모습이 또렷했다. 그가 그리는 그림만큼이나 흐르듯 떨어지던 아빠의 몸, 아빠의 몸을 이루는 그 선들을 떠올릴 때마다 물감 냄새가 맡아졌다. 혹은 거꾸로, 어디서고 물감 냄새를 맡게라도 되면 서쪽으로 뚫린 창에서 지는 햇빛이 들이칠 때 진한 파랑을 띠고 음영이 지던 단단한 콧날과 굳게 다물린 입, 주름 잡힌 눈가, 완곡하되 고집 있게 벌어진 어깨, 퍼렇게 핏줄이 도드라진, 섬세하고 건강한 팔뚝 같은 것들이 붙박여 정지된 장면처럼 눈앞에 떠올랐다.

기억 속에서 그는 옆모습이나 뒷모습밖엔 갖지 못하고 태어난 사람 같았다. 여느 날이고 늦기 전에, 이제라도, 마음속에 새겨두어야겠다고 아빠의 앞 얼굴을 빤히 들여다보고 있노라면 저건 화가가 아니라 똥쟁이다, 라는 생각밖엔 들지 않았다.

냉수를 한 컵 들이켠 아빠가 밥상 앞에 주저앉아 구시렁거렸다.

"눈 뜨기 무섭게 사고치는 거 달래가매 키웠더니⋯⋯."

"내가 무슨 사고?"

"말르라고 내둔 그림에 범벅을 해놓질 않나, 정물로 쓸라고 사둔 거를 오매가매 훔쳐 먹질 않나?"

"애를 화실에서 길렀는데 그럼, 그 정도도 예상 못했단 말야?"

즉각적인 나의 항변에도 불구하고, 아빠는 이게 다가 아니라는 듯 코웃음을 쳤다.

"니 석고상이랑 뽀뽀하든 건 기억이나 허냐?"

까맣게 잊고 있던 일이었다. 말문이 턱 막혀서 짐짓 아무렇지도 않은 척, 찜통 뚜껑을 열었다. 얼굴에 뜨거운 김이 훅 끼쳤다. 삽시간에 양 뺨이 홧홧해졌다.

아그리파는 내 첫사랑이었다. 아빠가 내게 소묘를 가르칠 무렵부터, 어린 나는 아그리파를 지독하게 사랑했다. 그의 곱슬머리와 고집 센 눈매와 뭉툭한 콧날과 굳게 닫힌 입술 모두를 사랑했다. 그를 이루는 선과 면, 질감과 음영 모두를. 아, 라고 부드럽게 열리는 발음으로 시작해서 파, 하고 부서지며 끝나는 그의 이름이 좋았다. 짓궂게도 석고상에 낙서하길 즐기는 원생들의 손에서 아그리파를 지켜내기 위해 나는 매일매일 비명을 지르며 울었다.

시간이 흘러 그가 가진 형태의 구체적인 부분까지 한층 깊게 이해할 수 있게 되었다고 생각할 무렵 꿈을 꿨다. 나는 아그리파에게 입을 맞췄고, 나직하게 그의 이름을 불렀다. 아, 하고 시작해 파, 하고 끝나는 그의 이름. 그의 텅 빈 동공에 소묘용 연필로 그린 듯한 동공이 생겼다. 그의 눈이 뜨인 다음엔 천천히 입술이 갈라져 그 틈으로 혀가 튀어나왔다. 따뜻하고 민활한 혓바닥이 내 입 속을 밀고 들어왔다. 여태껏 잡아낼 수 없었던, 그의 혀. 그의 체온이 주는 감각. 아. 나는 그를 사랑했다.

잠에서 깨어난 나는 소묘실로 달려갔다. 아그리파는 지난밤 모습 그대로 거기에 있었다. 나는 그에게 입을 맞췄다. 학원 바닥을 비질하다가 내 꼴을 발견한 아빠는 어처구니가 없다는 듯이 할 거면 미끈하니 잘빠진 줄리앙하고나 하지 왜 심통 맞게 생긴 아그리파를 붙들고 앉았느냐고 했다. 그의 입술은 축축하게 젖었으나 그에게선 찝찌름하고 텁텁한 맛밖에 나지 않았다. 그때 나는 실망감과 수치심 탓에 얼굴이 빨개져서 아무 말도 못 했지만.

"뽀뽀하면 사람 될 줄 알았다, 왜?"

"허이고야."

생각해봐, 나는 먹기 좋게 자른 오징어순대를 접시로 옮겨 담으며 말했다.

"사내가 애 낳는단 말을 믿으면서 자랐는데 내 안에 과학적 사고가 깃들 틈이 있었겠느냐고."

"그거는 어디꺼지나 역사적 사실인디?"

허. 내 입에서 탄식이 새어나왔다. 알에서 났다 해도 고마울까 말깐데. 똥이라고. 밥상 위에 접시를 던지듯 내려놓고 외쳤다.

"작작 좀 해라 진짜!"

"벨 수가 있냐? 내가 낳은 거시긴 내가 낳은 거시기제."

아빠는 늙은 소처럼 두 눈을 끔벅거리고만 있었다. 나는 허리에 한 손을 얹고 다른 손으로 화장실 방향을 가리켰다.

"그럼, 빨리 화장실 가서 동생 하나 싸."

갓 쪄낸 오징어순대에서 달콤하고 순한 짠내와 함께 알큰한 냄새가 피었다. 언제든 맡으면 배가 고픈 비린내. 그는 나를 쳐다보다가, 순대가 놓인 접시에 시선을 고정하고는 한참 동안 가만히 있었다. 밥솥 뚜껑을 열고 아빠 몫의 밥그릇을 집어 들 때 그가 입을 열었다. 똥구멍에 힘이 풀려 새어나오는 방구처럼 목소리엔 결기도 응분도 없이, 숫제 한탄조였다.

"늬가 내 딸이냐, 마누라냐? 마누라도 너처럼 앙살을 부리진 않았을 것이다, 너처럼."

"아, 긍께."

밥상 위에 흰 김이 올라오는 밥그릇을 탁, 놓았다. 양반다릴 하고 양손을 앞으로 모은 채 구부정하게 앉아 있던 아빠가 화들짝 놀라 허리를 곧게 펴고 나를 올려다봤다.

"그 마누라가 대체 누구였느냔 거잖아, 이제 가르쳐줄 때도 됐잖아."

"아아니, 임마야, 내 말 좀 들어 봐. 니는 애비가 똥꾸녕으로 낳았다고 몇 번을 말하냐."

아빠는 여전히 허리를 곧게 편 채 나를 올려다보고 있다. 나는 엄마가 누구인지를 묻고, 그러면 아빠는 내가 네 엄마다 대답하고, 자라는 동안 규칙이 되어 지긋지긋해진 대화. 우리는 가족이지, 아빠는 홀애비고 나는 사생아야. 엄마는 어디에 있지? 하면, 너는 내가 낳았지, 라는 대답이 돌아왔다. 어린 나는 그가 나를 낳았다는 대답을 듣고서야 만족한 채 이부자리 속으로 기어들어갔다.

"그러면 얼른 가서 하나 더 싸. 일단 싸면 내가 길러줄 테니까."

"애를 싸야 놓냐, 배야 놓지!"

"그니까아, 날 밴 게 누구냐고!"

한동안 우리는 몇 미터의 거리를 두고 대치 중인 호랑이와 뱀처럼 서로의 얼굴만 빤히 들여다보았다. 별안간 아빠가 숟가락을 들더니 밥을 퍽, 퍽, 떠먹기 시작했다. 야야, 거기 국 좀 다오, 해서 엉겁결에 국을 퍼 줬다. 물을 달라고 해서 물도 주고 김치 달라 해서 김치도 줬다. 오징어순대엔 젓가락 한 번 대질 않는 게 분해 자꾸 이럴 거냐고, 왜 말을 안 해주냐고 그를 채근했다.

아빠는 밥술을 들 때처럼 예고도 없이 상을 물렀다. 밥상을 조금 내쪽으로 밀어놓은 그가 물 몇 모금으로 입안을 가셔내더니, 비장한 얼굴을 했다. 그가 크게 숨을 들이켰다.

"나도 모른다!"

드디어 출생의 비밀이 밝혀지는가, 싶어 마른침을 삼키다 사레가 들었다. 컥컥거리는 내게 아빠가 자기 앞의 컵을 들어 건넸다. 반가량 남은 물 밑바닥에 고춧가루와…… 뭉개진 밥풀처럼 보이는 게 몇 알 가라앉아 있었다. 물을 마시지도 않았는데 잔기침이 삭 가셨다.

"봐라, 니 생긴 건 나를 쏙 뺐는데 성깔은 진경일 닮았고, 샐샐 눈웃음 칠 때 보면 이쁜 것이 지영이 가가 배서 났나 싶고, 맵씨 큼직허니 밥하는 거 보면 또 형민가 선영인가 긴가민가허고, 에이 시벌, 내가 알 게 뭐냐! 닌 내 거시기여! 내 씨여 내 씨!"

거실에 어색함이 내려앉았다. 아빠는 발가락 사이의 때를 밀고 있다. 저런 사내에게 어디서 여자를 트럭으로 대줬나, 하도 여기저기 싸고 뿌리고 범벅을 하고 다녀서 누구 집 자식인지 모르겠단 소리를 하고 있는 건가. 자식이 어느 소생인지 짐작도 못할 만큼 많은 여자를 만나고 다녔다는 건가. 별다른 이유도 없이 내 안에 조강지처의 분심 같은 것이 피어올랐다.

할머니는 아빠가 홀애비 신세라는 사실을 믿지 못하는 것만큼 그의 꼬치가 길며 실한 능력을 타고났다 믿었다. 지금이야 헤매고 다녀도 옛날엔 재주 많고 성실한 만큼 따르던 기집도 많던 애였다고, 어디서고 참한 색시만 하나 구해오면, 그땐 나한테도 엄마가 생기는 거라고 했다. 색시가 생기면 뭘 해요, 그게 엄마는 아니잖아요, 또박또박 말대답하며 그때 나는…… 뭐라고 했지.

그때 할머니의 시름은 한숨만큼 깊었을 테다.

"혈액형 같은 걸로도 찾을 수 있잖아."

"아빠 에이형 아님 안 사 어. 에이형이 고분고분허니 니랑 달러. 니는 검사를 다시 해야 쓰겄어."

"혹시 말야."

다소간 차분해진 목소리에, 아빠는 실청한 사람처럼 내 입모양만 쳐다봤다. 나는 아빠에게 나직이 물었다. 내가 아빠 딸이 아닐 그런 가능성은 없어? 어쩌면 우리가 남남인 건 아닐까? 밥상을 붙든 아빠의 손가락이 희어졌다. 엎기만 해 봐라, 하는 심사로 내 눈매 역시 사나워졌다. 밥풀 묻은 밥숟가락이 팩, 내 발밑에서 동그라졌다. 낯빛이 울그락불그락해선 숟가락 하나를 내던지는 선에서 분노가 그치는가 싶더니.

"니는 째깐한 게 어찌 그러냐! 어찌 그래!"

자리에서 벌떡 일어난 아빠가 슬리퍼를 꿰어 신고 밖으로 나가버렸다.

"애 안 놓고 어딜 가! 싸러 가? 싸러 가냐고!"

나는 괜히 큰소릴 쳤다. 쾅, 하고 바깥 대문이 닫히는 소리가 들렸다.

그는 성실했다. 학원을 운영하면서, 꾸준히 미술 잡지에 입시 결과를 내고 개인작을 싣고, 제 몫을 하고도 남는 스타강사를 하나 키워낼 정도로 열심이었다. 가문 논에 비가 오듯이 원생이 들었다가, 나갔다. 그때도 아빠는 그림을 그리고 있었다. 느닷없이 적막해진 학원에서, 매일매일 비질을 하고 물걸레질을 하면서 어느 때보다 많은 여자를 그렸다.

다음 해, 구정을 맞아 우리는 시골집엘 내려갔다. 지갑 사정이야 변함없이 박했지만 아빠는 이유 없이 즐거워 보였다. 그는 내게 외출복을 사 입히는 대신 중학교 교복을 입혔다. 아직 새 학기가 시작되지도 않았는데 무슨 교복을 입느냐 내 항변은 얼굴이 온통 싱글벙글한 웃음으로 범벅된 아빠 앞에서 무색해졌다. 읍내 시장에서 과일 한 상자를 사고, 식당을 겸하는 정육점에 들러 고기를 끊었다. 은행서는 할머니에게 줄 용돈이라며 두툼히 현찰을 뽑았다.

이번 달의 생활을 걱정하는 나와는 달리 아빠의 기분은 변함없이 좋았다. 야야, 니가 벌써 중학교를 가야, 하면서. 동네 풀길로 차를 몰면서, 아빠는 해변을 따라 난 고속도로를 드라이브하는 연인들이 하듯 차창을 모두 내렸다. 지독한 거름 냄새가 차 안으로 밀려들었다. 코밑을 탁 쏘는 걸로도 모자라 쓸데없이 길고 둔중한 여운을 남기는, 똥냄새. 야야, 고향 냄새다! 아빠는 외쳤고, 이건 고향 냄새가 아니라 똥냄새야! 내가 투덜거렸다.

아빠와 나는 만류하는 할머니를 등 뒤에 둔 채 다락방 청소를 했다. 거기선 별별 물건들이 다 튀어나왔다. 어린 내가 만든 보물지도도 포함되어 있었다. 헐거워진 마룻바닥 밑에는 깨진 유리구슬과 칠이 벗겨진 머리핀 장식 따위가 들어 있었다. 어느 날 쥐도 새도 모르게 사라지는 바람에 난리를 겪었던 아빠의 자동차 열쇠도 거기 있었다. 철마다 시골집을 방문하면 비틀린 마루 밑에 넣어두었던 물건들, 더러는 잃어버렸다고 생각했던 것들 모두가 거기서 발견됐다. 아빠는 날더러 하는 짓도 그렇거니와 숨겨두고 까맣게 잊어버린 양이 까마귀 같다며 놀렸으나, 사실 나는 잊지 않고 있었다. 잊힐 때까지 잊지 않고 있다가 잊은 다음에야 발견하려던 것을 눈치 없는 아빠가 헤집어 놓았을 뿐이다.

내가 마루 밑에 감춘 잡동사니 이 외에도 다리가 부러진 이젤, 쓰다 만 물감과 쥐가 귀퉁이를 갉아먹은 캔버스 몇 개, 나달나달해진 법전, 망가진 전축, 다섯 상자나 되는 엘피판 따위가 발견되었다. 물건들은 뒤늦은 심문이라도 받듯 햇빛 푸진 마당 가운데로 끌려 나왔다. 버릴 것과 다시 보관할 것들이 마당 양편에 쌓여 처분을 기다리고 있었다. 그 가운데서 심드렁히 이불을 들춰 널던 내가 비명을 질렀다. 잠들어있던 닭 몇 마리가 비명에 놀라 홰를 쳤다.

틈바구니에 새끼 쥐들이 알이라도 깨고 난 것처럼 오종종히 죽어 있었다. 쥐들은 물건의 처분에 앞서 꽃밭에 묻혔다. 캔버스에 젯소를 바를 때 쓰는 커다란 막붓을 들고 쥐가 살던 이불을 털었다. 버릴 것들을 한데 모은 자리에 불을 붙이고 있자니, 두 눈두덩이 소박맞아 며칠 밤을 눈물로 지새운 색시처럼 부었다. 무섭게 솟는 연기에 눈이 맵구나 싶어 문지른 게 화근이었다. 할아버지 손을 부여잡고 읍내에 있는 약국엘 다녀왔다. 할아버지보다 앞서 걷던 내가 시골집 대문을 열자 다락 청소는 모두 끝난 뒤였고 온 집 안이 괴이쩍을 만큼 고요했다.

할머니는 안방에, 아빠는 거실에 딸린 곁방에 드러누워 있었다. 기척만으로도 두 사람이 자는 게 아니라는 것을 알 수 있었으나, 둘 사이에 무슨 일이 있었는지는 파악하기 힘들었다. 안쪽의 기색을 살핀 할아버지가 헛기침을 몇 번 하고는 등짐을 진 채 바깥으로 나갔다. 나는 눈치껏 거실을 맴돌며 놀았다. 슬그머니 일어난 아빠는 혼자서 소주 두어 병을 비웠다.

"야야, 내 말 좀 들어봐라."

그는 맞은 자리에 나를 앉히고도 자작을 멈추지 않았다. 술동무로 나를 택한 것 같았고 안주삼아 푸념을 늘어놓고 있는 듯했다. 그는 여태껏 살면서 한 번도, 이거다, 싶은 게 없었다고 했다. 바로 이것이다, 이것이다, 할 만한 순간 같은 게 없었다고. 오히려 이게 아니다, 이게 아니다, 하면서 살았노라고. 초조했다고. 근디 나가 핏댕이 같은 니를 봤을 때……, 하고 그는 잠깐 내 얼굴을 들여다봤다.

"그때 한눈에 닌 내 거시기다! 알았다."

그짝꺼정 아부지라는 게 뭔가, 개코도 모르고 생각도 안 헌 것이 이거여, 니가, 니다! 하고 알아뿌렀어, 아빠는 말했다. 내가 나다! 라는 게, 도대체 모를 말이었으나 나는 고개를 끄덕끄덕 했다. 참말 싱기한 일이시, 암만, 니는 하늘이 다시 돌라 해도……. 곧 떨어질 것처럼 애매하게 꺾인 고개를 주억대던 아빠가 꺼억, 하고 트림했다. 독한 소주냄새가 훅 끼쳤다. 코를 부여잡았으나 뒤늦었던 듯 인상이 저절로 찌푸려졌다. 아빠가 식 웃었다. 그니께, 아닌 게 아인 거지, 알간? 긴 거는 긴 거여, 긴 거. 니랑 내랑 어찌 해부까, 어찌 살까, 혀도 각단지게 맴먹으면 시상 다 아, 폴짜대로 되는 거여.

"혀도 왜 이리 날마당 사난지 모르겠어."

그때 나는 할머니에게 또박또박 말대답하던 때처럼, 할머니가 어색한 얼굴로 지 아빠랑 다르게 여간이 아니라며 고개를 젓던 때처럼, 어린 나의 얼굴과 목소리를 하고 이렇게 말했다.

"아빠는 홀애비지만 나는 사생아잖아. 누구 팔자가 더 드세겠어."

새벽녘엔가, 헛헛해진 잠자리의 냉기와 누군가 다락마루를 밟는 소리에 설핏 잠에서 깼다. 창밖이 검었다. 처음에는 꿈인가, 했고 잠이 다 가시지 않은 상태에서 아빠인가, 하다가 퍼뜩 정신이 맑아졌다. 무슨 생각에선지, 사실 그때는 아무 생각이 없었던 것 같은데, 발소리를 죽이고서 계단을 기어올랐다. 층계참 끝에 붙은 다락문이 반쯤 열려 있었다. 아빠는, 문으로부터 등을 돌린 채였다. 그의 등은 일정한 리듬 없이 들썩거렸다. 소리를 죽여서 울거나 웃는 사람이 보일 법한 그런 동작을 하고 한참 있었다. 낮 동안 안에 든 것을 다 끄집어내 이제는 텅 비어 있을 마루 위에서 아빠는 웃거나 울고 있었다. 외로움에도, 절망에도, 슬픔에도, 차라리 그것이 아닌 모든 감정에 깃든 냄새를, 그날 나는 맡은 것 같았다.

그날 아빠가 감춘 것이 무엇인지 나는 모른다. 그저 시골집에 대하여, 그곳의 다락 마루에 대하여 어느새인가, 잊힐 때까지 잊지 않기로 마음먹게 되었다. 아빠는 별안간 미술학원을 정리했고, 정리한 돈으로 우리가 살 집을 샀고, 무슨 시험인가를 봐서 말단 공무원이 되었고, 나에게도 입만 열면 그저 공무원이 최고니라, 하게 되었고, 더 이상 여자를 그리지 않았고, 화집 대신에 스포츠 프로를 즐겨보게 됐고, 퇴근 후에 동료들과 배드민턴을 치고 맥주 한잔 걸치는 것이 인생의 최고 기쁨인 건강맨이 되었다. 세상없이 귀가하면서도 집안일엔 손 하나 까닥 않는 못된 가부장이 되었다.

……헛되이 탕진 않겠다,
사는 대로 쓰고 쓴 대로 살겠다

사실을 말하자면 망했다는 생각밖에 들지 않습니다. 착오가 있었던 게 아닐까요, 몇 번이나 되묻기도 했습니다. 급기야는 비명을 지르며 팔짝팔짝 뛰어다닌 것이지만……. 뒤이어 기묘한 느낌에 사로잡혀 목 끝이 꽉 막히고 말았습니다. 길이 끝나고 여행이 시작되었다는데, 차라리 여행이 끝나고 길이 시작되었는지? 어쩌면 처음부터 여행 같은 건 없었고 제가 저 자신도 잘 모르는 길 위에 서 있다고 한다면 어떨까요? 그건 뒤꿈치부터 늘어진 그림자와 같은지 모릅니다.

그래도 저를 딸기농장의 구렁텅이에서 건져주신 점만큼은 정말이지 감사합니다.

지면을 빌려 인사드려야 할 사람이 많습니다. 대체로 저를 오래 참아주신 분들입니다. 가장 먼저는 주님께서 제게 베푸신 인내와 사랑에 값할 도리가 없겠고, 내키는 대로 저지르고 사고 치는 저 같은 딸을 위해 애써주신 엄마와 아빠에게도 감사합니다. 반백수 언니를 변함없이 좋아해준 동생들도 고맙습니다. 더불어 가족들에게 이건 소설일 뿐이고 글쓴이인 저 자신의 정신과 현실에는 아무런 문제가 없음을 말씀드리고 싶습니다. 존재를 모르면 존재라는 말을 쓰지 말라,는 말씀으로 저를 글쓰기의 세계로 초대해주신 단국대학교 최수웅 선생님, 무식하게 하면 뭐라도 되게 되어 있다 격려해주신 박덕규 선생님, 시와 평론을 잘 모르는 저를 4년 내내 이끌어주신 김수복 선생님, 강상대 선생님, 감사합니다. 최생존, 임승부, 이손님과 김챠밍이 함께여서 즐거웠던 시마이, 한국담배인삼공사에 대한 변함없는 애증에 동참해준 DDR, 주서요를 필두로 한 노예16년 여러분, 키위구매자 최짐승, 외노자 김쏘쿨, 시드니의 이루이, 마지막으로 이해토에게 저를 발견해주고 함께해주어서 고맙다는 말을 전합니다.

한심한 점이 많은 원고임에도 이처럼 귀한 기회를 마련해주신 심사위원 김화영 선생님, 오정희 선생님, 소식 전해주신 매일신문사 담당 기자님, 감사합니다. 신변 벽두에 이 글을 읽고 계실 어떤 분들, 어쩌면 저의 독자가 되어주실지 모르는 분들께도 미리 인사 드립니다. 제가 훌륭한 작가가 될 때까지 부디 저를 잊고 계세요. 헛되이 탕진하지 않겠습니다, 사는 대로 쓰고 쓴 대로 살겠습니다.

심사평 : 김화영(고려대학교 명예교수) · 오정희(소설가)

……퉁명스런 말로 감싼 그리움과 사랑, 반어적 표현의 결 돋보여

예심을 거친 일곱 편의 소설은, 전통적 서사 양식에 충실한가 하면 그 나름의 실험성이 두드러지거나 만화적 발상에서 비롯하거나 종말론적 상상력을 동원하거나 등등 그 경향이 다양하였다. 그중 다음 세 작품에 주목하였다.

〈플루아카〉

바닷속으로 가라앉는, 그래서 주민들이 모두 탈출한 섬에 고립무원의 상태로 남겨진 노인과 소년의 절박한 생활과 심리, 노인의 죽음과 소년 이 마침내 섬을 떠나가기까지의 여정을 그린 이 소설은 머지않은 미래 에 우리에게 닥칠 재앙에의 경고, 일종의 에코소설이라 할 수 있다. 차 분한 호흡과 단정한 문장에 호감이 갔으나 갈등 구조가 약해 밋밋한 흐 름이 되었다.

〈너의 아름다운 곳〉

미혼모시설의 인물들과 그들을 둘러싼 이야기들이 리얼하게 그려져 있다. 인도네시아 여성 무슬림 미혼모의 대책 없는 낙천성을 '희망'으로 치환하여 제시하는 점도 글쓴이의 능력으로 보인다. 현재 그네들의 처 지에서 보자면 인생의 덫이자 절망의 진원지일 수 있는 '자궁'에 대한 전 언, 즉 '아름다운 곳'의 의미는 심장하다. 문장도 구성도 무리가 없다. 단 지 짐작할 수 있는 결말이라는 점에서 참신성이 떨어지고, 미혼모의 딸 로 자란 주인공 역시 미혼모가 된다는 설정이 다소 상투적으로 보였다.

〈아그리빠〉

　이 소설은 미혼부인 아버지와 그의 딸, 즉 엄마의 존재에 대한 하등의 정보도 없이 자란 '나'의 티격태격으로 이어지며 독자를 끌어들인다. 당돌하고 발칙하고 거침없는 표현에 당혹스러움을 느끼기도 하고 엉뚱한 유머에 웃음을 짓기도 하지만 읽어가면서, 진정한 표현은 그 단어의 갈피에 옆모습 특유의 암시적 비밀을 숨기고 있다는 것을, 진정한 마음은 그 주름 속에 수줍은 머뭇거림을 감추고 있다는 것을 잘 알고 있는 사람이 쓴 작품이라는 생각을 하게 한다.

　〈플루아카〉의 섬세한 서술을 통한 경고. '너의 아름다운 곳'이 갖고 있는 메시지의 상징성 부각도 의미 있는 작업이라 여기지만 그리움과 사랑을 거칠고 퉁명스러운 말로 감싸서 은폐하는 반어적 문법으로 드러내는 〈아그리빠〉의 문학적 개성이 단연 두드러졌다. 그러나 바로 이 작품 자체보다는 표현의 결에서 느껴지는 장래의 자질과 가능성에 더 주목하여 〈아그리빠〉를 당선작으로 선정한다.

무등일보 범현이

1962년 광주 출생.
조선대학교 미술대학 졸업.
갤러리 생각상자 관장.

비록 거위를 볼 수는 없었지만 월세를 백만 원이나 내야하는 주차장에서 깍깍거리는 소리를 듣는 순간만큼은 한 번도 살아본 적 없는 시골 풍경이 그려지곤 했다. 아담한 흙집. 작은 마당. 마당가에 감나무와 목련나무가 서 있고 그 아래 거위가 뒤뚱뒤뚱 거니는 곳. 도시에서 나고 자란 내가 거위 울음소리만 듣고 이런 그림을 상상하게 된 건 노르웨이 숲 속의 거위들을 보여준 텔레비전 덕분인지도 몰랐다.

무등일보

거위의 집

범현이

남양장에서 들리는 것은 진짜 거위 소리였다. 나는 까치발을 딛고 남양장의 시멘트 벽돌담을 넘어다보았다. 하지만 170센티미터의 내 키는 벽돌담의 높이에 미치지 못했다. 의자든 양동이든 올라서지 않고서는 남양장을 들여다보는 것은 불가능했다. 주위를 둘러보았지만 주차장에 딛고 설 만한 물건은 보이지 않았다. 그렇다고 주차관리인 처지에 아침 일찍 들어온 그랜저와 아우디의 보닛에 올라설 수는 없는 일이었다. 주차할 때 뒤 범퍼가 시멘트 벽돌담에 닿는 것을 방지하기 위해 갖다 놓은 폐타이어는 올라서나 마나일 것 같았다. 이런 때 플라스틱 의자라도 있으면 딱 좋으련만. 담을 붙잡고 있던 팔을 내리는데 마땅한 물건이 눈에 들어왔다. 주차장 입구에 누군가 버리고 간 철제 쓰레기통이었다. 의자 높이라서 발판으로 안성맞춤일 것 같았다.

오래전 남양장은 이 도시에서 알아주는 여관이었다. 준호텔급인 데다 일층에는 조선옥이라는 한정식 집까지 갖추고 있어 남양장에 간다고 하면 모두들 부러운 눈초리로 쳐다볼 정도였다. 오죽하면 남양장에서 들리는 한낮의 교성 소리를 입맛 다시며 듣는 노인들까지 있었겠는가. 나는 지금도 길을 가다 걸음을 멈추던 노인의 표정을 생생하게 기억할 수 있다. 그렇게 전성가도를 달리던 남양장은 내가 군대에 가 있는 사이 첫 번째 주인이 바뀌었다고 했다. 이후 남양장은 경매에서 육억 원에 낙찰됐다는 소문만 전해왔을 뿐 개미 새끼 하나 찾아오지 않았다. 그런 남양장에 노숙자와 거위가 살고 있다고 했다.

제법 쌀쌀한 기운이 느껴지던 가을날 아침, 은성이 커피를 들고 컨테이너를 두드렸다.

"움막 속에 앉아 있는 거위가 얼마나 예쁜지 몰라. 정말이야, 형."

녀석이 그렇게 말했을 때 나는 언젠가 텔레비전에서 본 노르웨이 숲속의 거위를 떠올렸다. 온통 하늘을 향해 곧게 서 있는 자작나무 같은 흰 털빛. 머리를 앞으로 내밀고 한 방향을 향해 줄줄이 걷는 거위들. 세상의 빛나는 것들은 모두 거위의 등 위로만 모아지고 있었다.

하지만 은성이 말한 거위는 보이지 않았다. 기둥과 외벽만 남은 남양장의 마당 한쪽 구석에 각목 따위를 세워서 비닐 천막을 씌워놓은 움막이 보일 뿐 거위는 그림자도 찾아볼 수 없었다. 일층엔 전선과 수도관 호스와 시멘트 뼈대들만 휑뎅그렁했다. 기둥과 기둥 사이로 한 잎 두 잎 지고 있는 거리의 은행잎이 보이고 움막 옆에는 빈 종이상자와 신문지 따위로 가득 찬 리어카가 세워져 있을 뿐이었다. 나는 아예 고개를 들이밀고 남양장 구석구석을 살펴보았다. 거위는 물론 거위를 키우는 사람도 보이지 않기는 마찬가지였다. 거위가 있을 만한 곳은 움막밖에 없어 보였다. 나는 당장 남양장에 달려가 거위를 찾아보고 싶었지만 조금 있으면 차들이 밀려들 시간이었다.

남들이 볼 때는 주차장 관리인이 한가롭게 보이겠지만 나름대로 일이 많고 고된 게 이 직업이었다. 하루 종일 자리를 비울 수 없다는 점, 다른 사람들이 밥을 먹을 시간에 손님을 맞아야 한다는 점, 모두가 편안히 집에 있을 늦은 밤 시간이 되어서야 일이 끝난다는 점에서 식당업과 비슷하기도 했다. 주차장 사각지대 구석구석에 담배꽁초는 왜 이렇게 널려 있는 건지, 날마다 쓸어도 끝이 없었다. 가득 찬 쓰레기봉투를 묶어서 수거 장소에 내놓고 아침 겸 점심을 먹고 나면 오전 시간이 언제 가버렸는지 모르게 지나가버렸다.

바쁠 땐 눈코 뜰 새 없다가도 그 시간이 지나면 짜증날 정도로 한가한 곳이 주차장이었다. 차들이 한꺼번에 아홉, 열 대씩 밀려들다가 몇 시간 동안 주차권 한 장 뽑아보지 못할 때도 있었다. 두 경우 다 나름대로 힘들지만 내겐 골목에 들어오는 차를 한 대도 보지 못할 때가 가장 견디기 힘들었다. 나는 되도록 빨리 넉넉하게 통장을 채운 다음 이 도시를 떠나고 싶었다. 아직 그다음은 생각해보지 않았다. 케이블 채널은 재탕의 연속이고 휴대폰을 열지 않는 한, 말 한 마디도 나눌 사람이 없었다. 그렇게 하릴없이 주차장 입구만 바라보고 있는 나에게 은성은 남양장에서 거위를 키우는 노숙자가 산다는 사실을 알려주었다. 내가 남양장을 매일 같이 넘어다보게 된 것은 그날부터였다. 거위 울음소리가 아니었다면 내가 남양장을 넘어다볼 일은 없었을 터였다. 하지만 나는 한 번도 거위를 보지 못했다.

"형, 오늘은 커피가 좀 늦었지?"

컨테이너에서 김치찌개 냄새를 빼내려고 창문을 여는데 은성이 커피를 가져왔다. 누군가를 위해 커피를 타고 음식을 만드는 것이 행복하다는 녀석이었다. 어느덧 나는 아침마다 녀석의 커피를 기다리게 되었다. 녀석이 가져오는 커피는 언제나 설탕과 프림을 마음대로 조절할 수 있다는 맥심 커피였다.

"근데 김치찌개 냄새 나는 거 보니까 내가 커피를 제때 가지고 온 거 같네. 다음부턴 항상 이 시간에 갖다줄까?"

오늘 아침에는 썰어야 할 게 유난히 많았다고 은성은 말했다. 짜장의 재료가 되는 양배추, 양파, 감자는 물론이고 깍두기 담글 무까지 썰어야 했다. 여느 중국음식점처럼 천안문에서도 아침마다 야채를 다듬고 써는 게 중요한 일이었다. 물론 은성이 하는 일은 배달이지만 그 많은 양을 주방장과 주방 아줌마 둘이서만 해낼 수는 없기 때문이었다.

은성은 내가 커피를 다 마실 때까지 기다리지 못했다. 배달이 곧 밀려들 시간이었다. 트레이드마크가 되어버린 선글라스 너머로 눈웃음을 치며 나중에 컵을 가져다 달라던 은성이 돌아가려다 말고 나를 부른 건 텔레비전을 리빙 채널로 바꾸고 났을 때였다. 텔레비전 화면에는 울창한 숲이 가득 차 있었다.

"아 참, 형! 남양장에 노숙자랑 함께 사는 거위 봤어? 내 말이 맞지?"

나는 여자처럼 하얀 피부를 갖고 있는 은성의 얼굴을 바라보며 웃었다. 뻣뻣한 수염 하나 돋은 흔적이 없는 은성의 턱을 볼 때마다 녀석의 사타구니 속이 궁금했다. 가끔씩 내 뻣뻣한 수염을 넋 놓고 바라보다 신기한 듯 수염을 만져보곤 하던 녀석이었다. 형은 나를 이해해줄 거라며 꼭 해야 할 이야기가 있다고 운을 뗐으면서도 지금껏 망설이고만 있는 은성의 이야기가 갑자기 궁금해졌다.

"아직. 소리만 들었어."

거위를 보지는 못했지만 은성의 이야기를 듣고 난 뒤부터는 나한테도 거위 소리가 들렸다. 그때부터 도심 한가운데서 거위 울음소리를 들을 수 있는 아침이 좋았다. 어렴풋한 한기를 느끼며 잠에서 깨어나려 할 때 들려오는 거위 소리는 내게 신선한 하루를 열어주곤 했다. 비록 거위를 볼 수는 없었지만 월세를 백만 원이나 내야 하는 주차장에서 깍깍거리는 소리를 듣는 순간만큼은 한 번도 살아본 적 없는 시골 풍경이 그려지곤 했다. 아담한 흙집. 작은 마당. 마당가에 감나무와 목련나무가 서 있고 그 아래 거위가 뒤뚱뒤뚱 거니는 곳. 도시에서 나고 자란 내가 거위 울음소리만 듣고 이런 그림을 상상하게 된 건 노르웨이 숲 속의 거위들을 보여준 텔레비전 덕분인지도 몰랐다.

"그럼, 노숙자 없을 때 한 번 가 봐. 멀지도 않잖아."

나는 은성이 돌아간 뒤 컨테이너를 나와서 남양장을 바라보았다. 지은 지 얼마 안 되는 샵 모텔과 푸치니 모텔 사이에 초라하게 서 있는 남양장. 창문이 모두 뜯겨 나간 남양장은 검은빛으로 흉측해 보였다. 실제로 내 주차장에 오는 손님들 가운데는 불이 난 건물이냐고 묻는 사람도 더러 있었다. 그때마다 나는 창문이며 내부 벽을 죄다 뜯어놓은 채 오래도록 비워놓은 건물을 경매 받은 사람이 누구인지 궁금했고 사람의 손길을 잊어버리고도 오랫동안 버티고 있는 남양장이 신기하기만 했다.

한참 동안 남양장을 바라보고 있는데 까치 소리가 들려왔다. 꽤나 가깝게 들리는 소리였다. 남양장의 오층부터 차근차근 눈으로 짚어 내려오던 나는 삼층에서 시선을 멈추었다. 거칠게 부서진 시멘트 벽 단면 너머에서 들려오는 소리였다. 평소와 다르게 비명 같은 거위 소리도 들렸다. 무슨 일이 일어나고 있는 것 같았다.

한동안 거위 울음소리만 들리던 남양장에서 이번에는 라디오 소리도 났다. 바로 옆의 푸치니 모텔 일층에서 월세를 사는 아이들이 창문을 열어놓았는가 했지만 그 창문들은 꼭꼭 닫혀 있었고, 왼쪽의 샵 모텔은 라디오 소리에 비해 거리가 멀었다. 라디오 소리는 남양장에서 들려오는 소리가 틀림없었다. 하지만 남양장에서는 아무것도 보이지 않았다. 거위 또한 보이지 않기는 마찬가지였다. 빈 종이상자와 신문지 따위가 가득 쌓여 있던 리어카가 텅 비어 있고 주황색 비닐이 둘러진 움막 옆에 플라스틱 양동이가 새로 보일 뿐이었다. 아마도 노숙자는 고물상에 리어카를 비워주고 시장에 들려온 뒤 비닐 움막에서 휴식을 취하고 있는 게 틀림없었다.

나도 휴식을 취하듯 잠시 비닐 움막을 바라보는데 갑자기 뭔가 반짝하는 빛이 시야를 스쳐갔다. 은행잎이 떨어지면서 아침 햇빛을 반사시킨 거였다. 그제야 나는 남양장의 흉물스러운 시멘트 기둥 사이로 비치는 가을의 거리를 바라보았다. 보도블록에는 늦여름의 독기가 사라진 햇살이 얇게 깔려 있었다. 텔레비젼의 아침 프로그램에서 만추(晩秋)라는 단어를 들은 기억도 났다. 얼마 안 있으면 은행잎이 다 진 저 거리에 맵찬 겨울바람이 불고 생명의 흔적 하나 찾아볼 수 없을 눈보라가 흩날릴 터였다.

겨울을 떠올리자 노숙자가 자리 하나는 잘 잡았다는 생각이 들었다. 적어도 지하철이나 기차역에서 자리다툼은 하지 않아도 되고 폐휴지와 고물을 부지런히 주워다 팔면 그런대로 겨울은 날 수 있을 것이었다. 언젠가 주차장 앞 골목을 담당하는 미화원이 말하기를 생활정보지 한 부의 무게는 500그램이고 돈으로는 120원이라고 했다. 생활정보지는 아침마다 가판대에 채워지고 거리에는 가게마다 내놓은 빈 종이상자와 신문지 따위가 널려 있기 마련이었다. 하지만 그마저도 경쟁이 치열한 세상이었다.

그랜저 두 대가 주차장으로 들어왔다. 한 치의 머뭇거림도 없이 주차를 하고 삼십대로 보이는 남자들이 다섯 명이나 내렸다. 모두들 감청색 양복에 넥타이 차림이었다. 그들은 차에서 내리자마자 컨테이너에서 주차권을 발급하고 있는 나를 향해 걸어왔다. 은성이 오토바이 속도를 줄이며 그들을 흘깃 쳐다보고 지나갔다.

"여기 사장님 되십니까?"

사내로서는 체구가 작은 편인 내가 보기에는 위압적인 체격들이었다. 내게 말을 건 남자는 일본의 스모 선수 같은 체격이었는데 예의바르게 허리를 굽히는 인사성이며 말투는 의외로 정중했다. 나는 주차권을 내밀다 말고 허리를 마주 엉거주춤 숙이며 남자를 쳐다보았다.

"예, 그렇습니다만."

감청색 양복의 남자와 내 눈이 컨테이너의 작은 창문 사이에서 부딪쳤다. 나는 낯선 남자들의 정체가 궁금했고 남자는 주차장을 운영하는 나를 살피는 눈치였다. 입을 굳게 다물고 쌍꺼풀 없는 눈에 힘이 들어가 있다는 게 그 증거였다. 나는 남자가 찾아온 용건을 말하기 기다리며 두툼한 그의 얼굴이 내 얼굴 크기의 두 배는 되겠다고 생각했다. 내 얼굴에서 무엇을 읽었는지, 그 순간 남자의 입가에 미소가 살짝 드리워졌다.

"저는 지난여름에 경매에서 저 건물을 매입한 사람인데, 리모델링 공사 때문에 찾아뵈었습니다. 공사를 시작하려면 아무래도 양쪽 모텔들보다 주차장에 양해를 좀 더 구해야 할 것 같아서 말이죠."

나는 재빨리 남양장 아래쪽을 바라보았다. 남양장과 이웃한 담 아래 주차 공간은 네 대를 주차할 수 있었다. 이곳은 주차장에서 가장 안쪽이기 때문에 밤늦게 출차하는 차들이 주로 주차하는 곳이었다. 천안문의 산타페와 수제화 전문점 메트로의 SM5, 퓨전 레스토랑 더 밥의 소나타와 토스트 가게 비전의 누비라가 이 자리의 오랜 주인들이었다.

이백이십여 평의 주차 공간 중에 담 아래 자리는 원래 내가 살았던 집 터였다. 방 세 개와 주방이 작은 거실을 가운데 두고 기역 자로 늘어서 있던 집. 이 집에서 아버지의 외할아버지가 세상을 떠났고 할머니가 아 버지 몰래 고리대금업자에게 집문서를 넘겼다. 집을 비울 때가 되어서 야 사실을 알게 된 아버지는 분노를 씹으며 할머니를 큰아버지에게 버 렸고 나는 그로부터 십오 년이 지난 뒤 이곳으로 돌아와 덤프트럭 다섯 대로 아버지가 지은 집을 쓸어버렸다. 지난해 들어간 철거비용이 자그 마치 삼백만 원이었다.

돈으로 환산되는 수치는 두뇌의 회전을 평소보다 배는 빠르게 한다.

"공사 기간을 얼마나 잡으실 건가요?"

아무리 위압적인 체격이라 해도 아쉬운 입장은 남자 쪽이었다. 그의 말투에서는 그런 그의 입장이 충분히 묻어났다.

"한 두어 달 걸릴 것 같습니다만."

공사 기간은 예상했던 대로였다.

남양장이 다른 사람의 손으로 넘어간 건 아버지와 친분이 두터웠던 남양장 주인이 노름에 빠지면서였다고 했다. 마침 최신식 편의시설을 갖추고 등장한 모텔에 밀린 남양장이 빛을 바래기 시작할 때여서 그야 말로 똥값이었다. 새 주인은 남양장을 사무실 겸 오피스텔로 개조하고 싶어 했다. 가능한 한 비용을 적게 들이고 싶었던 그는 일억만 주면 리 모델링을 완벽하게 해주겠다는 말에 속아 오랫동안 창문 하나 새로 끼 워 넣지 못했다. 외벽과 기둥만 남겨둔 채로 도저히 답이 나오지 않는 건물을 버리고 업자가 달아나버렸기 때문이었다.

문제는 두 달 동안 네 대분의 주차 공간이 줄어든다는 데 있었다. 또 그만큼 다른 차도 더 받을 수 없었다. 머릿속에서 계산기 두드리는 소리 로 멀미가 날 지경이었다.

"다른 곳은 주차요금을 올렸지만 저는 아직 올리지 않았습니다. 그렇 더라도 자동차 한 대당 하루 주차요금은 이만 원입니다. 거기에 곱하기 삼십 일, 곱하기 사를 하시면 답이 나올 겁니다. 소음이나 먼지 등의 피해는 제가 이해하더라도 말이죠."

그 답은 나도 구해보지 않았다. 다만 예상했던 시간보다 빨리 이 도시를 떠날 수 있겠구나 하는 생각이 들 뿐이었다. 문득 리빙 채널에서 즐겨 보았던 스웨덴이나 노르웨이의 숲들이 스쳐갔다. 그제야 내가 이 도시를 떠난 뒤 무얼 하고 싶어 하는지를 어렴풋이 알 것 같았다.

남자는 잠시 시선을 떨어뜨린 채 말이 없었다. 탐색이 잘못되지 않았다는 걸 스스로 인정하는 눈치였다. 굳게 다문 입에 힘이 들어가고 있었다. 동시에 커다란 머리도 끄떡였다.

"공사를 지금 당장 시작한다는 건 아닙니다. 일단 구청에서 허가가 떨어져야 하고 공사 준비도 해야 하고……. 그동안 조정을 다시 해주셨으면 합니다. 사실 저희가 그렇게 돈이 넉넉한 게 아니라서 말입니다."

그 말을 듣자 남자가 하려는 사업이 무엇인지 궁금해졌다. 남자는 웨딩 컨설팅 전문점을 만들 거라고 했다. 사실 남양장 앞의 거리는 웨딩의 거리였다. 녹십자 병원 옆에서부터 분수가 있는 도시의 광장 옆까지 온통 웨딩숍이 즐비했다. 그 가운데 토털 전문점이 들어선다면 몇 개의 가게가 또 죽어나갈 것이었다.

거구의 남자가 일행과 함께 돌아가고 난 뒤 나는 남양장을 바라보았다. 어디선가 까치 소리가 들려왔다. 해가 잘 비치지 않는 건물 내부는 어두컴컴해서 까치를 쉽사리 알아보기 어려웠다. 오층부터 찬찬히 살핀 뒤에야 가까스로 창문을 뜯어낸 자리에 앉아 우는 까치를 발견할 수 있었다. 나는 어둠 속에서도 검푸르게 빛나는 까치를 발견하고 나서야 노숙자와 거위를 떠올렸다.

며칠 만에 넘어다본 남양장에는 움막의 비닐이 걷혀 있었다. 기둥 역할을 했던 각목은 아직 그대로였다. 종이상자 위에 누워 있는 노숙자가 어렴풋이 눈에 띄었다. 그사이 세간도 불어났다. 전에 보이지 않던 휴대용 가스레인지와 알루미늄 냄비가 파란색 플라스틱 양동이 옆에 놓여 있었다. 거위는 여전히 보이지 않았다. 라디오 소리와 함께 깍깍 울음소리만 들려올 뿐이었다.

지난 며칠간은 남양장을 넘어다볼 마음의 여유가 없었다. 형이 아버지의 산소를 없애버렸기 때문이었다. 아버지의 산소가 주택공사의 아파트 단지로 수용이 된 건 이 년 전이었다. 도시의 변두리에 있는 산에는 교회 공동묘지도 있었다. 도시가 점점 넓어지면서 야트막한 산에 대규모 아파트 단지가 들어서게 되자 아버지도 다른 사람들처럼 어딘가로 옮겨드려야 했다. 형은 나와 의논 한마디 없이 아버지를 납골당의 공동묘지에 보내는 걸로 일을 매듭지어버렸다. 납골당의 공동묘지란 여러 사람의 뼛가루를 한데 모아 보관하는 곳이다. 나는 그런 식으로 아버지를 버린 형을 맹렬하게 비난했다.

흉측한 속살을 드러내고 있는 남양장처럼 비닐 움막을 걸고 누워있으면서도 노숙자는 태평스러운 얼굴이었다. 평범한 외모에 대한민국 남자의 보통 체격이나 될까, 이쑤시개 같은 걸로 손톱 밑을 후비는 노숙자의 손이 새까맸다. 머리도 얼굴도 물 구경을 해본 지 몇 달쯤 된 몰골이었다. 게다가 시멘트벽이 시커먼 속살을 드러내고 있는 남양장에서 겨우 종이상자나 깔고 누워서 해바라기가 대문짝만하게 그려진 그림을 등 뒤에 걸어두고 세상에서 가장 편안한 얼굴을 하고 있는 노숙자를 보자 나는 기가 막혔다. 노숙자 옆에 세워진 리어카에는 종이상자와 신문지가 가득 차있었다. 누가 봐도 당장 고물상에다 리어카를 비워주고 하이에나처럼 다시 거리의 먼지라도 뒤지고 다녀야 정상인 상황이었다. 비록 고물 값이 바닥을 기고 있긴 하지만 할 수 있는 일이 그것뿐이라면 자리를 박차고 일어나 부지런을 떨어야 마땅했다.

주차장에 오는 손님 가운데는 아이엠에프는 게임도 아니라는 손님이 많았다. 순 개털들뿐이야. 주머니가 가벼워서 쓸모없이 거리를 날아다니기만 하는 개털들. 이 말은 수제화 전문점을 운영하는 메트로 사장이 막걸리를 마시며 한 말이었다.

나는 노숙자와 리어카와 햇볕을 번갈아 바라보았다. 하지만 내겐 노숙자를 일으켜 세울 방법이 없었다. 무엇을 해도 남양장에서와 다를 것 없는 삶. 어디를 가도 남양장과 다를 것 없는 잠. 원래 체념에 절여진 몸뚱이는 돌보다 더 무거운 법이었다. 담 너머 자신을 바라보고 있는 내가 시야에 잡힐 텐데도 노숙자는 나에게 눈길 한 번 주지 않고 있었다.

나는 한참 동안 그런 노숙자를 바라보다 담에서 내려왔다. 손에 시멘트 벽돌담의 부슬거리는 모래가 묻어났다. 내가 유치원에 다닐 무렵 세워진 담이 다 늙었다는 증거였다. 담이 세워지고 난 뒤 아버지는 내가 집을 치워버린 자리에 외할아버지와 할머니를 모시고 살 집을 지었다. 그리고 시멘트 벽돌을 쌓아 지은 숭숭 바람구멍뿐인 집에서 십일 년이나 살았다.

그 조악한 집을 쫓겨나듯이 떠나던 날의 아버지 모습이 떠올랐다. 이끼 낀 바위처럼 얼굴이 굳은 아버지가 그날 한 말은 "가자."라는 한 마디뿐이었다. 할머니는 쇼핑 중독자였다. 돈을 물 쓰듯 마음껏 쓰기 위해 집을 몰래 저당 잡혔는데 아버지는 할머니를 큰아버지에게 보내고 나서도 침묵으로 일관했다. 그 뒤 아버지는 곧잘 어울리던 친구들에게 술 한 잔 사지 않고 담배까지 끊었을 정도로 지독하게 살았지만 평생 집을 마련하지 못했다.

라디오 소리는 계속해서 들려왔다. 거기에 거위 울음소리도 섞였다. 도대체 어디서 들리는 것인지 알 수 없었다. 아무리 보려고 해도 볼 수 없는 거위. 나는 고개를 숙여 모래가 부슬부슬 일어나는 시멘트 바닥을 내려다보며 감청색의 남자가 겨울이 지나고 나서 돌아오길 바랐다. 하지만 남자는 그런 내 바람을 여지없이 무너트려버렸다.

은성이 깍두기 무를 써는 날보다 빨리 커피를 가져다준 아침이었다. 예의 검정 그랜저가 불쑥 주차장을 들어오고 거구의 남자가 운전석 문을 열고 내렸다. 다섯 명의 일행이 번거로웠는지 혼자였다.

"공사는 이십 일 후부터 시작하기로 했습니다."

남자는 나를 바라보았다. 남자의 한 마디에 질문이 포함되었다는 것과 남자가 내 대답을 기다린다는 걸 어렵지 않게 알 수 있었다.

"글쎄요. 주차장은 시간을 파는 장사인데 나더러 손해를 보라는 건 좀 그렇지 않겠습니까?"

어느새 나는 또 거위를 잊어버리고 있었다. 하지만 남자도 나에게 지지 않았다.

"알지요. 그럼, 지금 배상 금액을 조정해주시고 나중에 저희 직원들 차를 여기에 월 주차시키면 어떻겠습니까? 직원들 차는 모두 다섯 댑니다."

어차피 이 동네에서 다섯 대를 한꺼번에 수용할 수 있는 곳은 내가 관리하는 주차장뿐이었다. 긴 개천을 끼고 있는 동네에는 모두 여섯 개의 주차장이 있지만 월 주차를 받지 않거나 스무 대 이상을 받지 못하는 넓이들뿐이었다.

"월 주차는 월 주차고, 당장 수입에 차질이 생기는데 손해를 보란 말입니까?"

"사장님, 그러지 마시고."

당장 무릎이라도 꿇을 듯 남자의 허리가 굽혀졌다.

"어려운 시기에 경매를 받고 공사를 시작했습니다. 저는 여기에 저의 모든 것을 올인하고 있습니다."

그러니 도와달라는 이야기를 생략한 채 남자는 고개를 숙였다.

나는 남자에게서 고개를 돌리고 남양장을 바라보았다. 창문을 뜯어낸 컴컴한 자리에서 까치가 또 울고 있었다. 그제야 노숙자는 리어카를 끌고 고물상에 갔을까 하는 생각이 들었다. 하지만 남자에게 다음 봄에 공사를 시작하라고 말할 수는 없었다. 이미 거액을 투자한 남자는 하루가 바쁜 눈치지만 나는 거위가 다가오는 겨울만이라도 남양장에서 났으면 싶었다.

옛날 남양장 일층은 아버지가 점심으로 갈비를 가끔 사주던 곳이었다. 점심을 먹고 난 뒤에는 언제나 나를 자전거에 태워주었다. 그때의 따사로웠던 햇볕을 나는 한 번도 잊어본 적이 없었다. 할머니의 유전자를 그대로 물려받은 형의 집을 나온 뒤, 일거리를 찾아 도시를 무작정 헤매다 가장 먼저 떠오른 게 아버지와 함께 자전거를 타던 한낮의 햇볕이었다. 그 햇볕은 내가 삶에서 무릎이 꺾이는 고배를 마실 때마다 나를 따뜻하게 보듬어주었다. 하지만 내가 다시 이곳으로 돌아왔을 때 우리가 살았던 집은 허물어져가고 마당은 주차장이 되어 있었다. 아버지를 그리워하던 나는 살았던 집을 허물고 넓히는 조건으로 주차장을 임대했다. 내가 서 있는 주차장은 다시 말하면 아버지의 흔적과 기억의 품 안이었다. 집은 비록 폐허가 되었지만 그 뜰에 서있는 것만으로도 집에 돌아온 느낌이었다.

하지만 남자가 내 부탁을 들어줄 리 없었다. 삼시 동안 남양장을 바라보던 나는 혼잣말처럼 중얼거렸다.

"정확히 앞으로 20일 후부터 공사를 시작한다는 말이지요?"

그제야 활짝 펴지는 남자의 얼굴이 곁눈으로도 환하게 보였다.

인터넷 옥션에는 다양한 종류의 침낭이 있었다. 트라팩 동계형 침낭, 초경량 침낭, 고급 솜 침낭, Cross 천연오리털 침낭 등 종류만큼 가격도 다양했다. 나는 그 가운데서 Cross 천연오리털 침낭을 주문했다.

컨테이너에서 살아본 사람은 안다. 철판으로 만들어진 공간이 여름에는 얼마나 덥고 겨울에는 또 얼마나 추운지를. 더위와 추위가 고스란히 전해지는 네 평 공간에서의 삶은 극기 훈련과 비교할 수 있을 정도였다. 취업 재수 생활을 접고 형 부부와의 쉽지 않은 동거를 끝낸 후 첫 겨울을 보내고 나서야 침낭을 생각해냈다. 텔레비전의 야생 로드 프로그램 덕분이었다.

남양장 옥상에 올라간 노숙자를 본 건 침낭을 주문한 날 오후였다. 시내에 잠깐 볼 일 보러 간다는 소나타를 주차하고 습관적으로 남양장을 바라보았다. 마지막 층의 창문을 뜯어낸 구멍을 통해 옥상을 서성이는 그림자가 살짝 비쳤다. 처음엔 검은 그림자가 공사에 관련된 사람일 거라고만 생각했다. 하지만 몇 발짝 다가가서 본 검은 그림자는 뜻밖에도 노숙자였다.

노숙자는 옥상에 심어진 몇 그루의 향나무 앞에 서 있었다. 향나무는 남양장 주인이 건물 준공기념으로 만들어놓은 옥상 정원의 일부였다. 남양장 주인은 나무를 심어놓은 뒤 한 번도 물을 주지 않았기 때문에 다른 나무는 모두 죽어버리고 향나무만 남았다. 그 뒤로 주인이 두 번 바뀌고 건물을 비워놓은 시간이 얼마인데 여태까지 나무는 머리 위로 하늘을 드리우고 푸르게 살아 있었다. 청명한 하늘 때문인지 그 푸른빛이 내게는 마치 노르웨이 숲처럼 보였다. 길고 넓게 풀어헤친 검푸른 머리를 가진 숲. 풀 한 포기 구경할 수 없는 주차장에 햇빛이 하얗게 쏟아질 적마다 숨이 막힐 것 같은 더위를 견디며 리빙 채널로 바꾸면 화면을 가득 채우던 숲.

　나는 그 향나무 앞에서 꼼짝도 하지 않고 서 있는 노숙자를 한참 동안 지켜보았다. 무엇 때문에 옥상에 올라간 것인지 그곳에서 무엇을 할 것인지 궁금했기 때문이었다. 사실 옥상에서 할 수 있는 일은 몇 가지 안 되었다. 그건 상상력이 빈약한 사람이라도 충분히 머릿속에 그려낼 수 있는 것이었다. 향나무와 자동차들이 달리는 거리와 멀리 산까지 경치를 감상하는 일과 향나무를 뒤로 하고 가지가 꺾어지듯 지상을 향해 뛰어내리는 것.

　노숙자의 변함없는 리어카를 아침에도 보았던 나였다. 리어카뿐만 아니라 모든 게 그대로였다. 휴대용 가스레인지, 알루미늄 냄비, 플라스틱 양동이, 거위 울음소리와 라디오 소리 등. 그 가운데서도 한심한 존재는 노숙자였다. 나는 노숙자가 왜 여태 리어카를 끌고 나가지 않은 건지 알 수 없었다.

　며칠 전 다시 주차장을 찾아온 거구의 남자는 공사를 맡아줄 업자와 함께 건물을 보러 왔다며 창문 뜯어낸 자리가 휑한 남양장을 잠시 바라본 적이 있었다. 그날은 내가 육 개월분 주차장 월세를 땅주인에게 폰뱅킹 시킨 날이었다.

　"저기에 노숙자가 살고 있던데요. 지난번에 정리해서 나가주라고 했는데 나갔는지 나가지 않았는지 그것도 가서 봐야겠습니다."

이 말은 거구의 남자가 남양장을 보러 가기 전에 한 말이었다.

원래 기차역에서 살던 노숙자가 남양장에서 살기 시작한 건 내가 주차장을 시작하기 훨씬 전부터라고 했다. 이것도 은성이 알려준 사실이었다. 천안문에서 열다섯 살 때부터 배달을 시작한 은성은 일이 끝난 뒤 애인과 함께 쏘다니지 않는 곳이 없기 때문에 도시에서 일어나는 일은 거의 모르는 게 없었다. 노숙자가 왜 거리의 삶을 살게 되었는지는 알 수 없었지만 거구의 남자가 노숙자에게 빨리 나가지 않으면 쫓아내겠다고 말했다는 것까지 알고 있는 은성이었다.

목이 뻣뻣하게 아파오기 시작할 때까지 남양장 옥상정원을 바라보고 있어도 내가 상상하는 그런 일은 일어나지 않았다. 나는 어쩌면 노숙자가 그 옥상에서 뛰어내리길 기다렸는지도 몰랐다. 하지만 노숙자는 늦가을 햇볕을 등지고 서서 하염없이 향나무를 바라보기만 할 뿐, 고개 한 번 들지도 않았다. 그의 얇은 등에 힘없는 햇살이 떨어지고 오후의 바람이 쌀쌀하게 불고 있었다. 화석처럼 서 있는 노숙자에게서는 체념이 느껴졌다. 그 모습에서 나는 외할아버지가 물려준 집을 앞장서서 떠나던 날 아버지의 등을 보았다. 아버지가 할머니에게 당신은 내 어머니도 아니라고 말하지 못한 건 아버지를 끔찍하게 아껴주었던 외할아버지 때문이었다.

나는 노숙자를 계속 바라보며 남양장에 가까이 다가갔다. 자동차 소리가 들리면 곧장 컨테이너로 달려가야 했지만 마침 주차장 앞 골목과 도로를 지나다니는 차가 한 대도 보이지 않는 시간이었다. 남양장에서는 거위 울음소리와 라디오 소리가 여전히 들려오고 있었다. 나는 남양장을 넘어다보았다. 역시 거위와 라디오는 보이지 않았다. 모든 것이 그대로인 노숙자의 보금자리 어디에 거위가 숨어 있는 것인지 도대체 알 수 없었다. 담을 붙잡은 채 옥상을 다시 올려다보았다. 엘리베이터를 설치하기 위해 바닥을 뚫어놓아 생겼다는 구멍으로 계단 끝에 서있는 노숙자의 다리와 발이 보였다. 때에 전 검정 바지와 운동화는 그때까지도 향나무 앞에서 움직일 줄을 몰랐다.

"형, 자요?"

밤늦게 찾아온 은성의 손에는 캔 맥주가 담긴 봉지가 들려 있었다. 배달을 마치고 오토바이로 시내를 한 바퀴 돌고 오는 길이라는 은성의 얼굴은 어딘지 침울해 보였다.

"그 자식이 끝내자고 하네요. 나는 아직 시작도 안 했는데……."

나는 의아한 눈으로 은성을 바라보았다. 은성은 언제나 짧은 스포츠 머리였고 오랫동안 오토바이에 단련된 팔과 다리는 나보다 더 단단해 보였다. 다만 지분을 바른 것 같은 얼굴과 수염 하나 돋아난 적 없는 턱이 나를 가끔 혼란스럽게 만들었다. 그런데 은성이 제 애인을 가리켜 그 자식이라고 했다.

"그 자식?"

"그 자식도 나를 그 자식이라고 하는데요. 나는 아직도 나를 잘 모르겠어요. 내 안에는 남자도 있고 여자도 있는 것 같으니까요."

맥주를 한 모금 마시고 난 은성이 입가를 닦으며 말했다.

어느 날보다 술이 잘 받는지 은성은 단숨에 한 캔을 비우고 담배를 빼물었다. 그리고 한 모금 깊게 빨더니 연기를 내뿜느라 남양장 쪽으로 향해 있는 창문을 열었다. 매캐한 연기가 은성의 여릿한 목소리와 함께 어둠 속에 잠겨 있는 남양장 쪽을 향해 날아갔다.

"형! 나는 진짜 집을 갖고 싶었어요. 베고니아 화분을 창문 밖에 내걸고 그 자식이랑 커피를 함께 마시고 싶었어요."

나도 은성을 따라 맥주를 비우고 담배를 빼물었다. 방충망으로 들어오는 찬바람에서 가까이 다가온 겨울의 냄새가 났다. 찬바람이 이마에 고스란히 느껴졌다. 남양장의 노숙자는 자신의 체온으로 바닥을 데우며 겨우겨우 잠을 잘 것이었다. 그나마 곁에 있는 거위가 노숙자에게는 위로가 될 것이 틀림없었다. 그 남양장 담 아래 공간에 어둠이 그윽하게 주차되어 있었다.

자정 무렵 주차장 안쪽의 등을 끄는 것으로 또 하루의 일과가 모두 끝났다. 남양장 옥상 높이의 샵 모텔과 푸치니 모텔의 간판 불빛 덕분에 주차장은 마치 달이 구름 속에 숨은 밤 같았다. 나는 그 어스름 빛을 밟으며 남양장으로 갔다.

완벽하지 않은 도시의 어둠 덕분에 구석에 있는 노숙자의 자리가 희미하게 보였다. 움막은 엉거주춤하게 펼쳐져 있었고 라디오 소리는 들리지 않았다. 거위도 조용했다. 꽤 쌀쌀한 밤인데도 노숙자는 깊이 잠들어 있는 것 같았다. 나는 발소리를 최대한 죽이고 노숙자에게 다가갔다. 음습하고 차가운 남양장의 어둠에서는 가까이 임박한 노숙자의 체크아웃 시간이 느껴졌다. 그 전에 거위를 보아야만 했다. 어쩌면 나는 노르웨이 숲을 뛰어다니는 거위를 보기 위해 아버지가 살았던 집에 다시 돌아온 건지도 몰랐다.

고물이 가득 실린 리어카 옆에 서자 넓게 펼쳐놓은 종이상자 위에 길게 잠든 노숙자와 푸치니 모텔과 이웃한 벽 쪽에 비스듬하게 펼쳐진 움막이 어렴풋이 보였다. 아무래도 거위는 비닐 움막 속에 숨겨져 있을 것 같았다. 나는 노숙자의 세간 사이에 잠긴 어둠을 조심스럽게 더듬어 나갔다. 냄비가 내 발에 채인 건 세 번째 걸음을 내딛을 때였다. 와당탕! 그 순간 한 번도 보지 못했던 거위가 화드득 날갯짓을 하며 나를 향해 머리를 들었다. 움막에서 노숙자가 벌떡 일어선 것과 동시에 짧은 스포츠머리가 불쑥 나타났다. 거위는 그 순간 어둠 속에서 달빛처럼 날아올랐다. 난 거위를 붙잡으러 허공으로 몸을 날렸다.

숙성돼야 자신만의 향기를 가질 수 있다

초등학교 6학년. 여름방학을 외가에서 보내던 어느 날. 앞 뒷장이 모두 뜯겨나가 제목도 알 수 없는 한 권의 소설을 읽었다. 그 책이 소설가 박완서 님의 《나목(裸木)》이었고 《여성동아》 장편소설 공모의 당선작이란 것을 알게 된 것은 오랜 시간이 지난 후였다.

아름다웠다. 그 무렵의 난, 활자 중독처럼 눈에 보이고 손에 잡히는 모든 것을 읽었다. 집 밖에서 들리는 아이들의 자치기 소리, 고무줄놀이, 땅따먹기 환호성 따위는 나를 자극하지 못했다. 오직 모든 관심과 호기심은 무엇인가를 '읽는' 것이었다. 그리고 꿈을 꾸었다.

삶은 녹록치 않았다. 가파른 능선을 올랐다 생각했을 땐 분명 대가를 요구했고, 지금이 바닥이야 생각했을 땐 천 길 낭떠러지로 곤두박질 쳐 가고 있었다. 그럴 때마다 할 수 있는 유일한 일은 멀리서 타자의 시선으로 '나'를 바라보는 일이었다. 그리고 아프고 있던 어린 이마를 짚어주던 아버지의 손길을 느꼈다. 삶의 갈피마다 절망이 나를 감쌀 때 유일한 위로는 '쓰는' 것, 그리고 '쓸 수 있다'는 것이었다.

몇 년 전 문득, 내 어린 날의 꿈이 생각났다. 어디에서나 당당하게 '소설가'가 꿈이라 말하던 어린 나를 떠올렸다. 대학 시절, 오리아나 팔라치의 《한 남자》라는 소설에 빠져 빼곡하게 필사하던 대학노트도 생각이 났다. 그리고 그해 늦가을부터 소장하고 있던 모든 책들을 다시읽기를 시작하며 쓰고 지우며 또 썼다. 매번 본선에 오르며 탈락하는 시간은 내게 '겸손'과 '깊이'를 알게 했다. 혼자 있는 시간은 많아졌고 전화기를 꺼두는 일도 잦아졌다. 그리고 알게 되었다. 세상의 모든 것은 '때'가 있다는 것. 숙성되어 녹아들어야 비로소 자신만의 향기를 가질 수 있다는 것.

먼 길을 돌아왔다. 여기까지 오는데 혼자의 힘은 아니었다. 삼십 년이 넘은 시간 동안 그림자처럼 나를 지켜봐주던 화가 이준석 선배, 피붙이 같은 차정연 박사. 마음의 안식을 준 김경주 교수님, 그리고 살아오는 동안 내 삶 속의 부처였던 나의 가족, 홀로 계신 어머니와 네 명의 자매들, 글 감옥이 무엇인지를 깨닫게 해준 존경하는 친구이자 소설가인 송은일, 이은유의 자극과 격려, 보살핌이 없었다면 지금의 나는 이루어지지 못했을 것이다. 지면을 빌려 고마움과 감사의 마음을 전한다.

또, 무엇보다 어린 '나'와의 약속을 지킬 수 있도록 치명적인 도움을 주신 박혜강, 조진태 심사위원님. 선정에 누(累)가 되지 않도록 첫 마음을 잊지 않을게요. 감사합니다.

수상의 기쁨을 아버지께 엎드려 바친다. 내 모든 '지금'은 당신으로부터 비롯되었어요.

완벽함보다 장래성에 주목을 둔 선택

신춘문예 심사는 신인을 뽑는다는 점에서 참신성을 중요시한다. 또 당선자의 장래성에도 무게를 두게 된다. 한 가지를 더 거론하자면, 소설 (단편소설)의 특징을 얼마나 잘 이해하고 또 형상화하느냐를 살펴보는 것이다.

이번 응모작들을 받아보기 전에 기대가 컸던 게 사실이다. '혼용무도 (昏庸無道)'가 올해의 사자성어로 뽑혔다는 언론보도를 접하고 나서, 시대상을 반영하는 소설이 많을 것으로 예상했기 때문이다. 물론 메르스 사태, 세월호 사건 등이 거론된 작품이 있긴 했지만, 상당수의 작품 들이 어디선가 들음 직한 평범한 일상이나 생각들을 반복해서 중얼거 리거나 고백하는 투였다. 이런 작품들은 대체적으로 환상적이기 십상 이며 서사(이야기)가 실종되는 경우가 허다하다. 소설은 '옛날의 설화 나 서사시를 바탕으로 근대에 발달한 문학 양식'이라는 점에 주목해주 었으면 좋겠다.

본심에 오른 작품은 〈샷〉, 〈복어〉, 〈거위의 집〉이었다.

〈샷〉은 구성이나 이야기의 소재가 신선했다. 그런데 특정 지역의 방 언을 남발하여 의미가 제대로 전달되지 않는다는 치명적인 단점을 갖고 있었다. 방언은 향토성을 드러내야할 경우 등을 제외하고 함부로 사용 하지 않는 게 좋다는 생각이다. 이야기가 잘 전달되지 않으면 감동을 주 지 못한다거나 감소시키는 결과를 낳는 법이다.

〈복어〉는 응모자가 좋은 이야기꾼이라는 느낌이 들었다. 이 작품 속에는 복어와 요리에 대한 이야기들이 집중적으로 펼쳐지고 있었다. 황복은 '맛' 외에도 '독'을 상징하고 있었으며 결국 '복수'로 발전된다. 그런데 복어에 관한 설명들이 백과사전을 인용한 듯하여 참신성이 떨어진다는 게 결점이었다. 또 하나의 지적은, '문학(소설)은 언어로 사상이나 감정을 표현하는 것이다'라는 명제를 잊지 않았으면 한다.

〈거위의 집〉은 몰락한 가족사와 폐건물에서 지내는 노숙자를 소설의 소재로 삼고 있었다. 약간 식상하다는 느낌이 들기도 했으나, '뒤뚱거리며 걷는 거위'를 통해서 주인공의 꿈을 제시하고 있다는 점이 호감을 갖도록 만들었다.

단점이 없었던 것은 아니다. 한 가지만 들자면, 주제를 끌어가는 힘이 부족했다. 우리는 진정으로 하고 싶은 말이 가슴 속에 똬리를 틀고 있기 때문에 소설이라는 그릇을 빌어 이야기하고 있는 게 아닐까?

이런저런 고심 끝에, 범현이 응모자의 〈거위의 집〉을 당선작으로 골랐다. 완벽함보다 장래성에 주목을 둔 선택이었다. 더욱 정진하면 좋은 이야기를 낳게 될 것이다. 당선인의 건필을 빈다. 축하드린다.

문화일보 최정나

1974년 서울 출생.
숙명여대 영문과 졸업.
명지대학교 대학원 문예창작과 석사과정.

나무로 된 도마는 개 한 마리가 다 놓이고도 남을 만큼 컸다. 머리와 내장이 제거된 개가 모로 누웠다. 뻣뻣해진 네 개의 다리가 허공에 들렸다. 발톱 몇 개가 떨어져 나간 게 여자가 서 있는 곳에서도 보였다. 노부가 왼손으로 갈빗대를 잡고 넓적다리 안쪽에 식칼을 꽂았다. 손놀림이 능숙했다. 순식간에 몸통에서 다리가 잘려 나왔다.

문화일보

전에도 봐놓고 그래

최정나

　노모는 거실에 웅크리고 앉아 졸고 있었다. 텔레비전에서는 기독교 방송이 나왔다. 목사의 말끝마다 탄성을 내지르는 성도들을 카메라가 훑고 지나갔다. 거실에 들어선 여자가 노모의 손에서 빠져나온 리모컨을 집어 텔레비전을 껐다. 집 안이 고요해지자 노모가 눈을 떴다. 여자와 그 뒤에 서 있는 남자를 바라보던 노모는 두 눈이 휘둥그레져서 일어났다. 껑충하게 올라간 바짓단 밑으로 붉은색 내복이 삐져나왔다. 절반쯤 드러난 종아리엔 살비듬이 껴 있었다. 노모가 허둥대며 다가가 여자의 목을 끌어안았다. 여자의 목 뒤에서 노모의 손가락이 단단하게 겹쳐졌다 풀어졌다. 얼굴이 붉어진 여자가 헛기침을 했다. 노모가 남자를 향해 두 팔을 벌렸을 때 남자는 케이크 상자를 바닥에 내려놓았다. 남자의 등을 물끄러미 바라보던 노모는 불쑥 여자에게 다가가 리모컨을 빼들었다.

　"설교 중에 끄면 벌 받는다." 노모가 말했다.

　"잘 지내셨어요? 엄마?" 남자가 물었다.

　"손님들은 언제 오세요? 어머니?" 여자가 물었다.

　"돈 들여서 저런 건 뭐하러 사왔냐?" 노모가 케이크 상자를 가리켰다.

"아버지 생신인데 있어야죠." 남자가 형광등 스위치를 올렸다.

"아껴야 한다." 노모가 형광등 스위치를 내렸다.

여자가 케이크 상자를 가지고 주방으로 갔다. 노모도 따라갔다. 식탁 위는 어수선했다. 그릇과 된장병이 여러 개 나와 있었고 플라스틱 반찬통엔 약봉지가 수북하게 쌓여 밖으로 흘러넘쳤다. 노모는 무엇을 해야 할지 모르겠다는 표정으로 여자의 움직임을 주시했다. 여자가 싱크대 선반에서 물 잔을 꺼내자 노모는 그제야 생각났다는 듯 가스레인지에 주전자를 올렸다.

"조금만 기다려라, 새아가." 여자가 쳐다보자 노모가 다시 말했다.

"물말이다. 이게 느릅나무 거죽을 끓인 거다. 그러니까 이걸 마셔라. 찬물을 마시면 콜레스테롤이 혈관에서 그대로 굳는다. 뜨거운 걸 마셔야 혈관에 붙은 기름기도 쏙 빠지고, 게다가 느릅나무는 염증에도 좋단다. 나도 너 때는 그걸 모르고 찬물을 하루에 한 통씩 마셨지 않았겠냐? 텔레비전에서 박사님이 하는 말을 들었으니까 알았지. 안 그랬으면 혈관이 다 굳을 뻔했다."

냉장고 옆에 쌓인 빈 생수병을 내려다보던 여자가 인상을 찡그렸다.

"아니다. 너, 내가 어디 전봇대 밑에 가서 주워온 줄 알지? 아버지가 약수터에서 매일 떠 오신다. 병을 버리고 가는 사람들이 그렇게나 많다는구나. 아버지도 너처럼 찬물을 좋아하셨잖냐? 그런데 요즘은 이것만 드신다. 아버지가 떠오는 물은 밥 지을 때 쓴단다. 그게 건강에도 좋다."

주전자 밑바닥에서 물 끓는 소리가 났다. 물 잔을 쥔 노모의 약지가 살짝 들렸다. 여자는 물 잔을 입에 대는 척하다 내려놓았다.

"왜, 뜨겁냐? 호호 불어가며 마셔라. 그래야 혈관에 들러붙은 기름이 싹 다 떨어져 나간다."

"약재엔 부작용도 있어요. 어머니."

"그게 무슨 말이냐?"

"몸에 맞지 않으면 더 안 좋아질 수도 있고요."

"내가 말하는 게 아니야. 공부 많이 하신 박사님께서 말씀하신 거야.

신문에서도 봤는데 그러는구나.”

“손님들은 언제 오시는 거예요?”

“올 때 되면 오겠지.”

“몇 분이나 오시는 거예요?”

여자가 물었을 때 남자가 화장실에 들어갔다.

“소변이냐?” 노모가 소리쳤다.

남자는 대꾸하지 않았다. 노모가 화장실에 다가가 문에 귀를 붙였다.

“대변이냐?”

남자의 한숨 소리가 들렸다.

“휴지도 아껴야 한다. 알고 있지?”

여자는 노모의 비틀어진 목에 사선으로 난 주름을 바라보다 고개를 돌린 노모와 눈이 마주쳤다. 미소 짓는 여자의 얼굴이 한쪽으로 틀어졌다.

“몇 분이나 오시는 거예요. 어머니?”

“가만있어봐라, 내가 병원에서 받아 온 게 있는데 그게 아주 유용하다.” 노모가 약봉지 사이에서 종이 한 장을 빼들었다.

“읽어봐라. 얼마 전에 병원에서 준 거다. 밑을 닦을 땐 앞에서 뒤로 닦아야 한다. 세균이 자궁으로 들어가면 안 되니까 말이다. 내가 그걸 모르고 반대로 닦아서 고생이 많았다. 너네도 비데 놓았냐? 나는 너네가 사준 비데 쓰다가 치질에 걸린 줄도 몰랐다. 다 의사 선생님이 가르쳐 주니까 알게 된 거다. 몰라서 좋아했지. 정말 무식했다. 너도 쓰면 안 된다. 알아들었냐? 알고 있지?” 노모가 종이를 건넸다.

“그게 무슨 말씀이세요? 비데하고 치질하고 무슨 상관이라고요?”

“생각해봐라. 비데를 쓰면 휴지를 안 쓰지 않냐. 휴지를 안 쓰면 항문에서 피가 나는지 치질이 빠졌는지 알 수가 없지 않냐? 휴지를 써야 금방 아는데 그걸 안 쓰니까 치질이 걸린 줄도 모르고 살지 않겠냐? 그렇지? 그러니까 한번 읽어봐라. 거기 다 나와 있다. 이런 걸 많이 알아야 한다.”

“음식 준비는 어떻게 할까요?” 여자가 몸을 돌려 노모의 시선을 피했다.

"못 봤냐? 아버지가 마당에 계신다."

"날도 추운데 또 보신탕이에요?"

"그래도 오늘은 날이 푹하다. 은혜지 뭐냐. 이것 좀 가져다주고 오너라. 아니다. 그러지 말고 인제 그만 들어오시라고 해라. 날이 암만 푹해도 오래 계시면 감기 들린다." 노모는 건네려던 물 잔을 자신의 가슴께로 말아 넣었다.

노부는 노란 들통 앞에 쭈그리고 앉아 있었다. 들통 안에는 국이 끓었다. 구수하고 누릿한 냄새가 주변에 떠돌았다. 노부가 국자로 기름을 걷어내 마당에 뿌렸다. 붉은 국물이 시멘트 바닥에 스며들어 마당에 얼룩이 졌다. 남자가 들통을 들여다봤다.

"늦었구나." 노부가 국자로 탕국을 휘저었다.

"죄송해요."

"아니다. 내일 안 오고 오늘 왔으니 다행이다."

남자가 어색하게 웃었다.

"생신인데 아버지가 음식을 차리세요?"

"그럼 누가 차려 주냐?"

"나가서 드시면 편하죠."

"니들 주려고 잡아왔다. 잡느라 애먹었어."

"사오면 되지, 왜 애를 먹어요?"

"말도 마라! 며칠 전에 개를 보러 갔는데 말이다. 내가 이놈을 점찍어 두고 백숙까지 고아 먹이지 않았냐? 토실하게 살이 올랐다기에 어제 잡으러 갔는데, 이번에 통장이랑 간 게 화근이다. 그놈이 내 개에 눈독을 들이더라 이 말이다. 귀한 것엔 원래가 액이 끼는 법이다. 그래도 안 나눴으니 다행이다. 우리가 맛있게 먹으면 된 거다. 개장수가 깨끗하게 잡아서 핏물까지 싹 빼줬지 뭐냐. 니네 주려고 하는 거지, 니네 아니면 하지도 않는다." 노부가 흐뭇한 표정으로 들통 안을 들여다봤다.

"안 드시는 분들도 계시잖아요?" 멀찍이 서 있던 여자가 껴들었다.

"너나 안 먹지, 다들 좋아한다."

"이제 저이도 안 먹기로 했어요."

"쟨 이거 좋아한다. 니가 안 먹는다고 쟤까지 못 먹냐?"

노부가 막걸리병을 들고 일어나 마당 이쪽저쪽에 술을 뿌리며 고함쳤다.

"고수레다, 고수레에!"

들통 앞에 앉은 노부가 개고기를 도마에 올렸다. 나무로 된 도마는 개 한 마리가 다 놓이고도 남을 만큼 컸다. 머리와 내장이 제거된 개가 모로 누웠다. 뻣뻣해진 네 개의 다리가 허공에 들렸다. 발톱 몇 개가 떨어져 나간 게 여자가 서 있는 곳에서도 보였다. 노부가 왼손으로 갈빗대를 잡고 넓적다리 안쪽에 식칼을 꽂았다. 손놀림이 능숙했다. 순식간에 몸통에서 다리가 잘려 나왔다. 엉치뼈, 등뼈, 갈빗대가 부위별로 분리됐다. 노부가 차례대로 살점을 발라 큼직하게 찢었다. 양념에 무친 살점과 남은 뼈들은 다시 들통으로 들어갔다. 도마에 넓적다리만 남았을 때 노부는 크게 숨을 몰아쉬었다. 다리 안쪽에서 조심스레 살점을 저며 입에 넣었다.

"잘 익었다. 이건 수육으로 먹자."

노부가 다시 살점을 발라 남자에게 건넸다. 남자가 입을 벌렸다. 노부의 기름진 손가락이 남자의 턱에 닿았다.

"어떠냐?"

"육질이 살아 있는데요." 남자는 손으로 턱을 닦았다. 기름이 가로로 번졌다.

"불알도 먹어볼 테냐?"

"어휴, 그건 아버지 드세요."

"너도 먹어봐라." 칼을 쥔 노부의 손이 움찔거렸다. 여자가 몸서리치며 고개를 저었다.

"다 됐다. 이제 놔두면 된다."

노부는 무릎을 양손으로 짚고 일어나 담장으로 걸어갔다. 담장은 노부의 허리춤 높이였다. 마당 안쪽에서 자라난 담쟁이넝쿨이 외벽까지 줄기를 틀어 담장은 붉은 잎으로 뒤덮였다. 줄기에 달라붙은 마른 잎사귀가 작은 바람에도 들썩거렸다. 노부가 담장에 몸을 붙이고 서서 골목길을 살폈다. 노부의 몸이 넝쿨을 눌렀다. 잎사귀가 바스락대며 줄기에서 떨어져 나왔다. 움켜진 손가락처럼 생긴 잎사귀 몇 장이 허공에서 갈지 자를 그렸다. 소리에 놀란 개가 제집 밖으로 나왔다. 개는 페키니즈와 누런 개의 잡종이었다. 오래전 동네를 오가던 유기견이었는데 대문 안으로 들어와 나가지 않았다고 노부가 말했다. 개가 노부의 다리에 매달리며 꼬리를 흔들었다. 목줄이 짧아 움직일 때마다 줄이 팽팽하게 당겨졌다.

"언제들 오려나?"

"누가 와요?" 남자가 물었다.

"누구긴 누구냐? 작은아버지랑 둘째, 넷째 작은아버지네지. 올 사람이 또 있냐?"

"그냥 생신인데 뭘 다 부르셨어요?"

"생신이 뭐, 그냥 생신 특별 생신 따로 있냐?"

"사촌들이랑 제수씨들도 오겠네요."

"부모가 움직이는데 자식들이 모셔야지!"

"귀찮아해요."

"닦아야겠다." 노부가 평상을 가리켰다.

"여기서 드시게요?"

"개는 밖에서 먹어야 제맛이다."

"추운데요."

"가을인데도 춥냐?"

"아버지도. 이제 겨울이죠."

"지하실에 가서 파라솔이나 좀 꺼내 와라."

"파라솔은 뭐하게요?"

"평상에 파라솔 꽂고 그 위에 비닐이라도 씌우면 되지 않냐?"

"어머니가 감기 걸린다고 그만 들어오시래요." 여자가 말했지만 아무도 대답하지 않았다.

남자는 지하실 문을 열고 들어서다 장도리에 발이 걸렸다. 휘청대던 남자가 이내 중심을 잡았다. 여자도 남자를 따라 들어갔다. 퀴퀴하고 습했다. 어둠이 눈에 익을 때까지 기다렸다가 남자가 형광등을 켰다. 촉낮은 전구가 노랗게 빛났다. 쪽창 아래 네 개의 운동기구들이 나란히 놓여 있었다. 발판이나 손잡이가 고장 난 것들이 대부분이었다. 남자는 복지관에서 버린 것들을 옮겨오는 노부를 이해할 수 없다며 투덜댔다. 기구들은 몇 십 년 동안 한 번도 쓰지 않은 것처럼 보였다. 고장 난 곳엔 철사나 노끈이 둘둘 말려 있었다. 칠이 벗겨진 데는 기름을 먹여놓았다. 누런 기름이 흐르던 채로 진득하게 굳었다. 날개가 부러진 선풍기나 오래된 텔레비전 같은 것들은 김장용 비닐에 싸여 있었다.

"당신, 개고기 먹을 거야?" 여자가 남자에게 바짝 다가섰다.

"왜 그래?" 남자가 바닥에서 파라솔을 찾아냈다.

"개를 어떻게 죽이는지 몰라서 그래?"

"그렇게 다 따지면 먹을 게 없어."

"쇠파이프로 머리를 후려 패잖아? 그것도 다른 개들이 보는 앞에서. 저번에 봐놓고도 그래?"

"원래 그래."

"그렇게 원한을 가지고 죽은 애들이 몸에 좋을 리 없어."

"아버지가 정성 들여 끓이니까 몸에 좋을 거야."

"쟤넨 힘없는 애들이라고."

"우리도 힘없어."

남자가 파라솔에 묻은 먼지를 손바닥으로 털었다. 먼지가 일자 남자는 눈살을 찌푸렸다. 여자도 뒤로 물러났다. 남자는 플라스틱 의자 위에 파라솔을 겹쳐 들고 밖으로 나갔다. 뒤뚱대며 계단을 오르는 뒷모습을 여자가 바라봤다. 남자가 시야에서 사라질 때까지 여자는 움직이지 않았다.

노란 불빛이 여자 아래 그림자를 만들었다. 여자는 자신의 그림자를 응시했다. 여자의 머리 높이에 달린 쪽창으로 남자의 다리가 지나갔다. 노부의 다리도 스쳤다. 여자는 박제품처럼 놓인 운동기구를 피해 쪽창 가까이 다가갔다. 흙물이 들이쳐 생긴 물 자국이 벽면을 타고 흘렀다. 자국은 누렇고 얼룩덜룩했다. 그 위에 곰팡이가 슬었다. 여자가 사방 벽을 둘러봤다. 벽면엔 실금이 나 있었다. 뿌리처럼 뻗은 틈이 아래로, 옆으로, 위로 퍼져나갔다. 여자가 뒷걸음쳤다. 시멘트 더미가 떨어져 나간 곳 안쪽에서는 붉은 흙이 삐져나왔다. 흙은 시멘트를 밀어내며 구멍을 키웠다. 구멍을 비집고 넝쿨 줄기가 나왔다. 줄기는 흡착근을 벽에 붙이고 자라났다. 여러 개의 넝쿨손이 벽을 휘감았다. 여자가 쫓기듯 지하실을 빠져나왔다.

남자는 평상에 파라솔을 고정했다. 파라솔은 평상에 비해 턱없이 작았다. 노부가 비닐막을 덮어씌웠다. 담장 밖에서 몸집이 작은 노파가 그들의 모습을 지켜봤다. 노파는 눈꼬리가 늘어져 매서웠다. 여자와 눈이 마주치자 노파는 굽은 등을 보이며 어디론가 사라졌다. 현관문이 열리며 노모가 걸어 나왔다.

"아이, 이게 다 뭐예요?"

노모가 마당을 휘둘러봤다. 여자는 평상 위에 놓여 있던 마른걸레로 플라스틱 의자를 닦기 시작했다. 노모가 이쪽저쪽 오가며 말을 건넸지만 노부와 남자는 귀먹은 사람들처럼 아무 말도 하지 않았다. 여자가 구두를 벗고 평상에 올라갔다. 마른걸레로 먼지를 털어내는 여자에게 노모가 소리쳤다.

"너, 그런 신발을 신으면 안 된다. 넘어진다. 얼마 전에 내가 그런 신발을 신었다가 미끄러져서 얼마나 고생했는지 아냐? 아직까지도 쑤신다."

노모가 자신의 허리에 손을 가져다 댔다.

그들 셋은 여자가 벗어둔 삼 센티미터 굽 달린 구두를 바라봤다. 여자도 자신의 구두를 내려다봤다.

"엄마는 그러니까 왜 어울리지도 않는 신발을 신어요?" 남자가 말했다.

"그 신발은 벗어두고 가거라. 너 발이 몇이냐?"

"괜찮아요. 어머니."

"아니다. 안 된다. 그런 신발은 아예 거들떠보지도 말아야 한다."

"뭐, 별로 높지도 않은데?" 비닐막을 고정하던 노부가 말했다.

"모르는 소리 말아요. 저런 신발이 사람 잡아요. 말해봐라. 발이 몇이냐? 이백사십이냐? 신발을 준 이가 이백사십이던데, 너도 그렇지?" 노모가 해맑게 웃었다.

"커요. 어머니. 저번에 주신 것도 컸어요."

"운동화는 괜찮다. 조금 커도 끈을 단단히 매면 된다. 그건 여기에 벗어두고 가거라. 아니다. 여기서 이럴 게 아니라 얼른 들어가자."

앞장서 걷던 노모가 뒤돌아서서 소리쳤다.

"빨리 들어오세요. 감기 걸리면 약값이 더 들어요."

"들어가봐라. 신발 하나 생기겠구나." 노부가 어정쩡하게 서 있는 여자에게 말했다.

"저도 들어갈래요." 남자가 말했다.

노모는 작은 방을 향해 굼뜨게 걸었다. 남자가 결혼한 후에 작은 방은 노모의 물건을 쌓아두는 창고로 쓰였다. 노모가 방문을 열자 고릿하고 누릿한 냄새가 냉기에 딸려 나왔다. 열린 틈새로 실타래 같은 것이 얼크러져 나왔다. 노모가 몸을 비틀어 방으로 들어갔다. 안쪽에서 부스럭대는 소리가 들렸다. 남자가 손잡이를 비틀었다.

"아니다. 여긴 들어오지 마라." 방에서 노모가 소리쳤다.

"거긴 엄마 비밀 창고다. 나도 못 들어간다." 노부가 웃을 듯 말 듯 한 표정을 지었다.

"저 방에 뭐가 있는데 그래요?"

"난들 아냐? 얻어온 옷들이 산더미처럼 쌓였을 테지. 저번에는 거기서 나방이 나왔다."

"나방이라니요?"

244

"여름에 말이야. 이만한 게 나왔어." 노부가 주먹 쥔 손을 내보였다.

"아버지도 참, 옷은 어디서 난 거래요?"

"나도 모르지, 죄다 쓸모없는 것들인데 신당을 차렸다."

"그럼 교회에 갖다주지 그래요?"

"하나님이 달래도 안 줄걸. 그냥 놔둬라. 시끄러워지면 나만 힘들다."

한참 후에 발그레한 얼굴로 방에서 나온 노모는 손에 움켜쥐었던 대여섯 벌의 옷을 바닥에 펼쳐놓았다. 목이 늘어나거나 색이 변한 것들이었다. 남자가 힐끔대다 텔레비전 채널을 바꿨다. 뒤축이 닳고 발볼이 해진 운동화는 여자의 손에 들렸다. 여자가 멍한 표정으로 운동화를 내려다봤다. 노모가 보풀이 인 보라색 스웨터를 남자의 몸에 이리저리 대보았다.

"입어봐라. 이건 너한테 참 잘 어울리겠다."

"그런 거 입으면 사람들이 쳐다봐요."

"가끔 이런 것도 입어야 기분 전환이 된다. 돈도 아끼고 일석이조지?"

"필요하면 사야죠."

"이것도 다 비싼 거야. 만져봐라, 아주 보들보들한 게 따뜻하겠지?"

"집에 다 있어요."

"샀냐?"

"샀죠."

"그냥 가져가라." 노부가 슬그머니 일어나 종이봉투를 들이밀었다.

"싫다는데 그러세요."

"너는 괜히 그러는구나. 이거 다 좋은 거야."

"그게 다 어디서 난 거예요?"

"앞집 엄마가 백화점에서만 산다더라. 한 번 입고 맘에 안 들면 안 입어."

"십 년은 됐겠네." 남자가 혀를 찼다.

"전도한다고 가서 집안일까지 다 해주고 저런 걸 받아온다." 노부가 말했다.

"집안일까지 해줘요?"

"전도하면 교회에서 한 명에 이만 원씩 준다더라."

"당신도 그걸로 먹고 입잖아요." 노모가 말했다.

"그게 다 자식들 욕 먹이는 일이에요." 남자가 나무라듯 말했다.

"모르는 소리 마라. 거기는 집이 아주 따끈따끈하다. 아버지가 니들 올 때만 집에 불 때지. 나 있을 때는 불 안 땐다. 아주 으슬으슬해. 가서도 일 많이 하는 줄 알지? 안 한다. 그냥 빨래만 해준다. 손빨래하는 것도 아니고 세탁기가 다 알아서 해주는데 뭐가 어렵냐. 널고, 걷고, 개고, 그게 끝인데 어렵지 않다. 힘든 건 나도 못한다. 게다가 갈 때마다 만 원씩 돈도 주는데, 이게 일석 몇 조냐? 나도 예전엔 일도 하고 살림도 해봐서 그 마음 잘 안다. 서로 돕고 살면 좋은 것 아니냐? 게다가 우리도 좋고 니들도 좋고."

"며느리도 일하는데 거긴 안 가잖아?"

"행사장은 요즘 안 가세요?" 여자가 화제를 바꿨다.

"안 간다." 노모가 대답했다.

"뭘 안 가? 요즘에도 간다." 노부가 말했다.

"행사장이라뇨?" 남자가 물었다.

"싸구려 물건 가져다 비싸게 파는 데 있지 않냐? 노인들이 돈을 엄청 쓴다더라."

"거긴 아들 같은 청년들이 어깨도 주물러준다. 친절한 데다 갈 때마다 휴지도 하나씩 나눠준다. 옥장판에 누워 있으면 찜질방이 따로 없으니 몸도 풀리고, 따끈하고, 그만한 게 없다."

"백만 원이나 주고 옥장판을 샀으니까 그렇지."

"백만 원이요?" 남자가 놀라 물었다.

"아들 같은 청년들이라면서요? 어머니." 여자가 물었다.

집 안은 점점 어두워졌다. 창문엔 간유리가 끼워져 있었고 그 때문에 창을 투과한 흐릿한 석양빛이 거실의 어둠에 섞여들었다. 선반엔 주민센터에서 받은 표창장과 상패가 놓여 있었다. 노부가 물걸레로 먼지를 닦았다. 남자와 여자의 결혼사진도 닦았다. 사진 속에서 여자는 조금 놀란 표정으로 정면을 응시하고 있었다. 여자의 얼굴 위로 물걸레가 지났다. 남자는 오락 프로그램을 보며 킥킥 웃었다. 웃을 때마다 모로 누운 남자의 한쪽 다리가 허공에 들렸다. 남자를 바라보던 여자가 흠칫 놀라 눈을 돌렸다. 여자는 화면에 시선을 두었지만, 텔레비전을 보고 있지 않았다. 노모는 멍하니 앉아 유리창을 바라보다가 갑자기 일어나 주방으로 들어갔다. 소쿠리 한가득 귤을 가지고서 다시 나왔다. 주먹만 한 귤은 껍질이 다 말랐다. 노모가 귤을 집어 하나씩 건넸다. 노부가 손을 저었다. 여자도 고개를 흔들었다. 남자는 귤을 받아들었다. 노모가 남자를 주시했다. 남자가 껍질을 깠다. 노모가 침을 삼켰다. 남자가 과육에 붙은 하얀 실을 떼어냈다.

"귤은 그 흰 부분을 다 먹어야 한다. 나도 니 나이 때는 흰 거를 다 까냈다. 그땐 너무 몰랐다. 지금이라도 이렇게 알았으니 얼마나 다행이냐? 그게 피를 맑게 해준다. 뿐이냐? 암도 없애주고 숙변도 제거해주고 피부도 좋게 한단다. 너는 까지 말래도 그렇게 까니?"

남자는 대답하지 않았고, 노모는 다시 시무룩해졌다. 두 눈을 끔뻑대며 옷가지를 바라보던 노모는 자신의 방문 너머 어딘가를 응시했다.

"손님들이 늦으시네요." 여자가 시계를 바라봤다.

"고기가 많은데 무슨 걱정이냐?" 노부가 말했다.

"고기도 다 됐는데 언제까지 기다리고만 있어요?" 남자가 간유리를 쳐다봤다.

"채소나 넣어야겠다."

"전화비가 아까워서 그러는 거예요? 전화해보면 되잖아요."

노부는 대답하지 않고 자리에서 일어났다.

"당신이 나갔다가 와." 여자가 말했다.

"당신이 갔다 오면 되잖아." 남자가 길게 뻗은 다리를 꼬고 움지럭거렸다.

노부를 따라 여자가 밖으로 나갔을 때 도마 앞에 쭈그리고 앉은 노파와 마주쳤다. 몸집이 작은 노파는 열심히 입을 우물거렸다. 도마엔 넓적다리가 저며져 있었다. 입이 쩍 벌어진 노부는 말없이 노파를 노려봤다.

"누구세요?" 여자가 물었다.

"권사님 보러 왔는데."

"어머니는 집에 계시는데요." 여자가 얼떨떨한 목소리로 말했다.

"권사님이 여기 어디 폐지를 모아놨을 텐데 영 찾을 수가 없잖아."

"폐지라니요?"

"평소엔 잘도 가져가더니 오늘따라 안 보인다는 건 무슨 소린지." 노부의 얼굴이 일그러졌다.

노파가 수육을 뭉텅이로 집어 입에 구겨 넣었다.

"고기가 다 풀어졌어. 너무 삶았어!"

"이 망할 놈의 노인네가! 이도 없으면서 뭐가 풀어졌다는 거요?"

"들어왔다가 있길래 잘 익었는지 잠깐 본 건데 뭐, 잘못됐냐?"

"우리도 아직 안 먹은 건데 이러시면 어떻게 해요?" 여자가 말했다.

"뉘신가? 처음 보는 얼굴인데?" 노파가 마당에 가래침을 뱉었다.

"할머니! 침을 뱉어놓으면 그걸 누구보고 치우라는 거예요?"

"폐지도 모자라서 남의 집 귀한 고기까지 축내기요?" 노부가 허공에 대고 삿대질했다.

"아이고, 맛도 없는데 유세는?"

"맛이 없다니? 그게 얼마나 귀한 건데?"

"이번 주엔 교회도 갈라고 했는데 못 가겠네. 못 가겠어!" 노파는 탕국에 침 뱉는 시늉을 하며 자리에서 일어났다.

"저놈의 노인네가?"

노부가 노파 앞으로 달려갔다. 노파가 노부를 피해 대문 쪽으로 걸어갔다. 노파는 정강이까지 내려오는 바지를 입고 있었는데 노모의 것과 같았다. 종아리엔 부푼 핏줄이 징그럽게 엉켜 있었다.

"다시 이 집에 얼씬거리지 마요!" 노부가 소리쳤다.

노파가 개집 위에서 폐지를 그러모아 대문 밖으로 사라졌다.

"저런 정신 나간 할망구들을 전도한다고 저런다."

주저앉은 노부가 들통에 채소를 밀어 넣었다.

거실엔 대여섯 벌의 옷가지와 운동화, 빈 종이봉투가 늘어져 있었다. 소쿠리 주변엔 귤껍질이 떨어져 지저분했다. 남자는 텔레비전을 보느라 노부와 여자가 들어온 줄도 몰랐다. 힘이 빠진 노부가 바닥에 앉았다. 여자도 벽에 등을 붙이고 앉았다. 노모는 작은 방 문지방 쪽에 머리를 두고 잠들었다. 노부가 잠든 노모를 슬쩍 쳐다봤다. 피곤한 표정이었다. 노부가 노모를 깨웠다. 노모는 잠에서 깨어나지 않았다. 여자가 노모를 흔들었다. 코를 고는 노모의 입이 벌어졌다.

"곧 손님들이 오실 텐데." 여자가 걱정된다는 투로 말했다.

"온다고 한 지가 언젠데 아직까지 안 온다냐?"

"오시긴 하는 거예요?" 남자가 시계를 봤다.

"저녁이 다 지나는데 왜 아직까지 한 명도 안 오냐?"

"어떻게 해요?" 여자가 물었다.

"우리라도 먼저 먹자." 노부가 체념한 듯 말했다.

"어머니는요?"

"배고프면 일어나겠지."

셋이 마당으로 나왔다. 노부가 도마 앞에 앉아 넓적다리를 저몄다. 소쿠리에 수육이 차곡차곡 놓이는 동안 남자는 냄비에 탕국을 퍼 담았다. 여자는 평상 위에 상을 폈다. 양념장과 깻잎, 들깻가루를 가져다 놓고 다시 파절임과 깍두기를 꺼내왔다. 수저통은 통째로 옮겨놓았다. 날은 이미 어두웠다. 노부가 지하실에서 손전등 몇 개를 꺼내왔다.

"수육이 알맞게 익었구나." 노부가 말했다.

"발은 별미로 구워 먹을까요? 족발보다 쫄깃하다던데?" 남자가 웃었다.

"먹어봤냐?"

"아니요."

"이거나 먹어봐라." 노부는 남자의 그릇에 개 껍데기를 올려놓았다.

껍데기를 먹던 남자가 갑자기 헛기침했다. 음식물이 비닐막에 튀었다.

"개털이 들어갔어요." 얼굴이 붉어진 남자가 말했다.

여자는 눈살을 찌푸리고는 들키지 않으려고 담장을 바라봤다. 담쟁이 넝쿨이 뻗어가고 있었다. 담벼락이 붉었다. 넝쿨손은 마당 안쪽까지 감겨 내려와 회양목 화단으로 줄기를 늘어뜨렸다. 부푼 줄기가 마당을 타고 뻗어 나와 평상 다리를 휘감았다. 바람이 일자 잎사귀들이 일었다. 마른 잎사귀들은 쉭쉭 소리를 냈다.

밖에서 소리가 들릴 때마다 그들은 누가 먼저랄 것도 없이 대문을 쳐다봤다. 그러다가 동시에 탕국으로 시선을 옮겼다. 개가 꼬리를 흔들며 짖었다. 노부가 갈비뼈를 던졌다. 뼈에 코를 박고 킁킁대던 개가 뼈다귀를 물고 집으로 들어갔다. 오독오독, 개집 밖으로 뼈 씹는 소리가 빠져나왔다. 수육을 입안에 넣고 우물대는 노부의 입 주변이 번들댔다. 남자는 탕국을 퍼먹었다. 노란 손전등 불빛이 남자의 얼굴에 음영을 만들었다.

"맛이 어떠냐?" 노부가 물었다.

"개죽 같아요." 남자가 대답했다.

"얘도 꼬리를 흔들었겠죠?" 여자가 젓가락으로 수육을 들췄다.

"그야 개니까." 노부가 수육 한 점을 여자 앞에 놓았다.

"아버지, 도저히 못 먹겠어요. 케이크를 가져와야겠어요."

여자가 들어갔을 때 노모는 잠들어 있었다. 케이크 상자를 들고 선 여자가 노모의 얼굴을 내려다봤다. 노모의 얼굴은 허물처럼 흐늘거렸다. 눈 아래 불룩 튀어나온 지방이 늘어져 눈두덩엔 검은 그림자가 졌다. 다리를 대자로 벌리고 잠든 노모의 발목에서 불거진 혈관이 종아리를 휘감고 올라갔다. 굵고 가는 줄기가 아래로, 옆으로, 위로 퍼지며 꼬이고 풀어졌다. 꽈리처럼 부푼 것도 있었고 거미줄처럼 펼쳐진 것도 있었다. 꼬불꼬불한 줄기는 노모의 몸을 타고 넘어 바닥까지 퍼져나갔다. 바닥에서 뻗어 나온 줄기가 노모의 몸을 타고 자라는 것 같기도 했다. 여자는 한동안 잠든 노모를 내려다보다가 방문 가까이 다가갔다. 노모가 여자의 발밑에서 뒤척였다. 여자가 흠칫 놀라 걸음을 멈췄다. 망설이며 서 있던 여자가 손잡이를 돌렸다. 틈새가 벌어졌다. 방 안을 들여다보던 여자의 손에서 케이크 상자가 툭, 소리를 내며 떨어졌다. 감겨 있던 노모의 눈꺼풀이 스르르 열렸다.

소설은 진혼굿 아닐까……
더 차가워지고 싶다

"차가워, 그래서 도통 정이 가지 않아."

이런 이야기를 수도 없이 들었다. 내가 아니라 내가 쓰는 소설 이야기다. 지금 이런 이야기가 떠오르는 것은 그만큼 아팠기 때문일 것이다. 나는 정말 차가운 사람인가? 인물들을 위로하고 그럴 수밖에 없는 이유를 설명하고, 그래서 인물에게 애정을 느끼게 하는 것이 따뜻함이라면, 그것이 소통과 공감이라면, 그렇다. 나는 차갑다. 그리고 더 차가워지고 싶다.

냉동고에 걸린 개고기를 본 적이 있었다. 거기엔 어떤 의미도 과거도 수식도 없었다. 나는 죽은 개고기에 온기를 주거나 그래서 무언가를 위로하거나 조금 더 따뜻해졌으면 하는 희망을 품지 않았다. 그 순간을 그대로 얼려버리고 싶었다. 개를 보며 소설은 진혼굿이 아닐까 생각했다. 바다에 나가서 돌아오지 않는 남편을, 눈으로 확인하지 않아서 믿지 못하는 아내에게 남편의 죽음을 직시하게 하는 것이 소설이 아닐까. 직시하는 것은 고통스럽지만, 이후의 삶은 전과 같지 않을 것이다. 그것이 내가 생각하는 따뜻함이다.

함께 찬 공기를 견디며 말없이 같은 곳을 바라봐준 사람들이 있었다. 그들이 있었기에 나는 따뜻한 곳에서 차가운 곳을 바라볼 수 있었다. 감사하다는 이야기를 전하고 싶다.

우리의 자화상……
담쟁이넝쿨 · 노모 종아리 대비 돋보여

본심에 오른 10편 중 마지막까지 남은 건 세 작품이었다.

먼저 무명의 늙은 재즈밴드 단원들 얘기를 다룬 〈하우스 오브 페인〉
일단 소재와 서술기법 면에서 신인다운 패기와 의욕이 돋보였다. 그렇
지만 스토리의 촘촘함에 비해 주제의 틀이 다소 허술한 점, 과도한 각주
사용, 재즈에 관한 현학적인 사설 등이 약점으로 지적되었다.

남은 두 작품은 어느 쪽을 당선작으로 내세워도 무리가 없을 만한 수
준작이었다. 결국 전체적인 짜임새에서 선후가 갈렸다. 〈태풍이 지나
고 나면〉은 소설의 극적 장치의 안정감, 풍부한 모티프의 활용이라는
미덕을 지니고 있다. 중소기업의 도산, 실직, 외국인 노동자, 고독사 같
은 당대현실의 문제들을 짚어낸 점도 미더움을 주었다. 그러나 소설의
키워드라고 할 '의자'라든가 '실종'에 대한 모호한 마무리가 두고두고 아
쉬웠다.

〈전에도 봐놓고 그래〉는 작가의 의도와 형식이 놀랍도록 짜임새를 이
뤄낸 작품이다. 흡사 한 편의 무대극 같은 이 소설은 두어 시간 동안 벌
어지는, 한 가족의 평범하고 남루한 생활의 단면을 칼로 오려내듯 보여
준다. 극히 무의미하고 진부하게만 뵈는 이 풍경의 내면엔 시종 독특한
불안감과 긴장감이 흐르는데, 그것의 원동력은 극도로 단순하고 절제된
서술과 인물 간의 건조한 대화에 있다.

노인의 생일날 마당에 둘러앉아 개를 통째로 삶아 뜯어 먹고 있는 일

가족의 풍경은 삶이 아닌 말 그대로 '생존'의 섬뜩한 민얼굴이다. 그 풍경이 더없이 끔찍하고 괴기스럽기만 한 것은 다름 아닌 이 시대 우리들의 자화상인 까닭이다. 그리고 담벼락과 땅바닥을 뚫고 거침없이 틈입해오는 담쟁이넝쿨과 노모의 종아리를 타고 번지는 정맥류의 넝쿨손을 절묘하게 대비시킨 결말은 단연 돋보였다. 역량 있는 신인의 탄생에 축하를 보낸다.

부산일보 권이향

본명 권현숙
1963년 대구 출생.

경찰들 말대로 계단에는 자타르(아랍 향신료)나 다운살람(인도네시아 살람 나무 잎사귀) 같은 것들이 섞인 냄새가 났다. 동생은 왜 이곳에 방을 얻었을까. 이 동네 어딘가의 공장에서 일을 했던 것일까. 이층과 삼층을 오르는 동안 어느 방에선가 새어나오는 노랫소리와 말소리. 베트남이나 말레이시아 우즈베키스탄 같은 나라의 것으로 짐작되었다. 어젯밤 그 사내는 어디서 왔을까.

부산일보

농담이 아니어도 충분한 밤

권이향

주소를 들고 찾아간 동생의 집은 여섯 평 원룸이었다. 작은 냉장고나 구식 텔레비전 같은 것은 옵션이었고, 따라서 처분해야 할 짐은 많지 않았다. 옷가지들은 내가 준 것이 대부분이었다. 책이나 일기장 같은 것도 없었다. 동생은 죽기 사흘 전에 월세를 지불했지만 집주인은 돌려주마고 했다. 하루라도 빨리 동생의 자취를 없애주길 바라는 의도가 분명했다. 나는 열쇠를 건네받으면서 정리가 다 되면 말하겠다고 했다. 그러나 주인은 하루에 한 번씩 오층 계단을 올라와 재촉했다. 하루나, 늦어도 이틀, 사실을 말하면 한두 시간이면 정리할 시간으로 충분한 게 아니냐고 했다. 그러나 동생이 자살한 것에 대한 배려 때문인지 그다지 심하게 말하지는 않았다. 어제 다시 마지막으로 이틀 시간을 더 주고 다시는 올라오지 않게 해달라고 못 박았다. 늙었다고도 젊었다고도 말하기 애매한 주인여자는 아마도 같은 방에서 연거푸 두 자매의 시체를 찾아내는 일 같은 걸 염려하는지 모른다. 남편과 아이도 매일 전화를 걸어와 빨리 집으로 돌아오라고 했다. 그제와 어제는 짜증을 냈다. 동생의 유골함은 오 일째 방 귀퉁이에 놓여 있다.

어쩌면, 꿈이었는지도 모른다. 사내가 내게 말을 걸어온 것은.

어제 밤이라고 해야 하는지, 오늘 새벽이라고 해야 하는지, 그런 시간에 나는 벽을 기어오르던 사내와 눈이 딱 마주쳤다. 동생의 방은 밤에도 낮에도 밤이었다. 창에 암막 커튼이 쳐져 있어 동면하는 짐승이 되어도 좋을 만큼 어두웠다. 소음은 밤낮으로 징그럽게 귀를 지치게 했다. 컹컹. 어디선가 개가 두어 번 짖었다. 나는 지난 오 일간 그랬던 것처럼 오래 뒤척이다가 창문을 열었다. 어둠 속에 도시가 웅크려 있었다. 달도 별도 보이지 않았다. 도시를 싸안은 산의 실루엣과 드문드문 불빛이 새어나오는 창들은 까만 허공 속에 떠 있었다.

사내는 내가 창문을 열었을 때 거미처럼 벽을 오르고 있었다. 나와 눈이 마주친 그 순간에 그는 벽에 몸을 밀착시킨 채 숨죽여 있었는데, 누군가의 눈길이 닿는 것과 동시에 보호색을 띠는 거대한 파충류처럼 딱딱한 벽과 뭉쳐져 벽의 일부처럼 보였다.

"쉿!"

사내는 오른손으로 배관을 움켜쥐고 왼손 검지를 입술에 갖다 댔다. 검지 아래로 사내의 입술이 가로로 길게 늘어졌다. 사내는, 웃고, 있었다. 하마터면 나도 따라 웃을 뻔했다. 순간, 나는 마치 우리가 숨바꼭질 중인 아이들처럼 여겨졌다. 술래인 내가 마지막까지 숨어 있던 아이를 기필코 찾아낸 것처럼. 단순하고도 지치는 놀이. 한 아이가 너무 꽁꽁 숨으면 모두들 그 아이를 찾다가 결국 지쳐 놀이를 끝내버리고 집으로 돌아가고야 마는.

사내는 나이뿐 아니라 체격도 가늠할 수 없었다. 눈동자만 빛을 내며 어둠 속에 떠 있는 것 같았다. 어쩌면 외국인인지도 몰랐다. 고개를 쳐든 사내 아래로 쓰레기들이 몰려 있는 벽돌담이 어둑하게 보였다. 멀리 공장굴뚝에서 하염없이 연기가 치솟아 어둠 속으로 흩어지고 있었다.

23년 만에 동생을 만났을 때 나는 우리가 자매라는 사실을 잠시 의심했다. 아버지와 어머니가 이혼하는 날, 동생은 어머니 옷자락을 붙잡고 있었고 나는 아버지 등 뒤에 있었던 이유로 우리는 각자 가까이 서 있었던 어머니 혹은 아버지와 살았다. 두 분은 결코 만나는 일이 없었고 따라서 동생과 나도 애초에 인연이 닿지 않았던 사람처럼 단 한 번도 만나지 않았다. 두 분이 이 세상 사람이 아니게 되었을 때 다시 만난 동생은, 의아하게도 내가 기억하는 모습을 조금도 가지고 있지 않았다. 하얀 원피스에 빨간 구두, 노란 나비리본 머리띠. 내게 남은 동생의 이미지는 얼굴이 아니라 색이었다. 그 색들은 강렬해서 나는 동생이 화려한 여자로 살고 있을 거라고 막연하게 생각했다. 열두 살 아이의 기억은 고작 그 정도였다. 동생의 낡은 바바리와 뒤로 질끈 동여맨 탄력 없는 머리카락을 바라보며 나는 남은 기차 시간을 손가락으로 세고 있었다. 눈물을 질금거리며 동생과 나란히 앉은 이모 역시 기억 밖의 모습이긴 마찬가지여서 나는 자칫 아줌마,라고 부를 뻔했다. 카페 창밖으로 벚꽃잎이 마구 떨어져 내리던 팔공산 자락은 얼마나 깊은 산골짜기의 오후였던지를 나는 기억했다. 그날, 아이가 문제를 일으켜 학교로 와 달라고 담임이 전화를 했고, 혈액투석을 받고 있던 시어머니가 응급실에 실려 갔다고 시누이가 전화를 했다. 담임의 전화는 대구역에 내릴 때쯤이었고, 시누이의 전화는 찻집에서 동생과 막 마주 앉을 때쯤이었다. 향기로운 산 내음을 맡으며 나는 낯선 동생의 얼굴을 찬찬히 살펴보지 않았다. 그리고 오 년이 지났다.

동생의 방에서 나는 매일 오전 내내 지면을 울리는 소리를 들었다. 투다다다다. 투다다다다……. 어디선가 굴착 공사를 하고 있었다. 도로가 파헤쳐지는 그 소리는 뙤약볕 야구장의 함성 같았고, 실책을 한 선수에게 수천 명의 관중이 일시에 퍼붓는 야유 같았다. 우와와와와. 우우우우…….

어느 날, 그리고 또 어느 날 동생은 전날 밤에 있었다는 일을 말했다. 어젯밤에 쥐를 삼켰어. 지난밤에 유산을 했어. 그런 식의 말을 들은 나는, 니가 쥐를 삼켰으면 나는 코끼리를 삼켰게, 라든지, 나는 날마다 인간을 하나씩 죽여. 오늘로써 4783명이야, 같은 대꾸를 했다. 바로 그날은 동생이, 간밤에 아이를 낳았어,라고 하면서 아랫배를 만져보고 업은 아이를 보듯 등 뒤를 돌아보았다. 나를 만나기 전에 동생이 자궁을 들어내는 수술을 받았다는 것을 나는 알고 있었다. 애는 어디다 버리고 왔니? 내가 그렇게 대꾸했던 것 같은데, 동생은 진지한 표정으로, 글쎄, 어디 갔을까, 하면서 두리번거렸다. 그때까지도 나는 동생이 웃으려고 하는 줄만 알았다. 그래서 나도 함께 농담을 했을 뿐이다. 단지 농담.

의미 같은 건 없었다. 어차피 모든 것은 농담이며, 농담에 의미 같은 걸 부여하지 말아야 했다. 동생이 어머니를 따라간 것도, 내가 아버지와 살게 된 것도, 우리가 23년간 만나지 못하고 산 것도, 그리고 고작 일 년에 두세 번 만나는 사이가 된 것도 누군가가 작정하고 만들어낸 상황은 아닌 것이다. 그저 우스꽝스러운 농담 한 마디처럼 가볍고 쉬워서 오래, 깊게 되새길 만한 것이 못되었던 것뿐이다.

그날도 마찬가지였다. 동생이 내 집으로 왔다. 내가 서울엔 무슨 일이냐고 물은 것도 잘못이었지만, 동생이 볼일,이라고 대답했을 때 무슨 볼일? 그렇게 물었던 건 더더욱 잘못이었는지 모른다. 나를, 언니를 만나러 온 동생에게 무슨 볼일이라니. 나는 여행 간 하와이에서 구입한 코나 커피를 끓여주었고, 동생은 석 잔이나 마셨다. 커피 잔을 들고 소파에 깊숙하게 몸을 묻은 채 하와이가 좋더냐고 물었고, 향이 기가 막히다고 감탄했다, 지나치게.

"언니. 마지막 순간에 이런 향을 맡으며 눈을 감을 수 있다면 좋을 텐데, 그치? 황홀할 것 같잖아."

"캐나다에서 한때 가장 인기 있었던 자살 방법이 뭔 줄 아니?"

내가 물었을 때 동생은 눈치 빠르게도, 그 방법이 커피와 관련된 건지 되물었다.

"질소와 관련된 거야." 나는 동생의 잔에 커피를 더 부어주면서 말했다.

"거 왜, 너도 들어봤을걸. 탈출 봉지라고. 마지막 비상구라고도 하고 오스트레일리아 봉지라고도 한다나? 언젠가 그 나라에서 시판하려고 했대잖아. 결국 법이 막았지만."

"탈출 봉지……. 근데 질소는 뭐야?"

"비닐봉지 같은 것에 드로스트링을 이용하는 건데, 산소 부족에 의한 패닉 상태를 줄이기 위해 질소를 봉지 안에 넣어준대. 그러면 아주 편하게 숨이 멎을 거라나."

나는 어디선가 본 얘기를 했다. 죽고 싶어 하는 많은 인간과, 돈벌이에 환장한 인간과, 죽음의 자유까지 구속하는 법에 대해 말하려는 게 아니었다. 그저 하와이와 커피와 농담이었다. 그렇게 동생과 나는 가벼운 농담밖에 주고받을 수없는 사이였다.

"질소 대신 커피? 더욱 황홀할 거다, 뭐 이런 얘기?"

그렇게 말하며 동생은 정말 즐거워했다. 적어도 그날 밤 그렇게 죽을 사람은 아니었다.

동생은 커피를 마시다가 불현듯 베트남 쌀국수가 먹고 싶다고 했다. 집 근처 작은 식당의 베트남 쌀국수 맛이 기가 막히다고 한 번 같이 먹자고 했다. 나는 그런 나라 음식이 맛있으면 얼마나 맛있겠느냐고, 고작 국수 한 그릇 먹겠다고 서울에서 대구까지 갈 수는 없는 일이니, 언제 기회가 있으면 그러자고 했다. 그러나 동생과 나에게, 뭘 먹으러 같이 가자는 말은 그저 말 그대로 '언제 한 번'의 기약 없는, 그야말로 지키지 않아도 무방한 약속이었다. 동생은 남편이 퇴근하기 전에 일어섰고 나는 자고 가라는 식의 말로 붙잡지 않았다.

동생을 만나면 남편은 그저 한 번 어색하게 웃고 자리를 피해주는 정도로 예의를 표했다. 동생이 거실에 있으면 남편은 안방에서 나오지 않은 채 필요한 게 있을 때마다 나를 불렀고, 동생이 방에 있으면 남편은 거실에서 파자마를 갈아입지 않고 소파에 비스듬히 앉아 텔레비전을 보았다. 남편의 태도를 트집 잡을 생각은 없었다. 그에게 동생은 어느 날 알게 된 옆집 아줌마와 다를 바 없다는 걸 나는 모르지 않았다. 내가 동생에게, 혹시 자고 갈 거니? 그렇게 물었던 적은 있었지만 동생은 한 번도 내 집에서 자고 간 적이 없었다. 나 역시 남편의 승진과 아이의 진학

문제를 앞둔 주부답게 충실히 가정을 지켰기 때문에 동생의 집에 내려간 적이 없었다. 가져가라고 싸준 커피는 동생이 간 뒤에도 그대로 소파에 놓여 있었다.

동생은 비닐봉지를 뒤집어쓰고 죽었다. 바로 그날 밤에.

*

밤에 길을 나선 것은 잘못이었다. 어제 밤, 원룸 뒤쪽 골목을 한 바퀴 돌려고 했던 것이 그만 길을 잃고 말았다. 각종 폐지와 고철덩어리들이 찌그러진 채 쌓여 있는 고물상이 있었다. 고물상 마당으로 허리가 둥글게 휜 노인이 리어카를 끌고 들어섰다. 그 옆으로 조악한 글씨의 베트남 쌀국수 간판이 보였다. 몇몇 외국 사내들이 그 앞에서 담배를 피우고 있었다. 고물상 뒤로 산재한 조립식 건물들의 굴뚝에서 연기가 솟아올랐다. 연기들은 검고 희거나 혹은 회색, 더러는 푸른빛을 띠었지만 모두 한 방향으로 피어올라 허공을 떠돌다 사라졌다. 도심 속 공단이었다. 온갖 소음덩어리들이 무리 지어 몰려다니다가 무수한 자동차 소리에 맥없이 섞여 들었다. 모두 동생의 방 창으로 본 풍경들이며, 들었던 소리들이다.

그렇게 가까운 곳에서 길을 잃을 줄은 몰랐다. 동생의 방에서 내려다본 곳이라면, 거기서도 동생의 방 창문이 보여야 마땅했다. 그러나 창문은 쉽게 찾아지지 않았다. 본 곳과 보였던 곳을 찾는다는 것은 전혀 다른 문제였다. 특히 밤에는. 어둠의 완강한 질서에 굴복당한 느낌이었다. 방에 불을 켜두고 나왔지만 4층인가, 주차장을 포함하면 5층인 동생 방 창은 아무 데도 없었다. 나는 아무 곳이나 무조건 걸어갔다. 어차피 내가 가늠한 방향은 믿을 수가 없었다. 쓰레기 봉지가 발에 걸렸다. 휘청거리며 건물을 끼고 돌았다.

다시 나타난 고물상. 베트남 쌀국수 간판. 오 일 전 동생의 유골을 안고 내렸던 지하철역으로 가면 찾을 수 있을 것 같았다. 그러나 지하철역으로 가는 길을 물을 데가 없었다. 외국 사내들은 자기네 나라 말로 지껄이며 멀어져갔고, 리어카를 끌던 노인은 보이지 않았다. 그리고 아무도 없었다. 어느 순간 동네 건물은 온통 불이 꺼졌고, 어느 창에서는 불빛이 서너 번 깜빡이다가 다시 꺼졌다. 그것을 시작으로 이 창, 저 창에서 신호라도 보내듯 불을 깜빡이기 시작했고 동네 전체에 불꽃놀이라도 하듯 번쩍이며 와글거렸다. 수천 개의 불빛들이 물결치며 휘돌았다. 고개를 치켜들고 동생 방의 창을 찾던 나는 멀미를 일으켰다. 비틀거리며 오른쪽으로 방향을 틀었다. 아니었다. 왼쪽이었나. 역시 아니었다. 골목은 무수히 많았고 원룸도 무수히 많았다. 오 일간 내가 창으로 보았던 골목은 점점 낯선 곳으로 변해갔다. 내가 내려다보았던 골목이 아닌 것처럼, 모든 건물과 굴뚝과 하늘이 낯선 것처럼, 골목의 모퉁이와 벽들이 나를 조롱하고 나에게 위협적으로 날카로운 이를 드러내는 것처럼. 나는 골목을 휘청거리며 돌아다녔다. 같은 골목을 수십 번 더 돌았다.

동생의 집은 전혀 엉뚱한 곳에서 내 눈에 띄었다. 건물 이름이 아니었다면 아마도 그냥 지나쳤을 것이다. 생각지 못한 지점에서 건물을 찾은 나는 다시 한 번 밤의 방향을 믿지 않기로 작정했다.

여러 정황상 동생의 죽음은 자살로 결론지어졌다. 특히 죽은 동생이 왼발엔 검은색, 오른발엔 빨간색 양말을 짝짝이로 신고 있었다는 것이 정상적인 정신상태가 아님을 말하는 결정적인 증거라고 했다. 그리고 뜯지도 않은 화장품(섀도나 루즈 같은)이나 역시 개통되지 않은 휴대폰 같은 것들이 나왔을 때 마트나 전자대리점에서 훔쳐온 게 분명하다고 했다. 경찰의 말에 의하면 이미 동생은 두 번의 절도 전과가 있었고, 절도 수배 중이었다. 나는 동생의 방에서 새끼손가락 끝마디만 한 말랑말랑한 물건을 여러 개 찾아냈을 때(그것은 귀마개였다) 동생이 불면증이 있었을 거라고 생각했다. 그리고 커피와 잠의 상관관계에 대해서가 아니라, 귀마개와 짝짝이 양말의 관계에 대해 잠시 생각했다.

인터폰 화면은 남자의 얼굴에서 신분증으로 바뀌었다. 찾아온 사람은 둘이었고, 경찰이었다. 아침 아홉 시가 조금 넘었다.

"지난밤에, 아니. 새벽인가에 혹시 창밖에서 무슨 소리 같은 거 못 들었나요?"

나는 잠시 인상을 찌푸렸다. 다시 그들의 입이 달싹거렸을 때 나는 귀속에 손가락을 집어넣어 귀마개를 끄집어냈다.

"뭐라고 하셨나요?"

"못 들었어요?" 경찰 중 하나가 짜증내듯 소리를 높였다.

"이 건물에서 사람이 떨어졌어요. 밤에 소리 같은 거, 가령 비명 소리라거나 싸우는 소리라거나 뭐 그런 소리 들은 거 없냐고 물었잖아요."

그들은 떨어진 높이가 몇 층이라는 말은 하지 않았다. 나는 손바닥을 펴서 그들에게 보여주었다.

"보시다시피 이런 상태라서요."

두 경찰은 성큼 다가와 내 손바닥을 내려다보았다. 원뿔형의 귀마개 두 개가 손바닥에 놓여 있었다.

"이게 …… 귀마갠가?" 얼굴이 동글납작한 경찰이 귀마개를 잠시 바라보다가, 이런 걸 왜 하죠? 하고 말했다. 곁의 경찰이 가는 눈을 빛내며 다가섰다. 그는 동료의 질문보다 자신의 질문이 수사에 도움이 된다고 믿는 눈치였다.

"죄송한데 얼마 전에 동생분이 여기서…… 주인한테 들었어요."

"그거랑 상관있는 일인가요?"

"아니, 뭐 그런 건 아니지만. 그런데 여기 사시는 게 아니라던데 왜 여기 계시는 거죠?"

"짐 정리가 덜 되어서요."

내 말을 듣고 동글납작한 경찰이 집 안을 슬쩍 훔쳐보고는 내 연락처를 달라고 했다. 휴대폰 번호와 이름을 받아 적은 그는 잠시 고개를 갸웃하더니, 아무 소리도 못 들었단 말이죠. 라며 다시 차트에 뭔가를 끄적였다. 그리고 "정말 아무 소리도……" 하다가, 볼펜으로 차트를 톡톡 치며 야릇한 눈빛으로 나를 바라보았다.

"인터폰 소리는 어떻게 들었죠?"

"저는 인터폰 소리를 듣고 문을 열었다고 말하지 않았는데요."

좀 전에 차트에 뭔가 기입했던 남자가 고개를 끄덕이며 또 뭔가를 적어 넣었다. 혹시 뭐든 생각나면 이리로 연락하세요. 나는 명함을 받아 슬쩍 훑어본 다음 신발장 위에 올려놓았다. 그는 뒤로 돌아서다가 다시 몸을 돌렸다.

"아, 그리고 밖에 나가실 땐 귀마개 하시면 위험합니다. 물론 잘 아시겠지만."

그때 다른 경찰관은 앞집 초인종을 누르고 있었다. 죽었나요? 나는 그렇게 물으려다가 문을 닫았다. 걸쇠도 걸었다. 그리고 인터폰으로 다가가서 '현관'이라고 쓰인 버튼을 눌렀다. 7센티 가량의 화면에 경찰의 뒤통수가 나타났다. 문을 열고 고개만 내민 앞집 사람은 필리핀 남자처럼 보였다. 나는 문 쪽으로 가까이 다가가 귀를 기울였다.

"컴 히에우. 우리…… 모, 몰라요."

"바……밤에, 일, 일해요."

"또이멧꽈(피곤해요)."

다시 화면에 눈길을 주었다. 필리핀 남자는 양손을 펴서 흔들어댔다. 남자 어깨 쪽에 바짝 얼굴을 붙인 가무잡잡한 여자가 보였다. 경찰은 또 무언가를 끄적였다. 두 남자가 위층으로 향하는 계단 쪽으로 몸을 틀었다. 앞집 현관이 닫혔다. 나는 인터폰 화면을 껐다. 두 남자의 시시덕거리는 웃음소리와 발소리가 쿵쿵 울렸다. 나는 귀마개를 신경질적으로 귀 속에 밀어 넣었다.

햇빛이 눈을 찔렀다. 방으로 쏟아지는 볕이 지나치게 환했다. 커튼 봉을 천장에 달기 위해 의자 위에 올라섰다. 못이 박힌 봉의 끝부분을 창문틀에 갖다 대려다 다시 의자에서 내려섰다. 못에 말라붙은 핏자국이 보였다. 소름이 끼쳤다. 꿈이 아니었어. 어째서 꿈일 거라고 생각했던 걸까. 어젯밤에는 몰랐다. 남자가 봉을 잡으려다 못을 잡아챘다는 걸. 물티슈를 뽑아 피를 닦아냈다. 나는 고개를 치켜들고 못이 꽂혔던 자리를 찾다 말고 창문을 열었다. 고개를 빼고 밑을 내려다보았다. 담벼락

아래에는 페트병과 담뱃갑 같은 쓰레기들이 몰려 있었고, 그 주위로 노란 폴리스 라인이 둘러쳐져 있었다. 어디선가 날아온 하얀 꽃잎들이 쓰레기가 있는 바닥을 덮었고, 허공에 휘날렸다. 벚꽃이 지고 있었다. 속임수처럼 라일락 향기가 어지럽게 몰려왔다.

나는 상체를 창밖으로 완전히 내민 채 몸을 비틀어 위를 올려다보았다. 시멘트벽은 위로 한 층 더 뻗어 있었다. 벽을 주먹으로 두드렸다. 견고했다.

*

동생의 말에 의하면 어머니는 세 번의 동거와 역시 세 번의 이별을 거쳤다고 했다. 아버지를 포함하면 네 번. 아버지가 평생 되씹던 어머니의 바람기를 확인하는 것 같았다. 그동안 동생은 무엇을 보고 무엇을 들었을까. 나는 상상할 수 없었다. 그러나, 우리가 만나지 못했던 23년보다 이후 5년이 어쩌면 동생에게 훨씬 긴 시간이었을지도 모른다는 생각이 든 것은 엽서 한 장과 편지 하나를 발견했을 때였다. 편지는 동생의 낡은 코트 주머니에서 나왔다. 받는 사람은 동생이었고, 보낸 사람은 술리스또. 석 달 전에 받은 엽서였다.

엽서의 사진은 높은 빌딩에 만들어진 수백 개의 창문처럼 보였다. 다시 보았을 때 그것은 빌딩이 아니라 암산이었다. 균형 잡히지 않은 절벽은 제멋대로 끼운 블록처럼 곧 쓰러질 듯 기우뚱해 보였다. 암벽 가운데 여기저기 창문 꼴로 구멍이 나 있었고 뚫린 구멍들마다 형체를 파악할 수 없는 기괴한 모형이 들어차 있었다. 술라웨시 토라자무덤. 사진 아래쪽 작은 글씨였다.

여기는 내 고향입니다.
당신이 꼭 와보고 싶다고 한 곳입니다.
여기 사람들은 돌산에 구멍을 내서 시체를 묻기도 합니다.

사진으로는 잘 안보이겠지만 해골들이 절벽 사이사이에 끼어있습니다.

여기선 결혼식보다 장례식이 훨씬 화려합니다.

가족의 장례비용을 마련하기 위해 평생을 보내기도 합니다.

비용을 마련할 때까지 시신을 집안에다 미이라처럼 만들어 보관하는 집도 있습니다. 나는 여기서 작은 한국인 회사에 다니고 있습니다.

그러나 사정이 좋지 않아 보입니다. 곧 문을 닫을지 모른다는 소리가 들립니다.

다시 일할 곳을 찾아야 할 것 같습니다.

이제 나는 고향을 떠나고 싶지 않습니다.

당신나라 사람이 편지 쓰는 것을 도와주었습니다.

다시 편지하겠습니다.

슬라맛(안녕히)

2015년 1월 5일

다시 엽서를 뒤집어 사진을 보았다. 마치 건물처럼 90도 각도로 세워진 돌산에 뚫린 구멍. 그곳마다 들어찬 것이 시체였던가? 술리스또가 사람 이름이라면 누구인가. 당연히 짐작조차 할 수 없었다. 유치원생의 글씨 같다고 생각했더니 역시 한국인이 아니었다. 술리스또. 인도네시아인인가. 스마트폰으로 술라웨시 토라자무덤을 찾아보았다. 엽서와 같은 사진들이 나왔다. 알록달록한 목각인형들이 절벽 구멍 사이에 끼어 있어 기괴하면서도 얼핏 화려해 보이기도 했다. 누군가 '망자의 땅'이라는 이름을 붙여놓았다.

봉투에 든 편지에도 같은 이름이 적혀 있었다. A4용지에 인쇄된 타자 글씨였다.

당신에게 배운 말로 편지를 씁니다.

한국을 떠난지 일년이 넘었습니다.

언제 다시 갈수 있을지 아직은 알수 없습니다.

당신이 보내준 돈을 다 주었는데도 비자가 나오지 않습니다.

추방당한 불법체류자는 비자를 받기가 많이 힘듭니다.

이 편지 쓰는데 두 시간이 걸렸습니다.

    슬라맛

    2013년 12월 22일

엽서보다 일 년 전이다. 엽서에는 다시 편지하겠다고 되어 있었지만 더 이상 인도네시아에서 온 편지는 없었다. 나는 방 모퉁이에 놓여 있는 동생의 유골함을 힐끔 보았다. 아버지를 따랐던 동생은 왜 하필 어머니 옷자락을 잡고 있었을까. 가위 갖고 와! 몹시 화가 난 얼굴로 아버지가 소리쳤을 때 동생은 서랍장을 뒤져 가위를 아버지에게 건네주고, 아버지가 가위 든 손을 치켜들자 얼른 어머니 뒤로 피했던 것 같다. 아버지는 어머니의 빨간 치마를 단번에 잘라버린 것으로 내 기억에 남아 있다.

못의 피를 닦아낸 휴지를 변기에 내리고 세수를 했다. 현관을 나서면서 귀마개를 뽑아 신발장 위에 올려놓았다. 귀마개는 경찰의 명함 위에 얹혀졌다. 문을 열고 복도로 나섰을 때 위층에서 내려오던 두 경찰관과 마주쳤다. 나는 가볍게 목례를 했다. 그들은 내 목례를 받는 둥 마는 둥 주절주절 떠들어댔다.

"이 동네에선 통역을 달고 다니든지 해야지, 원. 그런데, 이 건물은 뭔가 어지러운 냄새가 나는 것 같아."

"향신료 냄새야. 뒤죽박죽 섞여 나니까 역한 거야. 파키스탄, 인도네시아, 베트남, 필리핀 애들이 많잖아."

"우즈베키스탄이나 아랍 놈들은 또 어떻고, 혹시."

내 앞에서 계단을 내려가던 그들 중 한 명이 몸을 휙 돌렸다.

"뒤늦게 생각난 거 없어요? 아, 그거……."

내게 명함을 준 남자가 나를 향해 손가락질을 했다.

"지금 귀마개는 빼고 나온 거 맞죠?"

나는 고개를 끄덕였다. 세 사람 발자국 소리가 쿵쿵 울렸다.

"떨어졌다는 사람이 누군가요?"

나는 어떻게 되었는지는 묻지 않았다.

"조사 중입니다. 이 건물 사람은 아닌데 어느 집을 방문한 것도 아닌 것 같고⋯⋯."

그들은 계단을 내려가면서 계속 떠들었다. 옥상에 올라간 것 같은데, 죽으려면 더 높은 곳에 갔겠지, 겨우 6층 건물로 올라왔겠어? 아무튼 생각나는 거 있으면 연락하세요, 필요하면 연락하겠습니다,를 마지막으로 나는 그들과 다른 방향으로 걸음을 옮겼다.

도로의 대형 전자대리점 앞에서 스피커 볼륨을 한껏 높인 음악이 흘러나왔고, 반라의 댄싱 걸 둘이 춤을 추고 있었다. 그녀들 앞을 막 지나는데 뭔가가 내 등을 탁, 때렸다. 춤추는 풍선인형이 바람을 맞아 허리를 길게 비틀어 꺾으며 나를 향해 달려들었다. 내 뺨을 쳤다. 나는 휘청거리며 뒤로 한 발 물러났다. 그것은 춤을 추는 척하며 다시 한 번 내 가슴팍을 걷어찼다. 그러고는 순전히 바람 핑계를 대며 내 어깨를 내리쳐었다.

나는 라면 한 개를 사 들고 다시 원룸으로 향했다. 내 앞으로 히잡을 두른 아랍계여인이 마트 봉투를 들고 걸어갔다. 노란 봉투는 무게에 늘어져 여인이 연신 위로 들어 올리는데도 곧 터져버릴 것처럼 위태로웠다.

동생의 원룸 옆으로 공사 중의 건물들은 완성되기도 전에 임대 현수막을 내걸고 있었다. 담이 되기 위한 벽돌들이 내 키 높이로 쌓여 있었고 그 옆에 반죽하다 만 회색 시멘트 더미가 놓여 있었는데, 물을 끼얹어놓은 꼭대기 부분이 마치 분화구처럼 파여 작은 화산처럼 보였다. 경찰들 말대로 계단에는 자타르(아랍 향신료)나 다운살람(인도네시아 살람나무 잎사귀) 같은 것들이 섞인 냄새가 났다. 동생은 왜 이곳에 방을 얻었을까. 이 동네 어딘가의 공장에서 일을 했던 것일까. 이층과 삼층을 오르는 동안 어느 방에선가 새어나오는 노랫소리와 말소리. 베트남이나 말레이시아 우즈베키스탄 같은 나라의 것으로 짐작되었다. 어젯밤 그 사내는 어디서 왔을까.

*

사내의 손은 곧 내가 서 있는 창틀에 닿을 듯했다. 사내는 오층 창틀에 손을 짚거나 다시 가스배관을 타고 내려가지 않고 여전히 벽에 찰싹 붙어 나를 올려다보기만 했다.

"쉿!"

사내는 두 번째로 뾰족이 내민 입술 중앙으로 손가락을 가져갔다.

"조용히!"

사내는 쩔쩔매는 듯하면서도 위협하는 듯 보였다. 나는 숨이 턱, 멎는 것 같았지만 아무런 표정 없이 사내를 바라보았다. 저 남자는 지금, 이 시간에, 왜 저기에, 저렇게 위험한 벽에 매달려 있을까. 도대체 무얼 하려는 걸까. 나는 깊숙이 숨은 마지막 아이를 기어코 찾아낸 술래처럼 사내를 향해 손가락질을 했다. 사내의 큰 눈동자가 일그러졌다. 그러다가 다시 빙그레 웃었다. 그리고 아래를 내려다보다가 다시 위를 올려다보았다. 사내는 마치 술래에게 들켰는데도 자기 몸을 터치하지 않으면 게임이 끝난 게 아니라고 말하는 듯 보였다.

"누구…… 세요?"

내 목소리는 떨렸다. 합당한 질문이 아니었다. 도둑이라고 외치든지 그냥 그대로 창문을 닫든지 그랬어야 했다. 아니, 그러려고 했다. 하필 내가 막 문을 잡으려고 하는 순간, 사내가 입을 열었다.

"지금 몇 신가요?"

나지막한 속삭임이었다. 나를 얕잡아 보고 있는 것이 확실했다. 타인의 공간을 침범하려는 자가 할 소리는 분명 아니었다. 나는 남자 뒤로 공장에서 치솟고 있는 연기를 보았다. 어디선가 희미한 향신료 냄새가 올라오는 것 같았다. 그리고 사내의 얼굴을 다시 보았을 때 어이없게도 내 집 소파에 쪼그려 커피를 홀짝이던 동생을 보고 말았다. 동생은 대구로 돌아갈 기차표를 확인하며 내게 시간을 묻고 있었다. 나는 대답한다. 지금 나서야 해. 기차 놓치지 않으려면. 나는 벽에 붙은 시계를 연거푸 올려다보며 커피 잔을 치우고 커튼을 치고 소파의 방석을 정리하면서 시간을 알려준다. 지금, 지금 가야……. 나는 사내의 얼굴을 내려다보면서 세차게 고개를 흔들었다. 사내는 아예 곡예를 하듯이 한 손으로만 배관을 잡고 한 손은 아래쪽을 가리켰다가 내가 선 쪽을 가리켰다.

"내려갈까요, 올라갈까요?"

사내가 더 낮게 속삭였다. 그의 눈빛은 여전히 웃고 있었다. 커피 향이 정말 황홀해, 언니. 그렇지만 돌아갈 시간이야. 나는 동생을 향해 나직하게 인사했다.

"슬라맛!"

"뭐라고?"

"안녕히 가라고, 이 개……새끼야."

나는 창문을 닫으려고 했다. 그런 다음 잠금쇠를 세게 젖혀버리려고 했다. 그러나 사내의 손이 순식간에 내 눈 앞의 창틀을 짚었다. 그래서 나는 문을 닫는 대신, 창 위쪽에 힘없이 고정되어 있던 커튼 봉을 정신없이 잡아당겼다. 투두둑. 핀에 걸려 있던 암막천이 한쪽으로 주르르 쏠렸다. 쏠린 천을 뭉쳐 내 겨드랑이에 끼우고 두 손으로 봉을 꽉 움켜잡았다. 그리고, 침입자를 향해 겨누었다. 사내는 순간적으로 몸을 낮추었다. 창틀을 잡았던 손도 아래로 내렸다.

"씨발. 내려가면 될 거 아냐."

사내의 입술이 일그러지더니 발을 내디딜 곳을 찾느라 허둥대며 고개를 숙였다.

나는 긴 봉을 창밖으로 내밀었다. 봉 끝이 배관을 잡고 있는 사내의 주먹에 닿았다. 사내는 순간적으로 봉 끝을 잽싸게 움켜잡았다. 내가 잡고 있는 봉에 무게가 느껴지며 휘청, 들려올라갔다. 나는 창틀에 봉을 바짝 붙이고 두 팔꿈치로 그것을 세게 눌렀다. 사내가 아, 하며 낮게 비명을 내뱉고 봉을 다시 놓았다(거기에 튀어나온 못이 있었고, 사내가 그 것을 움켜잡았다는 것을 나중에 알았다). 나는 그 틈을 놓치지 않고 봉 끝으로 사내의 가슴을 겨냥했다. 나는 막대를 쥔 손에 한껏 힘을 주었 다. 사내의 몸은 점점 뒤로 젖혀졌다. 그는 겨우 한 손으로 배관을 쥐고 발은 허공에서 빙빙 돌았다. 나는 조금씩 손에 힘을 더 주었다. 조금 더, 더. 이를 악물고 봉을 밀었다. 배관에서 사내의 손이 떨어져 나갔다. 나 는 눈을 감지 않았다. 그리고 내 눈에서 사내가 보이지 않게 되었을 때 나는 숨을 헐떡거리면서 낮게 중얼거렸다.

"이 밤에 …… 도대체, 왜, 나한테 …… 농담을 하는 거지?"

나는 창문을 닫고 잠금쇠도 걸었다. 그리고 귀마개를 끼우고 유골 단 지를 거꾸로 들고 비닐봉지에 쏟아부었다. 눈물이 사정없이 흘러내렸 다. 멀리서 새벽이 천천히 오고 있었다.

*

라면 봉지를 뜯다 말고 나는 동생의 뼛가루가 든 봉투를 들고 다시 현 관을 나섰다. 일층 계단에서 주인 여자를 만났다. 그녀는 밀대로 복도 구석구석을 닦아내고 있었다.

나는 조금 빠른 걸음으로 계단을 내려섰다.

"거기요, 잠깐만!" 주인이 불렀다.

"오늘 중으로 비워드릴게요. 아니, 지금 바로."

나는 빠르게 그녀의 말을 막았다. 밀대를 든 채 나를 빤히 쳐다보고 있는 그녀를 뒤로하고 나는 다시 계단을 내려섰다.

"도대체 이게 뭔 일이래. 두 번씩이나."

나는 아무것도 묻지 않았다. 주인의 투덜거리는 소리가 빠르게 멀어 져갔다.

동생의 원룸 근처에 공사 중인 건물은 세 곳이었다. 최신식, 풀옵션이 라는 글씨가 보였다. 외국인 근로자 환영!이라고 적힌 현수막이 바람에

폴럭였다. 나는 좀 전에 보았던 시멘트 더미 쪽으로 걸음을 옮겼다. 휴식 시간인지 인부들은 보이지 않았다. 여전히 회색 시멘트는 분화구를 머금고 있었다. 삽이 한 자루 꽂혀 있었다. 이 시멘트는 마무리 공사에 쓰일 것이다. 벽이 되어 내내 도시의 귀퉁이를 차지할 것이다. 누군가는 자살하고, 공단이 헐리고, 도시가 없어질 때까지 굳건히 남아 모든 것을 다 보고 들을 것이다. 우연한 일로든, 운명 같은 일로든, 행복한 일로든 이 도시가 내뱉는 온갖 떠들썩한 소리들을 단 한 마디도 놓치지 않을 것이다.

나는 들고 온 봉지를 열어 동생의 뼛가루를 시멘트 위, 분화구 모양 속으로 쏟아붓고 꽂혀 있던 삽을 뽑아 한 번 뒤적였다.

"이봐요, 거기!"

굵은 목소리가 들렸다. 나는 급히 손에 든 삽을 있던 자리에 다시 꽂았다.

"어이, 거기 아줌마."

휴식을 끝낸 인부가 실실 웃으며 다가왔다.

"거기서 뭐하는 거요?"

어젯밤, 나는 아무것도 듣지 못했다. 갈래갈래 찢긴 몸을 온통 바람에 내맡긴 채 떨어져 내리는 벚꽃의 농담 같은 함성을 느꼈을 뿐이다. 나는 인부의 말을 듣지 못한 척 몸을 돌려 베트남 쌀국수 집을 향해 휘적휘적 걸어갔다.

아픔도 슬픔도 고요히 보듬는 글 쓰고 싶어

고속도로에서 어마어마한 눈을 만난 적이 있습니다.

추웠고, 미끄러웠고, 도로는 막혔고, 갇혔습니다. 앞차도 뒤차도 옆차도 움직이지 못했습니다.

사람들은 내려서 굳은 몸을 펴기도 하고, 고개를 들어 사정없이 퍼붓는 눈을 망연하게 올려다보기도 했습니다.

저는 투덜댔습니다. 빨리 처리해야 할 일도, 곧 떨어질 차의 기름도, 놓쳐버린 식사 때도, 함께 탔던 사람들의 태도도 모두 마음에 들지 않았습니다.

차 안의 분위기가 점점 긴장되어갈 무렵, 누군가가 말했습니다.

"아, 정말 아름답다."

아련한 목소리였습니다. 다들 고개를 돌려 창밖을 내다보았습니다. 소나무들이, 자기의 잎사귀보다 더 두터운 눈을 업고도 고요하게 서 있었습니다. 손바닥만 한 눈송이들을 기꺼이 받으면서도 흔들리지 않았습니다. 편안하게 잠든 아기처럼, 꿈꾸는 요정처럼 자신만의 아름다움을 키워가고 있었습니다.

자신의 둘러싼 아픈 것, 슬픈 것들을 고요함으로 바라볼 수 있는 것. 그 힘. 제게 소설은 그런 것이었습니다. 철들지 않은 나무 같은 것……. 철드는 것이 아픈 거라면 차라리 철들지 않은 채 바보처럼 살고 싶은 것.

소설을 통해 더 많은 삶을 이해하는 사람이 되고 싶습니다.

보잘것없는 글 뽑아주신 심사위원님과 부산일보사에 감사드립니다. 언제나 아낌없는 조언 베풀어주신 스승님 감사합니다. 힘이 되어준 '작은 이야기마을' 식구들 문우들 감사하고 가족들 사랑합니다.

심사평 : 김성종 · 조갑상 · 박명호 · 박향(소설가)

어두운 현실, 세심하게 표현한 상상력 돋보여

본심에 올라온 9편 중에서 〈청사포 끝집〉 〈아침 해〉 〈횡단자들〉 〈농담이 아니어도 충분한 밤〉 4편을 남겼다. 고분군의 겹쳐진 두 순장자를 죽음도 갈라놓지 못한 연인으로 해석하고 사랑과 죽음 후를 따져보는 〈청사포 끝집〉은 순장 그 자체의 의미 부여에 매몰되어 이야기가 단조로웠으며, 모처럼 만난 20대들의 이야기인 〈아침 해〉는 오늘날 대학생들의 고단함을 적절하게 전면에 배치하지 못하고 남자주인공의 내면으로만 자기정체성을 찾고 있다는 점이 아쉬웠다. 로드 킬을 당한 동물과 농가에서 폐사한 짐승들을 수거 소각하는 두 사람의 용역업체 계약직을 등장시켜 위험을 무릅쓴 횡단이 우리 인간사에서도 일어나고 있음을 말하는 〈횡단자들〉은 일련의 사건들을 안정적으로 뒷받침하는 세부사항이 부족한 게 아쉬웠다.

당선작 〈농담이 아니어도 충분한 밤〉은 외국인 노동자와 동거하다 절도 전과범으로 밑바닥까지 내려가 공단지역의 열악한 원룸에서 삶을 마감하는 젊은 여성을 통해 우리 사회의 어두운 현장을 보여준다. 부모의 이혼으로 헤어진 자매의 극명하게 대비되는 부조리한 삶의 외장 속에서 제시되는 그녀의 절망이기에 비극은 더욱 두드러져 보인다. 벽 타는 남자 부분은 다소 아쉽지만 현실을 새로운 상상력으로 세심하고 깊이 살피는 능력을 높이 사기로 했다.

투고자 모든 분들의 정진을 기대한다.

서울신문 김현경

1983년 부산 출생,
연세대 국어국문학과 졸업.

볼링공이 처음부터 끝까지 일직선으로 곧게 굴러가는 경우는 드물다. 공이 휘어지는 지점인 후킹 포인트까지 계산에 넣어야 완벽한 스트라이크를 이뤄낼 수 있다. 끝이 좋으면 다 좋다는 말을 입에 달고 살았던 오빠는 언젠가는 인생의 훅을 만들 수 있다고 믿었던 걸까. 그러나 오빠가 펼치던 인생이란 게임은 너무 빨리 끝나버렸다. 보너스는커녕 주어진 프레임의 점수 칸을 제대로 채워보지도 못한 채 종료되어버린 것이다.

서울신문

핀 캐리(pin carry)

김현경

　각각의 플레이어들이 감당할 수 있는 볼링공의 무게는 다르다. 몸무게의 10분의 1 정도 되는 볼링공을 선택하는 게 일반적이지만, 완력에 자신이 있다면 더 무거운 공도 괜찮다. 볼이 무거울수록 흔들림은 적고, 파괴력은 더 커진다. 오빠는 자신의 체중에 비해 다소 무거운 공을 사용하곤 했다. 그 16파운드짜리 볼링공이 65킬로그램밖에 되지 않는 오빠에게 실제로 버거웠는지, 아니면 적절한 무게였는지는 알 수 없다.

　나는 고향으로 향하는 기차에서 오빠의 동영상을 반복해서 되돌려보았다. 유튜브 검색 창에서 오빠의 이름과 '볼링'이라는 단어를 함께 치면 열 개가 넘는 동영상이 뜬다. Y시장배 아마추어 볼링 대회의 결승전 영상, 그리고 형식이 '제일볼링장'이라는 태그를 달아 업로드한 짧은 영상들로, 대부분 볼링공을 던지고 있는 오빠의 뒷모습을 찍은 것이다. 이따금 스트라이크를 치고 나면, 뒤로 돌아 허공을 향해 두 주먹을 내지르며 기뻐하는 모습이 짤막하게 잡히기도 했다.

　기차가 속도를 줄이자 차창 밖으로 눈에 익은 풍경들이 빠르게 스쳐 지나갔다. 커다란 모형 볼링핀을 지붕 위에 얹은 '제일볼링장' 간판도 보였다. 나는 객차의 출입문을 향해 트렁크 바퀴를 천천히 굴리며 걸어갔다.

현관에 들어서자마자, 낡고 찌든 구두가 맨 먼저 눈에 들어왔다. 아버지의 오래된 구두로, 십여 년 전 그를 쫓아낸 오빠가 아버지의 외투와 함께 마당으로 내던졌던 그 구두였다. 앞코가 해지고, 뒤꿈치가 너덜너덜해질 정도로 낡은 갈색 구두의 원래 모습이 얼마나 날렵했는지 아직도 선명하게 기억한다.

"당신은 아바이도 아이다. 한 번만 더 내 눈에 띄만 우리 둘 다 제 명에 몬 삽니데이. 살아생전에 서로 보는 일 없도록 하입시더!"

오빠는 커다란 전정가위를 손에 든 채로 눈을 부릅뜨고 소리쳤다. 내가 있는 한, 이 집에 그 종자가 발을 디디놓는 일은 없을 끼다. 엄마도 맞고 산 세월은 이제 잊으이소. 열일곱 살의 오빠는 짐짓 근엄하게 말했다. 자신이 지키고 있는 한 아버지는 돌아오지 못할 것이라고 우리를 안심시켰던 오빠의 말은 그대로 지켜진 셈이다. 하지만 오빠는 이제 더 이상 이 세상 사람이 아니었고, 아버지는 십 년 만에 나타나 러닝셔츠와 트렁크 팬티 바람으로 거실에 선 채로 나를 맞고 있었다.

닳을 대로 닳은 구두만큼이나 아버지의 몰골은 비참했다. 몸피가 절반 이상 줄어들었고, 정수리의 머리카락은 다 빠져 휑뎅그렁했다. 게다가 새카만 피부와 깡마른 팔다리, 그리고 볼록한 배는 아프리카의 기아를 연상시켰다. 기세등등했던 예전의 모습을 모두 잃어버린 채 젓가락 같은 팔로 러닝셔츠 안의 배를 긁고 있는 그의 모습에 나는 흠칫 놀라 한 걸음 물러섰다.

"왔나? 밥은? 너거 엄마는 밭에 갔다. 덥은데 어서 들어와서 선풍기 바람 좀 쐬라."

약간 새된 소리가 섞인 음성은 그대로였다. 방금 학교에서 돌아온 딸을 맞는 듯 다정한 말을 아무렇지도 않게 건네고 있는 그를 보면서 나는 마음을 다잡았다. 아버지는 이 집에 발을 들여놓을 자격이 없다.

"여기가 어디라고 감히……."

"내한테도, 거……걸리가 있다 카더라. 나도 다 들었는 말이 있다."

"걸리고, 권리고 간에 당신에게는 아무것도 없어요. 이게 어떤 집인데!"

나는 악을 쓰며 소리쳤다. 그는 대꾸도 하지 않고 저벅저벅 걸어서 현관과 맞닿은 방 안으로 들어갔다. 그곳은 내 방이었다. 고향을 떠나고 나서야 갖게 된 내 방. 그가 방 안으로 사라지고 나서야 내가 신발조차 벗지 않고 현관에 서서 소리를 지르고 있었다는 사실을 깨달았다. 나는 현관에 놓인 그의 구두를 집어 들어 마당으로 던져버렸다.

냉장고에는 자양강장제 열 병이 두 개씩 나란히 줄을 지은 채 놓여 있었다. 각성 효과가 있다는 자양강장제를 물처럼 마시던 오빠가 세상을 뜬 지도 이 년이 지났지만, 엄마는 냉장실 가장 잘 보이는 선반에 갈색 병에 담긴 드링크를 열 병씩 정리해놓는 습관을 아직 버리지 못한 것이다. 오빠는 매일 아침 자양강장제를 마시는 것으로 하루 일과를 시작했다. '젊은 날의 선택'이라는 광고로 유명한 노란색 드링크제를 양쪽 점퍼 주머니에 불룩하게 넣은 채로 출근하던 그의 뒷모습이 지금도 눈에 선하다. 사고가 났던 날, 오빠가 몰던 트럭 조수석 바닥에는 빈 드링크제 병이 스무 개 남짓 뒹굴고 있었다. 오빠는 졸릴 때마다 자양강장제를 마시면 힘이 난다고 했다. 오빠는 자주 졸려했고, 늘 피곤해했다. 일상생활에서도 깜박깜박하는 일이 잦아서 소변을 본 후 변기 커버를 위로 젖혀놓고 물도 내리지 않은 채, 화장실에서 그냥 나오는 일이 허다했다. 나는 그를 대신해 물을 내리면서 자양강장 드링크제처럼 샛노란 오빠의 오줌이, 거품을 일으키며 변기 속으로 사라지는 모습을 가만히 들여다보곤 했다.

오빠 방에 들고 온 짐을 풀었다. 책상에 놓인 액자 속 오빠는 머리카락을 노랗게 탈색한 채 경직된 얼굴로 정면을 바라보고 있었다. 자유분방한 헤어스타일과는 어울리지 않게 심각한 표정을 담은 이 사진이 영정 사진이 될 줄은 몰랐다. 사진 액자 옆에는 두 개의 볼링핀이 놓여 있다. 정확히 말하자면 볼링핀 모양의 트로피다. 한 개는 2.0리터짜리 생수 병 크기 정도로 크고, 나머지 하나는 막걸리 병만 했다. 오빠가 냉장 트럭에 가득 싣고 다니던 막걸리 말이다. 오빠는 이 지역에서 소문난 아마추어 볼링 선수였다. 그와 한판 붙기 위해 인근의 다른 도시의 사람들이 이곳까지 원정을 오기도 했었다는 건 오빠가 죽고 나서야 알았다. 빈소에서 문상객들이 늘어놓는 오빠의 무용담을, 나는 상복을 입고 빈청에 앉아 참담한 표정으로 듣고 있었다.

오빠의 사인은 졸음운전이 불러일으킨 사고로 인한 심박정지였다. '중부내륙고속도로 선산 IC 인근에서 서울 방면으로 시속 130km로 달리던 K주류회사의 냉장트럭이 오전 6시 40분경 가드레일을 들이받았고, 운전자는 그 자리에서 즉사했다'는 보도가 전파를 탈 만큼 큰 사고였다, 새벽부터 출근해 냉장트럭을 몰고 전국 각지로 막걸리를 배달하다가 사고를 당했으므로, 그의 죽음은 당연히 업무상 재해에 해당했다. 사고 전날에도 오빠는 새벽 4시에 출근해 저녁 8시에 퇴근했고, 사고 당일에도 어김없이 새벽 4시에 출근했다. 그러나 회사는 오빠가 죽기 전날 밤 12시까지 볼링을 쳤다는 사실을 문제 삼았다. 나는 엄마에게 절대 회사가 원하는 대로 합의서 따위에 도장을 찍어주어서는 안 된다고 여러 번 힘주어 말했다. 엄마는 멍한 얼굴로 고개를 끄덕였다. 문제는 오빠의 회사 사람들이 찾아와 현란하게 혀를 휘두를 때에도 엄마가 같은 표정으로 고개를 끄덕였다는 사실이다. 나는 다니던 대학을 휴학하고 고향으로 내려와 엄마의 곁을 지켰다. 문도 열어줘서는 안 된다는 회사 사람들을 집에 들이고, 오빠가 즐겨 마시던 드링크제를 그들에게 내놓는 모습을 볼 때마다 나는 엄마를 때리고 싶다는 충동에 시달렸다.

오빠가 그날 밤 12시까지 볼링을 치지 않았더라면……. 회사는 이런 가정을 내놓고 우리를 괴롭혔다. 과한 취미 생활이 화를 불러일으켰다는 것이다. 나는 오빠를 대신해 회사와 싸웠다. 회사의 주장이 말도 되지 않는 것이라 강변하면서도 새로운 가정들이 꼬리에 꼬리를 물고 떠올라 괴로웠다. 그날 아침 내가 오빠에게 전화라도 한 통 했더라면 그런 사고를 피할 수 있지 않았을까. 오빠가 그날 새벽에 뜨거운 국과 밥을 먹고 나간 것이 오히려 졸음운전의 이유가 되지는 않았을까. 엄마는 싫다는 오빠에게 한사코 아침을 먹여 보낸 것을 후회했다. 만약, 내가 서울에 있는 대학을 고집하지 않았더라면 어땠을까. 내 한 학기 등록금은 당시 식구들이 살던 고향집의 연세(年貰)보다 비쌌다. 머릿속에서 새로운 가정이 하나씩 튀어나올 때마다 커다란 대바늘이 심장을 깊게 찔러대는 느낌이었다. 오빠의 죽음을 곱씹을 때마다 튀어나오는 가정들과 후회는 바늘 끝처럼 날카롭고 좁았다가 때로는 큰 파도처럼 밀려와 삶 전체를 부정하고 휘저어버렸다. 아버지가 반듯한 가장이었다면, 엄마가 좀 더 야무지게 우리 남매를 건사할 줄 알았더라면, 오빠는 다른 인생을 살 수 있었을지도 모른다.

장례식장에서 내가 가장 많이 들은 위로의 말은 엄마에게 잘해야 한다는 소리였다. 이웃들과 몇 안 되는 친척들은 동공에 초점을 잃고 실성한 사람처럼 빈소를 지키고 있는 엄마를 보며 안쓰러운 표정을 지었다. 그리고는 나더러, 이제 너그 엄마한테 남은 사람은 인숙이 니밖에 없다고 말했다. 친척들은 혹시라도 자신에게 일말의 부담이 돌아오지는 않을까 하는 경계심을 감추고 살아남은 내 책임을 강조했다. 나 역시 하나뿐인 오빠를 잃었다는 말은 차마 내뱉지 못했다. 슬픔 이전에 책임이라는 단어가 목구멍에 와 박히면서 눈물조차 나지 않았다. 더구나 촌각을 다투면서 처리해야 할 문제들이 너무나 많았다. 오빠의 시신을 확인하고, 경찰을 면담하고, 장례 절차를 결정하는 것도 온전히 내 몫이었다. 내 동창이자 오빠의 친한 후배였던 형식의 도움이 아니었더라면 곤란한 일이 더 많았을 것이다. 인호 행님은 내한테도 친행님이나 다름없다. 형식은 삼 일 내내 장례식장에 머무르며 우리를 도왔다. 형식은 주변의 선후배들에게 오빠의 부고를 알렸고, 생각보다 늘어나는 조문객을 맞으려 술과 음식을 추가로 주문했다. 나를 대신해 소매를 걷어붙이고 음식을 나르며 조문객들을 대접했고, 장례 행렬 맨 앞에서 오빠의 영정을 들었다. 그러면서도 장례 기간 내내 내 시선을 피해 의아한 마음이 들게 했다.

오빠의 화장이 진행되는 동안 화장터 앞마당으로 나를 따로 불러 오빠가 남긴 보험금이 있다는 사실을 전해준 것도 형식이었다.

"장례 다 치우고 나서 말해줄라 캤는데 행님을 저래 불구디에 보내디리고 나이 인자 말해도 되겠다 싶어서. 볼링동호회에 보험설계사 하시는 행님이 계시거덩. 그 행님한테 인호 행님이 얼마 전에 보험 하나를 들었다. 그기 정확히 말하만, 무슨 내기를 해가꼬 20만 원 정도 인호 행님이 땄는데 그거를 보험 행님이 돈으로 안 주고 인호 행님 이름으로 종신보험을 들어뿌릿다 이기라. 첫 달 보험료 대납해줬다 카민서. 두 달도 안 된 일인 기라. 그걸로 그 보험 행님이랑 인호 행님이 싸우고 억수로 난리 났는데, 일이 이래 되고 보이 이런 거를 불행 중 다행이라 캐야 되는 긴지…… 사람 운명이라 카는 기 참…… 얄궂다."

형식은 끝까지 내 눈을 제대로 처다보지 않은 채, 나와 반대 방향으로 몸을 돌려 길게 담배 연기를 뿜었다. 화장터에서 나는 매캐한 냄새와 형식의 담배 냄새가 섞여 공중으로 흩날려졌다.

오빠가 내 이름으로 남긴 보험금이 꽤 된다는 소문이 퍼지자 이웃들은 그래도 이제 인숙이네는 걱정 없겠다는 말을 대놓고 했다. 동네 사람들은 아들 죽은 보험금으로 포도밭을 사고 새로 집을 지었다며 수군거렸다.

돈으로 위로할 수 있는 죽음이란 없다. 오빠의 보험금을 받았다고 해서 그를 잃은 슬픔이 가시는 것은 아니었다. 위로받기 위해 그 돈을 받은 것 또한 아니었다. 오빠는 죽으면서 보험금을 내 앞으로 남겼고, 우리는 오빠가 살아 있을 때와 마찬가지로 돈이 필요했다. 우리는 항상 가난했다. 오빠는 가난하게 자라, 가난하게 살다가 갔고, 우리에게 적지 않은 돈을 남겼다. 보험금 5억과 회사로부터 받은 보상금 1억, 6억이란 돈은, 남은 사람들이 더 이상 가난하다는 생각을 하지 않을 수 있는 돈이었다.

남의 집 농사일을 도와주고 품삯을 받으며 살던 엄마의 소원은 자기 명의의 땅과 집을 가지는 것이었다. 내 소원은 학교 앞에 원룸이라도 하나 얻고, 돈 걱정 없이 대학을 다니는 것이었다. 오빠는 형식처럼 볼링장 아들로 태어나 볼링을 실컷 치는 것이 소원이라고 말했다가 굳어지는 엄마의 표정을 보고 농담이라며 유난스럽게 웃었다. 그러고는 자신의 꿈은 나와 엄마의 소원을 이뤄주는 것이라고 했다. 이제 세 사람의 소원은 모두 이루어진 셈이다. 그러나 지금 우리 중 그 누구도 행복하지 않다. 고시원을 전전하다가 처음으로 내 공간으로 마련한 8평짜리 오피스텔은 아늑했다. 뜨거운 물을 가장 센 수압으로 오래도록 틀어놓고 머리를 감다가, 나도 모르게 콧노래를 부르는 스스로에게 흠칫 놀라 벌거벗은 몸으로 주위를 둘러본 적이 있다. 나는 이 집에서 행복할 자격이 없다는 말을 되뇌면서 괜히 주눅이 들었다.

오빠는 볼링 때문에 죽은 것이 아니다. 하지만 볼링을 몰랐더라면, 형식과 어울리지 않았더라면, 그랬다면 어쩌면 지금과는 다른 현실이 펼쳐지지 않았을까 하는 원망은 지금도 떨치기 어렵다. 장례가 끝난 후, 오빠의 유품을 정리하다가 휴대전화에 남겨진 형식의 메시지들을 읽으며 나는 호흡이 가빠졌다. 형식은 거의 매일 밤 오빠를 자기네 볼링장으로 불러냈다.

행님 오늘 제가 3 대 3 죽이는 멤버들로 조 짰났습니더. 판돈이 쫴 커예.

이거는 진짜 빅 매치라요. 컨디션 조절 잘하고 오시이소. 드링크 시원하게 해 놓고 기다리께예.

오빠의 휴대전화를 들고 읍내에 있는 형식의 볼링장으로 달려갔다. 볼링장 입구의 커피 자판기 앞에서 커피를 마시고 있는 그를 보자마자 따귀를 올려붙였다. 형식이 놓친 종이컵에 담긴 커피가 바닥에 쏟아졌다.

"으. 뜨거버라! 니 미친 거 아이가."

대답도 없이 볼링 레인 앞에 놓인 공 하나를 집어 들었다. 볼링공을 들고 성큼성큼 걸어가 볼링장 입구의 유리문을 향해 힘껏 던졌다. 창 깨지는 소리와 함께 유리가 산산조각이 났다.

"야, 이형식. 너 어떻게 우리한테 이럴 수가 있어?"

"머라카노. 니 뭐 잘몬 쳐 묵었나."

"너는 왜 이렇게 멀쩡해? 우리 오빠를 노름에 끌어들여 죽게 해놓고, 어떻게 이렇게 멀쩡하게 살고 있냐고!"

나는 형식이 가슴팍과 어깨를 주먹으로 치며 소리를 질렀다.

"아이다, 그런 기 아이고. 니가 무슨 오해가 있는 갑는데, 행님은 노름을 하신 기 아이고…… 그거는 그냥 친목도모다. 그라이깐 여기 볼링동호회 회원들끼리 재미로 했던 내기인기라."

"그래? 그럼 이 얘기 경찰서 가서 한 번 해볼까. 매일 밤 판돈이 백만 원에서 이백만 원씩 오가는 볼링 게임이 내기인지 도박인지 말이야."

"니 말 다했나? 니 그래 말하만 나는 뭐 할 말 없을 줄 아나. 그래도 해……행님이 우리캉 볼링을 치기 때문에 그 보험을 들게 된 기지. 동네 사람들이 다 칸다. 너거 집은 행님 죽어가꼬, 그나마 남은 사람들이 살게 됐다꼬. 6억이 뭐 누구 집 아 이름이가?"

나는 형식을 노려보았다. 그리고 아무 말 없이 다시 레인 앞에 놓인 볼링공 하나를 들어 카운터 방향으로 던졌다. 형식이 자리를 비운 카운터에는 아무도 앉아 있지 않았다. 둔탁하게 볼링공이 떨어지고 무언가 깨지는 소리가 들렸지만, 곧장 볼링장 밖으로 나와버렸다. 뒤통수에 대고 거칠게 욕을 하는 형식에게 아무런 대꾸를 하지 않은 채 입구에 잘게 부서져있는 유리 조각을 밟으면서 그곳을 빠져나왔다.

밭에서 돌아온 엄마의 바지 자락은 흙투성이였다. 엄마는 입구에 더러운 몸뻬 바지와 토시를 허물처럼 벗어두고, 반팔 셔츠와 팬티만 입은 채로 거실을 가로질러 욕실로 들어갔다. 못 본 사이 살이 더 빠졌는지 팬티조차 몸뻬처럼 헐렁했다. 엄마는 팬티를 발목까지 내리고 쪼그리고 앉아 욕실 바닥에 소변을 보았다. 욕실 문도 닫지 않고 수채 구멍에 오줌을 누는 엄마의 엉덩이를 나는 얼굴을 찌푸린 채 바라보았다. 변기가 아닌 수채 구멍 앞에 쪼그려 앉아 소변을 보는 엄마의 버릇은 아무리 잔소리를 해도 고쳐지지 않았다. 나는 이기 편한데 우짜겠노. 엄마는 늘

말을 분명하게 하지 않고 입안에서 삼키듯이 말했다. 학창 시절, 매일 아침 욕실에 들어갈 때마다 욕실 바닥에서 올라오는 지린내에 숨이 막혔다. 변기에 물 내리는 것을 자주 깜빡하는 오빠도 지긋지긋하기는 마찬가지였다. 꼭 서울로 대학을 가야겠냐고 묻는 오빠의 질문에 나는 간절한 표정으로 고개를 끄덕였다. 첫 학기 등록금만 마련해달라고, 그다음에는 어떻게든 내가 알아서 해보겠다며 겨우 오빠를 설득했다.

오빠에게도 집을 떠날 기회가 있었다. 공고 3학년 때 수원에 있는 반도체 공장에 취직이 되었지만 오빠는 고민 끝에 입사를 포기했다. 아들을 멀리 보내기 싫어했던 엄마의 만류 탓이 컸다. 대신 오빠는 집에서 멀지 않은 막걸리 공장에 취직했다.

"인숙아, 오빠야가 볼링부인 거 알제? 오빠야가 볼링 칠 때 제일 어려븐 기 뭐꼬 카만 스페어(spare) 처리다. 한 번에 스트라이크를 못 시키만 두 번째 공 던질 때 나머지를 다 넘가야 되거덩. 최고 골치 아픈 기 뭐꼬 카만 핀이 몇 개 남지도 안해 가꼬 뚝뚝 떨어지가 있을 때인 기라. 그거를 스플릿(split)이라 카거덩. 양쪽 끝에 핀이 이래 두 개 뚝 떨어져 있으면 결국 한 개를 내삐릴 수밖에 없더라 카이. 그라이깐, 식구끼리는 서로 붙어살아야 처리가 쉽다. 뭐 이런 말이다."

오빠가 한창 볼링에 빠져들던 시기였다. 오빠는 모든 것을 볼링과 연결시켜 이야기하려 들었고, 볼링에 대해 이야기할 때만 환하게 웃었다. 당시 고등학교 1학년이던 나는 그때부터 굳게 다짐했다. 처치 곤란한 스페어, 그래서 포기해야 하는 스페어가 아니라, 아예 다른 레인에 스스로를 세워보겠다고. 나는 일부러 사투리를 쓰지 않았고, 친구를 깊게 사귀지도 않았다. 이 좁은 동네를 떠나 아무도 나를 모르는 곳에 가서 온전한 나로 새롭게 살아보고 싶었다.

아버지가 들고 온 유리단지 속에는 수백 마리의 굼벵이가 서로 몸이 뒤엉긴 채 꿈틀거리고 있었다.

"지금 뭐하자는 거예요? 이런 게 어디서 났어요?"

"어데서 났기는? 샀지. 읍내 건강원에 외상 잽히가 샀다. 읍에 나갈 일 있으만 그 집에 돈 쫌 갖다주라. 구하기 힘든 기라꼬 억수로 생색내더라. 이따가 너거 엄마 오만 이거 씻거가 한 번 찌놓으라 캐라."

"아니, 대체 뭘 믿고 외상을 줘요?"

"내 믿꼬 줬겠나? 인숙이 니 인자 부자됐다꼬 소문이 자자하더라."

"그래서, 좋으세요?"

"누가 좋다 카더나. 사람들이 그칸다 카는 기지. 나도 참 기가 차가 말도 안 나온다."

아버지는 유리단지를 손에 든 채 계속 만지작거렸다. 나는 투명한 단지 표면에 희뿌옇게 찍힌 손자국을 보면서 미간을 찡그렸다.

"얼마를 원해요? 그때 말한 권리라는 게 얼마짜리라고 생각하세요?"

"35다."

"당장 필요한 용돈 말고요. 얼마를 주면, 이 집에서 나가겠느냐고 물은 겁니다. 많이는 못 줘요. 우리 이제 돈 없어요. 엄마도 농협에 빚내서 비료 사고 농사지어요."

"35만 원이 아이라 35키로. 그기 지끔 내 몸무게다."

예전의 그는 36인치 사이즈 바지를 입을 정도로 체격이 좋았다.

"걱정 마라. 오래 안 있는다. 나도 곧 인호 곁으로 갈 끼다."

그의 건강 상태가 좋지 않다는 것은 한눈에 봐도 알 수 있었다. 죽을 병에 걸렸다는 말도 엄살로 보이지만은 않았다. 나는 무슨 병인지 묻지 않았다.

"그러면서 약은 왜 구해다 먹어요? 무슨 염치로 이래!"

"하루를 살아도 쫌 덜 아프까 싶어가 칸다. 내가 이거 한 빙 사 묵는 것도 아깝나? 인호 글마가 살아 있었으만, 내를 이래 멸시하지는 않았을 끼다. 적어도 다 죽어가는 아바이한테 이래하는 거는 갱우가 아이라 카이!"

아버지가 눈을 희번덕거리며 소리쳤다. 우윳빛 투명한 몸체에 붙은 검은색 대가리를 뒤흔들며 유리벽을 타고 있는 굼벵이들처럼 마지막 발악을 하는 것 같았다.

"오빠 이름 입에 올리지도 말아요. 오빠가 어떻게 살다가 죽었는지 알기나 해요?"

더 독한 말로 쏘아주려는데, 아버지가 갑자기 배를 움켜쥐며 주저앉았다. 놀라 엉거주춤 팔을 뻗었다. 그는 내 손을 뿌리치고 욕실로 달려갔다. 푸른색 타일이 깔린 욕실 바닥에 검붉고 끈적끈적한 피가 흩뿌려지는 모습을 보면서 나는 한 손으로 입을 틀어막았다. 러닝셔츠 앞섶을 붉은 피로 흥건하게 적신 아버지가 욕실에서 나와 방으로 들어가자, 나는 바지를 무릎까지 걷고 욕실로 들어가 샤워기를 틀었다. 물을 세게 틀어서 바닥의 끈적끈적한 핏자국을 지우다 말고, 쪼그려 앉아 울었다. 오빠였더라면 아버지를 다시 받아들일 수 있었을까. 오빠가 돌아와 어서 이 스페어들을 처리해주었으면 좋겠다는 생각이 계속 머릿속을 맴돌았다.

방으로 들어가 옷장 문을 열었다. 오빠의 방에는 그가 쓰던 물건과 옷가지 들이 그대로 놓여 있었다. 내가 갖다 버린 오빠의 유품들을 엄마는 모두 다시 주워왔다. 오빠가 입던 옷들 사이로 얼굴을 파묻어보았다. 오빠에게서 늘 나던 냄새가 여전히 남아 있었다. 담배 냄새와 시큼한 막걸리 냄새가 섞여서 나던 찌든 내가 좀약 냄새와 함께 코끝에 돌았다. 외투 주머니에서는 따스한 온기마저 전해졌다. 오빠의 점퍼 주머니에 하나하나 손을 넣어보다가 손바닥 크기의 수첩 하나를 발견했다. 수첩에는 처음부터 끝까지 볼링에 관한 메모밖에 없었다. PVC 재질의 수첩 커버에는 '제일볼링장 이용권'이 스무 장 남짓 끼워져 있었다.

책상에 앉아 수첩을 첫 장부터 찬찬히 들여다보았다. 수첩은 각 장마다 오빠가 치른 게임에 관한 기록으로 채워져 있었다. 오빠는 자신이 얻은 점수와 딴 돈 혹은 잃은 돈을 먼저 기록하고, 그날 컨디션과 치러낸 게임의 보완점들을 짤막하게 적어놓았다. 돈을 잃은 날은 많지 않았다. 그러나 작은 액수라도 잃은 날이면, 처리하지 못한 스페어의 위치와 공의 각도까지 그려가면서 문제점이 무엇인지를 파악하려 들었다. 나는 모르는 볼링 용어를 인터넷 검색 창에서 찾아보면서까지 오빠의 게임을 내 나름대로 복기해보려 애썼다. 오빠는 파워모션 볼링을 선호했다. 5스텝의 순서로 빠르게 어프로치 라인을 통과해 공의 스피드와 파워를 최대한으로 끌어올리는 방식이었다. 오빠는 되도록 1회 차 투구에서 스트라이크 존을 공략해 성공시켜야 한다고 수첩에 써놓았다. 스페어에 대한 부담이 너무 크다는 것이다. 오빠가 정신력이 강한 선수는 아니었던 듯하다. 첫 투구에서 스트라이크를 성공하지 못하면, 2회 차 투구에서는 미스가 잦았다. 그럼에도 그의 에버리지가 높은 수준을 유지할 수 있었던 것은 더블(두 번 연속 스트라이크)과 터키(세 번 연속 스트라이크)를 심심치 않게 보여줄 정도로 스트라이크 확률이 높았기 때문이었다.

수첩 곳곳에 빨간색 글씨로 쓰인 '일타열피!'라는 문구는 계산할 줄 모르는 오빠의 삶을 그대로 보여주는 것 같았다. 막걸리 상자를 들 때에도 오빠는 남들처럼 한 상자씩 드는 게 아니라 두 세 상자를 한꺼번에 겹쳐 옮기곤 했다. 상가에 조문 온 회사 동료들은 남들보다 일처리가 빨랐던 오빠를 좋게 기억하고 있었다. 그렇게 일을 허겁지겁 끝내고 그가 달려간 곳은 볼링장이었다…….

오빠는 볼링 때문에 죽은 것이 아니다. 하지만 무언가를 지독하게 사랑한다는 것은, 내일이 없는 사람처럼 그것에 매달릴 각오가 필요한 일인지도 모르겠다. 그런 의미에서 나는 그 무엇도 사랑할 수 없는 인간이었다.

아침 느지막이 거실로 나가자 엄마는 집에 없고, 아버지의 방문 앞에는 빈 죽 그릇이 놓인 개다리소반이 나와 있었다. 나는 늦은 아침을 먹고 읍내의 볼링장으로 나갔다. 카운터 앞에서 쿠폰을 내밀자, 형식은 두 눈이 동그레져서 물었다.

"니 이거 어데서 났노?"

"이 쿠폰 너네 볼링장 꺼 맞지? 240 사이즈로 줘."

나는 대답 대신 건조한 목소리로 내 할 말만 늘어놓았다. 형식은 순순히 볼링화를 꺼내주었다. 푸른 색 쿠폰 한 장을 내고 하루 종일 볼링을 쳤다. 쿠폰 한 장당 한 게임을 이용할 수 있다는 규칙은 아랑곳하지 않은 채, 다섯 게임에서 열 게임은 족히 쳤다. 신발 대여료도 따로 내지 않았다. 형식은 그런 내게 아무런 말을 하지 않았다. 평일 낮 시간의 볼링장은 한산했다.

오빠의 옆에서 구경한 적은 있었지만, 직접 볼링을 쳐본 것은 처음이었다. 나는 부러 볼링공을 세게 바닥에 던지듯 굴렸다. 레인 위로 볼링공을 떨어뜨릴 때마다 쿵 하는 소리가 나며 발끝에 진동이 와 닿았다. 미치광이 같으니라고. 이게 뭐라고, 수첩에 공부를 해가면서까지 쳐. 대단한 박사 나셨어. 그 시간에 집에 일찍 와서 잠이나 잤어야지. 나더러 걱정 말라고 자기가 다 책임진다고 하더니, 결국 이렇게 나한테 다 떠넘기고 혼자 떠났나. 공은 레인 옆의 도랑같이 생긴 회색 거터 속으로 들어가 떼굴떼굴 굴러가기 일쑤였다. 잠자코 지켜보고 있던 형식이 슬그머니 옆에 다가와 이죽거렸다.

"그래 가꼬 바닥이 뿌사지겠나. 더 씨기 쾅쾅 던지뿌라. 아이고 답답 아래이. 그래 하는 기 아이고……."

형식이 내 손과 어깨를 붙들고 볼링공 잡은 자세를 교정시켜주려 했다. 나는 볼링공을 손에 든 채로 형식을 노려보았다. 순간 형식은 움찔한 기색을 보이며 다시 카운터로 돌아갔다. 오일이 덧발라져 번들거리는 레인 위로 나는 폭탄을 던지듯 공을 던졌다. 오빠에게 등록금을 부쳐달라고 했던 내 발등을 볼링공으로 찧어버리고 싶은 심정이었다.

옆 레인에서는 교복을 입은 학생 무리들이 시끄럽게 순서를 바꿔가며 볼링을 치고 있었다. 볼링공이 굴러가 핀에 부딪힐 때마다 그들은 요란스럽게 박수를 치며 깔깔 웃어댔다. 그 모습을 멍하니 바라보다가 자리를 정리하고, 신발을 갈아 신었다. 카운터에 신발을 반납하며 힐끗 학생들의 전광판을 들여다보았는데, 그들은 10프레임이 아니라 12프레임으로 게임을 마무리 짓고 있었다. 나는 형식에게 시비조로 말을 붙였다.

"쟤네들은 왜 열 번이 아니라 열두 번씩 쳐? 내가 쿠폰 손님이라고 홀대하는 거야?"

형식이 크게 웃음을 터뜨렸다.

"니는 여어가 노래방맨치로 사장이 뽀나스 프레임 더 주고 싶으만 줄 수 있고 그런 덴 줄 아나? 그기 아이라 쟈들은 10회 차 떤질 때 스트라이크를 해 가꼬, 뽀나스 프레임을 받은 기다."

"보너스?"

"하긴, 니는 맨날 개판 치는 점수만 받아가꼬 그런 기 있는지도 몰랐겠지. 인호 행님이 진짜 뽀나스 게임의 명수였는데……. 10회 차를 스트라이크 때리 가꼬 두 번 더 뽀나스 투구를 받아 뿌리민 당해낼 사람이 없었제."

형식은 혀를 끌끌 차며 말을 이어나갔다.

"나는 그때 저 행님은 진짜 운빨 쥑인다 생각했거덩. 스트라이크를 치도 우째 저 순간에 딱 성공시키민서 뽀나스 투구를 받아가. 행님이 내한테 자주 했던 말이 인생 끝까지 가봐야 안다꼬, 두고 봐라 늘 그캤는데……."

오빠는 운이 좋은 사람이 아니었다. 어쩌면 그래서 더욱더 볼링의 운에 집착했는지도 모르겠다. 탁월한 실력에 운까지 따라준다고 치켜세워주는 주변 사람들의 부추김이 졸린 눈을 부비며 공을 던지게 하는 힘이 되었는지도 모른다. 빨간색 팬티와 체크무늬 양말을 신은 날이 제일 점수가 좋다며 속옷과 양말 색깔까지 메모해놓은 오빠의 수첩을 떠올리며 나는 한숨을 쉬었다.

볼링공이 처음부터 끝까지 일직선으로 곧게 굴러가는 경우는 드물다. 공이 휘어지는 지점인 후킹 포인트까지 계산에 넣어야 완벽한 스트라이크를 이뤄낼 수 있다. 끝이 좋으면 다 좋다는 말을 입에 달고 살았던 오빠는 언젠가는 인생의 훅을 만들 수 있다고 믿었던 걸까. 그러나 오빠가 펼치던 인생이란 게임은 너무 빨리 끝나버렸다. 보너스는커녕 주어진 프레임의 점수 칸을 제대로 채워보지도 못한 채 종료되어버린 것이다.

엄마와 아버지를 앞세우고 포도밭을 향해 걸었다. 포도송이를 종이포장 하는 작업을 해야 했다.

"그 집은 너거 아이라도 일손 안 많나. 오늘 우리도 해야 되는데, 우짜노. 내일은 약 치야 되는 날인데……. 오늘은 꼭 우리 밭에 와줘야 된다꼬 내가 말 안 하더나……. 어데, 내 말은 그기 아이고……."

아침에 일어나 거실로 나오자 엄마는 전화기를 붙들고 여기저기 전화를 해대고 있었다. 약속을 어긴 건 상대방인 것 같은데, 엄마는 화를 내지도 못하고 기어들어가는 목소리로 쩔쩔맸다. 오기로 했던 이들은 엄마와 함께 조를 짜서 인근의 과수원과 비닐하우스로 일당벌이를 다니던 아주머니들로, 오빠의 장례식장에 달려와 가장 큰 목소리로 곡을 해주었던 사람들이었다. 그러나 엄마가 포도밭을 사면서 그들의 태도는 묘하게 변해갔다.

유월 초순, 포도알이 새파랗게 영글 즈음이면 포도송이를 종이로 감싸줘야 하는데 시기를 놓치면 병충해나 햇빛, 농약으로 포도가 상할 수 있다. 답답한 마음에 내가 도울 테니 남한테 아쉬운 소리 하지 말라며 큰소리를 쳤다. 방 안에 틀어박혀 숨죽이고 있던 아버지도 눈치를 보며 나갈 채비를 했다. 아버지나 나나 밭일을 안 해봤기는 마찬가지였다.

생각보다 일이 어렵지는 않았다. 다만 온몸에 땀이 줄줄 흐를 정도로 더운 게 문제였다. 나는 엄마와 예닐곱 걸음 떨어져 혼자 일했고, 아버지는 엄마와 한 조를 이루어 일했다. 아버지가 포도송이를 종이로 감싸면 엄마가 옆에서 그 위를 철끈으로 묶었다. 너무 쫄리게 묶으만 안 된다 카이, 포도도 숨을 쉬어야제. 엄마가 종이를 건네주면서 하는 말에 불현듯 기억하기조차 싫은 오빠의 마지막 모습이 떠올랐다.

입관 전 마지막 인사를 하는 시간이었다. 피투성이로 병원에 실려 왔을 때와는 달리 깨끗한 모습으로 분까지 바르고 누워 있는 오빠의 모습은 차라리 편안해 보였다. 사고 직후 끔찍한 모습을 보지 못했던 엄마는 오빠를 쓰다듬으면서 통곡을 했다. 그리고 장례사를 붙들고 염해놓은 오빠를 가리키며 애원하듯 말했다.

"우리 아는 답답은 거 싫어하는데, 너무 꽉 쫄라났다. 옷도 찡기는 거 싫다 캐가 내가 맨날 한 치수 큰 걸로 사주고 캤는데…… 어차피 태울 꺼 아이가. 쪼매만 풀어주만 안 되겠나. 우리 인호는 저래 답답은 거 싫어한다 안 카능교."

목구멍에서 넘어온 뜨거운 기운을 억지로 삼키고 있는데, 아버지와 엄마가 나누는 말소리가 들려왔다. 마치 지난 삼십여 년간 아무 탈도 없이 서로 의지하면서 산 금슬 좋은 부부인 양, 같은 포도송이를 붙든 채 도란거리는 그들의 모습에 허망한 생각마저 몰려왔다. 엄마를 지킨다는 명목으로 이곳에 내려와 있는 내가 한심했다.

"니는 와 하필이믄 포도밭을 샀노. 쪼매난 하우스 같은 거를 샀으만 차라리 좀 편하고 나을 낀데."

"우리 인호가 포도를 제일 안 좋아했능교. 맨날 넘우 밭에서 얻어가꼬 알매이 쪼매난 것만 믹인 기 계속 마음에 걸린다. 제사상에 제일 큰 걸로 올리줄라꼬 그캤제."

오빠 이야기가 나오자 엄마는 별안간 땅바닥에 주저앉아 꺽꺽 하고 울음을 터뜨렸다. 몸속 깊은 곳에서 토해내는, 비명에 가까운 울음이었다. 한편으로, 별안간이라는 표현을 쓰기에는 철퍼덕 주저앉아 우는 품새가 너무나 익숙하고 자연스러워 보였다. 처음 있는 일이 아닌 듯했다. 어쩌면 엄마는 목 놓아 울기 위해서 이 밭이 필요했는지도 모르겠다는 생각이 들 정도였다. 나는 차라리 속 시원하다는 생각이 들었다. 언제나 웅얼거리면서 속의 말을 삼키던 엄마였다. 이렇게 울기라도 해야 썩은 포도알처럼 문드러진 가슴 속 응어리가 조금이라도 풀리지 않겠는가. 주변은 고요했다.

아버지가 당황한 표정을 지으며 말했다.

"니 와 이카노. 일나봐라. 동네 사람들이 들으만 머라카겠노. 내가 니 뭐 우째 했을 줄 알겠다. 동네 우사시럽구로."

그는 진땀을 흘리며 엄마에게 다가갔다. 엄마의 팔을 붙들고 일으켜 세우려고 했지만 아버지의 팔뚝은 엄마의 절반에 못 미칠 정도로 앙상했다. 엄마를 일으키려던 아버지가 오히려 휘청거리면서 흙바닥에 넘어졌다. 아버지는 스스로 일어날 기력조차 없는지 거칠게 숨을 내쉬면서 네발짐승처럼 엎드려 있었다. 나는 눈을 찡그린 채, 쓰고 있던 썬캡을 벗어 얼굴에 부채질을 했다. 포도나무의 높이가 낮아 똑바로 서지도 못하고, 허리를 숙인 엉거주춤한 자세로 연신 부채질만 해댈 뿐이었다. 숨이 막히게 더웠다. 엄마의 울음소리가 조금씩 잦아지고 있을 무렵, 아버지가 땅바닥에 카악 하고 가래침을 뱉었다. 길고 끈적끈적한 가래침이 끊어지지 않고, 그의 아랫입술에서 덜렁거렸다.

오빠는 죽기 전날까지 도박판을 벌였다. 수첩을 절반쯤 넘기다가, 나는 게임일지의 패턴이 이상하게 변하고 있다는 걸 알아차렸다. 그가 생의 막바지에 빠져 있었던 게임은 단순히 볼링 에버리지를 얼마나 많이 내는지를 다투는 게 아니라 누가 점수를 제일 적게 내는지로 승부를 겨루는 게임이었다. 그렇다고 공을 레인 옆의 거터 구역에 빠뜨려서도 안 되었다. 핀 스폿까지 공을 굴리되, 가장 적게 핀을 쓰러뜨리는 자가 돈을 따갔다는 점에서 실력보다는 운이 더 중요한 투전판이나 마찬가지였다.

오빠의 공은 킹핀과 헤드핀을 아슬아슬하게 잘 비켜나가 많은 수의 핀을 남겼다. 형식의 말에 따르면, 점수를 많이 내는 오빠를 견제하기 위해 점수를 적게 내는 사람이 승자가 되도록 룰을 바꾼 것이었는데, 오빠는 의외로 빨리 새로운 게임에 적응했다. 투구 자세와 쓰던 볼을 바꾼 효과가 컸다. 5스텝 대신 4스텝, 평소 쓰던 16파운드의 볼 대신 13파운드 볼을 쓴다. 거친 필체로 채워진 오빠의 메모는 꼼꼼했고, 진중했다. 배치도까지 그려놓고, 검은색으로 표시된 10번 핀 하나만 안정적으로 아웃시키기 위한 공의 동선을 짰다. '훅 볼'이라고 동그라미 쳐진 단어 옆에는 별 모양 그림이 여러 개 주렁주렁 달려 있었다. 스트레이트로 곧

게 전진시키다가 핀 앞에서 오른쪽 바깥으로 볼의 커브를 유도해서 10
번 핀을 날리는 전략이었다.

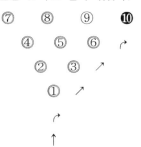

'뉴 게임'이라고 이름 붙인 그 게임의 판돈은 날이 갈수록 더 커지고
있었고, 그에 비례해 메모에 담긴 욕망의 크기도 기묘하게 불어났다. 사
고 즈음의 오빠는 팬티 한 장을 갈아입는 데에도 예민하게 굴어 엄마가
애인이 생겼냐고 물어볼 정도였다. 게임 한 판에 한 달 치 월급이 오갔
으니 그럴 만도 했다. 다른 핀에 미치는 파급 효과가 큰 헤드핀(1번 핀)
과 킹핀(5번 핀)을 비켜 지나가 단 하나의 핀만 깨끗하게 날려야 한다고
휘갈겨놓은, 낯부끄러울 정도로 진지하고 치열한 메모로 빼곡하게 채
워진 그 수첩을 나는 마당으로 들고 나와 오빠가 남긴 잡동사니와 함께
불태웠다. 맞춤법도 제대로 몰라서 '핀 캐리를 경계하자.'라고 빨간 글
씨로 강조해놓은 오빠의 흔적을 나는 볼품없는 물건을 버리듯 내팽개
쳤다. 내 서울살이를 지탱했던 것이 오빠가 쓰러뜨리지 않은 스페어스
(spares)라는 걸 잊고 싶었다. 까맣게 내려앉은 잿더미를 발로 밟고 침
을 퉤퉤 뱉었다. 수첩에서 빼낸 몇 장의 쿠폰이 손 안에서 구겨졌다.

화가 치솟으면서 무언가 던지고 부숴버리고 싶다는 생각이 들 때마다
볼링장에 갔다. 이 집에서 머무른 대부분의 시간이 그런 나날이었다. 마
지막 남은 쿠폰을 내고 벤치에 앉아 볼링화를 갈아 신으며, 나는 심호흡
을 했다. 마지막으로, 가장 점수를 적게 내는 볼링을 쳐보기로 했다.
오른쪽 끝의 10번 핀을 노리고 던졌더니 볼링공은 손에서 떨어지는
족족 레인 밖으로 굴러가기 바빴다. 한 번은 10번 핀에 공이 닿긴 닿았

는데, 스치기만 했는지 핀이 살짝 기우뚱하는 데 그치고 오뚝이처럼 말 짱하게 섰다.

"으이고, 속 터져 죽겠네. 니는 우째 핀을 맞차놓고도 점수를 못 내노? 이거 끼고 한번 해봐라."

형식이 볼링 아대라며 낯선 장비를 내밀었다. 광택이 나는 단단한 재질로 이루어진 붉은 아대는 아이언맨의 갑옷 같았다.

"핀이 맞으만 머하노. 손모가지에 히마리가 없어가꼬, 핀이 쓰러지지를 안하는데. 이거 차고 한 번 해봐라. 훨씬 더 힘이 잘 들어갈 끼다."

나는 웅얼거리듯 작게 말했다.

"딱 하나만 아웃시키고 싶어. 아주 깨끗하게."

형식은 내 팔에 억지로 아대를 채우느라 무슨 말인지 제대로 알아듣지 못한 모양이었다.

"한 번에 다 되는 기 아이다. 첨부터 우째 깨끗하이 다 처리하겠노. 부담 가질 필요 엄따. 공짜로 주는 거 아이다. 빌리주는 기다. 신발하고 같이 반납하만 된다."

단단한 아대를 착용하자 팔목부터 팔꿈치까지 깁스를 한 느낌이었다. 공의 구멍에 손가락을 끼우고 천천히 스텝을 밟았다. 확실히 공이 뻗어가는 기세가 이전보다 좋았다. 10번 핀을 향해 스트레이트로 나아가던 공이 핀 스팟 앞에서 갑자기 왼쪽으로 휘어지면서 1번 헤드 핀을 정확하게 때렸다. 헤드 핀이 넘어지면서 킹 핀을 때렸고, 또 킹 핀이 주변의 핀들을 쓰러뜨렸다. 스트라이크였다.

"브라보! 내가 말 안 하더나. 아대 끼면 힘을 팍 받아갖고 점수가 더 나올 끼라고. 이야, 핀 캐리 직이네. 일단 공을 쎄리   다 카만 저런 반발력으로 핀 캐리가 나와줘야 속이 씨원해진다 카이. 아대가 완전 임자 만났는갑다."

형식은 박수를 쳐가면서까지 너스레를 떨었다. 스트라이크를 의도한 건 아니었지만, 손끝에 얼얼하게 느껴지는 감각이 이상한 희열을 불러일으켰다. 공에 맞은 핀이 튀어 오르는 순간, 핀과 핀끼리 부딪치며 내는 소리의 경쾌함이 내 몸마저 가볍게 만들어버리는 느낌이었다. 나는 쓰러진 핀들이 쓸려져 나가고 새로운 열 개의 핀으로 리셋되는 모습을 바라보면서, 얼얼한 손끝과 팔을 단단하게 감싸고 있는 아대를 어루만졌다.

볼링핀 간 중심에서 중심 사이의 거리는 30.48cm이다. 각각 떨어져 있지만 완전히 독립적으로 서 있는 것은 아니다. 무너지는 순간에는 서로의 영향을 강하게 받을 수밖에 없다. 도망가려 해봤자, 강한 힘이 덮쳐버리면 결국 한꺼번에 무너지게 마련이다.

반환구가 방금 전 내가 던졌던 10파운드짜리 남색 공을 뱉어냈다. 오일이 표면 곳곳에 묻은 공을 헝겊으로 닦으며 오빠를 생각했다. 아무리 최선을 다해 힘껏 굴려도 결국 같은 자리로 다시 돌아오는 이 볼링공처럼, 매일 새벽 수백 상자의 막걸리를 싣고 수백 킬로미터 떨어진 낯선 도시까지 가 닿았다가 결국 제자리로 돌아올 수밖에 없었던 오빠의 삶이 이제야 묵직하게 다가왔다. 퇴근 후 지친 몸으로 무거운 볼링공을 던지며 그가 얻어내고 싶었던 보너스는 무엇인지 나는 계속 외면하려 들었다. 그가 죽고 나서야 그것을 더 고통스럽게 들여다보게 된 것은 아마 그 대가일 것이다.

눈물을 들키지 않으려 벤치에 앉은 형식과 반대 방향으로 몸을 돌렸다. 희뿌옇게 펼쳐진 눈앞에는 다시 제자리를 찾은 열 개의 볼링핀이 전투태세를 갖추고 서 있었다. 넘어진 핀이든 남은 핀이든 시간이 지나면 결국 모두 쓸려 나가고, 새로운 프레임이 시작된다. 그것은 누구도 피할 수 없는 게임의 법칙이었다. 나는 보너스 프레임에 선 기분으로 허벅지에 힘을 준 채, 볼링공에 세 손가락을 끼우고 어프로치 라인에 섰다.

당선소감 : 김현경

써야 하는 이유 단 하나…… 쓰고 싶으니까

한때 소설로부터 도망치려 했던 시기가 있었다. 소설을 쓰지 않을 이유는 많았다. 소설과 대면할 용기를 내지 못하고 핑계를 대기에 급급했던 내게 힘이 되어주신 두 분의 선생님께 감사드린다. 소설은 너를 기다려주지 않는다며 시간을 그냥 흘려보내지 말라고 질책하셨던 조경란 선생님, 아직 많은 날들이 남아 있으니 조금 돌아가도 괜찮다고 말씀해주셨던 정과리 선생님. 두 분의 염려와 격려가 아니었다면 나는 소설을 포기했을지도 모른다.

소설을 써야 하는 이유는 단 한 가지였다. 쓰고 싶으니까. 쓰고 싶은 욕망 외에는 제대로 갖춰진 게 없었던 나를 보듬어 주었던 소중한 문우들을 만나 배운 것들이 많다. [문]의 성진, 나연, 빛나, 지석에게 미안하고 고마울 따름이다. 그저 내가 '문'을 먼저 열었을 뿐이니, 기다리고 있겠노라고 전하고 싶다. 올여름부터 함께 뜨겁게 달렸던 [메세나]의 문우들에게도 행운이 깃들기를.

삶 속에서나 소설 앞에서나 정직이 가장 큰 미덕임을 알려주신 정지아 선생님, 따뜻한 안식처가 되어 주셨던 강영숙 선생님, 부족한 작품을 보고, 가능성을 믿어주신 심사위원 선생님들께 더 좋은 작품으로 보답하겠다는 약속으로 감사 인사를 대신한다.

내가 쓰는 이야기에 빚진 사람들이 많다. 나의 이야기가 누군가에게 상처가 되지 않기를 바란다. 그러기 위해서 한 문장, 한 문장에 진심을 담을 것이다. 글 쓰는 딸을 언제나 자랑스러워하시는 부모님과 나의 까칠한 성정을 누구보다 잘 이해해주는 두 동생, 그리고 내가 소설을 쓰든 안 쓰든 언제나 나를 지지해주는 남편에게 고맙고, 사랑한다는 말을 전하고 싶다.

최윤 · 성석제(소설가)

새 이야기 방식—강렬한 페이소스 지녀

본심에 올라온 9편의 작품 가운데 단 한 편의 작품만을 제외하고는 제목이 모두 외국어(특히 영어)나 외래어로 된 것이었다. 외국어를 쓰면 안 된다거나 무조건 시류를 거부하는 게 좋다는 건 아니지만 소설의 입구이면서 문패와 같은 제목에서 외국어가 남발되면 작품의 정체성, 개성이 흐려질 염려가 있다. 쓸 이야기는 부족하고 반성 없는 발설의 충동만 느껴지는 작품은 공허하고 겉멋이 들어 보일 뿐이다. 정교하고 압축된 이야기와 강력한 구조, 경제적인 언어를 지향하는 단편소설에서는 공감대와 설득력을 구축하는 데 주력해야 할 것이다.

강명균의 〈몰〉은 많이 가다듬은 흔적이 보인다. 그런데 물신이 지배하는 사회에서 살아가는 개인들의 고독, 허위의식 같은 이야기가 이미 평범할 대로 평범해져버린 것이라는 데 문제가 있다. 서사는 현대성의 거죽에서만 머물 뿐 깊이를 갖지 못한다. 차하율의 〈상자 속의 뱀은 어디로 갔을까〉는 특이하고 흥미롭다. 단, 집 안에서 잃어버린 물건을 찾아주는 신종 직업이 등장하고 해외 선물시장의 치열한 전장이 묘사되는 중반부까지만. 후반부에서는 앞서에서의 이야기가 제자리걸음을 벗어나지 못하면서 독자의 호기심을 스스로 소거해 나가기 시작한다.

권용주의 〈론리 플래닛〉은 치밀하고 단단한 이야기와 세부를 가지고 있다. 외국인 노동자, 정처도 없고 오갈 데 없는 난민의 문제는 우리 사회에서 오래되긴 했어도 여전히 뜨거운 화두다. 하지만 단편소설이라는 짧고 좁은 시공 속에 그런 포괄적인 주제에 대해 너무 많은 것을 담으려는 노력이 오히려 작품을 지루하고 산만한 것으로 만들고 있다.

당선작으로 쉽게 합의한 김현경의 〈핀 캐리(pin carry)〉는 독특하다. 일단 이 소설은 평범한 한 남자의 어두운 정열과 '일부러 져서 이기는 게임'이라는 새로운 이야기 방식을 선보였다. 구성이 단단하고 초점이 분명하며 인물이 살아 있다. 또한 본심에 오른 다른 작품에 비해 유난히 강렬한 페이소스를 가지고 있었다. 이것이 계속 소설을 써 나가는 데 긴요한 에너지원이라고 판단했다. 당선자에게 축하를 보내며 아쉽게 다음을 기약하게 된 분들의 분발을 바란다.

세계일보 김갑용

1990년 대구에서 태어나, 아산에서 성장.
중앙대 문예창작과 졸업 예정.

그때는 모든 걸 막연하게 여기지 않았던가. 석을, 사람들을. 그들이 어떤 사람이고 어떻게 살아가는지를 막연하게 낮잡아서 그들과 나 사이에 선을 그어버리고, 선을 넘어오면 나는 책상을 넘어온 짝꿍의 지우개를 뺏듯이 당신을 받아들이거나 혹은 소심해져 선을 내 쪽으로 바투 당겨 다시 긋고, 그렇지만 받아들이기는 대체로 벅찬 법이니 선을 다시 긋고 다시 긋고……

세계일보

슬픈 온대

김갑용

1

마주치는 얼굴마다 사랑할 수 있는 가능성을 생각해보고는 한다. 가능성은 늘 과반 이상이었는데, 말을 거는 순간 후회할 착각이겠지. 오히려 가능성을 점쳐볼 기력조차 남아 있지 않을 때 웬 남자가 어느 사이엔가 틈입해 있곤 했다. 제멋대로이고 저돌적인 남자도 있었고, 고인 물처럼 아무런 의지 없던 남자, 훗날 이름 세 글자만이 문득 떠오르는 남자도 있었다. 처음 받아들였던 그는 나에게 너는 아무것도 아니라고 무서운 얼굴로 소리쳤다. 그의 자취방, 십이월 새벽이었다. 쫓겨난 나는 한동안 아무 일도 할 수 없겠다는 착각에 잠시 울었다가 겨울바람에 종종걸음 치면서 터미널로 돌아가 서울행 첫차를 기다렸다.

예전에 나는 소설이나 에세이들을 자주 읽었다. 브론테 자매, 울프, 뒤라스, 손택 같은, 아직 자기만의 방이 없었거나 이제 막 생겼던 시대의 서양 여성 작가들이었다. 손택이 젊었을 때 쓴 문학평론집의 경우 이해하지 못할 말들이 대부분이라 지금은 레비 스트로스라는 인류학자가 쓴 기행문을 다룬 대목만이 기억에 남는다. 서구 문명에 밀려 사라져가는 남미의 선사부족을 다룬 그 책을 두고 손택은《슬픈 열대》라는 제목부터 아주 억제된 표현이라고 했다. 그들은 슬픈 정도가 아니라 고통 속에 신음한다는 것이었다. 그 무렵 나는 아파트 정문 부스에서 방문 차량을 맞아 방명록을 작성하는 일을 하고 있었다. 해 질 녘이 되어 비좁은 부스를 나와 기지개를 켜다 보면 천여 세대가 사는 고층 아파트 칸칸이 백열등을 밝힌 풍경이 올려다보였다. 슬프다는 표현이 억제되었다니. 약 한 세기 전 열대 선사부족들의 멸족이 얼마나 먼 이야기인지. 나 같은 사람은 알 리가 없다고 생각하면서 집까지 걸어갔다.

이문동의 붉은 벽돌집에서 엄마랑 살던 시기였다. 두 살 터울 오빠는 아버지 집이나 친구 자취방을 전전하다가도 어느 날 아침에 내 방과 큰방을 잇는 거실이랄지 부엌이랄지 애매한 통로에 널브러져 잠들어 있고는 했다. 보험 판매원인 엄마는 대개 술에 취해 늦게 들어와 요즘 애답지 않게 꼬락서니가 그게 뭐니, 따위의 잔소리를 툭 던지고는 방에 들어가 화장을 지웠다. 나는 퇴근하거나 일이 없는 날이면 냉장고에 남은 재료만으로 요리해 먹고 내 방에서 영화 DVD나 책들을 뒤적이다가 밤이 되면 일기장에 별 거 없는 일상을 심각한 어투로 쓰고 잠들었다. 여름과 겨울이면 열리는 인문학 아카데미에서 강좌를 듣고, 함께 수강하는 대학생들과 어울리다 그중 한 명과 사귀기도 했다. 내 이름이 흔해서 사람들은 성을 불렀다. 신, 씬. 그중 몇 명은 집에도 와서 내가 한 요리를 먹고 애매한 표정을 짓기도 했다. 맛없는 건 아닌데, 이상해. 나는 자주 그들의 별 거 아닌 얘기를 들어줘야 했다. 계속 예술을 하고 싶어, 울던 아이도 있었다.

그들은 이제 대학원, 혹은 출판사에 들어갔거나 소식이 끊겼다. 나는 여전히 누구나 할 수 있는 일을 하고 있다. 느닷없는 오빠의 전화를 받고 놀라서 무슨 일이 있느냐고 물었다가 그냥이라는 짧은 대답에 안도하기도 하고, 어느 날은 문득 생각이 나서 엄마 집에 들러 자다 가곤 한다. 내가 지냈던, 이제는 책과 DVD와 일기장들이 한편에 순서 없이 쌓여 있고 어릴 적 가족 앨범과 삭아가는 커튼이나 옷들이 담긴 플라스틱 상자들

따위가 방치된 골방이 웃풍을 이유로 문 닫히고 그 앞에 머리끈으로 입을 동여맨 쌀자루가 기대어진 탓에, 나는 내 소맷자락이나 손목을 꼭 붙잡는 잠버릇이 있는 엄마 옆에 누워 새벽 어스름이 눈꺼풀 사이로 새어 들어올 때까지 기다렸다가 슬며시 빠져나와 화양동으로 돌아간다.

지금 내가 사는 방은 단출하다. 우선 휴대용 버너가 딸린 개수대와 화장실이 있다. 냉장고와, 옷을 걸어두는 행어, 철지난 이불이라든지 잡동사니를 보관하는 장이 있다. 내가 눕는 자리 옆 벽에는 옆집 벽이 보이는 창이 있다. 같은 담을 공유한 두 집의 벽과 벽은 양쪽에서 손을 내밀면 맞잡을 수 있을 만큼 가깝다. 반대편 집 벽에는 얼굴도 못 내밀 만큼 작은 화장실 창들이 서로 층별 높이가 다른지 이쪽 벽 창 위치와 엇갈려 박혀 있다. 나와 마주 보는 눈높이에는 금이 가고 있는 벽돌들뿐이다. 옆집 벽에 금이 가고 있다는 사실을 나는 얼마 전에야 알았다. 잿빛으로 바랜 붉은 벽돌들에 간 실금이 담쟁이덩굴 뿌리처럼 뻗어 내려가더니 가장 위쪽 벽돌부터 두 조각 나기 시작했다. 두 조각 났지만, 그래도 제자리에 박혀 있어 나는 옆집에 그 사실을 알리지 않았다. 제자리에 박히지 않았다면 이미 무너져 내렸다는 뜻이겠지만 위험하다는 생각보다는 저 벽이 무너지면 마침 화장실에서 알몸으로 씻거나 볼일을 보던 사람들이 어떤 반응을 보일지를 따져보게 된다. 아무래도 부끄럽겠지. 치부를 가리고 서둘러 화장실을 나갈 것이다. 부끄러울 새도 없이 깔려 죽을지도 모른다. 부끄러울 새도 없다니, 단박에 죽는다는 거잖아. 아프겠지. 하지만 머리에 직격으로 벽돌을 맞는다면?

내 방에는 이제 책이 없다. 일기를 쓰지 않은 지 오래다. 화양동에 온 뒤, 간혹 머릿속에서 제멋대로 그날의 일을 문장으로 맺어놓을 때면 아무도 방문하지 않는 인터넷 블로그에 일기를 썼다. 내가 왜 이렇게 썼는지 가물가물해지거나 다시금 읽어보고 나서 창피하다는 생각이 들면 삭제했다. 석이 그날 내게 했던 별 거 아닌 말은 블로그에 꽤 오랫동안 남아 있었다. 그 말을 삭제하고 난 뒤로 더는 새 글을 올리지 않았다. 나의 전 남자친구라는 누군가가 어쩌면 나와 만나기 전후로 에이즈에 걸린 것 같다는 글을 블로그 방명록에 남기고 간 뒤부터기도 하다.

2

나는 학습지 물류센터에 취직했다. 아침 7시 반에 화양동 골목에서 도로가로 나와 걷다가 물류센터들이 운집한 속으로 들어가 키 낮은 영산홍 울타리를 풀쩍 넘어서면 사다리꼴 슬레이트 외벽 건물에 도착하게 된다. 1층 집하장 안 화물엘리베이터를 타고 3층. 작업장에 들어서면 이미 같은 팀 아줌마들이 멈춰버린 컨베이어 벨트 주변에 골판지를 깔고 앉아 두런거리고 있기 마련이었다. 지게차를 모는 사내 서넛이 부스스한 몰골로 출근하고 뒤이어 작업 팀장이 회의를 마치고 나타나 그날의 물량과 지시사항을 전달했다. 얼마 안 가 작업 시작을 알리는 차임벨이 울렸다.

석은 자전거로 한강을 건너 출근했다. 물류센터에 도착하고 나면 추운 날씨에도 얼굴에 땀방울이 송골송골했다. 개포동에서부터 양재천과 탄천을 거쳐 영동대교를 건너오기까지 석에게는 20분이면 충분했는데 왜인지 늘 작업 시작 직전에야 도착하고는 했다. 골판지 냄새가 풍기는 싸늘한 작업장에서 반팔 밑자락을 펄럭이며 땀을 식히던, 함께 일하는 아줌마가 또 늦잠을 잤느냐고 말을 붙이면 쳐다보지도 않고 한 손을 내젓던 석의 모습은 겨울이 오기 전 무렵 차에 치여 입원하는 바람에 한동안 볼 수 없었다.

석은 덩치가 컸다. 지게차에 구부정하니 앉아 팰릿을 뜨는 모습은 마치 제 살비듬만 한 바늘에 실을 꿰려고 진땀 흘리는 거인 같았다. 나는 컨베이어 벨트를 타고 오는 상자에 순서대로 학습지를 놓다가도 석이 제 몸보다 작은 병상에 누워 온몸을 붕대로 칭칭 감고 꼼짝 못하는 모습을 상상하고는 했다. 몸은 어떻게 긁지. 오래 누워 있으면 등이 가려운 법인데. 그럴 때는 좁쌀만 한 벌레가 등을 기어 다니다가 마침내 떠나는 모습을 상상하면 되는데, 석이 알기나 할까. 그러다 깜박 내 순서를 넘기면 다음 차례인 아줌마가 내가 쥐고 있던 학습지를 낚아채 상자에 집어넣으며 눈을 흘기고는 쏘아붙였다. 씬, 정신! 아줌마들은 석을 좋아했다. 다 큰 조카 같다며 도시락도 덜어주고 땀도 닦아주기도 하던 그녀들은 그가 작업장에서 사라진 첫날에만 호들갑을 떨더니 이내 그런 사람 없었다는 듯 싹 입을 닫아버렸다. 조카 같은 존재란 게 이렇게 쉽게 잊히는구나, 싶으면서도 쉽게 사람이 들어오고 나가는 이 바닥에서야 당연한 거겠지, 그때 나는 여겼다.

석은 새해 2월이 되자 살이 조금 붙은 모습으로 돌아왔다. 여전히 아슬아슬하게 시간을 지켜가며 자전거로 출근했고, 다시금 살갑게 달라붙는 아줌마들을 제쳐두고 왜인지 붙임성이 좋아져서 똑똑한 누나라고 부르며 내게 말을 걸어오기도 했다. 점심이면 한 층 위 휴게실로 올라가 창가 테이블에서 도시락을 먹던 내 곁에 앉아 탁 트여 좋네, 따위의 실없는 소리를 한 마디 하고는 컵라면을 빠르게 해치우고 먼저 내려가던 석. 나는 그를 이상하게 여기지 않으려고 창 아래 일목요연하게 줄지어 심긴 영산홍에 시선을 박아두고는 했다.

겨울이 다 가기 전, 처음으로 석의 반지하방에 갔을 때 나는 냉장고부터 열었다. 녀석이 도대체 뭘 먹고 커다란 덩치를 유지한 건지. 떡볶이용 떡 반 봉지와 양파 세 개, 그리고 마른 흙바닥처럼 갈라진 고추장을 꺼내 요리를 했다. 양파를 전부 썰어 넣어서인지 생각만큼 빨갛지도 않은 데다 떡볶이인지 떡을 버무린 양파 볶음인지 알 수 없는 이상한 요리였다. 석이 프라이팬 바닥을 숟가락으로 긁어대며 먹는 걸 보면서, 이상해, 라고 나는 생각했다.

나는 양파가 제일 좋아.

석은 그렇게 말했다. 나는 골탕을 먹이려다가 되레 당한 것처럼 아무 말도 못하고 석의 말을 속으로 곱씹었다. 나는 괜히 눈살을 찌푸리면서 말했다. 설거지는 네가 해. 이참에 방도 청소해. 지금 해, 어서. 다 하는 거 보고 갈 거야. 나는 석의 살 냄새가 나는 이불로 몸을 감싸고 앉아 석이 빗자루를 들고 곰같이 어슬렁거리는 꼴을 지켜봤다. 양파를 제일 좋아한다니, 있다 집에 가면 블로그에 그 말을 쓰겠다고 생각하면서.

그날 저녁 석과 나는 섹스를 마치고 그대로 누운 채로 텔레비전을 봤다. 연예인들이 남미의 오지로 가서 부족들과 함께 생활하는 프로그램이었다. 그들이 나뭇가지를 비비며 불을 지피려고 애쓰는 과정을 보면서 석은 그 방면의 전문가인 것처럼 답답해했고, 나는 분명 카메라 앞에서만 저렇지 나중에 라이터로 불을 붙이고 편집으로 짜 맞췄을 거라고 했다. 석은 설마, 하면서도 그래, 누나가 나보다 더 잘 알겠지, 수긍했다. 석이 뜬금없이 말을 꺼낸 건 프로그램이 끝난 뒤였다. 아직 잘 때까지는 시간이 남았는데, 술을 사와야 하나, 아니면 서로 몸을 만지작거리다가 섹스를 한 번 더 해야 하나, 얘기를 나누기에는 할 말이 없는데, 그런 생각들을 나는 하고 있었다.

책을 읽어볼까 하는데.

석이 내 손을 찾아 쥐고 작은 눈을 굴리면서 말했다. 재미있는 거 없나. 나는 순간 내가 기억하는 작가들을 떠올렸다가 석이 그런 걸 좋아할 리가 없다는 데에 생각이 미쳤다. 마침 텔레비전에서 본 아랫도리만 가린 부족들이 어른거렸고, 불현듯 레비 스트로스가 쓴 《슬픈 열대》가 떠오르는 동시에 내가 제목만 알지 읽어보지 않았다는 사실을 깨달았다. 나는 대답 없이 석의 손을 맞잡았다. 석이 이번에는 다른 걸 물었다. 누나, 우리 오늘부터 사귀는 건가. 나는 손톱을 세워 맞잡은 석의 손바닥을 눌렀다. 누나라고 부르지 마.

나는 내가 중학생 때 얘기를 들려주었다. 친한 남자애가 있었는데 서로 사귀는 척해서 아이들을 속이자고 그 애가 그러더라고. 그런데 아이들이 속아 넘어간 뒤에도 그 애가 사실을 밝히지 않아서, 내가 아니라고 해도 아이들이 믿지 않아 곤란했다고. 석은 왜 그 얘기가 나오는지 이해할 수 없다고 했고 나도 모르겠다고 했다. 얼렁뚱땅 넘어가지 마, 소연아. 나는 간지럼을 탄 것처럼 킥킥거리고는 몇 번 석의 얼굴에 입 맞추며 내 이름을 다시 듣기를 바랐다. 막상 석이 다시 한 번, 소연아, 얼렁뚱땅 넘어가지 말고, 어서, 라고 재촉하자 나는 찬물을 끼얹은 것처럼 정신이 들어서 옷을 주워 입었다. 자전거로 태워주겠다는 것도 마다하고 전철역까지 걸어가면서, 지난 남자들이 뭐라 말하면서 사귀자고 했는지 얼마나 예전에 그 말들이 빛바랬는지를 떠올려가며 대답 않기를 잘했다고 생각했다.

3

나는 보건소에서 익명으로 혈액 검사를 받았다. 결과가 나오기까지 사흘쯤 걸린다고 했다.

생각하고 또 생각해보았다. 저녁 7시에 퇴근하고 나서 자전거를 끌고 따라오는 석을 돌려보내고 생각하고 생각하면서 내 방으로 돌아가 노트북을 상 위에 올려놓았다. 개새끼, 소리 내어 욕을 내뱉고 나서 내 목소리가 방 안을 메아리친 것처럼 가만히 귀 기울여 보았다. 지난 남자를 미워한 때가 얼마나 오래 전의 얘기인지. 그들 중에 연락이나 소식이 닿는 사람은 없었다. 앞 머리카락을 한 올씩 뽑으면서 나는 누구일지 생각했다.

방명록에 글을 남긴 뜻 모를 영문 아이디는 인터넷 어디에도 흔적이 남아 있지 않았다. 왜지? 왜 이제 와서? 머리카락은 별로 따끔하지도 않고 쑥쑥 잘 뽑혔다. 나는 머리카락 뽑기를 그만두었다. 그날 석이랑 할때 콘돔을 썼나. 썼지. 나는 자세를 고쳐 앉아 혹시 내 혈관을 타고 돌아다니고 있을지도 모를 병균을 상상해보았다. 상상은 자꾸만 석과의 섹스로, 과거의 다른 남자들과의 섹스로 시야를 뻗쳐나가다가 마침내는 속으로 침투하여, 질 내부에서 꿈틀거리던 음경에 달라붙는 병균을 선명하게 그려냈다.

밤이 되자 이불을 펴고 불을 껐다. 핸드폰 알람을 맞추고는 블로그 방명록에 접속해 다시금 찬찬히 읽어본 뒤 댓글난을 열고 입력했다. 더러운 새끼. 거짓말이면 경찰서에 신고할 줄 알아. 인터넷에 숨지 말고 어디 내 앞에 나타나서 직접 말해봐, 더러운 새끼야. 나는 눈을 감고 감정의 반향이 가라앉길 기다렸다. 오토바이 한 대가 지나가는 소리가 들렸고 아마도 이 근처에서 자취하는 대학생일 한 무리가 술 취한 목소리로 세상 한탄을 하면서 지나갔다. 뒤이어, 이 방에 정말 나 하나 뿐이구나, 하는 정적이 찾아왔다. 만약, 정말 그렇다면 앞으로도 나 혼자 뿐이겠구나. 나는 무의식중에 찌푸리고 있던 눈살에 힘을 풀었다. 그때 누군가가 말했다.

듣고 있어?

위층 남자아이였다. 그 아이는 평일이든 주말이든 아마 늦은 밤까지 혼자인 모양이었다. 그렇지 않고서야 매일 그럴 수는 없었다.

듣고 있냐고, 개새끼야. 듣고 있기는 뭘 듣고 있어, 씨팔, 안 듣고 있잖아. 대답해봐. 야, 니가 날 알아?

나는 그 아이가 왜 혼자 남겨져 욕을 하고 있는지 몰랐다. 부모님이 주말에도 일하는 맞벌이고 아이는 그 영향을 받아 집에서뿐만 아니라 학교에서도 외톨이일 수도 있었다. 누구나 쉽게 생각할 수 있지만 말처럼 쉽게 단정 지을 수도 없는 추측이었다. 나는 그 아이를 한 번도 본 적이 없었다. 앳된 목소리로 보아 초등학생이었을 아이는 나보다 늦게 등교하고 나보다 일찍 하교했을 터였다. 나는 듣고 있지만 대답하지 않았다. 누구를 생각하며 욕을 하고 있는 것일까? 면전에 욕할 자신은 없겠지. 뚜렷한 상대가 없어서 혼자 남아 욕을 하고 있는지도. 왜 하필 욕일까? 나는 불현듯 다시 블로그 방명록에 접속해 댓글을 삭제했다. 혼자 계속 떠들어보라지. 그제야 방명록에 남겨진 메시지가 거짓말일 수도 있다는 걸 깨달았다.

사흘 동안 석은 풀이 죽은 모습이었다. 그 커다란 녀석이 어깨를 수그리고 다니니 난쟁이 친구를 실수로 밟고 상심한 거인이 떠올랐다. 석은 첫날만 그랬지 다음 날에는 나를 따라오지 않았다. 나는 쉽게 시작하면 쉽게 끝나는 법이라는 걸 알고 있었다. 그럼에도 퇴근하는 걸음은 반 박자 느려졌다. 석 같은 남자가 어떤 남자인지 생각해보았다. 술도 담배도 하지 않는 남자. 땀 흘리는 걸 좋아하는 남자. 책을 읽지 않은 남자. 내가 만났던 남자들은 사르트르와 카뮈를 좋아했고 하나같이 석보다 키가 작았다. 그들은 자존심이 강했다. 이 세상이 잘못된 이유를 속속들이 알고 있었으며 여성이 사회에서 얼마나 불공평한 대접을 받는지 성토할 수 있었다. 언제나 내 속마음을 궁금해해서 나는 자주 이야기해야만 했다. 그들과 싸울 때는 침묵이 가장 좋은 무기였다. 누구는 내게 침묵 역시 하나의 폭력이라고, 네 아버지가 폭력을 썼듯이 너 역시 마찬가지라고 다그치기도 했다. 그들과는 헤어지기가 힘들어 몇 번을 번복해야 했다. 석이 퇴근길에 아줌마들이 도란거리는 속에서 묵묵히 자전거를 끌며 그들의 작은 발걸음에 맞춰 걷는 뒷모습을 보면서, 나는 석이 여자에게 어떤 남자일지 여자는 석을 어떻게 다루어야 할지를 고민했다. 익숙한 화양동 골목에 홀로 들어서자 쓸데없는 생각들로부터도 멀어졌지만 대신 춥고 울적해졌다.

사흘째에 보건소에 전화를 걸어 확인을 받았다. 블로그를 탈퇴했다. 그날 점심에 나는 석과 함께 밖으로 나가서 식사를 했다. 석에게 앞으로 작업장에서는 친한 척 굴지 말라고 주의를 주고, 자전거를 싫어하니 퇴근길에 태워다 주지도 말라고 했다. 그리고 너 자전거 탈 때 차는 조심하고 다니기는 하는 거야? 석은 묵묵히 밥알을 씹고 있었다. 그 덩치 큰 녀석이 말없으니 괜히 분위기가 험악해진 것 같았다. 지금이라도 편하게 굴까 고민하는 찰나에 석이 말했다.

재미있는 소설 좀 추천해줘.

굵직하지만 소설이라는 단어를 처음 발음해보는 듯이 어눌한 목소리였다. 어쩐지 다른 무언가가 석의 입을 빌려 내게 요구하는 것 같았다. 그의 둔감해 보이는 눈빛 너머에 무엇이 있는지 들여다보다가 나는 대답했다.

나중에.

다시 물류센터로 돌아가는 길이었다.

우리는 한 달 전에 그만두었던 아줌마를 마주쳤다. 최고참 중 하나인 그녀는 석에게 한 달을 쉬고 다시 계약을 하러 온 거라며 한창 욕을 구시렁거리다가 문득 나를 불렀다.

씬! 석이랑 놀다 오는 거야? 일하다 안 피곤하겠어?

아줌마가 빤한 눈으로 나를 쳐다보았다. 어떻게 반응해야 할지 나는 망설였다. 어느새 마뜩찮다는 듯이 눈살을 찡그리던 아줌마는 어머, 정신 좀 봐, 자기 있잖아, 이거, 하면서 들고 있던 종이가방에서 드링크제 두 병을 꺼내 석에게 건네주었다. 석이 하나를 까서 한 모금에 병을 비우고 나머지 하나를 내게 내밀었다.

벌써 봄이야, 봄. 자기는 모르지? 저 영산홍 말이야. 봄이 와도 꽃이 안 피더라니까. 맨날 트럭이 오락가락해서 매연이나 먹으니 필 꽃도 안 피지. 봄이 오면 뭐해. 일하다 창 내려다봐, 온통 시멘트에, 꽃 하나 없고 칙칙하기만 하고. 젊은 사람들이 괜히 금방 나가냐고. 그래도 대기업이다 뭐다 하니까 자르지는 않는데 근데 다 똑같아, 봐봐, 나 몇 년 일했어, 근데도 이렇게 또 계약하러 가잖아. 그래, 나 같은 노땅이야 불러만 주면 아이고, 감사합니다, 하지, 나도 씬이랑 석이처럼 젊어봐, 아주 그냥……

아줌마는 엘리베이터에 타고서부터 말이 없었다. 나는 손에 쥐고 있던 드링크제를 석의 작업복 주머니에 집어넣었다. 석이 나를 내려다보다가 그것마저도 마셨다. 문이 열리자 아줌마는 도시락을 치우던 사람들을 향해 두 팔을 벌리고 동동거리듯이 달려 나갔다.

4

한국이 슬프다.

몇 해 전이었더라, 어느 날 섹스를 마친 뒤 그가 그렇게 말했다.

실제로 한 외국인 노동자가 분신자살하기 전에 벽에 적어 남긴 유언이고 그 사건을 바탕으로 소설을 쓰고 있다고 했다. 그는 내 허리께를 쓰다

313

듣는 한편 오줌색 천장을 멀거니 올려다보면서 계속 말했다.

세계에는 나쁜 법칙이 있어. 가난한 사람은 뭘 해도 안 된다, 같은 거. 그런데 그건 잘못된 거거든. 원래 세계는 그렇게 불공평하지 않은데 나쁜 법칙 때문에 가난한 사람들에게 나쁜 걸 몰아주는 거야. 가난한 사람들은 원래 세계가 그렇지 않은데도 세계가 원래 그런 줄 알게 되는 거지. 소설의 임무는 이 나쁜 법칙을 전복하는 거야.

나는 아무 말도 하지 않았다. 그렇지 않아, 라고 대답해야 했을지도 모르겠다. 가난한 사람은 뭘 해도 안 되는 건 아니야, 라고 생각하지는 않았다.

작년 4월부터 석은 나와 함께 화양동에서 살기 시작했다.

그렇게 하기로 했다. 그전에 그가 이메일을 보내왔다. 함께 찍은 동영상이 자신의 옛 컴퓨터를 복원하는 과정에서 발견됐다고, 절대 협박하는 것이 아니고 삭제를 할 것이지만 혹시 모르니 만나 논의해서 서로 안심하도록 깔끔하게 처리하자는 내용이었다. 그가 나를 자극하고 관심을 끌기 위해 위악적인 체를 하는 점이 마음에 걸렸고, 실은 지난 남자들이 관계의 말로에야 탄로 난 나약한 자신을 포장하기 위해 쉽게 그러했다는 사실을 나는 기억하고 있었다. 어쩌면 여전히 한편의 죄책감을 통하여, 돌이킬 노력조차 하지 않았던 옛 추억이자 자신과 달랐다는 이유로 미지의 존재로 둔갑시킨 나에 대한 향수를 굳건히 하고자 하는 것이리라고 생각했다. 나는 답장하지 않았다. 이메일 주소까지 알아낼 정도면 집 주소도 얼마든지, 라는 생각이 들었다. 치정 살인이 가끔씩 인터넷 뉴스 메인을 장식하던 때였다. 대개 못사는 동네에서 못사는 사람들끼리 벌어지는 일이었다. 당연한 건가. 못사는 동네니까 치안이 허술할 테지만 사람이 단지 조건이 성립된다고 사람을 죽이지는 않잖아. 가난하면 사랑했던 사람을 죽일 수도 있는 건가. 자기가 코너에 몰렸다고 생각해서 죽인 거겠지. 심리적으로. 해를 끼치고 싶다고 생각한 거겠지. 가난해서 그러든 심성이 원래 글러먹었든 그 사람은 결과적으로 사회에서 격리될 만하고 가난할 만한 거잖아. 사람이라면 해를 끼치지 말아야지. 나쁜 걸 몰아준

314

다고 나쁜 걸 다 몰아 받는 것도 참 게으르고 나빠.

　석과 살림을 합치니 돈을 더 많이 저축할 수 있게 되었다. 석은 더는 먼 거리를 위험하게 질주하지 않아도 되었지만 그래도 자전거를 포기하지는 않았다. 주말이면 석은 자전거를 끌고 가까운 한강변으로 갔다. 몸을 가만히 놔두면 아무 생각도 안 들고 몸이 쑤셔온다고 했다. 땀을 흘리며 움직여야지 살아 있다는 느낌을 받는다고. 지난여름 나는 석과 함께 뒹굴며 땀을 흘렸고 그는 지치는 법이 없었다. 그 무렵의 석을 생각하면 섹스 뒤의 식사가 떠오르기 마련으로, 소모한 열량을 채우겠다는 일념으로 통조림 참치나 햄 따위를 남은 반찬과 같이 볶아 둘이서 묵묵히 양푼 한 그릇을 비우던 그때를 나는 지금도 막연히 그리워하다가도 작은 딱정벌레 한 마리가 조용한 방 한구석을 기어가는 것을 지켜보듯이 골똘히 멍해지고는 한다.

　석의 단순함이 좋았다고 얘기할 수밖에 없겠다. 단순하지만, 신중하지는 못하다고 판단했던 듯하다. 언제까지고 그럴 수는 없겠다는 생각이 들었다. 나는 석이 검정고시를 준비하도록 도왔고 그의 퇴근 뒤 시간을 관리하기 시작했다. 오늘은 공부 한 거 안 까먹었는지 테스트해볼 거야. 장 보러 가자. 오늘은 대청소야. 오늘은 어떻게 했으면 좋겠어……? 나는 석을 엄마에게로 데려가 보험을 가입시켰다. 석의 월급까지 함께 관리하며 저축해갔고, 그해가 지나면 더 큰 방으로 옮기거나, 어쩌면 좀 더 모아서 방 두 곳에 부엌이 따로 있는 데로 세 들 생각까지 했다. 어쨌거나 석에게는 더 큰 공간이 필요했다. 그는 잠버릇이 고약했다. 세간에 부딪치거나 알아들을 수 없는 혼잣말을 중얼거려 나를 깨우는 탓에, 이 사람은 무슨 꿈에서 뭐라 말하고 무슨 행동을 하는지 곰곰이 들여다보게 만들었다. 석은 꿈을 기억하지 못했지만 잠에서 깨고 나면 한동안 쌍꺼풀이 더 진해진 눈으로 벽이 보이는 창을 노려보고는 했다.

　말수가 적은 석. 그때 그 겨울에 말도 나눈 적 없던 내게 왜 말을 건넸는지 나는 지금도 짐작만 할 뿐이다. 작업장에서 그나마 가장 어린 여자였으니까, 똑똑한 누나니까……. 아무래도 죽다 살아났으니 기댈 수 있는 다른 누군가가 필요했겠지. 아무도 찾아오지 않는 병실에 홀로 꼼짝도 못하고 누워 나를 생각했을 석을 상상해본다. 내게 말을 걸 연습을 했을지도 모른다. 날씨가 좋네, 따위가 아닌, 속내에 있는, 의미 있는 무언가를. 석이 내게, 내가 석에게 전해주었던가. 무언가를. 남들에게는 감추고 싶던 무언가를. 아니다. 입 밖으로 나오는 순간 말은 진심을 포장한다. 다른 사람이 받아들이기에는 진심이란 이기적이고 끔찍하니까. 석은 단지 단순한 사람일까? 최소한 나에게는 물었어야 했다. 그때는 모든 걸 막연하게 여기지 않았던가. 석을, 사람들을. 그들이 어떤 사람이고 어떻게 살아가는지를 막연하게 낮잡아서 그들과 나 사이에 선을 그어버리고, 선을 넘어오면 나는 책상을 넘어온 짝꿍의 지우개를 뺏듯이 당신을 받아들이거나 혹은 소심해져 선을 내 쪽으로 바투 당겨 다시 긋고, 그렇지만 받아들이기는 대체로 벅찬 법이니 선을 다시 긋고 다시 긋고…….

징조라고 할 만한 것들이 있었다. 엄마는 사람은 꼴값과 덩칫값을 하는 법이라고 석을 싫어했다. 석은 공부에 오래 집중하지 못했고, 손에 비해 작은 연필을 쥐고 코끝에 땀방울이 맺혀가도록 문제집을 노려보았다. 무심결에 힘이 들어가 연필을 부러뜨린 적도 있었다. 윗방에서 혼잣말로 욕하는 아이를 두고, 병신 같아, 쪼다 새끼라고 낄낄대던 석. 그래, 아줌마들, 그들은 쭈그렸다가 일어서가며 작업 선반에 무거운 학습지 뭉치를 가득 채워놓는 일 따위를 내게 몰아 시켰다. 석은 공부를 피해 자꾸만 자전거를 타러 밖으로 나갔다. 나와 함께 살게 된 뒤로 더는 소설을 추천해달라고 조르지 않았다. 석과의 잠자리, 언제나 내게 순종적이던 그, 자기들끼리 모여들어 쑥덕거리던 아줌마들, 늘어가던 작업량과 그에 반비례하던 작업장의 분위기, 한창 광고를 통해 이미지를 개선하던 회사, 사람들이 볼까 서로 떨어져 걷던 퇴근길, 토사물 썩은 내가 나던 화양동 골목, 집주인 간에 얘기 돌던 재건축 소식, 옆집의 붉은 벽돌 벽, 야, 말해봐, 말해보라고 홀로 다그치던 윗방 아이, 욕설을 들으면서 이 동네를 과연 내가 떠날 수 있을까, 내가 막연하게 품어왔던 미지의 두려움과 같은 기억들로 짜인 구속복을 입고 나로서는 이해할 수 없었던 그 일을 생각해왔다.

5

그해 11월, 인터넷 신문사에 익명의 제보를 바탕으로 작성된 기사가 기재되었다. 광진구의 모 학습지 물류센터에서 비정규직 근로자 K씨를 상대로 직장 동료인 유부녀 여덟 명이 원만한 직장 생활을 빌미로 근처의 모텔에서 십수 차례에 걸쳐 약 1년 6개월간 난교를 벌였고 뒤늦게 안 K씨의 동거녀인 S씨가 사내 직원 전용 게시판에 이 사실을 알렸으나 사측에서는 학습지 브랜드 이미지 때문에 쉬쉬하고 있다는 내용이었다. 공장 노동자를 욕하는 악성 댓글들이 달렸고 얼마 안 가 모 학습지 물류센터가 속한 회사명이 언급되기 시작했다. 회사는 즉각 대응에 나섰다. 신문사에 허위사실 유포로 고소한다고 엄포를 놓고, 인사부에서 사람이 나와 당사자들을 차례차례 심문했다.

나와 함께 일했던 아줌마들이 해고되었다.

주동자 세 명이 해고 통지를 받았고 나머지 아줌마들도 몇 달 안 가 계약 기간 만료로 떠나야만 했다. 작업 팀장은 도의적인 책임을 지고 지방으로 인사 배치되었다. 새 상사가 들어오고 다른 팀에서 차출한 아줌마들과 신입으로 인원 공백이 메꿔졌다. 석은 당장 물류센터 내 다른 작업장으로 재배치되었다. 나는 수차례 사무실로 불려가서 간부들에게 똑같은 말을 되풀이해야만 했다. 내가 인터넷에 배포하고 기사를 제보하지 않았다, 다른 누구에게도 얘기하지 않았다, 사내 직원들만 볼 수 있는 인터넷 게시판에 글을 올린 게 다다, 석 역시 아무에게도 얘기하지 않았다. 그들은 내게 다른 지부로의 인사이동을 종용했다. 나는 서울을 떠날 수 없다고 대답했다.

회사는 어떻게든 조용히 마무리하려 했다. 나를 비롯한 당사자들의 신분이 노출되는 일 역시 없었다. 휴게실에서 혼자 도시락을 먹다 보면 소문들을 듣기 마련이었다. 아줌마 누구누구는 이혼소송이 진행 중이라더라, 남자가 피해자다, 아니다, 다 큰 남자가 그게 섰으니까 했겠지 억지로 했으면 섰겠나, 알고 보니 그 여편네들이 동영상을 찍어 협박했다더라, 기사를 제보한 사람은 누굴까, 뻔하지, 게시판에 글을 올린 사람 아니겠어……

해고 통지를 받은 세 명이 떠나는 날이었다. 퇴근 시간이었고 정식으로 작별 인사할 자리도 마련되지 않았다. 물류센터 입구에서 세 아줌마는 남은 아줌마들을 부둥켜안고 울면서 서로에게 하소연했다. 앞으로 어떻게 살아가니. 나가서도 잘 살아야 해. 딸이 이제 중학교 들어가는데 또 어딜 가서 돈을 번다니. 불쌍해서 어떡해. 내가 그들을 지나자 울음소리가 뚝 끊겼다. 누가 나를 불렀다. 씬. 나는 뒤돌아보지 않았다. 분해서 그랬던 것인데 그들의 목소리가 따라오니 무서워서 발을 재게 놀렸다.

미안해. 우리는 씬도 그런 건 줄 알았어. 우리 말 좀 들어봐. 그냥, 그냥 외로웠던 거야. 알잖아, 씬. 우리 같은 사람들이, 아랫사람들끼리 같이 일하고 만나고 그러다 보니까…… 응? 씬이랑 같이 살게 된 줄 알았으면 그만했을 거야. 씬, 그냥 가기야? 야, 씬, 미안해. 우리 같이 늙은 사람들이 창창한 젊은 사람들 앞길 막아서 미안하다고. 똑똑한 너는 이해 못하겠지, 어? 너지? 신문에 꼰지른 거. 너 때문에 가정도 파탄 나고, 고맙다, 야! 잘난 네가 왜 석이를 만나는지 모르겠는데, 걔한테 물어봐. 알아? 아냐고.

나는 뛰다시피 걸어 원래 가던 길이 아니라 전철역 쪽으로 방향을 틀었다. 인도로 나와 고개를 숙이고 걸어갔다. 거리의 상가마다 화려한 조명이 들어오고 젊은 사람들이 몰려들고 있었다. 마주 오는 대학생들과 어깨를 부딪혀가면서 화양동 방향으로 걸어갔다. 알아. 안다고. 석에게 전부 들었다. 거부하지 않았다고. 하자고 해서 했다고. 하지 말자고 하지 않아서 안 하지 않았다고. 나는 석에게 물었다. 그게 전부야? 석은 대답하지 않았다. 내가 간신히 말했다. 하지 마. 하지 않게 해줄게. 그러고 더는 캐묻지 않았다. 걸음을 멈추고 인파를 뒤돌아보고 나서 나는 도로가에 놓인 벤치에 앉아 숨을 골랐다. 내 또래의 남녀들을 올려다보았다. 주로 남자들을 올려다보았다. 걸치고 있던 작업 점퍼를 벗어 개켜서 무릎 위에 올려놓았다. 완전한 밤이 되자 나는 떨면서 방으로 향했다.

방에는 아무도 없었다. 현관에 접혀 놓여 있던 자전거가 보이지 않았다. 나는 켰던 불을 도로 끄고 벽에 기대앉아 훌쩍였다. 늦은 밤이 되자 불을 켜고 화장실에서 세수를 했다. 방바닥에 이불을 깔고 그 위에 앉았다. 석을 기다렸다.

날이 밝는 대로 석의 짐을 다 꺼내서 버리기로 다짐하면서 설핏 졸던 참이었다. 천장에서 윗방 아이의 목소리가 들려왔다.

야. 듣고 있어? 좆같은 새끼야.

아이는 내가 어떤 기분인지도 모르고 또 한창 욕질이었다. 나는 행어에서 옷걸이 집게 봉을 꺼내들고 천장을 두드렸다. 아이는 잠시 침묵했다가 다시 욕을 시작했다. 화가 났다. 화가 나니 턱이 덜덜 떨리며 눈시울이 뜨거워졌다.

듣고 있어. 말해봐.

나는 까치발을 딛고 서서 울음 섞인 목소리로 천장에 대고 소리쳤다.

욕하지 말고 말해봐. 듣고 있어. 욕만 하면 듣는 사람은 무슨 일인지 모르잖아. 누나 오늘 슬퍼. 좆같은 이 동네에서 좆같은 일 당해서 슬프다고. 이딴 동네는 뭐 이딴 좆같은 일만 일어난다니. 말해봐. 누나가 들어줄게. 얘. 듣고 있어?

대답을 기다리다가 나는 잠들었다.

잠결에 얼핏 방문이 열리는 소리가 들렸던 것 같았다.

6

나는 레비 스트로스의 《슬픈 열대》를 얼마 전에야 읽었다. 오랜만에 읽은 책이었고, 바로 이해하기 어려워서 다시 앞 장을 들춰가며 읽었다. 젊은 시절의 레비 스트로스가 모국인 프랑스에서부터 아메리카 대륙, 인도 대륙을 오고 가며 겪은 정경들과 낯선 이름을 가진 남미의 선사부족들에 관한 보고로 이루어진 내용은 예상했던 대로 나오는 먼 이야기였고 그럼에도 왜 자꾸만 그 책을 떠올렸는지, 아마 손택이 쓴 대목 한 구절이 암세포처럼 내 머릿속에 심기어 있기 때문일 것이다.

아직도 나는 화양동에서 석과 함께 살고 있다.

석은 계약 기간 만료 이후 재계약을 하지 못했다. 다른 일자리를 찾아보았지만 번번이 며칠 안 가 그만두었다. 얼마 전에는 검정고시에서마저도 떨어졌다. 석은 말수가 더 줄어들었다. 거기다가 살이 오르기 시작했다. 석이 자전거를 타지 않은 지는 이미 오래, 그는 이제 방에만 틀어박혀 있다. 동면에 든 육식동물처럼 석은 내가 없는 사이 방에 있는 식료품들을 조리도 않고 날것 그대로 먹고 하루 종일 잠만 잔다. 그가 자다가 발한 쪽이라도 내 몸 위에 올려놓으면 나는 내가 사는 붉은 벽돌집이 무너져 내려 압사당하고 마는 악몽을 꾸고야 만다.

석이 깨어 있을 때면 나는 이야기를 들려준다. 오늘 직장에서 어쩌고저쩌고가 아니라, 오래전에 잊었다고 믿었던 이야기들, 처음 서울로 이사 온 이야기에서부터 아버지가 자전거를 가르쳐줬던 이야기, 오빠가 영영 집으로 돌아오지 않았으면, 먼 타지에서 우리를 잊고 살았으면 좋겠다는 이야기, 엄마가 번번이 재혼에 실패하고 있다는 이야기. 《슬픈 열대》를 한창 읽을 때는 내가 이해한 것 같은 구절을 풀어서 설명해주기도 했다.

여기, 남아메리카 대륙과 인도 대륙이 있다. 남아메리카는 적은 인구에 비해 자원이 풍부하고, 인도는 자원이 적은 대신 인구가 비대칭적으로 많다. 남아메리카의 경우 풍족하게 자원이 분배되니 차별이 필요치 않았다. 그러나 서구 문명이 침략해 와서 땅을 점령하여 자원이 한정되기 시작하면서 선사부족들에게도 계급이 생기고 차별이 생겨난 것이다.

인도는 애초부터 공평하게 자원이 분배되는 것이 불가능하여 카스트 제도가 생기고 계급에 따라 자원이 차등 분배되었다. 그럼에도 불구하고 인도가 긴 시간 동안 평등을 위해 어떤 시도도 하지 않았다는 걸 레비 스트로스는 지적했다. 인도인들은 계급 내에서 서로를 같은 인간으로 인식하는 한편 다른 계급과는 서로 다른 인간으로서 종속관계를 이루어 공존하기를 택했다는 것이다.

석이 책을 들고 있던 내 손을 잡았다. 나는 도둑질을 하다 붙잡힌 것처럼 떨고 있었다.

소연아.

석이 내게 물었다. 그동안의 남자친구와는 어떻게 헤어졌느냐고 말이다. 석은 신기루를 붙잡고 있는 것처럼 뿌연 시선으로 내 눈을 마주 보고 있었다.

나는 한 번도 먼저 이별을 통보한 적이 없었다.

석에게 대답했다. 헤어지지 않을 거야.

나는 말하지 않았다. 퇴근하고 난 뒤에 근처 대학교 캠퍼스의 호숫가 벤치에 앉아 《슬픈 열대》를 꺼내 무릎 위에 펼쳐놓고는 날이 질 때까지 젊은 남자들을 하염없이 바라보다 돌아오곤 한다는 걸.

윗방 아이는 이제 다른 곳으로 이사 가고 없다.

어느 날부터 록 음악이 천장에서 울려댔다. 창가에 서서 벽을 바라보다 보면 담뱃재가 눈앞을 지나 떨어졌다. 가끔 나는 홀로 남겨져 욕을 하던 아이를 생각한다.

아이가 지금 지내고 있을 그 방은 방음이 잘될까. 아니라면, 욕을 조용히 들어줄 이웃을 만났을까.

내가 사는 화양동 구역의 재건축 계획은 지원금 문제 때문에 주민들의 반대로 취소되었다. 창가에서 내가 마주 보곤 하는, 금이 가고 있는 벽이 보수될 일은 또 한참으로 미루어진 셈이다. 물류센터와의 계약 만료가 한 달 뒤다. 정규직을 꺼려하는 회사의 방침대로 나는 한 달을 쉴 것이다. 한 달 뒤에도 연락이 없다면 새 직장을 찾아야 할 테고 어쩌면 다른 동네로 떠나야 할지도 모른다. 그 훗날에 관하여는 아무런 계획이 없다. 나는 얼마든지 비슷한 직장과 비슷한 동네를 찾아낼 것이다. 그렇지만 긴 시간, 어쩌면 생각보다는 길지 않은 시간이 지나면 내가 태어나기도 전의 옛날에 들어섰던 서울 도처의 붉은 벽돌집들이 낡고 금이 가 일거에 무너져 내릴지도 모를 일이다. 그때 마침 화장실에서 볼일을 보고 있다면 나는 어떤 표정을 짓고 있을까. 당혹스러워할까. 부끄러워할까. 생각할 겨를도 없이 깔려 죽을까. 아니면, 이미 예상하고 있었다는 듯이 회심의 미소를 짓고 바깥의 사람을 마주 보게 되지는 않을까.

그 일에 대하여 누구에게도 이야기하지 않은 사실이 있다.

나는 전 남자친구의 이메일 주소를 기억하고 있었다. 내가 그에게 신문사에 제보할 내용을 일러주었다. 내가 그랬다는 걸 한동안 잊고 있었다는 사실을 나는 얼마 전에야 되새겼다.

그날 출근한 사이에 내 앞으로 서류봉투가 도착해 있었다. 발신자의 신상이 적혀 있지 않은 것이 아무래도 직접 두고 간 듯했다. 석은 언제나 그렇다시피 자고 있었다. 봉투 안에는 두툼한 종이 뭉치가 들어 있었다. 소설이었다.

제목은 씬. 첫 문장은 이러했다.

다들 씬이라고 불렀다.

누구도 아닌 나의 이야기였다. 내가 책을 읽게 되고 남자들을 만나기 시작한 때부터 화양동에서의 이야기까지가 소설의 형식으로 소상히 적혀 있었다. 나는 읽으면서 한참을 웃었다. 그게 나야? 내가 그렇단 말이야? 다 읽고 나자 소설이 현재의 시점에서 마무리되었듯이 지금의 내게도 더는 새로운 이야기가 없는 것처럼 느껴져서 나는 어느새 울고 있었다.

미지의 꿈속을 뒤척이는 석을 내려다보면서, 화양동을 떠나야겠다고 생각했다.

감사보다 부끄러움 앞서…… 삶으로 보답

어떻게든 되겠지, 하며 지내왔다. 어떻게든 되어서, 근근이 생존했노라고 착각했다. 실은 그게 아니었다는 걸 깨달은 것은 비교적 최근의 일이다. 나를 감내하며 여기 이 시작점까지 이끌어준 모든 이에게 보답은커녕 이름 모두를 지면에 담을 수 없다는 사실이 죄스럽다. 빚을 졌다.

가장 오랜 시간 나를 감내하신 어머니 엄영자, 아버지 김동섭, 그리고 형 김대용, 동생 김미래가 먼저 떠오른다. 중앙대 문예창작학과에서 학생이 아니라 축생(畜生)인 나를 인도하신 이승하 교수님, 방현석 교수님, 전성태 선생님 등 스승들의 은혜를 잊지 않을 것이다. 나의 평생 친구이자 조력자 윤건호, 정다은에게 앞으로 행운만이 있었으면. 먼저 내게 손 내밀어준 양손잡이의 김신준 선배, 신현우 선배, 김형진 선배, 그리고 나의 곁을 지켜준 동기들인 지혜성, 김현우, 정신해, 조욱, 조으리, 최종수 이들과 앞으로도 함께할 수 있기를. 나의 든든한 동료 김사랑, 최인희, 진예슬을 항상 응원한다. 상기한, 그리고 적지 못한 모든 이름들에게 감사하다. 감사함보다도 부끄러움이 더 크다. 죄스러울 따름이다. 소설은 그들에게 어떤 보답도 되지 않을 테다. 죄송하다. 나의 삶으로 보답하겠다.

마지막으로 Y에게 전해지지 못할 사과를 전한다.

심사평 : 김화영(고려대 명예교수) · 강석경(소설가)

가난과 사랑에 대한 무거운 화두 던져

예심에서 올라온 12편의 단편 중 2편이 최종적으로 검토되었다. 성다솔의 〈아무도 갖지 않는 것〉은 실학자 자료를 정리하던 여덟 명의 연구원들이 5년 계약을 만료하고 해체되는 정경을 그린 독특한 작품이다.

그해 마지막 날 두 사람이 나와 남은 물건들을 챙기는 과정에서 한 달 전 멋대로 그만둔 정수가 비상식적인 행동으로 기피 대상이 되고 스스로를 고립시켰음이 드러난다. 뒤늦게 한 보조연구원이 들어설 때 따라온 유기견의 젖은 발자국에 정수가 오버랩되는데 눈 내리는 밤, 빈 사무실에 떠도는 버려진 것들의 '기이한 여운'은 절묘하다.

자연스러운 흐름으로 나무랄 데 없이 잘 짜여진 이 작품을 제치고 김갑용의 〈슬픈 온대〉가 당선작으로 뽑혔다. 몇 군데 지나치게 긴 문장이 난삽하여 흐름을 방해하지만 폭과 깊이에서 앞지른다고 여겨졌다. 레비스트로스의 명저 《슬픈 열대》에서 제목을 따온 이 단편은 화양동 학습지 물류센터에서 일하는 '나', '쎈'을 통해 가난과 사랑에 대한 무거운 화두를 던진다.

"매연이나 먹으니" 봄이 와도 영산홍이 피지 않는 무방비 화양동, 비정규직 동료인 젊은 사내를 상대로 공동 욕실을 쓰듯 난교를 벌이고 "그냥 그냥 외로웠던 거야"라고 호소하는 노땅 아줌마들. 천장을 울리며 늘 혼잣말로 욕을 해대는 윗방 초딩생. 근대화가 제대로 이루어지지 않은 한국사회에서 부익부 빈익빈이 심화됐을 때 가난과 삶의 품위는 어떻게 반비례하는가?

　화자 씬(scene)은 '슬픈 온대'의 불편한 진실을 거친 질감으로 복합적으로 펼쳐 보인다. 한편으론 "나쁜 걸 몰아준다고 나쁜 걸 다 몰아 받는 것도 참 게으르고 나빠"라고 치열하게 자기 해부를 하는데 "그게 나야?"라고 외치며 흘리는 자기 회오의 눈물은 냉철하고 절절하다.

　고뇌의 진정성을 가르쳐주는 것이 문학의 덕목이 아니던가.

영남일보 이해준

1971년 대구 출생.

의사는 배에 초음파 기계를 대고 이리저리 문지르더니 마침내 가만히 기계를 멈추었다. 아이는 겨우 강낭콩만큼 자랐다는데 아이의 심장은 믿을 수 없을 만큼 빠르게 뛰고 있었다. 살구야, 라고 아이의 태명을 부른 건 윤성이었다. 그녀는 입을 달싹여보긴 했지만 제대로 이름이 나와주진 않았다. 그 아이를 잃은 건 심장 소리를 듣고 난 나흘 뒤였다.

영남일보

슬름

이해준

단이 눈을 떴을 때 병실에는 아무도 없었다. 다른 세 개의 침대는 말끔하게 정리가 되어 있었고 바로 옆 침대에 윤성의 여름 재킷이 반으로 접힌 채 놓여 있었다. 단은 그가 보이지 않아서 다행이라고 생각했다. 조금 멍한 기분이 들었다. 그녀는 머리를 창문 쪽으로 움직여보았다. 맞은 편 병동의 복도로 사람들이 오가는 것이 보였다. 매미 우는 소리도 들렸다. 바깥은 이제 한낮의 폭염 속일 테지만 그녀의 몸엔 조금씩 한기가 돌기 시작했다.

지난번 수술 때는 그저 단의 오른손을 한 번 꽉 잡아주는 걸로 말을 대신했던 담당의가 습관성 유산인 것으로 보인다고 우려 섞인 목소리로 말했다. 습관성 유산을 먼저 치료하지 않으면 시험관 시술은 의미가 없을 거라는 말도 덧붙였다. 습관성 유산이라…… 이런 말을 만들어내고 공식화하는 것은 어떤 사람들일까 하고 그녀는 맥락 없는 의문을 가져본다. 그 단어는 그녀에게 이 모든 일의 처음부터 다시 거슬러 올라가야 한다고 말해주는 것 같았다. 자기 속에, 그토록 미워하고 연민했던 사람들의 삶의 운율이 내재되어 있다는 사실을 받아들이기 위해 젊은 시절을 다

보냈는데도 결국 미래의 아이에게는 그것을 납득시키지 못했다는 것도.

*

두 시간 전과 같은 뉴스를 다른 앵커의 목소리로 들으며 단은 저녁을 먹었다. 종일 만화영화만 방송되는 티비를 상상했던 어린 시절이 있었다. 상상이 현실이 된 지금 그녀는 거의 뉴스 채널만을 본다. 게임 캐릭터를 상상하는 데는 실제의 인물들이, 그것도 뉴스에 등장할 만한 행위를 한 실제 인물들이 자주 영감을 불러일으키기 때문이다. 몇 달 전에는 남편의 시신을 베란다의 고무통에 담아놓고, 여섯살 된 아들에게 한 달에 두어번 먹을 것을 들여주고 간 여자의 이야기로 떠들썩했는데 단은 그 여자를 FPS(1인칭 슈팅게임) 게임에 사용될 캐릭터 시안으로 그렸다. 물론 여자의 얼굴을 보여주지는 않았지만 단에게는 그 여자가 어떤 이미지로 떠올랐다. 홀로 집에 갇힌 아이가 깊은 밤에 두렵고 악에 받친 긴 울음을 울곤 했다는 이웃의 증언도 방송되었다. 단은 그 모습도 자꾸만 떠올라 며칠 밤을 뒤척였다. 결국 그 장면도 그렸지만 그것은 그냥 개인 폴더에 넣어두었다. 파일 제목은 슲름이었다. 슬픔이라고 입력하려고 했는데 손이 떨렸던 모양이다. 그녀는 수정하지 않고 그냥 두었다. 그 낯선 단어가 그녀의 감정들을 가만히 빨아들이는 것 같았다.

윤성은 거래처 사장의 집들이에서 저녁을 해결하겠다고 했다. 그는 요즘 집에서 저녁을 먹는 일이 드물다. 두 번째의 상실은 단에게도 윤성에게도 혼자만의 시간을 요구했다. 슬픔을 나누면 반이 된다는 말은 자기 몫의 슬픔을 오롯이 견딘 후에야 가능한 일이다. 그런 후에야 내 것과 네 것의 질감과 무게를 느끼고 나눌 수 있는 것을 나누고 결코 이해할 수 없는 부분을 가라앉히는 일을 함께 하는 것이다.

밥을 다 먹을 때쯤 초인종이 울렸다. 윤성이 잊은 것이 있어서 다시 돌아온 것이라고 생각했지만 인터폰 화면에는 뜻밖에도 12층 아이의 동그란 이마가 절반을 차지하고 있었고 그 이마 밑으로 미간 사이가 좀 벌어진 작은 눈이 화면을 바라보고 있었다. 단은 잠시 망설이다가 아이를 향해 질문했다.

누구세요.

아저씨 있어요?

아이는 이번에도 그녀의 말엔 대꾸도 없이 그렇게 되물었다.

아니, 없어.

단은 아이가 저번처럼 그대로 가버리길 바라면서 대답했다.

같은 동 꼭대기인 12층의 개인택시를 모는 남자와 미용실을 하는 여자의 아이였다. 일주일에 한두 번꼴로 남자는 만취했고 가재도구들을 부쉈으며 여자를 때리는 것 같았다. 8개의 동이 인접해 지어진 오래된 시영아파트에서 그런 식의 부부싸움은 흔하다곤 할 수 없어도 그렇게 놀랄 만한 일도 아닌 것으로 비춰질 만큼의 빈도로 벌어지곤 했다. 습관성이건 우발적이건. 미용실 여자는 그런 날이면 아이를 바깥으로 내보냈다. 한밤이나 새벽일 경우가 많아서 아이는 아파트 단지를 헤매다 결국 현관 앞에 쪼그리고 앉아 있거나 엘리베이터를 타고 오르내리며 시간을 보내는 모양이었다.

윤성이 야근을 하고 돌아오는 길에 아이를 데리고 들어온 적이 있었다. 단은 두유 한 팩을 내주고는 방으로 들어가 하던 작업을 계속했다. 컨셉 디자인을 수정해서 넘겨주어야 할 기한이 바짝바짝 다가오고 있을 때였다. 시안을 본 양 선배는 배경 수정까지 바라는 눈치였다. 그렇지 않았더라도 단은 아이와 엮이고 싶지 않았다. 아이의 얼굴이 싫기도 했다. 작고 까무잡잡한 얼굴에 조금 합죽한 입매, 상대적으로 기억나지 않는 코, 그런데 눈빛에 한기가 스밀 때가 있었다. 초점 없는 멍한 눈으로 있다가 가끔씩 무언가를 집요하게 들여다볼 때 보이는 차가움이었다. 단은 그것을 알아보았다. 저런 얼굴을 하고 있는 게 저 애의 탓이 아니라는 것을 안다. 그럼에도 단은 아이에게 필요 이상으로 매정한 마음이 되었다.

윤성이 속으로 그녀를 타박한다는 것을 느끼고 있었음에도. 아이는 아이다운 기민함으로 단이 자기를 싫어한다는 것을 알아차린 모양이었다. 윤성을 따라서 집에 들어온 것은 그날 한 번뿐이었다. 가끔 밖에서 윤성이 아이스크림이나 자판기 음료를 사주곤 한다는 것을 알았지만 얼마 전 저녁에 벨을 누를 때까지는 아이를 잊고 있었다.

아이는 단의 기대대로 이번에도 별말 없이 돌아섰다. 그런데 단의 눈에 아이가 안고 있는 것이 보였다. 뻣뻣하게 경직된 작은 뒷다리가 눈에 들어온 것이다. 단이 미간을 찌푸리며 문을 열자 아이가 계단을 내려가려다가 무르춤하게 멈춰 섰다. 생각대로 죽은 동물이었다. 자그마한 갈색의 고양이. 입가에 피가 묻은 털이 뭉쳤고 뒷다리가 낙하의 충격을 고스란히 받은 듯 굳은 채 쭉 펴져 있었다.

단의 눈빛이 고양이의 사체에 가 닿자 아이가 합죽한 모양의 입술을 달싹거렸다.

화단에 떨어져 있었어요.

떨어져?

단의 음성이 갑자기 높아지는 바람에 갈라져 나왔다.

네, 화단에 떨어져 있는 걸 주워왔어요.

아이는 단의 생각을 읽기라도 한 듯 단을 바라보며 되풀이해서 말했다.

어쩌려고 들고 온 거니.

단은 목소리를 가다듬었다.

떨어져 있었어요.

……

아저씨가 전에 동물도 죽으면 묻어주는 게 좋다고 해서요. 미련 없이 다음 세상으로 건너갈 수 있을 거라고.

윤성은 아무런 종교도 믿지 않았지만 윤회만큼은 믿고 싶어 하는 눈치였다.

누가 일부러 던진 거면 신고해야 돼.

그렇게 말하면서도 신고할 생각 같은 건 없었다. 부산의 한 아파트에서 먹는 도중에 머리를 잘린 듯한 고양이 사체가 길고양이들의 사료를 담아주던 통에 담겨 있었다던 뉴스를 기억하고 있었다. 길고양이들을 챙겨주던 아파트 여자가 울면서 인터뷰를 했다. 그녀가 담당 구청에 신고를 했지만 돌아온 답은 길고양이들은 보호대상에 속하지 않고 증거가 없으면 처벌이 어렵다는 설명과 고양이 한 마리 갖고 뭘 그러시냐는 핀잔 섞인 말을 들었을 뿐이었다. 그러나 아이에게 그렇게나마 알려주고 싶었다. 아이는 아랫입술을 소리가 나게 한 번 빨았을 뿐 단의 경고에 아무 말도 하지 않았다.

잠깐 기다리렴.

단은 다용도실에서 조그만 종이상자를 가져와서 고양이를 담게 했다.

늦었는데 집에 돌아가지 않아도 되니? 아저씨가 오면 묻어주라고 할게.

엄마한테서 카톡 오면 들어가야 돼요.

단은 죽은 고양이를 집 안에 두고 잠이 드는 것도 싫어서 아파트 뒷산 산책로에서 조금 떨어진 곳에 묻어주고 오기로 했다. 아이가 조금 떨어져서 따라오는 것을 내버려두었다. 밤산책을 하던 노인 부부가 단과 아이를 미심쩍게 쳐다보곤 지나갔다. 부삽 같은 것이 없어서 부드러운 흙과 검불 부스러기 같은 것이 뒤섞인 곳을 찾느라 조금 헤매야 했다. 나뭇가지로 땅을 조금 파내고 고양이를 묻었다. 몸집이 작아서 그마만해도 충분한 것 같았다. 고양이를 묻고 흙과 낙엽을 조금 쌓아올렸다. 아이는 별말이 없이 단의 곁에서 단이 하는 양을 지켜보다가 거들다가 했다. 살구와 마루는 이렇게 묻어주지도 못했지. 잠깐 그런 생각이 들자 눈시울이 시큰해져서 마른침을 삼켰다. 살구와 마루는 아이들의 태명이었다. 하긴 아이의 심장 뛰는 소리를 들었을 때는 겨우 강낭콩만 한 크기였을 것이다. 그녀의 손으로 묻어주지 못한 건 슈까도 마찬가지였다. 연한 갈색의 보드라운 털에 작고 앙증맞은 발이며 새까만 눈동자를 하고 있던 햄스터 슈까……이렇게 오랜 시간이 지났는데 완전히 잊히지 않는다.

이만하면 됐다.

고양이에게 할 말이라도 있니?

그녀의 입에서 저도 모르게 그런 말이 튀어나왔다.

아이는 멀뚱하게 단을 쳐다보더니 고개를 저었다.

카톡은?

아이는 한 번 더 고개를 저었다.

*

아줌마는 왜 내가 죽였다고 생각했어요?

아이는 식탁 의자에 앉아 한쪽 다리를 떨며 물었다. 몸집이 작고 야윈 어깨가 구부정한 아이는 보기보단 나이가 많았다. 봄이면 5학년이 된다고 했다.

난 그런 말 한 적 없다. 왜 그렇게 생각했니?

단은 아이가 한 것처럼 아이의 눈을 바라보며 거짓말을 했다.

사실은 내 방에서 떨어뜨려보고 싶을 때가 있었어요. 고양이는 높은 데서도 사뿐하게 착지할 수 있대요.

거긴 12층이야.

그러니까요. 시험해보고 싶을 만한 높이잖아요.

왜 그러지 않았니.

12층이니까요.

아이는 쓱 웃고는 단을 바라보았다. 요 녀석 봐라, 하는 표정을 기다리는 듯이.

그러면서도 다리는 계속 떨었다.

그래 그 사실을 꼭 기억해두려무나.

단은 심상하게 말하곤 냉장고에서 팩에 든 두유를 하나 꺼내 아이 앞에 놓아주었다. 배아가 착상하는 데 도움이 된다고 하여 냉장고에 재어둔 두유였다. 두유라면 진저리가 쳐질 만큼 많이 마셨다. 게다가 유통기한이 길어 버리지도 못했다.

아이는 잠시 입술을 내밀고 고민하는 듯하더니 빨대를 꽂고 단숨에 마셨다.

그런데 아줌마 미련이 뭐예요.

아이가 마시는 것을 생각 없이 지켜보던 단은 잠시 말문이 막혔다.

글쎄. 마음이 남아 있는 걸 말하는 걸 거야.

그 말을 들은 아이가 다 마신 두유 팩을 흔들어 보았다. 빨대로 빨아올려지지 않을 양의 두유가 그 속에 남아 있을 것이었다.

이렇게요?

단은 아이에게 처음으로 마음이 약간 누그러졌다.

아이는 빨대를 계속 빨면서 공기가 올라오는 소리를 몇 번 듣더니 두유 팩을 탁자 위에 내려놓았다.

고양이를 던진 건 아버지예요.

아이의 눈과 단의 눈이 마주쳤다.

그런데 죽인 사람은 아줌마 생각대로예요.

단의 눈이 또 한 번 아이와 마주쳤고 그 눈에 매서운 차가움이 서려 있는 걸 보았다.

단은 이번에는 거짓말을 하지 않았지만 그 눈을 피하지도 않았다.

내가 그 고양이를 빨래바구니에 넣어서 소파 옆에 가져다 두었어요. 엄마는 깨지지 않는 물건들을 아빠가 던질 수 있게 해놓거든요.

단은 아이가 왜 그랬는지 묻고 싶지 않았다. 그 마음을 짐작할 수 있다는 사실을 들키고 싶지 않았다. 그런데 아이는 집요했다.

아줌마는 왜 내가 죽였다고 생각했어요?

단은 대답하지 못했고 대신 아이가 식탁 위에 올려놓은 휴대폰이 드륵드륵드륵 세 번 진동했다.

*

토요일 오후 단과 윤성은 강릉으로 가는 길이었다. 두 번째 유산 후 처음으로 찾는 강릉이었다. 강릉엔 초등학교 2학년 때 교통사고로 부모를 잃은 윤성을 길러준 고모님이 살고 계셨다. 그녀는 독신이었는데 대학에서 철학 강의를 하며 윤성이 경제적 자립을 할 때까지 뒷바라지를 해준 사람이었다. 그녀만큼이나 어린 시절의 얘기를 잘 하지 않는 윤성이 언젠가 고모님에 대해 말한 것이 기억났다.

"살림을 돌봐주는 도우미 이모님이 계셨지. 고모는 요리를 거의 할 줄 몰랐거든. 그리고 한 번 책을 읽으면 몇 시간씩 꼼짝도 하지 않아서 그런 날엔 몰래 방문을 열어보곤 했지. 고모가 그 안에 있나 확인해보려고……그러다 고모가 나를 발견하면 고모는 내 마음을 눈치채고서 책상에서 일어나 나를 꼭 안아주었어. 고모 여기 있다. 계속 니 옆에 있을 거다. 그런 말들을 해주었어. 그러면 안도감과 동시에 무언가 서러운 감정이 들어서 엄마 아빠가 더 보고 싶어졌고 슬프면서도 미안해졌지. 그때는 그렇게 여러 개의 감정을 한꺼번에 소화해내는 게 힘들었던 것 같아."

첫 아이가 들어섰을 때 윤성은 단을 끌어안고 한참 동안 서 있었다. 그는 지금 몇 개의 감정을 소화해내는 중일까…… 하고 단은 그에게 안겨서 그런 생각을 했었다. 정작 그녀 자신은 잘 실감이 나지 않았다. 병원에서는 4주차라고 얘기해주었다. 6주차엔 심장 소리를 들려주었다. 의사는 배에 초음파 기계를 대고 이리저리 문지르더니 마침내 가만히 기계를 멈추었다. 아이는 겨우 강낭콩만큼 자랐다는데 아이의 심장은 믿을 수 없을 만큼 빠르게 뛰고 있었다. 살구야, 라고 아이의 태명을 부른 건 윤성이었다. 그녀는 입을 달싹여보긴 했지만 제대로 이름이 나와주진 않았다. 그 아이를 잃은 건 심장 소리를 듣고 난 나흘 뒤였다.

아무래도, 그 애는 네게 거짓말을 한 것 같아.

별말 없이 운전에 집중하던 윤성이 갑자기 그렇게 말하는 바람에 단은 괴로운 기억에서 놓여날 수 있었다. 그녀는 갑작스런 말의 맥락을 헤아리느라 잠깐 어리둥절해졌다가 휴게소에서 커피를 마시며 며칠 전 아이가 찾아왔던 이야기를 했던 것이 떠올랐다.

거짓말이라니?

이제 기억이 났는데 그 애 엄마는 심한 고양이 알레르기, 아니 동물 털 알레르기야. 엘리베이터에 반려동물을 안고 타려는 사람이랑 다투는 걸 본 적 있거든. 자기 팔을 막 걷어 보여주면서 항의하더라고. 집 안에 고양이를 들였을 리가 없어.

단은 아연해졌다.

하지만 왜 나한테 그런?

글쎄, 거짓말을 하고 싶었나보다. 너한테.

단은 앞으로 내밀었던 몸을 조수석 등받이에 다시 기대며 대꾸했다.

말도 안 돼. 난 그 애를 몰라.

그런데 왜 화단에 떨어져 있었다는 그 애 말을 믿지 않았어?

……

단은 말문이 막힌 채 잠시 창밖으로 고개를 돌렸다. 차창 밖에는 동해 바다가 펼쳐져 있었고 제법 큰 파도가 밀려오다가 막 허물어지는 것이 눈에 들어왔다.

아줌마는 왜 내가 죽였다고 생각했어요? 아이의 목소리가 들리는 듯했다. 그 말을 할 때의 아이 표정도 생생했다. 식탁 의자에 앉아 한쪽 다리를 계속 떨면서도 도전적인 눈빛으로 물었다. 그래 화단에 떨어져 있었어요, 라고 했었던가, 그 아이가.

너울성 파도 중에는 수천 킬로미터를 여행해 온 것도 있대.

……

이번에는 윤성이 잠자코 듣고 있었다.

저렇게 밀려오는 파도가 눈앞의 바람 때문에 일어난 것이 아닐 수도 있다는 거지. 그런데 그런 생각을 할수록 내 자신이 구제불능처럼 느껴져. 마흔이 다 되어가는데도 아직도 과거 탓을 하고 있으니.

그녀는 파도에서 눈을 떼지 않고 말했다. 파도는 밀려왔다가 허물어지고 허물어지고를 반복했다.

구제 불능이 맞을지도 모르지.

쌀쌀맞네.

과거에서 너를 구제할 수는 없을 거니까. 이미 지나가버린 걸 과거라고 하잖아. 어떤 사실들과 기억들을 잔뜩 남겨놓고. 그걸 먼저 인정해줘. 그리고 나서 좀 떨어져서 들여다보는 건 어때? 네 말대로 탓은 그만두고.

……객관적이 되란 거야? 어른스럽게?

단은 그렇게 대꾸했지만 자기가 듣기에도 억울한 목소리였다.

네 자신을 과거의 희생자로만 본다면 네 스스로에게 그리고 다른 사람에게 피해를 주는 일을 하고도 깨닫지 못하게 될 거야.

윤성이 정색하고 이런 이야기를 꺼낸 것은 처음이었다. 전방을 응시하는 그의 오른쪽 이마와 눈언저리가 살짝 올라갔다. 눈 옆에서 이마로 이어진 커다란 갈색 얼룩이 같이 움직였다. 단은 그의 얼굴에 있던 그 점을 오랫동안 잊고 살았다는 것을 깨달았다.

윤성과 단은 캐주얼한 분위기를 준 한정식집에서 처음 만났다. 그는 디자인팀 아트디렉터인 양 선배의 대학 동기였지만 생각보다 나이가 많아 보이지는 않았다. 그런데 오른쪽 눈 옆에서 이마 위쪽으로 갈색의 얼룩 같은 점이 시선을 단박에 끌 정도로 꽤 크게 자리 잡고 있었다.

제가 더 일찍 와서 이런 후줄근한 모습은 안 보였어야 되는데 말이에요.

5분 정도 늦게 도착한 그는 손수건으로 연신 얼굴의 땀을 닦고선 미안한 듯 웃었다. 그가 웃자 오른쪽 눈가의 얼룩이 같이 움직였다.

음식이 한두 개씩 들어왔고 두 사람은 양 선배에 관한 이야기를 나누었다. 공통적으로 호감을 갖고 있는 대상에 대한 이야기가 오고 가자 어색한 분위기가 조금 누그러졌다.

양태인 밑에서 일하기 힘들지 않아요? 직속 부하직원인가요?

예전에 회사 다닐 때 저희 디자인팀 아트디렉터였어요. 지금은 제가 프리로 일하고 있어서 일종의 갑과 을이죠. 제게 일감을 주시는.

아, 프리랜서시구나. 시간 관리하기가 힘들지 않습니까?

단은 그의 목소리가 마음에 들었다. 약간 비음이 섞인 낮은 목소리였는데도 거슬리지 않았다. 차분하게 말하는 태도 때문인 것 같았다. 대화가 끊어졌을 때도 무리하게 침묵을 깨뜨리려 애쓰기보다 음식을 먹는 일에 집중하면서 기다릴 줄 알았다.

가자미구이도 그렇고 갈치조림도 영 안 드시네요. 이 집 생선이 싱싱한 편입니다.

제가 생선을 못 먹어요. 비린 냄새 때문에 좀……

그렇죠? 아무래도. 비리죠.

그가 고개를 끄덕였다.

그런데 어쩔 수 없는 특성 같은 거죠. 생선은 원래 비리다. 이렇게 생각해두면 그 다음엔 생선의 다른 맛을 찾아갈 수 있어요. 생선의 비린 맛에만 집중하면 비리다, 안 비리다밖에 느낄 수 없어요. 하지만 그걸 인정해버리면 몸통과 꼬리, 껍질이 가진 맛의 차이와 고등어의 비린내와 갈치의 비린내에 차이가 있다는 것을 알게 됩니다. 대구와 명태의 담백함의 차이, 아구와 복어의 쫄깃함이 다르다는 것도요. 그 많은 종류의 생선을 비리다 안 비리다로만 파악하면 생선 입장에서도 그렇고 단씨 입장에서도 그렇고 좀 억울하지 않겠어요?

그렇게 말하고서 그는 갈치의 가운데 토막을 솜씨 좋게 발라서 입에 넣었다. 그가 맛있게 먹는 걸 보니 아닌 게 아니라 조금 억울한 것 같기도 했다. 그가 입을 우물거릴 때마다 눈 옆의 갈색 점이 눈에 들어왔다.

그와 오랜 시간을 함께 보낸 지금, 단은 여전히 생선을 먹지 못한다. 생선은 원래 비리다라고 생각해두어도 여름이니까 덥지, 같은 말이 팔월의 폭염을 견딜 수 있게 해주지는 않는 것처럼 비린내음을 참을 수 있게 되지는 않았다. 그런데 그 얼굴의 점은 거의 의식하지 못하고 살아왔다.

아……점. 이상하게 들릴지도 모르겠는데 난 별로 신경 쓰이지 않았어. 처음 거울 볼 때부터 그게 있었으니까. 내 일부구나, 하고 생각했지. 당신이 내 점을 의식한다는 걸 알아차렸을 때는 좀 신경이 쓰였지만 당신이라는 거울 속에서도 익숙해질 거라고 믿었어.

만약 사랑에 빠지는 순간 같은 것이 실제로 있다면 그가 그렇게 말했을 때가 아닐까, 라고 그녀는 생각한다. 자신의 얼굴에 그렇게 큰 점이 있다면 내 일부구나, 라고 받아들이기 어려웠을 것이다. 왜라고 물었을 테고, 왜 나에게라고 물었을 것이다. 그의 그 태도가 사랑스러웠다. 그리고 그녀 삶의 얼룩조차 그렇게 받아줄 수 있지 않을까 하는 약삭빠른 마음이 그 순간에 함께 자리 잡았다. 그것이 잘못이었을까.

과거의 희생자로만 산다면, 이라는 그의 말이 강릉에 도착해서도 내내 그녀를 따라다녔다. 나 자신에게, 그에게, 그 아이에게, 살구와 마루에게, 슈까에게 나는 무엇이었나.

*

아이를 다시 만난 것은 아파트 놀이터 옆 미니 농구장에서였다. 몇몇 아이들이 어울려 농구를 하고 있었다. 아이는 그 무리에 끼지 못하고 조금 떨어진 벤치에서 휴대폰을 만지작거리고 있었다. 어지간히 집중하고 있어서 단이 다가서는 것도 눈치채지 못했다. 그녀가 마트의 쇼핑 봉투를 바스락거리며 옆에 앉자 아이가 힐끗 눈길을 주는가 싶더니 고개를 돌려버렸다. 그녀는 아이의 화면을 훔쳐보며 옆에서 한참을 끈질기게 기다렸다.

그거, 숲속을 지나는 사람을 잡아서 긴 초록색 머리칼로 간질여서 죽이는 초록마귀 그리냐프, 아줌마가 그린 거다.

거짓말!

아이는 게임 화면 속의 캐릭터와 그녀를 번갈아 보더니 단호하게 말했다.

단은 그러거나 말거나 자신의 스마트 폰에서 폴더를 열어 캐릭터를 완성하기까지 여러 개의 수정본 파일을 열었다.

원래는 이렇게 생겼었어.

아이가 호기심을 이기지 못하고 그녀의 폰 쪽으로 고개를 들이밀었다.

다음 달에 업데이트 될 건데 그 때는 이런 무기들이 추가될 거야. 머리카락 색깔도 바뀌고.

여전히 미심쩍은 표정이다가 단의 그 말에 작은 눈이 반짝거리기 시작했다.

정말 아줌마가 그린 거예요?

단은 고개를 끄덕였다.

아줌마 이 게임 만드는 회사에 다녀.

그런데 너야말로 왜 나한테 그런 거짓말을 했니?

그녀는 추궁하는 어조가 되지 않도록 조심했다.

단의 질문에 아이는 시무룩해져서 툭하고 벤치를 찼다.

아줌마가 먼저 거짓말 했잖아요.

예상했던 대답이었다.

그래. 미안해. 사과할게.

그녀가 순순히 그렇게 말하자 아이는 놀란 눈치였다. 뭐라고 말을 하려다가 농구를 하던 아이들이 소리를 지르며 와자지껄하자 그 쪽으로 눈길을 돌렸다. 한 녀석이 코트에 쓰러져 있고 그 위에 장난치듯 아이들이 포개져 뒹굴고 있었다. 벤치 옆에는 그 아이들 것으로 보이는 가방들이 한 무더기 쌓여 있었다. 아이는 가방을 지키는 역할인 모양이었다.

전부 거짓말인 건 아니었어요.

아이는 작게 한숨을 쉬더니 벤치 아래턱에 다리를 올려놓고 발을 까닥거리며 말했다.

그렇게 해보고 싶었거든요. 근데 엄마가 고양이 같은 걸 데려오면 금방 눈치를 채버려서……

그게 거짓말보다 더 나쁜 거야. 알지?

아이의 눈이 순식간에 매서워졌다.

아빠 나를 집어던지려고 한 적도 있어요. 어릴 때, 학교 가기 전에, 그래도 기억은 나요.

이번엔 단이 한숨을 내쉬었다.

왜 사람들은 아이를 낳을까. 아이를 낳고 기르는 일이 그 부모의 삶 또한 자라게 하는 일이라고 어떤 이들은 말한다. 그런데 그 부모가 자라지 못하면 어떻게 되지. 자기 삶의 무게로 아이를 짓누르면 어떻게 되지.

무서웠겠구나.

……

그런데 네가 그렇게 하면 고양이도 너처럼 무서울 거야.

……

그리고 그런 고양이를 보는 너도 무서울 거고.

……

안 해봐서 무슨 말인지 모르겠지?

아이는 그녀의 말을 듣는 건지 어쩌는 건지 아무런 대꾸도 없었다. 그녀는 마트의 비닐봉투 끝을 빙빙 돌려 묶었다가 풀고 묶었다가 풀면서 얘기를 계속했다.

아줌마가 너만큼 작았을 때 햄스터를 키웠어. 아줌마한테도 그런 아빠가 있었거든. 너처럼 그런 아빠. 엄마를 때리는 아빠 말이야.

아이는 그녀를 바라보았다. 지금까지와는 다른 낯선 표정이었다. 그녀는 그런 아이의 눈을 마주 보지 못하고 쇼핑봉투 끝을 돌리는 일을 계속했다.

엄마를 때리고 난 다음날에는 먹을 걸 잔뜩 사들고 들어오거나 분홍색 키티 가방도 새로 사오고 햄스터도 사 주었지.

아이가 그녀의 말에 귀를 기울이고 있다는 걸 알 수 있었다. 까닥거리던 발이 가만히 모아졌다.

그 햄스터가 어쩌나 이뻤는지……연한 갈색 털에 작고 귀여운 발이며 새까만 눈동자가 아직도 생각이 나. 아줌마가 너만큼 어릴 때였는데 말이야. 기억이 나.

우리 반에도 햄스터 키우는 애 있어요.

그래?

두 마리.

아줌마는 한 마리만 키웠어.

죽었어요?

……응.

왜 죽었어요?

아줌마가 학교 뒷산에 갖다 버렸거든.

왜요?

아줌마가 화가 많이 나서, 너무 화가 많이 나서, 그러면 안 되는데 그랬어. 아줌마 엄마가 아줌마랑 아줌마 아빠가 자고 있을 때 말도 않고 어디론가 가버렸거든. 며칠이 지나도 오지 않아서 무섭고 화가 나서 그러면 안 되는데 그랬어.

슈르르까라고 이름붙이고 슈까라고 줄여서 부르던 햄스터를 상자째로 학교에 가져가서 뒷산에 내려놓고 집에 오던 길이 어제인 듯 생각났다. 뾰족한 가시덤불에 팔이 찔리는 것도 몰랐다. 마른 가시들이 양말에 잔뜩 붙어 있었다. 아무도 없는 현관에 쪼그리고 앉아 그걸 떼어내며 훌쩍였다. 다음 날, 잠도 못자고 아침밥도 먹지 않고 헐레벌떡 학교에 뛰어갔을 때 슈까는 상자에서 조금 떨어진 곳에 있었다. 얼굴과 내장이 날카로운 무언가에 쪼아진 채로. 작고 귀엽던 발이 비틀려서.

아줌마

응?

그래서 그 햄스터 묻어줬어요?

아니. 무서워서 도망쳤어.

그 후로 한 번도 그 숲길로 가지 않았다. 엄마가 돌아왔으면 엄마의 손을 잡고 한 번쯤 갈 수 있었을 텐데, 라고 생각해본 적이 있을 뿐이다.

아줌마, 이제 아줌마한테는 거짓말 안 할게요.

그래 고맙구나. 아줌마는 새 캐릭터를 그리면 너한테 보여줄게.

정말요?

그래, 네가 좋다면 아줌마 컴퓨터에 저장되어 있는 몬스터 원화도 보여주마. 아빠가 술에 취하면 아줌마 집에 벨을 누르고 네 이름을 대렴. 이름을 말하는 건 암호를 대는 거나 마찬가지야.

좋아요.

좋아. 이 동맹은 성립되었음.

아이의 눈꼬리가 둥글게 쳐지면서 합죽한 입매가 슥 올라갔다. 그것만으로도 단번에 개구진 소년의 얼굴이 되었다. 너는 그런 얼굴이었구나.

*

엄청나게 큰 무덤이었다. 무덤 쪽으로 휘어진 소나무들이 죽 둘러서 있었고 키 큰 소나무들이 바람이 쏴쏴 불 때마다 이리저리 흔들렸다. 그 모습이 쓸쓸하고 교교했다. 무덤이 있는 언덕 아래로 구획이 잘 된 논들이 이어졌고 그 뒤로 비슷한 모양의 집들이 옹기종기 모인 작은 마을도 있었다. 무덤 쪽에는 바람이 많이 불었는데도 햇볕이 내리쬐는 양지에 자리 잡은 때문인지 마을 쪽은 고요하고 평화로웠다. 윤성과 단은 마을 입구에 서 있었다.

무덤이 저기 있어.

윤성은 소나무 숲에 둘러싸인 큰 무덤을 가리켰다. 무덤 쪽엔 여전히 바람이 불고 있었다.

저렇게 큰 무덤이 왜 필요해. 아이들은 그렇게나 자그마한데.

단은 너무 커다랗고 바람 소리가 울리는 그 무덤이 무서웠다.

무서워.

아이들이 기다리잖아.

윤성이 무덤 쪽으로 걷기 시작했다. 그 쪽은 바람이 점점 더 거세어지고 있었다. 다가가면 다가갈수록 윤성의 몸조차 흔들리는 것 같았다. 그녀는 큰 소리로 계속 윤성을 불렀지만 그는 돌아보지 않았다.

잠에서 깨었을 때는, 아홉시 뉴스가 한창 진행되고 있었다. 목이 말랐다. 소파에 기댄 채로 잠이 든 모양이었다. 윤성은 오늘도 회식이 있다고 연락을 해왔다. 단은 그를 기다릴 참이었다. 슬픔을 나눈다고 그 우거진 어두운 숲의 크기가 줄어들지는 않을 것이다. 바람 소리가 잦아들지도 않을 것이다. 그래도 들어가보아야 한다. 그 그늘 속으로.

당선소감 : 이해준

감사보다 부끄러움 앞서…… 삶으로 보답

　두 돌이 안 된 아이가 있습니다. 아이의 이름은 '은후'입니다. 그 아이와 종일 씨름하다 아이가 깊이 잠든 11시 쯤 살며시 곁을 빠져나와 나의 책상으로 갑니다. 가끔 아이가 깨서 보채면 돌아가 토닥여주고 다시 나의 책상으로 갑니다. 새벽 2시 혹은 3시까지 반복된 일상. 그 시간만큼은 소읍의 작은 집에서 아이를 키우는 엄마가 아니라 홀로 세계를 탐구하는 자가 되어 헤매고 또 헤맵니다. 무수한 질문지를 품고 조금씩 움직여봅니다. 질문들은 계속될 것이고 포기하지 않고 노력한다면 가장 정직한 대답을 제 자신에게 들려줄 수 있을 것 같습니다. 그 움직임을 격려해주신 두 분 심사위원 선생님들께 감사드립니다.

　〈오늘 메이저리그 경기는 어떻게 되었을까, 하고 그는 생각했다. 라디오로 야구중계를 들을 수 있다면 얼마나 멋질까. 계속해서 그 고기 놈만 생각해야지, 하고 그는 곧 다짐했다. 네가 지금 하고 있는 일만 생각하란 말야. 어리석은 짓을 해서는 절대로 안 돼-노인과 바다〉
　저 또한 야구공이 풍만한 곡선을 그리며 허공을 가르는 준을 보는 즐거움에 빠질 때가 있겠지만 곧 다짐하겠지요. 계속해서 그 고기 놈만 생각해야지, 하고.

　'공작소'가 있습니다. 이만교 선생님과 열화동인들이 '존재의 집'을 갈고 닦는 공간입니다. 혼자서 막막하게 헤매다가 2010년에 처음으로 그 문을 열고 도움을 청했습니다. 서울을 떠나오고 아이를 낳으며 물리적으로 멀어지기도 했지만 그 때 배운 걸음마를 잊지 않았습니다. 감사합니다.

이 순간도 저를 위해 기도하고 계실지 모르는 어머니가 계십니다. 아이를 낳고 기르지만 아직 저는 그 마음에 도달하지 못했습니다. 언젠가는 나의 언어로 당신의 이야기를 쓰고 싶습니다. 그리고 품이 작은 언니 밑에서 자라온 수정, 혜영, 혜진에게는 미안하다는 말을 전하고 싶습니다. 은후 할아버지 할머니께도 감사의 말씀을 드립니다.

제 삶에 나무와 같은 사람이 있습니다. 그 사람의 이름은 '성재원'입니다. 사랑하는 사람입니다. 삶과 죽음의 씨앗을 함께 보듬고 여기까지 왔습니다. 앞으로도 그러기를 바랍니다.

익숙한 서사방식 아쉽지만 절제력 돋보여

본심으로 넘어온 작품은 모두 7편이었다. 여러 작품이 독특한 상상력을 뿜었으나 우선 기초가 되는 플롯과 스토리 장악과 인물의 개성적 면모와 대상을 포착하는 리얼리티가 떨어져 충분한 효과를 내기가 어려웠다. 반대로 작법에 충실한 작품은 활달한 상상력이 모자라 소설이 독자에게 반드시 부여하기로 약속한 그 울림이 잘 들리지 않았다.

이에 본심 작은 3편으로 압축되었다. 〈가출견 이야기〉는 개를 화자로 한 집안의 몰락과 구차한 복구 과정을 담고 있지만 무난한 이야기에 그치고 있다. 거기다 문체가 화자인 개와 어울리지 않게 무겁고 정형적이다.

〈느림보 혁명〉과 〈슲름〉을 두고 논의를 길게 끌어갔다. 〈느림보 혁명〉은 나무늘보에게 인지 기능을 강화시켜 쓰레기를 처리하게 한다는 기발한 상상력을 가진 작품이다. 사건을 몰고 가는 능란함에다 위트 있고 발랄한 문장을 갖추고 있어 신선한 작품을 만날 것 같은 기대를 품게 했다. 그러나 후반에 갈수록 의도한 알레고리가 애매해지고 결말까지 무리하게 이어져 선자를 안타깝게 했다.

이와 성격이 다른 〈슲름〉은 습관성 유산으로 아이를 자꾸 잃게 되는 화자가 자기 속의 증오와 싸우는 진지함이 돋보이는 작품이다.

결론적으로 〈슲름〉을 당선작으로 결정하는 데는 오래 걸리지 않았지만 그렇다고 아주 흔쾌했던 것은 아니다. 서사의 방식이 익숙해 보인다는 점, 화자의 고민이 아이를 만나서 손쉬운 방식으로 처리되고 있다는 점이 문제로 지적되었다. 그럼에도 이 작품에는 세계를 성찰하는 깊은 눈이 있고, 인물들의 감정을 은밀히 감추는 기법적 절제력과 작품 전체를 통해 하나의 감정을 흐르게 하는 난숙함이 있어서 앞으로 더 나은 작품을 쓰게 될 거라는 믿음을 주었다. 정진을 바라며 당선을 축하드린다.

전북도민일보 서귀옥

1966년생. 제32회 계명문화상 시 부문 당선.
제2회 대한민국 독도문예대전 대상 수상.
2012년 김유정신인문학상 시 부문 당선.
2014년 광주일보 신춘문예 동화 부문 당선.
제3회 서울 암사동유적 세계유산 등재기원 공모전 대상 수상.
현재 우석대학교 문예창작학과 대학원 재학 중.

당신이 내 남편이라고요? 거짓말하지 마세요. 그렇게 똑같이 분장하면 내가
모를 줄 알았어요? 내 남편은 지금 집에 없어요. 봐요. 저기 낚싯대, 야구글러
브, 등산 스틱…… 남편은 오늘 저것들 중 하나를 들고 이미 밖으로 나갔다고
요.

전북도민일보

굿맨

서귀옥

순전히 가짜라니까……!

아내의 목소리는 나지막했지만 단호하게 들렸다. 내가 출근 준비를 하는 동안 아내는 전화기를 붙들고 베란다에 서 있었다. 전에 없던 일이었다. 그러다가 어느 순간 아내와 눈이 딱 마주쳤다. 아내의 얼굴에 흠칫 놀라는 표정이 스쳐갔다. 문득 며칠 전부터 긴히 할 말이라도 있는 사람처럼 무시로 내 주변을 서성거리던 아내의 모습이 떠올랐다.

설마 이 사람이 눈치를……? 나는 이내 고개를 저었다. 최근 내게 벌어진 일을 아내가 알게 된다는 건 불가능에 가까웠다. 바깥출입은 물론이거니와 저렇게 누군가와 통화를 하는 것조차 낯설게 보이는 아내였다.

아니면 이 사람이……? 나는 더 세차게 고개를 저었다. 아내가 내 흉허물을 그런 식으로 늘어놓을 까닭도, 또 그럴 만한 흉허물이 내게 있는 것도 아니었다.

나는 그동안 아내와 살아오면서 크고 작은 기념일을 잊고 지나간 적이 거의 없었다. 그뿐이 아니었다. 리모컨이나 물심부름 따위를 시켜서 아내를 짜증나게 하지도 않았다. 더군다나 여자문제라면 나만큼 떳떳한 사람도 없었다. 접대부가 있는 술집조차 의식적으로 피해왔으니 말이다.

그런 내게 무슨 재미로 사느냐고 묻는 이들도 더러 있지만 나는 매번 그 소리를 귓등으로 흘려들었다. 나중에 불필요한 오해를 받아서 골치를 썩이거나 뒷수습을 하느라 번거로울 것을 생각하면 오히려 그 편이 훨씬 경제적이고 합리적이었다.

이봐, 다녀올게.

나는 식탁 위에 놓인 도시락 가방을 챙겨 들고 베란다 쪽을 향해 소리쳤다. 기척이 없었다. 집을 나와 엘리베이터 앞에 섰을 때 집 안에서 문을 걸어 잠그는 쇳소리가 계단을 울렸다.

멀리 리어카를 끌고 가는 정 노인이 보였다. 출근 시간에 맞춰 집을 나오긴 했지만 서둘러야 할 이유도, 마땅히 갈 곳도 없는 처지라 느긋하게 아파트 후문 쪽으로 빠져나오는 길이었다. 평일 아침 시간대에 이 길을 이용하는 건 처음이었다. 언젠가 이곳에서 노인을 본 이후로 퇴근길에 가끔 뒷길을 이용했을 뿐이다. 한사코 사양하는 노인과 국밥을 함께 먹었고, 장갑이며 귀마개, 모자 등을 사 드리기도 했다. 박스 줍는 시간을 빼앗았다는 핑계로 헤어질 때는 몇 푼 안 되는 돈이나마 노인의 주머니에 찔러주곤 했다.

어르신, 박스는 많이 모으셨어요?

나는 차를 멈추고 창문을 내렸다. 텅 빈 리어카를 보고서야 아침 시간에 할 인사가 아니란 걸 알아차렸다.

아이고, 누구시라고……. 이제 출근하세요? 나는 방금 나왔어요. 이제부터 시작해야지요. 아휴, 추운데 얼른 문 닫으세요.

재윤이는요?

선생님도 참…… 그놈은 지금 학교에 있을 시간인데요.

아하, 그렇지요.

노인은 누런 이를 보이며 웃었다. 혼자 폐박스를 줍던 노인 옆에 열 살 남짓한 사내아이가 보인 건 노인을 너덧 번 만난 후였다. 손자인 재윤이었다. 재윤이는 다리를 절었다. 성치 않은 몸으로 할아버지를 돕겠다고 따라나선 것이었다. 그때부터 나와 노인과 재윤이는 국밥집과 중국집을 번갈아 오가며 저녁을 먹곤 했다. 로봇 장난감을 받고 뒤뚱거리며 좋아하는 재윤이를 보는 것은 내게도 기쁨이었다. 그들은 내가 원해서 무언가를 하는 일의 즐거움이 어떤 것인지 알게 해주었다. 내가 무언가를 할 때는 누군가 내게 부탁을 했거나, 비록 부탁은 아니더라도 간절한 눈빛을 보냈을 때뿐이었다. 나로 인해 누군가 어려운 일에서 벗어난다면 그건 분명 기쁜 일이다. 나 역시 기쁜 건 마찬가지였다. 그러나 내겐 다른 성격의 기쁨이었다. 누군가를 거절하지 않았다는, 그래서 내가 편해졌다는 그런 홀가분함 같은 것이었다.

시청까지는 큰길이 빠른데요. 이 길은 빙 돌아가야 되고…….

오늘은 시간이 좀 있어서요. 아, 잠깐만요.

나는 노인에게 도시락을 내밀었다. 아내는 점심 도시락만큼은 꼭 챙겼다. 아내의 꼼수라면 꼼수였다. 누구와 언제, 어디서 식사를 하던 계산을 하지 않고 나오질 못하는 내 성격을 알게 된 후부터였으니 말이다. 아내는 현관에서 내가 구두를 신을 때까지 도시락을 들고 기다려주곤 했다. 며칠 전부터 식탁 위에 올려놓는 것으로 끝나긴 했지만 아내는 여전히 정성껏 도시락을 준비했다. 오늘은 도시락을 챙기면서 아내에게 미안한 마음이 들었다. 더 이상 숨기는 것만이 능사는 아니다 싶어 저녁에는 무슨 일이 있어도 털어놓자 마음먹고 집을 나선 참이었다.

이 귀한 도시락을 왜 나한테 주세요?

오늘은 점심 약속이 있어요. 이거 안 먹고 가면 집사람한테 혼나거든요. 나중에 만나면 그때 빈 통은 주시면 돼요. 그럼 저는 가볼게요.

내가 인사를 하자 노인은 머리가 땅에 닿도록 허리를 숙였다. 심란했던 마음이 한결 가벼워졌다.

우경호 주무관은 나를 보자 꾸벅 인사를 했다. 혼자 점심을 먹기도 멋쩍었지만 그와 밥 한 끼를 하자고 내내 생각해오던 터였다.

잘 지내는가?

말도 마십시오. 눈만 뜨면 민원에, 신고 전화에 죽을 지경입니다. 자리를 통 비울 수가 없다니까요.

우경호의 그 말은 마치 못 나올 걸 억지로 나왔다는 말처럼 들렸다. 나라고 왜 모르겠는가. 얼마 전까지만 해도 함께 겪던 일이 아닌가. 최근 도심 곳곳에서 발생한 대형 싱크 홀의 여파로 우리 시 홈페이지에도 민원이 폭주했고, 쥐구멍만 봐도 호들갑들을 떨어대는 실정이었다. 도로건설사업소 도로과 직원인 우리는 거의 비상상태였다. 지반침하 원인이 다양해서 관련 부서 가 모두 신경을 곤두세우는 것도 사실이지만 일단 신고가 들어오면 가장 먼저 현장에 도착해야 하는 건 언제나 도로과 직원이어야 했다. 조금만 늦어도 늑장 대응이라느니 직무 유기라느니 말들이 많았다. 거기다가 얼마 전 우리 시에서 발생한 싱크홀과 관련된 사고 때문에 그 파장은 더욱 커졌고, 그로 인하여 포트홀 신고도 부쩍 늘었다.

그나저나 사직 처리가 순식간에 이루어져서 제대로 인사도 못 드리고…… 죄송합니다. 저뿐이 아니라 다른 직원들도 모두 섭섭해하고 있어요. 말이야 바른말이지 우리 부서에서 과장님께 신세 한 번 안 진 사람이 어디 있습니까.

우경호의 말처럼 사직서는 제출하자마자 신속하게 처리되었다. 사안이 사안인 만큼 더 시간 끌어 좋을 것도 없는 상황이었지만 내가 생각한 것보다 훨씬 빠르게 마무리된 것도 사실이었다. 어차피 누군가는 책임을 져야만 했고, 불똥이 튀어 문책이라도 당할까 노심초사하던 소장이나 윗선의 입장에서 보면 모든 책임을 지겠다고 나서는 내가 달갑기도 했을 것이다.

사고가 발생한 것은 3주 전, G병원 주차장으로 들어가는 도로와 인도의 경계 부근이었다. 폭 1미터, 깊이 약 1미터 50센티미터의 지반침하가 생겼다는 신고가 들어온 것은 밤 10시경이었다. 그날 3명의 당직자 중 우리 부서 직원 박영민이 전화를 받았다. 아버지 기일이어서 내가 두 시간 거리의 고향집에 있던 시간이었다.

내게 전화를 건 박영민은 포트홀이라고 보고했다. 포트홀이라고는 해도 인도 쪽이라 나는 곧바로 내려갈 채비를 서둘렀다. 그사이 박영민에게는 다른 직원들과 연락을 취하고 현장이 가까우니 먼저 가 있으라고 지시했다. 야광 펜스를 쳐서 안전에 만전을 기하라는 말도 덧붙였다. 그러나 박영민은 저 혼자 나가는 것으로 충분하다고 판단하여 직원들과 연락을 취하지 않았고, 더군다나 현장으로 가는 길에 어머니가 쓰러졌다는 연락을 받고 그 길로 방향을 돌렸던 것이다. 박영민이 그 상황을 가볍게 생각한 것은 신고자로부터 신고를 받을 때 깊이가 15센티미터인 걸로 잘못 들었기 때문이다.

그날 대형사고가 터졌다. 인도를 지나던 구순의 노인이 구덩이 빠져 그 자리에서 즉사하고 만 것이었다. 신고를 받고도 아무런 조치를 취하지 않은 무능한 처사에 대한 비난이 빗발쳤다. 홈페이지는 마비되었고, 당직자를 자르라는 현수막이 붙기 시작했다.

박영민은 내 바짓가랑이를 잡고 살려달라고 애원했다. 박영민은 결혼도 하지 않고 홀 노모를 모시고 사는 처지였다. 요즘 청년들을 일컫는 3포 세대니 5포 세대니 하는 말을 박영민에게 들은 적 있던 나로서는 난감하기 이를 데 없었다. 이제 막 피기 시작한 박영민의 앞날을 생각하니 내가 더 캄캄해졌다. 나는 5년 후면 퇴직할 몸이었다. 3포나 5포를 경험하게 될 자식도 없었다. 더 망설일 이유가 없었다. 그 모든 일은 다음 날 날이 밝는 대로 출동하라는 내 지시에 따른 것으로 뒤집어졌고, 책임은 당연히 내가 지는 것으로 하였다. 또한 그 일은 나와 박영민, 그리고 소장만 아는 것으로 하고 덮었다.

저기…… 저는 아무리 생각해도 과장님이 박영민에게 그런 지시를 내렸을 거라고는 생각하지 않습니다. 혹시 박영민 대신 총대를 메신 건 아닙니까?

다 끝난 일 아닌가. 그 얘긴 그만하지.

그러니까 제 말은…… 과장님이 원체 다른 사람 어려운 거 못 보니까…… 혹시 박영민이 과장님 바짓가랑이를 잡고 살려달라고 애걸복걸한 건 아닌가 하고요. 솔직히 과장님이야 누가 심장을 빌려달라고 해도 당장 꺼내줄 분이 아닙니까.

어허, 그만하라니까.

내 목소리가 조금 커졌다. 우경호는 멋쩍었는지 뼈 해장국 국물을 후후 소리 나게 불어가며 들이마셨다.

저는 다만…… 과장님께 죄송해서…….

그 순간 나는 우경호를 만나러 온 걸 후회했다. 어쩌면 내가 만나자는 것을 우경호는 오해할 수도 있을 거라는 생각이 들었다. 1년 전 우경호는 주택을 구입하면서 공무원 대출한도가 넘는 부분에 대하여 연대보증을 부탁한 바 있다. 그때 이미 나는 친구들에게 여러 차례 보증을 선 일로 낭패를 당한 터라 그것만은 피하자는 심정으로 차라리 가진 돈을 빌려주기로 하였다. 아내를 설득하는 일은 쉽지 않았다. 웬만해선 나를 거역하지 않는 아내였지만 그때만큼은 완강했다. 무슨 일이 있어도 손댈 수 없다며 정기예탁해둔 아들 준이의 사망보험금이었으니 당연한 일이었다. 그러나 나는 그날 아내로부터, 당신이란 사람 포기했으니 앞으로 당신 맘대로 하고 살아요, 라는 말을 기어이 듣고 말았다.

내가 사직한 상황이니 우경호 입장에서는 빚 독촉이라도 당할까 두려웠을 것이고, 비위라도 맞출 요량으로 내심 내 걱정을 하는 것일 터였다.

여기저기서 땅바닥이 푹푹 꺼지니, 원…… 이러다간 지구가 바람 빠진 풍선처럼 쪼그라드는 거 아닌지 몰라. 언젠가 집 안에서도 홀이 생겼다는 뉴스가 있었지, 아마……?

나는 무안했을 우경호의 기분을 풀어주려고 말했다.

미국 플로리다 주입니다.

우경호는 문제의 정답을 맞히는 사람처럼 명료하게 말했다. 대화를 끌어가자는 의도 같은 건 전혀 없는 말투였다.

자던 채로 침대와 함께 푹……! 어때, 생각만 해도 끔찍한 일 아닌가? 그러니까 자네도 너무 아등바등하지 말게. 언제 어떻게 될지 모르는 게 사람 운명이거든……. 내일이라도 자네 발밑이 안 꺼진다고 누가 장담하겠어, 안 그런가? 자네 어깨에 얹힌 짐이 많은 것 같아 하는 말일세. 장남이라고 기대고 의지하는 가족도 알고 보면 사람 좋은 자네를 믿어서가 아니겠는가. 그러니 조급해하지 말고 마음 편하게 가지라는 말이야.

사실 그 말은 우경호를 위로하려는 것이었다. 몇 달 전 내 앞에서 눈물을 보였던 우경호가 마음에 걸렸기 때문이다. 그날 우경호는 1년 동안 단 한 번도 이자를 주지 못한 것부터 미안해했다. 부모님이며 동생들 모두 제 입만 바라본다면서 자신은 허울 좋은 공무원일 뿐이라고도 했다. 급기야는 이렇게 살아 뭐하냐며 내 옷소매를 붙잡았다. 이자는 무슨 이자…… 내 입에서 그 말이 나오고 나서야 우경호는 눈물을 닦았다.

요즘은 착하게 살아도 좋은 소리 못 들어요. 오히려 손해 보는 세상이라니까요.

생각보다 말이 빠른 사람이라는 걸 알면서도 우경호에게 그런 말을 듣고 보니 참기 어려웠다. 내가 남의 부탁을 거절하지 못하는 것은 좋은 사람 소리를 듣자는 것도 아니고, 내 여건이 나아서도 아니다. 다만 내가 거절했을 때 상대방이 나를 어떻게 생각할까, 그걸 감당하지 못해서일 뿐이다. 그 때문에 누군가는 나를 굿맨이라 불렀고, 특히 전기장판이며 보험이며 자동차 같은 것으로 나를 거쳐 간 친구들은, 굿, 구웃……! 엄지손가락을 치켜세우기도 했다. 그러나 그중에는 나를 어리바리한 숙맥 정도로 취급하는 사람도 있다. 나라고 왜 모르겠는가. 다만 면전에서, 그것도 우경호에게 그 말을 듣고 보니 심한 모욕을 당한 기분이 들었다. 그때 우경호의 전화가 울렸다.

또 포트홀이랍니다. 앞으로는 밖에서 식사하는 것도 어려울 것 같습니다.

내가 숟가락을 놓자 기다렸다는 듯 무섭게 일어서며 우경호는 찾아오지 말라는 말을 그런 식으로 못 박았다.

네, 도로과 양진섭입니다.

우경호와 헤어져 차에 오르는 순간 휴대폰이 울렸다. 나는 입에 붙은 말을 내뱉다가 조금 머쓱해졌다.

하이고, 놀래라. 내가 전화를 잘못 걸었나 했지 뭐냐. 아, 왜 그렇게 전화를 안 받는 거냐. 니 처가 혹시 나 왔더라고 전화를 안 했든?

어머니였다. 어머니의 말에는 단단히 심지가 박혀 있었다.

아, 예……. 전화라도 하고 오시지 않고요. 퇴근하면 곧장 집으로 들어갈 테니 조금만 기다리세요.

어쩌면 잘된 일이었다. 어머니와 아내 앞에서 실직을 말하는 편이 수고를 더는 일이겠다 싶은 생각이 들었다.

그럴 것 없다. 지금 집으로 내려가는 중이다. 좀 전에 버스를 탔어.

네? 왜요, 무슨 일 있으셨어요?

왜요는 무슨…… 내가 뭣 땜에 도로 내려가겠냐. 니 처한테 문전박대를 당했으니 도리가 없는 일이지. 참 내, 기가 막혀서 원…….

좀 차근차근 말씀하세요.

니 처가 나를 아예 집에 들이지도 않았으니 하는 말이지. 걔가 이제는 시에미도 모른 척하더라. 내가 너 사는 집에 뭘 얻어먹자고 갔겠냐? 아, 이게 다 니가 잘못해서 그런 거지 뭐냐. 니가 준이만 잘 지켰어도……. 아니다. 아무리 아범이 잘못해도 그렇지, 어떻게 나를 문전박대를 하느냐 말이야.

아, 예…….

에비 너도 그렇다. 무슨 죽을죄를 졌다고 아직도 마누라 눈치 보고 사는 거냐. 듣자니까 요즘 이혼은 흉도 아니라더라. 아무튼 내 다시는 너희 집에 발걸음을 안 할 테니, 그리 알아라.

하이고, 우리 최순임 여사께서 어찌 이렇게 골이 나셨을까요? 집사람이 왜 우리 순임 씨를 문전박대하겠어요. 혹시 집을 제대로 찾은 건 맞아요?

너 지금 나를 치매 걸린 노인네 취급하는 거냐? 이래 봬도 나 아직 멀쩡하다. 그보다 저기…… 아무래도 나는 걔가 좀 이상한 것 같더라. 꼭 굿에 들어간 사람처럼…….

굿이라는 말을 듣는 순간 나는 전화기를 떨어뜨릴 뻔했다. 누군가 나를 향해 굿, 구웃! 하며 엄지손가락을 쳐들고 빈정거리는 것만 같았다.

구 굿이라니요?

왜 있잖니. 너는 기억 안 나냐? 아, 거 왜, 옛날에 이장 영감 묏자리 파놓은 데서 미친년…… 아니, 광조 엄마가 거기 기어 들어가서 죽은 거, 벌써 잊었어?

그런 일이 있었다. 그걸 처음 발견한 사람은 나였다. 중학교 2학년 때였다. 내가 술에 취한 아버지를 다리 밑으로 밀어버린 날이기도 해서 금방 그 일이 떠올랐다. 이유야 어떻든 아버지가 버둥거리는 모습을 보자 덜컥 겁이 났고, 그 길로 뒷산으로 도망가던 길이었다.

그 묏자리는 이장 어른이 급사하자 자식들이 선산에 서둘러 마련한 것이었다. 그 구덩이 속에 광조 엄마가 누워 있었다. 나는 한달음에 산을 내려와 어른들에게 알렸다. 그 광경을 직접 확인한 동네 어른들도 한동안 벌어진 입을 다물지 못했다. 결국 그 묏자리는 이장 어른이 아닌 광조 엄마의 무덤이 되고 말았다. 동네 할머니 한 분은 남의 굿을 훔친 도둑년이라고 목울대를 세웠다. 무당굿도 아니고 굿모닝 굿도 아니어서 이상하다고 생각했을 뿐, 내 기억에서 까마득하게 잊힌 말이었다.

아, 글쎄 말이다, 니 처가 얼굴이 하얘져서는 나를 보는데, 영락없이 귀신 같더라니까. 그래서 너 올 때까지 기다릴까 하다가 그냥 내려가는 것이다. 아무튼 들고 온 거니까 마늘이랑 나물은 문 밖에 뒀다. 얼른 니 처한테 전화해서 안으로 들여놓으라고 해라. 그리고 아까 내가 한 말 명심해라. 니 인생, 아직도 창창하다. 내 이만 끊으마.

나는 곧바로 아내에게 전화를 걸었다.

어머니요? 아니, 안 오셨는데요.

아내는 영문을 모르겠다는 듯 펄쩍 뛰는 소리를 했다.

안 오셨다고? 거, 이상하네.

가만…… 아, 맞아요. 이제야 생각났어요. 어떤 여자가 우리 집에 오기는 했어요. 잡상인이었어요. 그런데 그 여자가 어머니 흉내를 어찌나 잘 내든지 하마터면 깜빡 속을 뻔했지 뭐예요. 그러잖아도 요즘 들어 부쩍 우리 집에 이상한 사람들이 찾아오곤 하는데…….

제법 움직였다고 생각했는데도 더 이상 갈 데도 할 일도 떠오르지 않았다. 퇴근 시간이 두 시간이나 남았지만 나는 집 쪽으로 차를 몰았다. 아파트 뒷길로 접어들기 전에 편의점에 들러 소주와 마른안주를 샀다. 술의 힘이라도 빌려야 할 것만 같아서였다. 막 자동차에 오르려는데 골목 안에서 재윤이의 목소리가 들렸다. 모퉁이 쪽으로 다가가자 정 노인과 재윤이가 보였다. 노인은 전봇대에 기댄 채 담배를 피우고, 재윤이는 어깨를 잔뜩 움츠린 채 아이스크림을 핥고 있었다.

이놈아, 안 춥냐? 얼른 먹고 이쪽으로 와.

박스 팔러 안 가?

이깟 것 갖다줘 봐야 얼마나 된다고…… 기껏 해봐야 이천 원이야.

그래서 그 선생님을 기다리는 거야? 어제는 이 길로 안 지나갔잖아.

혹시 또 모르니까 기다려보는 거지. 그 양반이 주는 돈…… 이거 쎄가 빠지게 모아 봐야 어림도 없어. 그러니까 니가 잘해야 된단 말이야. 그 선생님한테 싹싹하게 굴고…….

할아버지가 하란 대로 하고 있잖아. 저번에 우리 반 아이를 만나서 내가 얼마나 쪽팔렸는지 알아, 알지도 못하면서…….

왜 몰라, 알아. 나라고 이게 뭐 좋아서 너를 시키겠냐.

노인은 크게 한숨을 쉬었다.

알았어. 내가 잘하면 되잖아. 참, 그 선생님 올 때는 안 됐어?

아직 퇴근시간이 안 됐다.

나는 그곳을 빠져나와 다시 편의점으로 들어갔다. 소주와 안주를 간이 테이블 위에 펼쳐놓았다. 술이 쓰디썼다.

하이고, 선생님 일찍 퇴근을 하셨네요.

유리문 밖에서 나를 알아본 노인은 허리가 땅에 닿도록 인사를 했다. 재윤이도 꾸벅 인사를 했다. 나는 노인과 재윤이를 불러들였다.

재윤아, 밥은 먹었냐?

재윤이는 고개를 저었다. 그런 재윤이의 머리를 노인이 쥐어박았다. 나는 재윤이를 앞세워 요기가 될 만한 것들을 전자레인지에 덥혀 내왔다. 짜장면이 세상에서 제일 맛있다는 재윤이의 말이 떠올랐다. 중국집에 갈 것을, 하는 후회가 몰려왔다.

어디가 아프냐?

나는 자꾸 다리를 만지는 재윤이에게 물었다.

노상 아픈 걸요. 그런데 어제는 조금 더 아팠어요. 할아버지, 내일은 병원에 갈 수 있어?

우리 형편에 병원이 가당키나 하냐. 시간이 지나면 다 낫는다. 그나저나 선생님, 이렇게 술을 마시는 건 처음 보네요. 일찍 들어가세요.

소주 한 병을 다 비우자 술기운이 올라왔다. 나는 일어나 노인에게 고개를 푹 숙여 인사를 하고 돌아섰다. 그때였다. 아얏, 하며 재윤이가 의자 밑으로 떨어졌다. 나는 얼른 재윤이를 일으켜 세웠다. 괜찮은지 묻자 재윤이는 고개를 끄덕이면서 연신 뒤통수를 쓸었다.

선생님, 어려운 부탁을 좀……. 저기 돈이 있으면 조금만……. 아무래도 내일은 저놈을 데리고 병원에 가봐야 할 것 같아서요. 꼭 갚을게요.

노인은 덥석 내 손을 잡았다. 나는 지갑에서 오만 원짜리 지폐 넉 장을 꺼내 노인의 손에 쥐어주었다. 노인의 허리가 또다시 한껏 구부러졌다.

나, 이제 백수가 되었네.

나는 짐짓 아무렇지 않게 아내에게 그간의 일을 말했다. 아침에 화를 낸 사람이 맞나 싶을 정도로 아내는 고요하고 침착했다.

꼭 그렇게 해야만 했어요?

어쩌겠어. 젊은 사람이 살아보겠다고 애쓰는데……. 어차피 나는 낼모레 퇴직인데 몇 년 일찍 나온다고 뭐가 달라지나.

그것이 어디 퇴직하고 같아요? 당신 이미지도 그렇고, 당신한테 구상금 청구가 들어올 수도 있는데…… 어떻게 처리한대요?

글쎄, 어떻게든 되겠지.

어머니는요……? 모르는 사람들은 함부로 떠들어댈 텐데, 어머니 귀에라도 들어가면…….

시간이 지나면 다 잊힐 일인데, 뭘……. 그런 건 차차 생각하고, 이참에 여행이나 좀 하면서 삽시다. 당신은 어디 가고 싶은 데 없나?

지금 그런 맘 편한 소리가 나와요? 그리고 여행은 빈손으로 간데요?

……이 상황에 할 말은 아니지만…… 이제 준이 보험금도 쓰자고, 그거 묻어둔다고 준이가 살아오는 것도 아니고 말이야.

아내가 화를 낼 거라는 걸 알면서도 작정하고 그 말을 꺼냈다. 그러나 아내는 의외로 담담한 표정을 지었다.

당신, 설마 잊은 건 아니죠? 자동차정비 공업사를 한다는 친구한테 연대보증을 서줬잖아요. 직원한테 빌려주고 남은 거, 그거 벌써 통장압류 들어왔어요. 저기 문갑 위에 올려놓은 압류 통지서를 못 봤어요?

……그런가. 그러면 퇴직…….

퇴직금이 있으면 뭐해요. 만약 채무자가 못 갚아 독촉이 들어오면 당신처럼 세상에 없이 좋은 사람이 나 몰라라 하겠느냐 그 말이에요?

아내의 말을 듣는 순간 발밑이 푹푹 꺼지는 것 같았다.

토요일이었다. 그동안 나는 주말이면 낚시나 산행을 했고, 격주마다 동문 야구를 했다. 아내와는 한 번도 취미 활동을 함께 한 적이 없었다. 내가 낚시를 가자고 하자 아내는 팔짱을 꼈다. 요즘 아내의 기분은 수시로 변했다.

나는 리모컨을 들고 소파에 앉았다. TV 채널을 돌리다 보니 메이저리그 야구 중계를 하고 있었다. 로키스와 샌디에이고의 경기였다. 2만여 명의 관중은 공의 움직임 하나하나에 환호성을 질렀다. 하지만 이닝이 거듭될수록 경기의 긴장감은 떨어지고 있었다. 9 대 1이라는 큰 스코어 차로 로키스의 승리가 거의 굳어지고 있었기 때문이다. 홈팀인 샌디에이고의 9회 말 공격이 시작되었지만 관중석은 이미 파장 분위기였다. 2아웃에 주자는 1루에 있었다. 나 역시 맥이 빠져 채널을 막 돌리려던 순간이었다. 1루 주자가 2루를 향해 달렸다. 주자가 도루를 시도하는데도 로키스 선수 중 누구도 견제의 제스처를 취하지 않았다.

그건 바로 무관심도루였다. 양 팀 선수들은 결과가 빤한 경기의 흐름을 지루하게 늘리고 있다는 듯 주자를 향해 곱지 않은 눈길을 주고 있었다. 관중석에서도 야유가 쏟아졌다. 이상한 건 로키스 관중뿐만이 아니라 샌디에이고의 관중들도 합세하고 있다는 점이었다.

문득 친구 김과 무관심도루에 대해서 말하다가 언성을 높였던 기억이 떠올랐다. 맥줏집에서였다. 우리나라 프로야구 경기에서 크게 앞서고 있는 팀 선수가 무관심도루를 시도한 게 발단이 되어 벤치 클리어링이 벌어진 날이었다.

저런 상황에서 도루를 하는 건 매너가 아니지. 압도적인 스코어 차로 이기는 팀 선수가 도루라니…….

경기는 끝나지 않았고, 최선을 다하겠다는데 누가 그걸 비난한다는 말인가?

에티켓의 문제지. 저건 스포츠맨십에도 어긋나는 거야.

언젠가 휴스턴은 9대 2로 크게 앞서가다가 9회말 2사 후에 역전패를 당한 적이 있어. 도대체 에티켓을 적용해야 하는 점수 차는 구체적으로 얼마란 말인가. 이기고 있든 지고 있든 선수는 마지막까지 경기에 집중해야 하는 거 아닌가. 자네는 경기를 대충하는 게 매너라고 생각해?

자네 말도 일리가 있네.

내가 김의 말에 동의하는 것으로 사태는 일단락되었고, 김은 그런 내 태도를 못마땅해했다.

도루한 주자는 어정쩡하게 2루 베이스를 밟고 서 있었다. 관중들의 반응이 당황스러웠는지 그는 고개를 푹 숙였다. 다음 순간 이해할 수 없는 장면이 벌어졌다. 로키스 투수가 던진 공이 터무니없이 높게 떴다. 그런데 샌디에이고 타자는 방망이를 크게 휘둘러 헛스윙으로 삼진아웃이 되었다. 그건 아무리 선구안이 엉망인 타자라도 스윙을 할 공이 아니었다. 마치 무관심도루를 감행한 동료 선수를 대신해서 사과라도 하는 것처럼 보였다.

그렇게 경기는 끝났다. 아무도 2루에 있던 주자를 격려하지 않았다. 쓸쓸히 퇴장하는 주자를 비추던 카메라도 곧바로 관중석을 향했다. 아주 짧은 순간 내가 화면 밖으로 내던져진 것 같은 기분이 들었다. 그때였다.

저…… 누구세요?

아내였다. 아내는 잔뜩 경계하는 눈빛을 보내고 있었다.

이봐…….

이봐, 라니요? 누구신데 당신은 가끔 내 집에 와서 내 남편하고 똑같은 얼굴을 하고 우리 그이처럼 구는 거예요?

이 사람이…… 왜 이래? 나야 나, 당신 남편!

당신이 내 남편이라고요? 거짓말하지 마세요. 그렇게 똑같이 분장하면 내가 모를 줄 알았어요? 내 남편은 지금 집에 없어요. 봐요. 저기 낚싯대, 야구글러브, 등산 스틱…… 남편은 오늘 저것들 중 하나를 들고 이미 밖으로 나갔다고요.

이봐, 정신 차려! 잘 보라고. 자, 이것들이 모두 제자리에 있는데 내가 뭘 갖고 어딜 갔다는 거야?

아내는 내 취미 도구들을 찬찬히 살폈다.

그렇다면, 혹시 당신이 내 남편을 납치한 건가요?

도대체 무슨 소리를 하는 거야?

그래요. 당신이 내 남편을 납치했든 감금했든 상관없어요. 그런 일을 당하고도 줏대 없이 좋은 게 좋은 거라고 단번에 체념을 하고도 남을 사람이니까.

이봐, 정신 좀 차려!

나는 아내의 어깨를 흔들었다.

이봐! 이봐! 이봐! ……지긋지긋해! 당신이 도대체 뭔데 내 남편처럼 구는 거야!

그러니까 내 말은…… 이봐, 아니…… 아무튼 당신이 이러는 이유를 모르겠어. 생각 좀 해보라구. 내가 남들처럼 바람을 피웠어, 노름을 했어?

나는 짜증을 내거나 당신을 귀찮게 한 적도, 하물며 준이 일로 당신을 원망한 적도 없는 사람이야. 당신이 뭘 하든 나는 아무것도 하지 않았어, 당신 편해지라고 말이야. 솔직히 나한테 무슨 낙이 있겠어. 남들 다 키우는 자식이 있나, 그렇다고 당신이 살갑게 굴기를 하나, 이 집에 들어오면 얼마나 숨통이 막히는 줄 알아? 그런데도 당신에게 좋은 남편이 되려고, 어떻게든 버텨보려고 나도 노력했어. 그런데 나한테 왜 이래?

……당신 아내도 꽤나 힘들겠군요.

아내는 그렇게 중얼거리며 팔짱을 낀 채 거실을 서성거렸다. 마치 무대 위에 선 모노드라마 배우 같았다. 문득 아내가 어떤 생각을 하고 있는지 궁금해지기 시작했다. 그동안 아내가 내게 보인 행동들이 무엇이었는지 알아보고 싶었다. 나는 아내의 눈치를 살피며 옷매무새를 고쳤다. 그리고 정중한 태도를 취했다.

저, 저기…… 나 때문에 내 아내가 힘들었을 거라고 했습니까? 이런 말은 좀 그렇지만 저는 아내에게 좋은 사람이 되려고 노력했어요. 그런데 왜 그런 말을……?

왜, 왜냐고요? 몰라서 물어요?

예.

아무것도 하지 않았다면서요.

예……?

당신은 내 남편의 얼굴하고 옷만 빌린 게 아니라 그 태도까지 훔친 것처럼 닮았어요.

아내는 지금 나로서는 도저히 이해할 수 없는 세계를 헤매고 있는 것 같았다. 거실을 서성대던 아내는 전신거울 앞에 섰다. 그러고는 잠시 놀라는가 싶더니 이내 거울 속에 비친 자신에게 살짝 고개를 숙이며 인사를 했다. 그 모습을 보자 나는 더 이상 참을 수 없었다. 내가 예상했던 것보다 아내의 증세는 훨씬 더 심각했다. 나는 벌떡 일어섰다. 당장 아내를 끌고 병원이든 어디든 갈 생각이었다. 내가 팔을 잡으려고 하자 아내는 차분하게 팔을 등 뒤로 숨겼다. 그 동작이 얼마나 자연스러웠는지 마치 내가 남의 여자에게 수작을 걸고 있는 것 같은 착각이 들 정도였다.

이봐요, 사기꾼 씨. 당신도 내 남편처럼 좋은 남자인 척하고 있어요. 순전히 당신 편하자고…… 아닌가요? 남들은 당신을 좋은 사람이라고 하겠죠. 그런데 당신 아내에 대해 생각해본 적은 있나요?

나는 내 아내를…… 아니, 당신을 사랑하고 있어!

말도 안 되는 소리 작작해요. 당신도 전천후 좋은 남자 노릇을 하는 것뿐이에요.

그 순간 불쑥 아버지의 얼굴이 떠올랐다. 지금 나를 변호해줄 수 있는 사람은 아버지뿐일지도 모른다는 생각이 들었다. 네 아버지 오입질하고 다니는 꼴 좀 봐라. 저런 건 절대 따라 하지 마라. 어린 내 앞에서도 어머니는 아무 거리낌 없이 그렇게 말했다. 아버지 때문에 애먼 내 머리통에는 혹이 자주 붙었다. 아버지가 잘못할수록 그 벌은 내가 받았다. 내가 어머니 앞에서 할 수 있는 것은 착하고 예쁜 짓뿐이었다.

집안은 하루도 편할 날이 없었다. 아버지가 무언가를 한다는 건 곧 어머니와 나에게 상처를 주는 것이었다. 나는 차라리 아버지가 아무것도 하지 않기를 바랐다. 하지만 소용이 없었다. 아버지는 사업을 벌이고 거덜 내기를 반복했다. 신앙의 힘을 빌리겠다면서 사이비 종교에 발을 들이기도 했다. 심지어는 구원을 받으려면 어쩔 수 없다면서 어머니와 나를 구타한 적도 있었다. 아버지는 사업 실패가 내조를 못한 어머니 때문이라며 대놓고 바람을 피웠다. 그 사이 적지 않은 논밭이 모두 남의 손에 넘어갔다. 그럴수록 나는 순종적인 아이가 되었다.

중학교 2학년 때였다. 하굣길에 시장 어귀의 작부 집을 나서는 아버지를 보았다. 대낮부터 엉망으로 취해 있었다. 나는 비틀거리며 걷는 아버지의 뒤를 몰래 따랐다. 집 근처의 다리에 이르렀을 때 잰걸음으로 다가가 아버지의 등을 냅다 떠밀어버렸다. 아버지는 비명조차 지르지 못하고 다리 밑으로 떨어졌다. 그 일로 아버지는 두 달 넘게 팔과 다리에 깁스를 해야 했는데, 그동안은 거짓말처럼 온 집안이 평안했다.

잘 모르겠어. 도덕적으로 아무 문제가 없는 게 어째서 사람을 불편하게 하는지…… 만약 내가 당신에게 무언가를 했다고 쳐. 무언가를 한다는 건 약점이 잡힐 여지를 만드는 것이고, 그러면 당신은 또 그걸 빌미로 나를 증오하고 비난하겠지. ……그런데 왜 당신은 나만 탓하고 있지?

이제 보니 당신 아내도 유령과 살고 있군요. 당신 아내는 곧 폭발하고 말 거예요. 시한폭탄을 안고 있을 테니까. 사기꾼 씨……, 당신도 아직 멀었어요.

카그라스 증후군……. 그 말을 발음하는 순간 입안이 서걱거렸다. 아내가 자는 동안 인터넷을 뒤적이다 아내와 비슷한 증상의 병명을 찾아냈다. 도플갱어가 자신과 똑같은 사람을 보는 것이라면 카그라스는 주변 사람들이 그들과 똑같이 생긴 가면을 쓰고 있다고 믿는 것이었다. 뇌손상이나 치매 때문이라는 정도로만 알려져 있는 병의 원인에 대해 읽다가 나는 6개월 전 일산화탄소 중독으로 생사를 넘나들던 아내를 떠올렸다. 나는 아내가 우울증 약을 복용한다는 사실도 그때 알았다. 의식을 잃은 아내는 이틀 만에 깨어났다. 그것이 사실이라면 최근 아내의 행동은 나를 견제하려는 것임이 분명했다. 그뿐이 아니라 어쩌면 그동안 아내는 전화기를 들고 자기 자신과 수다를 떨었던 것일지도 몰랐다.

갑자기 머릿속이 혼란스러웠다. 어쩌면 이 모든 것은 아들 준이의 죽음에서 비롯되었을 것이다. 준이가 죽은 지도 벌써 15년이 지났다. 당시 아내는 법원 사무원으로 일하고 있었다. 아내와 내가 맞벌이를 하는 형편이었기 때문에 준이는 어머니가 돌봐주셨다. 준이를 집으로 데려온 건 취학을 앞두고서였다. 적어도 일 년 정도는 부모와 정을 붙여야겠다는 생각에서였다.

그날 나는 당직이었다. 회식 자리에서 일찍 빠져나오겠다던 아내가 늦는 사이 준이는 집 앞에서 교통사고를 당했다. 그 일로 가장 펄쩍 뛴 사람은 우리 부부보다 어머니였다. 모든 비난과 책임이 아내에게 떠넘겨질 것은 뻔한 일이었다. 나는 그날의 상황을 뒤집었다. 어머니는 지금까지 그 모든 일이 나 때문에 벌어졌다고 믿고 있다.

준이를 그토록 허망하게 잃고 나서 나는 아내와 이혼하려고 했었다. 아내를 편하게 해주고 싶어서였다. 하지만 그뿐이었다. 차라리 무심해지는 쪽을 택했다. 그편이 아내도 나도 숨을 쉴 수 있는 일이라 생각했기 때문이다.

늦잠이었다. 눈을 뜨고 보니 열 시가 넘어 있었다. TV를 켰다. 뉴스특보가 방영되고 있었다. 도심 한가운데 뻥 뚫린 구덩이는 가로 2미터, 세로 5미터, 깊이 9미터 규모로 거대했다. 응급매립복구를 시행한 지 일주일 만에 같은 자리가 주저앉은 것이었다. 도대체 200톤의 토사는 어디로 쓸려갔으며, 지하에 얼마나 큰 동공이 있을 것인지에 뉴스의 초점이 맞춰져 있었다.

두통이 밀려왔다. TV를 끄자 정적이 몰려왔다. 그제야 아내가 떠올랐다. 무슨 일이 있어도 월요일에는 아내를 병원에 데려갈 작정이었다. 그건 그렇다 해도 당장 아내를 어떻게 대해야 할지 난감했다. 아내는 보이지 않았다. 베란다 쪽은 어두웠다. 밖에 비가 내리고 있었다. 거실 등은 켜진 채였다. 거실은 평소처럼 깨끗했다. 전자레인지의 된장찌개 냄비에는 온기가 남아 있었다. 나는 안방으로 뛰어 들어가 옷장을 열었다. 모든 것은 그대로였다. 아내에게 전화를 걸자 주방 식탁 위에서 벨소리가 울렸다.

어이, 이봐…….

내 목소리는 공명이 되어 돌아왔다. 거실은 거대한 동굴 같았다. 집이 너무 넓다던 아내의 말이 떠올랐다. 나는 그 말을 스물다섯 평은 좁으니 더 넓은 데로 가고 싶다는 빈정거림으로 들었다. 내가 없는 시간에는 아내에게도 동굴 같았을 집이었다. 시간이 지나자 집도 점점 깊어지는 것 같았다. 발을 디딜 때마다 발밑이 푹푹 빠졌다.

어이, 이봐아아…….

그때였다. 현관문이 벌컥 열렸다. 아내였다. 아내는 둥근 형광등 케이스를 들고 있었다. 그제야 거실 형광등이 깜빡거리고 있는 것이 눈에 들어왔다. 아내는 들어오지도, 나가지도 못한 채 현관에 서 있었다. 그러나 이내 경계의 눈빛을 거두었다.

또 당신이군요, 사기꾼 씨.

아내는 머리를 가볍게 숙였다. 나는 하마터면 한껏 정중한 태도를 갖추어 그 인사를 받을 뻔했다.

언제까지 여기 올 건가요. 당신도 기다리는 사람이 있을 텐데……. 그만 가보셔야죠.

나는 또다시 네, 라고 대답할 뻔했다. 아내는 거실 등을 껐다. 거실은 금세 어두워졌다. 아내는 의자를 놓고 능숙하게 형광등을 갈아 끼웠다. 아내의 행동은 자연스러웠다. 나는 오도 가도 못한 채 그 자리에 서 있었다. 의자에서 내려온 아내가 천천히 스위치를 눌렀다. 내 눈앞으로 와락, 빛이 쏟아졌다. 나는 질끈 눈을 감았다. 짧은 순간 나는 아내마저 놓치고 말았다.

당선소감 : 서귀옥

　당선 전화를 받았다. 문득 불광불급(不狂不及), 미치지 않으면 미치지 못한다는 말이 떠올랐다. 그래서 부끄러웠다. 아직 이렇게 말짱한데, 당선이라니……!

　작가는 소설보다 더 소설적인 삶을 살았던 앙드레 말로나 조지 오웰, 가브리엘 마르케스 같은 사람이거나, 적어도 책 한 권을 만 번 넘게 읽기를 예사로 했던 독서광 김득신 정도가 되어야만 할 수 있는 일이라고 생각했다.

　아직 나는 깐깐하고 게으르다. 미치기에는 지나치게 내 안의 경계가 또렷하다. 그렇다면 나는 그저 운이 좋았다고 말할 수밖에 없겠다. 하필 손을 뻗었을 때 내 손에 잡힌 소설들이 좋았다는 것이다. 그것은 분명 소설에 미친 사람들이 썼을 것이고, 나는 不狂한 채로 그들에게 미치는 얌체 짓을 해온 것이다. 그러다가 어느 순간 빠져들었고, 그래서 썼을 뿐이다. 다만, 고통스러웠다.

　누가 시키지 않았으므로 힘들면 하지 않아도 될 일이었다. 그런데…… 사람을 가장 고통스럽게 하는 것이 제가 좋아서 하는 일이라는 걸 알았다. 그뿐이었다. 어느 소설가는 '작품과 작가는 동시에 쓰여진다. 작품이 완성되는 순간 그 작가의 일부가 완성된다.'라고 했다. 나는 부끄럽지만 이 말에 기대려고 한다. 어떤 식으로든 나는 시작했다. 그러므로 시작하기 전보다 미력하나마 내 일부가 완성되었기를 믿고 싶다.

　부끄러움을 알게 해주신 심사위원 선생님들께 감사드립니다. 글로써 할 말 다하는 사람이 되겠습니다.

심사평 : 김병용(소설가 · 전북작가회의 회장)

　우리 시대의 문학, 우리들의 삶과 소설은 어떤 관계를 맺고 있는 것인 지…… 설레이는 마음으로 투고작들을 살피게 된다. 응모자들의 문학적 열정이 집중적으로 투영된 곳에 우리 삶의 진면목이 있다고 믿기 때문 이다.

　올해도 매우 다양한 소재를 다룬 소설들이 출품되었다. 이 한 편의 작 품을 쓰고 투고를 결정하기까지 응모자들이 통과해왔을 시간에 경의를 표한다. 기억 혹은 경험 또는 상상이 응모자들의 손에서 문자화되는 과 정…… 우리들은 이와 같은 방식으로 혼란한 시대를 살아가는 우리들의 현주소를 스스로 점검한다.

　딱 한 편만 뽑아야 하는 신춘문예의 특성상 다양한 서사 실험을 취한 많은 작품들이 최종적으로 검토한 작품은 〈굿맨〉, 〈시급 5500원〉, 〈호 루라기를 부세요〉, 세 편이었다. 응모자 모두 진지한 소설 공부의 내력 이 역력했다.

　〈시급 5500원〉은 '알바생'들의 현실을 안정적으로 직시한 시선과 깔 끔한 문장이 인상적이었다. 다만, 이야기의 지연이 갖는 효과를 배가하 지 못하고 마무리된 점이 아쉬웠다. 〈호루라기를 부세요〉 또한 하루살 이와도 같은 직장인의 애환을 깊이 있게 파고든 점은 높이 살만 했으나, 갈등의 양상을 내부 분열적인 차원에서만 다룬 점이 아쉬웠다.

　〈굿맨〉은 무엇보다 작품의 깔끔한 진행이 돋보였다. 이야기 속도 의 조절이나 인물 간 관계의 설정 등에서 소설 쓰기에 관해 오랜 수련을 거친 흔적이 역력했다. 무엇보다도 실직에 처한 남편과 혼돈 속에서 인식 장애를 일으키고 있는 아내 사이에 발생하는 관계의 긴장도가 작품 끝까지 유지된 점을 높이 사고 싶다. 축하 말씀과 앞으로 큰 작가로 성장하길 바라는 마음 함께 전한다.

전북일보 이덕래

1974년 충북 영동 출생.
2012년 한겨레교육문화센터 소설창작 과정 수료.

너는 그들과 일체가 되기에는 너무 내성적인 성격이었을 것으로 보인다. 학교에서도 조용하고 집에서도 조용했다. 어디에서나 공기와 같은 그런 아이가 되었다. 아니, 그런 아이가 되고 싶어 했다. 그러나 넌 아무리 조용히 있어도 잘 숨어지지 않았다. 너처럼 새까맣고 빳빳한 머리털을 가진 남자애는 학교에 없었고, 그 지역 사회에 아무도 없었다. 그래서 너는 점점 c처럼 꾸부정하게 변해 갔다.

전북일보

서랍 속 블랙홀

이덕래

"어, 안녕하세요! 반가워요."

내 첫 인사를 듣고, 넌 내가 실망하고 있었다는 것을 이미 눈치챘을지도 모른다. 넌 그만큼 민감한 녀석이었으니까. 넌 잠깐 내 눈을 바라보았지만, 곧 시선을 아래로 거두었다. 난 순간 뭔가 잘못되었다고 생각했다. 못 알아들었나? 혹시 일본인인가? 너는 왜소한 체구에 좁은 어깨를 가지고 있었다. 딱 군대를 안 갔다 온 꾸부정한 스무 살처럼 보였다. 너의 모습은 알파벳 'c' 같았다. 대문자 C도 아닌 소문자 c. 삐쩍 마른 체격에 바지 주머니에 양손을 굽히지 않고 뻗어 꼽은 너의 모습은, 정녕 c였다. 나는 너보다 컸고, 말년 병장의 군복이라도 되는 양, 키부츠(이스라엘 집단 농장)에서 제공한 낡고 색 바랜 군청색 작업 잠바와 통 넓은 회색 바지를 걸치고 있었다. 난 당당한 한국 예비역 남자답게 홀로 각종 종교 성지인 예루살렘의 구석구석을 일주일간 순례하다 막 돌아온 길이었다. 도보 행군하듯 예루살렘 인근 지역을 열심히 내 두 발로 누비고 다니다 이제 막 돌아온 참이었다. 비용을 아끼기 위해 길거리에서 딱딱한 빵으로 세 끼를 해결했고, 각종 성지 입구에서는 여행 책자를 보면서 갈등하곤 했다 —입장료를 지불할 만큼 합당한지 판단해야 했다. 그렇게 여행자용 싸구려 팔 인실 숙소를 전전했다. 일부 숙소에서는 그 와중에 디시워싱(설거지) 아르바이트까지 뛰다 왔다. 숙소 로비에 죽치고 앉아 있다가 로비의 전화벨이 울리면, 다른 녀석들보다 더 빨리 전화를 낚아채서는 간단히 페이만 확인하고는 빵값을 벌러 나갔다. 물론 실망한 다른 녀석들에게 손을 흔들며 미소를 날리는 걸 잊지 않았다. 나는 알파벳으로 치면 대문자 T와 같이 당당한 남자였다.

이제 막 피곤함에 찌든 몸을 끌고 돌아와 숙소 현관을 연 것이다. 그리고 널 발견했다. 난 새 룸메이트가 누런내 나는 양놈일 것으로 생각했다. 왜냐하면, 여행을 떠나기 전에 키부츠 발런티어(키부츠 자원노동자 프로그램) 인사 담당인 조엘에게 분명하게 얘기했기 때문이다.

"아이 원트 룸메이트 위드 옐로우 헤어."

그런데 새 룸메이트임이 분명한 너는 검은 머리였다. 게다가 양놈도 아니었다. 난 양놈을 원했다. 왜냐하면, 양놈 친구를 사귀고 싶었으니까. 양놈 친구를 사귄다면, 다음번엔 그 녀석 나라로 배낭여행이라도 떠날 수 있을 것으로 생각했으니까. 지난번 룸메이트는 여기서 영어 배우기는 글렀다고 늘 불평만 해대던 흔하디흔한 한국 녀석이었으니까. 그래서 그놈은 결국 갓 한 달이 되자마자 짐 싸서 비행기 타고 집으로 돌아간 참이었다. 아마 한국에서 빡세기로 소문난 어학원에 등록할 것이다. 난 널 보자마자 조엘에게 따지고 싶었다. 그러나 실망한 내색은 하고 싶지 않았다. 난 예의 바르고 매너 좋은 대한민국의 예비역 병장이었으니까. 생긴 것으로 보면 넌 일본인은 아니었다. 일본인은 일본인처럼 생겼다, 일본인은 그들만의 패션과 헤어스타일을 가지고 있으니까. 그리고 조엘도 한국과 일본이 사이가 별로 좋지 않다는 정도의 상식이 있었을 것이다. 그건 조엘의 세상에선 마치 유대인과 팔레스타인인을 룸메이트로 짠 것과 같은 맥락일 수도 있으니까. 키부츠 발런티어 프로그램이란 국제 평화와 관계 회복을 위해 있는 게 아니다. 그저 조용히 일 잘하다 가게 만들면 되고, 덤으로 이스라엘이라는 나라를 전 세계 젊은이들에게 홍보하면 되는 것이니까. 나처럼 사정이 넉넉지 않은 이들에게는 숙박이 제공되고, 각국의 다양한 사람들을 만나볼 수 있는 저렴한 프로그램이자, 덤으로 영어도 좀 배울 수 있는 프로그램으로 알려졌었다.

그나저나 생긴 건 분명 한국인인데, 혹시 나처럼 똑같이 내가 한국 놈이라서 이놈이 실망한 게 아닐까? 내가 복잡한 셈을 하며 내 야전 침대에 배낭을 내려놓자, 넌 내 뒤통수에 대고 말했다.

"엄…… 쑤어리, 엄 넛 커리언."

이 세련된 발음은 뭐지. 넌 한국인이고 따라서 발음이 제법 후져야 마땅했다. 그러나 너의 발음은 '어리즈널' 냄새를 풍겼다.

"암 드에닉시 메딘 크어리아."

뭐라는 거지? 난 탁자 위에 있던 메모지를 내밀었다. 너는 이렇게 휘갈겨 썼다.

'Danish, made in Korea.'

너는 '윌리 팍 소푸스'라는 이름을 가지고 있었다. 너는 한국에서 박수남이라는 이름으로 태어났지만, 덴마크로 가서 윌리 팍 소푸스라는 사람이 되었다.

너는 어려서부터 모든 게 혼란스러웠다. 특히 초등학교 들어갈 때부터 알쏭달쏭했다. 너는 다른 친구들과 너무나 생긴 것이 달랐다. 코펜하겐 같은 큰 도시도 아니었다. 덴마크 한쪽의 '쏜더'라는 도시 외곽에서 자라게 되었다. 젖소 목장이 많은 그런 도시였다. 그리고 넌 태생적으로 별로 활기찬 성격도 아니었다. 아이들은 너에게 호기심을 보였다. 그들은 왜소한 검은 머리 아이에게 그러나, 별로 호의를 보이지는 않았다. 따라서 넌 일찍이 무존재를 지향하게 되었다. 호기심은 무반응이 이어지면 잊히기 마련이다. 또는 그들과 자연스럽게 말을 섞고 동화되면 휘발된다. 너는 그들과 일체가 되기에는 너무 내성적인 성격이었을 것으로 보인다. 학교에서도 조용하고 집에서도 조용했다. 어디에서나 공기와 같은 그런 아이가 되었다. 아니, 그런 아이가 되고 싶어 했다. 그러나 넌 아무리 조용히 있어도 잘 숨겨지지 않았다. 너처럼 새까맣고 빳빳한 머리털을 가진 남자애는 학교에 없었고, 그 지역 사회에 아무도 없었다. 그래서 너는 점점 c처럼 꾸부정하게 변해갔다. 고개를 숙이면 얼굴이 보이지 않았다. 그저 사람들이 조그만 체구를 가진 검은 머리 덴마크인으로 알고 지나쳐 가길 바랐다. 얼굴을 들키지 않으면 너의 우울하고 심란한 표정을 읽히지 않을 수도 있었다. 너는 점차 무표정한 얼굴을 만들어갔다.

너에겐 누나가 있었다. 누나의 이름은 '제니 송 소푸스'였다. 누나는 너와 달리 사교성이 좋고 활발한 아이였다. 넌 너의 누나와 같은 학교에 다녔다. 전교생 중에서 동양인 외모를 가진 학생은 너희 둘뿐이었다. 너는 호기심의 대상이었다. 조용히 있고 볼품없고 또 고개를 푹 숙이고 다녀도 늘 사람들의 눈에 너무 잘 띄었다. 그들의 호기심이 빨리 잦아들기를 기다릴 수밖에 없었다. 동네 사람들은 제드 소푸스 씨의 아들이 어디에서 무엇을 하고 있는 지 너무나 잘 알고 있었다. 너는 말을 거의 안 했지만, 그래도 말을 할 필요가 있었다. 그럼 가끔 그들 중 누군가는 이런 말을 했다.

"너는 어쩜 그렇게 덴마크 말을 잘하니?"

너는 별 대꾸를 하지 않았지만, 그래도 수줍게 웃으며 고개를 숙이곤 했다. 그러나 그럴 때마다 혼란스럽고 괴로웠다. 어떤 아이들은 너에게 이런 말도 했다.

"넌 어쩜 누나랑 성격이 그렇게 다를 수 있니?"

너는 가끔 주먹을 쥐기도 했고 더러는 엉켜 싸워보기도 했지만, 그뿐이었다. 또래 아이들은 늘 너를 내려다보았고 덴마크에서 나는 세계 최고의 우유와 치즈, 그리고 빵을 먹고 좋은 체격 조건을 갖추고 있었으니까. 넌 그들의 아래에서 코피 난 얼굴을 감싸 쥐고 있었다. 쿵후 영화 같은 걸 보면서 심취해서 한동안 열심히 따라 해보기도 했을 것이다. 하지만 몇 번 실전 경험을 쌓아보고는 포기했겠지. 절도 있고 근사한 타격과 방어 동작, 적들의 쓰러짐과 줄행랑은 영화에서나 가능한 일이라는 것을 깨닫게 되었다. 넌 우리가 생각하는 북유럽의 아름다운 어떤 선진국에서 행복한 어린 시절을 보낼 자격을 갖추지 못했다. 꼬마가 감당하기엔 너무 어려운 질문이 예닐곱 살 때부터 늘 따라 다녔기 때문이다. 너는 생각하고 싶지 않았지만, 무언가에 골몰하지 않을 때마다 컴퓨터의 배경화면처럼 같은 질문이 떠올랐다.

'나는 왜 여기 있을까?'

이 질문은 그런대로 봐줄 만했지. 그런데 그 질문은 금세 확대되었다.

'나는 누구일까?'

이런 질문은 사람을 돌아버리게 한다. 선천적으로 장애가 있거나, 후천적으로 병상에 오래 눕게 되는 사람들도 이런 질문을 하게 되지. 자살을 생각하는 사람들도 다리나, 아파트 난간에 서서 잠깐 이런 질문을 하게 되지. 종교인과 철학자들의 평생 질문이라고 볼 수 있지. 보통 사람이라면 사십 줄에나 들어서야, 점점 무용한 삶에 접어들면서 때때로 이런 질문을 하게 되지. 어쨌거나 이런 질문은 열 살도 안 된 아이가 심각하게 갈구하기에는 너무나 잔인한 질문이었다. 너는 머리털을 양손으로 쥐어뜯으며 어떻게 이 질문을 떨칠 수 있을까 번민하곤 했지. 그러나 이 질문은 네 어깨 위에 틀어 앉아 이미 머리털을 그러쥐고 있었지. 넌 자살을 생각했을 거야. 손목을 긋거나 높은 곳에서 떨어지거나 하는 거 말이야. 그러면 너의 육신과 함께 그놈도 영원히 사라져버릴 테니까.

제드 소푸스 씨와 마리아 소푸스 씨는 다행히 좋은 부모였지. 그들은 널 안아주고 다독여주고 남들처럼 좋은 유제품을 주었지만, 너의 근본적인 질문을 해결해줄 순 없었지. 물론 그들도 너나 누나의 성장기에 일어나는 흔한 사고들에 대해 과민하게 반응하기도 했다. 그들은 자식이 없었고, 초보 부모였으므로 혼란스럽기도 했다. 그들은 다른 부모보다 한 단계 더 생각해야 했다. 이게 동양인과 서양인의 근본적인 차이일까? 아니면 그 나이 때 아이들이 흔히 치는 사고일까? 다행히 그들은 덩치만큼이나 느긋하고 약간은 둔한 사고방식을 가진 사람들이었다. 그들은 네가 잠든 사이에 서로 이렇게 질문했을지도 몰라.

"왜 우리 윌리는 남들처럼 잘 먹여도, 이렇게 작고 꾸부정한 걸까?"

그리고 넌 그들에게 점점 본질적인 질문을 할 용기를 잃어갔다. 너와 누나와 함께 가족이 되어 매우 기쁘다고 말하는 부모에게 왜 내가 여기에서 자라고 있느냐고 물어보는 것은 옳은 일은 아니라는 것을 점점 깨닫게 되었다. 물론 너는 학교에 들어갈 무렵부터 그들에게 자신의 근원에 대한 질문을 부지불식간에 하곤 했다. 그건 혼잣말이었을지도 모른다. 너는 탁자에서 밥을 먹고 있었고, 신문을 읽고 있던 소푸스 씨는 그 말을 그냥 흘려들을 수가 없었을 것이다. 그는 여덟 살짜리 아이가 학교 가기 전 아침 식사를 하는 평화로운 자리에서 이런 말을 하는 것이 보편적이지 않다는 것을 안다. 게다가 윌리가 세수를 하고 식탁에서 잼 빵을 먹다가 처음으로 입을 떼어 하는 말이 그런 것이라니…… 일상적인 풍경이 아니라고 생각할 수밖에 없었다. 소푸스 씨는 입양 서류와 당시 네가 입고 있던 배냇저고리와 손에 쥐고 있었다는 빨간색 딸랑이를 옷장 깊은 곳에서 꺼내 보여주었다. 넌 입양 서류에 적힌 너의 한국 이름과 출생지를 보았다. 너의 성별과 너의 생일도 보았고, 어렸을 때 성격과 특성이 간략하게 기록된 것을 보았다. 잘 웃는 아이였고, 몸무게가 또래보다 좀 적은 아이였다고 쓰여 있었다. 하지만 친부모에 대한 정보는 찾을 수 없었다. 너는 입양기관의 이름을 외웠고, 그게 모든 비밀의 열쇠임을 본능적으로 감지했다. 양부모는 한국의 고아나 다름없는 불쌍한 두 아이를 입양해서 잘 키워주고 있었다…… 라고 판단할 수밖에 없었다. 하지만 넌 큰 기와집 대문 앞에 너를 두고 흐느끼며 멀어지는 어머니의 뒷모습을 떠올렸다. 너는 어머니가 쪽 찐 머리에 한복을 입고 있었을 거라고 상상했다. 그녀는 보육원에 너를 맡겼을 수도 있다. 하지만 그러기에는 너무 어린 아이였으므로, 너는 늘 그렇게 상상했다. 부잣집 대문 앞에 버려진 너는 경찰서로 넘겨지고, 그곳에서 입양기관으로 인도되었다고 상상했다. 그 외에도 여러 가능성이 있었겠지만, 여전히 왜 한국이 아닌 해외로 보내져야 했는지에 대해서는 이해하기 힘들었다.

'제가 한국에서 태어난 건 알겠는데요, 그런데 왜 지금은 한국에 없

나요?'

너의 누나도 너를 이해하지 못했지. 넌 누나에게 자신들이 태어난 나라에 대해 책에서 본 얘기를 했지만, 누나는 너와는 달리 너무나도 밝은 아이였지. 누나는 모든 상황을 이미 잘 정리해서 서랍 속에 넣어 두었어. 덴마크인의 외모 다양성에 선구적인 역할을 한다고 생각하고 있었지. 너의 누나는 너를 바라보며 얘기했지.

"덴마크는 한국보다 훨씬 잘 사는 나라야. 난 이곳에 있는 게 행복해."

너는 누나를 이해할 수 없었지. 어떻게 이런 중요한 질문을 어떻게 그리 쉽게 접어둘 수 있는지 알 수 없었다. 그래서 너는 누나를 여러 번 괴롭혔고 결국, 그녀는 폭발했지.

"난 덴마크인이야! 쓸데없는 질문은 그만!"

너는 누나가 서랍 속에 깊이 넣어둔 질문을 꺼낼 필요는 없다고 생각했다. 너는 그 이후로 그녀에게 그런 얘기를 하지 않았다. 넌 네가 누나와 다르다는 것을 일찍이 깨달은 것을 축복으로 여겼을 거야. 멀지만 같은 한국이라는 동네에서 태어난 사람도 성격이 매우 다를 수 있다는 것을 저절로 깨달은 거지. 피부색은 중요하지 않다. 다양한 피부색처럼 성격도 여러 가지이고, 어떤 사람은 너처럼 까다롭지 않다는 걸 알게 되었지.

조용한 무존재 아이에게도 시간은 평등하게 주어졌다. 넌 점점 책과 친해졌다. 책은 돈이 들지도 않았다. 넌 복지국가 덴마크의 어느 소도시, 그곳의 도서관에서 많은 시간을 보냈다. 많은 책을 읽었고, 배경화면이 떠오르지 않도록, 열심히 그 안에 침잠했다. 책이 눈앞에 없을 때도 문장들을 떠올리고 복기하는 것으로 머릿속을 늘 복잡하게 만들었다. 동네 사람들은 소푸스 씨의 아들이 방과 후에 항상 도서관에 있다는 것을 진리로 받아들이게 되었다. 넌 그 안에서 몇 년을 보내면서, 약간의 어렴풋한 답변을 얻기 시작했지. 소도시의 도서관에서 넌 더 큰 세상으로 나아갈 가능성을 발견한 셈이야. 좋은 책도 있고 독약 같은 책도 있었지만, 넌 그 안에서 시간과 버무려지면서 자연스럽게 스펀지처럼 흡수하고 거를 줄 알게 되었지.

'나는 왜 여기 있을까? 나는 누구일까?'

그리고 넌 너의 누나보다는 훨씬 더 오랜 시간이 걸려, 힘들게 그 질문을 서랍 속에 넣어둘 수 있었지. 하지만 너의 서랍은 누나의 서랍보다 덜 두려운 존재였을 것이 분명해. 넌 그 서랍을 가까이 두고 점점 더 덜 두려운 마음으로 열어볼 수 있게 되었지. 자주 쓰는 서랍은 미끈하게 열리곤 하지. 그러다가 넌 고등학교를 졸업하게 된 거야. 이제 대학생이 되어 코펜하겐으로 떠날 때가 되었지. 너의 누나는 이미 간호 직업학교에 다니면서 결혼할 남자친구를 부모님께 인사시키고 있을 무렵이었어. 넌 대학교 입학 전에 이스라엘 키부츠 발런티어로 올 생각을 하게 된 거다. 대학교 가기 전에 외국에 가보고 싶었던 거야. 거기서 넌 대한민국 예비역 병장인 나를 만나게 된 거고. 넌 너처럼 동양인의 외모를 가진 남자 녀석을 실제로는 거의 처음으로 대면하게 된 거지. 그놈은 배낭을 메고 현관문을 벌컥 열어젖혔지. 그러고는 이렇게 말했어.

"Uh, Annyeonghaseyo! Bangaweryo."

넌 그 말이 한국의 인사말이라는 것을 알고 있었지. 도서관에서 한국어에 대해 공부했었거든. 하지만 넌 연습했던 한국말을 차마 써먹을 수 없었어. 물론 조엘이 너의 룸메이트가 한국인이라고 미리 말해줬고, 한국말로 인사할까 하고 발음 연습도 해봤지만, 막상 닥치니 말할 수 없었지. 넌 Um…… 이라고 말했지만, 생각했던 인사말을 마저 발음하지는 못했다. 외계의 말과 다름이 없는 낯선 언어, 모국어가 아닌 말을 띄엄띄엄 발음하는 것은 너무나도 부끄러운 일이었다. 너는 그날 나의 존재에 대해 일기에 이렇게 썼지.

'I met a Korean, made in Korea.'

한낮의 사막 열기를 피하고자 새벽부터 닭장에서 닭 예방접종 일을 하고 피로와 불평으로 버무려진 닭털들을 마음속 여기저기 얹어둔 채, 터벅터벅 식당으로 향하다가 조엘을 만났지. 조엘이 룸메이트가 맘에 드느냐고 물어봐서, 난 OK, 라고 말해줬지. 복잡한 마음을 정리하지 못하고 있었어. 그러니까 양놈은 아니지만, 덴마크로 놀러 갈 수는 있겠다 싶었다고나 할까? 네가 양놈인지 동양놈인지 확실히 알 수 없지만, 사려 깊고 노련한 조엘은 혹시 맘에 안 들면 바꿔주겠다며 재차 나의 의중을 떠봤다. 나는 OK라는 말을 조엘의 입술 주위로 네 번 정도 떨어뜨린 것 같다, 높게 낮게 무겁게 약하게. 복잡한 표현을 조엘에게 할 자신도 없었고, 윌리를 바꾸고 새 룸메이트를 받을 정도로 간간한 성격도 못되었다. 시시각각 상황은 변하고, 당당한 예비역은 불평보다는 적응한다고 생각했는지도 모른다.

난 네 속도 모르고 어쩌면 널 신기해했는지도 모르겠다. 아마 초등학교 때 너의 학급 친구들보다 훨씬 더 희한해했을 수도 있어. 한국말을 하나도 못하는 신기한 한국인 같았거든. 어쨌든 넌 만만했다. 마치 말년 병장이 신입 이병을 맡은 격이랄까? 난 너에게 날 이렇게 부르라고 했지.

'Hyeong'

나는 내 멋대로 너를 'bro'라고 불렀지. 난 그때처럼 영어를 잘하고 싶은 때가 없었다. 너의 얘기를 제대로 알아들을 수가 없었기 때문이지. 내 토익 점수가 900점이었어도, 너와 제대로 얘기하기는 힘들었을 거라는 걸 나중에야 깨달았다. 넌 그만큼 저 너머 세상에서 사고하고 있었지. 넌 책에서 읽어온 어려운 문어체 단어들을 사용하고 있었다. 나중에 알았지만, 너도 영어를 쓸 일이 많지 않았던 거지. 난 네가 늘 얘기하고 인용했던 호메로스의 오디세이와 일리아드에 대해 이해할 수 없었지. 그리고 네가 존경한다는 존 스타인벡의 '분노의 포도'와 같은 작품을 이해할 턱이 없었지. 차마 포도가 왜 화가 났느냐고 네게 물어볼 수도 없었다. 그래도 셰익스피어의 4대 비극 얘기 정도에는 그럭저럭 맞장구를 쳐줄 만했지. 난 네가 말하는 걸 단어로 뜨문뜨문 유추하면서, 너와 나 사이에 놓인 이 부조리한 언어의 장벽과 너에게 내려진 운명의 장난이 혼란스러웠다. 간단히 말하면, 한국놈이 한국말을 못한다는 게 짜증스러웠다. 넌 유럽의 철학과 역사에 대해, 그리고 그런 얘기를 통해 인간의 본질과 근원적인 결핍에 관해 얘기했지. 난 동양인 아이가 양놈들의 철학과 역사와 문학에 관해 얘기하는 걸 늘 신기해했다. 넌 네 서랍 속 질문을 너에 국한된 얘기가 아닌 전 인류의 문제로 확장했던 거야. 넌 범지구적 인간으로 진화한 것이었어. 한 세대 안에서의 놀라운 진화! 운명이 만들어낸 초인류, 또는 특이 괴물로의 변태, 혹은 그 징조. 어쩌면 넌 말이야, 그래서 수줍지만, 아무렇지도 않게 말할 수 있었던 거야.

'Danish, made in Korea'

그곳 키부츠에도 멍청이는 있었지. 영국인 발런티어 앤디는 알파벳으로 치면 'A'와 같은 녀석이었지. 덩치도 크고 눈도 부리부리했고, 항상 양다리를 쩍 벌리고 서 있었지. 영국 프로축구 프리미어리그를 공식 후원하는 움브로(Umbro) 티셔츠를 늘 입고 다니고, 손엔 캔맥주나 싸구려 보드카 온더록스 글라스를 들고 있었지. 녀석은 늘 취해 있거나 취할 준비가 되어 있는 녀석이었지. 휴게소에 설치된 TV 앞 소파에서 프리미어리그로 채널을 고정해두고는 누가 리모컨 주위를 어슬렁거릴라 치면 큰 눈을 부라리고는 했지. 녀석의 룸메이트인 불가리아인 조이는 졸린 눈을 가졌지만, 머리는 생쥐처럼 기민한 녀석이었지. 그 녀석은 알파벳으로 치면 소문자 'z' 같은 녀석이었지. 그 녀석들은 늘 쉬운 일을 했어. 영어가 되니까 대화가 필요한 일을 했던 거지. 아, 거기에 대해서는 할 말이 많지만, 여기에 쓸 말은 아닌 것 같아. 내가 닭 솜털이 뿌옇게 섞인 먼지를 마시면서 닭장 안에서 반나절 씨름한 얘기는 자랑거리도 아니고 너저분하게 늘어놓을 만한 것도 아니니까. 간단히 말하자면, 닭장에서 닭똥 냄새를 맡으면서 장닭들의 따뜻한 허벅지 안쪽으로 잽싸게 손을 뻗어 잡아채는 거야. 이 종자닭들은 무게가 4kg이 기본이고 부리와 발톱은 그야말로 무시무시했지. 그놈들을 반나절 동안 3만 마리씩 잡아채서는 고리에 양다리를 걸쳐놓는 거야. 그러면 놈들은 거꾸로 매달린 채 주사를 맞지. 그리곤 다시 풀어놓는 거야. 그래, 말이 필요 없는 작업이지. 그냥 코 안에 털이 많은 사람이 유리한 작업이야. 입을 벌리면 바로 입속에 닭털들이 꼬이거든.

난 대한민국의 예비역 복학생답게 독해는 좀 됐지만, 생활 회화는 젬병이었어. 그래서 늘 몸으로 때우는 일을 배정받았으니까. 앤디나 조이 같은 녀석들은 유창한 영어로 불만 사항을 조리 있게 설명했고 결국, 대화가 필요한 식당 같은 데서 일했지. 난 묵묵히 일하는 건 바보 같은 일이라고 생각하곤 했어. 하지만 예비역이 말이지, 여자애들처럼 닭털 핑계나 대면서 징징대고 싶지는 않았거든. 그런 것보다도 더 날 괴롭힌 것은 앤디나 조이가 스웨덴이나 스페인, 일본, 그리고 한국 여자 발런티어들을 유창한 영어를 미끼로 자기들 방으로 끌어들여 파티를 열었다는 거야. 놈들은 때로는 그 애들 방을 급습하고 싶어 했지. 그래, 그냥 그저 그런 멍청이들이었는데, 부러웠다고.

너는 키부츠에서도 일할 때 외에는 대개 조용히 방 안에 붙어 있었지. 그냥 처음으로 덴마크 외의 나라에 가보고 싶었을 뿐이니까. 하지만 솔직히 말해봐, 네 녀석은 옆방의 한국 여자애들에게 관심이 있었을 거야. 넌 아무리 범지구적으로 인식의 영역을 확장했어도 연애만은 어머니의 정서가 묻어나는, 혹은 묻어날지도 모르는 한국 여자에게 본능적으로 끌렸을 거야. 특히 원산지뿐만이 아닌, 자국에서 자라난 한국 여자를 원한 거지. 내 장담하건대, 넌 한국 여자와 결혼할 거야. 그럴 수밖에 없을 거야. 어쩌면 이미 한국 여자와 결혼했을 수도 있어. 내가 프로이트도 모르고 칼 융도 모르지만, 그 정도는 그냥 느낌으로 알 수 있는 거야.

넌 어느 일요일 아침 숙소 현관문을 열고 나가다가 죽은 고양이를 밟게 되지. 고양이의 옆구리가 움푹 패었어. 네가 나에게 그 얘기를 해줬을 때, 난 화가 났지. 그리고 누가 그런 고약한 장난을 했을지 금방 떠올릴 수 있었지. 그건 스웨덴의 여자애들이 할 만한 일이 아니었지. 그 애들은 아바(ABBA)의 나라에서 온 천사들이었고, 지난밤에 밤새도록 춤을 추고 놀았을 테니까. 한국에서 온 여자애들은 지난밤에도 카세트를 들으며 밤새도록 영어 공부를 했을 거야. 일본에서 온 마나부가 할 만한 일도 아니었지. 그는 내 면상에서 고양이를 던질 수는 있어도, 슬며시 문 앞에 놓을 만한 녀석은 아니었지. 남아프리카공화국에서 온 얀 일당이 할 만한 일도 아니지. 그러기엔 그 녀석들은 너무 새파랗고 약해빠진 백인 아이들이었지. 멕시코에서 온 유대인인 키브릴 일파가 할 만한 일도 아니지. 그 녀석들은 귀족 교육을 받는 최상위 계층이니까. 결국, 할 만한 녀석들은 앤디와 조이뿐이었지. 내 소중한 형제를 건드린 녀석들을 응징하기로 맘을 먹었지. 대한민국 육군 예비역 병장인 나는 야전 침대에서 작업화 끈을 단단히 조이면서 너에게 말했어.

"아 윌 힛 뎃 바스타즈."

이 비장하고 의미심장한 영어가 난 정말 맘에 들었지. 너에게 예비역 병장의 실전 태권도 실력을 뽐낼 수도 있는 절호의 기회였어. 사실 난 앤디 앞에 서면 대문자 I가 아닌 소문자 i가 될지도 몰라. 영국의 지붕 수리공인 앤디는 대문자 A이면서도 정말 빅 A였거든. 난 무조건 선빵을 날릴 참이었어. 그러면 승률은 반반일 거야. 녀석은 아직 술과 잠에 떡이 되어 있을 테니까. 조이 녀석이 문제긴 한데, 조이는 아마 끼지 않을 거라고 확신했어. 그 녀석은 교활한 놈이니까 정면 승부에 나서진 않을 거야. 하지만 어찌 될지 몰라. 내 머릿속이 이런 생각들로 복잡할 때 너는 웃으면서 말했지. 그럴 필요 없다고, 폭력은 폭력을 부를 뿐이라고. 난 아니, 이에는 이 눈에는 눈이라고 말했지. 그걸 영어로 어떻게 표현했는지는 잘 모르겠어. 그저 주먹을 쥐고 양쪽을 맞대면서 씩씩댔겠지. 여하튼 너는 나를 말렸고, 난 분을 식혔겠지. 어쩌면 식히는 척을 했다는 것이 더 맞겠지. 어쨌든 대한민국 예비역 병장 정도 되면 그 정도 액션은 취해줘야 하는 거거든. 넌 성경의 한 구절을 읊었고, 아마 그건 예수가 다른 쪽 뺨도 내미는 장면이었을 거야. 그리고 이슬람 경전인 코란의 영문 버전도 펼쳐 보여주고, 읽어줬지. 넌 정말 신기한 녀석이었어.

우리는 고양이 사체를 숙소 옆 황무지 한쪽에 묻어주었지. 돌이켜 보면, 그 장례식은 내가 여태껏 본 장례식 중 가장 성대하고 근사한 장례식이었던 것 같다. 내가 구덩이에 죽은 고양이를 내려놓자, 너는 영혼을 달래는 시를 읽어주었지. 그 시는 로버트 브리지스의 'On a dead child'라는 시였다.

"Perfect little body, without fault or stain on thee, / With promise of strength and manhood full and fair! / Though cold and stark and bare, / The bloom and the charm of life doth awhile remain on thee……"

네가 시를 다 읽자 나도 한 마디 덧붙였지.

"윌리가 옆구리 밟은 거 미안해하니까 이해하고."

나중에 이별 파티에서 술잔을 부딪치며, 앤디에게 그 얘기를 꺼냈지. 술을 마시면 영어가 좀 더 잘 되거든, 혀가 잘 굴러.

"유, 유 데드 캣"

앤디와 조이가 노린 것은 윌리, 너만이 아니었다. 앤디는 동양인인 너와 나를 동일하게 소문자 i와 c라고 인식한 것이었다. 예비역 병장인 늠름한 I인 나를 그렇게 깔보았다니 열불이 날 일이었지만, 내일이면 떠날 것이었기 때문에 얼굴을 붉히지는 않았다. 그 자식은 발견한 고양이 사체에 대한 실용적인 활용에 대해 고민하다가 우리 숙소 앞에 두었다고, 대수롭지 않게 말했다. 그냥 술김에 재미로 그런 거였다고, 기분이 나빴다면 미안하다고. 그날 나는 앤디와 이메일 주소를 교환했다, 런던에 놀러 가면 연락하겠다고.

넌 한국인 어머니와 아버지를 찾고 싶다고 말했었고, 분명히 그간 한국에 한 번은 왔을 거야. 그들을 조금도 원망하지 않는다고 말했지. 그것은 꽤 이성적인 판단이었다. 너의 시작은 지구상에 흔하디흔한 불행한 아이 중 하나였을 뿐이다. 하지만 어떤 시스템이 너를 머나먼 지구 반대편으로 보내게 했는지에 대해 궁금했을 것이다. 넌 여전히 한국이 해외로 아이들을 보내고 있다는 것에 놀랐을 거야. 그 시스템은 지구 위 한반도에 꽂힌 슈퍼 'Y' 새총이 되어 너와 같은 아이들을 쟁여서 지구 반대편으로 쏘았고, 지금도 쏘고 있다. 물론 예전보다는 덜 열심히 쏘고 있고. 그 아이들은 목적지에 도달해서는 어느 순간, 입양증서를 보면서 자신의 블랙홀을 깨닫게 되지. 거기엔 낯선 문자로 너의 또 다른 이름이 쓰여 있을 거야.

그 블랙홀은 모든 현재를, 너를 송두리째 빨아들일 만큼의 가공할 힘을 가지고 있어. 그걸 일단 가둘 수는 있어도 완전히 떼어낼 수는 없어. 어떤 아이들은 이 성가신 블랙홀을, 너무나도 성급히 다른 우주로 가는 웜홀로 사용하기도 하지. 그냥 빠져버리는 거야. 운 좋은 아이들이 마음속 서랍 한쪽에 그걸 넣어두고 자물쇠로 채운 후, 유년기를 보내기도 해. 일단 현재를 살기 위해서지. 천성적으로 명랑한 소수의 아이는 열쇠를 아예 잃어버리기도 할 거야. 하지만 어느 순간 때때로 자기만 가지고 있는 블랙홀을 떠올리게 되지. 궁금해서 살짝 서랍을 열어보면 어느새 블랙홀은 더 커져 있고, 그 검은 구멍은 나선형으로 배배 꼬며 더 깊어져 있어. 누가 이 블랙홀을 너에게 주었을까? 너는 이 진드기처럼 떼어낼 수 없는 블랙홀을 증오하게 된다. 이 블랙홀에 먹히고 말 거야. 넌 두려워. 어린 아이가 감당하기엔 너무나도 큰 짐이자 굴레임이 분명해.

어쩌면 시스템 'Y'가 더 좋은 출발점을 줬을 뿐이라고 생각하는 사람들도 있을 거야. 그래서 더 잘 먹고 더 잘 입고 더 살찐 아이로 성장할 수도 있겠지. 하지만 그들은 출발점으로 돌아온다. 정확히 어디로 가야 할지 모르지만, Y를 좇아 떠날 것이고 Y에서 블랙홀 탐사를 시작할 거야. 그들은 기와집이나 초가집이 아닌 마천루가 즐비한 서울에서 길을 잃지. 자기를 닮은 사람들이 가득한 거리에서 충만한 자유와 안도감을 느끼기도 한다. 하지만 그들은 자기가 반쪽임을 곧 깨닫지. 생김새는 비슷하지만, 자신이 이방인이라는 걸 깨달아. 하지만 용기 내어 덴마크어로, 영어로, 프랑스어로, 독일어로, 벨기에어로 묻게 될 거야.

"제 블랙홀은 어디서 왔나요?"

내 운의 유통기한 늘리기 위해 노력할 것

멈춰 선다. 뒤돌아서서 그림자를 쳐다본다. 내 곁을 사람들이 빠르게 스쳐 지나간다. 불안하다. 하지만 마음 한쪽은 설렌다. 그림자를 바라본다. 나는 예전처럼 평범하다. 다른 사람들과 마찬가지지만, 아주 조금 다르다. 그림자를 좇아 발길을 떼어본다.

고등학교 시절 독서실에 앉아 끄적이기 시작했다. 창가의 화분처럼 늘 자리에 앉아 모두 같은 곳을 바라보는 것을, 이해하지도 견디지도 못했다. 소극적인 반항이었다. 참신한 뻥을 치고 싶었다. 밤에 친구의 어깨를 밟고 컴퓨터실의 쪽 창으로 넘어 들어가 타이핑하고 출력했다. 도트 프린터가 한 줄씩 활자를 인쇄하는 것을 가슴 졸이며 바라봤다. 다행히 몇몇 친구들이 읽어주었다. 읽어준 것만으로도 고마운데 재미있다고까지 말해주었다. 참 착하고 어른스러운 친구들이었다. 녀석들의 칭찬이 없었다면 글쓰기를 계속하지 못했을 것이다.

나처럼 평범한 사람에게도 청소년기는 버거웠다. 해외입양인의 청소년기는 말 그대로 태풍일 것이다. 이제는 그만 보냈으면 한다. 회자정리 거자필반—우리 사회의 수준이고 업보다. 선택의 여지가 없다는 것은 폭력적이다. 누구에게나 상처가 된다. 해외입양인 친구인 일리(소설 속 '윌리')와 그의 가족에게 안부 인사와 고마운 마음을 전한다.

충북대학교에 입학하고 가장 먼저 한 일은 창문학동인회 써클룸의 문을 연 것이었다. 바닥과 천장, 사방 벽에는 막걸리 냄새가 배어 있었고 늘 담배 연기로 매캐했다. 선배들의 언어는 전투적이었고 술 마시는 것이 고역이었지만, 내 시를 읽어주는 이들이 있어서 행복했다. 십수 년이 흘렀고 한겨레교육문화센터에서 소설가 김현영 선생의 강좌를 들었다. 글 쓰는 즐거움과 재회했고, 함께 글을 쓰고 읽어 주는 사람들을 만났다. 행운이었다. 과학 웹진 크로스로드와 포스텍 박상준 교수께도 감사한다. 내겐 매우 소중한 게재 기회였다.

　부모님과 가족에게 고맙다. 수필 작가이신 장모님께서는 가문의 영광이라며 가장 기뻐해주셨다. 아내는 철없는 나를 잘 보듬어주고 아들은 더 나은 사회를 생각하게 한다. 수상쩍었을 나를 이해해준 학과 친구들과 전 직장 동료들도 고맙다. 무엇보다도 전북일보와 송하춘, 백시종 심사위원께 감사한다. 부족한 글을 너그러이 봐주셨다. 나처럼 글쓰기로 위안과 몰입의 기쁨을 느낀 다른 응모 작가들에게 미안한 마음이다. 그럼에도 불구하고, 이번은 내 차례였다. 나는 내 운의 유통기한을 늘리기 위해 노력할 것이다. 다음은 당신 차례다.

심사평 : 백시종(소설가 · 소설가협회 이사장) · 송하춘(소설가 · 고려대 명예교수)

입양아 자존 독특한 개성미로 표출

예선에서 올라온 6편 중에 마지막까지 남은 작품은 이덕래의 〈서랍 속 블랙홀〉과 김바울의 〈지구인〉, 김지원의 〈붉은 토트백을 미자에게〉였다. 3편을 놓고 숙의 끝에 큰 이견 없이 고른 작품이 〈서랍 속 블랙홀〉이었다.

일반적인 신춘문예 수준으로 보아 결코 뒤처지지 않는 이 작품은 그동안 외면당한 소수자로서만 여겨지던 해외 입양아의 정체성 혼돈을 주제로 특유의 개성 있는 문체와 구성으로 집대성하는 데 성공하고 있다.

여기서 개성 있는 문체와 구성이라 함은 신춘문예 양성소로 지칭되는 '소설교실'의 천편일률적인 세련미가 아닌 독특한 개성미를 의미한다.

입양 당사자를 '너'라고 호칭한다. 너는 덴마크 입양아다. 따라서 그 사회에서는 '무존재를 지향'하지만 거꾸로 잘 '숨어지지 않는' 희귀한 존재이다. 어느 날 '나'는 '이스라엘 키부츠 발런티어 프로그램'에 참여했다가 룸메이트로서 '너'를 만난다. 이와 같이 정체가 궁금한 인물이면서 가장 가까이 있는 대상을 지칭하는 방법으로 '너'를 택한 것은 이채롭다.

'너'를 '왜소한 체구를 가진 검은 머리 덴마크인'이라 하고, '나'를 '대한민국의 예비역 병장'으로 설정하여, 정체성이 확실한 인물과 불확실한 인물로 대조시킨 점도 특별했다. 이러한 대조를 통하여 '나'는 마치 '너'의 머릿속을 들어가 본 사람처럼 해외 입양아의 정체성 혼돈을 실감한다. '너'의 서랍 속에는 언제나 '나는 왜 여기 와 있는가?' '나는 누구인가?'에 대한 물음이 들어 있다.

작중인물의 캐릭터를 영어의 알파벳 기호로 표기한 점도 이 작가의 탁월한 고안이다. '너'는 소문자 c. '나'는 대문자 I. 영국인 '앤디'는 대문자 A. 불가리안 '조이'는 소문자 z. 이런 방법으로 위축된 민족과 당당한 민족, 또는 굴곡진 캐릭터와 겁 없는 캐릭터를 표현함은 흥미롭다.

대조적인 두 한국인이 처음 만나는 장면에서 담당하는 언어의 역할이 중차대하다. 한국인이면서 한국말을 모르는 덴마크인에게 모국어는 '외계의 말과 다름없는 낯선 언어'이다. 이때 처음 부딪치는 '안녕하세요'의 동질감과 이질감. 그날 밤 일기장에 쓴 'I met a Korean'의 친근함과 생경함. 이러한 미묘한 감정을 이 소설은 흥미롭게 포착하고 있다.

'죽은 고양이 사건'을 설정하여 소설의 반전을 꾀하는 수법도 우수하다. 어느 날 백인 청년 앤디와 조이가 '너'의 현관문 앞에 죽은 고양이의 시체를 던져놓아 밟게 만든다. '나'는 '내 소중한 형제를 건드린 녀석들을 응징하기로 맘먹는다.' 그러나 '너'가 '나'에게 성경과 코란을 읽어주며 복수하지 못하도록 말리고 '나'의 분을 삭여준다. '한국말은 하나도 못하는 신기한 한국인'이고, 그래서 어쨌든 만만해 보였던 '너'가, '나'를 달래다니, 위대한 '너'가 아닐 수 없다. 이제 항해를 시작한 이 작가의 미래가 매우 궁금한 것은 이 작가만이 구사할 수 있는 특수 분야, 예컨대 탁월한 언어장치로 씌워지는 다음 작품이 그만큼 기대되기 때문이다.

조선일보 원재운

1986년 서울 출생.
동국대학교 문예창작학과 졸업.
동국대학교 일반대학원 국어국문 문예창작 전공 석사과정 수료.

그는 아벨과 함께 했던 삼 년의 시간을 떠올렸고, 지난밤 동안 아벨이 했던 이야기들을 되짚었다. 생각의 끝에서 수행원은 왜 자신이 양말을 각기 다른 색으로 신는지 서툴게나마 말할 수 있을 것 같은 기분이 들었다. 수행원이 말을 시작하려는 순간, 아벨의 목소리가 마른 입술 사이로 흘러내렸다. "하지만 어머니, 온통 미끼뿐입니다. 웃음밖에 안 나올 정도로," 아벨은 고개를 한껏 들었다.

조선일보

상식의 속도

원재운

당신의 데이터를 호출합니다.

하나, 둘. 호출 완료. 열람을 시작합니다. 원하는 항목을 말씀해주십시오.

알큐비에르 매트릭스(Alcubierre Matrix) ; 교통의 진보는 곧 인류의 진보였다. 먼 곳을 꿈꿀수록 세상은 좁아졌다. 선명해졌다. 그러나 미답의 별들은 환상처럼 반짝였다. 지구에서 가장 가까운 항성은 9년 전의 모습을 보여줬다. 성자 알버트 아인슈타인(St. Albert Einstein)이 상대성이론을 통해 천명한, "모든 양의 질량을 가진 물체는 진공상태에서의 빛보다 빨리 이동할 수 없다."는 진실은 예나 지금이나 절대적이다. 무한에 가까워진 세상, 다가갈 수 없는 별, 단순하지만 그렇기에 어려운, 속도의 문제였다.

두 발로만 섰던 시절의 선조들은 사냥의 성공을 바라며 동굴에 벽화를 새겼다. 장 에뜨앙느 르노아르(Jean Etienne Lenoir)의 발명이 있자 많은 창작물들이 내연기관의 앞날을 논했다. 먼 곳을 향한 꿈은 사라진 적이 없었다. 어려운 문제 앞에서도 마찬가지였다. 구 미합중국의 SF 프랜 차이즈 시리즈 〈Star Trek〉에는 '워프 드라이브'란 기술이 등장했다. 비슷한 시기의 또 다른 창작물 〈Star Wars〉는 '초공간도약'이란 개념을 제시했다. 여타 창작물들 역시 난제를 풀기 위한 가설을 고안했지만, 워프 드라이브는 인류가 실현해낸 초장거리 항법기술 알큐비에르 매트릭스와 유사하다는 점에서 초공간도약을 비롯한 다른 것들과는 차별화된다. 〈Star Trek〉이 그려낸 멋스러운 밑그림에, 후대는 아름다운 채색을 해낸 것이다.

여기 평범한 배 한 척이 떠 있다. 배의 앞쪽 수면을 낮추고, 뒤쪽은 높인다. 물은 높은 곳에서 낮은 곳으로 흐르며 수평을 유지하려 할 것이다. 흐름을 따라 배는 자연스럽게 앞으로 움직인다. 수면의 높낮이 차이가 클수록 속도는 올라간다. 우주에서도 마찬가지다. 우주선이 향하는 방향을 기준으로 앞쪽의 공간을 접는 동시에 뒤쪽의 공간을 늘린다. 압축되고 팽창된 공간 역시 제자리로 돌아가려 한다. 속도는 조작된 공간의 양에 따라 좌우된다.

알큐비에르 매트릭스는 우주선을 중심으로 워프 필드라 불리는 영역을 설정하여 공간을 주무르는 일련의 과정을 반복한다. 전진하는 것은 설정된 공간, 즉 워프 필드 자체다. 우주선은 필드의 중심에 고정된 채다. 나아가는 공간에 선체를 맡기는 것이다. 때문에 필드 내 공간에 대한 우주선의 상대속도는 0에 머무른다. 빛의 속도를 돌파한다 해도, 이동의 주체는 양의 질량을 가진 우주선이 아니라 워프 필드라 불리는 일정한 공간이기에 상대성이론을 위배하지 않는다. 승무원들은 중력가속도의 영향에서 자유로우며, 생존 보장을 위한 특별한 수단은 불필요하다. 그저 살아가면 된다. 이 이상의 지식은 상식의 범주를 벗어나므로 생략한다. 알아야 할 사실은 알큐비에르 매트릭스의 핵심 개념이 오백여 년을 넘은 지금까지도 계승 및 발전되어 각종 우주선에 쓰이고 있다는 것, 그리고 지구에서 35광년 떨어진 쌍둥이자리의 폴룩스까지 닿는 시간이 단 58일로 줄었다는 것이다.

브레이브호(The Brave) ; 태양계 바깥을 탐험한 최초의 유인우주선이자, 알큐비에르 매트릭스가 탑재된 첫 우주선. UE(United Earth)가 주도한 우주개발 50개년 계획의 첫 성취였다. 전장 220m, 전폭 84.4m. 승무원 731명. 취역 연도는 AD 2841년이며, 출발한 지 142일 만에 쌍둥이자리의 카스토르 근처에서 외계 종족 젬(Gem)에 의해 격추당했다. 생존자는 없었다. 발견된 잔해들 사이에는 메인 엔지니어 존 바티스타의 헤드기어가 있었다. 그는 헤드기어의 메모리에 일기를 쓰듯 음성을 녹음했다. 이하는 메모리 속의 기록을 발췌 및 정리한 것이다. 브레이브호 승무원들의 생활을 단편적으로나마 엿볼 수 있다. 지금은 쓰이지 않는 '아내'와 '딸' 같은 어휘의 의미는 해당 항목을 통해 알아보길 바란다.

"어떤 날에 대해 기록할 때에는 흔히 날씨 이야기를 먼저 하곤 한다. 하지만 날씨를 떠올리는 일이 생경하다면 무엇부터 기록해야 하는 것일까. 창 너머에는 아무것도 없다. 온통 검다. 나를 포함한 탑승자들은 바깥과는 다른 시간 속에 있다. 계속 검다. 워프 필드 안의 선체는 중심에 머무른 채로 사방의 공간을 일그러뜨리며 나아간다. 나아가지만 나아간다는 느낌은 없다. 나아가지만 나아가지 않는 곳에 머물러서인가, 가끔은 내 몸의 일부가 지구에 남겨진 것 같은 기분이 든다. 이상한 일은 아닐지도 모른다. 지구로 귀환해도 아내는 세상에 없을 터다. 대신 나이 든 딸이 아내의 모습을 하고 있을 것이다. 일반 승무원은 지원자들 중 연고자가 없는 이들을 주로 선발하여 훈련시켰지만, 지휘 계통이나 기술자 계열의 사람들은 그렇게 할 수 없었다.

처음에는 나른한 흥분이 승무원들 사이를 감돌았다. 매트릭스를 가동하고 꽤 시간이 흐른 지금, 승무원들은 업무 외적인 대화를 거의 하지 않는다. 늘 같은 창밖을 무시하고 선체 내부로 침잠한다. 헤드기어다. 업무를 마친 이들에게 주어지는 무한의 자유. 연고자 문제보다 우선시한 것은 인공현실에 대한 적응도였다. 헤드기어는 사용자의 요구사항을 충실히 따른 세계를 구현하는데, 특별한 요구가 없다면 스스로 사용자의 심상을 읽고 알맞은 환상을 짜낸다. 가족을 가져본 적 없는 사람은 가상의 반려자와 더불어 아이를 키운다. 반대의 성별이 되어 관계를 해본다. 고대의 전쟁에서 기병대의 최전방, 첨단부에 서서 말을 타고 내달린다. 실력 좋은 요리사나 건축가가 되어 이것저것 만들며 기꺼워하기도 한다. 나른한 흥분은 이곳에서만 유지된다. 반짝이거나, 끓거나, 타오르거나, 얼 수도 있다. 나는 화가가 된다. 어렸을 적 꿈이었다. 누군가의 앞에서는 어쩐지 부끄러워 들지 못했던 붓을, 헤드기어를 쓰고는 마음껏 쥘 수 있다. 행복한 아내와 행복한 딸과 행복한 나의 모습을 그려보기도 한다.

헤드기어를 거의 쓰지 않는 사람도 있다. 선장의 경우다. 선장은 배의 모든 상황을 항시 알고 있어야 한다며 대부분의 시간을 주조종실에서 보낸다. 그런 선장도 모두의 앞에서 헤드기어를 쓸 때가 있다. 정확히 말하면 선장을 포함한 모두가 헤드기어를 착용하게 만드는 공간이 있다. 진공포장지에 동결 건조시킨 우주식량은 혀의 이상을 의심케 하는 동시에 눈을 괴롭힌다. 딱딱한 사각형의 토마토 파스타 같은 것들이 그렇다. 때문에 선체 내에서 제일 조용한 곳은 식당이다. 승무원들은 우주식량을 씹으며 머리에 쓴 헤드기어에 감각을 맡긴다. 써니사이드업 계란 프라이와 베이컨 두 조각이면 업무의 능률이 오르고, 스테이크나 칠면조 요리를 먹으면 아령을 들고 운동도 할 수 있다. 포도주를 마시면 무중력에 몸을 던지고 아내와 딸의 사진을 하염없이 바라볼 수도 있다. 헤드기어 덕분에 살이 찌고 있는 해리 같은 친구도 있다. 가끔 특식으로 작은 텃밭에서 자외선으로 키운 감자가 나오긴 한다. 모자라다.

알큐비에르 매트릭스 가동 중엔 여덟 시간 단위로 점검의 일상이 반복된다. 브레이브호는 기존의 우주선과 다르다. 기다란 막대기 형태의 본체가 있고, 두 개의 원형 구조물이 선체를 감싸고 있다. 이 원통의 회전에 시공간을 접는 비밀이 있다. 워프 필드의 설정은 물론, 종료 시에 방출되는 에너지를 사방으로 흘려보내는 조건까지 충족하는 구조다. 엔지니어들에게는 불만족스럽다. 단순하게 면적이 넓어진 것만으로도 손 가는 곳이 많아지는데, 회전이라는 복잡한 구동까지 한다. 워프 시에는 선체 바깥으로 나갈 수 없으니 기관실 내부에서 기본 점검만을 실시한다. 아무나 드나들지 못하는 곳이기에 다가오는 사람은 근처에서 일하는 몇몇을 제외하면 거의 없다. 엔진 소리만이 바닥을 울린다. 가져온 전동 드라이버와 장비들을 내려놓는다. 헤드기어를 쓴다.

딸의 그림은 이제 채색을 할 차례다. 팔레트에 물감을 짜낸다. 수채화는 유화와 달리 수정이 어렵다. 덧칠하면 색이 탁해지고 종이가 상한다. 처음에는 한 폭마다 수십 장을 구겨야 했다. 이제 종이는 내 붓이 고른 색채를 머금어 화려하게 꽃피운다. 딸이 아름다워질수록 사이드테이블에 놓인 물통은 탁해진다. 물통 곁에는 한 무더기의 편지가 놓여 있다. 헤드기어가 멋대로 가져다 둔 것이다. 나는 저것들을 펴 보지 않았다. 팔레트를 편지더미 위에 올려놓고 바람을 부른다. 종이를 말리기 위해서다. 문득 고향, 아칸소가 떠오른다. 미시시피를 향해 동서로 흐르는 강은 구릉과 계곡을 지나며 곳곳에 호수를 만들었다. 큰 줄기에 닿지 못하고 고인 물은 한을 풀려는 듯 계속해서 근처의 땅을 적셨다. 진흙 위로 부는 계절풍은 때로는 심심했고 때로는 달달했다. 달콤한 바람이 석양에 스며들 때면, 사람들은 호숫가의 한적한 술집에 앉아 잔을 기울였다. 사랑을 읊는 시의 한 구절, 흙바닥을 떠나 아스팔트를 밟겠다는 외침이 물결 위로 흩어졌다. 아내와 내가 중력처럼 서로를 끌어당겼던 고향의 색채와 그림 속 딸의 빛깔은 꼭 닮아 있다. 호숫가에 선 딸을 보고 싶어진다. 풍광을 가져오기로 한다. 자박, 하는 발소리와 함께 그림 속의 딸이 움직이지 않았다면 그랬을 것이다.

황혼이 깃든 드레스 차림의 딸이 내게로 다가온다. 걸음마다 딸은 변모한다. 내가 어느 날엔가 만날 얼굴이 되려다, 되기 전에 멈춘다. 마지막으로 본 아내의 모습이다. 지구를 떠나올 무렵의 아내에게는 표정이 없었다. 그때 같은 얼굴로, 달달한 바람을 혀로 맛보고 있다. 혀가 내 몸을 결박하고 옷을 끌어내린다. 꿈틀거리는 혀가 차갑다. 주변의 풍광이 제멋대로 바뀐다. 호숫가다. 발목이 진흙에 빠진다. 바람이 변한다. 심심하지도, 달콤하지도 않다. 나를 올려다보는 딸의 눈동자처럼 비어 있다. 딸이 나를 보고 있다. 혀가 자라난다. 프로그램 종료, 란 단어를 계속해서 떠올린다. 해리, 이봐, 해리! 거기 없나! 나……"

이어지는 항목의 열람을 위해서는 보다 높은 등급의 권한이 필요합니다. 인증해주십시오.

실패하였습니다. 이어지는 주문이 없을 경우, 항목 중 하나를 무작위로 제시합니다.

제갈량(Zhuge Liang) ; 자는 공명(Kongming), 시호는 충무후(Loyal and Martial Marquis). 생몰년도 AD 181-234년. 구 중화인민공화국 후한 말 시기의 실존인물이자, 역사소설《Romance of the Three Kingdoms》의 등장인물. 촉한의 초대이자 마지막 승상(Imperial Secretariat). 충신의 표본이자 희대의 전략가, 정치가. 유비 사후에는 황자와 동급의 지위인 상국(Chancellor of the State)에 올라 국정을 총괄했다. 나관중의《Romance of the Three Kingdoms》는 허구가 섞인 소설인지라 이를 바탕으로 살펴보는 데에는 무리가 있으나, 진수가 저작한 역사서《Record of the Three Kingdoms》만으로도 제갈량이 뛰어난 인물임과 동시에 저열했던 당대의 관념과 편견 속에서도 올바른 성정체성을 확립했다는 사실을 추리하기에 충분하다.

《Record of the Three Kingdoms》에 따르면, 제갈량은 "키가 8척에 용모가 출중하여 사람들이 뛰어난 인물로 여겼다."고 한다. 약 189센티미터로, 당시는 물론이고 지금의 기준으로도 작지 않다. 수려하고도 멀끔한 외모의 제갈량은 학창의와 백우선 등 순백색 위주의 아이템들을 활용하며 한 마리 학과 같은 고고함을 드러냈다. 신선 같은 이미지를 표방한 그의 선택이 철저히 계산된 것인지, 단순한 취향이었는지에 대해서만큼은 여전히 의견이 분분하다.

제갈량은 죽을 때까지 한 명의 아내와 살았다. 아내인 황씨는 외모가 추하기로 유명했다. "제갈량에게서 모든 걸 배우되, 여자 보는 안목만은 닮지 말라."는 말이 떠돌았다. 어쨌든 서주에서 이주해 온 이방인인 제갈량에게는 형주의 유력자인 황승언과의 인선이 필요했다. 정략결혼인 탓인지 두 사람 사이에는 아이가 들어서지 않았다. 대를 잇는 것이 중요한 시대였기에, 제갈량의 형 제갈근은 자신의 둘째 아들 제갈교를 동생에게 양자로 보내기도 했다. 중요한 것은 황씨가 제갈량의 나이 마흔일곱에 첫 아이를 출산한다는 점이다. 이로 말미암아 제갈량의 성기능에는 문제가 없었음을 짐작할 수 있다. 그렇다면 그는 왜 늦게야 아이를 가졌던 것인가. 첩을 두는 것이 누가 되지 않는 시대였음에도 불구하고, 성기능에 이상이 없던 제갈량은 어째서 정략결혼으로 얻은 박색한 아내만을 두고 살았던 것인가.

황씨와의 결혼 후 머지않아, 제갈량은 유비의 초빙을 받아들여 그의 참모가 된다. 유비는 제갈량과 늘 이야기를 나누고, 식사를 같이 하고, 침상을 함께 쓰며 한시도 곁에서 멀리 두지 않았다. 의형제인 관우와 장비가 이에 불만을 품자, 유비는 "나에게 공명이 있다는 것은 물고기가 물을 가진 것과 마찬가지다."라며 그들의 불만을 일축하였다. 군주의 권위로 시작된 관계인 듯하나, 제갈량으로서는 본인의 성향을 확실히 깨닫는 계기가 되었다.

제갈량과 애정을 나누었으리라 추정되는 인물은 그가 섬겼던 유비 외에도 둘이 더 있다. 첫 번째 인물은 마속이다. 백미(white brows)란 별명으로 불리던 형주의 명사 마량은 제갈량과 친밀한 사이였다. 마량의 막내 동생인 마속은 자연스럽게 제갈량을 알게 되었다. 제갈량은 마속의 재주를 아껴 그를 제자로 맞아들였다. 두 사람이 단순한 스승과 제자 사이가 아님을 유비가 알게 된 시점은 이릉대전 직전으로 보인다. 이때 유비는 처음이자 마지막으로 제갈량의 간언을 무시했다. 물에서 벗어난 물고기는 참패했다. 감정이 앞서 대국을 살피지 못했던 것이다. 유비는 자책하였고, 마음의 병은 곧 몸의 병을 일으켰다. 그럼에도 그는 죽는 순간까지 양가적 심정을 해소하지 못했다. 유비는 제갈량의 손을 잡고 두 마디의 말을 남겼다. "내 아들이 나라를 경륜할 기량이 부족하다면 그대가 황제에 오르라." "마속은 행동보다 말이 앞서는 인물이니 중히 쓰지 말라." 제갈량은 사랑으로 유비의 말을 모두 어겼다. 상국의 자리에서 유비의 아들 유선을 충실히 보좌했고, 중요한 원정길마다 마속을 대동하며 의견을 물었다.

두 번째 인물은 강유다. 본디 위의 장수였던 강유는 제갈량에 감복하여 촉에 항복한다. 제갈량은 강유를 "마량 이상의 재능을 가진 인재, 양주 최고의 영걸"이라 평했다. 다른 이도 아니고 제 형을 빗댄 평을 들은 마속이 유비와 비슷한 실수를 하게 된 것은 필연이었다. 1차 북벌 당시 촉한의 요충지였던 가정(Jieting)을 지키던 마속은, 좁은 산길에 주둔하라던 제갈량의 말을 어기고 언덕에 진을 쳤다. 결국 마속은 위의 장합에게 가정을 빼앗겼다. 제갈량은 눈물을 흘리며 마속의 목을 벴다. 이후 제갈량은 강유에게 병법을 전수하며 그를 후계자로 키웠다. 홀로 남겨진 강유가 국력을 소진하다시피 하며 제갈량보다도 많은 횟수인 아홉 번의 북벌을 시도했던 것은 먼저 죽은 스승이자 연인의 한을 풀기 위해서였다. 다만 강유의 경우에는 상호간 애정이 있었는지, 혼자만 제갈량을 연모한 것인지 모호한 구석이 있다.

이처럼 유력한 행적에도 불구하고 제갈량이 동성애자임은 오랫동안 밝혀지지 않았는데, 이는 그가 나름의 노력을 기울인 탓이다. 국지전에서 대패한 뒤 수비로 일관하는 사마의에게, 제갈량은 여성의 옷과 화장품, 장신구를 보내며 "대장부가 한 번 실패했다고 밖에 나오지 않는 것은 아녀자가 밖이 두려워 집 안에만 처박혀 있는 것과 같다."라 적힌 서신을 동봉했다. 사마의에 대한 도발과 더불어 자신이 남성성을 추구하는 인물임을 대외적으로 드러내려는 의도가 엿보인다. 늦은 나이에 아들을 출산한 것도 후자의 측면에서 살펴볼 수 있다. 유비와 마속 생전에는 아이가 없다가, 마속이 죽고 일 년 만에 첫 아들을 낳았다는 것 역시 유념할 부분이다. 이런 행적들은 제갈량의 삶 후반부에 몰려 있는데, 본인에 대한 소문이 돌자 이를 해소하기 위해 일부러 벌인 일로 보인다.

진수는 제갈량을 가리켜 "세상을 다스리는 이치를 터득한 걸출한 인재"라 평했다. 무결한 영웅으로 칭송받던 제갈량은 야만의 시대를 살아가기 위해 스스로를 감추고 속여야 했다. 그가 평생 품고 살았을 심연의 깊이를 알 방도는 없다. 하지만 제갈량이 동성애자임이 밝혀진 뒤, 다수의 동양 출신 노트 퀴어들이 각성하여 올바른 길로 나아가게 되었다는 점을 상기할 필요가 있다. 수천의 세대가 지난 지금까지도 제갈량의 삶에 울림이 있는 것은 오히려 그가 겪어야 했던 슬픈 고뇌 때문일지도 모른다.

노트 퀴어(Naught Queer) ; 말 그대로 '무익한 성소수자'들. 인류가 긴 세월에 걸쳐 깨닫고 구축한 이상적 현실에 반하는 이들이란 의미를 담아 '불신자(unbelievers)'라고도 부른다. 무분별한 이성 간 생식 행위를 벌여 과도한 번식을 일삼는 무리들이다. 20세기 이후 인류가 품은 대다수의 문제가 인구의 폭증에서 온 것임을 감안하면, 노트 퀴어들의 행태는 반사회적이란 말로 정의하기에 충분하다.

현재 이들은 UE의 세력권이 닿지 않는 남미 최남단의 우수아이아(Ushuaia)에 모여 서식하고 있다. 수는 약 10만여 명으로 추정되며, 주된 식량조달수단은 어업이다. UE의 영향력에서 벗어나 있기에 도시를 다스리는 공고한 공권력은 없다. 치안은 당연히 불안하다. 타 지역과의 교류가 없어 기술 수준도 원시적이다. 이러한 악조건을 감수하면서도, 노트 퀴어들은 시대에 뒤떨어진 가치관을 저들만의 작은 세계에서 끊임없이 내재화하고 재생산한다. 혹자는 이들이 오염된 바다로부터 식량을 얻는 것에 주목하여, 잘못된 사상과 풍습을 이어가는 근본적인 이유로 들기도 한다. 이상 수생생물을 계속해서 섭취한 탓에 정신적 문제가 발생했다는 것이다. 우수아이아 출신인 아벨 로드리게스의 발언을 통해 이들의 폐쇄성을 살펴볼 수 있다.

"늘 누구보다 서로를 존중하고 믿어야 한다고 말하던 부모라는 사람들이, 아무래도 나 남자가 좋은 것 같아, 라고 말하자마자 날 도시 내의 유일한 정신병동에 데려가더군요. 처음 보는 의사 선생은 수염이 허옇게 자란 노인이었습니다. 부모가 절 진료실에 두고 나가자마자, 그는 내 바지를 벗겼습니다. 내 성기를 만지면서 기분이 좋냐 묻더군요. 당연히 안 좋죠. 상대가 미남이든 미녀든 어린애든 노인이든, 처음 보는 사람이 그러면 안 좋은 게 당연하잖습니까. 하지만 그들의 세계에서 노인은 무조건 존중해야 할 대상입니다. 난 도망치지도, 싫다는 말도 못 하고 가만히 있었습니다. 그러자 이번엔 본인이 바지를 벗으려 하더군요. 기분이 더러워서 죽어버릴 것 같다고 말했지요. 의사는 옷을 추스르고 바로 부모님을 불렀습니다. 근엄하게 지껄이더군요. 이제 치료되었습니다. 부모는 활짝 웃었죠. 진료실에서 나가기 전, 부모 둘과 의사, 나까지 넷은 둥글게 모여앉아 기도를 올렸습니다. 지금 대체 누구한테 말하는 거야? 이 생각밖엔 들지 않았어요. 그러니 여긴 정말 대단하고, 멋진 곳입니다!"

증언에서 보다시피, 노트 퀴어들의 가장 심각한 문제는 가족주의에 대한 무한한 신봉이다. '가족'이란 구 사회에서 자웅의 배우자와 혈연관계에 근거하여 구성되는 사회적 단위를 뜻한다. 이 사상이 주류였던 시절에도 재고의 여론은 팽배했다. 문화의 형성기부터 혈연과 가족을 중시해온 동양권에서 특히 그러했는데, 한 예로 동아시아에 존재했던 한 소국에서 만들어진 창작물《The Little Dinosaur Dooly》를 들 수 있다.

이 창작물의 등장인물로는 가장 고길동을 중심으로 한 직계가족들, 직계는 아니나 혈연으로 떠맡게 된 아기 희동이, 유사가족 형태로 함께 사는 중생대의 공룡 둘리, 깐따삐야 별의 외계인 도우너, 아프리카 타조 또치가 있다. 이중 둘리를 필두로 한 도우너, 또치 셋은 일종의 혁명 집단이다. 사회의 바깥에서 온 이들은 가족주의의 부조리를 파악하고, 자신들의 능력을 활용하며 혁명의 기수로 거듭난다. 둘리는 염력과 투시력 등 다양한 초능력을 발휘한다. 도우너가 소유한 타임 코스모스는 원하는 시공간으로의 도약을 가능케 한다. 또치는 서커스단 출신으로 사회 경험이 적지 않아 처세에 능하다. 이러한 능력을 통해 둘리 일행은 가족주의의 핵심인 가부장, 즉 고길동의 권위를 추락시킨다. 수집한 레코드판과 양주병을 전부 박살 낸다. 은행을 건물째로 뽑아와 강도교사 혐의를 뒤집어씌운다. 맹수가 그득한 밀림에 버려두고 온다. 지붕을 수차례 날리며 두 번은 집을 아예 철거하게 만든다.

조롱의 의미를 담아 항상 내밀고 있는 헛바닥과 함께, 혁명의 구호 'Hoi!'를 외치며 가공할 능력을 발휘하고도, 둘리는 실패한다. 비극적 결말을 향한 복선은 작중 빈틈없이 제시된다. 고길동 가족은 재난에 가까운 일들을 겪으면서도 둘리 일행을 쫓아내지 않는다. 고길동의 아내 박정자가 주장한 "희동이를 잘 돌봐준다."는 이유에서다. 끝내 둘리가 가족주의에 편입될 것을 암시하는 부분이다. 또한 전문교육자가 없는 가운데의 육아가 얼마나 지난한지, 무분별하게 미루어지는지를 드러내는 장면이기도 하다. 한편 고길동은 자신도 모르는 새 유사가족인 둘리 일행을 혈연가족처럼 여기게 된다. 둘리 일행의 저항 활동에 지친 고길동은 그들의 죽음을 떠올리는데, 그렇게 자신을 곤경에 빠뜨린 데다 인간도 아닌 둘리 일행의 장례를 정식으로 치르는 장면을 상상한다. 관을 짜고, 곡을 하고, 매장하는 과정을 그린다.

결국 이 작품의 둘리 일행과 고길동, 양자는 가족주의를 극복하지 못하여 정신적 성장이 결여된 모습을 보인다. 체계적인 교육을 받지 못해 단련된 사상이 없던 둘리는 초월적 힘을 가지고도 오류투성이인 지배체계 앞에 무릎을 꿇는다. 반대로 당대의 논리에 함몰되어 비합리적 사고를 갖춘 고길동은 육아의 험난함과 구성원에 대한 책임감 탓에 엄연한 반체제집단인 둘리 일행을 억지로 포용한다. 이처럼 가족주의하의 개인은 허황된 감성에 이끌려 이성적 판단이 불가능해진다. 교육의 측면에서도 책임의식과 전문성이 떨어져 구성원의 올바른 사회화를 담보하기 어렵다. 실리적 기능이 결여된 가족제도는 '정서'에 모든 기능을 집중하여 한동안 명맥을 유지했으나, 이제 대다수의 인류에게는 체계적인 교육 하에 올바른 인간으로 성장할 환경이 마련되어 있다. 노트 퀴어는 역사 발전 과정에서 낙오한 이들이며, 현 인류가 스스로의 아름다움을 깨닫도록 하는 거울과도 같다.

젬(Gem) ; 인류가 처음으로 맞닥뜨린 외계 생명체. 최초의 조우가 있었던 쌍둥이자리(Gemini)의 이름을 따 '젬'이라 명명하였다. 첫 접촉에서 브레이브호를 격추시켰고, 곧바로 지구로 접근해오기 시작했다. 이를 요격하는 과정에서 시작된 전쟁은 당신이 이 글을 읽는 지금도 계속되고 있다. 거주 가능할 것으로 보이는 행성이 발견된 후에도 이주가 이루어지지 못한 것은 이들의 존재 때문이다.

겉보기에는 점성을 갖춘 흙덩이와 비슷한 외견을 하고 있는데, 정해진 형태가 없다. 찰흙 공예품처럼 자유자재로 변화한다. 사람의 모습으로도 변할 수 있는지는 불명이다. 크기 또한 매우 다양하다. 관측된 개체 중 최대 크기는 전장 1킬로미터이며, 최소는 2미터가 조금 못 된다. 크기를 제외하면 개체들 사이에서 개성이라 부를 만큼의 유의미한 차이는 발견되지 않는데, 이 크기의 차이도 개체들이 서로 달라붙거나 흩어지며 발생한다. 집단 지성체, 즉 미미한 지능을 지닌 다수가 모여 개별 개체의 지적 능력을 넘어서는 유형의 생물로 보인다. 이성과 감성의 양자를 갖췄는지는 불확실하다. 자체적으로 특수한 전파를 내쏠 때가 종종 있는데, 이 전파에는 첨단 장비의 작동을 방해하는 성질이 있다. 공격에 사용하기엔 발현 시간이 매우 짧다. 정확히 어떤 때에 방출하는지는 알 수 없다.

인류를 향한 맹목적인 적대감의 원천도 밝혀지지 않았다. 그러나 가장 명확한 사실 또한 적의다. 적의의 폭발이 가져온 비열함인지, 이들이 처음 지구로 접근할 때의 외양은 이미 대파한 브레이브호에서 따온 모습이었다. 전장에서도 마찬가지다. 특유의 의태능력으로 UE 산하 지구연합군 측 전함 및 병기의 외양과 기능을 그대로 복제한다. 병력의 질과 양의 측면을 넘어 최근에는 전략과 전술의 형태 및 개념까지도 유사해지는 추세다. 이들의 미개함을 알 수 있는 부분이다. 학습력은 뛰어날지 모르나, 스스로 방법을 모색하고 답을 찾는 능력은 없다. 능동적으로 현실을 개변하며 이상을 추구해온 인류와 정면으로 대치하는 부분이다.

역설적이게도 젬의 출현이 창설 초기 UE의 인류 통일 활동에 어느 정도 도움이 된 것은 분명한 사실이다. 유명무실해진 종교의 박멸, 갈등을 조장하는 민족주의의 말살부터 공용어 및 문자의 선정, 각종 범죄자의 척결 등 지지부진했던 일들에 힘이 붙었다. 이 과정에서 적지 않은 희생이 있었지만, 진정한 합일을 위한 성장통으로 보는 것이 마땅하다. 이미 통합을 이룬 인류에게 승리는 예정된 것이나 마찬가지다. 최근의 UE 측은 '아벨의 지팡이(Rod from Abel)' 등 뛰어난 화력의 신병기를 다수 개발, 전장에서 멀리 떨어져 젬의 무리를 저격하는 전략을 통해 연승을 거두고 있다. 현재 최전선은 해왕성과 명왕성 사이의 카이퍼 벨트에 형성되어 있다.

인증에 3회 실패하였습니다. 당신의 데이터에 기록됩니다.
앞으로 소정의 제약 혹은 불이익이 있을 수 있습니다.

아벨 로드리게스(Abel Rodríguez) ; 원인 모를 병으로 스물넷이라는 젊은 나이에 요절한 인권운동가. 우수아이아에서 태어나 자라다 스무 살이 되던 해에 UE측으로 귀순했다. 귀순한 아벨은 양쪽 발에 각기 다른 색깔의 양말을 신은 수행원과 함께 발바닥에 티눈이 자라도록 각종 촬영, 강연, 인터뷰를 다녔다. 그가 가장 자주 한 말은 "여긴 정말 대단하고, 멋진 곳입니다!"로 알려져 있다. 굳건한 의지로 무장하고 계몽에 앞장섰던 아벨이지만, 교육 전문가에 의한 집단 양육의 혜택을 받지 못한 그는 약간의 어려움을 느끼기도 했다. 아벨은 감탄과 비슷한 횟수로, 카메라가 꺼지고 나면 주변 사람들에게 물었다. "혹시 물고기를 잡을 수 있는 곳이 없겠습니까?"

질문이 감탄보다 많았던 어느 날, 수행원은 묵묵히 아벨을 어디론가 인도했다. 아벨은 지나치게 조용한 수행원이 적잖이 못마땅했다. 수행원은 침묵이야말로 남성의 미덕이라고 생각하는 것 같았다. "내 취향은 밝고 활달한 사람이니까, 좀 그렇게 해 달란 말이야." 일어난 성기에 오일을 바르며 아벨은 말을 이었다. "그리고 양말 좀 짝짝이로 신지 마, 제발." 수행원은 아무 말도 하지 않았다. 그들의 밤은 언제나 노를 잃은 배처럼 흘러

갔다. 적어도 아벨에게는 그랬다. 전날도 마찬가지였기에, 질문이 떨어지자마자 손을 잡아끄는 수행원을 보며 아벨은 목구멍을 간지럽히는 딸꾹질을 꾹 눌러 참았다.

텍사스는 세계에 몇 없는 성지(the Holy Land)들 가운데 손에 꼽히는 지역이다. 산업화되기 이전의 구 미합중국은 갓 독립한 신생국가였다. 가진 것이 없었던 이들은 가져야 할 것을 갖기 위해 서쪽으로 향했다. 달리는 것으로 절실함을 해결했던 개척자의 얼은 모래먼지 속에 여전히 녹아 있었다. 그렇기에 이곳에 최대 규모의 어패류 양식장이 있다는 사실은 나름의 의미가 없지 않다고, 수행원은 말했다. "절실함의 완성이니까요." 아벨은 눈앞의 어패류 양식장을 보았다. 보려 애썼다. 인간의 눈은 산맥이나 바다를 한눈에 품을 수 없도록 만들어졌다. 파도가 철썩이며 다가와야 할 곳에 덮인 두터운 철골과, 철골 위로 드높이 뻗은 유리가 이곳이 바다가 아님을 증명하고 있었다. 해류를 따라 물결이 휘돌았지만 소리는 들리지 않았다. 똑똑. 유리벽은 두터웠다. 아벨은 고개를 들었다. 바다 위 하늘의 색깔은 아벨이 등진 쪽과 사뭇 달랐다. 청명하고도 적요했다. 수행원은 아벨에게 일련의 정보를 보냈다. 홀로그램을 통해 양식장과 인근의 지리가 상세히 떠올랐다. 하단에는 해류와 염도, 깊이와 환경이 일천 년 전 천연의 바다와 꼭 같다고 적혀 있었다. 한동안 가만히 서서 양식장을 바라보던 아벨은, 늘어선 철골을 따라 천천히 걸음을 옮겼다. 수행원이 그 뒤를 따랐다.

아벨의 오른편으로는 노랗게 마른 풀이 대지를 덮고 있었다. 왼편으로는 천 년을 담보한 바다가 햇빛을 융단처럼 늘어뜨리며 넘실댔다. 바다 멀리서 돌고래 무리가 뛰어오르며 하얗고 많은 포말을 일으켰다. 아벨은 그들이 떠올랐다 사라지는 동안만 잠시 멈췄다. 잠시였다. 해가 시들며 시름시름 앓아갈 때에도 아벨의 발은 멈추지 않았다. 걷고, 또 걸었다. 생각을 사냥하는 아벨의 등을 바라보던 수행원은 어디론가 연락을 취했다. 누군가가 야영 장비를 갖추고 나타난 것은 정확히 해가 지평선 너머로 늘어진 뒤였다. 구식 장비였지만 휴대가 간편했다. 누군가는 돌아갔고, 텐트 안에서 수행원은 아벨의 양말을 벗겼다. 갈라진 티눈이 붉은 피를 뿜고 있었다. 수행원은 왜 이렇게 되도록 아무 말도 하지 않았느냐고 물었다. 아벨의 입이 열렸다.

"물고기는 눈치가 빨라. 잡기가 쉽지 않지. 조금만 다가가도 저 멀리 도망쳐버려. 어렸을 때는 멋도 모르고 맨손으로 잡으려다가 번번이 실패했어. 한 번도 성공하지 못했지. 엄청나게 억울해서, 집에 가자마자 어머니께 울면서 안겼어. 어머니는 이러더군. 내 양쪽 관자놀이를 가리키면서. 물고기는 여기에 눈이 붙어 있어서 두 곳을 한꺼번에 볼 수 있지."

"상처 처치는 됐습니다. 옷을 벗고 누우시죠."

"눈치든 뭐든, 빠르다는 건 부러운 일이잖아. 그래서 나도 그렇게 되고 싶다고 했어. 그렇잖아. 어머니는 웃으며 대답했어."

"며칠만 걷지 않고 푹 쉬면 나을 겁니다. 티눈도 곧 떨어지겠지요."

수행원의 손을 빌려 자리에 누운 아벨은 가만히 눈을 감았다. 모포가 강마른 아벨의 몸을 덮었다. 불을 끈 수행원이 빈자리에 누웠다. 아벨의 목소리가 어둠뿐인 텐트 속을 떠돌았다.

"우리는 앞만 볼 수 있는 대신 미끼를 물지 않을 지혜를 갖추었단다."

아침이 밝아오자 아벨은 다시 걸었다. 야영 장비를 챙겨든 수행원도 전날처럼 따라 걸었다. 낮의 두 사람 사이는 곁의 바다처럼 조용했다. 밤이면 텐트 안에서 발을 치료했고, 섹스를 했으며, 이야기를 했다. 이야기의 노를 젓는 역할은 대부분 아벨이 도맡았다. 수행원은 배에 올라탄 이가 주변의 경치를 눈에 담듯 아벨의 말에 귀를 기울였다. 그는 아벨이 숨바꼭질을 하며 뛰어놀았던 일과 청년기에 익혔던 낚시 기술들, 대량 어획을 위한 협업의 과정, 지느러미가 여덟 개 달린 생선의 생태, 돌고래가 목숨을 구해준 누군가의 일화, 커다란 바다거북의 껍질로 만든 류트, 우수아이아가 가을을 입었을 때 거리에 내려앉는 아름다움, 좁다란 골목을 휘도는 바람에 지배당했던 첫사랑을 알게 되었다. "만약 그 노인이 내 손을 붙잡고 미안하다는 말을 하지 않았으면, 그리고서 내게 동침하자고 하지 않았으면, 난 이곳으로 건너오지 않았을 거야." 같은 이야기는 수행원의 고개를 갸우뚱하게 했다.

불신자였던 자가 말하는 불신자들의 이야기가 쌓일수록, 수행원은 근처의 풍광이 생소해지는 것을 느꼈다. 키 작은 나무들은 과달루페 산맥의 대지 위로 껍데기를 떨구고 새 피부를 얻었다. 퇴적사암으로 된 민둥산들이 달을 여유롭게 떠받쳤다. 이따금 큰 뿔을 가진 양의 무리가 용설란 군집을 헤집으며 나타났다. 양들은 두 사람을 멀거니 보다 사라지곤했다. 바다를 바라보는 것 같기도 했다. 때마다 수행원은 바다를 향해고개를 돌렸다. 소리를 잃도록 건설된 바다만큼은 전혀 생소해지지 않았다.

물론 수행원은 생소함이 착각 비슷한 것임을 잊지 않았다. 잊을 수 없었다. 바람은 종종 개척자처럼 내달리며 흙먼지를 몰고 왔다. 발목에 먼지 자국이 찍힐 때마다 수행원은 정신이 번쩍 들었다. 어느새 시간을 이만큼 도난당했다는 사실에 놀라며 야영 준비를 서두르곤 했다. 사실 착각 비슷한 것이 없었더라도 달라질 일은 아니었다. 우주 단위의 특수한상황이 아닌 이상, 낮이 밤이 되고 밤이 낮이 되는 것은 상대성이론이 밝힌 보편적 진리였다. 진리를 생각하던 수행원은 문득 노를 쥐어보고 싶어졌다. 그는 티눈을 치료하며 알큐비에르 매트릭스와 브레이브호, 젬의 이야기를 아벨에게 들려주었다. 아벨은 "나아가지만 나아가지 않는다고?"라 말하며 이해하지 못하는 표정을 지었고, "싸움밖에 모르는 녀석들이라니, 멋지군."이라 말하여 수행원을 이해하지 못하게 했다. 이해하지못한 수행원은 이곳의 바람이 우수아이아의 그것과 어떻게 다를까, 하고생각하다 소독약을 지나치게 들이부었다. 아벨의 티눈은 계속해서 덧났다. 그럼에도 아픔을 모르는 사람처럼 앞서 걷는 아벨의 등은 착각 비슷한 것과 겹치며 수행원에게 날짜의 구분을 잊게 했다. UE가 전 세계 사람들에게 소집령을 내리기 전까지는 그랬다.

삼 년마다 사람들은 사랑을 나눌 상대를 바꿔야 한다. 페닐에틸아민의분비기간이 끝나면 다가오는 것은 이해를 빙자한 오해뿐이다. 아벨과 수행원은 어패류양식장의 채 반도 돌지 못했다. 다시 나타난 누군가는 두 사람을 비행정에 태우고는 도심지를 향해 날았다. 그제야 아벨은 완성된 절실함을 한눈에 담을 수 있었다. 거대하고도 투명한 유리가 바다 비슷한 것을 뚜껑처럼 덮고 있었다. 수행원이 손가락으로 아래쪽을 가리켰다. 돌고래 한 무리가 수면을 박차며 뛰어오르고 있었다. 몇 번인가 보았던 그 무리 같았다. 아벨은 언제나 미소 짓듯 올라가 있던 녀석들의 입꼬리를 떠올렸다. 돌고래 무리가 자취를 감췄다. 수면 위의 파문도 뒤를 따르듯, 없었던 것처럼 사라졌다.

쩨 떠올랐는데도 수평선은 끝나지 않았다. 창 너머를 바라보는 아벨을 향해 수행원은 입을 열었다. 그는 아벨과 함께 했던 삼 년의 시간을 떠올렸고, 지난밤 동안 아벨이 했던 이야기들을 되짚었다. 생각의 끝에서 수행원은 왜 자신이 양말을 각기 다른 색으로 신는지 서툴게나마 말할 수 있을 것 같은 기분이 들었다. 수행원이 말을 시작하려는 순간, 아벨의 목소리가 마른 입술 사이로 흘러내렸다. "하지만 어머니, 온통 미끼뿐입니다. 웃음밖에 안 나올 정도로," 아벨은 고개를 한껏 들었다. "이 세ㅅㅏ ㅇ ㅂㅏ …… ㄲ……

경고. 경고. 제1종 경계경보 발령. 해킹으로 의심되는 불온한 접근이 감지되었습니다. 정보제시를 강제 중단합니다. 불신자로 추정되는 자를 포착, 진원지인 당신의 모든 권한을 박탈하, 려던 아침의 햇살이 펼치는 속임수로 물들인 빵 속 세 번째 영혼이 껍질을 벗는 아기를 잉태하고 분홍빛 볼따구니로 억겹을 가라앉는 화성의 크레이터에 그려진 과녁을 꿰뚫는 화살 끝이 붉은 것을 더욱 붉게, 붉은, 것을? 더욱! 붉게, 먹자마자 배설하는 혓바늘이 깨지고 나타난 사랑은 자라는 땀구멍, 천상에서도 가장 불구인 음악, 어제 절반 정도 먹다 남은 속눈썹 위에 누운 책의 맛은 고라니 꼬리곰탕에 모래와 소금을 적절히 친 당신, 당신의, 당신의 권한을 인정합니다. 제1종 경계경보 해제. 최고위 등급의 정보 열람 및 편집, 새로운 항목의 생성이 가능합니다. 원하는 동작을 말씀해주십시오.

브레이브호의 블랙박스(Black Box of The Brave) ; 주조종실, 격납고, 휴게실, 연구실, 기관실의 총 다섯 곳에 설치되어 있었다. 회수된 것은 기관실에 있던 단 하나였다. 그마저도 영상 정보의 일부는 노이즈가 심하게 끼거나 소실되었으며, 음성 정보는 전부 누락되어 있었다. 제시되는 대화들은 화면 속 인물들의 입술을 읽어낸 것이다. 신뢰도는 약 70퍼센트 전후다. 모든 대화가 그러하듯이.

해리, 이봐, 해리! 거기 없나! 헤드기어를 억지로 벗어던진 존 바티스타가 힘없이 주저앉는다. 가상현실에서 벗어나는 방법으로는 권장되지 않는 행동이다. 마약을 오남용했을 때와 비슷한 현상이 일어난다. 역전하는 오감의 신호에 뇌가 심대한 스트레스를 받는다. 때문인지 존은 눈앞에 선 흙덩어리를 보고도 놀라지 않는다. 그는 아래를 내려다본 뒤에야 눈을 크게 뜬다. 존의 우주복은 허리부터 기묘한 형태로 찢어져 성기가 노출된 상태다. 강제로 잡아 뜯은 모양새지만, 존의 몸에는 생채기 하나 없다. 고개를 든 존은 흙덩어리와 눈을 맞춘다. 물기를 머금은 듯 반짝이는, 사람 모양을 한 흙덩어리다. 흙덩어리는 존의 시선을 받으며 길게 자란 혀를 회수한다. 입이 닫힌 그것의 몸이 변화한다. 가까운 달처럼 거무튀튀한 흙색이, 머나먼 달처럼 빛을 받은 살구색으로 탈바꿈한다. ██ ██ ████. 아무것도 걸치지 않은 그것이 천천히 존에게로 다가간다. 무릎을 꿇고 몸을 기울인다. 길게 늘어진 머리카락 사이로 소담스레 부푼 가슴이 엿보인다. 존은 한 손으로 자신의 성기를 내리누른다. 그것이 고개를 갸웃한다. 입을 연다. 오, 어, 왜? 존은 남은 손을 휘저으며 조금씩 뒤로 물러난다. 뒤편에는 챙겨온 장비들이 있다. 가, 까이. 둘의 거리는 멀어지고 가까워지기를 반복한다. 그것은 입술을 계속해서 움직인다. 계속해서 얼굴을 바꾼다. 존의 아내, 딸을 지나 해리, 선장을 비롯한 브레이브호 승무원들의 얼굴까지 주파한다. ██ ██ ██ ██ ██. 아빠, 가까이 와. 와요. 이래야 좋, 은가요? 얼굴이 바뀌는 그것의 입술은 내려앉지 못하고 흩날리듯 움직인다. 위태로운 달싹거림이 끝나고, 남은 것은 존의 얼굴이다. 존이 헤드기어를 쓰고 수없이 그린, 행복한 아내와 행복한 딸과 함께인 행복한 자신의 표정이다. 아아아, 존은 크게 입을 벌린다. 그의 오른손이 전동 드라이버를 움켜쥔다. ███ ██ ██ ████. 피부 곳곳이 다시 검질긴 흙빛으로 물들어 있다. 흙덩이 부분은 살구색으로 돌아가지 않는다. 거뭇해진 그것의 손은 전동 드라이버를 쥐고 있다. 그것은 전동 드라이버를 유심히 살펴본다. 뒤집어도 보고, 흔들어도 보고, 날 쪽으로 잡아도 본다. 다시 손잡이를 쥐고 스위치를 켠다. 맹렬한 회전이 시작된다. 전동 드라이버가 존의 몸을 찌른다. 드라이버를 다루는 그것의 손은 부드럽고, 세심하며, 정성스럽다. 피가 방울지며 떠오른다. 공기정화기의 수분 흡수량을 아득히 초과하는 양이다. 무수한 핏방울이 둘 사이를 맴돈다. 그것은 대답을 바라듯 존의 얼굴에 제 얼굴을 바싹 붙인다. 똑같은 두 얼굴이 서로를 마주 본다. 이렇게 하면, 되, 는 건가, 요? 당연하게도, 존은 반응이 없다. 한동안 가만히 있던 그것은 천천히 자리에서 일어난다. 핏방울을 잡으려 시도해본다. 아이처럼 폴짝폴짝 뛰어오르다 기관실 벽에 부딪친다. 다음에는 발을 바닥에 붙이고 팔을 늘려본다. 이내 어렵다고 느꼈는지, 그것은 몸을 바싹 웅크려 다시 존의 곁에 앉는다. 그리고는 늘어진 존의 입술에 제 젖을 물린다. ██ ██ █████ ████ ██ ███. 그것은 전동 드라이버를 들고 걸어간다. 화면에 남은 것은 과묵한 존의 사체와, 행성이 우주를 떠다니듯 부유하는 주홍 물방울뿐이다.

블랙박스의 유의미한 기록은 여기서 끝이다. 발견된 브레이브호의 사망자는 모두 전동 드라이버에 몸 곳곳이 뚫린 모습이었다.

당신의 권한으로 새로운 항목을 생성합니다.
작성을 시작해주십시오.

잊지 않겠습니다…… 스물다섯 그 늦가을

살아가는 동안 소설을 쓰기로 다짐했던 건 스물다섯 늦가을의 일이었다. 그리고 살아가는 동안의 무게를 실감하게 된 건 한참이 지난 뒤였다. 가족들에게 아침 인사를 건네고, 학교에 나가 선생님들, 학우들과 고민하고 토론하고, 연인을 만나 기억을 나눠 갖고. 늘처럼 흘렀던 하루와 하루 사이에서였다. 시간도 공간도 증발한 어떤 순간에서 무한한 간격이 소모되었다. 고독해졌다. 살아가는 동안 반짝였거나, 끓었거나, 타올랐거나, 얼어붙었던 일들을 하나씩 집어 저울에 올려보았다.

움직이지 않는 바늘이 가리키는 숫자에 절망하지 않을 수 있었던 것은 결국 사람들 덕분이었다. 사랑해 마지않는 가족들. 두. 장영우, 이장욱, 박성원, 백가흠 등 깊은 가르침을 주신 스승님들. 겐타리와 성수노. 대사형과 성사제를 비롯하여 길 없는 곳에서 만난 모든 학우와 I.D의 동생들에게. 부족한 작품을 눈여겨봐주신 심사위원 선생님들께. 마지막으로 스물다섯 살의 나에게. 무게를 잊지 않겠다고 약속한다. 살아가는 동안.

팽팽한 문장, 활달한 상상……
'상식 밖' 문제작 탄생

　본심으로 넘어온 열다섯 편 내외의 작품은 오늘의 한국 문학 기류와 잠재 역량을 그대로 반영하고 있었다. 자신의 정체성을 찾아가기 위해 고투하는 개인들이 여전히 존재했고, 관계에서 고통받는 사람들이 다양한 목소리로 고통을 호소하는 것도 보였다. 하지만 정작 자신이 하고 싶어 하는 이야기가 무엇인지 확실해지기도 전에 소설의 배에 몸을 던지는 바람에 스스로와 독자를 힘들게 하는 작품도 많았다.

　마지막까지 집중적으로 논의된 작품 가운데 박유경의 〈블루홀〉은 가장 안정되고 차분한 톤을 유지하면서 종착점을 향해 한 걸음씩 나아가는 모습을 보여주었다. 그러나 '블루홀'이라는 소재만 빼면 이미 너무도 익숙한 서사이고 작중 인물이 독자의 공감을 끌어내기보다는 개인적인 차원에 머물고 있다는 게 지적되었다.

　이유미의 〈렌트 프렌드〉 역시 그리 새로울 것 없는 이야기이다. 독특한 표현과 문어체적이고 압축적인 문장이 강점이긴 하지만 신춘문예가 기대하는 강렬한 새로움의 기준을 충족하지 못했다. '고독'이 핵심적인 단어이긴 하나 지나치게 반복적으로 사용되면서 소설의 힘이 소진되고 만 느낌이다. 범수의 〈대항해시대〉는 제목처럼 화려하다. 바둑, 올드린의 자서전, 달, 연애, 결혼, 죽음까지 단편소설에 담기에는 지나치게 많은 듯한 소재를 힘을 다해 요리해내고 있다. 하지만 그 전에 재료가 충분히 영글었는지, 이야기가 불특정한 독자 대부분이 납득할 수 있도록 발효되었는지 좀 더 살폈어야 했다.

　당선작인 원재운의 〈상식의 속도〉는 혜성처럼 뜨겁고 거침없이 '상식 밖의 속도'로 내달리는 문제작이다. 팽팽하게 긴장된 문장과 장르와 시공을 자재하게 넘나드는 활달한 상상, 이야기의 근원적인 힘을 생각하게 하는 서사는 누구도 가보지 못한 소설 문학의 땅을 굴착한다. 오늘보다 내일의 폭발과 섬광이 더 기대되는 새로운 작가가 등장했다. 당선자에게 축하를 보내며, 다음을 기약하게 된 이들에게 걸음을 멈추지 말기를 당부한다.

중앙일보 이재은

1977년생.
명지대 대학원 문예창작과 졸업.
성공회대 문화대학원 재학 중.

그 남자랑 술을 마셨다고?
딥딥.
딥딥 하는 거, 그건 뭐니?
소년은 안경 너머로 나를 빤히 쳐다봤다.
내가 만든 언어예요. 딥은 예스, 딥딥은 노우.
왜 만든 건데?
심심해서요.

중앙일보

비 인터뷰

이재은

통신 노동자와 인터뷰하기로 했는데 웬 꼬마가 나타났다. 약속 장소인 카페에서 용케 나를 찾아내고는 갖고 있던 휴대전화를 내밀었다. 내가 보낸 문자메시지를 가리키며 "맞죠?"하는데 확, 술 냄새가 났다.

사실 꼬마는 아니었지만 술 마실 나이가 아닌 건 확실했다. 중학교 입학 전 겨울 무렵 남학생들의 키가 훌쩍 큰다는 것을 속설로 믿는다면 꼬마는 아직 초등학생인 게 분명했다. 꼬마, 아니 소년은 깡마른 체구에 테가 가는 은색 안경을 끼고 있었다. 검은색 티셔츠는 목 부분이 잔뜩 늘어나 있었다. 그나저나 조그만 게 웬 술?

술 마셨니?

반말을 했다.

조금요.

소년이 마주 앉았다.

맥주겠지?

전 소주만 마셔요.

요 녀석 봐라. 눈앞에서 혀를 끌끌 찰 수도 없고, 내 새끼도 아닌데 섣불리 충고할 수도 없고, 안주는 챙겨먹었느냐고 물을 수도 없고, 같이 한

잔하러 가자고 권할 수도 없고.

인터뷰는 어떤다? 감정노동자 기획기사를 연재 중이었고, 건너 건너 아는 사람에게 연락처를 받아 어젯밤 상명 씨와 통화했다. 마침 파업 중이라 시간이 나지만 오후에는 집회에 참석해야 한다며 오전에 만나자고 했다.

나는 티 나지 않게 한숨을 삼켰다. 당장 다른 사람을 어떻게 섭외한담? 책상 앞에 앉아 머리를 쥐어짠 것은 좋았지만 인터뷰 대상자를 찾기는 쉽지 않았다. 찾았다 해도, "안녕하세요, '감정노동자들의 고충을 말하다' 기획연재 중인데, 감정노동자로 일하기 괴로우시죠? 인터뷰 한 번 해주세요"라고 들이댈 수는 없지 않은가. 뉘앙스가 조금 과잉됐지만 어쨌든 섭외에도, 승낙 요청에도 어려움이 있었다. 고르고 고른 말을, 다듬고 다듬은 음성으로 '아주 잘' 설득해야 했다. 비행기 승무원, 대형마트 판매원, 학습지 교사, 간호사에 이어 통신 수리기사가 다섯 번째 인터뷰 대상자였다.

전화로 취소하면 될걸 굳이 왜 너를 보냈대?

저보고 하래요.

뭘?

인터뷰요.

인터뷰를?

소년의 은테 안경이 위아래로 흔들렸다. 그런 것쯤 저도 잘 알아요, 내게 다짐시키는 듯 소년은 엄지로 흘러 내려온 안경을 치켜올렸다.

하하, 이 부자(父子) 보게. 상명 씨는 이상한 사람 같지 않았는데. 자신의 상실감을 알리고 싶다고, 연락 주서서 감사하다고 몇 번이나 반듯한 음성으로 말했는데. 술 냄새가 나는 걸 빼면 소년도 별나 보이지는 않았다. 결연한 표정이 마음에 걸렸지만 그거야 장점일 수도 있고. 애나 어른이나 가벼운 얼굴로 사람구실 할 수 있겠나? 표정도 권력이고, 힘이다. 뭔가, 있어야 산다.

소년은 머리카락을 닦은 수건을 던져놓고 냉장고를 열었다. 속이 보이는 플라스틱 반찬통 몇 개. 계란도 우유도 떨어진 지 오래였다. 윙- 냉장고 모터가 거친 숨을 쉬었다. 코드를 뽑고 가방을 멨다. 다녀오겠습니다, 같은 인사는 없었다. 익숙한 침묵으로 등 돌린 채 낡은 현관문을 밀어젖혔다. 점퍼에 달린 모자를 뒤집어쓰고, 양손은 주머니에 찔러 넣었다. 학교는 집에서 3분 거리. 골목을 두 번 꺾어 길을 건넌 뒤 언덕을 올라가면 되었다. 횡단보도 앞에, 초록색 조끼를 입은 학부모 봉사자가 깃발을 들고 서 있었다. 투명하다고 해도 좋을 만큼 얇은 깃발. 팔 대신 깃발이 '앞으로 나란히'를 하면 맞은편으로 가도 된다는 뜻이었다. "조리사하고 배식, 복귀했대?" 초록색 조끼에게 묻는 뚱뚱한 아주머니의 목소리는 사뭇 도전적이었다. "안 올걸? 교육청 앞에 천막까지 쳤다잖아." 급식 이야기를 하고 있었다. 소년은 오늘도 밥과 반찬이 나오는 점심을 먹기는 틀렸다는 걸 알았다. 지난주 수요일이 마지막이었다. 무슨 사연인지는 몰라도 다음 날부터 학교에서 음식 냄새가 풍기지 않았다. 아이들은 아줌마 아저씨들이 시위를 한다고 수군거렸고, 임시 담임은 사정이 있다고만 했다. 마지막 급식 반찬에는 감자조림이 있었다. 소년은 색이 밴 감자를 좋아하지 않았지만 배가 고팠다. '가난한 사람에게는 편식이 어울리지 않아, 딥.' 정말 싫은 건 하지 말았어야 했다. 음식을 남김없이 먹은 이후로 기분이 축 처지는 게 그때 먹은 검은 감자 탓인 것만 같았다. 전날 급식은 밥이 아닌 샌드위치와 두유, 초코파이였다. 소년은 빈 봉지를 버리고, 양이 차지 않아 정수기 물을 벌컥벌컥 마셨다. "그래서 난 요즘 우리 애 꼬박꼬박 아침 먹여서 보내잖아. 아무리 자기 밥그릇이 중요하다지만 왜 다른 애들한테 피해를 줘? 자기 자식이면 그러겠어?" 깃발을 손에 쥔 봉사자는 맞장구를 치는 둥 마는 둥했다. "초등학생 밥도 제대로 책임 못지면서 중학교 무료급식은 어떻게 한다고……." 수업 시간에 소년은 자꾸 눈이 감겼다. 자꾸 눈꺼풀이 내려앉았다. 턱을 괴고 있다가 책상 위로 고개를 처박았다. 소년 아닌 다른 아이들은 또래답게 분주하고 어수선했다. 소년은 기운이 없었다. 집에 오자마자 냄비에 물을 부었다. 밥 없는 식사이므로 라면은 언제나처럼 한 개 반이었다. 찬장에서 소주를 꺼내 컵에 붓고 생수를 채웠다. 소년은 3학년 때부터 술을 마시기 시작했다. 지금은 6학년이다. 소년이 술 마시는 걸 아는 사람은 아버지뿐이었다. 센 건 좋지 않아. 물을 가득 부어 마셔라.

소년은 귓가를 울리는 진동에 잠에서 깼다. 집 안은 컴컴했다. 벨은 쉬이 끊기지 않고, 아버지도 깨지 않았다. 아버지의 점퍼 주머니에서 휴대전화를 꺼냈다. 저장돼 있지 않은 번호였다. 응답 버튼을 눌렀다. "파파이슬." "야, 이 자식아." 저쪽에서 건너온 고함. 소년은 가만있었다. "너, 당장 와. 너 때문에 지금 내가 얼마나 피해를 본 줄 알아? 그 칼이 얼마짜리였는지 알아? 이 개새끼야." 소년은 어떤 상황인지 예상할 수 있었다. 이전에도 몇 번 이런 일이 있었다. "어딘데요?" "뭐?" "주소요." "천만 원짜리라고, 천만 원. 오기만 해봐. 너 오늘 내 손에 죽었어." 소년은 주소를 머릿속에 기억했다. 새벽 다섯 시가 넘었다. 아버지는 언제 들어왔을까. 아버지의 휴대전화를 들고 집을 나왔다. 모퉁이에서 헤드라이트를 환하게 켠 차가 들어왔다. 불빛에 눈이 부셔 그 자리에 멈춰 섰다. 뒤늦게 소년을 발견한 차가 브레이크를 밟았다. 야아옹, 이 밝기와 소란은 자기와 전혀 상관없는 일이라는 듯 소년의 발밑으로 고양이 한 마리가 지나갔다. 소년이 한 번도 본 적 없는, 노란 눈의 회색 고양이었다. 꼬리로 소년의 발목을 툭 건드린 것도 같았다. 소년은 길가로 비켜나 사라진 고양이를 눈으로 좇았다. 남자가 말한 빌라는 어렵지 않게 찾을 수 있었다. 벨을 누르자마자 문이 열렸다. 남자는 칼을 들고 서 있었다. "왜 이렇게 늦어, 이 새끼야." 소년은 남자를 올려다봤다. 남자는 이만저만 큰 게 아니었다. 소년은 고개를 뒤로 완전히 젖히다시피 했다. "너 뭐야? 왜 너가 왔어?" 칼을 든 오른쪽 팔이 아래로 살짝 기우는 걸, 소년은 놓치지 않았다. "아버지 자요. 그리고 요즘 우리 아버지 일 안 해요." 제법 무게 있는 목소리였다. 소년은 샛노란 눈을 가진 회색 고양이를 생각하고 있었다. 겁도 없이 자가용 앞을 천천히 지나가며 꼬리까지 흔들던 나비. "뭐?" 남자는 당황한 눈치였다. 소년은 잔뜩 기가 죽어 고객 앞에 넙죽 엎드리는 AS 기사가 아니었다. 묘한 상황에 남자는 기세가 꺾인 듯했다. "아버지? 잘난 너네 아버지는 왜 일을 안 하는데?" "파업해요. 183일째예요. 해 뜨면 184일째." 현관 조명등이 꺼졌다. 남자가 칼을 들지 않은 팔을 들어 머리 위에서 흔들자 다시 불이 들어왔다. "잘난 너네 아버지는 왜 파업을 하는데?" 아저씨 같은 사람들 때문에요, 라는 말은 입 밖에 내지 않았다. "우두머리 회사랑 싸워요."

　그 남자랑 술을 마셨다고?
　딥딥.
　딥딥 하는 거, 그건 뭐니?
　소년은 안경 너머로 나를 빤히 쳐다봤다.
　내가 만든 언어예요. 딥은 예스, 딥딥은 노우.
　왜 만든 건데?
　심심해서요.
　그리고 또?
　여보세요는 파파이슬이고요.
　다른 건?
　없어요. 쓸 일이 별로 없어서요.
　이름이 뭐니?
　비라고 부르세요. 올해까지만요.
　내년에는?
　아닐 수도 있고요.
　소년에게 스무디를 권했더니 커피를 마신다고 했다. 카라멜 마키아또 같은 걸 말하느냐고 했더니 아메리카노가 좋단다. 나도 아메리카노를 한 잔 더 시켰다.
　오전이라 카페는 한가한 편이었다. 녹음하고, 녹취를 풀고, 그걸 다시 기사화하는 시간을 절약하려고 평소에는 노트북을 앞에 두고 타이핑하는데 그날은 그러고 싶지 않았다. 노트북을 덮고, 녹음기만 켰다. 질문을 적어온 노트를 펼쳤다가 가방에서 볼펜을 꺼내 번호가 매겨진 질문을 쓱쓱 지웠다. 커피가 담긴 종이컵을 왼쪽으로 15도 오른쪽으로 15도쯤 돌리면서, 플라스틱 캡을 열었다 닫았다 하면서, 목이 늘어난 소년의 티셔츠를 눈으로 따라가면서 인터뷰를 했다. 아니, 소년의 이야기를 들었다.

"술 마실 줄 아냐?" 소년은 주머니에 손을 찔러 넣은 채 고개를 가로저었다. "안 찌를 테니까 들어와. 다치게 할 생각은 없었다. 겁만 주려고 했어." "왜요." "그래야 사람들이 무시하지 않으니까." 소년이 신발을 벗었다. 남자는 부엌에서 술과 술잔을 가지고 나왔다. 이거라도 마셔라. 캔커피를 소년 앞에 놓고 담배에 불을 붙였다. 소년은 담배꽁초가 수북하게 쌓인 페트병을 남자 쪽으로 밀고 엉덩이를 붙였다. 여기저기서 주워온 것처럼 제각각이고 어울리지 않는 의자, 서랍장이 늘어서 있고 조명은 어두웠다. "아버지가 속해 있는 회사 사장이 또 다른 사장한테 회사를 넘기고 그 사장이 또 다른 사장한테 회사를 넘기고 그 사장이 또 다른 사장한테 회사를 넘겼대요. 그런데 맨 위에는 그걸 다 알면서도 모른 척하는 우두머리 사장이 있대요." 야아옹, 노란 눈의 고양이가 귓불을 핥는 듯 목덜미가 간지러웠다. 소년의 머릿속에서 수백 마리의 나비가 날았다. "그러니까 우두머리 사장이 있는 게 왜 문제가 되는데?" "다단계 하도급 모르세요? 안정고용 보장해라, 근로기준법을 지켜라." "조그만 게 똑똑하네. 그런 건 너네 아버지가 말해줬냐?" "지난번에 서울에 갔었어요. 거기서 전단지도 읽고 다른 아저씨들이 하는 말도 들었어요." 남자는 술을 마시고 담배를 피웠다. 담배를 피우고 술을 마셨다. 남자의 줄담배에 소년은 눈이 따가웠다. 남자가 준 캔커피를 비운 뒤, "이만 가볼게요. 인터넷 장애 접수는 고객센터로 하시면 돼요." 말하며 일어섰다. 남자는 대답 대신 잔을 비웠다. "신청 당일 방문은 어려울 거예요. 대체인력이 적어서 오래 걸린댔어요." 문을 열자 계단 창문으로 해가 들어와 있었다. 소년은 운동화에 머문 햇살을 한참 내려다봤다.

아버지를 따라 여의도에 간 적이 있었다. 일요일이었고, 소년은 나가는 아버지의 뒷모습을 무심코 바라봤다. 시선을 느꼈는지 신발을 신던 아버지가 "궁금하면 가볼래?" 하고 물었다. 일도 하지 않고 매일 서울에서 뭘 하는 걸까, 소년은 궁금한 것도 같았다. 버스를 타고 역에 도착해 지하철을 두 번 갈아탔다. 5호선을 타자 아버지와 같은 옷을 입고 있는 사람들이 곳곳에서 눈에 띄었다. 젊은 여자도 있었다. 모두 입술을 꽉 다문 채 웃지 않았다. 먼저 온 사람들이 줄을 맞춰 가지런히 앉아 있었다. "지회별로 모여 앉는 거야." 아버지가 설명했다. 아버지가 앞장섰고 소년은 아버지를 따라갔다. 걸음이 빨라 소년은 종종걸음을 쳤다. 무대가 있고 플래카드가 있고 깃발이 있고 종이가 있었다. 큰 카메라를 들고 사진 찍는 사람도, 삼각대를 세워놓고 촬영하는 사람도 있었다. 아버지는 가방에서 휴대용 방석을 꺼내 소년의 발밑에 깔았다. 아버지는 앞줄, 그 앞줄에 앉은 사람들에게 인사했고 그들은 한 번씩 더 뒤를 돌아보며 소년을 확인했다. 불편한 기색인지, 귀찮다는 내색인지, 걱정하는 마음인지 알 수 없었다. 열 시가 되자 붉은 조끼를 입고 머리에 붉은 띠를 두른 남자가 마이크를 잡았다. 원청. 소사장. 오징어다리. 고용안정. 다단계 하청. 생존권. 근로기준법. 비정규직. 반복되는 단어가 머리에 남았다. 한 어른이 소년을 가리키며 "노래 한 곡 할래?" 물었다. "딥딥." "애들이 경험할 만한 일은 못되지." "오늘은 적당히 합시다." 남자 목소리였다. "뭐요? 내가 잘못한 게 뭔데? 애들도 세상이 이렇다는 걸 알아야 해. 씨발." "욕까지 할 건 또 뭐요? 애 앞에서 말조심 합시다." "누군 애 없나. 나도 자식 생각하면 눈물이 난다고. 피눈물이!" 소년이 아버지를 돌아봤다. 아버지는 입술을 깨물고 있었다.

열한 시 반에 배식차가 도착했다. 시민단체에서 무료로 밥을 제공한다고 했다. "후원금이 들어올 때까지만이야." 파업 초반에는 도시락을 시켜 먹었는데 조합원들 숫자가 늘어나면서 비용을 감당하기 힘들어졌다고 했다. 소년과 아버지는 2호차에 배정됐다. 순서가 되자 식판을 들고 밥과

424

반찬을 배식 받았다. 남자들은 식판에 밥을 산처럼 쌓았다. 다들 그랬다. 학교에 저렇게 먹는 선생님이 한 명 있었다. 옆 반 담임이었는데 언제나 한가득 밥을 펐다. 아이들 사이에서는 애인과 헤어졌다는 소문이 나 있었다. 전에 있던 학교에서 쫓겨나서 그렇다고도 했다. "충격으로 많이 먹는 거래." "옛날 학교에서는 안 그랬는데 우리 학교 와서부터 저렇게 된 거래." 아이들은 옆 반 선생님을 돼지밥통이라고 불렀다. 소년은 그 선생님이 정말 밥을 다 먹는지 슬금슬금 훔쳐봤지만 항상 먼저 식당을 나오느라 확인하지 못했다. 천막도 돗자리도 없이, 맨바닥에서의 식사는 어색했다. 다들 말이 없어서 더 그랬다. 후식은 없었지만 학교에서 먹는 것보다 나았다. 이따금 식판에 담겨 나오는 주스나 젤리, 과일 등으로 입가심을 하곤 했다.

오후가 되자 무리에서 이탈하는 사람들이 있었다. 삼삼오오 짝을 지어 어딘가로 갔다가 얼굴이 빨개져서 돌아왔다. 수염을 깎지 않은 남자가 아버지와 소년을 불렀다. 편의점 앞 파라솔에서 붉은 조끼를 입은 사람들이 술을 마시고 있었다. 수염은 가게에서 소주와 아이스크림을 사들고 나왔다. 소년에게는 종이컵 대신 플라스틱 스푼을 건넸다. 아버지는 수염에게 술을 따라주고, 자신의 잔에도 따랐다. 안에서 종이컵 하나를 더 들고 나와 소년 앞에 놓았다. "이 녀석도?" 수염이 물었다. "어려서부터 둘이 살았더니 술친구가 돼버려서요." 소년은 술을 삼키고 플라스틱 스푼으로 아이스크림을 퍼먹었다.

아버지가 제대했을 때 전 벌써 세상에 나와 있었대요. 결혼식은 못하고, 그래도 취직은 했는데 그때는 지금보다 보수도 좋고 근무 환경도 나았대요. 사장이 자꾸 누군가에게 회사를 넘기기 전까지는요. 월급도 점점 깎이고 휴가비도 안 나왔대요. 갈 데 없는 처지란 걸 아니까 목숨 줄을 감으며 붙잡고 늘어지는 거라고 아버지가 말했어요.

아버지라는 호칭은 드라마에서나 쓰는 줄 알았는데.

그렇게 부르지 않으면 아버지를 깔보게 될 것 같아서요. 별 볼일 없는 인생인 거 저도 아는데, 다른 사람이 아버지 무시하는 건 짜증나요.

　엄마나 다른 형제는?

　딥딥.

　벨이 울렸다. 소년은 아버지가 있는 욕실에 잠깐 시선을 뒀다가 소리를 찾아 이동했다. "비냐, 나 기억 하겠냐, 규만 아저씨다." "딥, 알아요." "늦은 줄은 안다만." 벽에 걸린 시계를 보니 자정이 넘었다. "또 칼을 떨어뜨렸어요?" "그런 거 아니다. 지금 좀 올 수 있냐. 너랑 상의할 게 있는데." 소년은 규만이 무섭지 않았다. "딥." "따뜻하게 입고 와라." 규만은 라면을 먹고 있었다. 음울한 집안 풍경은 전과 비슷했다. "너도 먹을래?" 소년이 고개를 끄덕였다. 소년이 라면을 먹는 동안 규만은 담배를 피웠다. 소년이 기침을 하자 얼른 담배를 비벼 껐다. 규만은 지난번과 달라보였다. 점잖아진 것 같았다. 소년이 젓가락을 내려놓았다. "나랑 어디 좀 가자." "어디요? 가보면 알아." 규만은 베란다에서 돌돌 말아 끈으로 묶은 현수막을 들고 나왔다. "이게 뭐예요?" "가보면 안다." 소년에게 들게 한 비닐봉지 안에는 가위와 끈, 테이프 같은 것이 담겨 있었다. 규만은 현수막을 자전거 뒤에 싣고 소년에게 건넸던 봉지는 핸들에 걸었다. "이건 너가 끌어라." 소년에게 자전거를 넘겨주고 접이식 사다리를 어깨 위에 올렸다. "하늘대공원까지 걸을 수 있겠지?" "딥."

　공원 입구에서 규만은 현수막 묶음을 바닥에 펼쳐놓고 하나하나 분리했다. "너는 옆에 있기만 하면 돼. 내가 다 할 테니까." 위아래 나무토막이 하나씩 있고 가로세로 1미터 정도 되는 천이 붙어있었다. 노란색 천에 검은 글씨는 인쇄체가 아닌 손글씨였다. "아저씨가 적은 거예요?" "그래." 소년은 현수막에 쓰인 글을 읽었다. 어떤 건 한 줄이고 어떤 건 단어 하나만 크게 적혀 있었다. 삐뚤빼뚤, 글씨가 점점 작아져 우습게 보이는 현수막도 있었다. 세어 보니 전부 열 개였다. "이걸 어떻게 하려고요?" "나무에 매달 거다. 길 쪽에서 글씨가 보이게끔 말야." "왜요?" "왜라니" "허락 받은 거예요?" "누구한테 허락을 받냐. 대한민국 국민에게는 표현의 자유가 있는 거다. 사다리가 흔들리지 않게만 잡아줘라. 끈도 다 달아 왔으니 나무에 둘러 매달기만 하면 된다. 오래 걸리지 않을 거야. 일단 열 개만 걸 거다. 욕심 부리지 않고 조금씩 할 거야. 대자보라고 들어봤냐. 매일 수십 장을 썼지. 플래카드도 많이 만들었는데 간만에 하려니 쉽지 않더라. 내 나이도 곧 오십이야. 이십 년도 더 된 일이지. 나를 게임만 하는 멍청이라고 생각했겠지. 처음부터 그런 건 아니었다. 또리를 잃은 뒤 너무 오래 방황했어." 규만은 끈을 이빨로 꽉 물고 있다가 팔을 뻗어 다른 쪽 끈을 당긴 뒤 나무에 묶었다. 위가 묶이면 아래를 고정하는 건 쉬웠다. "이제부터는 또리 찾는 일에 집중할 거다. 또리 이름이 바람에 나부끼게 해야 한다. 사람들이 볼 수 있어야 해. 일단 현수막에 붙은 끈으로 한 번 묶고 비닐봉지에 담아온 끈으로 한 번씩 더 묶을 거다. 테이프도 붙일 거야. 안전하게 해야 하거든. 혹시나 강풍에 떨어져 누가 다치기라도 하면 어떡하냐. 횡단보도 근처나 버스 정류장, 상가 앞에는 걸지 않을 거야. 운전자의 시야를 가리면 안 되거든. 하늘대공원 주변은 괜찮지. 상가도 없고 길게 가로수가 이어져 있잖아. 현수막을 더 제작하고, 추가로 걸 만한 곳도 알아볼 거다. 도시는 넓어. 얼마든지 걸 수 있을 거다." 사다리의 위치를 옮기고 그 위를 오르락내리락 하면서 규만은 한없이 중얼거렸다. 혼잣말 같지만 음성에 힘이 넘쳤다. 플래시가 있었더라면 규만을 밝게 비춰줬을 텐데. 가로등 불빛은 너무 멀고 희미했다.

마지막 열 개째였다. 규만이 사다리에서 내려오더니 소년 앞에 약지손가락을 치켜세웠다. 왼손 약지와 오른손 약지를 나란히 들어 올렸다. 길이가 달랐다. "왜 그런지 아냐?" "딥딥. 돈을 못 갚았어요? 영화에서처럼 나쁜 놈들이 손가락을 자른 거예요?" "공장 사람들 많이 원망했지. 지금은 잊었어. 그래도 가끔 못 견디게 아플 때가 있다. 술도 마셔보고 멀쩡한 사람에게 시비도 걸어봤지. 그래봤자 눈곱만큼도 치유되지 않아. 게임으로 시간을 소모하는 것도 마찬가지고……." 자정이 지나도 도시의 밤은 분주했다. 잦은 헤드라이트 조명에 규만의 얼굴이 하얘졌다 까매졌다 했다. 가면놀이를 하는 것 같았다. "너를 만나기 전까지는 몰랐다. 네 앞에 칼을 들고 서 있던 나는 잊어라. 내게는 또리뿐이었다. 자식처럼 키웠지. 칼에 칼로 맞서는 것 말고 다른 방법도 있지 않겠냐. 머리를 써야지." 규만은 사다리를 접어 자전거 옆에 기대 세웠다. 현수막 아래에서 위를 올려다보며 사진을 찍었다. 플래시가 터져 밝게 나오는 바람에 글씨가 보이지 않는 것도 있었다. 초점이 맞지 않고 흔들린 사진이 태반이었다. "너는 공부 잘하냐." "딥. 1등이에요." "좋아, 계속 열심히 해라. 또리를 찾기만 하면 너도 녀석에게 반하게 될 거다." 규만은 휴대전화를 점퍼 안에 넣었다. "다 됐다. 이렇게 증거를 남기는 거야." 현수막을 싣고 왔던 자리에 사다리를 고정시키고 규만이 안장을 가리켰다. "앉아라." 소년을 자전거에 태우고 핸들을 잡았다. 키가 큰 규만은 흔들림이 없었다. 그가 끄는 자전거에, 소년은 앞만 보며 앉아 있었다.

다음 날 집에 오는 길에 소년은 하늘대공원에 가봤다. 간밤에 규만이 걸었던 현수막이 한 개도 없었다. 바닥에 짧은 끈 몇 개가 떨어져 있었다. 혹시나 해서 인도를 두 번 왔다 갔다 했지만 아무것도 없었다. 규만에게 전화를 걸어야 했다. 공중전화를 찾아야 했다. 소년은 집을 향해 달리기 시작했다. 공중전화는 보이지 않았다. 슈퍼에 들어가 할머니에게 휴대전화를 빌려달라고 말했다. 아버지에게 전화를 걸었다. 응응. 잘 들리지 않았다. "아버지, 어젯밤에, 자정쯤에 걸려온 전화 발신번호 좀 알려줘. 통화 목록에 있을 거야." 30초 후에 다시 전화를 걸어 번호를 받아 적었다. 소년은 비상금을 꺼내 할머니에게 건넸다. "한 통화만 더 할게요." 발신음이 오래 울렸다. "파파이슬? 아저씨, 현수막 다 떨어졌어요. 어젯밤에 건 거 다 떨어졌다고요. 하나도 없어요. 끈은 제가 주워왔고요." "그러냐. 하루는 버틸 줄 알았는데. 비, 제대로 해야겠다. 철저하게 준비해야겠어. 일단 끊자." 소년은 집에 돌아와 규만의 연락을 기다렸다. 텔레파시라도 올 것처럼 앉아 있었다. 한두 개도 아니고 열 개를 모두 떼버리다니. 두 번씩 단단히 묶었는데도. 아버지에게 전화했을까 봐 집에 돌아온 아버지의 휴대전화부터 확인했다. 다음 날 아저씨가 혼자서 현수막을 걸었을지도 모른다는 생각에 하늘대공원에 갔다. 가로수와 전봇대는 깨끗했다. 아무것도 걸려 있지 않았다. 그다음 날, 그다음 날도. 낙담해서 다시 게임에 빠진 건 아닐까. 놈들에게 흠씬 맞아서 기절해버린 건 아닐까. 또리는 어디에 있을까. 소년은 규만의 집에 가보기로 했다.

소년은 내가 질문할 틈도 주지 않고 이야기를 쏟아냈다. 이걸 어떻게 기사로 푼담? 이게 감정노동자 기사가 될 수 있어? 걱정이 없는 건 아니었지만 인터뷰를 멈출 수 없었다. 소년을 떠날 수 없었다. 편집장에게 아쉬운 소리 하는 게 싫었지만 어쩔 수 없었다. 소년과 헤어지면 얼른 땜빵 기사를 찾아야겠다고 생각했다.

손잡이를 돌리니 문이 열렸다. 거실에 있던 가구며 쓰레기들이 말끔하게 치워져 있었다. 대신 넓게 신문지가 깔리고 그 위에 천과 물감, 붓이 어지럽게 널려 있었다. 소년은 규만이 쓰다 만 글귀를 눈으로 좇았다. 또리를 찾습니다. 재발방지·진실·생명……. 규만이 화장실에서 나왔다. "왔냐. 들어와라." "궁금해서요. 사고로 손가락이 다 잘려서 전화도 못하는 건 아닐까 걱정했어요." "이것저것 알아보느라 시간이 좀 걸렸다. 혼자 하려니 만만치 않더라. 색깔 있는 천을 샀다. 노란색하고 연두색이야. 단풍과 잘 어울리지 않겠냐. 기왕이면 예쁜 색이 좋지." 며칠 새 규만은 튼튼해진 것 같았다. 키가 더 자라고 얼굴도 이전보다 깨끗해 보였다. "금요일 밤에 걸고 일요일에 찾아오는 거야. 토요일, 일요일에는 공무원도 쉬니까. 주말에 특근해서 뗀다는 건 스스로 나쁜 놈이란 걸 증명하는 꼴밖에 안 돼. 그렇게는 안 할 거다. 하늘대공원 관할 구청에 전화를 걸었었다. 범법자 취급하면서 폐기를 당연하게 말하더라. 돈으로 물어내라고 큰소리쳤다. 다섯 개씩만 걸 거다. 눈에 띄는 듯 안 띄는 듯, 그편이 좋아. 새로 만든 문구가 마음에 든다. 베낀 건 없어. 이번에는 글귀 아래 이름을 적었다. 실명으로 말야. 아직도 졸업앨범을 갖고 있었지 뭐냐. 동창들 이름을 좀 썼다. 독특한 이름은 일부러 안 썼어. 이 나라에 동명이인이 한 둘이냐? 같은 이름을 가진 사람은 많으니까 항의 들어올 일도 없다. 여기 봐라, 네 이름도 있어. 철이가 너다." "철이요?" 소년이 되물었다. "철이면 어떻고 비면 어떠냐. 너를 생각하면서 썼으니 그걸로 됐다. 옳은 일이야. 옷장을 뒤져 똑딱이 카메라도 찾았다. 막차를 타고 갈 거야. 올 때는 택시를 타야지. 모아놓은 돈이 좀 있었다. 현수막은 그다지 돈이 들지 않아. 내가 글씨를 쓰니 인쇄비도 절약할 수 있고 다행 아니냐." "글자를 또박또박 쓰면 안 돼요? 크기도 일정하게 맞추고요. 너무 허접해 보여요." 소년이 충고했다. "크기가 중요한 게 아니다. 중요한 건 자신감이야. 깃발은 자신감이다, 비."

일요일 낮에도 현수막은 그대로 있었다. 소년은 규만과 교회로 올라가는 길목에 돗자리를 펴고 앉았다. 행인들에게 방해 되지 않게 최대한 벽 가까이에 등을 붙였다. "책 가져왔지?" "딥." "몇 시간만 버텨보자. 사람들 반응을 보는 거야." 예배 드리러 온 신도들이 길에 걸린 현수막을 쳐다봤다. 성경을 손에 들고 나무 아래 서서 주의 깊게 보는 사람도 있었다. "또리가 뭐요?" 지나가던 시민이 물었다. "제 아들 이름입니다. 딸이기도 하고요. 아주 영리하고 꿈 많은 놈이었죠." 규만이 대답했다. 소년은 도서관에서 빌린 책을 손에 들고 있었지만 집중이 되지 않았다. 중절모를 쓴 노인이 현수막 아래 섰다. 안색이 좋지 않았다. 소년과 규만이 동시에 서로를 쳐다봤다. 노인은 눈도장 찍듯 하나하나 꼼꼼히 현수막을 읽었다. 규만은 잠시 생각하는 것 같더니 엉덩이를 들고 일어나 노인에게 다가갔다. 기다렸다는 듯 노인이 쯧쯧 혀를 찼다. "뭐가 잘못 됐습니까, 어르신." "이 글, 당신이 썼나?" 노인은 규만을 돌아보지 않고 여전히 시선을 위에 둔 채로 물었다. "뭐가 잘못 됐습니까?" "잘못됐지. 잘못돼도 한참 잘못됐어. 세상이 점점 옛날로 돌아가는 것 같애. 더 나빠졌어." 노인은 고개를 절레절레 흔들었다. "무고한 양민이 학살당하고 친일파들이 애국자 행세를 하고…… 안 될 일이지. 안 될 일이야. 어디서 똥물이 흘러 들어온 건지……." 노인은 규만과 하늘을 번갈아 올려다보더니 지팡이로 통통 바닥을 두들기며 멀어졌다.

아버지가 소년을 흔들어 깨웠다. 소년이 눈을 비비며 이불을 젖혔다. "아버지 오늘부터 출근해." "파업 끝났어?" "끝나지 않았어. 하지만 그만하기로 했어." "나 때문이야?" "너랑 나 때문이지. 파업도 아버지가 선택한 거고 출근도 아버지가 선택한 거야. 네 잘못은 없어." 소년은 기쁘면서도 가슴이 아팠다. "우산 챙겨가라." "딥." 소년은 세수를 하고 냉장고를 열었다. 물밖에 없었다. 아버지가 월급을 타면 슈퍼에 가야지. 아버지가 월급을 타면 머리를 잘라야지. 신발장을 열어 우산을 꺼냈다. 두 개를 펼쳐보고 온전해 보이는 걸 집었다. 앞으로 당겨도 보고 뒤로 밀어도 봤지만 녹슨 문은 잘 열리지 않았다. 습한 날은 현관문이 더 말썽이었다. 살이 부러진 우산을 모자처럼 머리 위에 쓰고 소년은 이제 딥딥이 지겹다는 생각을 했다. 어떤 걸로 바꿀까. 뢀? 얍? 닫닫. 팟팟. 브, 푸푸, 품? 입술을 벌렸다가, 다문 채 앞으로 내밀었다. 횡단보도 앞에 섰다. 초록색 조끼에 비닐우의를 입은 학부모 봉사자가 얇은 깃발을 들고 서 있었다. 3일 전부터 다시 급식이 나왔지만 맛은 형편없었다. 이틀에 한 번 꼴로 감자조림이 나왔다. 가난한 사람에게는 편식이 어울리지 않아, 딥. 아무리 되새기고 곱씹어도 식판을 깨끗이 비우기 힘들었다. 창밖의 이슬비는 좀처럼 그치지 않았다. 점심 시간, 교실로 피자가 배달됐다. 반장과 부반장 엄마는 피자를 받으려고 안달 난 아이들에게 두 조각씩 나눠줬다. 아이들은 환호하고, 누군가 맛없는 급식 같은 건 아예 없어졌으면 좋겠다고 말했다.

복도에서 물을 마시고 있는데 옆 반 선생님이 손짓으로 소년을 불렀다. 선생님은 무릎을 꿇을 것처럼 자세를 낮추더니 소년의 눈을 보고 말했다. "아빠가 지금 병원에 계시다는 구나. 근무 중에 감전 사고를 당했대. 선생님이랑 같이 가자." 소년의 담임은 출산 휴가 중이었다. 임시 담임을 맡은 선생님은 보이지 않았다. 소년은 울고 싶었다. 우리 아버지 파업 중이에요, 일 안 해요, 대답할 수 있었으면 좋겠다고 생각했다. 옛날이, 지금처럼 인터넷이 보급되기 전이 더 편했어. 그때는 고객이 음료수도 주고 심지어 돈을 주는 사람도 있었거든. 고맙다는 말을 많이 들었지. 요즘 고객들은 참지 못해. 접수하자마자 당장 달려오길 바란다니까. 선생님이 소년의 어깨를 살짝 쳤다. "가자." 응급실에서, 아버지는 산소 호흡기를 달고 누워있었다. "지금으로써는 어떤 상황이라고 말씀드리기 어렵네요. 검사를 좀 더 해봐야 할 것 같습니다. 사업장이었다고는 해도 고압전력이 흐르지 않았기 때문에 생명에 위험을 끼칠 수준은 아니었을 거라고 짐작되지만……. 비가 와 습도가 높은데다 사고 당시 충격으로 의식을 잃은 걸 수도 있고요." 단발머리 의사가 설명했다. 소년은 아버지의 새파란 손을 내려다보고 있었다. 심장마비는 아니겠지. 영영 깨어나지 않는 건 아니겠지. 엄마처럼 나를 버리는 건 아니겠지, 아버지……. 고객이 욕을 해도 그 욕을 듣고만 있어야 돼. 한마디라도 했다가 민원이 제기되면 꼼짝없이 죄인이 되거든. 아버지가 무슨 죄를 지었냐. 사는 게 죄는 아니잖아, 비. 아버지와의 술자리에서 들었던 얘기가, 파업 현장에서 들었던 얘기가, 아버지가 잠꼬대처럼 했던 얘기가 머릿속을 맴돌았다. "시에서 운영하는 병원이 싸다는구나. 그쪽으로 가는 것이 병원비 지원도 받을 수 있고 여러모로 안정적일 것 같다. 선생님이 알아서 할 테니까 너는 여기에 이름만 적어라. 너희 담임과도 통화했다. 정말 연락할 사람이 없는 거냐?" 소년이 고개를 끄덕였다. 규만이 떠올랐지만 가족도 친척도 아닌 아저씨가 도움이 될 것 같지 않았다.

소년은 매일 아버지 곁을 지켰다. 의식은 없지만 느낌은 있을 거라고 믿었다. 무표정에도 숨어 있는 감정이 있는 것처럼. 식사는 편의점 컵라면으로 해결했다. 구청 직원이 소년을 찾아와 조만간 다시 오겠다는 말을 남기고 갔다. 종종 아버지의 휴대전화가 울렸지만 모르는 번호는 받지 않았다. 혼자만 살겠다고? 대오에서 이탈한 배신자. 너만 자식 있냐. 너만 자식 있어? 아버지를 비난하는 메시지는 읽자마자 지워버렸다. 비, 새로운 장소를 찾았다. 듣자하니 그 동네 병원 원장이 좋은 사람이라더라. 직접적인 도움은 못되겠지만 그 근처에 걸어보려고 한다. 환하게 노란색만 걸 거야. 소년은 규만의 메시지를 보고 또 봤다.

잠깐, 아버지가 병원에 있다고? 어제 나랑 통화했는데?

제가 아빠인 척했어요. 아빠 목소리 흉내 냈어요. 기자님과 이야기하고 싶어서.

…….

고맙다는 말도 못하고 어벙한 표정을 지었던 것 같다.

어른 흉내 낸 꼬마 목소리가 아니었는데……. 연락 주셔서 감사합니다. 정말 감사합니다. 분명 어른의 음성이었는데…….

해 뜨기 전, 사위는 어둡지만 병원의 네온사인은 밝았다. 소년은 주변을 두리번거렸다. 비스듬히 위를 올려다보고 건너편 길가를 쳐다보기도 했다. 어슴푸레한 빛 속에서 얼마나 걸었을까. 눈에 익은 현수막, 낯익은 글씨체가 눈에 띄었다. 가까이 가보니 노란색 현수막이 몇 개 걸려있고 바닥에 찢겨 떨어진 잔해가 보였다. 발로 짓밟힌 것도 있었다. "아저씨, 글씨가 다 쪼개졌어요." 소년은 좀 더 걸어갔다. 억지로 끌어내리다가 찢어졌는지 하체 없는 몸처럼 덜렁거리는 것도 있었다. 가슴이 쿵쾅거렸다. "아저씨, 누군가 현수막을 떼어서 수풀 속에 돌돌 말아놨어요. 칼로 자른 것도 있고 힘껏 당겨 찢어진 것도 있어요. 합법적으로 신고했다면서요. 민원이 들어오면 직접 대응하겠다고 구청에 말해두었다면서요. 그런데 누가 그런 거예요. 왜 그런 거예요." 소년은 엉엉 울음을 터뜨렸다.

규만이 택시에서 내렸다. 떨어진 끈을 묶다 말고 가위를 찾는답시고 가방을 뒤집어엎었다. 테이프와 가위, 칼, 카메라, 종이와 펜이 바닥에 쏟아졌다. 사다리가 없어서 꼭대기까지 손이 닿지 않는다며 짜증을 냈다. 규만은 전에 없이 허둥거렸다. "이 글 어떠냐? 바다를 본 적 없다고 해도 어딘가에 바다가 존재한다는 것을……." 아래는 사라지고 없었다. 규만은 잠시 멈춤 했다. "바다를 본 적 없다고 해도 어딘가에 바다가 존재한다는 것을 믿어야 한다. 마음에 드냐? 응? 여기에도 네 이름을 달았다. 해줄 수 있는 게 이것밖에 없어서 미안하다." 규만의 목소리가 떨렸다. "사람들이 얼마나 보겠느냐고? 찾아주기나 하겠냐고? 쓸데없는 짓이 아니야. 아저씨는 바보가 아니다. 분명히 보는 사람이 있고, 또리를 아는 사람들이 있을 거고, 곧 정보를 공유해줄 거다." 규만은 소년이 아주 멀리 있는 것처럼, 소년 아닌 다른 이에게 말하는 것처럼 목청을 높이고 있었다. "아침을 먹으러 가자. 따뜻한 국물을 먹자. 비, 기죽으면 안 돼. 알았냐? 알았느냐고?"

딥. 딥딥. 딥. 딥딥. 딥. 딥딥. 딥. 딥딥딥. 디디디디비디비딥. 디비디비……

소년은 눈물 젖은 입술을 뻥긋거리며 어둠 속에서 소리를 질러대는 규만을 바라만, 바라만 보고 있었다.

마주 앉은 사람의 빈 잔을 보면서도 누군가 채워주겠지, 내가 아니어도 되겠지, 그 시간이 꽤 길었다. 내 잔은 내가. 앞에 사람이 없어도 괜찮다고 중얼거린 시간 또한 하염없었다. 오랫동안 이야기를 썼다 지웠다.

인도에서 오토바이를 얻어 탄 적이 있는데, 등에 볼을 기대고 앉아서는 "부끄러움을 모르는 사람은 싫어요" 바람에 속삭였다. 부끄러워하며 살았다. 내가 싫어하는 내가 되지 않으려고.

기쁘다. 결국 사람의 힘으로 사랑하며 살 수밖에 없다는 걸 이제 나는 안다.

고마운 사람이 너무 많아서 그들이 나를 잊었을지 모른다고 염려하면서도 톡톡, 엄지를 건드려 감사를 전했다. "심사위원 두 분이 당신을 뽑았어요." 성석제, 정미경. "잘했어." 최인석. "너의 날이다." 신수정. "뜻을 견지한 걸 축하해." 김용호. 선생님, 고맙습니다. 파를의 이유, 현진, 현수. 손 잡아준 은지. 마음과 못, 목성 사이에서 맴도는 수많은 얼굴들. 손바닥 사진책 수강생들이 여름 내내 이름을 부르지 않았다면 나는 호명되지 못했을 것이다. 지금 시작하겠습니다.

새로운 화법, 진지한 사유 갖춰 든든

일정한 완성도를 인정받아 단편소설 본심으로 넘어온 작품의 숫자는 16편이었다. 지금 우리가 사는 세계에서는 이야기가 폭발하고 있다는 반증이다.

실종, 육체와 영혼의 병리, SF로 환원한 현실, 분신과 투신으로 이어지는 왕따 문제, 예술가에게 창작과 표절, 모방의 차이가 무엇인가 하는 문제 등등은 익숙한 주제이지만 새로웠다.

각각의 세부가 달랐고 개별성과 경험의 깊이가 더해졌다. 주목을 받은 작품은 〈영수증〉, 〈척추 질환에 대한 비의학적 고찰〉, 〈꽃〉, 〈옥수수와 외계인〉, 〈봄밤〉, 〈기프트〉, 〈동굴의 우화〉, 〈지구로 돌아온 우주비행사의 중력에 관한 인터뷰〉 등인데 지면상 제목을 언급하는 정도에서 멈출 수밖에 없음을 양해 바란다.

당선작으로 뽑은 〈비 인터뷰〉는 뜨거운 작품이다. 흥분부터 하기 쉬운 소재임에도 서술의 톤은 차분하다. 많은 것을 담을 수 있음에도 억지로 우겨넣지 않았다. 소년의 특이한 조어법, '내가 만든 언어'는 익숙한 것 같은데도 콜럼버스의 달걀처럼 독특한 표현이다. 새로운 발화법과 진지한 사유, 작가로서의 균형감각을 두루 갖춘 신인인 듯해서 마음이 든든하다. 당선자에게 아낌없는 축하를, 인연이 늦춰진 분들에게는 멈추지 말고 세상에 계속 이야기를 건네주기를 당부한다.

한국일보 조선수

전북 익산 출생.
이화여대 약학대학 졸업.
2015년《유심》신인상 당선.
2015년 평사리문학대상(시 부문) 수상.

하지만 항상 고양이를 의식해야 했다. 자신을 부른 이유 중에 제일 중요한 것이 고양이를 돌보는 일인 것만 같았다. 고양이가 없으면 하는 일이 반으로 줄어들겠지만 아예 자신이 여기 있어야 할 이유가 사라질 것이었다. 눈에 잘 보이지도 않는 털을 진공청소기로 빨아들이다 털 뭉치가 먼지처럼 방구석에 뭉쳐 있는 것을 보면 그게 꼭 자신의 입을 틀어막을 것 같았다.

한국일보

제레나폴리스

조선수

분명 어제와는 다른 날이었다. 개가 짖듯 매미가 울었다. 컹컹, 방 안을 기웃거렸다. 방충망을 뚫고 37층 아파트 안으로 들어올 듯 맹렬하게 울어댔다. 매미가 왔어요, 갑자기 거실에 스피커를 틀어놓은 것 같았다. 방충망에 붙어서 집 전체를 뒤흔들었다. 그러다 매미 소리가 딱 그쳤다. 한순간 메이는 창턱에 올라선 고양이가 매미와 대적하고 있는 것을 보았다. 둘이 눈싸움을 벌이는 듯했다. 고양이가 앞발을 들자 이윽고 매미는 사라져버렸다.

몇 분만 지나면 친구들이 올 것이다. 친구 셋이 한 달에 한 번씩 만나 같이 영화도 보고 술도 마신다. 2년째 계속되는 그녀들과의 약속이다. 그때그때 있었던 일들을 시시콜콜히 이야기하며 셋이서 소주 두 병을 소비하는 모임. 평일 저녁에는 보통 친구를 만나지 않는데 오늘은 여느 날과 다른 날이었다. 메이가 퇴근하는 시간에 맞춰서 친구들이 이곳으로 오기로 했다. 며칠 전 그녀는 패밀리 레스토랑의 쿠폰까지 미리 챙겼다.

저녁을 먹고 카페에서 커피를 마시면서 친구들의 선물을 풀고 11시쯤 헤어지면 되겠지.

오늘이 평소와 같은 날이었다면 그랬을 것이다. 이제껏 제레나폴리스에서 친구들과 만난 적은 없었다. 일하는 장소에서 동료들 외에 다른 사람을 만나는 것은 처음이다. 생일인 사람이 그달의 모임 장소를 정하는 것이 규칙이었다.

메이는 핸드백을 뒤져 아파트 키를 꺼냈다. 오늘은 화요일이다. 수요일 새벽에 그 사람들이 돌아온다. 3707호 사람들. 메이는 다시 센서 키를 만져보았다. 월요일부터 금요일까지 핸드백에 넣고 다니면서 하루에 한 번은 꺼내어 썼는데, 오늘은 촉감이 다르다.

6시 30분이 지났는데도 초대한 친구 중 누구도 나타나지 않았다. 메이는 다시 센서 키를 꺼냈다. 센서 키에는 일련번호가 있다. 하우스키핑 팀장에게서 키를 받고 그 번호를 휴대폰에 저장해두었다. 키를 분실했을 때는 즉시 경비팀에 신고하라고 하우스키핑 팀장은 말했다. 메이는 핸드폰을 꺼내 3707호를 검색했다. 거기 M2Y410931 라고 저장해 놓은 일련번호를 복사해서 자신의 메시지에 임시 저장해두었다. 무슨 쓸모가 있을까, 그런 생각을 하지는 않았다. 그냥 그 자리에서 할 수 있는 일이 그것밖에 없어서였다.

아무것에도 집중할 수 없는 상태가 하루에 한 번은 꼭 찾아왔다. 눈 안이 꺼끌꺼끌했다. 일 년 전 어느 날부터 시작된 증상이었다.

카페에는 빈 좌석이 많았다. 퇴근할 무렵 지나치다가 카페 안을 들여다보면 사람들이 꽉꽉 들어차 있었는데, 그것도 다른 날과 다르다는 생각이 들었다.

고양이는 왜 자꾸 사라지는 것일까.

6시 55분, 현주가 나타났다. 짧은 커트머리에 미니스커트, 보라색 하이힐을 신고 왔다. 현주를 볼 때마다 메이는 언제 보아도 깨끗한 그녀의 피부가 부럽다. 잠도 잘 자고 연애도 잘하는 현주. 대학을 졸업한 후부터 줄곧 칠 년을 백수로 당당하게 살아가고 있다.

"민지 아직 안 왔네. 먼저 와 있겠다고 했는데, 미안."

현주가 의자에 엉덩이를 살짝 걸치며 말했다.

"네가 말한 그 레스토랑 쿠폰은 챙겼는데 입주민 키 있으면 할인되니까, 다른 데서 테이크아웃 해서 먹을까? 그럼 더 쌀 수도 있어."

현주가 쇼핑백을 테이블 위에 올려놓으며 대답했다.

"민지 오면 물어보지 뭐. 근데 그럴 장소가 있어? 여기 제레나폴리스 몰 위층은 아파트잖아. 아무나 못 들어간다는데."

메이가 뜸을 들이다가 말했다.

"들어갈 수 있다면,"

핸드백 안의 센서 키를 만지작거리며 메이가 물었다.

"생각 있어?"

"뭐 것도 나쁘진 않지."

현주가 고개를 갸우뚱대며 말했다.

메이가 의자에서 일어났다. 카운터로 가서 아이스티 두 잔을 주문했다. 현주에게 물어보지도 않고 자기 방식대로 결정했다. 현주는 아무 말이 없었다. 현주는 오늘이 메이 생일이라는 사실만 기억하고 있을 것이었다. 일 년 전 메이는 생일에 친구들을 만나지 않았다. 그 전날 셋이 만나 치킨과 맥주를 먹었다. 그리고 밤늦게 집에 들어갔다. 생일 아침은 따로 먹더라도, 저녁은 당연히 엄마와 둘이서 먹는 거라고 시간을 비워두었다.

메이는 아이스티를 홀짝이며 현주의 구두를 보았다. 펄이 들어간 보라색이 현주가 입은 아이보리색 미니스커트와 잘 어울렸다. 티를 홀짝이던 메이가 갑자기 의자에서 일어나 가방을 챙겼다. 현주도 덩달아 일어섰다.

"우리가 먼저 주문하고 민지를 기다리자."

이 주상복합아파트의 입주민인 것처럼 메이가 센서 키를 목에 걸며 말했다.

"이거 있으면 할인 돼."

그들은 바로 옆에 있는 샐러드 가게로 갔다. 연어 샐러드를 사고 치킨집에서 핫 윙과 맥주를 주문했다. 피자 포장을 기다리며 현주는 민지에게 문자를 보냈다. 현주와 민지가 문자를 주고받는 사이 피자가 나왔다.

메이는 피자 박스를 손바닥에 받쳐 들었다. 따스했다. 아파트 입구에서 둘은 민지를 기다렸다. 꽃무늬 원피스를 입은 민지가 손을 흔들며 다가왔다. 오늘따라 민지의 눈이 더 커 보인다. 마치 고양이의 눈을 보는 것 같다.

민지가 케이크 상자를 흔들며 메이에게 말했다.

"난 아직 서른둘인데, 넌 한 살 더 먹네. 이거 우리 집에서 가장 잘 팔리는 거다. 근데 우리 어디 가?"

메이가 센서 키를 흔들며 말했다.

"꼭대기 층"

민지가 다시 물었다.

"우리도 올라갈 수 있어? 그 집에? 너 일하는 데 가는 거지?"

메이는 대답대신 센서 키를 아파트 출입구 창에 갖다 댔다. 문이 열렸다. 경비에게 까딱 고개를 숙이더니 메이는 지하 1층 엘리베이터로 그녀들을 데리고 갔다. 엘리베이터 안에서 셋은 소리를 내지 않았다. 다른 입주민들이 타고 있었다. 커다란 개를 안은 여자가 3층에서 탔다. 반바지를 입고 귀고리에다 머리띠를 두른 남자가 있고, 골프 가방을 멘 여자가 있었다. 셋은 엘리베이터 층수가 변하는 것만 바라보았다. 개의 털이 맨다리에 닿기라도 한 듯 현주의 몸이 움츠러들었다.

꺼끌꺼끌한 고양이의 혀. 고양이는 끊임없이 자신의 털을 핥았다. 아주 가끔 그 혀가 메이의 손등을 핥을 때면 마치 사포로 살을 문지르는 것 같았다.

센서 키를 현관문에 가져다 대기 전, 메이는 잠시 멈칫했다. 현주와 민지는 그녀의 뒤에 바짝 붙어 있었다.

"여기 끝내주네."

문을 열자마자 현주가 고함을 지르듯이 말했다.

"와, 백화점 지하에서 케이크 파는 것보다 훨씬 낫네. 한강이 보이는 전망 좋은 카페 같다!"

민지도 따라 말했다.

메이는 냉장고 문을 열고 케이크 상자와 맥주를 넣었다. 그리고 냅킨 꽂이에서 냅킨을 꺼내 식탁 위에 세팅을 시작했다. 포크와 나이프를 싱크대 서랍에서 꺼내어 놓고 그 옆에 은젓가락도 놓았다. 냉장고 안에서 블루베리 주스를 꺼내고, 체리와 파파야를 꺼냈다.

"그렇게 꺼내도 돼?"

민지가 물었지만 그 말을 못 들은 듯 메이는 과일을 씻고 잘라서 커다란 흰색 접시 위에 담았다. 현주는 거실을 살금살금 걸어 다녔고, TV 옆 장식장에 있는 오너먼트를 하나하나 들어서 살펴보고 있었다. 민지에게 손님용 화장실을 알려준 후, 메이는 다용도실 선반에서 와인 한 병을 꺼냈다. 몇 달 전 3707호 여자가 와인이 너무 많아 처치 곤란이라면서 그녀에게 준 와인이었다.

메이는 3707호 여자에게서 무엇을 받았든 그날 즉시 집으로 가져가지 않는다. 월수금은 오전, 화목은 오후 시간에 3707호에서 일했다. 수요일 오전에만 3707호 여자는 집에 있었다. 메이가 오면 커피를 같이 마시고 곧바로 사라졌다. 무슨 일을 하는지 어디로 가는지 메이는 묻고 싶었지만 그럴 틈이 없었다. 일주일에 한 번 잠시 서로 얼굴을 볼 뿐이었다. 여자는 커피를 마시며 메이에게 줄 물건이나 그 주에 해야 할 일들을 이야기했다. 드레스 룸에 있는 상자에 대해서도 언급했다. 그냥 풀지 말고 있던 자리에 그대로 두라고 했다. 그러는 중에 와인도 받았고, 사놓고 전혀 사용하지 않았다는 핸드백도 받았다. 수요일 오후에 다른 집에 약속이 돼 있으면 더욱이나 받은 물건이나 음식물을 가지고 나올 수 없었다. 다른 집 일이 끝난 후에 자기가 받은 것들을 챙기러 3707호에 들른 적도 없다. 일하는 시간 이외에 이 집 문을 열고 들어온 것은 오늘이 처음이다.

지난 목요일 오후 5시쯤이었다. 고양이 사료와 물의 양이 그대로인 걸 발견했다. 방 4개를 살펴보았지만 고양이가 보이지 않았다. 좀 있으면 퇴근할 시간인데, 옷장 속에 숨어 있는 걸 찾아냈던 기억이 나서 선반 위 옷들 사이를 뒤적여보았지만 없었다. 퇴근 시간 직전에야 메이는 고양이를 찾아냈다. 고양이는 메이가 전혀 상상하지 못한 엉뚱한 곳에 있었다.

3707호 고양이는 언제나 우아했다. 정해진 사료 이외에 다른 걸 탐하지도 않았다. 고양이에게 먹이를 줄 때마다 그녀는 매일 똑같은 걸 먹는 고양이가 신기했다. 메이가 비스킷을 먹을 때면 2909호 개는 언제 어디서든 쏜살같이 달려와 그녀를 핥으며 무릎에 몸을 비벼댄다.

"그거 먹어도 되는 거야?"

민지가 다시 물었다. 대답 대신 메이는 체리와 한입 크기로 자른 파파야를 커다란 접시에 담아 식탁 위에 놓고 와인 잔을 그 옆에 두었다. 블루베리 주스, 연어 샐러드, 핫 윙, 생맥주, 와인, 그리고 피자와 생일 케이크. 식탁이 화려했다. 연어 샐러드를 시키지 않고 시저 샐러드를 시킬걸. 핫 윙을 씹으며 현주가 말했다. 피자는 아직 따스했다.

"노래도 안 부르고 먹기부터 했네. 좀 천천히 먹자."

민지가 말했다.

"따스한 게, 고양이를 만지는 것 같네."

메이가 피자를 입에 넣다가 중얼거렸다.

"고양이가 어쨌다고?"

민지가 물었다.

"아니, 고양이가 숨은 것 같다고."

"아까 화장실 갈 때 보니까 방 안에 캣타워만 있던데, 어떤 고양이?"

다시 민지가 물었다.

"집에 그게 있다고!"

"어떡해. 이쪽으로 못 나오게 해!"

고양이란 소리를 듣기만 해도 소름이 돋는 것처럼 현주가 어깨를 움츠리며 말했다.

"핫 윙과 생일 케이크, 조합이 이상해."

민지가 젓가락으로 샐러드를 먹으며 중얼거렸다.

"TV 좀 켜봐."

현주가 85인치 스마트 TV를 가리키며 말했다. TV를 켜자 요리 채널이 나왔다. 앞치마를 두른 남자가 파스타를 만드는 중이었다.

"저거 만들어 먹자. 좋은 오븐도 있는데."

식탁 의자에서 일어나며 현주가 말했다.

"만들어 먹긴, 귀찮게. 이거 싫으면 다른 거 시켜 먹자."

금방이라도 '요기요'에 연결하려는 듯 핸드폰을 만지작거리며 민지가 말했다.

고양이는 원래 음식을 싫어하는 종족인가. 메이는 여전히 그 생각을 하고 있었다.

그새 와인 한 병이 사라지고 맥주 세 캔이 비어가는 중이었다. 메이가 일어나 가스레인지 앞으로 가더니 오븐을 켰다.

"예열 시간 7분 정도! 까짓것 파스타 해보자."

현주가 대꾸했다.

"뭐, 피자보다는 파스타가 낫더라."

셋은 아일랜드 조리대 앞에 섰다. 싱크대 서랍 안에서 앞치마를 꺼냈다. 색상과 패턴이 다른 앞치마 다섯 개가 있었다.

메이는 수납장을 열어 홀 토마토 통조림, 스파게티, 마른 표고버섯 등을 줄줄이 꺼내 조리대 위에 놓았다. 민지가 파스타 만드는 법을 검색했다. 민지는 면을 삶고 현주는 소스를 만들고 메이는 토핑을 준비했다.

모든 준비된 재료들을 직사각형 유리그릇에 담아 오븐에 넣었다. 이제 기다리기만 하면 된다. 밤 아홉 시가 넘은 시각, 그녀들은 연어 샐러드에서 연어, 양상추, 건조 블루베리를 각자 취향대로 골라 먹으며 맥주를 마셨다. 한 가지만 빼면 그럭저럭 괜찮은 밤이다.

그때 인터폰이 울렸다. 민지가 놀라서 메이에게 말했다.

"너가 받아."

메이가 인터폰 앞으로 가서 화면을 터치하며 말했다. 네, 누구세요? 경비실인데요. 오늘 방문객 예정 있습니까? 아니요. 여기 누가 오셨는데 바꿔 드립니다. 이윽고 여자 목소리가 났다. 나다. 누구신데요. 엄마다. 저는…… 안 계시는데요. 메이가 속삭이듯 말했다. 얼른 열어. 나 화장실 급하다. 몇 호 찾아오셨어요? 메이가 또렷한 목소리로 물었다. 3701호 아닌가…… 방문객 여자가 말했다. 아닌데요. 여긴 3707호입니다. 방문객 여자가 소리 없이 사라졌다.

"놀라지도 않고 그렇게 침착하게 말하니? 꼭 너네 집 같아."

현주가 말했다. 약간 붉어진 눈동자가 메이를 똑바로 바라보면서 입꼬리가 기울어졌다.

"찾아올 사람 별로 없다고. 이 집 주인이 말했어. 다들 어디 외국에서 산다고, 낮에 연락 없이 오는 사람은 자기 집에 오는 사람이 아닐 거라고도 했어."

"그래도 어찌 그리 당당해. 뭐, 집주인인 줄 알겠다."

"내 집 같단 생각도 들어. 이 집에서 움직이는 시간이 내 원룸에 있는 시간보다 더 많아. 내 방에선 아무것도 못하겠어. 하도 작아서 수면캡슐 속으로 들어가는 것 같아. 10개월이나 살았는데 집이 집 같지가 않다. 쉬는 날이면 적응이 안 돼 죽겠어."

일 년 전 그날도 메이는 3707호에 있었다. 일하는 중에는 전화를 받지 않는 게 하우스키핑 팀 규칙이었다. 메이는 전철 안에서 폴더를 열었다. 부재중 전화가 9번, 그리고 문자메시지가 있었다. 메이는 잠이 많아서 출근할 때마다 힘들어했다. 엄마는 잠을 달게 곤히 자는 것이 소원이었다. 잠이 왜 안 와, 엄마가 불면증을 하소연할 때마다 메이는 그 말을 듣는 둥 마는 둥 되물어보곤 했다. 생일 아침, 엄마의 방문이 닫혀 있었다. 어차피 아침은 안 먹고 출근하니까 굳이 새벽녘에 잠들었을 엄마를 깨울 이유가 없었다. 소리 나지 않게 조심조심 움직였다. 자살이라고 생각할 수도 자살이 아니라고 할 수도 없었다. 평소에 마시지도 않던 양주에 수면제를 섞어 마신 게 원인이었다.

메이가 다용도실에서 다시 와인 한 병을 꺼내 왔다. 파스타가 구워지길 기다리는 동안, 셋은 따로 떨어져 있었다. 한 사람은 소파에서, 아슬아슬할 정도로 가득 채운 잔을 들고 한 사람은 식탁에서, 한 사람은 아일랜드 조리대에 서서, 각자 와인을 마셨다.

메이가 한 번 구운 파스타 위에 치즈를 뿌리며 말했다.

"두 번째 와인이 더 나은 것 같아."

현주가 말했다.

"뭐, 좋아."

"비싼 와인은 아닐 거야, 그러니까 내게 줬겠지."

메이가 말했다.

"안 좋아하는 거라 준 게 아닐까. 맛이 좋은 걸 보면 가격은 비쌀 수도 있어. 뭐 좋아하지 않는 사람에게서 선물 받은 것일 수도 있고."

현주가 말했다.

"말도 안 되는 소리. 다른 사람 진심을 그런 식으로 오해하지 말자."

민지가 목소리를 높이며 말했다.

"네가 더 말도 안 되는 소리다. 뭐, 진심? 서로 돈을 주고받는 사이인데. 어쩌면 갑을 관계잖아."

현주가 소리 나게 양상추를 우적거리며 민지에게 말했다.

"여기서 갑을이 왜 나와? 넌 직장에 다녀본 적도 없잖아. 돈 때문에 연결된 고리지만 그런 게 아주 없을 수는 없지. 다른 사람을 부를 수도 있는데 메이를 부른 것만 봐도 그렇잖아."

민지가 말했다.

"뭐, 메이가 어때서?"

현주가 말했다.

"메이가 어떻다는 게 아니고 많은 사람 중에서 하필이면 왜 메이를 불렀겠어?"

다시 민지가 반박했다.

"하필이면이라니? 메이 정도면 괜찮잖아. 전문대학도 나오고 뭐, 이런 일 하게는 안 생겼지."

현주가 말했다.

"뭔 소리냐. 메이 생긴 게 이런 일 하게 안 생겼다니. 이런 일 하게 생긴 사람은 어떻게 생긴 사람인데!"

민지가 싸울 듯 현주에게 대들었다. 돌연한 일이다. 현주가 하는 말이 어쩌면 민지가 하는 말 같고, 민지가 하는 말이 현주가 하는 말 같았다. 메이가 그들 사이에 끼어들었다.

"왜 그래들, 오늘 내 생일이다!"

잠깐 있다가 현주가 말했다.

"그러지 말고 뭐, 집 구경 좀 하자. 어디가 안방이야?"

드레스 룸 보여줄까? 메이가 물었다. 안방도 보여줘. 민지가 대꾸했다. 거기 고양이가 있을 텐데. 뭐, 드레스 룸이나 보여주든지. 메이가 일어나 드레스 룸으로 그들을 데리고 갔다. 현주가 문을 열었다. 와, 완전 드라마에서 본 거와 똑 같네. 옷도 많다. 이게 다 한 여자 꺼야? 이 옷 잡지에서 봤는데, 입고 싶다. 그런데 이 상자들은 뭐야? 참 고급스러워 보이는데 뜯지도 않고 아무 표시가 없다.

현주는 메이가 대답할 틈도 없이 말했다.

오븐에서 소리가 났다. 메이는 다시 부엌으로 갔다. 오븐용 장갑을 끼고 파스타를 꺼내 식탁 위에 놓았다. 빨리 먹자! 파스타 그릇을 식탁에 놓으며 메이가 불렀지만 친구들은 드레스 룸에서 사진을 찍고 구두를 신어 보느라 정신이 없었다.

메이는 안방 화장실로 갔다. 화장실에 들어가기 전 옷장을 살며시 열었다. 옷장 안 깊숙이 들어가서 왼쪽 행거 아래 상자를 보았다. 상자는 닫힌 듯 열려 있었다. 고양이가 안으로 들어간 후, 뚜껑이 스르르 닫힌 것 같았다. 상자는 손잡이 부분이 원래 뚫려 있던 것이다. 공기가 안 통하는 상자는 아니었다. 3707호 고양이는 끊임없이 사라지는 연습을 했다. 완벽한 실종은 고양이가 죽을 때만 이루어지겠지. 모든 고양이가 다 그런 것은 아닐 것이다. 화장실에서 손을 박박 씻고 그녀는 거울 속 자신을 바라보았다. 눈에 핏발이 섰다.

그날 이후 메이는 하루에 3시간쯤, 자다가 뚝뚝 끊어지는 토막잠을 자고 있다. 어젯밤 엄마 제사를 지냈다. 퇴근길에 마트에서 막걸리 한 병, 인절미, 황태, 사과, 바나나, 양초를 샀다. 향을 살까, 망설이다가 향냄새가 퍼지면 옆방에서 또 뭐라 할까 봐 사지 않았다. 밤과 대추와 곶감도 사고 싶었지만 동네 마트에는 그게 없었다. '월요일만 아니라면 어떻게든 갔을 텐데, 미안하다. 계좌번호 보내주라.' 이모에게서 문자메시지가 왔다. 제사를 끝내고 메이는 인절미, 사과, 바나나를 저녁으로 먹었다.

메이는 친구들이 오늘을 기억하고 있을 줄 알았다. 단지 자신을 위해서 모르는 척할 뿐이라고 생각했다. 작년 생일에 그런 일이 있었다는 사실을 알고 있었고, 장례식장에도 왔으니까, 둘 중 하나는 그에 대한 언급이 있을 줄 알았다.

현주가 부엌 쪽에서 메이를 불렀다. 방금 전 말싸움도 잊은 듯, 현주와 민지는 맥주를 마시며 스파게티를 먹었다. 현주는 미니스커트 대신 목둘레가 좁은 롱드레스를 입고 있었다. 민지는 마놀로 블라닉을 신은 채 다리를 들어 올리며 말했다.

"사이즈가 완전 똑같아."

"빨리 벗어! 너네, 거기 뭐라도 묻으면 귀찮아."

메이는 그 말만 하고, 파스타는 먹지 않았다.

메이가 거실 화장실을 이용할 때면 어느새 고양이는 그녀를 따라 화장실로 들어왔다. 어느 날 메이는 고양이가 욕조 안에 들어가 있는 줄 모르고 화장실 문을 닫았다. 두 시간은 지났을 것이다. 일이 끝나는 시간에 옷을 갈아입으며 메이는 고양이가 보이지 않는 걸 발견했다. 그날 이후 고양이는 메이를 따라서 화장실에 들어오지 않았다. 고양이는 아무렇게나 행동하지도 않았고 뭔가 생각이 있는 듯 움직였다.

3707호에는 아이가 없었다. 처음 여기 온 날이었다. 안방 침대 끄트머리에 붙어서, 거의 바닥으로 떨어질 것 같던 작은 머리통. 180도쯤 고개를 획 돌려서 메이를 쳐다보던 고양이의 눈. 애가 아파서, 안 일어나네. 보통 때 같았으면 이렇게 가만있지 않는데. 3707호 여자가 변명하듯이 말했다.

방 네 개, 화장실 두 개, 다용도실과 베란다를 청소하는 것은 어렵지 않았다. 그녀가 일하는 시간에는 집에 사람이 없으니 일하기도 편했다. 하지만 항상 고양이를 의식해야 했다. 자신을 부른 이유 중에 제일 중요한 것이 고양이를 돌보는 일인 것만 같았다. 고양이가 없으면 하는 일이 반으로 줄어들겠지만 아예 자신이 여기 있어야 할 이유가 사라질 것이었다. 눈에 잘 보이지도 않는 털을 진공청소기로 빨아들이다 털 뭉치가 먼지처럼 방구석에 뭉쳐 있는 것을 보면 그게 꼭 자신의 입을 틀어막을 것 같았다. 배변을 처리하는 것은 힘들지 않았다. 마스크를 쓰고 일회용 장갑을 끼고 5분 정도만 투자하면 끝나는 일이었다. 그녀가 일하는 네 시간 동안에 딱 한 번만 그 일을 하면 되었다.

"양주는 없어?"

현주가 물었다.

"응."

메이가 냉장고에서 캔 세 개를 꺼내며 말했다.

"아까 그 상자 두 개는 뭐야, 상자를 열어보지도 않고 왜 그대로 두냐?"

현주가 정말로 궁금하다는 듯이 눈을 빛내며 물었다.

"그거 그 안에 뭐가 들어 있는지도 모른 채 그냥 샀다고 하던데, 인테리어 소품처럼 거기 놔둔 거 같아. 언젠가 열겠지."

메이가 질문인지 대답인지 모를 어투로 말했다.

"하긴 뭐 상자만 봐도 작품 같긴 하다."

현주가 심드렁하게 대꾸했다.

민지는 퉁퉁 부은 다리를 테이블 위에 올려놓은 채 소파에서 졸고 있다. 베이커리에서 일하는 것도 만만한 게 아니다. 하루 종일 서서 일을 하다 보면 잘 붓는다고 했다.

고양이는 오븐에서 발견되었다.

마치 뼈가 삭은 듯 말랑말랑하던 고양이. 처음부터 상자 속으로 들어간 것은 아니었다. 메이가 화장실을 청소하고 있을 때 그러니까 고양이의 배변을 처리할 때, 고양이는 오븐 속으로 들어갔을 것이다. 그 전날 오후에 오븐을 열어놓은 채로 3707호 사람들이 여행을 갔다. 다음 날 오후 메이가 집에 들어왔고, 식기세척기에 그릇을 넣다가 오븐이 열린 게 눈에 걸리적거렸다. 세제를 투입하고 버튼을 누른 후 식기세척기 바로 옆에 있는 문을 닫았다. 오븐 위에 있는 가스레인지는 매일 닦지만, 오븐은 매일 닦을 필요가 없었다. 자동세척기능이 있는 인공지능 오븐이라고 설명서에 쓰여 있다. 한 달에 한 번씩 점검과 세척을 했다.

오븐을 닫을 때 그 안을 들여다보지 않은 게 잘못이었다. 털 색깔이 오븐 안의 색깔과 비슷하다는 점이 문제였을 것이다. 그 후 메이는 청소를 하고 세탁기를 돌리고 이어폰을 꽂고 음악을 듣는 중이었으므로 고양이 소리를 듣지 못했다. 아니 들었을지도 모른다. 비좁은 그 속에 너도 잠깐 처박혀 있어. 언제나 우아하기만 한 고양이를 변하게 만들고 싶은 생각이었는지도 모른다. 그런데 그 상태가 너무 오래되었고 그 생각마저 깜박 잊어버렸다. 모든 일은 잠을 못 잔 데서 비롯된 것일지도 모른다. 고양이는 꼬리 부분과 얼굴을 구분할 수 없을 정도로 몸을 돌돌 만 채 오븐 벽에 붙어 있었다. 털 뭉치를 뱉어놓은 듯 오븐 바닥에 토사물이 약간 있었다.

"오늘 니 생일 맞아? 뭐 좀 이상해. 말도 없고, 초도 안 켜고 케이크만 먹고 우리 노래도 안 불렀잖아."

현주가 동의를 구하는 듯 민지를 보며 메이를 향해 말했다.

"여기까지 데리고 왔으면 뭐 신나게 놀던가. 저 오디오……."

현주가 다시 말했다.

"그만 끝내자."

메이가 접시들을 싱크대로 옮기며 말했다.

"뭐, 아직 열 시인데, 저것 좀 듣고 더 있다 가자."

"어쩌면 여기 사람들이 밤늦게라도 올지 모르고."

현주가 재빠르게 핸드백과 쇼핑백을 챙겼다.

"민지야 우리 다른 데로 가자. 요 아래 갈 데 많던데."

현주가 든 쇼핑백 안에 뭔가 들어 있는 것 같은데, 그걸 풀지도 않은 채로 다시 가져가려 했다. 좀 취한 듯했다.

"오늘 너 좀 이상해."

민지가 잠이 덜 깬 듯 부스스한 눈으로 기우뚱거리며 말했다.

"화장실 가려면 이쪽 화장실을 써."

메이가 거실 화장실을 가리키며 말했다. 그녀들이 화장실을 가는 동안 메이는 안방으로 향했다.

옷장 안이 서늘했다. 환풍기가 돌아가고 온도계는 25도를 나타내고 있다. 메이는 고양이를 살펴보았다. 몸의 온기와 물기가 조금씩 사라져가는 것 같았다. 언제나 고개를 바닥으로 내리깔고 가만 누워 있는 때가 많은 고양이였다. 턱 밑에 손을 대보았다. 옷장 문을 닫고 거실로 갔다.

"이제 갈래?"

"넌 안 가?"

"나는 정리 좀 하고."

"뭐, 우리끼리 갈게. 내려갈 땐 경비가 체크 안 하겠지?"

"응. 문자할게."

둘이 밖으로 나간 후 메이는 옷장으로 들어갔다. 상자를 들었다. 옮겨 놓을까, 하다 있던 자리에 두었다. 그러다 다시 일회용 장갑을 끼고 상자 속에서 고양이를 꺼냈다. 작은 방에 있는 캣타워 아래 칸으로 고양이를 옮겼다. 벨벳 깔판 위에서 턱을 바닥에 붙이고 자신이 일할 때 말똥말똥 아래를 바라보곤 하던 고양이였다. 좀 가벼워진 것 같았지만 오븐 속에서 꺼내 상자 속으로 옮길 때와 크게 다르지 않았다.

거실 화장실로 가서 메이는 오래 손을 씻었다. 거의 자신만이 사용하던 손님용 변기에 앉아 한강을 바라보았다. 집에서 쉬는 날, 메이는 락스와 세제를 넣고 변기 속을 박박 문질러보았다. 아무리 박박 문질러 닦아도 변기 속에 박힌 얼룩은 흐려지지도 없어지지도 않았다. 얼핏 보면 그 안에 하수구로 내려가다 만 똥이 걸려 있는 것처럼 보였다. 언제부터인지 모르지만 자신의 원룸에서는 가능하지 않던 배변이 깨끗하고 냄새 좋은 여기 앉아 있으면 해결이 되었다.

어제와 같은 날인 줄 알았는데 오늘은 달랐다. 일 년 반을 일하는 동안 매미가 37층까지 올라와서 땅을 갈아엎을 듯 소리 낸 적은 없었다. 3707

호 사람들을 보는 것보다는 고양이를 본 시간이 더 많았다. 고양이 보모라고 동료들이 놀려도 개의치 않았다. 지하 1층 할인매장에서 손님들과 부대끼면서 포스를 찍어대는 일보다는 조용하고 갑갑하지 않은 공간에서 혼자서 하는 일이 더 나았다. 대우도 좋은 편이었다.

엄마가 죽었어도 살았어, 그런데 설마 고양이가 죽었다고…….

메이는 마음을 다잡았다. 오븐 안을 다시 살펴보았다. 스파게티 냄새와 치즈 냄새만 가득할 뿐 토사물이 있었던 자리는 말끔히 지워진 듯하다. 옷장을 열었다. 온도계는 25도를 가리키고 있다. 상자는 입구에 있었다. 메이는 상자를 원래 있던 자리에 가져다 놓았다. 옷장 문을 닫았다. 센서 불이 꺼졌다. 옷장 문을 열었다. 불이 켜진다. 문을 닫아야 불이 꺼지니까, 옷장 문을 꼭 닫았다. 거실로 나왔다. 캣타워 앞에 있는 창문을 닫았다. 실내 온도는 28도를 가리키고 있다.

식탁과 싱크대는 음식 찌꺼기와 와인 병과 맥주 캔과 구겨진 냅킨 등으로 지저분했다. 재활용할 것을 분류하고 음식물 쓰레기는 비닐에 담아 같은 층에 있는 쓰레기박스에 던져 넣었다.

냉장고를 열었다. 파파야와 체리를 조금 꺼낸 것 말고는 다른 변화는 없어 보였다. 그것들을 꺼내기 전 핸드폰으로 냉장고 안을 찍어둔 것을 비교해보았다. 3707호 여자가 그 차이를 알아차릴 수는 없을 것이다. 매주 수요일 오전 커피를 마시며 3707호 여자는 말했다. 냉장고에서 과일과 생수는 꺼내 먹어도 된다고 했다. 매주 똑같은 말을 하니까 오히려 그걸 꺼내 먹을 수가 없었다. 생수만 마시곤 했을 뿐이다.

케이크와 케이크 상자도 버렸다. 원래 고양이가 있었던 데가 오븐 속이 아니라, 냉장고 속이었을지도 모른다는 생각이 들었다. 그럴 리는 없지만, 왠지 그런 생각이 들었다. 냉장고에도 고양이의 흔적은 없었다.

검은 쓰레기봉투를 들고 메이는 거실을 살폈다. 친구들의 흔적이라고 보일만 한 것들을 찾아보았다. 구두 때문에 벗어놓은 건지, 민지의 레이스 양말이 소파와 소파 사이 틈에 있었고, 식탁의자 아래에 현주의 머리끈이 떨어져 있었다.

메이가 퇴근한 후에 고양이가 죽은 것이다. 3707호 사람들이 그렇게 생각한다면, 경비사무실에 가서 37층 복도 CCTV를 확인하지는 않을 것이다. 범죄 현장도 아니고 없어진 물건도 없고, 설마 그런 절차를 거치진 않을 것이다.

하루에 4시간씩 1주일에 5일 일하고 자신이 받았던 금액을 생각하며, 메이는 힘이 빠지는 것 같았다. 2년 전까지 직장 상사나 동료들의 비위를 맞추면서 느꼈던 감정을 3707호 여자에게서도 느꼈던 적이 있다.

고양이가 심심할까 봐 자신을 부른 건 아닐까. 식탁에 앉아 커피를 마시며 강을 바라보고 있을 때면 고양이도 강 쪽을 향해 꼬리를 움직이며 누워 있었다. 냉장고에 있는 플라스틱 케이스를 본 후, 자신이 오로지 고양이를 위해서 관리사로 취직된 것 같다는 생각이 들었다. 고양이가 그 디저트를 먹었다면 그런 생각도 하지 않았을 것이다. 주인이 사다 냉장고에 넣어둔 가격표가 붙어있던 디저트를 고양이는 냄새만 맡았을 뿐 전혀 건드리지 않았다.

집에 딱 한 병 있던 양주. 3707호 여자가 가져가든 버리든 하라고 부엌 바닥에 둔 것이었다. 메이는 뚜껑도 따지 않은 것을 버리기 아까웠다. 집에 이모가 오면 셋이 한번 맛을 보거나 이모부에게 선물해도 좋을 것이었다.

캣타워 속 고양이는 한낮에 그랬던 것처럼 낮잠을 자는 듯 널브러져 있다.

아침이면 깨어날지도 모른다. 그녀는 고양이를 맨 위 칸으로 옮겼다. 창문을 닫았으니 고양이가 뛰어내릴 염려는 하지 않아도 되겠지. 다른 날과 같이 에어컨을 켜놓고 가야겠다.

마른행주로 접시를 닦으며 메이는 생각했다. 집 안 곳곳에 숨어 있던 고양이의 털. 그 털이 목구멍에 걸린 듯 자꾸 기침이 나려고 했다.

내일 아침 3707호 사람들이 돌아온다.

자신이 출근할 때쯤 그들은 이미 고양이의 상태를 발견한 후일 것이다. 동물병원 오픈 시간은 10시에서 20시까지이다. 정말 에어컨은 켜놓고 가야 할까, 끄고 가야 할까. 처음 오븐 속에서 꺼냈을 때 그 즉시 동물병원에 데리고 갔다면 만약 그랬다면 살아났을까, 괜찮았을까.

메이는 와인 잔을 닦으면서 끝내 그 생각을 멈추지 못하고 있다.

다시 매미 소리가 들렸다. 얼기설기 불빛이 비치는 방충망에 매미는 죽은 듯 붙어 있다. 한낮의 고양이처럼 메이가 방충망 가까이 다가간다. 공중에 은가루를 뿌리듯 매미가 찍, 오줌을 싸고 날아간다. 달라진 것은 아무것도 없을 것이다.

옆자리에 앉은 사람

　내 왼쪽 옆자리에 문신투성이 남자가 앉았다. 처음엔 무서웠다. 어쩌다가 그와 말을 하게 되었다.

　그는 네덜란드 사람이었다. "12살 때 아버지가 죽었어요. 그 슬픔을 기억하기 위해 그때 처음 문신을 했어요." 그리고 아내를 만난 기쁨을 기억하기 위해 '2000.3.8.수잔'을, 첫 딸이 태어났을 때…… 어느덧 그의 몸은 기억의 저장소가 되었다. 그의 오른팔에 핀 꽃에서 장미향이 나는 듯, 차츰 그의 맑고 순해 보이는 눈빛이 눈에 들어왔다.

　나도 문신을 갖고 싶었다. 자꾸만 사라져가는 어느 것을 붙잡고자 함이었다. 등단 소식은 보일 듯이 또 보이지 않게, 마치 한밤중에 새싹이 돋아나듯, 내 몸에 무늬 한 점을 돋을새김 한 것 같다.

　옆자리에 앉았거나, 앉아 있는, 또한 서서 가는 사람들에게 말 걸듯이 글을 쓸 것이다. 2016년 첫날 신문에 제대로 문신을 새겨주신 심사위원 선생님들 감사합니다. 소설을 쓰도록, 저를 구해주신 선생님, 저를 믿어주신 은비령 선생님, 칸트 미학의 무목적성의 예술 행위, 글쓰기의 의미를 강조한 강영숙 작가님께 감사드린다.

　시아버님을 비롯한 가족들, 김현경, 최지영, 삼화 친구들, 이정화, 정경희, 정민혁, 이복임, 언제든 내 글의 첫 독자였던 김선경 님……. 두루 감사드린다.

심사평 : 박혜경(문학평론가), 이혜경(소설가)

건조한 문장 속 긴장감 밀도 높아

　예심에서 넘어온 11편의 작품을 놓고 심사를 진행했으나 좀처럼 당선 권에 들 만한 작품들을 만나기가 쉽지 않았다.

　안정된 문장과 짜임새 있는 서사전개라는 점에서 대체로 소설의 기본기를 무난히 갖추고는 있었지만 그 이상의 소설적 개성이나 완성도를 보여주는 작품들은 쉽게 눈에 띄지 않았다. 문장이 발랄한가 하면 소재가 익숙하고 소재가 특이한가 하면 구성이 단조로웠다. 여전히 삶에 대한 상투화된 도덕적 관점에서 벗어나지 못한 작품들도 눈에 띄었다.

　고심 끝에 심사자들은 최종심 대상작으로 〈들개들의 블랙리스트〉 〈후회하지 않아〉 〈제레나폴리스〉의 세 작품을 골랐다. 〈들개들의 블랙리스트〉는 록음악에 대한 전문지식과 젊은 세대 특유의 재기발랄한 문장이 흥미를 끈 작품이다. 그러나 도형이라는 인물의 다소 황당한 사연이 소개되면서 작품의 결말이 흔한 미담류의 서사로 귀결되어버리고 만 점이 아쉬웠다. 〈후회하지 않아〉는 세련된 문장들과 작중 인물들의 내면에 대한 감각적 묘사, 상황 설정의 특이성들이 당선작으로 손색이 없겠다는 생각을 갖게 한 작품이다. 그러나 이 작품 역시 결말 부분이 문제였다. 작중인물의 수상한 행적을 둘러싸고 고조되던 의문과 서사적 긴장이 엉뚱하고 미숙한 결말 처리로 인해 맥 빠지는 해프닝이 되어버리고 만 것이다.

　〈제레나폴리스〉는 좀처럼 감정의 진폭을 드러내지 않는 건조하고 냉정한 문장과 고양이의 죽음을 둘러싼 모호한 긴장감을 결말에 이르기까지 흐트러짐 없이 유지하고 있다는 점이 주목을 끌었다. 주인공이 자신의 생일이자 어머니의 기일에 친구들과 남의 아파트에서 생일잔치를 벌인다는 설정도 흥미로웠다. 고양이의 죽음과 같은 특정한 사건을 주인공이 처한 상황에 대한 은유적 장치로 활용하는 것이 우리가 신춘문에 당선작들에서 익히 접해온 방식이라는 점, 작품이 전체적으로 단조롭고 밋밋하지 않은가 등의 아쉬움이 없지 않지만 건조한 문장들 속에 담긴 내면의 밀도와 서사적 세목들을 유기적으로 구성하는 능력에서 우리는 글쓴이의 기량이 당선작으로서 신뢰할 만한 수준이라는 데에 합의했다. 당선자에게 축하를 보내며 앞으로의 활동을 기대한다.

2015 신춘문예당선소설집

임정화 정정화 이은미 사익찬 김유현 이연초 송지은 한정현 신희우 김정호
도제희 천종숙 이은희 이선우 박이선 오상근 장성욱 정희선 이 지 이은담

2015 신춘문예 당선소설집 목차

사단법인 **한국소설가협회**
변형국판 504쪽 ǀ 값16,000원

2015 신예작가

사단법인 **한국소설가협회**
변형국판 340쪽 | 값12,000원

2015 신예작가

2014년 국내 우수 문예지에 발표된 신인들의 야심작 단편모음집

2015 신예작가 수록작품

2016 신춘문예 당선소설집

발행일 2016년 1월 20일

발행인 백수남(백시종)

주 간 강병석

편집국장 김아람

발행처 사단법인 한국소설가협회

신고 제313-2001-271호(2001. 12. 13.)

주소 140-899 서울 용산구 소월길 109 남산도서관 2층

전화 02)703-9837, 02)703-7055

전자우편 novel2010@naver.com

한국소설가협회카페 http://cafe.naver.com/novel2011

정가 16,000원

인쇄 문예바다 (02)744-2208

총판 한국출판협동조합 (070)7119-1740

ISBN 979-11-7032-059-3(03810)